Die VERZWEIFLUNG Des LORDS

Leidvolle Lords
Buch Eins

SYDNEY JANE BAILY

cat whisker press
Boston

Cat Whisker Press, Boston, MA
Erste deutsche Ausgabe
© 2022 Sydney Jane Baily
Übersetzt von Dana Comstock

ISBN 978-1-957421-18-6

Cover & Buchgestaltung:
Cat Whisker Studio
In Zusammenarbeit mit Philip Ré
REX Video Productions

Originaltitel: Lord Despair
© 2018 Sydney Jane Baily

WIDMUNG

Für PTPR

Bis ich bei dir bin, bin ich zu weit weg!

DANKSAGUNG

Wie immer möchte ich meiner Mutter dafür danken,
dass sie einfach für mich da ist.

PROLOG

1847, Belton Manor, Sheffield, England

S imon blickte in die Dunkelheit und ein Gefühl der Zufriedenheit überkam ihn. Er konnte nicht einen Lichtfleck sehen. So mochte er es. Es machte keinen Unterschied, ob es Tag oder Nacht war. Das sollte es auch nicht. Die Qualen in seinem Kopf kümmerten solche Dinge wie die auf- oder untergehende Sonne nicht. Nur seine Bediensteten, die mit einem Tablett mit einer Mahlzeit oder, was wahrscheinlicher war, französischem Brandy eintraten, störten seine Routine. Ein Lichtschimmer durchschnitt die unendliche Dunkelheit ganz sanft, wenn sie seine Tür aufdrückten, ihre Gaben hereinbrachten und sie fast lautlos auf dem Tisch neben seinem Stuhl platzierten.

Gelegentlich kam der fürchterliche Doktor an, wenn er denn wirklich einer war, mit seinem Unsinn von frischer Luft und Spaziergängen und der Einnahme von Tropfen einer Optiumtinktur, die sein Gemüt beruhigen sollte. Zu allem Überfluss ließ der Mann die Tür weit offen stehen, um seinen ‚Patienten‘, so nannte er Simon, der sich kein Stück krank fühlte, besser sehen zu können.

Zuletzt hatte der Quacksalber irgendeine neuartige Behandlung durch Hypnose vorgeschlagen und hatte sich einen Zornesschrei von Simon eingehandelt.

„Verschwinden Sie!"

Der Mann war zu Recht geflohen. Vielleicht wäre er klug und würde nie wiederkommen. Zum Glück schloss jemand die Tür und Simons Welt wurde wieder einmal in tiefste Schwärze getaucht.

Manchmal, wenn er sich nicht auf das Spiel konzentrieren konnte, durch die Dunkelheit und darüber hinauszusehen, wanderten seine Gedanken zu Toby. Sein lieber Cousin Tobias. Er war vor Simons Augen zerstückelt und den Vögeln zum Fraß vorgeworfen worden.

Nicht unter Qualen. Nein, Toby war bereits tot gewesen, als das Zerschneiden begann; war in der Zelle ausgeblutet, bevor sie seinen Körper in den dreckigen Hof gezerrt und ihn in Stücke gehackt hatten. Es war nicht geschehen, um seinen Cousin zu strafen, sondern um den Rest von ihnen – Simon und zwei andere bedauernswerte Häftlinge – vor ihrem grausamen Schicksal zu warnen, sollten sie die Regeln missachten, so wie Toby es getan hatte. Simon erinnerte sich daran, dass er um einen weiteren Schluck Wasser gebeten hatte. Der Wachmann hatte das als Verstoß gewertet und ihn mit einem Säbel durchbohrt.

Das hatte Simon bis ins Mark erschüttert. Er und sein Cousin hatten zusammen so viel durchgemacht. Sie waren wie Brüder zusammen aufgewachsen und als Toby sein Vorhaben verkündet hatte, für seine Königin und sein Land zu kämpfen, hatte Simon daher selbst eine Verpflichtung gespürt, auch wenn er fand, dass es bei dem birmanischen Konflikt eher um den Handel mit Teakholz und Profit ging, als um Patriotismus. Dennoch war ein Sieg unabdingbar, um die Franzosen daran zu hindern, in Victorias königliche Hoheitsgebiete vorzudringen.

Nach Dutzenden von Schlachten, in denen sie beide indische Truppen befehligt hatten, waren sie als Gefangene in ebendieser gottverlassenen birmanischen Zelle gelandet.

Sie waren so lange füreinander da gewesen, dass es undenkbar war, dass dieser intelligente, gutherzige und wenn es darauf ankam, unglaublich zähe Mann, den Simon sein ganzes Leben lang gekannt hatte, nicht mehr da war. Alles war bedeutungslos.

Er sah in nichts mehr einen Sinn. Keinen Grund zu Leben. Kein Grund mehr für Zuwendung. Kein Grund mehr, sich um irgendetwas zu scheren. Es blieb nur das Warten auf den Tod, etwas, das Simon seit dem Tag tat, an dem sich seine Zellentür auf wundersame – oder vielleicht elende – Weise geöffnet hatte.

Rettung, Freiheit, ewige Verdammnis!

Wie sollte er zu diesem Leben voller Luxus und Sanftmut zurückkehren? Wie sollte er mit zivilisierten Menschen an einem Tisch sitzen und Tee trinken, wo er doch wusste, wie unzivilisiert sie sein konnten?

Wie konnte Simon Tobys glasige Augen vergessen?

Wie konnte er je seine Augen schließen und schlafen?

Das war etwas, das Simon nicht konnte, zumindest nicht freiwillig. Er kämpfte jeden Abend gegen den Schlaf an. Er kämpfte und beizeiten verlor er. Er saß in der Dunkelheit und ließ nicht zu, dass sein Körper und Verstand wussten, ob es Zeit für Wachheit oder Schlummer war.

Und doch schlief er manchmal gegen seinen Willen für ein paar Augenblicke ein und die Hölle brach über ihn herein. Schlachten und Grausamkeit und Tobys Augen quälten ihn im Schlaf. Und diese von Ratten verseuchte Zelle. Immer die Zelle.

Träumte er auch jetzt noch in dem kleinen Raum, in dem er nicht einmal aufstehen konnte, von diesem Haus in Sheffield, von diesem Zimmer im Haus seiner Familie? Stellte er sich dieses Leben nur vor, das sich so unwirklich anfühlte und von dem er wusste, dass er nie wieder daran teilhaben konnte?

Simon Devere, der siebte Graf von Lindsey, wusste es einfach nicht. Solange er jedoch seine Augen offen und seine Umgebung so dunkel hielt, dass er sich die Details des

Raumes nicht zu genau anschauen konnte, war er hier in England im Belton Manor.

KAPITEL EINS

„Ich glaube nicht, dass ich noch einen weiteren Tag für diesen Mann schuften kann." Diese unerwartete Bemerkung kam von einer jungen Frau im heiratsfähigen Alter mit karamellfarbenem Haar, die einen unglücklichen Ausdruck auf ihrem schönen Gesicht trug.

Maggie war zu Hause.

Jenny wurde die Ankunft ihrer Schwester bewusst, als sie die Haustür zuschlug und war daher bestens darauf vorbereitet zu sehen, wie sie ins Zimmer stürmte, ihre Handschuhe auf den Schreibtisch warf und sich auf der anderen Seite daran setzte.

Jenny versuchte, ihren Ärger zu verbergen und erinnerte sie: „Soweit ich weiß, *schuftest* du für keinen Mann, wovon um Himmels willen sprichst du also?"

Maggie blickte finster drein, nahm ein paar Papiere auf, die vor ihr lagen, sah sie an, als wären sie in einer fremden Sprache verfasst und nicht nur eine Abrechnung für ihr Häuschen und ihr Land, und warf sie dann wieder auf die polierte Walnussoberfläche.

„Du weißt, von wem ich spreche. *Der Lord der Verzweiflung.*"

Jenny seufzte. „Das ist nicht sehr nett. Außerdem bist du nicht von *ihm* angestellt. Du hilfst dieser armen Frau, die vor Trauer um ihren Mann fast den Verstand verliert. Zeige etwas Mitgefühl, Mags."

Maggie setzte sich gerader hin. „Oh, das tue ich. Ich tue es. Ich sitze bei den Kleinen, während sie versuchen, französische Verben zu konjugieren und so fließend zu sprechen wie ihre Mutter. Wenn Lady Tobias Devere mit ihrem blassen Gesicht und den geröteten Augen ins Zimmer kommt, frage ich sie immer, wie sie sich fühlt. Es ist schon beinahe zwei Monate her, seit der Lord der Verzweiflung nach Hause zurückkehrte und die Kunde des Todes seines Cousins mitbrachte, nicht wahr? Ganz zu schweigen davon, dass ihr Mann in Wirklichkeit seit ungefähr zwei Jahren tot ist. Und doch weint die Dame, als ob sie ihn gestern noch gesehen und ihn erst heute in seinen Sarg gebettet hätte."

„Nach allem, was ich gehört habe, war Tobias Devere ein guter Mann", versuchte es Jenny.

Maggie nickte. „Die Kinder weinen auch manchmal, auch wenn ich bezweifle, dass sie sich an ihn erinnern. Dennoch ist ihnen klar, dass ihr Vater nicht zurückkehren wird. Niemals."

Jenny hörte, wie Maggies Stimme brach und verstand, dass die Familientragödie der Deveres ihre Schwester nicht kaltließ, da sie sie an den Verlust ihres geliebten, aber unverantwortlichen Blackwood-Patriarchen erinnerte.

„Ich gehörte dort nicht hin", beharrte ihre Schwester. „Ich möchte nicht in ihre Trauer hineingezogen werden. Ich muss mit meiner eigenen umgehen", fügte sie hinzu. „Außerdem möchte ich ganz sicher keine Französischlehrerin sein. Warum muss ich es tun? Warum kann ich nicht zu Hause bleiben und dir mit diesen Zahlen helfen, die du den ganzen Tag zusammenzählst?" Sie deutete auf die Geschäftsbücher und die Papiere auf dem Schreibtisch.

Jenny zuckte mit den Schultern. „Wir tun alle, was wir können, um Mutter zu helfen. Das weißt du. Und für die Arithmetik bist du ebenso wenig geeignet wie ich für Französisch."

„Was ist mit Eleanor?"

Jenny lächelte bei der Vorstellung ihrer jüngeren Schwester bei einer lohnenden Beschäftigung.

„Wenn ich einen Weg finde, Tagträumen und dem gelegentlichen Zeichnen von Rosen einen finanziellen Wert beizumessen, dann werde ich auch für sie eine Arbeit finden."

Jenny streckte ihre Hand über den Tisch und legte sie auf die ihrer Schwester. „Bitte bleibe dabei. Ich weiß, dass die Bezahlung bei deinem Wert ein Hungerlohn ist, aber weil du die Tochter eines Barons bist, bezahlen sie dir mehr als einer echten Hauslehrerin oder einer Gouvernante."

Maggie blähte die Nasenlöcher auf. „Dass wir über Löhne diskutieren wie … Kaufleute!" Sie stand auf, ging zur Anrichte hinüber und begann, mit der leeren Brandy-Karaffe herumzuspielen.

Mit achtzehn Jahren war sich Jennys mittlere Schwester, auf dem Land gefangen und mit keinem Verehrer in Sicht, ihrer prekären Situation sehr bewusst. Vor allem ohne Mitgift und da Maggies erste und einzige Saison Anfang des Jahres durch den frühen Tod ihres Vaters leider verkürzt worden war.

Und dann waren die Schuldeintreiber zu ihnen gekommen. Jennys Heiratsaussichten hatten sich sofort zerschlagen, als ihr eigener, scheinbar ehrbarer Vicomte, der sie während ihrer zweiten Saison umworben und erobert hatte, sein Angebot abrupt zurückzog. Wenn ihr Vater noch am Leben gewesen wäre, hätte er den Bruch dieses mündlichen Vertrages angefochten. Natürlich hätte der Vicomte ihn erst gar nicht gebrochen, wenn ihr Vater noch am Leben gewesen wäre.

Jenny hätte aus Pflichtbewusstsein sicherlich geheiratet und wäre froh um die Gelegenheit gewesen, dabei zu helfen, das Anwesen von Lord Alder zu führen und die Kinder zu erziehen, die ihr und dem Vicomte geschenkt worden wären. Jedoch hatte sie nur ein geringes Interesse an dem Mann oder daran, seine Frau zu werden, verspürt.

Nach dem Tod von Baron Lucien Blackwood war ihre Mutter nicht imstande gewesen, mehr zu tun, als ihren Haushalt zu versammeln, einschließlich ihrer drei Töchter und so vielen Bediensteten, wie sie weiterhin beschäftigen konnte und in das Landhaus der Familie in Sheffield zu ziehen. Hier hatten sie viele schöne Erinnerungen an heiße Sommer und laue Herbste; an die Jahreszeiten, die sie nicht in London verbracht hatten.

Und als Jenny jünger gewesen war, waren die Blackwoods so viele Jahre lang aus der Stadt gekommen, um hier die Winterfeiertage zu verbringen. Wenn die Deveres in ihrem Anwesen waren, veranstalteten sie eine ihrer legendären Weihnachtsfeiern. Jenny erinnerte sich daran, in den Belton Park zu gehen und sowohl die adligen Deveres, die in dem großen Herrenhaus lebten, als auch ihre unbedeutenderen Verwandten im Jonling Hall-Anwesen kennenzulernen. Darunter Sir Tobias Devere, der ein gutmütiger Lord gewesen war.

Der Birmanische Krieg hatte all dem ein Ende gesetzt. Tobias war vor drei Jahren mit seinem Cousin Simon, dem Vicomte und Erben der Grafschaft, aufgebrochen, um seine Pflicht wahrzunehmen. Als Jenny und ihre Familie aus London eingetroffen waren, ängstigte man sich bereits um ihren Tod. Tobias Deveres Familie war von dem Herrenhaus in das Belton Manor gezogen.

Jenny hoffte, dass ihr Umzug dazu diente, die Witwe und ihre Kinder dem Schutz des Grafen zu unterstellen. Sie befürchtete jedoch, dass die Ursache die finanzielle Notlage war, die viele der noblen Familien plagte, die feststellen mussten, dass es keine leichte Aufgabe war, Land zu verwalten und Bedienstete zu bezahlen.

„Selbst, wenn wir einen vergnüglichen Nachmittag verbringen", klagte Maggie, „hören wir plötzlich den Lord der Verzweiflung—"

„Bitte", unterbrach Jenny, „hör auf, ihn so zu nennen."

Etwa zur gleichen Zeit, als ihre Familie wieder in Sheffield ankam, war Simon Devere in einem schrecklichen mentalen Zustand zurückgekehrt, wie die Dorfbewohner schnell zu berichten wussten. Noch dazu hatte er die schlimmste Befürchtung von Lady Devere bestätigt, der in Frankreich geborenen Frau seines Cousins. Sir Tobias war tot und Simon, dessen Vater während seines Aufenthalts in Birma verstorben war, war nicht mehr Vicomte, sondern der neue Graf.

Ein Graf, den seit seiner Rückkehr niemand mehr außerhalb des Belton Manor gesehen hatte.

„Er ist Lord Devere und der hochrangigste Edelmann dieser Grafschaft", erinnerte sie ihre Schwester.

Jenny erinnerte sich vage an die wenigen Male, als ihre Familie zur Weihnachtsfeier oder für ein Fest im Spätsommer zum Anwesen gegangen war. Der Graf hatte gütige Augen und war recht attraktiv. Er war älter als sie, vielleicht sieben oder acht Jahre, deshalb hatte sie nie mehr als einen schnellen Gruß mit ihm geteilt. Dennoch hatte sie den Eindruck behalten, dass er sehr höflich war.

„Tatsächlich gehe ich davon aus, dass Lord Devere jetzt, da sein Vater verstorben ist, Lord Lindsey ist."

„Na schön", gab Maggie nach. „Während ich ihnen also eine Geschichte vorlese und ganz deutlich spreche, damit sie die neuen Wörter verstehen, hören wir Lord Lindsey aufschreien oder wie ein verwundetes Wildschwein in seinem Zimmer herumstampfen. Die Schwermut, die die Kinder und die arme Lady Devere überkommt, ist geradezu greifbar. Es wäre besser gewesen, wenn sie im Herrenhaus geblieben wären."

„Vielleicht hatten sie keine Wahl."

Maggie dachte im Stillen darüber nach, dann deutete sie auf die Papiere auf dem Schreibtisch. „Wie kommst du zurecht? Sieht es besser für uns aus als im letzten Monat?"

Jenny sah auf die Zahlen vor sich hinunter. „Dein Beitrag ist eine enorme Hilfe." Das war zwar übertrieben, aber jedes Bisschen zählte.

Maggie nickte zustimmend. „Deiner ist es auch und ich vermute, dass es ein viel größerer Beitrag ist."

Jenny wurde rot. Ja, ihre buchhalterischen Fähigkeiten hatten ein ordentliches Sümmchen eingebracht und sie hoffte, dass das auch so bleiben würde, solange niemand wusste, dass sie es war, eine 20-jährige Jungfer, die die Geschäftsbücher durchsah. Sie würden ihr sofort den Rücken kehren, wenn sie ihre Identität kennen würden; eine Frau ohne Geschäftserfahrung. Indem sie Harry schickte, den Diener ihres Vaters, den ihre Mutter nicht hatte gehen lassen wollen, nachdem Lord Blackwood gestorben war, hatte Jenny es geschafft, sich einige Kunden zu verschaffen.

Sie verwaltete die Finanzen von örtlichen Kaufleuten und Gastwirten und auch die einiger Adliger. Jeder Kunde schickte seine Bücher über Henry zu dem mysteriösen Genie, das in kürzester Zeit bestimmte, was der Krone geschuldet war und was ein loyaler Untertan in seiner eigenen Kasse behalten durfte. Wenn sie nur gewusst hätte, in was für einer Lage ihr Vater gesteckt hatte ...

Mit ihrem wachsenden Kundenstamm und ihrer sparsamen Lebensweise bewahrte sie ihre Mutter, ihre Schwestern und ihren Haushalt vor dem Elend. Auch wenn Maggie nicht viel beisteuerte, es war das Wissen, dass sie nicht allein war, das Jenny sehr ermutigte und die große Last des Überlebens ihrer Familie, die allein auf ihren Schultern lag, aushaltbar machte.

Sie hatte es Maggie oder Eleanor gegenüber nicht erwähnt, doch sie hatten immer noch etwas Geld von dem Verkauf ihres Stadthauses übrig. Jenny war entschlossen damit und mit dem Segen ihrer Mutter jeder von ihnen eine Art Saison in London zu verschaffen, auch wenn sie stark eingeschränkt sein sollte. Alles, was einer Mitgift gleichkam, wäre jedoch unmöglich. Jenny wusste, dass beide Schwestern bezaubernd genug für eine geeignete Partie waren, könnten sie sich nur in einigen Ballsälen zeigen.

Jenny hatte festgestellt, dass die drastische Veränderung ihres Lebensstils ihr nicht so sehr zu schaffen machte, wie sie befürchtet hatte. In London wäre es unerträglich gewesen, eine alte Jungfer zu sein; sie wäre von ihren Gleichaltrigen geächtet worden und ihre gesellschaftlichen Möglichkeiten wären mit zunehmendem Alter immer mehr eingeschränkt gewesen. Auf dem Land war sie frei. Sie führte bereits einen Haushalt und beaufsichtigte ihre Schwestern, als sei sie ein Mann. Sie ritt, wann sie wollte und las, wann sie wollte, und niemand zwang sie dazu, das verhasste Hammerklavier zu spielen oder zu singen oder zu sticken, seit sie hier waren.

Tatsächlich verabscheute Jenny es, einen Vorteil aus dem Elend anderer zu ziehen, insbesondere aus dem ihrer Mutter und ihrer Schwestern, doch ihr Leben hatte sich verbessert. Und sie musste nicht die Rolle der Ehefrau eines Vicomte annehmen, zumal sie, wie sich herausstellte, nicht sehr begehrt war. Die einzige Regenwolke war die unwillkommene Möglichkeit, dass sie nie heiraten, nie die Geheimnisse des ehelichen Bettes entdecken oder eigene reizende Mädchen und Knaben haben würde.

„Wie auch immer, ich kann morgen nicht hingehen." Maggies Stimme durchbrach ihre Gedanken.

Jenny stand auf. „Was sagst du da? Warum denn nicht?"

„Mummy hat mir aufgetragen, Eleanor in die Stadt mitzunehmen, um einen neuen Hut zu kaufen, da sie sie alle verloren hat, und sie braucht auch neue Handschuhe, denn sie hat ihr letztes Paar ruiniert."

Ein Hut und Handschuhe! Bei einer solchen Leichtfertigkeit wollte Jenny anfangen zu schreien.

„Du kannst deine Schützlinge nicht so einfach im Stich lassen. Nicht, wenn du bei der Arbeit sein solltest."

Maggie hielt eine Hand hoch. „Benutze dieses Wort nicht. Ich *arbeite* nicht. Ich assistiere den Devere-Kindern. Ich stelle ihnen meine pädagogischen Fähigkeiten zur Verfügung. Ich werde damenhaft entlohnt."

Jenny seufzte. Sie verstand den Unmut ihrer Schwester darüber, dass sie von ihrem hohen Stand, den sie zu Lebzeiten ihres Vaters genossen hatten, herabgestiegen war, doch sie mussten der Wahrheit ins Auge sehen.

Maggie war jedoch noch nicht fertig. „Du tust ja so, als ob Lady Devere mir Münzen in die Hand gibt!"

Stattdessen wurde die Bezahlung jede Woche durch einen Bediensteten zum Blackwood Haushalt gebracht. Kein *schnöder Mammon* berührte die Hand ihrer Schwester. Und wenn Maggie am nächsten Tag mit Eleanor in die Stadt zum Hutmacher ging, schrieb die Frau den Betrag einfach auf einen Zettel und schickte ihn Jenny, die den Betrag zahlte.

Kein Wunder, dass die meisten Leute nicht an Zahlen dachte! Oder ihr Vater, der nicht bedacht hatte, was er schuldete, bis es zu spät war.

„Warum übernimmst du nicht die Französischstunde und ich gehe mit Eleanor?"

„Weil ich einen Tag Auszeit von diesem Ort brauche", meinte Maggie.

„Es ist erst Dienstag", bemerkte Jenny. Wie würde es ihre Schwester bis Freitag durchhalten?

„Nein. Der Lord der Verzweiflung hat mich heute erschreckt und ich brauche einen Tag, um mich zu erholen. Dabei bleibt es!" Maggie wollte offensichtlich nicht nachgeben und wenn Jenny sich durchsetzen und ihre Schwester dazu bringen wollte, am Donnerstag hinzugehen, musste sie nachgeben.

„Na schön. Ich werde an deiner Stelle hingehen."

Maggies Mund blieb offen stehen. „Das wirst du? Um was zu tun?"

Jenny überlegte. Sie wusste nur, dass sie niemandem im Belton Manor einen Grund geben wollte, am Sonnabend eine Zahlung zu verweigern. Sie vermutete, dass es nicht Lady Maude Devere war, die Maggie bezahlte, sondern jemand, der die Finanzen des Grafen verwaltete. Natürlich nicht der Graf selbst, da er scheinbar nicht in der Verfassung war, irgendetwas zu tun, als in seinem Zimmer zu sitzen. Zumindest ließ das Gerede der Bediensteten darauf schließen.

„Vielleicht werde ich den Kindern die erstaunliche Macht der Mathematik demonstrieren."

Maggie sah nicht beeindruckt aus. „Du hast genügend Kenntnisse der französischen Sprache und deine Aussprache ist recht gut, auch wenn du nicht alle Wörter verstehst. Warum liest du ihnen nicht einfach eine Geschichte vor und versuchst, sie nicht allzu sehr zu verhunzen? Sie haben einige Bücher in dem kleinen Salon, in dem wir uns treffen, und irgendwo im Anwesen gibt es eine Bibliothek."

Jenny spürte sofort den Stich der Herabwürdigung ihrer Familie, der ihre Schwester in den letzten Wochen so sehr geplagt hatte. Am nächsten Tag ließ sie ihr Pferd und den bunt bemalten Einspänner auf der gekiesten Zufahrt zurück und ging über den gepflasterten Weg zu den imposanten Steintreppen und hinauf zur massiven Eingangstür, die von einem geschnitzten Türsturz eingerahmt und von Säulen flankiert war. Dort erklärte sie dem livrierten Bediensteten, dass sie Miss Blackwood war. Ihr wurde aufgetragen, um das Belton Manor herumzugehen und den Seiteneingang zu benutzen. Es war nicht der Bediensteteneingang, doch auch nicht die Tür, die für geladene Gäste vorgesehen war.

Sie straffte ihre Schultern und trat den langen Weg um die symmetrische Frontfassade des als gelben Backsteinen gebauten Anwesens zum Seiteneingang an.

Zu ihrem Erstaunen erschien derselbe Bedienstete, als sie klopfte.

Der Mann zuckte die Schultern. „Dies ist die Tür, die man uns genannt hat, Miss."

„Nun gut. Wo sind die Devere-Kinder?"

„Hier entlang, Miss." Der hochgewachsene Mann führte sie durch einen Flur, einige Stufen hinauf und durch einen weiteren Korridor in einen kleinen, eleganten Raum, der in eierschalenblau gehalten war, mit strahlend weißen Stühlen und Zierleisten. Hier, in dieser gut beleuchteten Kammer, sollte sie warten.

Sie zog ihren Mantel aus, hing ihn zusammen mit ihrem Pompadour über einen gepolsterten Ohrensessel und nahm sich einen Moment Zeit, um ihre Umgebung zu betrachten. Es sah aus, als wäre der Raum ein Damensalon gewesen, der in ein behelfsmäßiges Schulzimmer umgebaut worden war, in dem nun zwei Stühle mit Leiterlehne an einem einfachen, rechteckigen Tisch standen. Darauf lagen Füllfederhalter und Tinte, Kreide und zwei Schiefertafeln, ein Rechenschieber, den Jenny sofort in die Hand nahm, und ein Stapel dünner Papiere.

Während Jenny mit den Perlen an dem Rechenschieber herumspielte, ging sie zum Bücherregal hinüber, wo sie freudig feststellte, dass es Bücher zu verschiedensten Themen gab, sogar Romane und einige spannende Geschichten. In diesem Moment schwang die Tür hinter ihr auf und ihre heutigen Schützlinge kamen herein. Ein Junge und ein Mädchen, die beide noch ein zweistelliges Alter erreicht hatten. Sobald sie sie sahen, blieben sie abrupt stehen. Scheinbar wurde ihnen nicht mitgeteilt, dass sie eine andere Lehrerin haben würden.

„Wer sind Sie?", wollte der Junge wissen; nicht unhöflich, sondern einfach ohne Umschweife.

„Ich bin Miss Blackwood."

„Nein, sind Sie nicht", sagte das Mädchen, das offensichtlich jünger war – vielleicht gerade vier.

„Ich bin die andere Miss Blackwood. Und es gibt sogar noch mehr von uns", informierte sie Jenny, „und auch eine Lady Blackwood, sie ist meine Mutter. Und wie lauten eure Namen?"

„Ich heiße Peter", sagte der Knabe.

Das Mädchen trat einen Schritt vor. „Ich bin Alice."

„Sprechen Sie Französisch?", fragte Peter.

Jenny nickte und beschloss, nicht zu erwähnen, wie rostig ihre Sprachkenntnisse waren. Dann sah sie über ihre Schulter, doch scheinbar kam niemand anderes. Kein Erwachsener, mit dem sie den Unterricht an diesem Nachmittag besprechen konnte. Wer unterrichtete sie in anderen Fächern außer Französisch?

„Habt ihr noch andere Lehrer außer Miss Margaret?"

Peter nickte. „Meister Käsegesicht unterrichtet mich in Mathematik und Schreiben."

„Meister Käsegesicht?", wiederholte Jenny.

Der Junge lächelte und nickte, und dann lachte Alice und enttarnte es als einen Witz.

„Na, hör mal. Es ist nicht nett, sich über die Namen anderer Leute lustig zu machen." Sie dachte an ihre eigene Schwester und die vielen Dorfbewohner, die den Spitznamen „Lord der Verzweiflung" für den mutlosen Mann angenommen hatten, der schon damals irgendwo in diesem prächtigen Haus gewohnt hatte. Ob die Kinder diesen grausamen Namen für ihren Blutsverwandten kannten?

„Er sieht wirklich aus wie Schweizer Käse", sagte Peter, „aber sein Name ist Meister Dolbert."

„So so. Und wann kommt er her zu euch?"

„Ganz früh am Morgen", sagte der Knabe. „Nicht jeden Tag."

Alice nickte nur ernst.

„Ihr hattet heute noch keinen Unterricht?"

Statt zu antworten, fragte Peter: „Warum halten Sie unseren Rechenschieber in der Hand?"

Jenny sah nach unten und bemerkte, dass ihre Finger die Perlen auf allen zehn Reihen flink hin und her schoben. Vertraut, beruhigend, auch wenn ihr eigener Schieber zwölf Reihen hatte. Trotzdem war es etwas ganz anderes als die blumige Fremdsprache mit den grässlichen, zungenbrecherischen Rs.

„Wie wäre es, wenn ich euch eine Geschichte auf Französisch vorlese und ihr versucht, mir zu sagen, was die Wörter bedeuten?" Und hoffentlich könnte sie dann von ihnen lernen, was sie bedeuteten!

Statt zu antworten, rannten sie zum Bücherregal und zogen ein großes, illustriertes Buch der Märchensammlung von Perrault heraus.

Jenny lächelte. „*Ah*, meine Lieblingsgeschichten." Wenn sie nur auf Englisch wären.

Sie verzichteten auf die harten Stühle am Tisch und setzten sich zu dritt nebeneinander auf ein Sofa vor einem Erkerfenster mit riesigen Scheiben, das sich endlos in die Höhe zu erstrecken schien.

Jenny saß mit dem Buch im Schoß zwischen den zwei Kindern und öffnete es. „Habt ihr ein bestimmtes Märchen im Sinn?"

„Bitte beginnen Sie am Anfang", sagte Peter.

Oh je. Es war eine ziemlich lange Sammlung. „Heute lesen wir zwei. *Histoires ou contes du temps passé*", fing Jenny langsam an und las auch den Untertitel des Buches vor. „*Les Contes de ma Mère l'Oye.*" Ihre Aussprache war nicht allzu schlecht und keins der Kinder lachte.

„Die Übersetzung bitte, Peter", sagte Jenny.

„*Geschichten oder Märchen aus vergangenen Zeiten mit Moral, oder Mutter Gans' Geschichten.*"

„*Très bien*", lobte sie ihn. „Die erste Geschichte, die ihr sicher schon einhundertmal gehört habt, heißt *Cendrillon*. Alice, bitte übersetze das."

„*Aschenputtel*", trällerte das kleine Mädchen.

„*Bon*", sagte Jenny und machte weiter.

Sie las einen Absatz nach dem anderen und ließ die Kinder abwechselnd erklären, was darin passierte und manchmal sollten sie einzelne Sätze auch direkt übersetzen. So verging eine vergnügliche Stunde und eine weitere mit der nächsten Geschichte, *La Belle au Bois Dormant*, oder *Die schlafende Schöne im Wald.*

„Oh je", sagte Jenny, als sie am Ende ankamen und die Ogerkönigin in der Wanne voller Schlangen und Kröten gestorben war. „Ich fühle mich ein wenig ausgetrocknet. *Je suis soif.*"

„*J'ai soif*", verbesserte Peter.

Hmm. Korrigiert von einem Kind.

„Zeit für einen Tee", verkündete Jenny und blieb bei Englisch, als sie sich aufrichtete und streckte. „Wo nehmt ihr normalerweise eure Erfrischungen zu euch?"

Die Kinder sahen einander an. „Jemand bringt sie herein."

„Ich weiß nicht, wie es euch geht, aber ich würde gern einen kleinen Spaziergang machen", sagte sie. Jedenfalls konnte sie nirgends einen Klingelzug entdecken, schon gar nicht an einer offensichtlichen Nadelspitze oder einem Wandteppichzug. Zweifellos war er in einem der dekorativen Messing- oder Bronzegegenstände im Zimmer versteckt, aber sie käme sich dumm vor, wenn sie versuchen würde, jeden einzelnen zu drücken und zu drehen.

„Lasst uns in den Speisesaal gehen und die Glocke betätigen."

Jenny war sich sehr bewusst, dass Kinder liebend gern nach Dienstboten klingelten. Zumindest hatten das ihre Schwestern in ihrem Zuhause in London getan, als sie noch klein gewesen waren.

Wie erwartet sprangen sie auf, rannten voraus und machten so viel Lärm, dass sie eher klangen wie eine Herde der besten königlichen Hirsche als zwei Kinder.

Als sie hinter ihnen herging, hoffte sie, dass sie damit nicht gegen das Protokoll verstieß.

„WAS IST DAS FÜR ein Lärm?", fragte Simon, auch wenn er sich sicher war, dass er allein war. Ein Aufstand vor dem Gefängnis? Feiernde Wachen? Rettung? Nein, war er nicht bereits gerettet worden? Was könnte im ruhigen Sheffield einen solchen Lärm machen? Kamen sie, um ihn zurückzuholen?

Sein Herz fing an zu rasen und kalter Schweiß rann seinen Rücken hinunter.

Sie kamen näher, oder war es nur der Widerhall des Echos? Er schrie. Zumindest glaubte er, dass es seine eigene Stimme war. Ja, er schrie wieder, und es fühlte sich gut an. Er spürte seine eigene, mächtigen Widerstand und schrie so, wie er es im Gefängnis nie getan hatte, aus Angst, sofort und dauerhaft zum Schweigen gebracht zu werden.

Dann schloss Simon seine Augen und *sah* Toby vor seinen Füßen auf dem Boden liegen und erinnerte sich daran, dass er nach dem grausamen Mord an seinem Cousin eine lange Zeit kein Wort mehr gesprochen hatte. Wie hatte er es wortlos mitansehen können, als sie ihn an seinen Füßen hinausgezerrt und begonnen hatten …

„Nein", brüllte er. „Nein, nein, nein, nein!"

Simon machte weiter, bis er erschöpft war. Als er aufhörte, hatte auch der Lärm aufgehört. Um ihn herum war es still.

Gut.

KAPITEL ZWEI

Die Haare in Jennys Nacken stellten sich auf und sie erschauderte. Was für ein schrecklicher Krach! Erst die Kinder, dann das furchtbare Geschrei. Sie wusste sofort, wer es war.

Sie empfand sowohl Mitleid als auch ein Kribbeln der Angst und streckte ihre Arme aus, als Peter und Alice zu ihr eilten, um sie in Sicherheit zu bringen.

Befand sich Lord Lindsey im selben Stockwerk? Oder in der Etage über ihnen? Sollten sie sofort zurück in den Salon gehen oder …?

„Was in Gottes Namen geht hier vor sich?"

Langsam drehte Jenny sich zu der Männerstimme um und wusste nicht, was sie erwarten sollte. Ein hochgewachsener Mann, nur wenig älter als es ihr Vater gewesen wäre, stand in dem Korridor, die Hände senkrecht nach unten gestreckt und mit einem finsteren Blick im Gesicht. Seinem Auftreten nach war er ein Befehlshaber, seiner Kleidung nach ein Bediensteter.

„Wer sind Sie?", fragte er und seine buschigen Augenbrauen hoben sich bis zu seinem silbrigen Haaransatz.

Bevor sie antworten konnte, sprach er die Kinder an.

„Ihr zwei wisst, dass ihr keinen solchen Krach machen sollt."

„Ja, Sir", sagten Alice und Peter im Chor.

„Wieso rennt ihr in diesem Flügel umher?"

Jenny beschloss, die Verantwortung für die Situation zu übernehmen. „Die Kinder und ich wollten um Tee bitten. Wir waren stundenlang im Salon eingepfercht."

„Und wer sind Sie?"

Dieses Mal wartete er ihre Antwort ab.

„Miss Blackwood."

Er sah sie ausdruckslos an. „Eine weitere", stellte er fest.

Sie nickte. „Meine Schwester konnte sich heute nicht um ihre Schützlinge kümmern."

„Ich verstehe. Und eine Blackwood-Schwester ist so gut wie die andere", sagte er.

Beinahe wäre sie beleidigt gewesen, doch sie merkte, dass er sich einen kleinen Scherz erlaubte, und es nicht ernst meinte. Zumindest dachte sie das.

„Es gibt noch eine weitere", informierte Peter den Mann.

„Wie erfreulich." Der Mann atmete tief ein, als müsse er sich sammeln, und Jenny begann zu verstehen, dass er wirklich von ihrem Lärm gestört worden war und zweifellos über die daraus resultierende Wirkung auf den Grafen bestürzt war.

„Ich bin Mr. Binkley", erklärte er. „Der Butler von Belton, und ich entschuldige mich für die Nachlässigkeit des Personals. Sie hätten Tee erhalten sollen. Ich lasse sofort ein Tablett schicken. Bitte kehren Sie in den Blauen Salon zurück."

„Dürften wir für einen Tapetenwechsel in den Speisesaal gehen?", fragte Jenny, da sich Mr. Binkley scheinbar beruhigt hatte.

Er sah aus, als würde er innerlich mit sich kämpfen.

„Ich verspreche, dass es kein Rennen oder weitere Störungen geben wird", fügte sie hinzu. „Während wir dort sind, werden wir die französischen Begriffe für übliche Speiseutensilien besprechen."

Er zögerte immer noch. Schließlich murmelte er: „Na schön. Folgen Sie mir."

Mr. Binkley nickte ihr im Vorbeigehen zu und ging den Korridor in die Richtung hinunter, in die die Kinder sie geführt hatten. Die drei gingen eine Haupttreppe hinunter und durch ein großes Foyer. Als sie einen riesigen Speisesaal mit einer langen Tafel und zwei Dutzend Stühlen auf beiden Seiten betraten, konnte Jenny nur staunend innehalten.

Der perfekte Glanz der Politur auf dem Tisch erstreckte sich endlos und weder ein Staubkorn noch ein einziger Fingerabdruck war weit und breit zu sehen. Ein deutlicher Unterschied zu dem Eichentisch im Landhaus der Blackwoods, auf dem Zeitungen, Blumen und gelegentlich Krümel verteilt waren. Im Gegensatz dazu wirkte der Speisesaal der Deveres für Jennys Geschmack eindeutig ungenutzt und sogar traurig, auch wenn zwei prächtige Kristalllüster von der hohen Decke herabhingen.

„Bitte warten Sie hier und gehen Sie nirgendwo anders hin."

Sie nickte Mr. Binkley zu und er sah jedes der Kinder mit einem strengen Blick an, bevor er sich zurückzog.

„Nun, das hätte uns beinahe den Ausflug verdorben."

Bei Jennys Worten kicherte Alice und Peter wanderte im Raum herum, als hätte er ihn noch nie gesehen. Mit einem Schrecken stellte Jenny fest, dass die Kinder das vielleicht nie hatten. Vielleicht aß die Familie, Lady Tobias Devere und ihre Kinder, in einem gemütlichen Raum, statt diesem sterilen Gewölbe.

„Könnt ihr mir etwas über diesen Raum erzählen?", fragte Jenny. „Kennt ihr den Mann auf diesem Gemälde?"

Peter war stehen geblieben, um ein großes Porträt anzustarren, das an einem Ende des Raumes über der blauen *Fleur-de-Lys*-Tapete hing.

„Ich weiß es nicht." Seine Stimme hatte einen seltsamen Klang angenommen und Jenny ging auf ihn zu.

„Er sieht aus wie mein Vater, nur viel älter." In Peters Stimme war voller Neugierde.

Jenny betrachtete das Porträt. Ein attraktiver Mann, der die Blüte des Lebens um etwa zwanzig Jahre überschritten hatte, starrte auf sie herab.

„Oh", murmelte sie und erinnerte sich an die vielen Zusammenkünfte im Herrenhaus, als sie noch ein Kind gewesen war. Sie hatte diesen Raum nie betreten, nur den großen Saal, von dem sie wusste, dass er ganz in der Nähe sein musste. Dort hatte die größte Weihnachtsfeier stattgefunden, die sie je gesehen hatte. Und dieser Mann, der vorherige Graf, war dort mit seinem einzigen Sohn gewesen, Simon, der nun allein im Obergeschoss litt.

Vielleicht war Peter und Alices Vater, Sir Tobias Devere, auch bei diesen Feiertagszusammenkünften gewesen, auch wenn Jenny sich nicht an ihn erinnern konnte. Ohne Zweifel war er, wie auch sein Cousin Simon, ein schlaksiger Junge gewesen.

„Ich habe diesen Mann getroffen. Es ist Lord Lindsey, der Vater des jetzigen Grafen." Der ältere Mann war verstorben, während sein Sohn und Neffe im Ausland gewesen waren, und hatte sich seiner lange toten Gräfin angeschlossen. Tatsächlich konnte sich Jenny nicht an eine Zeit erinnern, in der Lady Lindsey am Leben gewesen war.

Sie tätschelte die Schulter des Knaben. „Und du siehst ihm auch ähnlich, Peter, denn er ist *dein* Großvater."

„Und meiner?", fragte Alice.

Jenny drehte sich um, um dies zu bejahen, als eine junge Frau ein glänzendes Silbertablett hereintrug, gefolgt von Mr. Binkley, der stehen blieb, als er sie vor dem zwei Meter hohen Gemälde stehen sah.

„Wenn Sie mit Ihrer Erfrischung fertig sind", sagte er mit einer Stimme, die keine Widerworte zuließ, „läuten Sie bitte die Glocke." Er zeigte auf eine bronzene Statue eines Löwen, der auf seinen Hinterläufen stand, die den Anschein einer einfachen Figur auf dem Kamin hatte. „Drücken Sie die Vorderläufe herunter, dann werde ich Sie zurück zum Salon begleiten."

Sie hätte es vorgezogen, herumzuschnüffeln und vielleicht den großen Saal aus ihren Kindheitserinnerungen zu finden, doch scheinbar sollte es nicht sein.

„Natürlich", sagte Jenny und ließ sich mit den Kindern auf den Stühlen nieder. Neben einer Teekanne, Tassen und Untertassen lag ein Stapel Scones auf einem Tablett mit zwei Schüsseln, eine mit Clotted Cream und eine mit Himbeermarmelade. Alice quietschte vergnügt und Jenny verwarf schnell das Vorhaben, sie alles auf Französisch benennen zu lassen, da sie bezweifelte, dass sie überhaupt bestimmen konnte, ob sie recht hätten.

JENNY HATTE IHR KINN auf die Rücklehne gelegt und konnte sich nicht mehr bewegen. Ihre Augen waren fest geschlossen.

„Ha", höhnte Maggies Stimme. „Ich wusste es. Diese Kinder haben dich ausgelaugt."

„Ja", murmelte Jenny, ohne den Kopf zu heben. „Das haben sie."

Dann drang Eleanors süße Stimme in ihren Verstand. „Jen, sieh dir meinen neuen Hut an."

Mühevoll öffnete Jenny ihre Augen ein Stück weit und sah durch den Raum zu ihren Schwestern. Maggie grinste und Eleanor, die ebenfalls lächelte, hatte einen wunderschönen Strohhut mit sorgsam platzierten Federn als auch Bändern darauf auf.

„Er sieht teuer aus", sagte Jenny.

Beide Mädchen sahen bei ihrem Tonfall sofort enttäuscht aus.

„Aber schön", fügte Jenny schnell hinzu. „Perfekt fürs Land."

Eleanors Lächeln kam schnell wieder zurück. „Das ist er, nicht wahr? Die Krempe hält die Sonne von meinen Augen und meiner Nase ab.“

„Perfekt“, wiederholte Jenny und schloss ihre Augen wieder. Sie hatte Mr. Allen im Gasthaus versprochen, dass sie seine Geschäftsbücher bis zum nächsten Morgen durchgearbeitet haben würde, oder zumindest hatte ihr Bediensteter Henry ein solches Versprechen gegeben. Sie würde sich bald aufraffen müssen, um dem Wort ihres Dieners gerecht zu werden.

Sie spürte, wie sich jemand neben sie setzte und wusste, dass es Maggie war, da sie gehört hatte, wie Eleanor mit ihrem üblichen Eiltempo davongehuscht war.

„Sie sind gute Kinder“, begann Maggie.

„Ja. Wir haben Perrault gelesen und sind dann losgezogen, um Verpflegung zu suchen.“

Maggie keuchte. „Niemals! Ihr habt das blaue Zimmer verlassen?“

„Ja.“

„Das sollt ihr nicht.“

„Das habe ich herausgefunden.“

„Wer hat euch erwischt?“, fragte Maggie mit einer Portion Begeisterung in der Stimme.

„Sein Name war Mr. Binkley.“

„Der Admiral!“

Jenny erschrak. „Ist er das?“

„Nein.“ Maggie lachte. „Aber ich sehe ihn als solchen.“

„Ich verstehe, warum. Er war recht imposant.“

„Hat er euch zum Salon zurückgebracht?“

„Nein, wir hatten einen vergnüglichen Nachmittagstee im Speisesaal.“

Maggie keuchte. „Niemals!“

„Hör auf, das zu sagen.“

„Was zu sagen?“ Die Stimme ihrer Mutter erklang, als sie den Raum betrat. „Und warum schläfst du zu dieser Uhrzeit?“

„Ich schlafe nicht, Mummy, ich ruhe mich nur aus. Ich habe einen langen Tag im Herrenhaus hinter mir."

Ihre Mutter nahm auf ihrer anderen Seite Platz und ihr vertrauter Lavendelduft stieg Jenny in die Nase und tröstete sie.

„Hast du es wiedererkannt? Das Belton Manor, meine ich."

„Ja, das habe ich, aber ich konnte nicht noch einmal in den großen Saal gehen."

„Wie schade", sinnierte ihre Mutter. „Einer der schönsten Räume in ganz England, kann ich dir versichern. Es war immer schön, wenn sie ihn den Kindern an Weihnachten öffneten."

„Ich habe ein Porträt des alten Grafen gesehen."

Ihre Mutter schnalzte mit der Zunge. „Ein netter Mann. Er wäre sicher entsetzt, wenn er vom Schicksal seines Neffen erfahren würde, ganz zu schweigen von seinem einzigen Sohn."

„Ich glaube, ich habe *ihn* heute gehört."

Maggie keuchte erneut.

„Was meinst du damit?", wollte ihre Mutter wissen.

„Sie meint, sie hat den Lord der Verzweiflung stöhnen und grummeln gehört."

Jenny hob endlich ihren Kopf und warf ihrer Schwester einen Blick zu, machte sich jedoch nicht die Mühe, sie zu berichtigen.

Dann drehte sie sich zu ihrer Mutter um. „Die Kinder wurden etwas ungestüm, als wir zum Tee gingen. Plötzlich hörte ich einen Mann schreien. Ich muss sagen, es war wirklich haarsträubend." Jenny erinnerte sich daran, was als Nächstes passierte. „Dann fing er an, das Wort *Nein* zu brüllen. Zuerst ein wenig schwach, doch dann viel stärker. Immer und immer wieder, als würde er gequält."

Es war ein herzzerreißender Klang gewesen.

„Und ich muss morgen dorthin zurückkehren", protestierte Maggie.

„Muss sie das?", fragte ihre Mutter Jenny, als wäre sie das Oberhaupt des Haushalts.

„Ja, das muss sie ganz sicher." Sie sah Maggie an. „Hast du so etwas schon einmal gehört?"

Maggie seufzte. „Das habe ich, wenn auch selten. Vielleicht keine so lange Episode, wie du sie beschreibst. Nur ein Rufen oder Stöhnen. Und beizeiten stampft er herum und der Lärm beunruhigt die Kinder. Der Admiral …"

„Wer?", fragte ihre Mutter.

„Der Butler", erklärte Jenny.

„Mr. Binkley sieht manchmal nach uns, nachdem es einen Vorfall mit dem Grafen gab." Maggie stand plötzlich auf. „Ich werde Ada schreiben. Ich vermisse sie sehr."

Jenny tat es leid, dass ihre Schwester all ihre Freunde hatte zurücklassen müssen. Die Unzulänglichkeiten ihres neuen Lebens ließen sie offensichtlich an ihr altes Leben denken. „Wieso lädst du sie nicht ein, zu uns zu kommen, wenn die Saison vorbei ist?"

Maggie warf ihr einen Blick des blanken Entsetzens zu.

„Oh nein, das könnte ich nicht." Sie legte ihre Hände an ihre Wangen. „Stell dir vor, sie sieht, dass ich für meine Zeit mit den Devere-Kindern bezahlt werde?"

„Das geht nicht", stimmte ihre Mutter zu.

Jenny fand, dass beide überempfindlich waren. „Ich verstehe, dass es schade ist, die Saison zu verpassen, aber solltet ihr nicht ein wenig Stolz auf …"

„Wage es dich nicht ‚unsere Arbeit' zu sagen, dann werde ich nie wieder zum Herrenhaus gehen. Ich empfinde nichts als Erniedrigung." Damit stürmte Maggie aus dem Raum.

„Oh je", murmelte ihre Mutter.

„Das kannst du laut sagen", stimmte Jenny zu.

„SEINE LORDSCHAFT, DER GRAF von Lindsey, wünscht, dass Sie eine gründliche Prüfung der Bücher der letzten fünf Jahre durchführen. Die besagten Akten werden in Ihrem Büro abgeliefert bis zum …"

Jenny las den Inhalt des Schreibens immer wieder. Es bestand aus einem einzigen Absatz, der an Mr. G. Cavendish adressiert war, den Namen, den sie sich gegeben hatte, seit sie die lukrative Scharade des Buchhalters mit dem Mädchennamen ihrer Mutter begonnen hatte.

Clara, die Haushälterin, die für sie arbeitete, seit Jenny ein Kind gewesen war, stand vor dem Schreibpult und wartete, bis Jenny am Ende des Briefes, der an ihre Tür geliefert worden war, erreicht hatte. Es war mit „E. Binkley, im Auftrag seiner Lordschaft Simon Devere, Graf von Lindsey" unterschrieben war.

„Gute Güte!", rief sie aus. *Der Admiral.*

„Ein Herr wartet auf eine Antwort", erinnerte sie Clara.

Jenny starrte Clara einen Moment lang an. Ihr erster Gedanke war, dass sie enttarnt werden würde, wenn sie nicht extrem vorsichtig wäre. Der zweite war, dass sie diesem besonderen Kunden mehr berechnen sollte. Der dritte war, dass sie diese Anfrage wohl besser ganz abschlagen sollte.

Trotzdem nahm sie ihren Füllfederhalter auf und schnappte sich ein schlichtes Blatt Papier, eins ohne das unverkennbare Blackwood-„B", das von Stechpalmen umgeben und mit dem sehr passenden Motto *Per vias rectas* versehen war. Auf geradem Weg!

Was würden ihre Vorfahren von ihrem entschieden nicht geraden Weg halten? Über diese Frage wollte sie nicht nachdenken.

Mit schnellen Strichen antwortete Jenny, dass sie dem Grafen gerne assistieren und seine Bücher gleich entgegennehmen würde. Sie unterschrieb mit ihrer inzwischen schon gewohnten falschen Unterschrift.

Sie wedelte das Papier ein paar Sekunden lang hin und her, dann faltete sie es und gab es Clara, die ihr ein schiefes Lächeln schenkte und aus dem Raum eilte.

Was für eine interessante Wendung der Dinge. Jenny würde in die internen Angelegenheiten des Belton Parks eingeweiht werden, einschließlich des Herrenhauses und Jonling Hall, mitsamt der umgebenden Ländereien und Besitztümer. Vielleicht würde sie sogar herausfinden, wer das Jonling-Hall-Anwesen gekauft hatte, welches leer geblieben war, seitdem Lady Devere und ihre Kinder es vor über einem Jahr verlassen hatten. Aus irgendeinem Grund hatten sie das Anwesen nicht halten können.

Schon achtundvierzig Stunden später hatte Jenny die Geschäftsbücher der Deveres auf dem Schreibtisch vor sich ausgebreitet und öffnete das neueste, da sie beschlossen hatte, sich zunächst einen Überblick über den aktuellen Stand der Dinge zu machen, bevor sie sich mit der Vergangenheit befasste.

Weitere drei Stunden, eine Kanne Tee und vier Zitronenplätzchen später wusste sie schon recht viel. Maude Devere verfügte nicht über das nötige Einkommen, um für den Unterhalt von Jonling Hall aufzukommen oder ihre Bediensteten zu bezahlen. Sie war gezwungen gewesen, das alles aufzugeben und ihr Zuhause an jemanden zu verkaufen, der von einem Immobilienagenten in London vertreten worden war, der in dem Verfahren leider nicht genannt worden war. Offensichtlich handelte es sich um jemanden, der recht wohlhabend war.

Jennys Familie war dieses Schicksal erspart geblieben, auch wenn sie sich von ihrem geliebten Stadthaus am Hanover Square hatten trennen müssen. Wenn sie es schaffte, genug zu sparen, um beiden Schwestern im Januar eine angemessene Saison zu ermöglichen, wo würden sie dann in London wohnen?

Sie verdrängte diesen beunruhigenden Gedanken aus ihrem Kopf und machte weiter. Während die Besitztümer des alten Grafen in der Vergangenheit durchaus ertragreich gewesen waren, hatten sie in letzter Zeit schwindende Gewinne abgeworfen. Dieser Einbruch war schon im ersten Buch ersichtlich gewesen, das fünf Jahre alt war, in dem jemand einen Rückgang um ein Viertel der Jahresendsumme festgestellt hatte; im nächsten Jahr waren die Profite noch mehr zurückgegangen. Dann, ungefähr zur Zeit, als der junge Graf und sein Cousin abgereist waren, wurde die Buchführung lückenhaft, und einige Einnahmen waren gar nicht festgehalten worden. Auch die Handschrift hatte sich geändert.

Jenny fragte sich, ob es Simon Devere gewesen war, der die Bücher für seinen Vater gepflegt hatte, bis er nach Birma aufgebrochen war. Einer Sache war sie sich sicher, ein Teil der Einkünfte in den Handels- und Produktionsbüchern fehlte. Vielleicht handelte es sich dabei einfach um ein Missverständnis und nicht um ruchlosen Machenschaften.

Über die nächsten Tage notierte sich Jenny ihre Entdeckungen, umriss die Unstimmigkeiten, auf die sie stieß und schnürte das ganze Paket ordentlich zu, damit Henry es am frühen Abend des dritten Tages zurück zu Mr. Binkley bringen konnte. Jenny bezweifelte, dass der Graf in der Verfassung war, sie durchzusehen, doch hoffentlich würden auch sein Butler und ein Gutsverwalter verstehen, dass sie mit solchen Lücken in den Aufzeichnungen keine ordnungsgemäße Buchhaltung des Anwesens betreiben konnte.

Zuletzt schrieb sie ihre Rechnung für die Stunden, die sie daran gearbeitet hatte, steckte sie in einen Umschlag und befestigte ihn mit einem stabilen Stück Schnur an dem Paket.

Es wurde Zeit, sich vor dem Abendessen mit einem Glas spanischem Wein zu belohnen. Nachdem sie Clara mitgeteilt hatte, dass sie ihren Aperitif im kleinen und eher nachlässig gepflegten Garten genießen würde, ging Jenny hinaus auf die gepflasterte Terrasse hinter dem Haus, die einen Blick auf Buchsbäume, Berberitzensträucher und Rosen bot. Sie nahm an dem schmiedeeisernen Tisch Platz, wo sie die Stallungen und den kleinen Paddock sehen und das Wiehern ihrer Pferde hören konnte.

Jenny nahm den Wein mit einem dankbaren Nicken von Clara entgegen und gestand sich ein, dass sie das andere dringende Problem fast vergessen hatte. Thunder, wie Eleanor eines ihrer Pferde genannt hatte, machte seinem Namen alle Ehre und war zu einem übellaunigen Wallach geworden. Sie hatten ein weiteres Paar guter Ponys in London verkauft und nur Thunder und Lucy, eine zahme Stute, erworben.

Hier, in ihrem Haus auf dem Land, lebte bereits ein altes Zugpferd, ein Cleveland Bay, das, soweit sie wusste, namenlos war und schon in der Familie gewesen war, bevor sie oder eine ihrer Schwestern geboren worden waren.

Jenny seufzte. Pferde waren kostspielig im Unterhalt, besonders wenn man teure Hüte für seine Schwestern kaufen und auf eine Saison zu sparen hatte. Allerdings würde niemand Thunder in seinem derzeitigen Zustand kaufen und keine von ihnen konnte sich von Lucy oder dem alten Bay trennen.

Gerade grasten alle drei Pferde auf dem Paddock. Man sollte meinen, die älteren würden Thunder freiwillig fernbleiben, doch Lucy ging oft auf ihren Stallgenossen zu, was im Chaos endete. Das Problem hatte mit einer Rutschpartie in einer lästigen Frühjahrspfütze begonnen, als sie unfreiwillig aus London aufs Land geflohen waren. Die Straßen waren sowohl von flachen als auch tiefen Spalten übersäht gewesen, die mit Regenwasser gefüllt waren. Thunder war in eine vom schlammigen Wasser verdeckte Furche getreten und hatte sich das rechte Vorderbein verdreht.

Keine der Blackwood Frauen war besonders geschickt im Umgang mit Pferden, trotz ihres Reitunterrichts, und Eleanor liebte alle Kreaturen fast schon mehr als sie Menschen mochte. Claras Sohn, der junge Stallbursche George, hatte sich, so gut er konnte, mit dem Rat eines Nachbarn um das Bein gekümmert, mit einer Packung und einem festen Verband um das Schienbein. Das Bein war verheilt, doch seitdem hatte das Pferd ein leichtes Humpeln entwickelt.

Als wäre das nicht schon schlimm genug, hatte Thunder seinen Kopf in einen Himbeerbusch gesteckt, wahrscheinlich, weil er die süßen Beeren hatte kosten wollen, und, nach der Art zu urteilen, wie er auf dieser Seite blinzelte und scheute, hatte wahrscheinlich sein linkes Auge zerkratzt. Dank dieser beiden Erlebnisse war er ängstlich und schreckhaft.

Jenny seufzte erneut und nahm einen großen Schluck ihres Weins.

„Was machst du?", fragte ihre Mutter und setzte sich auf den leeren Stuhl neben ihr.

„Ich entspanne mich. Und ich denke darüber nach, dass wir etwas wegen Thunder unternehmen müssen, aber ich weiß beim besten Willen nicht, was."

Clara brachte ein weiteres Glas Wein für die Hausherrin heraus und Jenny hob ihres, um es gegen das ihrer Mutter zu stoßen.

„Lass sich George um die Pferde sorgen", sagte Anne Blackwood. „Du schlägst dich hervorragend mit allem anderen. Habe ich dir das schon einmal gesagt?"

Sie lächelte ihre Mutter an. „Ja, das hast du."

„Ich weiß, dass du dich jetzt bereits in deinem eigenen Zuhause niedergelassen hättest, wenn dein Vater nicht von uns gegangen wäre. Bist du sehr enttäuscht?"

Jenny schüttelte den Kopf. „Ehrlich gesagt, nein. Ich wäre in ein unbekanntes Haus gezogen und hätte unter Fremden gelebt."

„Du hättest einen Ehemann", bemerkte ihre Mutter.

„Ein weiterer Fremder", sagte Jenny. „Hast du Vater geliebt, als ihr geheiratet habt?"

Anne lehnte sich zurück und starrte die Felder hinter dem Paddock an, dann trank sie von ihrem Wein. „Das habe ich."

„Hättest du ihn geheiratet, wenn es nicht so gewesen wäre?“

„Die Umstände waren anders. Kurz gesagt, es wäre mir nicht erlaubt gewesen. Es wurde uns ohnehin fast von meinem Vater verboten. Hätte ich deinen Vater nicht geliebt und ihn angepriesen, wäre sein Antrag abgewiesen worden.“

„Weil Vater ein Schotte war?“

„Ja, aber ich flehte meine Mutter an, mir zu helfen, meinen Vater zu überzeugen. Wenn dein Vater kein Baron gewesen wäre, hätte auch sie mir nicht geholfen, doch dieser Hauch von Adel verschaffte ihm Akzeptanz. Das und die Tatsache, dass er auf dieser Seite der Grenze die Schule besucht hatte.“

Jenny dachte einen Moment lang darüber nach. Ihre Eltern hatten immer glücklich gewirkt.

„Es tut mir leid, dass du deine große Liebe verloren hast, Mummy. Ungeachtet der Tatsache, dass er mein Vater war, mochte ich ihn als Person.“

Ihre Mutter streckte die Hand aus und berührte Jennys Arm. „Danke.“

„Ich bin froh, dass du nicht mehr weinst. Maggie sagt, dass Lady Devere immer noch weint, und man muss bedenken, dass er schon seit Jahren tot ist, auch wenn sie es nicht wusste.“

„Vielleicht weint sie aus anderen Gründen“, warf Anne ein. „Wie auch immer, ich hatte eine gute Ehe und ich habe euch drei Mädchen. Ich kann nicht klagen.“

Jenny lächelte über die praktische Einstellung ihrer Mutter. Sie hatte sie in jeder Hinsicht geerbt. „Ich habe für den Vicomte nicht das empfunden, was du für Vater empfunden hast. Wie furchtbar wäre es gewesen, wenn ich tatsächlich echtes Interesse an Alder gehabt hätte und er mich so abserviert hätte, wie er es tat.“

„Ich hatte Glück, dass ich mich nicht auf die barbarische Saison der Oberschicht verlassen musste“, gab Anne zu. Sie lachten beide über ihre Darstellung der Londoner

Veranstaltungen, auf die sich so viele junge Frauen freuten, während sie ebenso viele mit Furcht erwarteten.

„Die Familie deines Vaters waren Nachbarn meiner Eltern in ihrem Haus in Carlisle, und wir waren ohnehin an die Schotten gewöhnt, da wir so weit im Norden wohnten."

Doch Jenny war von dem Gespräch über die Saison, die in London noch mindestens einige Wochen lang andauern würde.

„Barbarisch oder nicht, Mummy, wir müssen einen Weg finden, wie Maggie nächstes Jahr teilnehmen kann. Es ist unwahrscheinlich, dass sie hier einen geeigneten Ehemann finden wird."

„Was ist mit dem neuen Grafen?", schlug Anne vor. „Er ist ein wenig alt für sie, aber möglicherweise findet sie ihn attraktiv. Außerdem ist sie jeden Tag dort. Vielleicht …"

„Er ist wie ein Einsiedler eingesperrt und klingt wie ein verwundetes Tier."

Ihre Mutter schürzte die Lippen. „Ich schätze, dann ist er nicht für unsere Mags geeignet."

„Nein", murmelte Jenny. „Ich schätze, nicht. Es gibt immer noch die Heiratsanzeigen, nehme ich an. Wenn Maggie einverstanden ist, könnten wir …"

Ein Kreischen ließ Jenny aufspringen.

KAPITEL DREI

Eleanor kam hinausgerannt, die trotz ihres Kreischens lächelte.

„Ihr erratet es niemals", verkündete Jennys jüngste Schwester, dann schrie sie erneut vor Freude auf.

„Unterlasse sofort diesen höllischen Lärm", sagte ihre Mutter, als Jenny sich wieder auf ihrem Platz niederließ, um sich davon abzuhalten, ihre jüngste Schwester dafür zu erdrosseln, dass sie beide Herzrasen bekommen hatten. „Niemand wird irgendetwas mehr erraten, wenn du dich nicht setzt und vernünftig sprichst. Meine Güte, ich weiß nicht, wo du diese Manieren herhast, oder wie wir jemals einen Ehemann für dich finden sollen. Dagegen wird Maggie einfach sein. Sie hat nur eine etwas spitze Zunge, doch du ..."

„Verzeih, Mummy", unterbrach sie Eleanor. „Doch es ist so wunderbar, dass ich nicht an mir halten konnte."

„Was ist los?", fragte Jenny irritiert. Sie spürte immer noch, wie ihr Herz unangenehm stark pochte und wurde an das schreckliche Schreien des Grafen erinnert.

„Ich habe einen Brief von Maisie erhalten. Sie und Onkel Neddy kommen uns besuchen."

Jenny und ihre Mutter tauschten einen kurzen Blick miteinander. Sie glaubte, Beunruhigung in Annes Augen reflektiert zu sehen.

„Er ist nicht dein Onkel", sagte ihre Mutter nur.

„Dann eben mein Cousin", korrigierte Eleanor.

„Nur angeheiratet", erwiderte Anne und nahm einen Schluck von ihrem Wein. „Und er ist dein Cousin zweiten Grades."

Der Verwandtschaftsgrad von Ned Darrow und ihrem verstorbenen Vater tat nicht wirklich etwas zur Sache. Jenny wusste, dass Eleanor einfach überglücklich über den Besuch von Neds Schwester Maisie, denn sie waren gleich alt und hatten sich immer gut verstanden. Zweifellos war Eleanor in Sheffield einsam, und dies war ihre Chance auf Gesellschaft abseits ihrer Schwestern und ihrer Mutter.

Ned war eine andere Sache; der Sohn des angeheirateten Cousins ihres Vaters war gelegentlich ihr Gast im Stadthaus gewesen. Meist blieb er eine Nacht lang, wenn er Maisie brachte, die oft einen Monat lang bei ihnen blieb, und dann noch eine, wenn er kam, um sie abzuholen und zurück zu ihrem Zuhause in Schottland zu bringen. Er hatte mit ihrem Vater Schnaps und Wein getrunken und ihr bei jeder Mahlzeit Blicke zugeworfen.

Jenny gab es nicht gern zu, doch er war ihr ein Dorn im Auge. Er war ein wenig zu selbstverliebt und ein wenig zu interessiert an ihr, wenn sie ehrlich war. Sie war froh gewesen, als sie den Antrag von dem Vicomte bekommen hatte, und sei es nur, um der Aufmerksamkeit von Ned zu entgehen. Jetzt wäre sie wieder erreichbar für ihn. Sie dachte daran, vorzugeben, dass sie noch immer in einer langen Verlobung stecke, doch vielleicht wusste er bereits die Wahrheit.

„Ned Darrow hätte eine Einladung abwarten sollen", verkündete ihre Mutter und sprach damit Jennys Bedenken aus.

Eleanor wurde rot. „Ich habe eine Einladung ausgesprochen. Zumindest Maisie gegenüber."

Anne schnalzte mit der Zunge. „Das war ein Fehler von dir, doch es war auch recht forsch von Ned, im Namen seiner Schwester anzunehmen, ohne mich vorher zu fragen. Und denk nur an die Kosten!"

Jenny tat genau das. Ein weiteres Maul, das es zu füttern galt, oder vielleicht auch mehr, wenn Ned auch blieb, und wer wusste schon, wie lange!

„Maggie wird bei mir schlafen müssen", sagte sie und fing an, für das Unvermeidliche zu planen. Als Älteste genoss sie den Luxus, ihr eigenes Zimmer zu haben, während ihre beiden jüngeren Schwestern sich das größere mit zwei Betten teilten. „Dann kann Maisie bei Eleanor schlafen."

„Was tun wir mit Cousin Ned?", fragte sich ihre Mutter. *Gute Frage.*

Dann fügte ihre Mutter hinzu: „Ich schätze, wir müssen ein Bett im Salon aufbauen."

Jenny erstarrte. „Wie soll ich meine Buchhaltungsarbeiten verrichten? Wo soll ich die Geschäftsbücher der Kunden aufbewahren?"

„Vielleicht bleibt er nur eine Nacht", sagte Anne. „Und in der Zwischenzeit kannst du in meinem Zimmer einen Tisch aufstellen."

Jenny nickte. *So soll es sein.* Eleanor hatte einen finsteren Blick aufgesetzt und Jenny streckte ihren Arm aus, um die Hand ihrer Schwester zu ergreifen.

„Liebes, ich bin froh, dass du Gesellschaft von jemandem in deinem Alter haben wirst, doch bitte lade keine weiteren Gäste ein, sonst müssen sie bei den Pferden schlafen."

Wenn Ned in seiner klapprigen, neu gestrichenen Kutsche ankam, die zwar schon bessere Tage gesehen hatte, ihm aber den Anschein von Noblesse verlieh, statt selbst einen offenen Einspänner zu fahren, müsste der Kutscher in einem leeren Stall übernachten. Denn die Köchin, George, Henry und das Hausmädchen bewohnten die beiden Zimmer, die von der Küche abgingen.

Eleanor kicherte und ihre Miene erhellte sich wieder.

„Wir sollten genügend Gäste im Haus haben, um *Kämmerchenvermieten* zu spielen!" Sie sprang auf und rannte aus dem Raum, wobei sie Maggies Namen schrie, um ihr von den unerwünschten Hausgästen zu berichten.

Auch da konnte Jenny beobachten, wie Lucy auf Thunder zuging, der mit hängendem Kopf gegen den Zaun gelehnt stand und miserabel aussah – wenn es überhaupt möglich wäre, dass ein Pferd nach außen hin niedergeschlagen wirkte. Als die Stute näher kam, erschreckte sich Thunder, bäumte sich auf und biss Lucy in die Schulter. Beide Pferde flüchteten auf gegenüberliegende Seiten des Paddocks.

„Soll ich Clara mehr Wein holen lassen?", fragte ihre Mutter.

Jenny nickte bloß.

DIE ANKUNFT VON NED und Maisie Darrow aus Dumfries, Schottland, eine Woche später, verursachte mehr Aufruhr, als Jenny sich hätte vorstellen können. Während Maisie mit ihren blonden Locken und ihren rehbraunen Augen noch viel süßer war, als sie alle in Erinnerung hatten, und Distelkonfitüre und Lavendelseife verschenkte, war Ned genau so nervtötend, wie Jenny erwartet hatte. Sogar noch mehr.

Sekunden, nachdem er durch die Tür getreten war, betonte er, dass er von ihrer aufgelösten Verlobung wusste. Als er seinen Surcot von seiner schütteren Gestalt entfernt und seinen Hut abgenommen hatte, um sein sandfarbenes Haar zu enthüllen, sprach ihr Cousin mit ausgesprochen schlechten Manieren die herzlose Zurückweisung des Vicomte an. Dies unter dem Vorwand der Beileidsbekundung zu tun und dabei unangemessen vergnügt auszusehen, sah Ned ähnlich.

Jenny hatte das Gefühl, dass sein Besuch mehr mit ihr zu tun hatte, statt damit, Maisie zu Eleanor zu bringen.

Maggie versuchte, Jenny zur Hilfe zu kommen, indem sie spitz fragte, ob sie ihm ein Bett herrichten sollten, oder ob er sofort nach Hause zurückkehren würde, und hoffte, ihm zu vermitteln, dass er unerwünscht war.

Unglücklicherweise prallte es einfach an ihm ab.

„Ich hoffe, du machst Witze", sagte Ned zu Maggie, dann sah er Jenny an. „Ich hatte die Absicht, für einen längeren Besuch zu bleiben. Ich dachte, das wäre in Maisies Brief deutlich geworden."

Er nickte zu der Stelle, wo seine Schwester gestanden hatte, doch Maisie und Eleanor waren bereits flüsternd und lachend oben verschwunden.

„Wir möchten euch sicherlich nicht den Eindruck vermitteln, dass die Familie von Cousin Lucien euch nach seinem Tod verstößt", fuhr Ned fort.

„Wir versprechen, dass wir nichts dergleichen annehmen", sagte Jennys Mutter. „Es ist nur so, dass du im Salon schlafen musst, da wir oben keine Zimmer mehr freihaben."

„Das ist in Ordnung", beharrte Ned und wandte seinen Blick nicht von Jenny ab. „Es macht mir überhaupt nichts aus."

Wie schade. Sie schenkte ihm ein steifes Lächeln, was das Beste war, das sie zustande brachte. Sie hatte gehofft, er würde schreiend davonlaufen, wenn er erfuhr, dass es kein Schlafzimmer für ihn gab. Vielleicht würde er seinen Besuch verkürzen, wenn er zu spüren bekam, wie hart oder schmal die Polsterbank war.

Wie auch immer, sie musste ihre Arbeit zu Ende bringen. Und nun hatte Jenny die Unannehmlichkeit, die Unterlagen und sich selbst im Zimmer ihrer Mutter verstecken zu müssen.

„Nun gut, ich sehe dich dann beim Abendessen", teilte sie ihrem Cousin mit, als sie Eleanor die Treppen hinauf folgte.

Neds Stirn legte sich in Falten.

„Oh, werte Cousine, ich hoffte, wir könnten eine Tasse Tee zusammen trinken oder vielleicht einen Spaziergang über das Grundstück machen. Ich könnte mir jedenfalls nach dieser langen Reise gut die Beine vertreten."

Jenny öffnete ihren Mund und schloss ihn dann wieder. Welche Ausrede könnte sie ihm geben, wenn sie ihm nicht von ihrer Arbeit als Buchhalterin erzählen durfte? Sie sah zu Maggie hinüber, die ein seltsames Gesicht machte, was eindeutig bedeutete, dass sie ihrer Schwester in diesem Fall nicht aus der Patsche helfen würde. Nicht, wenn die Strafe ein Spaziergang mit Ned war.

Glücklicherweise kam ihr ihre Mutter zu Hilfe. „Ich würde mich über die Gelegenheit eines Spaziergangs und eines Plausches über Luciens Familie freuen. Ich bin sicher, Jenny würde uns begleiten, wenn sie könnte."

Ohne ihm eine Gelegenheit zum Widerspruch zu geben oder auf eine Antwort zu warten, schritt Anne zur Tür und nahm ihren leichten Umhang von einem Haken an der Wand. Ned hatte keine andere Wahl, als ihr zu folgen.

„Ich zeige dir auch die Pferde, einverstanden? Und dann kommen wir wieder her und trinken eine schöne Tasse Tee. Geht schon, Mädchen", rief sie über ihre Schulter, nahm Neds Arm und zwang ihn zur Tür hinaus.

Die nächsten Tage stellten sich aus Herausforderung dar. Zuerst musste Maggie gehen, bevor das Mittagessen vorbei war. Ned schwadronierte über irgendeine schottische Wahl. Sie durfte nicht länger trödeln, sonst kam sie zu spät zu ihren Schützlingen. Mitten in einer seiner langen Schimpftiraden stand Maggie auf, entschuldigte sich und verließ den Raum. Das veranlasste ihn, sich noch einige Minuten lang über ihre Unhöflichkeit auszulassen.

Jenny hörte schweigend zu, bis sie fast explodierte.

„Das ist, gelinde gesagt, recht unzivilisiert", bemerkte er zum zweiten Mal. „Selbst, wenn ich es ihr nachsehen würde, gerade dann zu gehen, wenn ich euch das Spannendste über die Liberalen Unionisten erzählen wollte, muss man doch an ihre Gesundheit denken. Die Verdauung ist für junge Frauen genauso wichtig wie für Männer." Er schürzte die Lippen und nickte den vier Frauen am Tisch zu.

„Lieber Bruder", sagte Maisie, „sicherlich wird es Cousine Margarets Verdauung guttun, wenn sie hinausgeht und eine Weile läuft."

„Nein", sagte Ned. „Ich sage Nein. Sie sollte mindestens eine halbe Stunde lang sitzen, bevor sie sich nach einer Mahlzeit bewegt."

In der Zwischenzeit war Jenny gezwungen, so zu tun, als schliefe sie lange und ginge früh zu Bett, um die Buchhaltung ihrer Kunden fertigzustellen, da sie dies heimlich in der Kammer ihrer Mutter verrichten musste.

Am Ende der Woche, beim Abendessen, bemerkte Ned, dass Jenny sich zu einer regelrechten ländlichen Freizeitdame entwickelt hätte.

Unbedacht verteidigte Eleanor ihre Schwester und ließ damit die Katze aus dem Sack.

„Das ist sehr unfreundlich von dir", begann Eleanor, während sie sich eine Scheibe Brot nahm und begann, sie großzügig mit Butter zu bestreichen. „Jenny arbeitet härter als jeder andere, den ich kenne und mit ihren Rechenkünsten sorgt sie für uns alle. Nicht zu vergessen, dass Magie auch mit ihren Französischstunden aushilft."

Jenny schloss entsetzt die Augen und hörte, wie Maggie leise keuchte und es dann mit einem Husten zu verbergen versuchte.

„Oh je", sage Eleanor und bemerkte verspätet, dass sie nicht von den Tätigkeiten ihrer älteren Schwestern hätte sprechen sollen.

Anne versuchte, die Situation für ihre Töchter zu retten.

„Eleanor meint, dass Jenny die rechnerische Neigung ihres Vaters zu Zahlen geerbt hat, deshalb führt sie die Bücher unseres Haushalts, sehr zu meinem Wohlgefallen, denn ich verstehe überhaupt nichts von Buchhaltung."

Ned runzelte leicht die Stirn.

„Und Maggie, sie …", brach ihre Mutter ratlos ab.

„Ich versuche Eleanor bei der Vorbereitung auf ihre erste Saison zu helfen, indem ich ihr zu einem guten französischen Akzent verhelfe. *N'est-ce-pas?*", fragte Maggie ihre Schwester und drehte sich mit funkelnden Augen zu ihr um.

„*Oui*", sagte Eleanor leise.

Ned blinzelte. Dann lachte er. „Ich bewundere Jenny dafür, dass sie versucht, ihr hübsches Köpfchen mit der Arithmetik vertraut zu machen, doch es gehört nicht wirklich zu ihren Kompetenzen, nicht in der natürlichen Ordnung der Dinge. Wer soll von einer Frau erwarten, dass sie mit Zahlen umgehen kann?"

Jenny spürte, wie ihr Mund offen stand. Beinahe hätte sie ihn mit ein paar treffenden Worten über Mathematik zurechtgewiesen, als er es nur noch schlimmer machte.

„Außerdem war Lucien bekanntermaßen selbst ein schlechter Buchhalter. So sagte er es mir einst selbst. Besagte Bücher waren für ihn nur Kauderwelsch. Ich schätze, es ist eine Schande, dass er keinen guten Buchhalter engagiert hat, um abzuwenden, dass ihr aufs Land verbannt werdet, hm? Jetzt kann er nichts mehr daran ändern, nicht wahr?"

In der darauffolgenden Stille nippte er an seinem Wein, ohne darauf zu achten, wie viele Beleidigungen oder verletzende Worte er hatte fallen lassen. Leider hatte er dann noch mehr hinzuzufügen.

„Was Eleanors Saison betrifft, die Kosten für die Kleider werden es zweifellos unmöglich machen, ganz zu schweigen von den Kosten der Tickets! Sie könnte genauso gut Punjabi statt Französisch sprechen. Ich bin sicher, dass ihr Maisie alles davon erzählen wird, wenn sie in ein paar Jahren ihre erste Saison hat."

Maisie hatte den Anstand, bei der Taktlosigkeit ihres Bruders zu erröten. Sie legte sogar ihre Hand auf Eleanors.

Jenny wollte ihn erdrosseln. Besonders als er genüsslich begann, den Schweinebraten zu verspeisen, den ihre buchhalterischen Fähigkeiten bezahlt hatten, ohne sich um das Unbehagen zu kümmern, das er verursacht hatte.

Immerhin hatte er Eleanors Bemerkungen vergessen.

GLEICH AM NÄCHSTEN TAG ereignete sich ein weiterer schrecklicher Vorfall, bei dem ihr Herz fast stehen blieb. Denn als Jenny früh morgens aus dem Fenster des Schlafzimmers ihrer Mutter sah, nachdem sie mit den Geschäftsbüchern des Bäckers begonnen hatte, erspähte sie eine Kutsche, die eindeutig von einem Kutscher in der Livree des Grafen gelenkt wurde. Natürlich kam sie vor ihrem bescheidenen Landhaus zum Stehen; sie konnte deutlich das Lindsey-Wappen auf der Kutschentür erkennen.

Und wer stieg aus, als sich die Tür öffnete? Niemand Geringeres als der Admiral.

„Du liebe Güte", flüsterte sie.

Die Ankunft von Mr. Binkley konnte nur eines bedeuten. Er war gekommen, um mit dem fiktiven G. Cavendish zu sprechen.

Sie sprang praktisch die Stufen zum ersten Treppenabsatz hinunter, als Jenny hörte, wie Clara die Tür öffnete und stehen blieb, als ihre Mutter zuerst im Korridor ankam. Jenny trat einen Schritt zurück und versteckte sich in den Schatten des Aufgangs.

„Mr. Binkley", kündigte Clara ihn an. „Butler des Grafen von Lindsey."

„Entschuldigen Sie die Störung, Madam", begann Mr. Binkley. „Ich bin auf der Suche nach Mr. Cavendish."

Oh je. Jenny schlug die Hände über dem Kopf zusammen. Erinnerte sich ihre Mutter daran, was sie ihr über ihre Verwendung des Familiennamens gesagt hatte? Sie hielt den Atem an.

„Mr. Cavendish?" Anne hielt inne. „Lord Lindseys Butler möchte mit Mr. Cavendish sprechen", sagte sie übermäßig laut, da sie nicht wusste, dass Jenny in der Nähe war, es ihr jedoch offensichtlich mitteilen wollte.

Wäre die Situation nicht so ernst gewesen, hätte Jenny über den seltsamen Ton ihrer Mutter und das Geräusch des Butlers, der einen Schritt zurücktrat, gelacht.

Unglücklicherweise öffnete sich in diesem Moment die Tür zum Salon und Ned trat heraus, schlaftrunken und mürrisch, weil er vor zehn Uhr morgens geweckt worden war.

Er öffnete seinen Mund. „Was geht hier vor sich?"

„Es ist nicht nötig, so laut zu sprechen", unterbrach Jenny, indem sie die letzten Stufen hinunterkam, denn sie wusste, dass Ned die ganze Sache in nur einem Augenblick ruinieren konnte. „Cousin", fügte sie hinzu. „Bitte gehe wieder in dein Zimmer. Wir haben die Dinge gut im Griff."

Ned sah von Jenny zu ihrer Mutter zu Binkley.

„Ich biete gerne meine Dienste bei der Bewältigung dessen an, was auch immer vor eurer Tür steht", sagte Ned und begann wie üblich, sich aufzuplustern.

Eine Idee formte sich in Jennys Kopf.

„Ja, natürlich, *deine* Dienste! Man wird deine Dienste in Anspruch nehmen", versicherte sie ihm mit dem breitesten Lächeln. Er würde Mr. Cavendish sein. „Kehre doch bitte in den Salon zurück, ich werde in Kürze kommen, um … wichtige Informationen zu übermitteln. Bedenke jedoch, dass du noch immer deine Nachtgewänder trägst und dies der Butler des Grafen von Lindsey ist." Sie zeigte auf Mr. Binkley. „In einem solchen Aufzug werden wir keinen guten Eindruck bei ihm machen."

Ned sah auf seinen zerknitterten Hausmantel über seinem Schlafanzug hinunter. „Ja, natürlich." Und damit, und mit einem warmen Lächeln für Jennys offenkundige Freundlichkeit, verschwand er schnell im Salon und schloss die Tür fest hinter sich.

„War das Mr. Cavendish?", fragte Mr. Binkley nach diesem Austausch, wobei sein Gesichtsausdruck skeptisch und vielleicht etwas enttäuscht war.

Jenny sah auf ihre Füße hinunter. Könnte sie schamlos lügen, und das im Beisein ihrer Mutter?

„Aber ja, natürlich." Es war Anne, die antwortete. *Gott segne sie!* „Er hat bis spät in die Nacht gearbeitet und muss wohl im Salon geschlafen haben. Bitte, kommen Sie doch für eine Tasse Tee in unser bescheidenes Speisezimmer, während er sich ankleidet."

Mr. Binkleys Augen weiteten sich, als ihm Tee angeboten wurde. Und das auch noch im Speisezimmer. Dies musste seine ganze Welt auf den Kopf stellen! Allerdings konnte er kein Angebot von jemandem ablehnen, der höher gestellt war als er selbst, egal, wie unangebracht es war.

Der Admiral warf ihr noch einen langen Blick zu und wollte sie offensichtlich unbedingt fragen, warum sie, Miss Blackwood, sich im Hause von Mr. Cavendish befand.

Sie bedeutete ihm, ihrer Mutter zu folgen, sagte aber nichts, sondern schenkte ihm nur einen gleichmütigen Blick.

Sobald er durch den Korridor und im Speisezimmer verschwunden war, klopfte Jenny an die Tür des Salons.

„Herein", sagte Ned, als wäre es wirklich sein Zimmer.

Jenny biss die Zähne zusammen und setzte dann noch einmal ihr freundliches Lächeln auf.

„Cousin", sagte sie, drückte die Tür auf und spähte vorsichtig hinein, um sicherzugehen, dass er auch ganz sicher angezogen war, bevor sie eintrat.

„Komm herein", sagte er. „Du liebe Güte, was ist los? Warum kommt der Butler des Grafen in euer Haus?"

„Ich werde dir vertrauen, als meinen Cousin, als Sohn des Cousins meines Vaters, als Freund der Familie, als Bruder der lieben Freundin meiner Schwester." Trotzdem machte sie eine Pause. Er konnte entweder helfen, oder alles ruinieren.

„Ja, ja, ich bin all das. Sag es mir. Du kannst mir vertrauen. Du weißt es vielleicht nicht, doch ich glaube, das tust du. Ich empfinde eine tiefe Zuneigung zu dir und würde nichts tun, was dir Kummer bereitet."

Jenny atmete tief durch, bevor sie sprach, und überlegte, die Finger zu überkreuzen, wenn sie denn solchem Aberglauben Beachtung schenken würde.

„Nun gut. Lord Lindseys Butler ist heute hierhergekommen, um nach Mr. Cavendish zu fragen. Nun", sie breitete ihre Arme aus. „Ich bin Mr. Cavendish."

„Du? Was meinst du damit?"

„Ich unterhalte einen Buchhaltungsdienst, und zwar als G. Cavendish. Meine Kunden nehmen natürlich an, dass mein Geschlecht männlich ist."

Er runzelte die Stirn. „Das ist absurd."

„Nein." Jenny schüttelte den Kopf. „Ich versichere dir, es ist die Wahrheit."

„Aber wie kannst du denn …?"

Sie hielt ihre Hand in die Höhe. „Beleidige nicht meinen Intellekt, Ned. Ich bin so geschickt im Rechnen, dass ich die Buchhaltung für die örtlichen Kaufleute erledigen und ihnen ihre Steuerabgaben an die Krone berechnen kann. Wenn das nicht die Wahrheit wäre, hätte der Graf dann jemanden hergeschickt?"

Zum ersten Mal, seit sie Ned Darrow kannte, also ihr ganzes Leben, war er sprachlos. Sie lächelte.

„Mr. Binkley darf nicht erfahren, dass ich eine Frau bin. Für den Fall, dass er nicht so weitsichtig und", Jenny verschluckte sich fast, „so aufgeschlossen und verständnisvoll ist wie du."

Er war einen Moment lang still und dachte darüber nach. Er hielt praktisch ihre Existenz in den Händen und das gefiel ihr nicht. Ganz und gar nicht!

„Ich glaube dir", sagte Ned.

Sie stieß den Atem aus, den sie angehalten hatte, und beinahe umarmte sie ihn. Beinahe.

„Weil ich dich sehr schätze", fügte er hinzu, „und um unserer Zukunft willen, werde ich dir helfen."

Unserer Zukunft! Verlangte er einen Preis für seine Hilfe? Sie befürchtete es, doch damit konnte sie sich jetzt nicht befassen. Nicht, wenn ihre Mutter dem Admiral im Nebenzimmer das Ohr abschwatzte.

Jenny nickte und war sich nicht sicher, ob sie damit etwas zustimmte oder nicht.

Nach Neds breiten Lächeln zu urteilen, schien er zu glauben, dass sie nun eine Abmachung hatten.

„Was soll ich tun?", fragte er.

Sie fuhr unbeirrt fort. „Ich bringe Mr. Binkley her. Du kannst ihm von unserer familiären Verbindung berichten, nur, dass du ein Cavendish sein musst, ein Darrow. Erzähle ihm, dass ich während des Treffens bleiben muss, weil ich wegen meiner hervorragenden Fähigkeiten die Schreibarbeit für dich erledige. Wenn er dann Fragen stellt, kann ich dich irgendwie zur richtigen Antwort führen."

Ned wurde sichtlich blass. „So etwas habe ich noch nie getan."

Ihr wurde übel. Sie wünschte, sie könnte dasselbe von sich sagen. „Normalerweise holt unser Diener Henry die Bücher bei den Kunden ab und bringt sie zurück, doch dies ist anders. Natürlich kann sich Henry nicht mit Mr. Binkley treffen."

„Aber warum ist der Butler hier?"

Sie blickte finster drein. „Ich habe die Bücher von fünf Jahren des Belton-Besitztums durchgesehen und einige Unregelmäßigkeiten gefunden. Es sind Gelder abhandengekommen und …"

Ein Klopfen an der Tür ließ sie verstummen.

„Jen, was auch immer du tust, tu es schnell."

Es war Maggie, die durch die Tür flüsterte. Sie ging darauf zu und riss sie auf.

„Wir sind fast fertig. Geh und hole Mr. Binkley und bringe ihn in Mr. Cavendishs Salon."

Maggie runzelte die Stirn. Jenny schluckte und deutete hinter sich auf Ned, der auch in diesem Moment seine Brust herausstreckte und die Ärmel seines Jacketts herunterzog. Maggies Augen weiteten sich entsetzt, doch sie nickte und ging davon.

Jenny wartete an der Tür zum Studierzimmer. Es musste einfach funktionieren.

❦

KAPITEL VIER

Als Mr. Binkley sich auf einen der Stühle am Schreibtisch gesetzt und Ned auf der anderen Seite Platz genommen hatte, blieb Jenny an der Tür stehen und wartete darauf, dass Ned das Kommando übernahm.

Er schenkte dem obersten Diener des Grafen ein breites Lächeln. Und sagte nichts.

Gute Güte! Sie starrte ihn von hinter dem Butler aus an.

Ned hustete. „Binkley, richtig?"

Der Butler nickte, dann drehte er sich um und sah Jenny mit fragendem Blick an.

Glücklicherweise konnte Ned seine Aufmerksamkeit wieder auf sich lenken. „Miss Blackwood ist meine Cousine und sie ... assistiert mir."

„Wir kennen uns bereits", sagte Mr. Binkley. „Sie scheint eine recht hilfsbereite Person zu sein, denn sie ist dort aufgetaucht, wo ich sie am wenigsten vermutete."

Ned zuckte die Schultern, da er nicht genau wusste, was er meinte.

Binkley faltete die Hände in seinem Rücken, wo Jenny sie sehen konnte. Sie hatte das Gefühl, dass der Admiral seine Ungeduld zu zügeln versuchte.

„Dies ist eine recht sensible Angelegenheit, wie sie sicherlich nach der Prüfung der Bücher verstehen können", fuhr der Butler fort. „Ich würde es vorziehen, wenn wir unter vier Augen sprechen könnten."

Jenny wurde ganz kalt. Ned könnte im Handumdrehen etwas Falsches sagen und der Schein wäre dahin. Seinem Gesichtsausdruck nach zu urteilen, wusste er das.

„Bei allem gebührenden Respekt, Mr. Binkley, Miss Blackwood ist bereits bestens mit den Geschäftsbüchern des Grafen vertraut. Ich bitte sie oft, meine doch recht unordentliche Handschrift zu transkribieren. Ich habe eine Klaue, wie meine Mutter es zu bezeichnen pflegte."

Bravo! Wieder hätte Jenny ihn umarmen können.

„Ich verstehe." Binkley drehte sich ein weiteres Mal um und warf Jenny einen besonders strengen Blick zu. „Vielleicht, Miss Blackwood, könnten Sie dann aufhören, hinter meinem Rücken herumzuschleichen. Es erinnert mich an das Gefühl der Bedrohung aus meiner Zeit als Fußsoldat."

Hmm, er strahlte definitiv Disziplin aus, und jetzt wusste sie, wieso.

Gehorsam trat sie in den Raum und stellte sich neben ihren Schreibtisch, wobei sie versuchte, sanftmütig zu wirken.

Binkley wandte sich ein weiteres Mal an Ned. „Wegen der heiklen Angelegenheit der schwindenden oder fehlenden Einnahmen, die Sie entdeckt haben, und wegen der Ereignisse, die sich vor drei Jahren ereignet haben, bin ich hier, um Sie um Ihre Anwesenheit in Belton zu bitten."

„Warum ist das notwendig?", fragte Ned und klang dabei so gelangweilt, als hätte er nun die volle Kontrolle.

Jenny wollte ihn erdrosseln. Dies könnte immerhin ihr lukrativster Kunde sein, und sie dienten dem Grafen nach Belieben von Mr. Binkley. Wenn sie ihn verärgerten, würde er sich sicherlich nach einem neuen Buchhalter in Manchester oder London umsehen.

„Mr. Cavendish meint damit, dass er ungern in die Privatsphäre des Grafen eindringen würde", platzte sie heraus.

„Sie werden nicht mit seiner Lordschaft in Kontakt kommen", sagte Mr. Binkley und klang dabei wie ein Admiral, der seine Marine befehligt. Wieder warf er ihr einen strengen Blick zu, vielleicht, um sie daran zu erinnern, dass sie bei ihrem letzten Besuch des Landhauses dorthin gegangen war, wo sie nicht hingehörte.

„Natürlich", murmelte sie.

Er wandte sich wieder an Ned. „Ich muss darauf bestehen, dass Sie nach Belton kommen, da es zu viele Bücher gibt, um sie auf einfache Weise zu transportieren. Außerdem müssen Sie viele Fragen haben, die am besten beantwortet werden können, wenn ich in der Nähe bin."

„Ich verstehe", sagte Ned, dann sah er Jenny an. Sie hob ihre Augenbrauen und nickte. „Wenn das so ist, wann sollen wir erscheinen?"

„Wir?"

„Nun, ich muss Jenny mitbringen, wegen …"

„Wegen der *Klaue*", half der Butler aus, allerdings nicht gerade in einem enthusiastischen Ton. „Sie können morgen kommen. Ich werde die Bibliothek herrichten lassen, damit sie beide dort arbeiten können."

„Morgen?"

Jenny beschloss, dass dies das Ende dieses Treffens sein musste.

„Ich kann Mr. Cavendishs Terminplan für morgen sicher anpassen. Wir sehen Sie dann um halb zehn, wenn es recht ist."

„Ja. Gut."

Eine weitere Minute später hatte sie den Butler zur Tür hinausbugsiert und sah zu, wie er in die Kutsche des Grafen einstieg.

Mit verschränkten Armen lehnte sie am Türrahmen und lachte fast vor Erleichterung auf, als sie ihn gehen sah. *Guter Gott*, sie musste heute mindestens ein Jahr gealtert sein.

Plötzlich stand Ned neben ihr.

„Er hat uns nicht dafür gedankt, morgen so kurzfristig zu kommen."

Jenny rollte mit den Augen. „Er muss uns nicht danken. Wir arbeiten für ihn."

„Oh, richtig."

Im nächsten Moment spürte sie, wie Ned ihren Oberarm fasste, ihn mit ein wenig Ziehen unter dem anderen Arm hervorbrachte und ihn unter seinen eigenen klemmte, sodass sie nahe an seiner Seite stand.

Ah, diesen Preis musste sie nun zahlen. Es wäre wahrlich ein teurer Preis!

„Es ist recht spannend", sagte er. „Ich habe noch nie eine solche Scharade veranstaltet. Und stell dir vor, wir tun es zusammen." Er tätschelte ihre eingeklemmte Hand.

„Ja", sagte sie. „Stell dir vor."

JENNY WÜRDE NETT ZU Ned sein. Immerhin lag es in ihrer Natur. Außerdem tat er ihr einen riesigen Gefallen, doch musste er sie immerzu daran erinnern? Zwischen Mr. Binkleys Abreise und dem Frühstück bemerkte er seinen Beitrag zu ihrem „Wohlbefinden" mindestens ein Dutzend Mal.

„Da habe ich dir wirklich aus der Patsche geholfen!", verkündete er, als er sich am Abend den Mund mit Fleischpastete vollstopfte.

„Gott sei Dank war ich mit Maisie hier", sagte er beim Haferbrei mit dicken Speckscheiben beim Frühstück.

„Das passiert, wenn man betrügt", sagte er schadenfroh, mit einem Bissen Toast im Mund, bevor er seinen Tee schlürfte.

Als ob sie als Frau eine Wahl hätte.

Jenny wollte schon jetzt schreien, und sie kamen gerade erst am Belton Manor an. Ned hatte mehrmals versucht, die

Privatsphäre seiner Kutsche zu nutzen, um ihre Hand zu halten, nachdem er darauf bestanden hatte, seinen alten Einspänner mit seinem Kutscher zu nehmen, statt mit ihrem alten offenen Wagen zu fahren. Sie hatte fast beschlossen, ihrem Cousin eins auf die Nase zu schlagen, da spürte sie, wie die Räder der Kutsche auf der Kieszufahrt zum Stehen kamen.

Außerdem, dachte sie mürrisch, als sie Ned um das Haus zum Seiteneingang brachte und klopfte, hatte sie seine Hilfe nicht wirklich gebraucht. Sie hätte sich etwas anderes überlegt, wenn er nicht da gewesen wäre. Doch sie wusste beim besten Willen nicht, was.

Derselbe Bedienstete begrüßte sie an der Tür. Natürlich war ihm gesagt worden, dass Jenny dieses Mal nicht dort war, um Peter und Alice zu unterrichten, denn er nahm einen anderen Weg durch die Korridore und die Treppen hinaus, bevor er sie in eine wunderschön ausgestattete Bibliothek führte, in der die Bücher vom Boden bis zur Decke reichten und eine Menge Geld gekostet haben müssen.

„Wie herrlich." Jenny war nicht mehr in einem solchen Raum gewesen, seit sie bei ihrer ersten Saison nach zu viel Champagner in die falsche Kammer gestolpert war. Ihr Vater hatte sie auf einem der extravaganten Bälle von Lord und Lady Jersey in einem Sessel sitzend, mit einem Glas in der Hand, beim Lesen einer Biografie über Isaac Newton und seine mathematischen Gleichungen vorgefunden.

Es gab einen großen, runden Tisch mit vier bequemen Ledersitzen, die darum aufgestellt waren, und Jenny und Ned setzten sich beide in einen davon. Auf dem Tisch lagen zwei Stapel lederner Bände, vermutlich die Geschäftsbücher, denn sie sahen aus wie die, die sie bereits gründlich studiert hatte. Stifte, Tinte, unbeschriebenes Papier – alles war sorgfältig für sie bereitgelegt worden.

Jenny zog ihren Rechenschieber aus der Schultertasche. Er erinnerte sie an ihre Fähigkeiten, auch wenn es nicht gerade Schmetterlinge in ihrem Bauch zum Fliegen brachte.

„Wo fangen wir an?“, fragte Ned und lehnte sich in seinem Sitz zurück, als hätte er keinen blassen Schimmer, was ein Buch an und wie man eines öffnete.

„*Du* könntest etwas Interessantes in den Regalen finden“, sagte sie ihm, „oder *du* kannst ein Nickerchen machen.“ Ihr war es gleichgültig. Solange er still blieb und sie nicht belästigte. „*Ich* werde mit dem neuesten Buch beginnen und mich zurückarbeiten. Ich erachte das für die beste Art, nicht auf die falsche Fährte geführt zu werden.“

Sie zog das erste Buch von dem Stapel und stellte fest, dass es sehr alt war.

So würde es nicht gehen. Sie stand auf und begann, die Bücher nach Jahrzehnt zu ordnen, bis sie endlich die Bilanzen der Jahre vor denen ausgebreitet hatte, die sie bereits kannte. Dann wurde sie still und begann zu lesen, zu rechnen, zu addieren und zu subtrahieren.

Es war vielleicht eine Stunde vergangen, vielleicht mehr, als sich die Tür öffnete und der Admiral eintrat. In diesem Moment schrieb sie gerade hastig auf ein Stück Papier, während sie sich über das Buch beugte, und ihre Nase war fast auf die Seite gepresst, um das winzige Gekritzel zu entziffern, das jemand an den Rand geschrieben hatte.

Sie sah auf und bemerkte, dass Mr. Binkley sie anstarrte, dann schaute sie hinüber zu Ned, der sich auf einem Diwan am Fenster ausgebreitet hatte und mit einem aufgeschlagenen Buch auf dem Schoß leise schnarchte.

Gute Güte! Sie hätte zumindest dafür sorgen sollen, dass es so aussah, als würde er die Arbeit tun.

„Ähem“, räusperte sich Mr. Binkley. Beide sahen sie Ned an, der sich nicht rührte.

„Er macht eine kurze Pause, während ich einige Notizen transkribiere. Sagen Sie mir, Mr. Binkley, hat der Graf selbst, der junge, ich meine, der aktuelle, die Geschäftsbücher gepflegt, bis er abreiste?“

„Nein. Warum fragen Sie?“

„Es gab zwar in den letzten sechs oder sieben Jahren bereits einige systemische Veränderungen in den Büchern und bei den Einnahmen der Besitztümer, doch vor drei Jahren änderten sie sich drastisch."

„*Ah*, natürlich. Es war der Cousin seiner Lordschaft, der die Bücher pflegte."

„Tobias Devere?"

„Ja, er begann vor ungefähr sieben Jahren damit, würde ich sagen. Sir Tobias war sehr begabt mit Zahlen und hat den Vater des Grafen gebeten, die Bücher des Haushalts übernehmen zu dürfen. Später verwaltete er den gesamten Besitz."

Seltsam, dachte sie. Trotz des so riesigen und wertvollen Besitztums wie dem der Deveres, hatten sie keinen professionellen Buchhalter angestellt.

„Und wer hat die Bücher vor Sir Tobias geführt?"

„Seine Lordschaft, der vorherige Graf, hatte einen Gutsverwalter, der schon lange verstorben ist."

Ned schnaubte im Schlaf und sie sahen ihn beide einen Moment lang an.

„Und der aktuelle Graf hat kein Interesse an der Buchhaltung, an der von vor acht Jahren oder der heutigen?"

„Ich fürchte, er war nie dazu veranlagt, Miss. Nicht, dass er nicht an den Besitztümern seiner Familie interessiert war. Das wäre eine falsche Annahme. Lord Devere, jetzt Lord Lindsey, war immer an der Unterhaltung des Anwesens und der großen Besitztümer seines Vaters beteiligt. Er verstand die Abläufe und die Bedürfnisse der Menschen hier."

Bevor er ein mutloser Einsiedler wurde. *Und jetzt?*

Sie behielt diese Frage für sich.

„Ich verstehe." Jenny blätterte einige Seiten vor und zurück. „Wer kümmert sich heute um die Buchhaltung?"

Mr. Binkley verschränkte die Hände in seinem Rücken und sah auf sie herab. „Scheinbar tun *Sie* es."

Sie spürte, wie ihre Wangen rot wurden und sah wieder zu Ned. *Nutzlose Kreatur.* Der Butler hatte ihren Schwindel zweifellos durchschaut. Trotzdem sollte sie nicht davon ausgehen, dass er darauf anspielte.

„Was ich fragen wollte, ist, wer sich darum gekümmert hat, seit seine Lordschaft und sein Cousin ins Ausland gegangen sind?"

„Ich weiß, was sie meinten", sagte Mr. Binkley. „Der alte Graf war noch zwei Jahre nach der Abreise seines Sohnes am Leben."

Das verriet ihr nichts. Sie lächelte ermutigend. *War da noch mehr?*

„Keine *einzelne* Person", fügte der Butler hinzu.

Zum ersten Mal hatte Jenny das Gefühl, dass er ihr etwas vorenthielt.

„Ich selbst habe einige Einträge gemacht und der Kammerdiener des Grafen hat einige Aufzeichnungen vorgenommen. Sogar die Haushälterin, Mrs. Keithley, die Sie, wie ich glaube, noch nicht kennengelernt haben, wurde aufgefordert, eine Aufstellung zu schreiben. Sie war bei ihrer Schwester in Gloucestershire zu Besuch, als Sie das letzte Mal hier waren. Das ist der Grund, warum Ihnen kein Tee gebracht wurde."

Jenny runzelte die Stirn. Was für eine nachlässige Arbeitsweise. Und der Admiral, der sich sichtlich unwohl fühlte, wusste es.

„Ich verstehe nicht ganz, wie der Erbe der Grafschaft und sein Cousin, von dem ich annehme, dass auch er ein möglicher Erbe war, beide in den Krieg ziehen und ihre gesamten Besitztümer ohne einen Aufseher zurücklassen konnten. Ohne das respektlos Ihnen gegenüber zu meinen, natürlich."

„Sorgen Sie sich nicht, Miss."

In diesem Moment schnarchte Ned besonders laut und weckte sich selbst. Er setzte sich auf, blinzelte, und erinnerte sich daran, wo er war und warum er hier war. Dann sah er Mr. Binkley und sprang auf die Füße.

„Nun, wie gesagt, die Geschäftsbücher weisen einige gravierende Unstimmigkeiten auf."

Jenny musste fast lachen, doch seufzte dann nur, und Mr. Binkley hatte den Anstand, stillzubleiben.

„Ich werde weiter nachforschen“, sagte sie dem Butler und gab den Schwindel ganz auf. „Jetzt, wo ich ein besseres Verständnis habe, werde ich mir die jüngsten Probleme genauer ansehen. Dann kann ich Ihnen zumindest sagen, wo Sie nach den Einkommensverlusten suchen müssen.“

„Sie meint, dass ich das tun werde, mit ihrer Hilfe …“, doch Ned unterbrach sich, als sie ihm einen beschwichtigenden Blick zuwarf.

Erst, als Mr. Binkley gegangen war, wurde Jenny klar, dass sie noch immer nicht wusste, warum man die Besitztümer nach dem Tod des Grafen ohne einen Verantwortlichen hatte verwahrlosen lassen. Das war unerhört.

JENNY HÖRTE DIE SCHREIE und konnte sie nicht ignorieren. Sie wünschte, sie könnte sich einfach an der geschlossenen Tür zur Kammer des Grafen vorbeischleichen, doch dazu hätte ihr Herz aus Stein bestehen müssen. Sie wollte doch nur eine verflixte Tasse Tee und hatte sich auf dem Weg von der Bibliothek verlaufen.

„Nein“, brüllte Lord Lindsey, und sie war sich sicher, dass er es war.

Als sie den Flur hinunterblickte, hoffte sie inständig, einen Angestellten zu sehen, doch er war menschenleer. Zweifellos waren alle auf dem Anwesen an seine seltsamen Qualen gewöhnt und ignorierten sie.

Ein weiterer Schrei und danach tiefes Stöhnen drangen durch die Tür und ohne nachzudenken, legte Jenny ihre Finger auf den Knauf und drehte ihn. Mit hämmerndem Herzen drückte sie die Tür langsam auf und spähte in die absolute Dunkelheit im Inneren.

Überrascht zögerte sie, bevor sie hineinging. Zu dieser Tageszeit sollte der Raum mit hellem Tageslicht erfüllt sein. Stattdessen war er stockdunkel.

Als sie Simon Devere wieder stöhnen hörte, ging sie trotzdem auf ihn zu und ignorierte die Gänsehaut, die sich auf ihren Armen bildete. Ihre Augen gewöhnten sich schnell an das schwache Licht, das ihr aus dem Korridor hinein gefolgt war.

Einen Moment später konnte sie den Umriss eines großen Himmelbetts zu ihrer Rechten ausmachen, doch der Graf lag nicht darin. Die tragischen Laute kamen von direkt vor den verhangenen Fenstern. Unter ihren Füßen lag ein dicker Teppich, den sie so schnell sie es wagte überquerte, um nicht zu stolpern und vor seinen Füßen zu landen.

Stattdessen stand sie vor einem Mann, der fest schlief, jedoch aufrecht in einem Ohrensessel saß und eindeutig einen schrecklichen Albtraum hatte.

Sie konnte nicht einmal seine Züge erkennen, nur zu langes Haar und ein blasses Gesicht in der Dunkelheit. Sollte sie die Vorhänge zurückziehen? Sollte sie ihn berühren, um ihn zu wecken?

Der Graf rührte sich plötzlich, schrie laut auf, und schreckte hoch, als er erwachte. Er schien sie direkt anzustarren, doch sagte nichts; er zeigte sich weder überrascht noch alarmiert über ihr Erscheinen. Dann schaute er nach links und rechts, hinunter auf seinen eigenen Schoß. Schließlich klammerte er sich an die Armlehnen und atmete tief durch.

„Mylord", begann Jenny und er sah sie wieder an. „Es tut mir leid, Eure Privatsphäre zu stören, doch Ihr hattet Kummer. Ich wollte Euch bloß aufwecken."

Er legte den Kopf schief.

Als er weiter schwieg, befürchtete sie kurzzeitig, dass der Graf von Lindsey tatsächlich den Verstand verloren hatte.

„Ich werde Mr. Binkley holen."

Als sie sich umdrehte, schnellte sein Arm hervor und packte sie. Sie schrie vor Schreck beinahe auf, doch bevor sie es konnte, keuchte er.

„Ich kann Sie berühren", murmelte er.

„Mylord? Geht es Euch gut, Mylord?"

„Sie sind eine wortgewandte Dämonin", sagte er und seine Stimme war tief und kratzig durch missbräuchliche Benutzung.

„Ich bitte um Verzeihung …"

„Meine Albträume bitten mich nie", sagte er ihr. „Meistens bin ich es, der bittet und fleht." Er blickte im Raum umher, dann wieder zu ihr. „Ich habe noch nie von Ihnen geträumt."

„Ich bin kein Traum, Mylord."

Er seufzte. „Ich könnte mich immer noch in meiner Zelle in Birma befinden und nur träumen, dass ich zu Hause in meinem Zimmer bin."

„Ich versichere Euch, dass Ihr zu Hause seid."

„Sie können es mir nicht versichern. Ich hatte diesen Traum viel zu viele Male, allerdings ohne Sie. Ich werde in einer Minute erwachen und den Gestank des Gefängnisses riechen können. Das ist immer mein erster Anhaltspunkt dafür, wo ich bin."

„Wenn Ihr in Eurer Zelle schlafen würdet, Mylord, denkt Ihr nicht, Ihr würdet sie auch riechen, wenn Ihr von zu Hause träumt?"

Er nickte. „Das ergibt Sinn." Dann runzelte er die Stirn und zog seine Augenbrauen zusammen. „Und doch ergibt nichts richtig Sinn, nicht wahr? Ich war gerade dort. Ich weiß es."

„Nein, Ihr wart hier. Ihr habt geschrien. Ich habe es gehört. Ich möchte mich nicht aufdrängen, doch Ihr sitzt ganz sicher in einem Sessel in Sheffield, England."

„Ist das wahr?"

„Das ist es."

„Vielleicht im Moment", räumte er nach einer Pause ein, „aber schon in wenigen Minuten könnte ich mich wieder in

Birma befinden. Sie, mit Ihrer sanften Stimme, werden verschwinden. Ich werde auf dem harten, schmutzigen Boden liegen, wo flohbefallenes Ungeziefer über mich krabbelt, meine Haut unaufhörlich juckt und ich friere, wenn die Sonne untergeht, denn es ist Monsunzeit und ich trage bloß dünne Lumpen. Oder mir wird unerträglich heiß sein, weil die sengende Sonne gegen die Gefängniswand scheint. Und ich werde sehr durstig sein."

Jenny war von seinen Worten wie gebannt, stellte sich die schrecklichen Bedingungen lebhaft vor und fragte sich, wie jemand nur so lange überleben konnte. Doch es hieß, dass er fast zwei Jahre in dem Gefängnis verbracht hatte, bevor er von britischen Soldaten gerettet wurde.

„Ich bin übrigens auch jetzt durstig."

Der Graf sagte es auf so sachliche Art und Weise, dass sie seine Worte fast überhörte.

„Oh", sagte Jenny und sah sich um. Wenn sie nur besser sehen könnte. Doch da, neben seinem Ellenbogen, auf einem kleinen, runden Tisch, stand ein Krug mit Wasser und ein Glas.

„Wenn Ihr mich loslasst, hole ich Euch etwas zu trinken."

Er zögerte. „Werden Sie nicht verschwinden, wenn ich Sie loslasse?"

„Nein, Mylord. Ich verspreche es."

„Ich mag es, wie Sie sich anfühlen", sagte er und hielt sie weiter fest.

Jenny musste zugeben, dass seine Berührung eine ganz neue Erfahrung war, die nicht gerade unangenehm war. An der Stelle, an der seine Hand ihr Handgelenk festhielt, kribbelte ihre Haut.

Doch statt sie loszulassen, zog er sie näher an sich heran, bis sie das Gleichgewicht verlor, und sie landete beinahe auf seinem Schoß. Dann roch er an ihr. Dieser Fremde beugte sich tatsächlich vor und beschnüffelte die Vorderseite ihres Kleides.

„*Ähm*", begann sie.

„Ich mag auch Ihren Duft. Zitronen, glaube ich. Das ist seltsam. Ich habe noch nie von einem solchen Duft geträumt.“

Dann ließ er sie los.

Sie trat einen unsicheren Schritt zurück, im vollen Bewusstsein, dass sein Blick auf sie gerichtet war, und griff nach dem Krug.

„Hier drüben steht Wasser, Mylord.“

Er zuckte sichtlich zusammen, doch sagte nichts.

„Ich werde Euch ein Glas eingießen“, bot sie an.

„Einfach so?“, fragte er. „Andere sind für eine solche Tat gestorben.“

Jenny wusste nicht, was sie sagen sollte. Nach einer Pause wiederholte sie ihre Worte.

„Ich werde Euch ein Glas eingießen und Ihr werdet es trinken.“ Er klang jedenfalls völlig durcheinander, und vielleicht lag es am Durst.

Er legte seinen Kopf schief. „Wenn Sie existieren und ich hier bin, dann werden Sie das wohl tun. Und ich werde es von Ihnen annehmen und es trinken. Ich bin sicher, dass ich für eine Weile Linderung spüren werde. Der eigene Verstand kann sogar Luft wie ein kühles, köstliches Getränk erscheinen lassen, wenn man vor Durst den Verstand verloren hat.“

Jenny konnte sich solches Leid nicht einmal vorstellen und goss ihm schnell ein volles Glas ein. Als sie es ihm reichte, berührten sich ihre Finger und er erschauderte sichtlich.

„Ich erkenne Sie nicht, doch Sie fühlen sich ganz sicher real an“, sagte er.

„Das bin ich, Mylord.“

Sie sah zu, wie er das Glas untersuchte und am Wasser roch, dann trank er alles aus, legte den Kopf zurück und hielt das Glas umgedreht an seine Lippen, um auch die letzten Tropfen zu kosten.

„Es gibt noch mehr, wenn Ihr es wünscht.“

„Nein, das reicht. Ich bin nicht mehr durstig, aber ich weiß, dass es nicht anhalten wird. Wenn ich wieder in der Zelle bin, werde ich mich fragen, wie ich mir das Wasser so lebhaft vorstellen konnte. Wenn ich meine Augen wieder schließe, werden Sie verschwinden und ich werde wieder dort sein. Ich gebe mir die beste Mühe, meine Augen nie zu schließen."

Armer, gepeinigter Mann.

„Ihr kennt mich nicht", argumentierte sie, „wie könnt Ihr Euch mich dann vorstellen? Wie könnte ich bloß ein Traum sein? Träumt Ihr nicht nur von Menschen, die Ihr kennt?"

Er starrte sie an, dann sah er sie in der dichten Finsternis von oben bis unten und von unten bis oben an. Nicht unverschämt und auch nicht mit unangebrachten Andeutungen, die sie zum Erröten bringen könnten. Er musterte sie einfach.

„Das ergibt Sinn. Ich träumte während meiner Zeit in der Zelle von vielen Menschen. Ich schwöre, dass ich mit offenen Augen mit den Lebenden und Toten spreche. Manchmal reite ich sogar eins meiner liebsten Pferde." Er hielt inne, dann streckte er die Hand aus und sie schreckte auf, als er wieder sanft ihren Unterarm umfasste.

„Doch es ist wahr, ich kenne immer die Person oder den Ort. Oder das Pferd, wenn wir schon dabei sind."

Jenny nickte.

„Ich kenne Sie nicht, oder tue ich das?", fragte er in einem beinahe flehenden Ton.

Oh je. Sie wollte nicht gegen die Logik ihres eigenen Arguments verstoßen, doch sie wollte ihn auch nicht belügen.

„Ihr kennt mich nicht, Mylord, aber wir sind uns begegnet."

Er ließ ihren Arm sofort sinken. „Ein Rätsel. Und der Beweis, dass Sie imaginär sein könnten."

„Nein", fügte sie schnell hinzu und fragte sich, warum sie so verzweifelt versuchte, dem Mann zu beweisen, dass sie echt war und dass er sich sicher in England befand.

„Wir sind uns mehr als einmal begegnet, als ich noch ein Kind und Ihr nur ein jugendliches Milchgesicht wart. Doch ehrlich gesagt wussten wir voneinander, doch Ihr kennt mich nicht. Mit Sicherheit würdet Ihr Euch mich nicht so vorstellen, wie ich heute aussehe, fast zwölf Jahre später."

„Das ergibt wieder Sinn", sagte er. „So wie alles hier Sinn ergibt. Wie sind Sie in mein Schlafzimmer gekommen, wenn Sie real sind?"

„Ich ging an Eurer Tür vorbei und hörte Euch schreien."

„War ich sehr laut?"

„Ja, Mylord."

Er nickte. „Wenn ich hier bin, bleibe ich ganz still und leise, um nicht aufzuwachen und dorthin zurückzukehren. Verstehen Sie?"

Sie nickte, fasziniert von seinen Gedanken.

„Wenn ich dort bin, schreie und schreie ich, in der Hoffnung, dass ich einen schrecklichen Albtraum habe. Meine Stimme weckt mich manchmal auf und ich bin wieder hier. Wenn ich in der Dunkelheit bleibe, kann ich die Ratten nicht sehen."

Tränen traten in ihre Augen.

„Hier gibt es keine Ratten, Mylord."

Er schüttelte den Kopf.

„Nein, noch nicht. Aber später kommen sie. Wenn ich nicht wach bleibe. Oder muss ich weiter von zu Hause träumen?"

Sie war keine Ärztin, doch sie glaubte, dass wenn er weiter im Dunkeln in diesem Zimmer blieb und nicht wusste, ob er wach war oder träumte, dann würde er dem Wahnsinn verfallen. Wenn es nicht bereits zu spät war.

„Was, wenn ich Euch wachhalte, indem ich mit Euch spreche?" Jenny war sich nicht sicher, was sie sagte oder warum. Sie wusste nur, dass sie helfen wollte. „Ihr werdet nicht in die Zelle zurückgehen, während wir uns unterhalten, ist es nicht so, Mylord?"

Er überlegte. „Nein, ich glaube nicht. Auch nicht, wenn ich etwas trinke. Vielleicht werde ich doch noch ein Glas Wasser trinken."

Sie schenkte ihm schnell ein Glas ein und er trank es zur Hälfte aus, bevor er es neben sich abstellte.

„Was ist mit Nahrung?"

„Was ist damit?", fragte er.

„Ich gehe davon aus, dass Euch jemand Essen bringt. Und Ihr nehmt es zu Euch?"

„Ja."

Jenny fragte sich, ob nur Mr. Binkley hereinkam, oder ob die Haushälterin, die sie noch nicht gesehen hatte, oder ein Hausmädchen kam. Denn dieser Mann brauchte zweifellos Gesellschaft, schon allein, um im Hier und Jetzt zu bleiben.

„Wer bringt es?"

„Binkley. Und andere, die ich nicht sehe. Ich glaube, sie fürchten sich vor mir."

„Papperlapapp", sagte sie.

„Ja, das sagte Binkley ebenfalls, als er gezwungen war, das Hausmädchen zu spielen."

Der Admiral versuchte wahrscheinlich, den jungen Grafen zur Vernunft zu bringen. Doch sie glaubte, dass Mr. Binkley keine Ahnung hatte, wie traumatisiert Simon Devere war.

Und du weißt es?, fragte eine spöttische Stimme in ihrem Kopf.

Ja, aus irgendeinem Grund glaubte sie, dass sie seine Angst verstand. Es war keine übertriebene Melancholie, auch wenn viele das denken mochten. Es war viel realistischer. In der Zelle hatte man ihm beigebracht, dass Schlaf grausame Träume von zu Hause bedeutete. Eins und eins macht zwei. Und jetzt, wo er zu Hause war, wie konnte er sicher sein, dass es nicht einer seiner Träume in Gefangenschaft war?

Der Schrecken, in der Zelle aufzuwachen, ließ ihn nicht los.

Höchstwahrscheinlich brauchte er einen Arzt, der ihn in die Realität zurückholte. Doch in diesem Moment war sie die einzige Person dort.

„Das Essen, das Ihr zu Euch nehmt, besteht es vielleicht aus Pasteten, und gebratenem Geflügel oder Schweinefleisch?"

Er nickte.

„Schmeckt es real?"

„Ja."

„Glaubt Ihr, dass sie in einem Traum so lebhaft sein könnten, wenn Ihr Euch tatsächlich noch in Eurer Zelle befändet?"

Jenny dachte, er würde lächeln, bis sie erkannte, dass er das Gesicht verzog.

„Sie würden sich wundern, wie real meine Träume sein können. Ich habe einmal einen besonders köstlichen Happen probiert, den werde ich nie vergessen. Es war ein Löffel warmer Apfel-Charlotte, und ich sagte mir, wenn das ein Traum wäre, würde ich das wohl nicht überleben. Dann erwachte ich in der Hölle."

Sie keuchte und die Enttäuschung ergriff sie, als sei sie dort gewesen.

„Allerdings habe ich überlebt. Trotz des Mangels an Biskuits, Äpfeln und Sahnepudding."

Bedauernswerte Seele.

„Daher, liebste Phantomschönheit, esse ich, was mir Binkley gibt. Ich¹ bade sogar viermal die Woche. Und natürlich gibt es andere Notwendigkeiten, die in dieser Welt recht anders gehandhabt werden, als in meiner anderen."

Jenny wollte nicht daran denken, wie schrecklich es sein musste, seine Körperfunktionen in einem kleinen, geschlossenen Raum zu verrichten. Mit Ratten und Flöhen, die ihm ständig in die Haut beißen.

Wie konnte sie ihm helfen? Was konnte sie …

Phantomschönheit? Erachtete er sie wirklich als schön?

Dann erinnerte sie sich an die Dunkelheit des Raumes und dass sie ihn im Dunst kaum erkennen konnte. Genauso musste sie nur eine weibliche Stimme mit einer femininen Figur, bäuerlich frisiertem Haar und einem veralteten Gewand sein, die er nicht sehen konnte.

Ein Klopfen an der Tür ließ sie aufschrecken. Der Graf erschrak ebenso und sie sahen sich an, wie Kinder, die dabei erwischt worden waren, etwas Unerlaubtes zu tun.

Sofort wurde Jenny klar, dass sie auf keinen Fall in der Kammer des Grafen sein durfte, noch dazu allein mit ihm.

KAPITEL FÜNF

Keiner von beiden sprach, doch als sie Mr. Binkley im Türrahmen stehen sah, entspannte sich Jenny. Gott sei Dank hatte sie die Tür weit offen gelassen. Das sprach sicherlich für eine gänzlich unschuldige Situation.

Sie trat einen Schritt zurück und sprach den Admiral an, der sie anstarrte, als hätte sie zwei Köpfe.

„Seine Lordschaft hatte Kummer. Ich bin hereingekommen, um zu sehen, ob ich ihm helfen kann."

Der Butler nickte. Er verschränkte die Hände im Rücken, genau so, wie er es in ihrem Salon getan hatte.

„Dies ist das dritte Mal, dass ich Sie unerwartet antreffe, Miss Blackwood. Ich beginne zu glauben, dass Sie eine Märchenfigur sind."

„Ich dachte, sie sei eine Dämonin", meldete sich der Graf zu Wort.

Jenny konnte das nervöse Lachen, das ihr entkam, nicht zurückhalten, doch Mr. Binkley lächelte nicht.

„Ich sollte mich wieder an die Arbeit machen. Oder eher, Mr. Cavendish weiter assistieren."

In dem schummrigen Licht war es schwer zu erkennen, doch sie glaubte, Mr. Binkley mit den Augen rollen zu sehen.

Sie wandte sich wieder zum Grafen um und neigte den Kopf. „Ich wünsche einen angenehmen Tag, Mylord."

„Werde ich wieder von Ihnen träumen?"

Mr. Binkley hustete.

„Ich verspreche Euch, dass ich real bin."

„Dann versprechen Sie mir, dass Sie zurückkommen. Morgen", beharrte der Graf.

Sie sah den Admiral an und bat still um Erlaubnis. Er zögerte, dann nickte er.

Warum erfüllte sie das mit Wärme statt mit Furcht?

„Ja, Mylord. Ich werde Euch morgen wieder besuchen."

Simon Devere entspannte sich sichtlich. „Ich werde bis dahin wach bleiben."

Oh je. Schnell versuchte sie, ihn zu bestärken. „Wenn Ihr einschlaft, werde ich Euch wecken, wenn ich zurückkomme, und Ihr werdet wieder genau hier in Eurem Zuhause sein."

„Wenn Sie das sagen." Er klang nicht überzeugt.

Mit einem Nicken huschte sie leise an Mr. Binkleys stechendem Blick vorbei.

NACH DEM ABENDESSEN SCHILDERTE Jenny Maggie sofort alles, was passiert war. Sie wollte, dass ihre Schwester verstand, dass der Graf kein Monster war, wie man sie in Perraults Märchen fand, und auch nicht wahnsinnig war; nur ein Mann, der von seinen eigenen Träumen gequält wurde.

Sie saßen auf Jennys Bett in ihrer engen Schlafkammer, wo niemand sie hören konnte. Nachdem sie nach ihrer Begegnung mit dem Grafen in die Bibliothek zurückgekehrt war, hatte sie Ned mit einem schwer beladenen Teetablett besänftigt, das von dem Dienstmädchen getragen wurde, das ihr folgte. Das Gebäck, die Sahne und die Erdbeeren lenkten Ned davon ab, sich zu fragen, warum sie so lange gebraucht hatte, um die Küche zu finden.

Schulter an Schulter mit Maggie, lehnte sich Jenny an das Kopfteil des Bettes und zog ihren Rock bis zu den Knien hoch, um die Sommerwärme zu bekämpfen, die sich trotz des offenen Fensters in ihrem Zimmer gesammelt hatte.

„Der Lord der Verzweiflung ist ein wahrlich geplagter Mann“, sagte Maggie und fächelte sich Luft zu. „Und du hast vor, wieder zu ihm zu gehen?“

„Ich habe es versprochen.“

Maggie betrachtete das Profil ihrer Schwester. „Ist es sicher?“

Jenny zuckte die Achseln. „Ich hatte nicht eine Sekunde Angst vor ihm. Als er mich berührte, war er …“

„Er hat dich berührt?“, fragte Maggie und ein Hauch von Besorgnis legte sich auf ihre hübschen Züge.

Jenny spürte, wie ihr die Hitze ins Gesicht stieg.

„Er hat mich kurz am Arm gepackt, aber er war sehr behutsam.“

Maggie lächelte und sagte nichts.

„Was? Warum siehst du so selbstzufrieden aus?“

„Ist seine Lordschaft gutaussehend?“

Jenny schnalzte mit der Zunge. „Ich konnte ihn kaum sehen. Ich sagte doch, es war dunkel.“

„Nun, hattest du das Gefühl, dass er aussieht wie ein Oger?“

Sie lachten beide.

„Na schön. Ich werde es dir sagen. Der Graf von Lindsey ist ein ansehnlicher Mann, soweit ich es in der verdunkelten Kammer ausmachen konnte. Sein Haar war etwas länger, als es modisch ist, doch jemand macht sich die Mühe, ihn täglich zu rasieren. Höchstwahrscheinlich Mr. Binkley, doch es muss auch irgendwo einen Diener geben, meinst du nicht?“

Maggie nickte. „Ohne Zweifel. Was noch?" Sie stupste ihre Schwester mit dem Ellenbogen an.

Jenny dachte nach. „Er roch sauber und seine Stimme hatte einen angenehmen Klang."

„Wenn er nicht gerade schrie und stöhnte?"

„Ja, Mags. Wenn er nicht gerade schrie und stöhnte. Armer Mann", sagte sie und dachte daran, wie schrecklich er gelitten hatte. „Wir sollten alle Mitgefühl für ihn zeigen. Ich bin sicher, dass ich Vernunft und Intelligenz vor mir sah."

„Du *magst* ihn!", stellte ihre Schwester fest.

„Was? Wie kannst du einen solchen Schluss darauf ziehen, was ich dir gerade gesagt habe?"

„Du streitest es ab?"

Jenny wand sich. „Ich habe Mitleid mit dem Mann."

Ihre Schwester schnaubte vor Vergnügen. „Wann wirst du deinen Grafen wiedersehen?"

„Hör auf. Du weißt genau, dass er nicht *mein* Graf ist."

„Nun?", beharrte Maggie.

„Morgen." Jenny sprang vom Bett, als ihre Schwester anfing, zu lachen. „Ich gehe in Mummys Kammer und stelle meine Arbeit an den Geschäftsbüchern des Bäckers fertig."

„Ich dachte, du hättest sie bereits fertiggestellt", bemerkte Maggie.

„Dann arbeite ich an denen des Gastwirtes", sagte Jenny und flüchtete vor dem amüsierten Ausdruck ihrer Schwester.

SIMON SCHRIE UND ERWACHTE. Er schüttelte sein linkes Bein, wo er immer noch die Krallen der Ratte spüren konnte. Sein Herz raste und er hatte keinen Schimmer, welche Tages- oder Nachtzeit es war. Dies war normal. Nicht normal war, dass er sich nach jemandem umsah. Nach wem?

Er schleuderte die Decke von sich und erinnerte sich daran, wie Binkley sie ihm nach dem Abendessen auf den Schoß gelegt hatte.

Nach dem Essen war Simon zwanzig Runden durch seine große Kammer gelaufen und war überrascht gewesen, wie schwach sich seine Beine selbst nach so leichter Betätigung anfühlten. Dann hatte er sich wieder in seinen Sessel fallen lassen. Es hatte ihm nicht gefallen, dass Binkley versuchte, ihn zuzudecken, als wäre er eine alte Großmutter.

Trotzdem konnte Simon nicht das erwartungsvolle Gefühl abschütteln, dass jemand in sein Zimmer kommen würde, dass jemand hier sein sollte. Dann erinnerte er sich an sie. Die Frau! Er würde sich auf sie konzentrieren, sich an ihre liebliche Stimme und ihre Freundlichkeit, als sie ihm Wasser gab, erinnern – und vielleicht würde sie wieder auftauchen.

Solange er wach blieb.

Hatte er sie nicht gebeten, am nächsten Tag wiederzukommen? War es bereits morgen?

Er kam auf die Füße und streckte sich. Nach vielen Wochen konnte er sich jetzt im Dunkeln gut im Zimmer bewegen. Zögernd ging Simon zum Fenster und zog einen Vorhang zur Seite. Er zuckte zusammen, weil er erwartete, die Gitterstäbe zu sehen und die dicke, stechende Luft des birmanischen Teakwaldes zu riechen. Stattdessen schützten ihn Glasscheiben, fünfzehn an der Zahl, vor der kühlen englischen Nachtluft. Nach den Sternen zu urteilen, war es noch früh am Morgen, vielleicht noch einige Stunden bis zur Morgendämmerung. Eine lange Wartezeit, wenn sie wirklich zu ihm zurückkehren würde.

Er wollte auf keinen Fall in den letzten Albtraum zurückkehren. Die Ratten waren besonders gefräßig gewesen. Simon drehte noch ein paar Runden in seinem Zimmer. Irgendwann würde er seine Kraft wiedererlangen, doch vielleicht sollte er sich mehr anstrengen. Wenn er nur lange genug außerhalb der Zelle bleiben könnte, um Sport zu treiben.

Fast lachte er über seine eigenen wirren Gedanken.

Für den Moment würde ein Buch ausreichen. Binkley hatte ihm einen Stapel seiner liebsten Abenteuerbücher aus seiner Jugend gebracht. *Robinson Crusoe, Gullivers Reisen,* sogar *Tom Jones,* auch wenn er diese schlüpfrige Geschichte nicht hatte lesen dürfen, bis er vierzehn war. Jetzt, nachdem er ein eigenes Abenteuer erlebt hatte, und noch dazu ein recht schreckliches, wollte er etwas Friedlicheres lesen.

Entgegen seiner Gewohnheit zündete er eine Lampe an und sah sich das Angebot an. Er nahm *Die Leiden des jungen Werther* in die Hand, warf einen Blick darauf, dachte an den Selbstmord des Protagonisten und warf das Buch quer durch den Raum. Einen Moment später hob er es auf und stellte es zurück in sein Regal. Der spontane Gewaltausbruch fühlte sich fremd für ihn an, vor allem, wenn er gegen ein unschuldiges Buch gerichtet war.

Was sonst? Ah, die Sammlung von Robert Burns. Etwas Lyrik eines Mannes, der das Leben, die Frauen und das Trinken geliebt hatte. Es könnte schlimmer sein. Da Simon nicht mehr sitzen konnte, öffnete er das Buch und las es im Licht der Lampe stehend.

AM NÄCHSTEN MORGEN BESCHLOSS Jenny, sich nicht mehr zu bemühen, Mr. Binkley gegenüber den Schein zu wahren. Es war eine Beleidigung für den Mann. Erleichtert sagte sie Ned, dass er zu Hause bleiben könne. Natürlich protestierte ihr Cousin lautstark.

„Es ist nicht sicher für dich, allein zu gehen", sagte er.

„Aber ich gehe allein", bemerkte Maggie, „und Jenny hat es ebenfalls schon getan."

„Du hast die Kinder bei dir", sagte Ned, „und sie wird keinen Begleiter haben."

Jenny blieb still. Sie wollte nicht streiten.

„Wie auch immer, ich gehe heute Nachmittag hin“, fügte Maggie hinzu. „Dann sehe ich nach dir, in Ordnung? Wenn Peter und Alice ihren Tee trinken.“

„Wenn du möchtest“, räumte Jenny ein.

Ned war unzufrieden. „Nun, mir gefällt dieses Vorhaben überhaupt nicht. Lady Blackwood, was sagen Sie dazu?“

Jennys Mutter las gerade die *London Times*, eine Woche verspätet, da sie einen langen Weg hinter sich hatte, und hatte kein Wort vernommen. Als sie ihren Namen hörte, hob sie den Kopf und sah ihre Tochter und die Gäste an.

„Habe ich etwas verpasst?“

„Nein, Mummy“, sagte Jenny. „Irgendwelche nennenswerten Nachrichten?“

„Oh ja“, fügte Eleanor hinzu. „Irgendetwas über die Königin?“

„Oder die Gräfin von Dudley?“, fragte Maisie.

„Ich werde weiterlesen, doch bisher sind es nur schlechte Nachrichten. Natürlich gibt es noch immer zahllose Geschichten über die Hungersnot. Diese armen Seelen. Schrecklich, schrecklich“, sagte sie und sie hielten alle einen Moment inne, um an die Menschen zu denken, die in Irland verhungerten.

Dann nippte sie an ihrem Tee und sah sich die nächste Seite an. „Die Herzogin von Montrose ist verstorben und hat ihre letzte Ruhe gefunden. Und Frederick Douglass ist nach Amerika zurückgekehrt, nachdem er dem Herausgeber schrieb, dass er einen schönen Aufenthalt hier hatte.“

Maggie kicherte und Jenny tat es ihr gleich.

„Was?“, fragte Anne Blackwood und sah ihre ältesten beiden Töchter an.

„Ich bin sicher, dass er der *Times* nicht sagte, er hätte einen ‚schönen Aufenthalt‘ gehabt“, meinte Maggie. „Er muss etwas Tiefgründigeres zu berichten gehabt haben, nachdem er eineinhalb Jahre hier war.“

Lady Blackwood zuckte die Schultern. „Ich bin sicher, dass er seine Zeit hier genossen hat. Wie auch immer, lasst mich zum Gesellschaftsteil blättern.“

Während ihre Mutter sie mit Geschichten erheiterte, entschuldigte sich Jenny und machte sich bereit, zu gehen. In Wahrheit durchzuckte sie ein winziges Gefühl der Vorfreude auf das Wiedersehen mit dem Grafen.

„Genieße deinen Morgen", rief Maggie ihr nach, als sie in ihren Zweisitzer stieg. „Grüß den Lord der Verzweiflung von mir."

Als sie zurückblickte, sah Jenny, wie Ned Maggie zu ihrer Bemerkung befragte, und lehnte sich auf dem abgenutzten Ledersitz zurück, froh, der Enge ihres Landhauses und dem aufdringlichen Ned Darrow entkommen zu sein.

BALD WÜNSCHTE SICH JENNY schon fast die Leichtigkeit des Umgangs mit ihrem Cousin herbei, oder wenigstens die Geschäftsbücher des Gastwirtes. Die Belton-Bücher waren in schrecklichem Zustand. Geld, das da sein sollte, war es ganz einfach nicht. Sie konnte sich nicht erklären, wie Mr. Binkley es schaffte, alles nach den normalen Standards zu führen. Er musste ein Zauberer sein.

Als sich die Tür der Bibliothek öffnete, hoffte Jenny, dass es der Butler sein würde, denn sie hatte einige Fragen an ihn. Sie hatte fast beschlossen, ihm zu raten, jemanden auf eine Rundreise durch die riesigen Ländereien zu schicken, um nachzuvollziehen, wie es zu einem solchen Chaos kommen konnte.

Statt Mr. Binkley betrat jedoch eine Frau den Raum, die sie noch nie gesehen hatte. Jenny erkannte am Stil ihres Kleides, dass sie keine Bedienstete war. Nach der Farbe zu urteilen, unbeirrbares Schwarz, konnte sie nur eine Person sein.

„Eure Ladyschaft", sagte Jenny, stand auf und neigte leicht ihren Kopf.

„Sie kennen mich?“ Die Stimme der Frau verriet den Hauch eines französischen Akzents. Natürlich beherrschte sie Englisch, ihre Muttersprache, fließend.

„Nein, Mylady. Ich vermute, Ihr seid Lady Tobias Devere.“

Die blonde Frau war mittelgroß und etwas mollig. Sie trug ein elegantes schwarzes Brokatkleid und hatte ein zerknittertes Taschentuch bei sich, das sie von einer Hand zur anderen reichte.

„Die bin ich. Sie haben meine Kinder kennengelernt, wie ich hörte.“

„Sie sind bezaubernd. Meine Schwester wird bald bei ihnen sein.“

Lady Devere lächelte, wahrscheinlich beim Gedanken an ihre Kinder.

„Miss Blackwood ist sehr gut zu ihnen. Ihr Französisch ist viel besser geworden. Meine Familie wohnt in Nizza, und wenn Alice noch ein Jahr älter ist, möchte ich beide für einen längeren Aufenthalt dorthin bringen.“

Jenny nickte. Sie hatte nichts zu der Idee einer solch wunderbaren Reise beizutragen, da sie die Britischen Inseln noch nie verlassen hatte.

Dann sah sie das abgenutzte Taschentuch an und bedachte, was es repräsentierte.

„Euer Verlust tut mir sehr leid.“

Maude Devere sah zu Boden. „Danke. Ich weiß, dass die Leute mich wegen meiner Trauer als albern erachten. Immerhin ist mein Tobias nach den Erzählungen von Lord Lindsey bereits seit zwei Jahren tot, doch für mich ist es, als wäre es gerade erst geschehen.“

„Ich bin sicher, dass es sehr schwer ist. Ihr habt außerdem Euer Zuhause verloren.“ Jenny wüsste gerne, warum die Witwe mittellos dagestanden hatte und an wen sie Jonling Hall verkauft hatte.

Die Frau betrachtete Jenny, die zugab: „Auch wir mussten unser Zuhause in London wegen des Todes meines Vaters zurücklassen. Es war eine Umstellung.“

Ohne das Schicksal von Jennys Familie zu kommentieren, ging Lady Devere auf die Fenster der Bibliothek zu und blickte auf die Rückseite des Guts.

„Die Kinder und ich hatten Glück, dass die Bediensteten des Grafen und aufnehmen, ohne dass er selbst anwesend war."

Jenny dachte darüber nach. Wahrlich war es bemerkenswert, dass Lord Lindseys Bedienstete selbst entschieden hatten, ihnen sein Haus ohne seine Erlaubnis zu öffnen. Es zeugte von der Verbundenheit der Cousins, dachte sie.

Was würde passieren, wenn Simon seine Kräfte wiedererlangte und die Kontrolle über die Grafschaft und die Besitztümer übernahm? Würde er es der Witwe seines Cousins erlauben, zu bleiben, bis sie nach Frankreich aufbrachen? In bestimmten Kreisen würde es sicher für Aufsehen sorgen.

Maude Devere sprach weiter. „Mein Ehemann war bereit, hier in Sheffield zu bleiben und sich um alles zu kümmern, was sein Onkel benötigte. Ich bin mir nicht sicher, ob sein Beitrag in vollem Umfang gewürdigt wurde." Sie schniefte und tupfte sich die Augen.

„Es scheint", sagte Jenny sanft, „als mag es schlechte Planung gewesen sein, dass beide Cousins zur gleichen Zeit abreisten und den alternden Grafen allein ließen."

„Ich bezweifle, dass mein Mann gegangen wäre, aber er hielt es für seine Pflicht, an der Seite des Erben zu kämpfen." Ein Hauch von Bitterkeit hatte sich in ihre Stimme geschlichen.

Waren sie deshalb beide gegangen? Vielleicht hatte der alte Graf Tobias selbst geschickt, um seinen einzigen Sohn zu beschützen. Sicherlich hätten beide Männer nicht ahnen können, dass der Graf von Lindsey während ihrer Abwesenheit sterben würde.

„Doch wenn beiden Männern etwas zugestoßen wäre …"

Scheinbar ging Jenny zu weit, denn Maude versteifte sich sichtlich. „Mein Sohn war hier, für den Fall, dass beide Männer nicht zurückkehrten."

„Ja, Mylady, doch ich meinte nicht wegen eines Erben. Ich meinte die Notwendigkeit, dass jemand die Devere-Besitztümer verwaltet."

Die Frau machte ein unverständliches und sehr gallisches Geräusch, bevor sie sagte: „Es gab immer noch den Vater meines Ehemanns, der Bruder des alten Grafen."

„So?" Es war das erste Mal, dass sie von einer solchen Person hörte.

Dann schien Maude sich ihre Worte erneut zu überlegen. „Ich glaube nicht, dass mein Schwiegervater hier in Belton in irgendetwas involviert ist, nicht seit der jetzige Graf an seinen rechtmäßigen Platz zurückgekehrt ist."

Jenny spitzte die Ohren. „Ihr meint, Ihr Schwiegervater war hier, während Ihr Ehemann und der Graf abwesend waren?"

„Ja, natürlich. Als der frühere Lord Lindsey krank wurde, kam sein Bruder sogleich her. Es war ja der Vorschlag meines Schwiegervaters, dass ich mit meinen Kindern in dieses Haus ziehe. Er konnte schließlich einsehen, dass Jonling Hall einfach zu viele meiner Mittel beanspruchte."

„Der Bruder des Grafen hat Euch vorgeschlagen zu verkaufen?"

Maude erstarrte. „Ja."

„Wenn Euer Ehemann zurückgekehrt wäre, hätte ihn der Verlust seines Zuhauses nicht verärgert?"

Jenny wurde klar, dass sie ihre Grenzen überschritten haben könnte. Die Lady bestätigte dies, indem sie ihr Kinn anhob und Jenny einen vernichtenden Blick zuwarf.

„Ich halte Sie von der *Arbeit* ab", sagte Maude, ignorierte die Frage und betonte den Unterschied ihrer Stellungen. „Ich beabsichtigte nur, Sie zu treffen, da Sie bereits Zeit mit Peter und Alice verbrachten. Normalerweise spreche ich persönlich mit jedem ihrer Lehrer."

Jenny verzichtete darauf zu fragen, ob Maude ihre Anwesenheit in der Nähe ihrer Kinder für akzeptabel hielt. Sie senkte nur noch einmal ihren Kopf und hob ihn, um zu sehen, wie sich Lady Tobias Devere zurückzog.

Sie musste sich einfach fragen, ob der Schwiegervater der Dame Jonling Hall gekauft hatte, damit es in der Familie blieb. Doch warum sollte dies nicht in den Aufzeichnungen stehen? Und wenn es so war, warum ließ er seine Schwiegertochter und seine Enkelkinder nicht in ihrem Zuhause wohnen?

Nein, Jenny beschloss, dass sie falsch vermuten musste.

Weitere zwei Stunden vergingen, die Teekanne, die ihr gebracht worden war, war leer, und Jenny beschloss, sich die Beine zu vertreten und vielleicht ihre Schwester zu besuchen, die den Kindern im Blauen Salon assistieren dürfte.

Doch als sie durch die Flure des Belton Manor wanderte, konnte Jenny nicht so tun, als ginge sie an einen anderen Ort als die Kammer des Grafen. Seit dem Moment, als sie am Morgen eingetroffen war, hatte sie ihn sehen, wieder mit ihm sprechen und sich davon überzeugen wollen, dass es ihm gut ging.

Als sie dieses Mal auf seine Kammer zuging, war es still. Schlief er friedlich oder war er hellwach und starrte allein in die Dunkelheit?

Beinahe machte sie kehrt und flüchtete, doch im letzten Moment klopfte sie an die Tür.

SIMON HATTE STUNDENLANG GELAUSCHT und gewartet und dachte schon, die Dämonin sei nur ein Traum gewesen, als er glaubte, Schritte zu hören. Er betete sogar, sie gehört zu haben.

Das sanfte Klopfen an seiner Tür ließ ihn fast aus seinem Stuhl aufspringen. Doch plötzliche Bewegungen weckten ihn beizeiten. Er erinnerte sich daran und erstarrte. Er erinnerte sich lebhaft an das Erlebnis, als er nach einem vergnüglichen Ausritt in der Bretagne abstieg und feststellte, dass sein Pferd weg war und seine Freiheit erneut durch die gefürchtete Zelle eingeschränkt wurde.

„Herein", sagte er. Es passierte nichts. War es die unbekannte Frau? Hatte sie ihn gehört? Hatte er sie sich gänzlich eingebildet? Wahrscheinlich hatte er das, da die Anwesenheit einer Fremden in seinem Zuhause äußerst unwahrscheinlich war.

Dann öffnete sich die Tür. Er hielt den Atem an; er wusste, dass die vorsichtigen, langsamen Bewegungen nicht zu Binkley gehörten.

Ein Gesicht erschien in der Dunkelheit des Zimmers, dann der Rest von ihr.

Ihm war zum Lächeln zumute, wenn er daran dachte, dass seine eigene private Erscheinung zurückgekehrt war.

„Guten Tag, Mylord."

„Guten Tag, Phantomschönheit."

Simon bemerkte ihr Zögern. „Nur Mut. Kommen Sie herein", forderte er sie auf. „Kommen Sie näher, damit ich Sie sehen kann."

Sie tat, wie ihr geheißen, doch er konnte sie noch immer nicht gut sehen. Plötzlich störte ihn die Dunkelheit in seinem Zimmer, statt ihm wie sonst Trost zu spenden.

„Ist es Tag?"

„Ja." Ihre Stimmer war so zart und sanft, wie er sie in Erinnerung hatte.

„Öffnen Sie die Vorhänge", sagte er.

Sie bewegte sich nicht.

„Warum zögern Sie? Werde ich den Urwald sehen, wenn Sie öffnen?" Er hoffte, seine Stimme verriet nicht die Angst, die er bei dieser Vorstellung empfand.

„Nein, Mylord. Ihr seid in Sheffield und es gibt keinen Urwald. Doch ich bin keine Dienerin und bin es nicht gewohnt, auf diese Weise angesprochen zu werden."

„Ich verstehe."

Er dachte darüber nach. Warum lief eine fremde Frau in seinem Haus umher, wenn sie keine Dienerin war?

„*Bitte* öffnen Sie die Vorhänge."

„Gern." Sie ging an ihm vorbei und er vernahm denselben Duft wie zuvor.

Er hatte ihn vergessen, doch da war er, frisch und natürlich, wie Zitronen und weiße Blumen. Er gefiel ihm noch mehr als die Pears-Seife, die er seit seiner Rückkehr verbrauchte, wie Feuer trockenes Kleinholz. Sauber zu sein und gut zu riechen waren zwei Annehmlichkeiten, von denen er dachte, dass er sie nie wieder erleben würde. Deshalb badete er so oft wie nie zuvor.

Als die Frau die Vorhänge am Fenster direkt neben ihm zurückzog, war es, als hätte sie einhundert Kerzen entzündet. Sonnenlicht strömte in sein Zimmer. Angst durchströmte ihn einen Moment lang und sein Herz begann zu rasen.

Er umklammerte die Armlehnen des Sessels, hielt den Atem an und kämpfte darum, nicht zu schreien. Er spürte, wie seine Haut plötzlich klamm wurde und der Schweiß seinen Rücken hinunterlief und sein Hemd durchnässte.

„Mylord", sagte sie mit besorgter Stimme.

Sie konnte seine Not sehen. Er sollte sich gedemütigt fühlen, doch er tat es nicht. Es gab zu viele andere Emotionen, mit denen er zu kämpfen hatte, darunter auch Verärgerung, weil er ihre Gesichtszüge immer noch nicht erkennen konnte. Das helle Licht, das auf sie fiel, verwandelte ihr Haar in einen glänzenden Heiligenschein.

„Geht es Euch gut?", fragte sie und kam auf ihn zu.

Er konnte nicht mit ihr sprechen. Er konnte sie nicht beruhigen. Er brauchte nur einen Moment. Er schüttelte seinen Kopf und hoffte, so sein Bedürfnis, sich zu beruhigen, vermitteln konnte, dann schloss er die Augen. Das machte alles nur noch schlimmer. Was, wenn er sie öffnete und er in seiner Zelle war? Was, wenn sie verschwunden wäre?

Tränen traten in seine Augen. Er war gefangen. Zu verängstigt, um seine Augen zu öffnen.

Was wäre wenn? Was wäre wenn?

Simon hörte sich selbst schreien, bevor er merkte, dass er es tat. Es fühlte sich gut an. Er brüllte und es gab keine Gegenwehr, auch wenn er glaubte, die Frau keuchen zu hören. Er schrie immer und immer wieder. Doch niemand erstach ihn mit einem Säbel. Er war am Leben.

Er war am Leben und schrie, und er war zu verängstigt, um seine gottverdammten Augen zu öffnen.

„Was geht hier vor sich?"

KAPITEL SECHS

*B*inkley! Simon wusste, dass er zu Hause war, wenn Binkley hier war.

Sofort öffnete er seine Augen. Da war sein Butler, den er schon fast sein ganzes Leben lang kannte. Da war sein Zimmer, erleuchtet von der warmen Sonne, die durch die vielen Fensterscheiben und die Verglasung ein Muster aus Kreuzen auf seinen Teppich warf. Da war die Frau, die sich bestürzt die Hand über den Mund hielt und ihre Augen vor Angst weit aufgerissen hatte.

„Es tut mir leid", sagte er sofort zu ihr, und es stimmte. Er war nie die Art von Mann gewesen, die eine Angehörige des schöneren Geschlechts erschrecken würde. Er war sehr angetan von einer gewesen und hatte einige beschlafen, doch nie hatte er einer Frau Angst eingejagt.

Sie blieb weiter stumm.

„Stellen Sie sich … *bitte*, stellen Sie sich dort drüben hin", er deutete auf die andere Seite seines Sessels, „sodass ich Sie besser sehen kann."

Sie ließ ihre Hand sinken und tat, worum er sie bat. Ihr Gesicht war blass, was ihre Lippen sehr rot aussehen ließ. Und sie hatte die hinreißendsten Augen, die er je gesehen hatte. Dunkle Wimpern, satte, kaffeefarbene Augen, die ihn an sein Lieblingspferd aus Kindertagen erinnerten, und sie waren wunderschön groß. Intelligente Augen und ein hübsches Gesicht. In diesem Moment begutachteten diese Augen sein eigenes Erscheinungsbild, und er hoffte kurz und mit lächerlicher Eitelkeit, dass ihr gefiel, was sie sah.

Beinahe lachte er, denn wie konnte sie ihn anziehend finden, wenn er gerade erst wie ein Wahnsinniger geschrien hatte?

„Es geht mir gut, Binkley", versicherte Simon seinem Butler. „Ich bedauere zuzugeben, dass ich diese Dame angewiesen habe, meine Vorhänge zu öffnen, und das Ergebnis war ein wenig unverhofft."

„Sie sollte nicht hier sein", behauptete Binkley.

„Ich habe sie eingeladen." *Warum sollte sie nicht hier sein?*, fragte er sich. Dies war *sein* Haus. Er konnte darin unterhalten, wen immer er wollte. Und in diesem Moment wollte er mit ihr reden. Allein.

„Ich werde nach Ihnen rufen, wenn ich Sie brauche", sagte er zu seinem Butler.

„Sie hat Pflichten, denen sie nachkommen muss", beteuerte Binkley.

Er sah wieder die Frau an. „Sie sagten, Sie seien keine Dienerin."

„Das bin ich nicht, Mylord."

„Sie ist Buchhalterin, Mylord."

„Ist sie das?" Er hatte recht behalten. Es waren tatsächlich intelligente Augen, die ihn anstarrten.

„Sie wird bald zu Ihnen aufschließen, Binkley."

Sein Butler nickte ihm zu und warf einen Blick auf die Frau, von der Simon nun erkannte, dass sie jünger war, als ihre Stimme, ihr Auftreten und ihr Aussehen vermuten ließen, vielleicht kaum älter als eine Jugendliche. Dann ging Binkley und sie waren allein.

„Sind Sie hergekommen, um sich die Bücher von Belton anzusehen?"

„Ja, Mylord."

Ein Anflug von Wut überkam ihn. Toby sollte sich um die Geschäftsbücher kümmern. Toby, der unter völliger Missachtung seines Lebens und seiner Familie, die ihn erwartete, ermordet worden war. Die schreckliche Wahrheit war, dass das Leben seines Cousins vergeudet gewesen war. Der Mann hätte nie in die Schlacht ziehen sollen. Besser wäre es gewesen, er wäre zu Hause in seinem Arbeitszimmer geblieben und hätte sich mit den Zahlen beschäftigt. Und ganz sicher hätte er nie in dieser höllischen Zelle enden dürfen!

Simon verdrängte die aufkommenden düsteren Gedanken aus seinem Kopf. Sie würden mit Sicherheit später zurückkehren. In der Zwischenzeit konzentrierte er sich darauf, seine sinnlose Wut zu zügeln. Dieses Mädchen hatte sie nicht verdient.

„Wie ist Ihr Name?", wollte er wissen und scherte sich nicht darum, ob er unhöflich klang. Er scherte sich nicht mehr um Nettigkeiten. Schließlich hatte sie das unzivilisierte, verwundete Tier gehört, das in ihm lauerte.

„Jenny", sagte sie sofort.

„Jenny! Das klingt wie der Name eines Hausmädchens."

Es schien sie nicht zu kränken. Stattdessen legte sich ein verwirrter Ausdruck auf ihre schönen Züge.

„Wie kann ein Name klingen wie der einer Bediensteten? Das ist absurd."

Sie hatte ihn absurd genannt.

„Das finde ich nicht", sagte Simon. „Wie viele Betsys kennen Sie, die in gehobenen Kreisen verkehren? Keine, würde ich vermuten. Sie heißen alle Elizabeth. Oder vielleicht Guinevere."

„Papperlapapp! Was, wenn ich mitten auf der Straße stünde und kurz davor wäre, von einer Kutsche überfahren zu werden?"

Nun war er an der Reihe, verwirrt auszusehen.

„Warum in Gottes Namen würden Sie das tun? Sind Sie einfältig?"

Sie schüttelte den Kopf. „Natürlich nicht."

Wenn sie nicht einfältig ist, dann vielleicht nur unvernünftig? „Worauf wollen Sie dann hinaus? Wenn Sie sich in die Mitte einer geschäftigen Straße stellen, verdienen Sie es, angefahren zu werden, ob Ihr Name nun Jenny oder Guinevere ist."

„Ich würde es natürlich nicht wirklich tun. Doch das ist nicht mein Punkt."

Simon verspürte erneut den Drang zu schreien. Normalerweise gab er nach und tat es. Stattdessen blieb er ruhig und sagte: „Sie haben keinen Punkt."

„Den habe ich. Wenn Ihr mir zurufen würdet: ‚Guinevere, pass auf', dann wäre ich tot, bevor Ihr die dritte Silbe des Namens aussprechen könntet. Doch wenn Ihr ‚Jenny' ruft, hätte ich vielleicht eine Chance."

Obwohl sie auf Umwegen dorthin gelangt war, wurde ihm klar, was sie meinte, und es lockerte die Situation auf. Tatsächlich überkam ihn der seltsame Drang, zu lächeln.

„Ich verstehe. In diesem Fall würde ich wahrscheinlich ‚Jen' sagen."

Sie hielt inne und dachte darüber nach. Dann lächelte sie und ihre Züge veränderten sich von faszinierend hübsch zu atemberaubend schön. Eine Woge des Verlangens schoss durch ihn hindurch und überrumpelte ihn völlig. Es war lange her, dass sein Körper einen Grund gehabt hatte, auf diese Weise zum Leben zu erwachen. Es fühlte sich verdammt gut an.

„In diesem Fall", fuhr sie fort, „hoffe ich, Mylord, dass Ihr Euch die Freiheit mit meiner Person nähmt und mich aus dem Weg stoßen würdet, um mich zu retten."

Sie starrten einander für einen langen Moment an, während ihre Worte zwischen ihnen in der Luft und in seinem Kopf hingen, zumindest die Vorstellung ihrer *Person*.

„Fürwahr", sagte Simon und konnte sich nicht davon abhalten, einen kurzen Blick an der Vorderseite ihres blauen Kleides hinunterschweifen zu lassen, wo ihre Füße unter ihren Röcken versteckt waren. Sie war sicherlich wohlgeformt, schlank und doch kurvenreich, ganz nach seinem Geschmack und absolut tabu. Zumindest im Moment.

Als sein Blick zu ihrem Gesicht zurückkehrte, glitt er über ihr Dekolleté und bemerkte die großzügige Wölbung ihres Busens und das geheimnisvolle Tal dazwischen. Ja, sein Körper war definitiv wach.

Ich könnte mir Freiheiten mit Ihrer Person erlauben", stimmte er zu, „doch was, wenn *ich* an Ihrer Stelle den Hufen der Pferde erläge?"

Sie starrten einander für einen noch längeren Moment an. Ihre Wangen waren ausgesprochen rosa. Woran dachte sie? Dachte sie immer noch an seine unhöfliche Bewertung ihrer Person?

Sie trat einen Schritt zurück und durchbrach die Spannung, die sich aufgebaut hatte.

Sie faltete die Hände vor sich und sagte: „Ich wäre Euch sehr dankbar und würde zu Eurer Beerdigung erscheinen."

Bei ihren Worten lächelte Simon nicht nur, er begann zu lachen. Er lachte stärker, als er es je für möglich gehalten hätte. Er lachte, bis ihm Tränen die Wangen hinunterliefen, und dann schluchzte er und zu seiner Überraschung spürte er, wie sie ihre Arme um ihn legte.

Einen Moment lang erstarrte er bei dem gänzlich unerwarteten und fremden Gefühl, festgehalten und getröstet zu werden.

Er vergrub sein Gesicht in dem weichen Teil ihres Halses, wo ihr Duft noch stärker zu riechen war, und weinte, wie er es nicht mehr getan hatte, seit er ein Kind war. Er schämte sich nicht. Er spürte nichts anderes als intensive Traurigkeit. Dann, während die Tränen flossen und die Minuten vergingen, fühlte er ein wenig Erleichterung.

Ja, Erleichterung, als ob er etwas tief in sich verborgen und es nun losgelassen hätte.

Außerdem fühlte er sich durch den ganzen Austausch verdammt erschöpft. Er hob den Kopf und wischte mit seinem Hemdsärmel über ihren Hals, bevor sie die Chance hatte, sich aufzurichten. Dann überkam ihn der Drang zu schlafen, genauso wie in seiner Vorstellung davon, von diesen imaginären Pferden auf der Straße zertrampelt zu werden, die Jenny erwähnt hatte.

Er wollte sich hinlegen und die Augen schließen. *Wie wahnsinnig!* Er wollte das tun, was er in all diesen Wochen bekämpft hatte. Er sollte sein Schicksal akzeptieren – er sollte schlafen und zulassen, dass die Albträume kamen.

Als er zusah, wie sie mit einer Hand über ihren Nacken strich und dann sanft ihren Hals massierte, dachte Simon, wie nett von ihr, dass sie sich so lange über ihn gebeugt hatte, um ihn zu trösten.

„Ich werde mich hinlegen", sagte er ihr und fühlte sich fast wie ein Kind, als er aus seinem Sessel aufstand, durch den Raum ging und in sein lange vernachlässigtes Bett stieg.

Simon lag flach auf dem Rücken und sah den vertrauten Baldachin über ihm an. Er bat sie nicht, zu gehen. Er war sich nicht sicher, ob er wollte, dass sie ging, damit er sein Gesicht nach seinem demütigenden Verhalten wahren konnte, für das er sich seltsamerweise überhaupt nicht demütig fühlte, oder ob er wollte, dass sie blieb und in seiner Nähe saß.

Ja, er wusste es! Ihm wurde klar, dass er wollte, dass sie auf ihn aufpasste, während er schlief, doch darum würde er sie nicht bitten. Das konnte er nicht verlangen.

Zu seinem Erstaunen sagte diese Jenny, diese Buchhalterin, nichts zu seiner emotionalen Demonstration. Stattdessen griff sie nach der großen Decke, die auf der Truhe am Ende seines Bettes lag. Schweigend legte sie sie über seine liegende Gestalt und entfaltete sie, dann zog sie die Hälfte davon zu seinen nackten Füßen hinunter und wickelte die Decke sogar um sie, bevor sie die andere Hälfte zu seiner Brust hochzog und sie glattstrich, ohne ihn anzusehen.

Sie kümmerte sich rücksichtsvoll um ihn und achtete darauf, dass es ihm nicht unangenehm oder peinlich war.

Simon konnte sie genau betrachten, ohne dass sie ihn ansah. Es war ein erstaunlich intimer Moment, dem jedoch jegliche Sinnlichkeit fehlte. Er betrachtete gern ihr ruhiges und schönes Gesicht und ihr Haar, das leicht zerzaust war, weil sie zugelassen hatte, dass er sich an ihr festhielt.

Simon gähnte ausgiebig, dann schloss er seine Augen und spürte, wie sie die Decke bis unter sein Kinn zog. Er lächelte wieder, wobei sich die Muskeln in seinem Gesicht angestrengt anfühlten, weil sie so selten benutzt worden waren.

Jenny kümmerte sich um ihn, als läge er ihr wirklich am Herzen.

Das war sein letzter Gedanke, als er in einen tiefen Schlaf fiel.

JENNY WAR SICH UNSICHER, was sie tun sollte, nachdem seine Lordschaft eingeschlafen war, und betrachtete einige Minuten einfach sein Gesicht, das nun friedlich aussah. Ohne das Stirnrunzeln und die fest aufeinandergepressten Lippen sah er jünger aus. Er sah mehr wie der junge Mann aus, den sie von den Weihnachtsfeiern ihrer Jugend kannte.

Seine Brust hob und senkte sich gleichmäßig und er schien ruhig zu sein. Lord Devere sah in jeder Hinsicht sehr attraktiv aus. Er war jetzt Lord Lindsey, erinnerte sie sich. *Ein Graf.*

Sie dachte daran, wie seine Augen gefunkelt hatten, als er sie betrachtet hatte – ziemlich ungehobelt, obwohl man einen Grafen vielleicht nicht als ungehobelt bezeichnen konnte – und da seine Lordschaft von seiner eigenen Reaktion überrascht zu sein schien, fühlte sie sich nicht beleidigt. Sie spürte nur reine Neugier.

Dieser fremde Mann hielt sie für attraktiv, da war sie sich sicher, und das gefiel ihr.

Außerdem konnte sie ihn endlich ausgiebig ansehen, ohne sich zu schämen. Er sah wirklich gut aus, mehr noch als sie angenommen hatte, als sie Maggie von der schattenhaften Gestalt berichtet hatte, die sie sah. Sein Haar war nicht einfach braun, sondern bernsteinfarben, und sie hatte seine seidige Weichheit selbst gespürt, als sie ihn an sich gedrückt hatte. Seine Augen hatten eine dunkle blaugraue Farbe, die endlos tief zu sein schien, und es erfüllte sie mit Traurigkeit, daran zu denken, was für schmerzliche Erinnerungen darin verborgen sein mussten.

Nach einer weiteren Minute, in der sie ihm dabei zugesehen hatte, wie er friedlich atmete, ging Jenny langsam rückwärts und entfernte sich lautlos, bis sie an der Tür angekommen war. Sie konnte sich nicht vorstellen, dass es ihm gefallen würde, wenn sie sich über ihn beugte oder gar bei ihm saß, wenn er aufwachte – immerhin war sie eine Fremde. Mit diesem Gedanken schlich sie aus seinem Zimmer.

Trotz seiner Bekenntnisse über den Schlaf, schien er wie ein Mann, der unbedingt lang und ungestört schlummern musste.

Endlich stand sie auf der anderen Seite der geschlossenen Tür und lehnte sich mit dem Rücken dagegen, schloss ihre eigenen Augen und dachte über die emotionale Begegnung mit seiner Lordschaft nach. Er war wirklich der Lord der Verzweiflung! Sie würde später an diesem Abend über ihre eigenen Empfindungen dabei nachdenken, dass sie einen weinenden Fremden gehalten hatte, noch dazu einen Mann. In diesem Moment wollte sie zur Bibliothek zurückkehren, falls Mr. Binkley noch einmal nach ihr suchen sollte.

„WARUM WILLST DU MIR nicht erzählen, was gestern passiert ist?", fragte Maggie und folgte Jenny nach dem Frühstück ins Zimmer ihrer Mutter. Auch wenn Ned jetzt von ihren Diensten als Buchhalterin wusste, hatte sie nicht den Wunsch, sich den Salon mit ihm zu teilen. Sie wollte lieber in ihrem improvisierten Arbeitszimmer bleiben. Henry hatte die Bücher eines weiteren Klienten gebracht, während sie am vergangenen Tag unterwegs gewesen war.

Wahrscheinlich sollte Jenny ihm sagen, er solle aufhören, weitere Kunden anzuwerben, bis sie mit der Buchhaltung des Grafen fertig war.

„Ich habe es dir doch gesagt. Ich möchte nicht über seine Lordschaft tratschen. Ich habe mich dir wegen Lady Devere anvertraut. War sie nicht merkwürdig und interessant genug?"

„Lady Devere ist mir gleich. Ich spreche fast jedes Mal mit ihr, wenn ich zum Anwesen gehe. Sie ist einsam und gelangweilt, also kommt sie und spricht Französisch mit mir."

„Gott sei Dank hat sie das nicht mit mir getan", sagte Jenny. Nur die Vorstellung davon, mit jemandem Französisch zu sprechen, dessen Muttersprache es war, jagte ihr Angst ein.

Maggie setzte sich auf die Bettkante und verschränkte ihre Arme. „Hör auf, das Thema zu wechseln."

„Das Thema ist offiziell gewechselt. Hast du irgendeine Ahnung, wann Ned uns verlassen wird? Ich meine, was um alles in der Welt tut er hier?"

Maggie starrte sie an. „Weißt du das nicht?"

Jenny fürchtete, dass sie das tat, doch sie hatte zu viel Angst, darüber nachzudenken.

Ihre Schwester warf sich auf das Bett ihrer Mutter, wobei ihre Beine über die Kante hingen und ihre Füße fast den Boden berührten. „Du könntest ein recht einfaches Leben haben."

„Was meinst du?", fragte Jenny.

„Als Mrs. Ned Darrow, Hausherrin des Anwesens in Dumfries."

Jenny stöhnte auf und hörte dann Maggies sanftes Lachen.

„Das könntest du sein, weißt du. Die Familie Darrow hat auch ein kleines Haus in London."

„Solche Gedanken darfst du nicht einmal denken", sagte Jenny.

Maggie war ein paar Minuten lang still, während Jenny arbeitete.

„Ich fühle mich schrecklich schuldig", sagte sie schließlich.

Jenny runzelte die Stirn. „Warum denn?"

Maggie antwortete nicht sofort. „Als Vater starb, war ich wütend auf ihn."

„Ich war es auch ein wenig", gab Jenny zu. „Er hätte seine Angelegenheiten längst klären müssen. Er hätte an Mummy und uns drei denken müssen. Du musst dich wegen deiner Wut nicht schuldig fühlen."

„Es ist nicht nur das. Ich dachte mehr als alles andere an mich selbst. Ich hatte meine erste Saison gerade begonnen, und dann erkannte ich, dass ich keine weitere haben würde. Allerdings wird Eleanor vielleicht nie einen Ball besuchen können. Und selbst einer ist herrlich."

„Ich würde sagen, dass eins die perfekte Zahl ist", überlegte Jenny. „Nach vierzig Bällen in einer Saison folgen die Teepartys im Salon, die frühen Ausritte, die Frühstücke mit anderen Anwärtern, die Picknicks, die Bootspartys und die Kricketspiele bei Lord's. Mein Gott, das kam mir alles mehr wie eine lästige Pflicht vor."

„Wie auch immer, du und ich haben es beide erlebt. Eleanor kann das vielleicht nie. Trotzdem dachte ich nicht an sie oder an dich. Nur an mich selbst. Und ich sollte besonders an dich gedacht haben, die du nicht nur deine erste Saison durchlebt hast, sondern dir während deiner zweiten einen Ehemann gesichert hast. Und dann verlorst du ihn ohne eigenes Verschulden. Ich dachte nie daran, dass du Herzschmerz gehabt haben musst."

Jenny zuckte die Achseln. „Liebe Schwester, sorge dich nicht einen Moment lang um mein Herz. Nicht wegen Lord Alder. Ich bereue es nicht, meine zweite Saison nicht beendet zu haben. Ich erschaudere beim Gedanken an eine dritte."

„Aber ein Ehemann—"

„Es bleibt mir immer Ned", gab Jenny zurück und sie lachten beide.

Als Maggie sie allein ließ, damit sie ihre Arbeit in Ruhe verrichten konnte, dachte Jenny über die verdrießlichen Worte ihrer Schwester nach. Maggie würde vielleicht nie eine ganze Saison beenden. Eleanor würde vielleicht nie eine haben. Nein, das war undenkbar! Dass ihre schönen Schwestern auf dem Land verkümmerten und nie geeignete Ehemänner finden würden.

Jenny vertiefte sich in die Zahlen und war so entschlossen wie nie zuvor, genug zu verdienen, damit ihre beiden Schwestern nach London gehen konnten. Komme, was wolle!

Ein schrecklicher Aufschrei riss sie eine Weile später von den Büchern los.

Sie wusste zwar, dass es entweder Eleanor oder Maisie gewesen sein musste, doch ihre Gedanken waren sofort bei Simon Devere. Wie sehr ihr Herz für diesen Mann schmerzte. Bevor er in die Schlacht zog, war er allen Berichten zufolge beliebt, pflichtbewusst, intelligent und hilfsbereit gegenüber seinen Mitmenschen gewesen. Niemand hatte daran gezweifelt, dass er das Erbe seines Vaters mit geschickter Hand weiterführen würde.

Und nun?

Jenny rieb sich ihren steifen Nacken und rannte die Treppe hinunter, wo sie das Haus verlassen vorfand. Sie hörte Geräusche aus dem Garten, eilte zur Terrasse und entdeckte, dass ihre Familie um den Paddock versammelt waren.

Thunder!

Tatsächlich hatte das Pferd Maisie in den Arm gekniffen und das Mädchen war nicht vor Thunders momentanem unberechenbaren und launischen Temperament gewarnt worden.

Maggie hielt ein Tuch an Maisies Unterarm, während Anna George, den Stallburschen, damit beauftragte, den örtlichen Arzt zu holen. Ned lief auf und ab und sprach davon, Thunder zwischen die Augen zu schießen, weswegen Eleanor unkontrollierbar schluchzte, denn sie liebte alle Tiere, außer, unerklärlicherweise, Igel.

Jenny rollte mit den Augen, als sie das Drama sah, das sich abspielte.

„Lasst uns alle reingehen und die Köchin damit beauftragen, den Kessel anzufeuern. Maisie, ich glaube, sie sagte gestern, dass es heute Abend nach unserer Mahlzeit Erdbeerkuchen mit Sahne geben wird."

Jenny erinnerte sich daran besonders, da sie an die Kosten eines zusätzlichen Desserts dachte.

Die Erwähnung der Süßspeise wirkte Wunder. Sowohl Eleanors als auch Maisies Stimmung verbesserte sich und ihre Tränen versiegten. Schon bald nippten sie alle im Salon an ihrem Tee und warteten auf den Doktor. Bei seinem Eintreffen verkündete er, dass die junge Lady keine Narbe haben würde, da Thunder kaum die Haut verletzt hatte. Es gab zwar einen Bluterguss, aber das war nur ein blauer Fleck, den Maisie für eine Woche oder länger ertragen müsste.

Ned war allerdings nicht zufrieden. Mit vor Wut hochrotem Gesicht starrte ihr Cousin George an. Der Rest von ihnen wartete schweigend, während Ned dem Jungen eine strenge Standpauke hielt, als ob er für Thunder verantwortlich wäre oder etwas an dem Verhalten des Pferdes ändern könnte. Obwohl ihm keine der Damen zustimmte, konnten sie ihm vor den Bediensteten nicht widersprechen.

Als der Doktor ging, trug die Köchin eine dünne Schicht einer Arnika-Infusion auf Maisies Arm auf und sagte ihr, es würde nur ein leichter Bluterguss zurückbleiben.

„Sicherlich keine Woche lang!", murmelte sie.

„Ich finde trotzdem, dass wir dieses Tier schlachten sollten", meinte Ned. Seit Tag eins seines Besuches, sobald

die erste Warnung über Thunder ausgesprochen worden
war, hatte ihr Cousin diese Meinung verlauten lassen.

„Auf keinen Fall", sagte Anne und Jenny war froh
darum. Sie wollte die Autorität ihrer Mutter nicht infrage
stellen, doch niemand würde ihr Pferd erschießen.

„Mein Bruder hat schreckliche Angst vor Pferden",
durchbrach Maisie die düstere Stimmung des Unbehagens,
die im Raum herrschte.

„Maisie", tadelte Ned seine Schwester. „Natürlich habe
ich das nicht! Jedermann sollte sich vor einer solchen Bestie
hüten und du hättest besser auf Lady Blackwood gehört und
ihm fernbleiben sollen. Angst vor Pferden", wiederholte er,
als sei es absolut lächerlich. Dann setzte er sich und trank
schweigend seinen Tee.

„Keine Sorge", sagte Jenny zu George, der nach Neds
Zurechtweisung etwas kränklich aussah. „Alles ist in
Ordnung. Wieso siehst du nicht nach den Pferden? Ich bin
sicher, sie brauchen etwas Beruhigung."

Anne sah Maisie an. „Du darfst Lucy reiten und du
darfst den alten Bay streicheln und sogar füttern, doch du
musst dich von Thunder fernhalten."

„Ja, Tantchen", stimmte Maisie zu, auch wenn alle
Anwesenden wussten, dass es ihr nicht zum ersten Mal
gesagt wurde.

„Ich frage mich, ob sich wohl jemand Thunders Bein
ansehen kann", überlegte Jenny. „Wir hätten den Doktor
darum bitten sollen, als er hier war."

Maggie kicherte. „Er schien für einen Landarzt sehr
überzeugt von sich zu sein. Irgendetwas sagt mir, dass er
nicht gern den Tierarzt gespielt hätte."

Sie alle lachten.

Jenny sah auf die Uhr auf dem Kaminsims. Bewegten
sich die Zeiger heute besonders langsam? Ruhelos stand sie
auf und ging in die Küche, um nachzusehen, wie lange es
noch bis zum Mittagessen dauern würde. Sie wollte zum
Herrenhaus gehen. Sie musste sich noch ein paar Zahlen in
den Büchern ansehen. Allerdings war sie ehrlich genug zu

sich selbst, um zuzugeben, dass sie nicht nur die Buchhaltung im Belton Manor faszinierte. Sie hoffte inständig, dass es eine Gelegenheit für eine weitere Begegnung mit dem Grafen geben würde.

KAPITEL SIEBEN

An ihrem wahrscheinlich letzten Tag zog Jenny sich wie auch schon am vorigen Tag in die Bibliothek zurück und schrieb Notizen, erfasste Unregelmäßigkeiten und schrieb eine Zusammenfassung für den Butler. Ausgerechnet er sollte den Hauptbericht über die Buchhaltung der Besitztümer erhalten!

Als sie Schritte an der Tür vorbeigehen hörte, die sie absichtlich einen Spalt weit offen gelassen hatte, wusste sie, dass er es sein musste, und beeilte sich, ihn einzuholen.

Als sie die eilige Gestalt des Mannes sah, mit dem sie sprechen wollte, rief sie ihm zu.

„Mr. Binkley, auf ein Wort, wenn Sie einen Moment haben.“

Er blieb stehen und drehte sich um.

„Dürfte ich in der Bibliothek mit Ihnen sprechen?“

Er zögerte, dann nickte er, kam auf sie zu und bedeutete ihr, mit ihm in den Raum zu gehen.

„Wie kann ich ihnen helfen, Miss Blackwood? Mehr Tee?“

„Nein, nichts dergleichen. Ich weiß, dass ich Ihnen diesbezüglich eine Plage bin, doch ich habe nur das Beste für das Belton Manor und die vielen Menschen im Sinn, die hier leben und für den Grafen arbeiten. Ich möchte wissen, ob es jemanden gibt, der als Verwalter fungieren kann, bis … Lord Lindsey dazu in der Lage ist.“

Der Butler verengte seine Augen.

„Warum fragen Sie?“

„Es ist ungewöhnlich, dass niemand das Kommando hat“, begann Jenny.

„Haben Sie viel Erfahrung damit, große Besitztümer zu leiten?“

„Ich verstehe, was Sie meinen, Mr. Binkley. Mein Vater war nur ein Baron, doch ich glaube zu wissen, dass der Landadel seine Buchhaltung normalerweise nicht selbst zu führen pflegt.“

„Sie sprechen von Sir Tobias.“

„Ja“, bestätigte Jenny. „Als Sie mir sagten, wer die Vermerke in den Geschäftsbüchern verfasst hat, erwähnten Sie außerdem den anderen Lord Devere nicht.“

Der Butler wirkte erschrocken. „Wie haben Sie von ihm erfahren?“

„Lady Devere stattete mir einen Besuch ab und erzählte mir, dass ihr Schwiegervater hier wohnte, als ihr Ehemann und der Erbe fort waren.“

„Ich verstehe.“

Als Mr. Binkley nicht weitersprach, wollte Jenny vor Verzweiflung seufzen. Was war hier los?

Der jüngere Bruder des vorherigen Grafen kam nach seinem Tod nach Belton, um bei der Führung der Besitztümer zu helfen? Verstehe ich das recht?“

„Nein, genau genommen ist das nicht korrekt. Lord James Devere, der Bruder des Grafen, besuchte uns *bevor* sein Bruder starb. Sie saßen viele Stunden lang zusammen. Allerdings nahm der Graf keine Änderungen in seinem Testament vor, änderte keine Zuwendungen oder ernannte seinen Bruder als Bevollmächtigten. Hier werden Sie nichts Unrühmliches finden, falls Sie darauf anspielen.“

Dass er das gesagt hatte, brachte sie auf den Gedanken, dass es ganz sicher etwas zu finden gab. Es war vielleicht nicht gerade unaufrichtig, doch es war auch nicht die übliche Vorgehensweise.

„Wenn Simon Devere mit seinem Cousin gestorben wäre", beharrte Jenny, „hätte dann der Bruder des alten Grafen die Nachfolge angetreten?"

„Ich weiß nicht, warum das von Belang sein sollte." Mr. Binkley setzte einen mürrischen Gesichtsausdruck auf. „Glücklicherweise lebt der Erbe."

„Es ist unzumutbar, dass die Haushälterin sich um die Bücher der Besitztümer kümmern muss, nicht wahr? Wurde auch der Bräutigam hinzugezogen, um sich in den Büchern zu verewigen?"

Ihr Sarkasmus gefiel Mr. Binkley offensichtlich ganz und gar nicht. Sein Gesicht verfinsterte sich und sie fragte sich, ob er sie einfach rauswerfen würde. Ohne sie zu bezahlen.

„Ich entschuldige mich", sagte Jenny schnell. Immerhin war es nicht seine Schuld. „Ich fürchte, dass ich wegen meiner eigenen Situation, dem Tod meines Vaters, der meine Mutter in eine fährliche finanzielle Situation brachte, schlechtes Urteilsvermögen nur schwerlich tolerieren kann, besonders in der Größenordnung einer Grafschaft, in der die Existenz zahlloser Menschen auf dem Spiel steht. Auch Ihre eigene", fügte sie hinzu.

Er sah sich um, als würde er über seine eigene Situation nachdenken.

Sie holte tief Luft und versuchte es noch einmal. „Da ist die ordentliche Handschrift einer weiteren Person, die nicht lange nach Lady Deveres Einzug beginnt. Hat auch sie Eintragungen vorgenommen?"

„Natürlich nicht", antwortete Mr. Binkley.

„Wer dann?"

„Meister Dolbert." Er sprach die Worte durch zusammengebissene Zähne.

Jenny runzelte die Stirn. *Dolbert? Dolbert?* Wo hatte sie diesen Namen schon einmal gehört? Dann erinnerte sie sich an die Kinder. *Meister Käsegesicht!*

„Der Mathematiklehrer?"

Mr. Binkley nickte.

Nun, dachte sie, *immerhin ist das besser als der Bräutigam.*

Zufällig war sie an diesem Morgen zeitgleich mit dem Lehrer eingetroffen und sie hatten sich am Seiteneingang gesehen. Da sie sich nicht an seinen echten Namen erinnerte, hatte sie bloß genickt und gelächelt. Der Mann war unauffällig, abgesehen von einem Gesicht, das durch eine Kinderkrankheit mit Pockennarben übersäht war. Außerdem hatte er ihr Lächeln keineswegs erwidert.

Es war diese letzte Eigenschaft, dass er eine miserable Einstellung zu haben schien, die Jenny dazu brachte, ihn sofort als Verehrer für Maggie auszuschließen. Schade. Einen Ehemann für ihre Schwester gleich hier in Sheffield zu finden, wäre praktisch gewesen und hätte viel Druck von ihren Schultern genommen. Allerdings hätte Maggie einen Lehrer als ihren Partner wahrscheinlich ohnehin nicht begrüßt.

„Haben Sie Meister Dolbert die Beträge genannt, die er notieren sollte?"

„Er bekam die Belege direkt zur Eintragung und dann wurden die Gelder nach London geschickt."

Jenny sagte kein Wort. Tatsächlich hielt sie sich zurück. Doch wie erfreulich einfach wäre es für diesen Mann, falsche Beträge zu notieren und Teile des Einkommens für sich selbst zu behalten. Besonders für einen Mann, der mit Zahlen umgehen konnte.

„Das meiste Einkommen geht direkt an das Bankkonto der Deveres in London", bemerkte sie. „Warum sollten einige Belege hierhergelangen?"

„Nur die Erträge aus der örtlichen Landwirtschaft kommen hierher, um damit täglich niedrige Haushaltskosten zu decken."

Sie würde den Butler noch ein letztes Mal zu dem Punkt befragen, der sie alarmierte. „Wenn beide der jungen Deveres nicht zurückgekehrt wären, wer hätte dann die Nachfolge angetreten?"

„Der Graf kehrte zurück, Miss, also gibt es keinen Grund zur—"

„Zur Sorge. Ja, ich weiß. Das sagten Sie bereits." Das brachte sie kein Stück weiter. „Nun gut, Mr. Binkley. Ich nehme an, es wäre hilfreich, wenn der Graf tatsächlich sein Zimmer verlassen und seine Ländereien beaufsichtigen könnte, wie er es früher tat."

„Zu gegebener Zeit, ja", war seine widerwillige Antwort.

„Zu gegebener Zeit, doch auch nicht in allzu ferner Zukunft, denn die Kasse des Grafen wird leer sein, da die Einkünfte tatsächlich schwinden."

Mr. Binkley nickte. „Ja, darüber bin ich mir bewusst. Daher habe ich Sie angestellt."

„Ich kann nicht viel mehr tun", gab Jenny zu. „Ich kann das Geld nicht wieder holen, doch ich kann Ihnen sagen — und ich kann es Ihnen zeigen, wenn Sie es sehen möchten —, wann genau es anfing, Probleme zu geben. Ich kann sogar genau bestimmen, welche Besitztümer dem Grafen nicht das geben, was ihm gebührt. Sind Sie derjenige, dem ich diese Zahlen zeigen soll?"

Jetzt sah der Admiral nicht mehr so sicher aus und sein Gesichtsausdruck war ausgesprochen mürrisch.

„Wenn Sie Ihre jüngsten Funde zusammenfassen könnten, reicht das aus. Vorerst zumindest. Ich habe andere Pflichten, denen ich gerade nachgehen muss."

Er eilte aus dem Raum, als fürchte er sich davor, die Zahlen anzusehen. Das überraschte sie nicht. Viele Menschen fühlten sich so, wenn sie sich mit Details der Buchhaltung befassen mussten.

Sollte sie zum Grafen gehen? Konnte er in seinem derzeitigen Zustand Informationen über seine finanziellen Angelegenheiten verkraften? Sie erinnerte sich daran, dass Mr. Binkley gesagt hatte, Lord Lindsey habe keinen Kopf für Zahlen. Leider schien er im Moment keinen Kopf für überhaupt etwas zu haben. Konnte sie ihm helfen? Sie war entschlossen, es zu versuchen.

Wenn es seine Stärke war, mit seinen Bediensteten, den Dorfbewohnern und den Menschen in seinen anderen Gütern zu interagieren, war es das, was er tun sollte. Das war das Mindeste.

JENNY LÖSCHTE DIE LETZTE Seite ihrer Notizen ab und stand auf. Sie hatte keine Ausrede dafür gefunden, im Anwesen herumzulaufen; nicht um Maggie zu besuchen, die wahrscheinlich bereits gegangen war, und auch nicht um zu den Kindern zu gehen, die sie erst einmal getroffen hatte. Sie brauchte keine Erfrischungen, da sie genügend Tee hatte, um die königliche Prunkbarkasse zu Wasser zu lassen.

Tatsächlich sollte sie wirklich nach Hause gehen. Stattdessen lief sie bald von einem Flügel zum nächsten und ging durch den Korridor auf Simon Deveres Kammer zu, ohne einen plausiblen Grund, den sie jemandem nennen konnte, falls sie erwischt wurde.

Zu ihrem Erstaunen stand die Tür des Grafen einen Spalt weit offen. Trotzdem klopfte sie an. Sofort hörte sie seine Stimme.

„Herein."

Warum löste der Klang der Stimme dieses Mannes etwas in ihr aus?

Jenny öffnete die Tür und war überrascht zu sehen, dass er stand und scheinbar gerade herumgelaufen war. Einer der Vorhänge war zum Teil geöffnet und es strömte genügend Licht herein, dass sie ihn ganz einfach sehen konnte. Er war glatt rasiert, sein Haar war zurückgekämmt und er trug förmellere Kleidung. Als sie es zuvor gesehen hatte. Er trug eine schicke Weste über einem gestärkten weißen Hemd. Selbst der Kragen war festgesteckt.

„Guten Tag, Guinevere", sagte er. „Haben Sie in letzter Zeit mitten auf irgendwelchen Straßen gestanden?"

Sein Humor traf sie unvorbereitet und sie lachte.

„Nein, Mylord. Und es haben auch keine Pferde versucht, mich zu zertrampeln." Dabei musste sie an Thunder denken. Hatte Binkley ihr nicht gesagt, dass der Graf sich recht gut mit Rössern und ihren Verhaltensweisen auskannte?

„Mylord, ich habe ein Pferdeproblem."

„Tatsächlich? Erzählen Sie mir davon."

Sein Tonfall signalisierte ihr, dass er sie ernst nahm.

„Wenn Ihr gerade gelaufen seid, Mylord, darf ich vorschlagen, dass wir es fortführen, denn ich habe heute eine ganze Weile in Eurer Bibliothek gesessen."

„Sicher." Simon sah aus dem Fenster. „Das Wetter ist gut, wie es scheint."

Würde er mit ihr nach draußen gehen? Deutete er ein solches Vorhaben an?

„Das ist es, Mylord."

Allerdings seufzte er nur schwer, wodurch ihr Herz für ihn schmerzte.

„Wenn wir diese beiden Türen öffnen", er zeigte auf die Türen auf beiden Seiten seines Bettes, die in die nächste Kammer führten, „können wir einen Rundgang durch die beiden Räume machen."

„Tun wir das", stimmte sie zu und fragte sich, ob und wann er sein Zimmer verlassen und in die große Welt hinaustreten würde. Oder sogar in Räume außerhalb dieser Kammer.

Sie liefen zunächst schweigend von einem Zimmer zum nächsten. Sie sah sich den Raum an, den sie noch nie gesehen hatte. Ein Ankleidezimmer und ein privates Arbeitszimmer. Es sah ungenutzt aus. Im Kleiderschrank war kein einziges Kleidungsstück zu sehen, und auf dem großen Schreibtisch lag kein einziges Blatt Papier. Trotzdem war es ein schöner Raum, mit einem dicken Teppich auf dem Boden und einer schönen Tapete.

„Ich ziehe meine Schlafkammer vor“, sagte er und betrachtete sie.

„Das erscheint mir merkwürdig, Mylord, für einen Mann, der nicht schlafen möchte.“

Er nickte. „Das ist wahr. Doch es liegt am Geruch.“

Jenny konnte nicht anders, sie schnupperte wieder und wieder. Der schwache Duft von Holzpolitur war der einzige Geruch, den sie wahrnehmen konnte. Der Graf trat zur Seite und ließ sie zuerst durch die Tür gehen, zurück in sein Schlafgemach. Sie schnupperte wieder. In diesem Raum konnte sie überhaupt keinen Geruch wahrnehmen.

Sie sah ihn fragend an.

„Ich glaube, es ist das Bienenwachs. Der Geruch überwältigt mich im Nebenzimmer.“

„Sollen wir den Rundgang abbrechen, Mylord?“

„Es ist in Ordnung, solange ich mich hindurchbewege. Ich bleibe bloß nicht gerne dort.“

Sie schob alle unliebsamen Gedanken über seine Merkwürdigkeit beiseite und ging mit ihm weiter.

„Erzählen Sie mir zuerst von ihrem Pferdeproblem und dann möchte ich über die Buchhaltung unterrichtet werden, wenn es Ihnen beliebt.“

Einen Moment lang hatte sie Schuldgefühle. Verriet sie Mr. Binkley? Dann wurde ihr klar, wie unsinnig dieses Gefühl war, denn schließlich wurde jede Summe, die sie hinzuzählte oder abzog, im Namen dieses Mannes verwendet.

„Als meine Familie aus London herzog, wurde eines unserer Pferde verletzt. Das Bein scheint verheilt zu sein, doch Thunder ist nun so unruhig und schlecht gelaunt wie nie zuvor.“

Der Graf runzelte die Stirn. „Hat ein Tierarzt sich das Bein angesehen?“

„Ich fürchte, es schien eine zu kostspielige Ausgabe zu sein, als es passierte.“

„Und jetzt?“

„Jetzt glaube ich die Mittel zu haben, doch wie ich schon sagte, das Bein scheint laut unseren Stallburschen gut verheilt zu sein."

„Ihr Stallbursche?"

„Ja, George. Seine Mutter ist unsere Köchin. Wir haben sie beide aus London mitgebracht."

„Und welche Qualifikationen besitzt er in der Haltung von Pferden?"

Jenny überlegte. „Es macht ihm nichts aus, ihre Ausscheidungen wegzuschaufeln, Mylord."

Bei ihrer Bemerkung stieß er ein kurzes Lachen aus; ein Klang, der ihn gleichermaßen zu überraschen schien wie sie.

Dann sagte er mit einem leichten Lächeln: „Pferde verdienen einen sachkundigen Betreuer. Sie sind komplizierte, intelligente Wesen."

„Wie Menschen, Mylord?"

„Ich würde nicht so weit gehen zu sagen, dass sie wie Menschen sind, doch Pferde entwickeln geschädigte Psychen, und dann benötigen sie Hilfe. Ich habe es bereits gesehen. Man *kann* ihnen helfen, zu ihrem Normalzustand zurückzukehren, ob sie nun schlecht gelaunt oder brav sind."

„Und deshalb sind sie *genau* wie Menschen."

Er starrte sie an. „Gott, ich hoffe es, Guinevere."

Und plötzlich wusste Jenny, dass sie nun von ihm sprachen, und von seinem angeschlagenen Geisteszustand sprachen. Beinahe hätte sie ihn am Arm berührt, um ihr Mitgefühl auszudrücken, doch sie hielt sich mit einer solch aufdringlichen Geste zurück.

Stattdessen konzentrierte sie sich auf den Fehler, den er bereits zweimal gemacht hatte. „Warum nennt Ihr mich Guinevere?"

„Weil es Ihr Name ist."

Sie lächelte, als sie sich an das Gespräch des vorherigen Tages erinnerte. „Nein, das ist er nicht."

„Ich weiß, dass Sie ‚Jenny' bevorzugen. Wegen Ihrer Angst, überfahren zu werden und all das."

Sie mochte seinen Sinn für Humor. „Ob ich nun mitten auf der Straße stehe oder nicht, Mylord, Guinevere ist nicht mein Name."

Er blieb stehen und sah stirnrunzelnd zu ihr hinunter. „Sie sagten, dass es ihr Name sei."

„Nein, Ihr sagtet, dass er besser Guinevere lauten sollte als Jenny. Es hatte etwas mit Ballsälen zu tun, glaube ich. Als würde kein Gentleman seinen Namen auf meine Tanzkarte schreiben, wenn ich Jenny wäre, oder war es Betsy? Sie sollten wissen, dass während der letzten Saison kein Geringerer als ein Vicomte nicht nur mit mir tanzte, er hielt auch um meine Hand an."

Die Augenbrauen des Grafen schossen in die Höhe.

„Ihr seht überrascht aus?", fragte sie.

Plötzlich spürte sie, wie ihre Wangen warm wurden. Vielleicht gefiel dem Grafen ihr Aussehen doch nicht; man hatte ihr gesagt, dass sie recht gleichförmig und symmetrisch aussah und deshalb als attraktiv galt. Gewiss hatte sie noch nie jemand als Phantomschönheit bezeichnet, aber dennoch hatte sie gehofft ...

„Es überrascht mich nicht, dass Sie einen Antrag erhielten, nur, dass Ihr Vicomte Ihnen freistellt, mit einem anderen Junggesellen allein zu sein – mit mir. Ganz zu schweigen von der Aufgeschlossenheit, Sie den Beruf einer Buchhalterin ausüben zu lassen."

Eine Woge der Erleichterung schien sie zu erfüllen. Lord Lindsey hielt es nicht für abwegig, dass sie einen Antrag erhalten hatte. Er zweifelte nur an ihrem Verhalten als verlobte Frau.

Dennoch musste sie ihn korrigieren. „Ich schulde niemandem Rechenschaft für mein Handeln. Und Lord Alder ist nicht mehr *mein* Vicomte."

„Dann haben Sie seinen Antrag abgelehnt. Sie haben das Richtige getan. Ein intelligentes, liebreizendes Mädchen wie Sie sollte auf einen Herzog, wenn nicht sogar einen Prinzen warten."

Jetzt war sie an der Reihe, herzlich zu lachen, und sie tat es.

„Oh, Mylord. Vielleicht sollten wir die Vorhänge vollends öffnen. Ich glaube nicht, dass ich eine gute Partie für einen Herzog oder einen Prinzen wäre. Tatsächlich war ich sehr geschmeichelt von Lord Alders Aufmerksamkeit. Selbst ein Baron oder ein Baronet würde mir genügen."

„Unsinn!", murmelte er. „Ein Baronet!"

Und sie war wieder einmal das Objekt seiner Beobachtung.

„Dichtes, glänzendes Haar in der Farbe der Mähne eines dunklen Fuchses. Keine kahlen Stellen?"

„Nein, Mylord." Sie verschluckte sich fast bei der Vorstellung, als sie eine Hand an ihren Kopf hob.

„Augen, die einen Mann in ihre schimmernden Tiefen ziehen können. Ich nehme an, sie schielen nicht oft?"

Jenny begann zu lächeln. „Nein, Mylord."

„Ein süßer Mund mit geraden Zähnen und weich aussehenden Lippen von einem gesunden, rosafarbenen Ton. Spucken Sie oft, geifern oder lispeln Sie?"

„Nein, Mylord."

„Ein schlanker, blasser Hals. Neigen Sie zu Warzen?"

„Nein, Mylord, keine Warzen." Allein die Vorstellung!

Sein Blick wanderte tiefer und der Atem stockte ihr in der Kehle. Wie schon zuvor betrachtete er kurz ihre Figur und sie spürte, wie ihr die Hitze in die Wangen stieg.

„Ein ansprechender Körperbau mit der richtigen Menge an Rundungen. Verstecken Sie unansehnliche Fettpolster unter Ihrem Kleid?"

Sie hustete und als sie antwortete, war ihre Stimme ein Flüstern. „Nein, Mylord."

„Dann sind es dicke Knöchel?"

Sie schüttelte den Kopf, schweigend, während sie darauf wartete, dass er seine Begutachtung beendete.

„Sind Ihre Füße so groß wie Baumstämme? Los, zeigen Sie mir die Knöchel und Füße."

Ohne zu zögern, hob sie ihren Rock einige Zentimeter an.

Simon Devere begutachtete ihre Stiefel und schlanken Knöchel. Dabei fiel ihm sein braunes Haar ins Gesicht. Ihr fiel auf einmal auf, wie ungehörig es war, in der Kammer des Grafen zu stehen, und sich ihr Kleid und ihre Unterbekleidung hochzuhalten, und sie ließ sie los.

Sein Blick traf einen Moment lang ihren, dann begann er weiterzugehen.

„Nun denn, wie ich schon sagte, Sie waren zu gut für den Vicomte. Ob nun mit mehr Licht oder ohne, ich glaube, ich sehe Ihre Vorzüge ausgezeichnet. Es mangelt Ihnen an nichts.“

Gute Güte! Jenny eilte ihm hinterher und führte ihren Rundgang fort.

Wie unglaublich unangenehm. Sie fühlte sich, als sollte sie sich revanchieren und ihm sagen, was für ein ansehnlicher Mann er war, doch das kam nicht infrage. Sie konnte ihm nur für seine ungeheuerliche Aufzählung ihrer Eigenschaften danken, denn er hatte mit einem Kompliment geendet.

„Danke, Mylord.“

„Sie müssen mir nicht danken. Scheinbar besitzen Sie keinen Spiegel“, sagte er mit fröhlicher Stimme.

Nach einer weiteren Runde durch die Räume fragte er: „Wie lautet dann Ihr Name?“

„Versprecht Ihr, nicht zu lachen?“ Sie sah ihn an und er erwiderte den Blick mit einem Funkeln in den Augen.

„Ich verspreche nichts. Wenn es etwas gibt, über das ich lachen möchte, werde ich es tun.“

„Nun gut.“ Sie hielt inne. „Mein Name ist Genevieve.“

„Das bringt mich nicht zum Lachen.“ Er blinzelte sie an. „Warum sollte es?“

Sie seufzte. „Es ist überheblich, lang und ausländisch. Und außerdem kann ihn niemand buchstabieren.“

„Deshalb ‚Jenny‘." Sein Blick wanderte über ihr Gesicht und sie fragte sich, was er glaubte zu sehen. Sie wandte sich von ihm ab und setzte ihren Spaziergang fort.

Der Geruch von Politur schien die Luft zu erfüllen, jetzt, wo sie ihn wahrnahm. Bienenwachs, stark und muffig. Sie sprachen erst wieder, als sie wieder in seinem Schlafgemach waren.

„Jenny passt zu Ihrem sachlichen, mathematischen Verstand, schätze ich." Er blieb stehen. „Ich habe es satt, hier herumzulaufen wie ein Gaul am Mühlrad."

Sie blieben inmitten seines Schlafgemachs stehen und Jenny dachte wieder darüber nach, wie schockierend diese Situation doch war. Die Augen aller Mitglieder der guten Gesellschaft würden aufgerissen, die Augenbrauen hochgezogen und die spitzen Zungen würden angesichts der Unangemessenheit anfangen zu reden, denn sie war sich ihres Ruins sicher. Sie lächelte, und Simon legte den Kopf schief.

„Denken Sie an etwas Amüsantes, Dämonin?"

„Wenn ich nicht bereits den Vicomte nicht bereits wegen der Verschlechterung der finanziellen Lage meiner Familie verloren, hätte meine Anwesenheit hier … bei Euch … sicherlich zu einer schnellen Auflösung der Verlobung geführt."

Zu ihrer Überraschung hob der Graf plötzlich seine Hand und streichelte ihre Wange, dann hielt er ihr Kinn mit seinen Fingerspitzen.

„Vielleicht gibt es noch eine andere Seite von Ihnen, zu der Genevieve perfekt passt. Ich, für meinen Teil, mag, wie es klingt."

KAPITEL ACHT

„Genevieve."

Als er ihren Namen wiederholte, ertappte Jenny sich dabei, wie sie seinen Mund anstarrte, der sie nun mehr als alles andere faszinierte.

„Vielleicht", murmelte sie und war sich unsicher, was sie sagen sollte, da es ihr plötzlich schwerfiel zu atmen.

Einen Moment lang standen sie erstarrt da, seine Finger an ihrem Kinn, ihr Herz schmerzhaft pochend.

Sie leckte sich über die Lippen und dachte, vielleicht loderte Interesse in seinen grau-blauen Augen auf. Wenn tatsächlich ein Dämon im Raum war, steckte er wohl im Grafen.

Sie konnte allerdings nicht leugnen, dass sich in ihr definitiv ein Geist zu Wort meldete.

Kam er näher?

Schließlich schüttelte sie den Kopf und löste seine Hand von ihr, als sie einen Schritt zurücktrat.

„Ich hatte meine letzte Saison", beharrte sie, als ob ihr echter Name zu der Frau gehörte, die die Ballsäle Londons besucht hatte. „Ich habe mich damit abgefunden, Jenny zu sein."

Sie schritt auf das Fenster zu und wandte ihr Gesicht der warmen Sonne zu. Sie musste ihre Emotionen beruhigen und ihre Sinne zurückgewinnen. Normalerweise neigte sie nicht zu Höhenflügen, aber allein mit einem Mann – diesem Mann, der manchmal eine gewisse Ungestümheit an den Tag legte und sich nicht an die Regeln der Etikette zu halten schien – ließ sie ihrer Fantasie freien Lauf.

Er hatte ganz sicher *nicht* im Sinn gehabt, sie zu küssen.

„Tatsächlich bin ich stolz auf einen einfachen Namen wie Jenny, wenn er, wie Ihr sagt, meine praktische Natur repräsentiert. Ich zahle langsam die Schulden meines Vaters zurück und bewahre meine Familie davor, mehr zu verlieren, als wir bereits verloren haben."

„Bewundernswert." Der Graf klang, als ob er es ernst meinte. „Wenn es Ihnen gut geht, was bereitet Ihnen dann Sorgen?"

Seine Worte trafen sie unvorbereitet und sie drehte sich um, um ihn anzustarren. „Warum denkt Ihr, dass ich Sorgen habe, Mylord?"

„Ich konnte es in Ihrer Stimme hören. Und jetzt sehe ich es in Ihren Augen. Ich bin sicher, dass es mehr ist als nur ein störrisches Pferd. Ist es Ihre aufgelöste Verlobung? Hatten Sie einen schriftlichen Vertrag? Ich könnte den Schurken in die Schranken weisen und ihn dazu bringen, zu seinem Antrag zu stehen."

„Oh." Ihr Mund wurde trocken. Wie eigenartig sie sich bei ihm fühlte. Er brachte sie von einem Moment zum anderen aus dem Gleichgewicht. Außerdem glaubte sie aus unerklärlichen Gründen, dass sie ihm alles sagen konnte und er es verstehen würde.

„Nein, Mylord. Es ist nicht Lord Alders Schuld. Außerdem brach er nur eine mündliche Absprache und es kümmert mich nicht. Tatsächlich geht es um meine Schwestern. Ich sorge mich um ihre Zukunft. Nicht alle drei Blackwood-Schwestern dürfen alte Jungfern werden."

Zu ihrem Erstaunen lachte Simon Devere und entfachte einen Funken Verärgerung in ihr.

„Ich sehe nichts Komisches daran. Ich spreche ungern schlecht über die Toten, doch es ist recht unverantwortlich, wie mein Vater seine Angelegenheiten hinterlassen hat."

„Dann sage ich Ihnen eines", sagte der Graf und wurde ernst. „Ihre Sorge ist unbegründet. Ich habe eine Ihrer Schwestern gesehen – all diese kompliziert aussehenden Locken und sie steckte in einer schicken Weste. Selbst für den alten Binkley schwingt sie ihre Turnüre und ich glaube, er bemerkt es."

Jenny musste bei dieser Beschreibung einfach lächeln.

„Das dürfte Margaret sein. Wann habt Ihr meine Schwester gesehen?"

Simon zuckte die Achseln. „Durch dieses Fenster sah ich sie viele Male ankommen, auch wenn ich nicht weiß, aus welchem Grund sie herkommt. Ich habe übrigens auch Sie gesehen."

Sie erschauderte, als sie sich seinen Blick auf ihr vorstellte, wenn sie sich seiner Gegenwart nicht bewusst war.

„Außerdem habe ich Ihre Schwester durch diesen Flur gehen sehen, wenn Binkley sie verabschiedet."

„Ich verstehe." Jenny wollte ihm sagen, dass ihre Schwester kam, um Französisch zu unterrichten, als ihr eine kühne Idee kam und sie sprach, ohne nachzudenken.

„Würdet *Ihr* um Margaret werben wollen? Das würde mir zumindest eine meiner Sorgen nehmen, die, ihr einen geeigneten Ehemann zu suchen. Sie spricht Französisch wie eine Muttersprachlerin, spielt das Cembalo und wäre jedem Mann, selbst einem Grafen, eine wunderbare Frau."

Solange Simon sich nicht an einer manchmal kritischen, scharfen Zunge und einer Tendenz zum Egoismus störte.

Simons Gesicht wurde ausdruckslos und sie fürchtete, dass sie mit ihrem halb ernsten Scherz die Anstandsgrenzen übertreten hatte. Außerdem könnte sie ihn beleidigt haben. Immerhin war er ein Graf und Maggie nur die Tochter eines Barons.

„Nein", sagte er entschieden, doch ohne jede Spur von Verärgerung. „Ich eigne mich nicht als Ehemann Ihrer Schwester. Oder der von irgendjemandem."

Jenny öffnete ihren Mund, um ihm zu widersprechen, als er hinzufügte: „Ich könnte mir allerdings vorstellen, Ihrer Schwester eine Saison zu finanzieren."

Sie blinzelte, öffnete den Mund, schloss ihn wieder, dann schüttelte sie verwundert den Kopf. „Das ist ... aber ich kann doch nicht ..."

Sie wollte sagen, sie könne unmöglich eine solch undenkbare Großzügigkeit annehmen, doch wie konnte sie es nicht? Um Maggies Willen. Vielleicht antwortete Gott wirklich auf ihre abendlichen Gebete und vollbrachte ein Wunder durch Simon Devere.

Ihre vorübergehende Sprachlosigkeit amüsierte den Grafen.

„Warum sollten Sie so etwas tun?", brachte Jenny schließlich heraus.

„Das ist nicht gerade der Ausdruck von Dank, den ich mir ausgemalt hatte." Er setzte sich in seinen Sessel, überkreuzte die Beine und sah gänzlich entspannt aus, als hätte er nicht gerade das Leben ihrer Schwester verändert.

Das könnte einen Ehemann für Maggie bedeuten, und eine gänzlich andere Existenz als die, die Jenny bevorstand – die einer alten Jungfer auf dem Lande.

„Ich würde es tun, weil ich es kann", sagte der Graf. „Und weil Sie sehr nett erscheinen. Sie waren sehr liebenswürdig zu mir. Es scheint, als sei Ihre Familie ohne eigenes Verschulden in eine schwierige Lage geraten ist. Darüber hinaus versuchen Sie, sich selbst zu helfen, statt sich Ihrer Situation hinzugeben."

Das alles war die Wahrheit. Und trotz des Anscheins, dass es unangemessen war, die Saison ihrer Schwester von einem Fremden finanzieren zu lassen, würde Jenny keine undankbare Närrin sein.

„Ich akzeptiere Ihr Angebot im Namen der Familie Blackwood." Schließlich war es nicht unüblich, dass der

Schutzherr einer Familie so etwas tat. War es das, was der Graf jetzt war?

„Und Sie haben eine jüngere Schwester, nicht wahr?", fragte er.

„Ja, Eleanor."

„Sie ist sicher eine echte Schönheit."

Jenny dachte nach. „Ich habe noch nie in dieser Weise über sie nachgedacht, Mylord, da sie noch nicht fünfzehn ist. Doch ich nehme an, dass sie das sein wird, ja." Sie hielt den Atem an und wagte kaum zu glauben, dass er seine Großzügigkeit noch verdoppeln könnte.

„Ich erinnere mich, dass viele Mädchen ihr Debüt am Hof verleben. Sobald Ihre Familie sie für bereithält, werde ich für Eleanor auf dieselbe Weise sorgen wie für Margaret, selbst wenn es dieselbe Saison sein sollte. Es sei denn, es gibt eine Regel über Schwestern und wie viele von ihnen zur gleichen Zeit an einer Saison teilnehmen dürfen. Davon verstehe ich glücklicherweise nichts."

Wieder einmal war Jenny sprachlos. Sie wusste, dass ihr Mund auf unattraktive Weise offenstand. Doch wie konnte sie ihre grenzenlose Dankbarkeit ausdrücken? Wie könnte er je verstehen, was das für sie bedeutete? Einfach so hatte er ihre schlimmsten Befürchtungen genommen. Eine schreckliche Last war ihr von den Schultern genommen worden.

Sie wollte gleichzeitig lachen und weinen. Außerdem überkam sie der überwältigende Drang, ihn zu umarmen.

„Was ist mit Ihnen, Miss Genevieve Blackwood? Wünschen Sie sich eine weitere Saison in den Ballsälen von London? Vielleicht, um einen Ersatz für Ihren wankelmütigen Vicomte zu finden?"

Wie in Perraults Cinderella wurde ihr eine wunderbare Gelegenheit geboten, von der unwahrscheinlichsten aller guten Feen. Allerdings verspürte sie nur das geringste Interesse daran. Sie erinnerte sich an die Bälle, die albernen, aufgetakelten Leute, die stickigen Räume, die endlose Besorgnis um die Kleider, wer mit wem tanzte und ob die eigene Tanzkarte gefüllt war oder ob man vielleicht an der Wand oder an den Vorhängen stehen und zusehen würde. Ganz zu schweigen von der allgegenwärtigen Angst, auf der Strecke zu bleiben.

Es wäre viel besser, sich dazu durchzuringen, auf dem Lande zu bleiben!

„Um Gottes willen, nein", sagte sie mitfühlend; als sie seinen schockierten Ausdruck sah, fügte sie hinzu: „Vielen Dank, Mylord. Ich bin schon lange nicht mehr in dem Alter, in dem eine Saison sinnvoll ist, vor allem, wenn eine jüngere Schwester an der Reihe ist."

„Wie alt sind Sie?", fragte er unverblümt. „Vierunddreißig?"

„Nicht ganz", gab sie zu, bevor sie über seinen kleinen Scherz lachte. „Ich schätze, ich habe das Alter nicht *ganz* hinter mir. Ich kenne Damen, die an fünf Saisons teilnahmen, und um ehrlich zu sein, verspüre ich nichts als Mitgefühl für sie. Ich habe ganz sicher nicht die Absicht, mich selbst in eine solche Lage zu bringen."

Und die Situation zu lockern, machte Jenny selbst einen kleinen Scherz: „Wenn ich verzweifelt werde, gibt es ja immer noch die Heiratsanzeigen."

Simon lachte allerdings nicht. Er runzelte nur verwirrt die Stirn. „Ich habe noch nie von diesen Anzeigen gehört."

Als ihr klar wurde, dass die Heiratsannoncen wahrscheinlich beliebt geworden waren, während Simon Devere in Birma war, sah sie zu ihren Füßen hinunter. Nicht nur das, sie waren recht vulgär als Lektüre für eine Dame, obwohl ihr die Ratgeberspalten nicht ganz so skandalös erschienen. Man konnte sie zur Unterhaltung lesen und manchmal sogar ein Quäntchen gesunden Menschenverstand darin finden, während die Anzeigen geradezu niederträchtig waren.

„In Blättern wie dem *London Journal* kann man eine Annonce drucken lassen, in der man nach einem Ehemann sucht – oder nach einer Ehefrau – doch man muss dafür jeden Sinn für Bescheidenheit oder Demut aufgeben und seine Eigenschaften auflisten, sowohl was das Aussehen als auch was die Fertigkeiten angeht."

Simon sah recht verblüfft aus. „Das klingt eher nach der Art, wie ein Pfund Pferdefleisch vor dem Kauf diskutiert wird, nicht wahr?"

„Das nehme ich an, Mylord."

„Und würden Sie das tun?"

Du liebe Güte. Was musste er von ihr denken?

„Sicher nicht. Ich scherzte bloß, Mylord. Ich glaube, die Anzeigen sind voller Unwahrheiten und Übertreibungen. Außerdem macht es das Eingehen einer Bindung ziemlich … banal."

Er dachte einen Moment lang nach. „Sollten Sie als eine praktische Frau mit dem Namen Jenny das Unterfangen für einen Partner zu werben, nicht beruhigend pragmatisch finden, ganz abgesehen davon, dass es sich viel mehr lohnt, als in einem Ballsaal herumzuwirbeln und zu hoffen, dass man Sie bemerkt? Denken Sie an die Zahlen und daran, wie viele Augenpaare in London Ihre Anzeige erblicken würden, im Gegensatz zu den wenigen Hundert in einem Ballsaal."

Er klang, als wolle er sie davon überzeugen, eine Annonce zu platzieren, und diese Vorstellung irritierte sie.

„Ich scherzte bloß, Mylord. Ich ziehe es vor, meiner Mutter dabei zu helfen, unser Zuhause zu leiten, und ehrlich gesagt gefällt mir die Herausforderung der Tätigkeit als Buchhalterin. Jedenfalls ziehe ich Sheffield London vor."

„Sie sind eine eigenartige Dame", sagte er Graf ohne jede Unhöflichkeit. „Wer wird Ihre Schwestern zu den Saisons begleiten, wenn nicht Sie?"

„Meine Mutter natürlich." Lady Anne Blackwood genoss es, ihre Töchter einzukleiden und mit ihnen in der Gesellschaft aufzutreten.

„Und sie würde Sie im Haus allein lassen?"

Oh. Das könnte ein Problem darstellen.

„Wir haben ein Hausmädchen und unsere Köchin."

„Und den ahnungslosen Stallburschen", erinnerte Simon sie.

Sie nickte. „Und Henry."

„Henry? Ist das der Mann, der Sie heute hierher begleitete?"

Hatte er sie mit Ned ankommen sehen? Jenny zog es vor, ihre misslungene List nicht weiter zu ergründen.

„Nein, er ist der persönliche Diener meines verstorbenen Vaters. Meine Mutter fühlte sich schlecht dabei, ihn zu entlassen und tat es deshalb nicht. Seine Anwesenheit gibt uns auf gewisse Weise das Gefühl, dass mein Vater noch unter uns ist. Henry verdient seinen Unterhalt, indem er als meine Augen und Ohren fungiert, was meine Buchhaltungsklienten angeht."

Da schloss sie ihren Mund. Um Gottes willen, sie plapperte wie eine Elster.

Sein Blick war plötzlich stechend scharf. „Sie wissen so gut wie ich, dass keiner der Diener als ein Aufpasser zählt. Nicht wirklich, nicht als geeignete Begleiter, noch als sichere Eskorte für Sie, wenn Sie eine längere Zeit allein auf dem Land verbringen. Sicherlich nicht für eine ganze Saison. Besonders ein männlicher Diener."

Der Graf sprach sehr ernst und hatte leider recht. Außerdem sah er sie an, als wäre sie ein köstlicher Leckerbissen, den sich jeder Mann gerne schnappen würde, wenn er nur die geringste Chance dazu hätte. Das verwirrte und begeisterte sie zugleich.

„Ihr habt natürlich recht." Dienern konnte befohlen werden, eine Dame mit einer Person des anderen Geschlechts allein zu lassen, und deshalb sah sie niemand in der feinen Gesellschaft als geeignete Aufsichtspersonen an. Was, wenn Ned zu einem weiteren Besuch anreiste, während ihre Familie fort war?

„Manche würden sagen, die Witwe hier ohne eine geeignete Anstandsdame wohnen zu lassen, sei unschicklich. Mehr noch."

Natürlich trauerte Maude, doch was würde passieren, wenn sie das hinter sich ließ? Jenny konnte sich nicht vorstellen, so nahe mit Simon zusammenzuwohnen und ihn jeden Tag zu sehen, ohne sich danach zu sehen, ihm näherzukommen. Er war bei Weitem der interessanteste und wortgewandteste Mann, den sie je getroffen hatte.

Doch der verwirrte Gesichtsausdruck des Grafen ließ sie wünschen, sie könnte sich an ihre Worte erinnern.

„Maude?", fragte er mit leicht zögerlicher Stimme. „Tobias' Witwe lebt hier?"

Jenny erkannte ihren Fehler. „Es tut mir aufrichtig leid, Mylord. Das hätte ich nicht sagen dürfen."

„Nein, ist schon gut. Sagen Sie es mir. Denn scheinbar tut es niemand, wenn Sie es nicht tun."

„Ihr wart bis vor Kurzem unpässlich", erinnerte sie ihn zur Verteidigung von Mr. Binkley und seinen Mitarbeitern.

Simon winkte diese Ausrede ab.

„Sagen Sie es mir", befahl er wieder, und nun klang er ganz und gar wie der gebieterische Graf.

„Lady Tobias Devere lebt hier im Belton Manor in privaten Gemächern. Mit ihren Kindern."

Simons Augen weiteten sich bei dieser Information. „Das erklärt die lauten Geräusche und das Schreien, das ich beizeiten höre." Er rieb sich mit der Hand über sein Gesicht und nickte leicht. „Ich dachte tatsächlich, ich würde wahnsinnig werden."

„Ja, Mylord. Peter und Alice können recht laut sein. Meine Schwester unterrichtet sie in Französisch."

„Ich verstehe." Er runzelte die Stirn. „Nein, eigentlich verstehe ich es überhaupt nicht. Warum sind sie nicht in Jonling Hall?"

Würde es tatsächlich ihr zufallen, ihm diese Neuigkeit beizubringen?

„Vielleicht sollte ich Mr. Binkley holen." Sie sah sich im Raum um, als könnte der Butler plötzlich hinter dem Bett auftauchen.

„Jenny", sagte Simon Devere mit flehendem Tonfall.

Sie konnte nicht ablehnen.

„Lady Devere hat den Besitz von Jonling Hall aufgegeben, während Ihr fort wart."

Simon stand langsam auf. „Ihn aufgegeben? Sie hat Jonling Hall *verkauft*? Es gehört nicht mehr meiner Familie?"

Jenny zuckte mit den Schultern. „Bevor Ihr mich fragt, Mylord, niemand scheint zu wissen, wer es gekauft hat, und zu diesem Zeitpunkt hat sich dort noch niemand eingerichtet."

Empört ging er durch den Raum zum Fenster, dann schritt er zurück zum Stuhl und wiederholte diesen Weg dreimal. Die große Kammer wirkte dadurch sehr klein.

„Ich bin völlig verblüfft", sagte er schließlich.

Was, wenn das einen weiteren Zwischenfall auslöste?

„Soll ich Mr. Binkley oder deinen Diener holen?"

Doch er packte ihren Arm, wie er es zuvor getan hatte. „Gibt es noch weitere hässliche Überraschungen?"

Nur die sehr reale Möglichkeit, dass sein Cousin die Familie bestohlen hatte. Oder vielleicht hatte es der Mathematiklehrer getan.

„Ich muss gehen, Mylord. Meine Familie wird sich fragen, warum ich zu spät zum Abendessen erscheine."

„Wir haben noch nicht über die Geschäftsbücher gesprochen."

Es wäre töricht zu glauben, dass dieser Mann nicht im Vollbesitz seiner geistigen Kräfte war.

„Sie werden bald zurückkommen", fügte er hinzu, dann erinnerte er sich daran, was sie ihm zuvor gesagt hatte. „Bitte."

„Ja." Sie sah auf seine große Hand hinunter, die ihren Arm festhielt.

Er ließ sie schnell wieder los und sein Tonfall war sanfter, als er wieder sprach. „Und Sie werden Ihrer Mutter mitteilen, dass Ihre Töchter in der nächsten Saison nicht auf dem Lande verrotten werden?"

Ihr Herz schlug erneut schneller und sie nickte.

„Und Sie werden zustimmen, mit ihnen nach London zu gehen, statt allein auf dem Land zu bleiben?"

Es wäre eine Demütigung für sie, an einer dritten Saison nur als Anstandsdame teilzunehmen.

„Meine Mutter und ich werden es besprechen, wenn es dazu kommt. Allerdings werde ich nicht zulassen, dass die Aussicht, meine Schwestern nach London begleiten zu müssen, meine Erleichterung über das, was Ihr uns so großzügig gewährt habt, trübt." Sie spürte, wie breit das Lächeln auf ihrem Gesicht war. Zweifelsohne strahlte sie wie eine Idiotin.

„Ich weiß wirklich nicht, was ich sagen oder wie ich es Euch je zurückzahlen kann."

Auf ihre Worte folgte Stille.

Sie dauerte an, bis sie unangenehm wurde, und die ganze Zeit über starrte er sie an, mit neutralem Geschichtsausdruck und unergründbaren Gedanken. Der Blick des Grafen fiel irgendwann von ihren Augen auf ihre Lippen und löste einen unerwarteten Schauer der Aufregung in ihr aus.

Dann wanderte sein Blick weiter nach unten, zu ihrem Busen.

Unerwarteterweise begannen ihre Brustwarzen zu kribbeln, sodass sie sich genau bewusst wurde, wo ihr Unterhemd sie berührte. Zu Jennys großer Verlegenheit wusste sie gleichzeitig, dass ihre Wangen knallrot sein mussten.

In der Luft um sie herum knisterte die Spannung. *Spürte Lord Lindsey das auch?*

Als Simons Blick wieder ihren traf, funkelte etwas in den Tiefen seiner Augen. Es war zwar kein Dämon, aber trotzdem etwas völlig Unzivilisiertes, so wie sie es schon einmal gesehen hatte. Jenny schluckte das trockene Gefühl in ihrer Kehle hinunter und machte sich bereit für seinen Kuss.

Stattdessen wandte er den Blick ab. „Eine Rückzahlung ist nicht nötig." Die Stimme des Grafen klang belegt und er räusperte sich. „Es wird Zeit, dass Sie gehen."

Sie trat einen Schritt zurück, als sie bemerkte, dass sie sich in seine Richtung gelehnt hatte. Was für eine Närrin sie aus sich gemacht hatte. Er hatte nur darauf gewartet, dass sie ihm dankte und ging. Stattdessen hatte sie ihn schweigend angestarrt wie eine Idiotin.

„Ich entschuldige mich dafür, dass ich zu lange geblieben bin, Mylord."

Er nickte und sah dabei aus, wie ein würdiger Adliger und ganz und gar nicht wie eine gebrochene Seele, die sich einst an ihrer Schulter ausgeweint hatte.

„Keine Sorge", fügte er hinzu. „Ich meinte nur, dass Sie genügend Zeit Ihres Tages an mich vergeudet haben."

Sie ging bereits rückwärts zur Tür, denn sie wollte dem Ort ihrer Demütigung schnellstmöglich entkommen.

„Jenny."

Sie hielt inne.

„Ich habe Ihre Gesellschaft heute sehr genossen."

Dieser Mann war das reinste Rätsel.

„Vielen Dank noch mal, Mylord." Sie schlüpfte durch die Tür, bevor sie den Moment ruinieren konnte. Bevor sie noch etwas Unangebrachtes tun oder sagen konnte.

Sobald sie allerdings aus seiner Kammer getreten war, wollte sie vor purer Freude aufschreien. *Eine Saison für ihre beiden Schwestern!* Lieber Gott im Himmel. Was für ein Wunder!

Jenny rannte so unbesorgt durch den Korridor, wie es Eleanor wohl tun würde, und hatte bereits den halben Korridor hinter sich, als sie den Admiral bemerkte. Sie stolperte fast, als sie abrupt auf ein normales Tempo verlangsamte.

Mr. Binkley stand kerzengerade am oberen Ende der Treppe und hatte deutlich gesehen, woher sie gekommen war. Die Unangemessenheit der Situation dämmerte ihr erneut. Sie hatte sich mit dem Grafen allein in seinem Schlafzimmer aufgehalten. Erneut. Nur dieses Mal grinste sie erfreut!

Sie blieb stumm und bekämpfte den Drang, sich zu verteidigen. Vergeblich versuchte sie, ihre Würde wiederzuerlangen und respektabel auszusehen, als sie dem Butler nur höflich zunickte, während sie an ihm vorbeiging und die Stufen ohne Eile hinunterschritt.

Sie hatte beinahe die Seitentür erreicht, als sie erkannte, dass sie ihre Haube, ihren Mantel und ihre Handschuhe in der Bibliothek im zweiten Stock vergessen hatte. Jenny ging den Weg zurück und war sogar mutig genug, um an der Tür seiner Lordschaft vorbeizugehen, die immer noch einen Spalt weit geöffnet war.

„Ja, Mylord, wie Ihr bereits sagtet, weit mehr als nur ein Ärgernis", schallten Mr. Binkleys Worte durch die Öffnung. „Ich finde, sie gehört nicht hierher."

„Natürlich gehört sie nicht hierher! Doch wessen Verschulden ist das?"

Die Frage des Grafen wurde mit Schweigen beantwortet, bis er eine weitere stellte.

„Wann wird sie weg sein?" Simons Stimme klang verärgert.

„Soweit ich weiß, Mylord, wird sie schon bald wieder weg sein."

„Nicht bald genug. In der Zwischenzeit kann zu viel Schaden entstehen." Sein Tonfall drückte vollkommene Verärgerung aus. „Ihre Anwesenheit ist höchst unüblich."

„Ja, Mylord, und einige meinen, dass Ihr um Ihre Hand anhalten solltet."

Jenny keuchte, dann schlug sie eine Hand über ihren Mund und hoffte, dass sie sie nicht gehört hatten. Was dachte der Butler wohl? Warum sollte Lord Lindsey um ihre Hand anhalten müssen?

Guter Gott, es lag daran, dass sie mehr als einmal allein mit ihm in seinem Zimmer gewesen war. Ohne Zweifel fingen die Bediensteten an zu tratschen. Eine weibliche Buchhalterin war nicht normal und wer sollte glauben, dass sie wirklich an den Büchern arbeitete, wenn sie fröhlich aus dem Schlafzimmer seiner Lordschaft spazierte?

Als sie sich davonschlich, verfolgen sie die Worte des Grafen den Korridor hinunter. „Sie heiraten? Sind Sie wahnsinnig? Nicht, wenn sie die letzte Frau auf Erden wäre!"

Jenny versuchte, den stechenden Schmerz zu ignorieren. Selbstverständlich war sein Empfinden angesichts des Unterschieds ihres Standes ganz natürlich. Vielleicht, wenn sie eine berühmte Schönheit oder vermögend wäre.

Doch sie war nur Jenny Blackwood, die Tochter eines Barons. Die letzte Frau auf Erden, die er ehelichen würde.

KAPITEL NEUN

„Was meinst du damit, du gehst nicht mehr zurück? Mummy, was meint sie?“

Maggie war hartnäckig, doch Jenny konnte sich dem nicht stellen. Sie konnte sich dem Anwesen oder Mr. Binkley nicht stellen, und ganz sicher nicht dem Grafen. Nicht heute. Vielleicht am nächsten Tag oder an dem darauffolgenden. Ihre Emotionen waren ein Durcheinander, und man hatte mit ihren Gefühlen gespielt und sie mit Füßen getreten, und ein Butler – *ein Butler!* – hatte sie verunglimpft.

Außerdem hatte der Adlige in einem Moment so ausgesehen, als ob er sie küssen würde, und sie im nächsten beleidigt. Oder hatte sie den Ausdruck auf seinem Gesicht falsch interpretiert?

„Was, wenn der Graf sein Angebot zurückzieht?“ Maggie klang besorgt.

Nein, Jenny wollte nicht dorthin zurück. Nie mehr. Tatsächlich brauchte sie das wahrscheinlich auch gar nicht. Sie hatte ihre Arbeit beendet. Jemand im Anwesen musste sich auf eine Rundreise der Besitztümer begegnen und das Chaos in Ordnung bringen.

Vielleicht sollte der Graf seinem Onkel, James Devere, schreiben und ihn bitten, diese Aufgabe zu übernehmen, wenn er selbst es nicht konnte.

„Bei allem, was dieser Mann für uns tut", sagte ihre Mutter und sprach sie ernst an, „denke ich, dass du deine Buchhaltungsarbeit bei ihm schnellstens beenden solltest. Und dass du dafür sorgen solltest, dass die Zahlen gut aussehen, sodass er seine Meinung bezüglich seines großzügigen Geschenks nicht ändern wird."

Jenny seufzte. Als könnte man die Mathematik so manipulieren, dass sie etwas anderes zeigte als die Wahrheit.

„Mummy, ich habe die Aufgabe abgeschlossen, die Mr. Binkley mir gab." Sie nahm sich ein Stück Toast von dem silbernen Toasthalter in der Mitte des Tisches und butterte es eifrig, bis es zu einem Häufchen auf ihrem Teller zerkrümelte.

„Gestern Abend sagtest du, dass der Graf dich einlud, wiederzukommen", bemerkte Maggie. „Wenn nicht zur Beendigung deiner Buchhaltungsarbeiten, warum dann?"

Alle Köpfe am Tisch drehten sich in ihre Richtung. Ned blickte grimmig drein, was ihn wie ein wütendes Frettchen aussehen ließ.

„Er wünscht, dass ich ihm meine Funde erläutere." Jenny konzentrierte sich auf das Essen vor ihr und schaufelte es auf sehr undamenhafte Weise in ihren Mund.

„Und das wirst du", befahl Anne Blackwood.

Jenny sah zu ihrer Mutter auf und wusste, dass sie gehorchen musste. Sie riss eine Ecke von ihrem Toast ab und steckte es sich zwischen die Lippen. Während sie laut knusperte, flogen Krümel über das Spitzentischtuch um ihren Teller.

Als sie sah, wie ihre Mutter eine ihrer zarten Augenbrauen missbilligend hochzog, senkte Jenny ihren Blick wieder.

Was war nur los mit ihr? Sie benahm sich wie die untaugliche Frau, für die sowohl der Butler als auch der Graf sie bereits zu halten schienen.

„Ich hinterließ eine schriftliche Zusammenfassung. Mehr kann *ich* nicht tun, bis *sie*—", sie deutete in die Richtung von Belton Park, „etwas tun."

„Wie kann der Lord der Verzweiflung *irgendetwas* tun, wenn er in seinem Zimmer bleibt?", fragte Maggie.

Jenny bedachte ihre mittlere Schwester mit einem besonders strengen Blick. Immerhin war dieser Mann nun ihr Wohltäter.

„Verzeihung", murmelte Maggie. „Ich meine, Lord Devere."

„Er ist jetzt Lord Lindsey", korrigierte ihre Mutter. „Ich bin sicher, ein starker Mann wie seine Lordschaft wird sich mit der Zeit wieder aufrichten. Vielleicht braucht er eine Portion Haferschleim, um etwas auf die Rippen zu bekommen."

Jenny dachte daran, wie er geschluchzt hatte und an seine Angst vor der Helligkeit statt der Dunkelheit. „Ich glaube, er braucht weitaus mehr als einen vollen Magen."

„Es ist allerdings ein guter Einfall", sagte Maggie. „Nicht der Haferschleim, natürlich! Ich glaube jedoch, dass ich seiner Lordschaft eins der Erdbeertörtchen der Köchin mitbringen werde, um ihm für seine Liebenswürdigkeit zu danken."

„Äpfel", sagte Jenny und blickte auf die Obstschale in der Mitte des Tisches. „Der Graf mag Apple Charlotte."

Sie drehten sich alle zu ihr um.

Sie spürte, wie ihre Wangen warm wurden. „Ich hörte, wie Mr. Binkley es einem der Hausmädchen mitteilte."

„Die Köchin kann das unmöglich rechtzeitig für dich zubereiten, doch für morgen wird sie es tun."

Warum hatte sie gelogen? Jenny hatte nichts Falsches getan, indem sie den Grafen besucht hatte. Trotzdem wollte sie nicht, dass ihre Mutter und Ned darüber diskutierten, wie unschicklich es war, dass sie allein mit Simon Devere war, und deshalb wollte sie es ihnen nicht sagen.

Sie warf Maggie einen Blick zu, um ihr zu signalisieren, dass sie das Schweigen ihrer Schwester in dieser

Angelegenheit sehr zu schätzen wüsste, aß den Rest ihres Frühstücks und ignorierte die Worte ihrer Mutter, dass sie an diesem Tag nichts mit zum Anwesen nehmen solle.

„Ich kann nicht glauben, dass wir nun doch alle zusammen in London sein werden", sagte Maisie und nahm Eleanors Hand, weswegen sie ihren Scone fallen ließ, der auf die Mitte des Tisches zurollte. Beide Mädchen kicherten.

„Wenn Lord Lindsey nicht ein Graf und damit über jeden Zweifel erhaben wäre", sagte Ned, „würde ich Ihnen raten, sein Angebot abzulehnen." Die ganze Frühstücksgesellschaft verstummte, obwohl er direkt zu Lady Blackwood sprach.

Nach seinem Lächeln zu urteilen gefiel es ihm, die gesamte Aufmerksamkeit auf sich zu ziehen.

„Schließlich scheint es für den Grafen, der keinerlei Verbindung zur Familie hat, eine viel zu forsche Handlung zu sein."

Anne stellte ihre Teetasse ab.

„Ich würde genau das tun, was du sagst, Cousin Ned", stimmte sie zu und brachte Maggie und Eleanor dazu, vor Entsetzen zu keuchen. „Das heißt, wenn ein Mitglied unserer Familie sich bereit erklärt, für jedes meiner Mädchen die Teilnahme an einer Saison zu bezahlen."

Sie starrte ihn streng an, bis Ned mit einem gequälten Gesichtsausdruck auf sein weich gekochtes Ei hinuntersah.

Nachdem die Krise abgewendet war, ließ Jenny ihre Gabel auf den Teller fallen und stand vom Tisch auf. Da sie mit ihren anderen Kunden fertig war, hatte sie an keinen anderen Büchern zu arbeiten. Da der Druck in Bezug auf Maggies Saison von ihren Schultern genommen worden war und mit genügend ersparten Einkünften, um sie einige Wochen über Wasser zu halten, musste sie Henry nicht darum bitten, weitere Kunden anzuwerben.

Was würde sie an ihrem freien Tag tun? Eins war sicher, sie würde sich von Eleanor und Maisie fernhalten, um nicht in eine weitere Partie *Kämmerchenvermieten* hineingezogen zu werden.

Da das Wetter schön war, machte sich Jenny zu einem gemächlichen Spaziergang auf und landete in der Umgebung von Jonling Hall, das sie nie betreten hatte, nicht einmal als Kind. Der Graf war so verblüfft von diesem Verlust gewesen, dass Jenny wünschte, sie könnte ihm die schönen Neuigkeiten von einer glücklichen Familie überbringen, die eingezogen war. Vielleicht würde sie im Vorbeigehen die typischen Merkmale der Häuslichkeit entdecken oder einem Gärtner begegnen.

„Bleib einen Moment stehen, sage ich." Beim Klang der Stimme ihres Cousins wurde Jennys Herz schwer. Sie zog ihre eigene Gesellschaft vor. Und wenn sie Gesellschaft brauchte, stand Neds Name ganz unten auf der Liste derer, mit denen sie Zeit verbringen wollte. Es war ihr unangenehm und sie fühlte sich unwohl, als er immer wieder Andeutungen über seine Gefühle machte, die absolut unerwünscht waren. Er schien es nicht zu bemerken.

Warum verstand der Mann ihre völlige Gleichgültigkeit ihm gegenüber nicht, wenn es um eine romantische Beziehung ging? Ihm das wortwörtlich klarzumachen, würde ihn demütigen und seine Gefühle verletzen. Und sie hatte kein Interesse daran, ihn zu verletzen. Sie hatte überhaupt kein Interesse an ihm. Das war das Problem.

„Ist es sicher, auf dem Lande ohne eine Eskorte herumzulaufen?"

„Ich vermute, das ist es", antwortete sie. „Niemand hat mich belästigt, außer dir."

Er lachte. „Du bist amüsant."

War sie das? „Dann muss ich mich mehr bemühen, unsympathisch zu sein."

Jetzt runzelte er die Stirn, da er sich offensichtlich unsicher war, ob sie scherzte. Sein perplexer Blick machte sie stutzig. Sie kam sich wie eine Furie vor und fügte hinzu: „Danke, dass du dich um meine Sicherheit sorgst. Du darfst mit mir spazieren gehen." Wenn er nur nicht sprechen würde.

Allerdings begann er zu reden, sobald er begann, neben ihr herzugehen. „Ich wollte erklären, warum ich den Spießrutenlauf, den deine Mutter beim Frühstück veranstaltet hat, nicht aufgegriffen habe."

Jenny versuchte, sich an den Spießrutenlauf zu erinnern, den er meinte.

Ned zuckte die Schultern. „Wenn ich in der Position wäre, deinen Schwestern eine Saison zu finanzieren, würde ich es mit Freuden tun. Wenn auch nur, um dir zu gefallen", fügte er hinzu und schaute sie von der Seite an.

Sie versuchte, ihm ein Lächeln zu schenken, doch fürchtete, dass es eher wie eine kränkliche Grimasse aussah.

Unbekümmert fuhr er fort. „Allerdings kann ich mich nicht in finanzielle Schwierigkeiten stürzen, nur weil dein Vater die Zukunft seiner Töchter nicht angemessen vorbereitet hat."

Jenny hatte es satt, dasselbe zu denken, deshalb sagte sie nichts. Trotzdem sollte Ned nicht schlecht über die Toten sprechen. Das stand ihm nicht zu, schon gar nicht gegenüber der Tochter des Toten. Wenn sie nicht antwortete, würde er vielleicht in Schweigen verfallen.

Doch solches Glück hatte sie nicht.

„Ich vermute, deine Mutter könnte sich an meine Eltern wenden, von denen ich glaube, dass sie die Mittel haben, deinen Schwestern zu helfen, doch da der Graf es bereits angeboten hat und mein zukünftiges Erbe nicht darunter leidet, an dem du vielleicht Interesse haben könntest, glaube ich, dass es das Beste ist, wenn es so bleibt, wie es ist – auch wenn es merkwürdig ist, dass der Graf es auf sich nimmt, deine Familie zu beschenken. Ohne eine Gegenleistung zu verlangen."

Er hielt inne, dann sah er zu ihr hinüber, auch wenn sie nicht langsamer lief. „Seine Lordschaft hat doch keine Gegenleistung verlangt, oder?"

Jenny hörte nur mit halbem Ohr zu und ließ Neds Worte in ihrem Kopf widerhallen, bis ihr plötzlich die Bedeutung seiner Frage klar wurde. Sie blieb stehen und ärgerte sich über diese Unterstellung von Unschicklichkeit.

Ihr Cousin lief noch ein paar Schritte weiter, dann erkannte er, dass sie nicht mehr neben ihm war und drehte sich um.

„Dieser Tunichtgut!", platzte er heraus. „Wie lautet sein Preis für seine Hilfe?"

„Ned, wovon sprichst du nur? Der Graf hat rein gar nichts verlangt." Sie würde ebenso wenig zulassen, dass Simons Ruf beschmutzt wurde wie ihr eigener.

„Und was meinst du damit, ich könnte Interesse an deinem Erbe haben?"

„*Ah*, das hat deine Aufmerksamkeit erregt, nicht, Miss Jenny?"

Der selbstzufriedene Ausdruck auf seinem Gesicht löste tatsächlich eine physische Reaktion in ihrer Magengrube aus. Es war nicht angenehm. Wie sie doch wünschte, sie könnte ihre Frage zurücknehmen.

„Ich glaube, ich war zu diskret mit meiner Zuneigung zu dir. Vielleicht zu diskret, wenn du noch nicht weißt, was ich fühle. Lass mich dir auf der Stelle sagen, dass ich …"

„Hör zu", sagte Jenny laut, nur um ihn von einer Liebeserklärung abzuhalten. Denn wenn er das täte, müsste sie ihm sagen, dass zwischen ihnen nie etwas sein könnte und dass er ihretwegen sein Erbe für Kartenspiele und Frauen ausgeben könnte. Das käme nicht gut an.

Er könnte nicht mehr die Rolle des netten Cousins spielen und in ihrem Haus bleiben.

Wahrscheinlich würde er, wenn sie seinen Stolz so verletzte, zu ihrem Landhaus zurückkehren, seine Sachen packen und abreisen und Maisie mit sich nehmen. Das würde Eleanor großen Kummer bereiten.

Und Eleanors Kummer würde sich auf alle anderen übertragen.

„Was denn, Jenny?" Ned schaute sich nach allen Seiten um.

„Das Gutshaus", sagte sie unbeholfen und deutete auf den kleinen Wohnsitz der Deveres. Oder besser gesagt, auf den ehemaligen Wohnsitz. „Wusstest du, dass es aus dem Besitz des Grafen verkauft wurde und niemand weiß, an wen?"

Sein verärgerter Gesichtsausdruck wurde durch Interesse ersetzt.

„Wirklich? Ich frage mich, warum der Graf es verkaufen musste."

Sie machte sich nicht die Mühe, ihm zu erklären, dass es geschehen war, während der Graf im Ausland gewesen war. Es gab Ned etwas zu tun, wie bei einem Hund, dem man einen Knochen gab. Mit etwas Glück würde er seine beinahe ausgesprochene Bekundung vergessen.

„Um deiner Schwestern willen", fügte Ned hinzu, als Jenny weiterging, „wollen wir hoffen, dass dies kein Anzeichen dafür ist, dass die Familie Devere in Schwierigkeiten geraten ist. Vielleicht solltest du dir diese Zusicherung schriftlich holen, oder noch besser, den Graf dazu bringen, die Gelder sofort auf euer Bankkonto in London einzahlen zu lassen."

Wie ungehobelt! Als würde sie es wagen, eins davon zu tun.

„Komm." Plötzlich packte Ned ihren Arm und drehte sie zur Jonling Hall. „Lass uns anklopfen und nachsehen, ob jemand zu Hause ist. Selbst ein Diener kann uns sagen, wer der neue Besitzer ist."

Sie wollte sich nicht rühren, doch er zog sie weiter in die Richtung der langen Auffahrt.

„Wirklich, Ned, so werden solche Angelegenheiten nicht gehandhabt. Wenn du dich wirklich dafür interessierst, bin ich sicher, dass du Kontakte in London hast, die es dir sagen können."

„Vielleicht", gab er zu, „doch wir sind bereits hier. Warum sollten wir uns nicht als Nachbarn vorstellen? Mehr noch, du bist die Buchhalterin des Grafen."

Der Mann hatte keinen Verstand. „Du darfst nie mit jemandem darüber sprechen. Hörst du?"

Er schien sie überhaupt nicht zu hören.

„Ned!" Sie riss ihren Arm los und endlich drehte er sich zu ihr um.

„Hör mir zu. Ich habe in dieser Gemeinde größte Anstrengungen unternommen, um meine Tarnung als Mr. Cavendish aufrechtzuerhalten. Nur du, Mr. Binkley und der Graf kennen die Wahrheit."

Er rollte mit den Augen, als wolle er ihre Sorge abtun.

„Bitte!" Oh, wie sie es hasste, ihren Cousin anzuflehen. „Denk doch nur daran, wie es meiner Familie schaden könnte, an die Aussichten meiner Schwestern gar nicht zu denken. Sie sind alle sehr dankbar, dass ich für sie sorge, doch sie wären gedemütigt, wenn jemand herausfände, dass ich einen Beruf ausübe. Das sollten sie auch." Dann fügte sie hinzu: „Durch die familiäre Verbindung könnte es auch Maisies Chancen schaden."

Seine Augenbrauen hoben sich leicht. „Na schön. Doch wenn es Bewohner gibt und sie uns fragend anblicken, können wir wenigstens sagen, dass der Graf der Schutzherr deiner Familie ist."

Jenny ließ zu, dass er sie den restlichen Weg zur Eingangstür schleifte; einem hübschen Bogen mit Topfpflanzen auf beiden Seiten. Im Gegensatz zum Herrenhaus gab es keine massive Steintreppe, die man hinaufsteigen musste, und so nahm sie an, dass sich die Arbeitsräume auf der Rückseite des Hauses befanden und nicht im Keller. Dennoch vermittelte das Haus einen Hauch von heruntergekommener Aristokratie, der sowohl Komfort als auch Würde ausstrahlte.

„Einfach unangemeldet und uneingeladen zu erscheinen", flüsterte sie. „Wir sollten das nicht tun."

„Ich bin neugierig darauf, wer hier wohnt. Ich bin sicher, die Deveres würden sich über jede Information freuen, die wir hier entdecken." Ned hob seine Hand und klopfte mit seinen Knöcheln an die große Tür. „Ich wünschte, ich hätte meinen Gehstock bei mir", murmelte er.

Einige Momente später sagte Jenny: „Es ist niemand hier. Ist das nicht offensichtlich?"

„Das werden wir sehen." Er klopfte noch einmal an, diesmal kräftiger.

Jenny hatte sich ein paar Schritte weit von der Tür entfernt und zog sich zurück, wie sie es so verzweifelt wollte, als sie sich schließlich öffnete.

„Was wollt ihr?", drang eine Stimme aus dem dunklen Innenraum. Es war die Stimme einer Frau mit einem starken Cockney-Akzent.

„Sagen Sie", ergriff Ned das Wort, „ist Ihr Herr oder Ihre Herrin zu Hause?"

„Nein." Die Antwort kam schnell.

Ned wollte sich so schnell nicht abwimmeln lassen. „Vielleicht eine Tasse Tee für durstige Nachbarn?"

Jenny rollte mit den Augen angesichts des forschen Ersuchens ihres Cousins.

„Wenn ihr Nachbarn seid, habt ihr keinen Tee zu Hause?"

Jenny lachte fast über diese offenen Worte von hinter der Tür.

„Natürlich haben wir Tee", sagte Ned und stotterte vor Empörung. „Doch das ist nicht der Sinn von Nachbarschaftlichkeit."

„Es wird niemand empfangen. Strikte Befehle."

„Ich möchte wissen, wer Ihr Herr ist", sagte Ned und gab den Anschein des einfachen Vorbeischauens gänzlich auf.

„Wer will das wissen?", fragte die Bedienstete.

Jenny versuchte Ned daran zu hindern, zu antworten, und rannte auf ihn zu, um seinen Arm zu packen. Sie wollte nicht, dass ihr Name mit solch einer unhöflichen Schnüffelei in Verbindung gebracht wurde.

Zu spät.

„Ich bin Edward Darrow, und dies ist Miss Blackwood. Der Graf von Lindsey ist ihr Wohltäter. Zeig dich, Weib!"

Jenny spürte, wie ihre Wangen außerordentlich warm wurden.

„Der Graf!" Es klang, als würde die Bedienstete jemand anderem zuraunen.

„Schließ die Tür", glaubte Jenny zu hören, diesmal von einem Mann.

„Strikte Befehle", wiederholte die Frau und schloss die Tür fest, nicht einmal zehn Zentimeter von Neds Nase entfernt. Sie hörten beide, wie der Riegel vorgeschoben wurde und sich der Bolzen drehte.

„Nun! Das glaube ich nicht." Neds Gesicht wurde vor Verärgerung ganz rot.

Jenny ließ den Arm ihres Cousins los, drehte sich auf dem Absatz um und lief davon.

Warum? Warum hatte er ihren Namen genannt? Wenn sie in Zukunft danach gefragt würde, könnte sie so tun, als sei es Eleanor gewesen, die nicht wusste, dass man nicht versuchen sollte, in jemandes Wohnsitz einzudringen. Wie demütigend!

Dies war viel schlimmer als die Nachricht des Vicomte durch einen Boten, dass sie ihre Verlobung nun doch nicht offiziell bekannt geben würden. Jenny erinnerte sich an eine vorübergehende Verärgerung und sogar Mitleid mit ihrer Mutter für die zusätzliche Belastung ihrer Mutter, doch danach hatte sie nicht mehr an Lord Alder gedacht.

Die furchtbare Szene von heute spielte sich jedoch immer wieder in ihrem Kopf ab, während sie nach Hause marschierte und sich bewusst war, dass Ned hinter ihr her schritt.

Er hatte ein paar Mal nach ihr gerufen, doch sie hatte ihn beharrlich ignoriert. Was für ein Possenreißer! Und was, wenn Lord Lindsey erfuhr, dass sie herumschnüffelte? *Und warum war das überhaupt von Belang?* Sie wusste es nicht. Sie wusste nur, dass Ned sich unausstehlich benommen hatte und dass sie sich von ganzem Herzen wünschte, von ihm loszukommen.

Jenny lief nicht langsamer, als sie das Gartentor zuschlug, nachdem sie hindurchgegangen war. Sie hätte dasselbe mit der Eingangstür getan; sie direkt vor Neds Nase zugeschlagen und ihn diese Dreistigkeit zweimal an einem Tag erleben lassen, hätte ihre Mutter nicht im Flur gestanden.

„Mr. Binkley war hier, während du weg warst", erzählte ihr Anne ohne Einleitung.

„Was wollte er?" Jenny merkte, dass ihr Ton unangemessen schroff war, als ihre Mutter einen Schritt zurücktrat.

„Du hörst dich nicht gut an", sagte Anne. „Hast du zu viel Luft geschnappt?"

Manchmal hatte ihre Mutter die seltsamsten Einfälle.

„Nein, ich glaube nicht, dass das möglich ist, Mummy. Eine Person kann nicht zu viel Luft schnappen. Ich glaube, man kann sich zu lange in der Sonne aufhalten, doch das war heute kaum möglich, denn ich trug eine Haube und bewegte mich stetig. Abgesehen davon, dass ich gezwungen wurde, auf einer Türschwelle stehenzubleiben." *Gegen meinen Willen*, fügte sie fast hinzu.

„Wirklich? Wo warst du denn?"

Jenny drehte sich zu Ned um. „Warum erzählst du meiner Mutter nicht davon, da es deine Idee war?"

Er hatte den Anstand, wenigstens leicht verlegen auszusehen. „Ich holte Miss Jenny in der Nähe der Jonling Hall ein und dachte, es sei eine gute Idee, mich nach dem neuen Besitzer zu erkundigen."

Eine Vielzahl von Ausdrücken kreuzte Annes Gesicht. Zweifellos hielt sie diesen Ausflug für anmaßend, wenn nicht sogar für unverschämt. Doch vielleicht war sie auch interessant.

„Bevor du fragst", erklärte Jenny, „wir haben die Identität des neuen Besitzers nicht erfahren. Nur, dass er einen schlechten Geschmack in Bezug auf Bedienstete, aber einen außergewöhnlichen Geschmack in Bezug auf Türhüter hat."

Jenny entledigte sich ihrer Haube und ihren Handschuhen, verschränkte ihren Arm mit dem ihrer Mutter und ging ins Speisezimmer, in der Hoffnung, Ned würde ihnen nicht folgen.

„Nun sag schon, was wollte Mr. Binkley? Bevor du es mir sagst, hat er meine Bezahlung überbracht?"

Ein freudiges Glänzen trat in Annes Augen. „Er hat einen an dich adressierten Umschlag hinterlassen und sagte, es sei deine Vergütung. Ich habe ihn dir auf dein Bett gelegt."

Gott sei Dank! Ihre Anwesenheit in Belton mochte den Butler und seinen Herrn etwas irritiert haben, doch sie hatte ihnen gute Dienste erwiesen. Das konnten sie nicht leugnen.

„Er hatte allerdings noch ein Anliegen", fügte ihre Mutter hinzu und sah sich nach Ned um, der ihnen folgte wie ein hartnäckiger Jagdhund. „Mr. Binkley sagte, dass der Graf um deine Gesellschaft heute Nachmittag bittet, und er sagte außerdem, dass er gern selbst mit dir sprechen möchte."

„Noch mehr Bücher?", fragte Jenny.

Anne schüttelte den Kopf. „*Mh*, nein, das sagte er nicht. Er möchte, dass du die Bediensteten über deine Ankunft informierst, sodass er ein paar Worte mit dir wechseln kann."

Ned stieß ein missbilligendes Geräusch aus und Jenny rollte mit den Augen. Wenn ihr Cousin auch nur ein Wort über Unschicklichkeit sagte, könnte sie gezwungen sein, ihm Gewalt anzutun.

„Hat Mr. Binkley eine Uhrzeit genannt?"

„Irgendwann heute Nachmittag", sagte ihre Mutter, „und er war wohlbemerkt sehr nett, als er darum *bat*."

Ned räusperte sich. „Soll ich dich begleiten?"

Wie konnte Ned es wagen, eine solche Frage zu stellen!

„Ich glaube nicht", entgegnete sie, dann sah sie den ungläubigen Ausdruck auf dem Gesicht ihrer Mutter.

Als sie Ned ansah, der ziemlich niedergeschlagen wirkte, erweichte sich Jennys Herz. Vermutlich hatte er nicht beabsichtigt, am Landgut eine Szene zu machen. Außerdem konnte sie dem Mann nicht vorwerfen, seine Zuneigung der Falschen zuzumessen.

„Danke, werter Cousin, doch das wird nicht nötig sein. Der Graf lebt sehr zurückgezogen. Ich bin sicher, er hätte es erwähnt, wenn er wollte, dass ich noch jemanden mitbrächte."

Ned nickte und ging an ihr vorbei in den Salon. In den Salon ihrer Familie! Doch sie wandte ihre Gedanken von allen unangenehmen Dingen ab.

Sie war in das Herrenhaus bestellt worden. Ob es nun eine Bitte war oder nicht, es kam ihr vor, wie ein königlicher Befehl. Es war nicht so, dass sie behaupten könnte, sie wäre auf Reisen.

Würde sie hingehen? *Natürlich!* Ihre Gefühle waren durch Lauschen verletzt worden, doch sie war kein Kind. Trotzdem kam es ihr merkwürdig vor, dass Lord Lindsey wünschte, dass sie wiederkam, nachdem, was sie belauscht hatte.

Und warum wollte der Butler mit ihr sprechen?

Eine schreckliche Befürchtung überkam sie. Nach dem Gespräch der Männer am Vorabend, hatte sie darüber nachgedacht, wie sie dem Grafen mit ihrer Anwesenheit geschadet haben konnte – und sie hatte die sehr wahrscheinliche Möglichkeit erwägt, dass böse Zungen ihren Ruf zerstören könnten – was, wenn Lord Lindsey beschloss, dass es eine zu intime Geste war, ihren Schwestern zu helfen, wie Ned es vermutet hatte?

Was wäre, wie Maggie es am Frühstückstisch bereits befürchtet hatte, *wenn der Graf seine Meinung geändert hatte, oder der Admiral sie für ihn geändert hatte, und es Mr. Binkley aufgetragen worden war, es ihr mitzuteilen?*

Das ergab sicherlich Sinn. Wenn jemand wirklich dachte, dass seine Lordschaft um ihre Hand anhalten sollte, nur, weil sie Zeit allein im Herrenhaus verbrachte, was würden die Leute dann denken, wenn sie herausfanden, dass er ihren Schwestern die Saison in London bezahlte?

Das würde sie praktisch zu Simon Deveres Geliebten machen!

◈

KAPITEL ZEHN

Jenny zog ihr bestes Tageskleid an, als ob sie zum Abendessen mit dem Grafen eingeladen worden wäre. Immerhin ging sie heute nicht zur Arbeit als Buchhalterin in der Bibliothek dorthin. Sie beschloss, wie eine Besucherin auszusehen und sich nicht wie eine Geschäftsfrau zu kleiden.

„*Ooh*", rief Eleanor aus, als sie das Speisezimmer betrat, wo ihre Familie sich nun traf, seit Ned in den Salon eingezogen war.

Maisie sah von ihrem Platz neben Eleanor auf und lächelte. „Du siehst aus, als würdest du jemanden umwerben."

Umwerben? Sollte sie sich etwas Sittsameres anziehen? Vielleicht sah sie zu aufreizend aus, als hätte sie ein Auge auf Lord Lindsey geworfen. Oder als ob es ihr gefiel, dass er sie lange begutachtete.

Etwas so Ungeheuerliches durfte man nicht einmal für einen Moment in Betracht ziehen!

An der Anrichte hob sie den Deckel eines jeden Serviertellers an, um zu sehen, was die Köchin zum Mittagessen aufgetischt hatte.

Ned kam einen Moment später herein und Jenny konnte das Missfallen spüren, das von ihm ausging. Doch untypischerweise sagte er nichts, sondern nahm sich nur Kaffee und setzte sich.

„Bruder, willst du nicht etwas Hammelpastete essen?", fragte Maisie, die gerade ein Stück Toast butterte.

Ned ignorierte sie und hielt die Augen auf Jenny gerichtet, die sich immer unwohler fühlte, je länger sie dort stand. Schnell legte sie ein Stück Pastete auf ihren Teller, übergoss es mit Soße und setzte sich. Als sie sich Brot nehmen wollte, tat Ned dasselbe.

„Nach dir", sagte er und zog seine Hand zurück.

Jenny schenkte ihm ein verhaltenes Lächeln, das er nicht erwiderte und nahm vorsichtig das letzte Stück von dem Teller.

„Eleanor, geh und sag der Köchin, dass wir mehr Brot brauchen."

„Mach dir meinetwegen keine Mühe", sagte Ned.

Wie seltsam! Als wäre es Mühe, der Köchin mitzuteilen, dass sie mehr Brot brauchten. Ja, es wäre schön, im Landhaus ein Klingelsystem zu haben, doch ihr Vater hatte nie die Notwendigkeit gesehen, eines einbauen zu lassen. Da das Haus eher kompakt war, war es kein Problem, nach einem Bediensteten zu rufen, wenn man gute Lungen hatte.

„Maggie und meine Mutter werden sich bald zu uns gesellen und ich bin sicher, dass auch sie Brot möchten."

Er nickte und nippte an seinem Kaffee, dann schien er eine Entscheidung zu treffen. Jenny sah ihm den Moment, als es passierte, im Gesicht an.

„Wann brichst du auf?", fragte Ned sie.

„Wenn ich mit dem Essen fertig bin. Wieso?"

„Ich würde gern unter vier Augen mit dir sprechen, bevor du gehst."

Sie hatte ihren Cousin seit dem Tag seiner Ankunft vertröstet, doch er schien entschlossen zu sein, seine Bekundung zu machen. Jenny war ebenso entschlossen, ihn nicht gewähren zu lassen. Sie brauchte eine Ablenkung.

Eleanor und Maisie diskutierten über Bänder, die Vorzüge von Satin- und Seidenröcken und anderen Unsinn. Sie waren keine große Hilfe.

In diesem Moment kam die Köchin herein und verschaffte Jenny einen Moment zum Nachdenken.

„Bitte sehr, mehr Brot."

Die Frau nickte und wandte sich zum Gehen. Um Zeit zu schinden, hielt Jenny sie mit einer Frage auf. „Wie geht es George?"

Die Köchin sah verblüfft aus. „Es geht ihm gut, Miss. Danke der Nachfrage."

„Und Thunder. Hat George mit ihm schon Fortschritte gemacht? Mit dem Pferd, meine ich?"

Die Köchin zuckte die Achseln. „Ich weiß nicht, Miss. Möchten Sie, dass ich ihn hole?"

Eleanor kicherte, ohne Zweifel über die Vorstellung, dass ihr Stallbursche während des Essens ihr Speisezimmer betrat.

Jenny schüttelte den Kopf. „Nein, schon gut. Ich werde ihn später aufsuchen." Die Frau musste denken, sie sei wahnsinnig geworden.

In diesem Moment traten ihre Mutter und Maggie ein, die sich beide einen Teller nahmen, bevor sie sich setzten.

„Meine Güte, du siehst reizend aus", sagte Anne. „Als wärst du beim Abendessen während der Saison."

Maggie sah sie mit einem wissenden Lächeln an und Jenny wünschte, sie wäre in ihrem Zimmer geblieben, bis es Zeit war, aufzubrechen.

„Ich habe mehr Brot bestellt", war ihr einziger Kommentar, bevor sie schweigend ihre Pastete aß.

Als ihre Mutter fragend eine Augenbraue hob, senkte Jenny ihren Blick und hielt ihn fest auf ihren Teller gerichtet. Selbst als ihre Mutter die *London Times* aufschlug, die das Hausmädchen an ihren Platz gelegt hatte, und Maggie das *Journal* aufschlug, war Jenny sich durchaus bewusst, dass Neds Augen immer noch auf sie gerichtet waren und auf eine Antwort warteten.

Sie trank einen Schluck Kaffee, um den Rest des Bodens herunterzuspülen, und sah ihn endlich wieder an. Sie wollte ihm sagen, wie unhöflich es war, sie anzustarren. Stattdessen schenkte sie ihm das zweite höfliche Lächeln an diesem Morgen.

„Vielleicht wenn ich zurückkehre, werter Cousin, denn ich beabsichtige nicht, den Grafen warten zu lassen, nicht wenn er, wie du es ausdrücktest, unser Wohltäter ist."

Ned wirkte resigniert und nickte. „Wie du willst. Ich werde bei deiner Rückkehr hier auf dich warten."

ALS JENNY AM BELTON Manor ankam, wo sie sich ohne ihren Rechenschieber und ihre Umhängetasche merkwürdig vorkam, mied sie den Seiteneingang und schritt auf die imposante Haupttür zu. Mr. Binkley antwortete auf ihr Klingeln und führte sie hinein.

„Würden Sie einen Moment ins Gesellschaftszimmer kommen, Miss Blackwood?"

Schweigend folgte sie ihm in eine große Kammer; den großen Raum, den sie aus ihrer Kindheit kannte. Er hatte ihn einen *Gesellschaftsraum* genannt. Es war wohl eher ein Ballsaal! Sicherlich fanden hundert Gäste ganz einfach hier Platz.

Sie blickte zu einem Ende und erinnerte sich genau daran, wo jedes Jahr der riesige Weihnachtsbaum gestanden hatte. Tatsächlich konnte sie sich Simon in der Nähe vorstellen, wie er die Gäste mit jungenhaftem Humor und einem warmen Lächeln begrüßte.

Abgesehen von zwei Sofas am kolossalen Marmorkamin und zwei Ohrensesseln neben ihr war der Raum völlig leer und sah nicht so aus, wie sie ihn in Erinnerung hatte: Kerzen und Musikanten, Weihnachtsschmuck und Köstlichkeiten. Offensichtlich war er schon lange nicht mehr benutzt worden.

„Ich hörte, dass sie mit seiner Lordschaft über Lady Devere sprachen."

Jenny blinzelte. Sie hatte eine solche Frage nicht erwartet und geglaubt, sie würde sogleich etwas über die Zurückziehung des Angebots des Grafen hören, die Kosten für Maggies Kleider und Eintrittskarten zu übernehmen.

„Ja." *Sollte sie sich entschuldigen? Bei dem Butler?* „Ich wusste nicht, dass er sich nicht bewusst war, dass die Familie seines Cousins hier lebt. Bis ich es ihm sagte."

„Ja, so ist es. Es gibt einige Aspekte der Änderungen, die während seiner Abwesenheit vorgenommen wurden, von denen seine Lordschaft nicht unterrichtet wurde. Der Graf befand sich seit seiner Rückkehr in einem kaum ansprechbaren Zustand. Natürlich konnten Sie das nicht wissen."

Sie starrte den Admiral an. Es war nicht üblich, dass ein Bediensteter, oder sogar eine ganze Belegschaft, Geheimnisse vor ihrem Herrn hatte. Allerdings konnte sie sich vorstellen, dass es schwierig gewesen sein musste, einem Mann, der in der Dunkelheit saß, wichtige Angelegenheiten mitzuteilen.

„Ich verstehe."

Mr. Binkley nickte. „Gut."

Sie wartete. Was wollte der Mann ihr mitteilen?

„Seine Lordschaft verstand es genau, als ich ihm von dem Verkauf der Jonling Hall erzählte", fügte sie während der unangenehmen Pause hinzu. Sie fragte sich, ob der Butler den Grafen für unzurechnungsfähig gehalten hatte. „Wissen Sie, dass er mich gebeten hat, ihm von den Büchern und Bilanzen zu erzählen?"

„Ja, das weiß ich. Ich erachte es als unglaublich wichtig, dass er alles weiß, und bin froh, dass sie es ihm erläutern werden."

Warum hörte sie dann ein Zögern in seiner Stimme?

„Ist etwas nicht in Ordnung, Mr. Binkley?" Würde er jetzt das Schicksal ihrer Schwestern erwähnen?

Er sprach sehr langsam und vorsichtig, doch der Butler sprach. „Lord Lindsey glaubt, dass er noch Lord *Devere* ist.“

Jenny runzelte die Stirn und dachte einen Moment lang über seine Worte nach. Dann wurde ihr die Bedeutung klar.

„Gütiger Gott!“, murmelte sie, bevor sie sich in den nächsten mit Brokat bespannten Ohrensessel sinken ließ. „Er weiß nicht, dass er der aktuelle Graf ist?“

Mr. Binkley, der die Hände im Rücken verschränkt hatte, schüttelte den Kopf.

„Sie meinen, er weiß nicht, dass sein Vater verstorben ist.“

„Korrekt.“

„Und sie möchten, dass ich mich diskret verhalte und es ihm gegenüber nicht erwähne?“ Es gab schließlich keinen Grund, das Thema anzusprechen. Sie hatten schon viele Gespräche geführt, in denen sein Vater überhaupt nicht erwähnt wurde.

„Damit haben Sie leider *nicht* recht.“

Sie runzelte die Stirn, denn sie mochte seine Ausdrucksweise nicht und das war schon das zweite Mal, dass der Butler sie auf die gleiche Weise korrigierte.

„Seine Lordschaft reagiert gut auf Sie. Als Lord Lindsey von seiner Gefangenschaft zurückkehrte, sprach er wenig und erteilte kaum Befehle. Allerdings bestand er darauf, dass keiner seiner Freunde oder Bekannten das Anwesen betreten durfte. Außerdem befahl er mir und den anderen Bediensteten, ihn allein zu lassen. Ich selbst missachtete die Grenzen und seine Befehle so gut wie möglich, aber Sie, Miss Blackwood, haben ihn mehr zum Reden gebracht, als ich es in all den Wochen vermocht habe. Mehr noch, er hat sogar um Ihre Anwesenheit gebeten.“

Jenny schluckte. „Ich glaube, dass er sich selbst weder mit der Isolation, noch mit der Dunkelheit helfen kann. Finden Sie nicht auch?“

Der Butler schien von einem Fuß auf den anderen zu treten. „Es steht mir nicht zu, dem Grafen zu widersprechen, aber ich denke, dass ihm eine Genesung mit täglichen Spaziergängen im Garten, wenn das Wetter es zulässt, und die Gesellschaft anderer guttun würde. Wie gesagt, es steht mir nicht zu, das zu bestimmen."

„Wer dann? Er hat hier keine Familie mehr."

„Sie", sagte Mr. Binkley. „Ich glaube, dass Sie ihn dazu bringen können, seine Kammer zu verlassen. Und Sie müssen ihm außerdem beibringen, dass sein Vater verstorben ist und dass er nun der Graf von Lindsey ist."

„Ich muss?" Verärgert stand sie auf. „Es gibt kein *Muss*. Wir sollten nach seinem Onkel schicken. Ganz sicher sollte James Devere derjenige sein, der seinem Neffen die Umstände erklärt."

Ein säuerlicher Ausdruck legte sich auf Mr. Binkleys Gesicht. „Ich schrieb Lord Devere bereits bei der Ankunft meines Herrn. Ich schrieb ihm wieder, als ich die Schwere der Probleme von Lord Lindsey erkannte. Noch immer gab es keine Antwort von seinem Onkel."

Jenny merkte, dass sie auf ihrer Unterlippe herumkaute. Ihr Finger fummelten an dem Stoff ihres Rocks herum und sie wünschte sich sehr, ihren Rechenschieber in den Händen zu halten, sodass sie die glatten Perlen hin- und herschieben könnte.

Mr. Binkley sprach nicht weiter, sondern starrte sie mit einem Blick an, der Maggies Spitznamen für ihn würdig war. Nur ein Admiral, der es verstand, seine Truppen zu manipulieren, brachte einen Blick zustande, der halb Bitte, halb Forderung war. So etwas hatte sie noch nie erlebt!

„Ich werde versuchen, ihn nach draußen zu bringen", gestand sie ihm zu.

Der Butler bewegte sich nicht.

„Ich werde die richtige Art finden, ihm von dem Tod seines Vaters zu berichten", fügte sie hinzu und ärgerte sich darüber, dass man sie zu dieser Aufgabe drängte, die eigentlich nichts mit ihr zu tun hatte. Sie war es gewohnt, für ihre eigene Familie alles zu tun, was nötig war, aber wie um Himmels willen hatte sie sich in diesen Schlamassel verwickeln lassen?

Mr. Binkleys Miene blieb passiv, doch um seine Augen bildeten sich Fältchen und er nickte, bevor er sich tief verbeugte, was sie als Zeichen seiner Dankbarkeit auffasste.

„Der Graf erwartet Sie", sagte er und wandte sich ab, als ob sie getrödelt hätte. Dann schritt er aus dem Raum und erwartete offensichtlich, dass sie ihm folgte.

Sie schwieg, als er sie die Treppe hinauf in die Kammer des Grafen führte, und wünschte sich, sie hätte mehr Zeit, um ihre Gedanken zu ordnen oder gar zu planen, wie sie es ihm sagen würde.

Mr. Binkley klopfte an die Zimmertür und als sein Herr antwortete, drehte er den Messingknauf, stieß die Tür auf und bedeutete ihr, einzutreten.

Nachdem sie über die Schwelle getreten war, zog der Butler die Tür hinter ihr zu, anstatt die Tür offenzulassen, wie es der Anstand gebot.

Diese kleine Geste ließ ihr Herz schneller schlagen. Simon Devere stand am Fenster und wartete auf sie. Als er sich bei ihrem Eintreten umdrehte und die geschlossene Tür sah, schienen sich seine Augenbrauen zu heben.

Ohne Zweifel glaubte er, sie hätte es getan. Sie senkte den Blick auf den schönen Teppich. Wie sollte sie beginnen?

Jenny hustete leicht, als sie bemerkte, dass sich ihr Hals zusammenschnürte, und fragte sich, ob sie um Wasser bitten und das Glas des Grafen benutzen könnte. Gab es in diesem Raum ein zweites Glas? Es musste eins geben. In welcher Kammer gab es nur ein Glas? Natürlich hatte der Graf niemanden empfangen, doch …

Beruhige dich, befahl sie sich und riss ihre Hände auseinander, um nicht mit ihnen herumzufummeln, dann verschränkte sie sie im Stil des Admirals hinter ihrem Rücken.

„Ihr wolltet mich sehen?", fragte sie schließlich.

„Ja." Simon zögerte und sah zurück zum Fenster, wobei sein Blick sich auf die Welt dahinter konzentrierte. „Ich möchte mit Ihnen spazieren."

„Ihr möchtet mit mir spazieren?", wiederholte Jenny. „Ihr habt mich rufen lassen, um mit mir spazieren zu gehen?"

Mich, die letzte Frau auf Erden, die Ihr ehelichen würdet? Wie sehr sie wünschte, mutig genug zu sein, um diese Worte auszusprechen!

„Rufen lassen?" Er klang verwirrt. „Ich befahl Ihnen nicht, mich aufzusuchen, als hätten Sie keine Wahl, mich zu besuchen."

Sie lächelte. „Wahrlich, Mylord. Trotzdem passiert es nicht jeden Tag, dass man eine Einladung von dem Herrn des Anwesens erhält."

Er nickte, doch er sah noch immer unsicher aus. Ein Gefühl der Beklemmung umgab ihn.

„Gehen Sie mit mir spazieren? Draußen", fügte er hinzu.

Oh, also sollte es mehr sein als nur ein Spaziergang durch seine Gemächer. Und er wünschte, nach draußen zu gehen.

Die erste Bitte des Butlers zu erfüllen, wäre einfach, wenn der Graf dazu bereit war. Dennoch passte es ihr nicht, dass er sie aus diesem Grund hergebeten hatte, zumal sie immer noch den Schmerz der Worte spürte, die sie belauscht hatte.

„Warum?", fragte sie.

Er legte den Kopf schief und dachte nach.

„Weil ich befürchte, meine Genesung zu gefährden, indem ich die Umgebung meiner Gefangenschaft um mich herum nachbilde. Das bedeutet keine Sonne, stickige Luft, keine langen Spaziergänge."

„Ihr missversteht mich, Mylord. Ich verstand, was sie damit meinten, nach draußen zu gehen – und ich stimme Euch voll und ganz zu, dass Ihr das solltet. Ich meinte, warum gerade mit mir? Warum geht Ihr nicht mit Eurem Kammerdiener spazieren? Oder mit Mr. Binkley?"

„Ich wünsche nicht mit meinem Kammerdiener oder meinem Butler zu spazieren." Seine Miene wurde weicher. „Ich möchte mit einer Freundin spazieren."

Mit einer Freundin. Das hatte sie nicht erwartet. Mit einem Mal verkrampfte sich ihr Herz, als sie daran dachte, dass sie ihre Schwestern und ihre Mutter hatte, wenn sie Gesellschaft oder Trost brauchte, während seine Lordschaft niemanden hatte.

Auf ihr Schweigen hin runzelte er die Stirn. „Ich habe Freunde, Jenny. Ich war nicht immer so." Er breitete die Hände aus, um zu unterstreichen, dass er die Situation in diesem Raum meinte. „Allerdings wohnt keiner von ihnen in der Nähe. Sie sind in London oder im Ausland. Ich erhielt Briefe", gab er zu, „von denen, die mich seit meiner Rückkehr besuchen möchten. Ich habe sie alle ignoriert."

„Vielleicht würde es Euch guttun, ihnen zu schreiben, selbst wenn sie es nur tun, um denen, die ihnen am nächsten stehen, von Euren Erlebnissen zu berichten. Und dann, wenn Ihr bereit dazu seid, könnt ihr Besuche gewähren."

Sie hoffte, dass sie mit ihrem unverblümten Rat nicht zu weit gegangen war. „Ich glaube nicht, dass Isolation gut für Euch ist. Tatsächlich bin ich sicher, dass sie das nicht ist."

Wider Erwarten lächelte er, wenn auch nur leicht. „Das ist der Grund, warum ich mit Ihnen spazieren möchte. Binkley hätte zu dem Thema Briefe und Freunde geschwiegen oder gesagt, dass ich das Richtige tue, was auch immer ich beschließe. Oder eben nicht, weil er ein Diener ist."

„Ihr möchtet mit mir spazieren, weil ich nicht sofort nachgebe oder ihnen zustimme. Ist das richtig?"

„Genau", sagte er. „Denn so verhalten sich Freunde."

Scheinbar konnte er zwar keine Freundschaft mit seinem Diener schließen, doch er konnte sie in einem intimen Gespräch mit Mr. Binkley verunglimpfen. Um dem Grafen zu helfen, ja, um dem ganzen Anwesen zu helfen, würde sie diesen unbedeutenden Gedanken jedoch verdrängen.

„Nun gut." Jenny war froh, dass sie feste Stiefeletten trug und nicht ihre schicken Ziegenledersandalen. „Seid Ihr bereit?"

Simon sah überrascht aus. „Was? Jetzt?"

„Warum nicht?"

„Hätten Sie vorher gern einen Tee? Oder Sherry?"

Sie antwortete nicht sofort. Würde sie den Grafen buchstäblich aus der Tür schieben müssen?

„Mylord, ich werde in der Eingangshalle auf Euch warten. Ich warte fünf Minuten bei der prächtig läutenden Uhr, die ich neben der Haupttreppe bemerkt habe." Sie ging zu seiner Tür und schaute ihn noch einmal an.

Er hatte sich noch immer nicht bewegt.

„Wenn Ihr nicht dort seid, wenn sich der Minutenzeiger fünfmal bewegt hat, werde ich gehen."

Er blinzelte, dann nickte er.

„Habt Ihr einen Kammerdiener?", fragte Jenny ihn mit einiger Verspätung, denn sie hatte noch keinen gesehen, obwohl sie annahm, dass das nicht ungewöhnlich war. Viele große Häuser hatten versteckte Gänge für die Diener, damit sie fast unsichtbar arbeiten konnten.

Er nickte erneut.

Jenny schloss die Tür hinter sich und ging direkt zur Eingangshalle, wo ihr leichter Umhang und ihr Pompadour genau so auf dem gepolsterten Diwan lagen, wie sie sie hinterlassen hatte. Langsam, während sie das Pendel der Standuhr betrachtete, zog sie ihre Oberbekleidung an. Dann wartete sie.

Hätte sie bei ihm bleiben und ihn zum Aufbruch drängen sollen? Dass der Graf nach draußen gehen wollte, bedeutete nicht, dass er es fertigbrachte. Vielleicht …

Seine Schritte auf dem Treppenabsatz erweckten ihre Aufmerksamkeit. Er trug immer noch die gleiche Kleidung wie bei ihrer Ankunft, hatte aber einen Mantel angezogen und Stiefel bedeckten jetzt seine bestrumpften Füße. Sie hatte ihn noch nie in Stiefeln oder gar Schuhen gesehen. Als sie ihn in seinen Kleidern auf der Treppe sah und er sie misstrauisch anstarrte, wirkte er viel eindrucksvoller. Er sah ganz so aus, wie der Graf des Anwesens, der er wirklich war.

Und aus irgendeinem Grund wollte er mit ihr spazieren gehen.

Sie schluckte.

„Ich bin froh, dass Ihr es pünktlich geschafft habt."

„Sie haben eine scharfe Zunge."

„Nein, das ist meine Schwester, Maggie. Ich habe einen scharfen Verstand."

„Ich glaube, dass Sie beides besitzen", sagte er und nahm ihren Arm, gerade, als Mr. Binkley wie durch Zauberhand auftauchte und die Tür für sie öffnete.

Sie bemerkte die hoffnungsvolle und doch vorsichtige Miene des Admirals. Sie spiegelte wider, was sie fühlte.

Sie erreichten den Rand der obersten Stufe, als der Graf innehielt. Dann machte er auf dem Absatz kehrt und zog sie mit sich.

Die Tür, die sich bereits hinter ihnen geschlossen hatte, öffnete sich wieder. Mr. Binkley machte einen resignierten, niedergeschlagenen Eindruck.

„Mylord?", fragte Jenny.

„Das ist falsch", murmelte der Graf.

„Ich verstehe nicht, was Ihr meint. Seht Ihr nicht, dass dies Ihr Zuhause ist, und dass Ihr Euch in Sheffield in England befindet?"

Er sah zu ihr hinunter und runzelte bei ihrer Frage seine Stirn.

„Ja, natürlich. Ich befinde mich im Moment nicht in einem wahnhaften Zustand, das versichere ich Ihnen. Ich möchte einfach nicht durch diese Tür gehen. Das letzte Mal, als ich diese Treppe hinunterging, stieg ich in eine Kutsche und kam drei Jahre lang nicht mehr zurück."

Er lief weiter, wobei er weiter ihren Arm festhielt, schritt durch das Foyer und bog schnell nach rechts in den ersten Flur ab, bis sie an ihrer gewohnten Seitentür ankamen und ging weiter. Sie kamen schließlich auf der anderen Seite des Hauses an.

Zu ihrem Erstaunen war Mr. Binkley dort, um seinem Herrn die Tür zu öffnen. Sie bemerkte, dass er schwer atmete. Er musste einen anderen Weg genommen haben und gerannt sein, als wären ihm Höllenhunde auf den

Fersen, sodass er genau dann dort ankam, als sie an der Tür ankamen.

Bravo, jubelte sie ihm im Stillen für sein Pflichtbewusstsein zu.

Der Graf schien es nicht zu bemerken, allerdings nur, weil er sich auf dieses schwierige Abenteuer konzentrierte. Sein Griff um ihren Arm war fester geworden und als sie einen Blick auf sein Profil warf, konnte sie sehen, wie ein Muskel in seinem Kiefer zuckte.

Sie liefen ein paar Schritte auf die große Veranda hinaus. Er hielt inne und atmete tief ein, dann tat er noch ein paar Schritte.

„Sollen wir hier anhalten?", fragte er und klang dabei misstrauisch.

Dort war ein Tisch mit einem großen Sonnenschirm aufgestellt.

„Gehen wir weiter", schlug Jenny vor. „Meint Ihr nicht?"

Er nickte. „Darum geht es doch, nehme ich an."

„Ja."

Sie verfielen wieder in Schweigen, als sie eine breite Granittreppe zu einer großen Backsteinterrasse hinunterstiegen. Diese war von Bogengängen umgeben, von denen jeder über einen anderen Weg zu einem anderen Garten führte, der wiederum von Eibenhecken umschlossen war.

„Es ist wunderschön", sagte sie und hoffte, dass er nun wirklich den Ort sehen konnte, den er nun bewohnte.

„Ich weiß", sagte er. „Ich habe als Junge viele, viele Stunden hier draußen verbracht und mir vorgestellt, es sei eine andere Welt als Sheffield. Ich malte mir aus, dass dieser Weg dort rechts nach Europa führte, und der geradeaus führte in die Wildnis eines afrikanischen Kontinents."

„Und dieser hier?", fragte sie, als sie unter einem mit Waldreben bewachsenen Bogen hindurch und einen Weg links von der Terrasse hinuntergingen.

„Dieser führte in eine gänzlich magische Welt voller Schwertkämpfe und Freibeuter und absolut nichts Realem. Kobolde, Feen, Hexen."

„Feen", wiederholte sie.

Er zuckte verlegen mit den Schultern. „Ich schätze, ich hatte schon immer eine lebhafte Fantasie. Heute nützt sie mir nicht mehr viel, doch als Junge hat sie mich amüsiert."

„Ich hätte meine Kindheit damit verbracht, die Anzahl der Steine in diesen Pfaden zu zählen und zu hoffen, dass sie alle identisch waren, einer wie der andere."

Er lachte, doch es war nicht das hysterische Lachen, das in Verzweiflung geendet hatte. Dieses Mal war der Klang kräftig und voller echter Freude. Es war nur ein kurzes, ganz normales Lachen, und ihr Herz, das vor Unbehagen einen Sprung gemacht hatte, beruhigte sich.

„Die praktisch veranlagte Jenny, bereits als Kind?", fragte er.

„Ich nehme es an. Eleanor, meine jüngste Schwester, würde es hier lieben." Wahrlich, es war ein traumhafter Garten, mit üppigen, großen, duftenden Rosen, Büscheln von Bartnelken und hoch aufragendem Fingerhut. „Sie zeichnet und findet große Freude daran, in der Natur zu sitzen, und zu skizzieren, was sie sieht."

„Laden Sie sie das nächste Mal ein, mit Ihnen zu kommen. Die exotischeren Pflanzen befinden sich in meinem Fantasie-Afrika. Ich bin sicher, dort gibt es Blumen, die sie noch nie zuvor erblickt hat."

„Das werde ich. Danke." Dass sie ein *nächstes Mal* planten, schien etwas voreilig, da Jenny immer noch die unerfreuliche Pflicht zu erfüllen hatte, ihm von Tod seines Vaters zu erzählen.

Sie hatten einen zentralen Bereich mit einem kleinen Fischteich, Steinbänken und einer Vogeltränke erreicht. In angenehmer Gleichgesinntheit gingen sie zu einer Bank und setzten sich.

„Ich hätte Mr. Binkley sagen sollen, wohin ich Sie bringe. Wenn ich es selbst gewusst hätte. Dann wäre er zweifellos bereits mit Erfrischungen hier."

Sie musste lachen, als sie sich vorstellte, wie er zwischen den hohen Pflanzen hindurchlief und unter den Hecken hindurchkroch, um ihnen zuvorzukommen.

„Das ist ein herrlicher Klang", sagte der Graf, und ihr Lachen erstarb in ihrer Kehle. Gleichzeitig stieg ihr die Hitze in die Wangen.

Würde er ihr den Hof machen, wäre es völlig unangemessen, dass sie sich in den abgelegenen Garten begeben hatten und nun allein zusammensaßen. Sie konnte nur erahnen, was die Mitglieder der feinen Gesellschaft dazu sagen würden. Und was würde wohl ihre Mutter dazu sagen?

„Jemand sollte in der Mitte jedes Gartens eine sehr lange Zugschnur anbringen", schlug Jenny vor. „Dann könntet Ihr einen Diener rufen, wann immer Ihr es wünscht. Ich bin überrascht, dass niemand diesen Einfall hatte."

Simon Deveres Augenbrauen zogen sich nach oben. „Das ist eine recht ungewöhnliche und brillante Idee, Miss Blackwood. Allerdings wird dadurch das Gefühl der Abgeschiedenheit und Einsamkeit, das man in einem Garten auf dem Lande oft sucht, etwas getrübt, ganz zu schweigen davon, dass die Ruhe durch Diener gestört wird, die mit Erfrischungen hin und her huschen."

„Denkt nur an die zusätzliche Arbeit für die Bediensteten", bemerkte sie.

„Es könnte ihnen gefallen, sich mehr draußen aufzuhalten", überlegte er. „Ich werde über ihren Vorschlag nachdenken. Vielleicht könnten lange Seile verlegt werden oder von den Bäumen heruntergehangen werden."

Sie war sicher, dass ihr Gesicht ihr Entsetzen ausdrückte.

„Ich scherzte nur, Mylord."

Der Graf grinste. „Genau wie ich."

Ihr Atem stockte. Wer könnte glauben, dass der Mann, der noch vor einer Woche in der Dunkelheit gesessen hatte, jetzt Witze machte? „Ihr habt mich getäuscht."

Er nickte leicht. „Ich genieße es wirklich, Zeit mit Ihnen zu verbringen."

Bevor sie etwas sagen konnte, fügte er hinzu: „Ich kann nicht ganz glauben, dass ich hier draußen im Garten sitze. Mit Ihnen."

Er nahm ihre behandschuhte Hand, die auf ihrem Schoß ruhte, und seine Finger berührten kurz ihren Schoß und strichen über ihren inneren Oberschenkel. Sie spürte, wie sie ein Schauer durchfuhr. Der Graf schien es nicht zu bemerken.

„Dies ist einer der Orte, den ich mir vorstellte, als ich in Gefangenschaft war. Mit geschlossenen Augen sah ich präzise Details." Er schloss seine Augen, während sie im ins Gesicht sah, und sie fühlte sich durch seinen sprunghaften Wechsel von Themen und Interessen aus dem Gleichgewicht gebracht.

Außerdem hatte sie mit dem seltsamen Gefühl zu kämpfen, dass ein Mann ihre Hand fest in seiner hielt. Der Vicomte hatte noch nie mehr getan, als ihren Unterarm unter den seinen zu legen und auf der Veranda des Balls, an dem sie gerade teilnahmen, herumzuspazieren. Nichts in ihrer begrenzten Erfahrung hatte sich jemals so intim angefühlt wie die Berührung des Grafen.

„Ich baute diesen Ort in meinem Gedächtnis nach. Genau so. Das Gefühl dieser kalten Steinbank, das durch meine Hosen sickerte, ganz gleich, wie heiß der Tag war. Der Duft von Rosen und wie sich der Geruch des Gartens mit den Jahreszeiten verändert. Die Erscheinung des Geißblattes zu unserer Rechten und der Birnbaum, der sich über uns erhebt."

Er hatte mit jeder Äußerung recht.

„Kommen Sie, schließen Sie Ihre Augen, schnuppern Sie den Duft der verschiedenen Gewächse und versuchen Sie, sich die Pflanzen vorzustellen."

Sie zögerte, doch seine Augen waren noch immer geschlossen, also tat sie, was er verlangte. Sobald ihr Augenlicht erloschen war, wurde sie sich ihrer vereinten Hände überdeutlich bewusst. Sein Daumen streichelte ihre behandschuhte Handfläche und verursachte ein kribbelndes Gefühl in ihrem Arm. Sie zuckte ein wenig zusammen, doch als er ihre Hand ermutigend drückte, beruhigte sie sich.

„Sind Ihre Augen geschlossen?", fragte er.

„Ja."

„Können Sie nun alles deutlicher riechen?"

„Ja."

„Als ich in der Zelle war, konnte ich schwören, dass ich die Blumen riechen konnte, wenn ich mich nur genug bemühte. Und ich versuchte es. Jeden Tag. Ich hoffte, wenn ich mich an jedes Detail meines Zuhauses erinnern könnte, dass ich eines Tages von der imaginären Bank aufstehen und nicht nur in diesem Garten herumlaufen könnte, sondern es bis ins Haus schaffen würde."

„Das ist eine verständliche Hoffnung", sagte sie und ihr Herz schmerzte bei der Vorstellung seiner Gefangenschaft.

„Wenn ich Sie gekannt hätte, Genevieve, hätte ich mir vorgestellt, mit Ihnen hier zu sitzen, wie wir es jetzt tun."

Als sie hörte, wie der Graf ihren Namen sagte, während sie ihre Augen geschlossen hatte und ihre Hand in seiner lag, durchfuhr sie ein weiterer Schauer. Wenn er ihren Namen sagte, klang er nicht albern, sondern romantisch und sogar sinnlich.

Sie öffnete ihre Augen und lehnte sich von ihm weg. *Was tat sie da?* Selbst jemand, der so exzentrisch war wie sie, die sich häufig über die konventionellen Regeln hinwegsetzte, wusste, dass sie damit zu weit ging. Sie riss ihre Hand aus seinem Griff und erwartete, dass er die Augen öffnen würde, doch das tat er nicht.

Der Graf keuchte, kniff seine Augen fester zusammen, und dann, mit einem gequälten Heulen, bedeckte er sein Gesicht mit seinen Händen.

Guter Gott, was war los? Jenny sprang auf und stellte sich vor ihn, wobei ihre Knie beinahe seine berührten.

„Mylord?"

„Nein, nein, nein", stöhnte er. „Sie sind nicht real. Nichts von all dem ist real."

„Bitte", flehte sie und hockte sich hin. „Öffnet Eure Augen. Es ist alles real. Ich bin hier."

Er stöhnte laut. „Ich will nicht zurück dorthin." Er löste seine Hände von seinem Gesicht, doch seine Augen blieben geschlossen.

„Dämonin, sind Sie noch da? Waren Sie je hier?" Seine Atmung war unregelmäßig und er schüttelte den Kopf.

Als Jenny erkannte, dass er in seine frühere Hysterie zurückfiel, nachdem sie den Körperkontakt unterbrochen hatte, ergriff sie schnell seine Hände mit ihren eigenen.

Er wurde ruhig und fast sofort wurde seine Atmung regelmäßiger.

„Ich habe Angst", flüsterte er und ihr Herz zerschmolz.

„Simon." Sie sagte zum ersten Mal laut seinen Vornamen. „Ich *bin* real." Sie drückte seine großen Hände. „Ihr *seid* zu Hause. Ich verspreche es. Bitte öffnet Eure Augen."

Der Graf sagte nichts mehr, doch er wurde sichtlich ruhiger. Sein Gesicht entspannte sich und endlich, als würde ihr stilles Gebet beantwortet, öffnete er seine Augen.

Solch schöne und doch bekümmerte blaue Augen, dachte sie.

Als er sie direkt ansah, verströmte er Traurigkeit wie den Duft der Blumen, an die er sich in seiner Gefangenschaft so lebhaft erinnert hatte.

Mit einem Mal riss der Graf sie nach vorne und drehte sie so, dass sie fest auf seinem Schoß landete. Er ließ ihre Hände los, nur um seine eigenen in ihrem Haar zu vergraben, seine Finger auf beiden Seiten ihres Kopfes zu verflechten und die sorgfältig frisierten Locken zu zerstören.

„Du bist real!" Er senkte seinen Kopf und eroberte ihre Lippen.

Jenny versuchte zu protestieren, aber ihre Worte wurden von seinem Mund gedämpft. Als er sich dann bewegte und seinen Mund perfekt an ihren anpasste, beschloss sie, dass es keinen Grund gab, sich zu beschweren.

Sein Kuss war himmlisch. Seine Wirkung durchströmte sie von ihrem Kopf bis zu ihren Zehen, die sich jetzt in ihren Stiefeln krümmten, während er seinen sinnlichen Angriff fortsetzte. Außerdem durchdrang die Hitze seiner Schenkel ihr Tageskleid und wärmte die Stellen, die durch die unnachgiebige Marmorbank gekühlt worden waren.

„Du schmeckst wie Sonnenschein", murmelte Simon an ihrem Mund, bevor er ihn erneut eroberte.

Sie war an der Reihe, ihre Augen fest verschlossen zu halten, denn Jenny konnte ihre Lider nicht heben, während der Graf sie so gekonnt küsste.

Als er seine Hände von ihrem Kopf löste, um ihre Taille zu umschließen und sie festzuhalten, empfand sie es als ganz natürlich, ihre Arme vorne an seinem Mantel hochgleiten zu lassen und ihre Hände hinter seinem Nacken zu verschränken, wobei sie die Seidigkeit seines dunklen Haares spürte. Ihr Kuss dauerte an und sie konnte sich keinen Grund vorstellen, warum er jemals enden sollte.

Und dann hörte sie den Klang von Kinderlachen, das näherkam.

KAPITEL ELF

Jennys verwirrtes Gehirn schien nicht zu wissen, was es ihrem Körper sagen sollte. Es war Simon, der sie von seinem Schoß auf ihren vorherigen Platz auf der Bank hob, bevor er aufsprang und sich von ihr entfernte. Wenige Sekunden später tauchten Alice und Peter auf.

Es war das erste Mal, dass Jenny seine Lordschaft in der Gegenwart der Kinder sah. Sie hoffte, er würde ihnen keine Angst einjagen. Sie ihrerseits widerstand dem Impuls, sich mit der Hand ins Haar zu fassen und die Aufmerksamkeit auf ihr zerzaustes Äußeres zu lenken.

Maude Deveres Nachwuchs blieb abrupt stehen, als sie den kreisförmigen Mittelpunkt des Gartens betraten und sahen, dass er bereits besetzt war.

„Oh", quiekte Alice.

Peter sagte nichts und starrte nur von Jenny, die er erkannte, zu dem Grafen, der allen dreien in diesem Moment den Rücken zuwandte.

„Dies ist die Blume, die ich meinte, Miss Blackwood", sagte Simon laut und pflückte eine rosa Stockrose in voller Blüte, bevor er sich zu ihr umdrehte und durch das Erscheinen der Kinder erschrocken wirkte.

Kein schlechter Schauspieler, dachte sie. Auch wenn er sehr taub sein müsste, um ernsthaft überrascht zu sein, sie zu sehen, als er sich umdrehte.

Seine Täuschung wich echter Verwunderung. Sie konnte es in seinem Gesicht sehen. Er wirkte tatsächlich fasziniert von ihnen.

„Wie du gewachsen bist! Du hast mir nur bis hierhin gereicht", sagte er zu Peter und hielt seine Hand auf Taillenhöhe. „Und du", sagte er. „Du wurdest noch am Gängelband geführt."

„Wirklich?", fragte sie. „Wer bist du?"

„Ich bin Simon Devere."

„Ich bin Peter Devere", sagte der kleine Junge, bevor er sich verbeugte wie ein Erwachsener.

„Das ist nicht nötig. Wir sind eine Familie", beharrte Simon. „Dein Vater …" Er sah Jenny unsicher an, und sie nickte ermutigend. „Dein Vater war mein Cousin und ein guter Freund."

„Ich erinnere mich weder an dich noch an ihn", erklärte Alice und kam auf Jenny zu, um sich neben sie zu setzen.

Peter blieb allerdings stehen und starrte den Grafen an. „Warst du bei unserem Vater, als er starb?"

„Das war ich."

Jenny konnte ein Wechselbad der Gefühle auf dem Gesicht des Grafen sehen. Zweifellos überfielen ihn die Erinnerungen ungewollt. Würde der bloße Gedanke an Tobias Devere einen weiteren Anfall auslösen? Sie sprach ein stilles Gebet für ihn, dass dies nicht der Fall sein möge.

Peter starrte diesen unerwarteten Mann im Garten weiter an. Simon trat näher an den Burschen heran und sah ihm ins Gesicht.

„Du bist das Ebenbild deines Vaters."

Daraufhin strahlte der Junge förmlich.

„Er sprach oft und voller Stolz von dir", fügte Simon hinzu.

„Was ist mit mir?", fragte Alice von ihrem Platz an Jennys Seite aus.

Der Graf wandte sich ihr zu. „Du warst sein kleiner Engel. Es tut mir leid, dass du dich nicht an deinen Vater erinnerst, aber er dachte ununterbrochen an euch beide."

Jennys Herz schmerzte für sie. Und dann wurde ihr auf einmal klar, dass sie Lord Lindsey noch nicht von seinem Vater berichtet hatte. Glücklicherweise hatten die Kinder nichts über den alten Grafen gesagt.

„Ist meine Schwester heute nicht hier?", fragte sie die Kinder, in dem Versuch, vom Thema der Väter abzulenken.

„Meister Käsegesicht ist gerade gegangen", sagte Alice.

Jenny hörte, wie der Graf sanft wiederholte: „Käsegesicht?"

Peter meldete sich zu Wort. „Miss Margaret war heute Morgen hier."

„Oh, natürlich." Jenny hätte es wissen müssen, doch sie hatte ihr Zeitgefühl gänzlich verloren, während sie bei Simon war. Während sie mit ihm sprach, ihn berührte, ihn küsste! „Trotzdem solltest du den Mann nicht so nennen, Miss Alice."

Das kleine Mädchen kicherte.

„Wie nennt ihr meine Schwester, wenn sie nicht in Hörweite ist?"

Alice lächelte. „Miss Schönheit."

Jenny sah zu Simon und fragte sich, was er über das alles dachte. Immerhin hatte er sie nur wenige Minuten zuvor geküsst, und sie war die Unscheinbarste der Blackwoods. Wie viel besser würde Maggie zu einem so gut aussehenden, mächtigen Mann passen? Doch der Gedanke, dass ihre Schwester mit Lord Lindsey eine Beziehung eingehen könnte, bereitete ihr deutliches Unbehagen. Mehr noch.

Sie stand auf und nahm dabei Alices Hand.

„Ich schätze, wir sollten ins Haus zurückkehren", sagte Jenny. „Ich sollte mich verabschieden." Sie konnte wohl kaum im Garten verweilen, bis die Kinder hineingingen, und ihn dann mit der Nachricht vom Tod seines Vaters überfallen. Vielleicht könnte sie ihn unter dem Vorwand wieder besuchen, ihm von seiner Buchhaltung zu erzählen.

Da er Jenny nicht den Arm reichen konnte, während sie Alices Hand hielt, konnte Simon nur auf der anderen Seite an sie herantreten und sie fragen: „Darf ich Ihnen den Rest der Gärten an einem anderen Tag zeigen?"

„Ja. Sehr gerne. Ich möchte Afrika und Europa sehen. Und ich werde Euch alles berichten, was ich aus der Buchhaltung der Besitztümer lernen konnte."

Sie schenkte ihm ein Lächeln. Tatsächlich würde sie es begrüßen, sich wieder von ihm küssen zu lassen, doch das würde definitiv Ärger bedeuten. Außerdem war es nicht durch echte Leidenschaft zwischen ihnen geschehen, sondern aufgrund seines geistigen Zustands. Der arme Mann hatte nur die Gewissheit gebraucht, dass er wirklich in dieser Welt war und nicht in einer anderen.

Jenny und Alice gingen den Weg zurück, während Peter und der Graf hinter ihnen herliefen. Sie waren fast an der Veranda angekommen, als sie Ned um die Ecke des Hauses biegen sah. Er ging halb im Schritt, halb im Trab auf sie zu.

„Jenny", rief er. „Ich habe nach dir gesucht."

Sie spürte, wie ihre Wangen bei dieser Benutzung ihres Rufnamens warm wurden, von einem Mann, den die Kinder und der Graf nicht kannten. Wie unverschämt von ihrem Cousin. So beschämend! Doch seinem Tonfall nach zu urteilen, stimmte etwas nicht.

„Was ist geschehen?"

Ned hielt inne, um sich vor dem Grafen zu verbeugen, dann sah er sie direkt an. „Es geht um Thunder. Dieses verdammte Tier. Er erschrak und brachte George beinahe um—"

Die kleine Alice keuchte und Jenny ließ ihre Hand los, dann trat sie vor, gerade als der Graf dasselbe tat.

„Wer ist dieser George?", forderte Simon.

Sie sah ihn an. „Unser Stallbursche."

Als sie sich bewusst wurde, dass sie den Grafen ihrem Cousin noch nicht vorgestellt hatte, setzte sie zum Antworten an, doch bevor sie noch etwas sagen konnte, fügte Ned hinzu: „Deine Mutter möchte, dass du sofort nach Hause kommst. Ich habe meine Kutsche mitgebracht, um dich abzuholen.“

„Wurde nach dem Doktor geschickt?“

„Henry wurde sofort dafür ausgesandt.“

„Unser Diener“, teilte sie Simon mit, bevor er fragte. Dann sagte sie zu Ned: „Ich muss auf dem Weg nur meinen Pompadour aus dem Foyer holen.“

„Wenn ich irgendetwas tun kann …“, bot Simon an.

„Das ist sehr liebenswürdig von Euch, Mylord. Ich bin sicher, wir können es bewältigen.“

Ned griff nach ihrem Arm und sie ließ ihn gewähren.

„Das verdammte Pferd ist außerdem entlaufen“, fügte er hinzu.

Armer Thunder. Wenn er George wirklich verletzt hatte und dann entlaufen war, was würde dann aus ihm werden? Und die Köchin musste sich in einem Panikzustand befinden, wie es jede Mutter vor Sorge um ihren Sohn wäre.

„Komm, Ned, beeilen wir uns.“ Jenny nickte Simon und den Kindern über ihre Schulter hinweg zu und eilte durch den Hintereingang, statt um das ganze Haus herumzulaufen.

Sobald der Kutscher ihres Cousins ihr in den Einspänner geholfen und die Tür hinter Ned, der nach ihr einstieg, verriegelt hatte, trieb er die Pferde in einen schnellen Trab. Zu Jennys Entsetzen blieb ihr Cousin dicht an ihrer Seite, zu dicht, denn sein knochiger Oberschenkel und seine Schulter berührten ihre eigene.

Sie seufzte innerlich, tadelte ihn aber nicht, denn sie war zu dankbar, dass Ned und Henry die Situation, die sonst auf ihren Schultern gelastet hätte, bereits gut unter Kontrolle gebracht hatten.

„Als der Butler sagte, dass du mit dem Grafen draußen im Garten bist, war ich etwas besorgt, muss ich zugeben“, sagte Ned und riss sie aus ihren privaten Gedanken. „Ich war sehr erleichtert zu sehen, dass ihr von zwei Kindern begleitet wurdet. Ungeeignet als Aufsichtspersonen, aber dennoch zweifellos effektiv.“

Zweifellos effektiv! Als könne man ihr und Simon ohne die Kinder nicht trauen. Als ob sie allein plötzlich übereinander herfallen würden, nur weil sie ein Mann und eine Frau waren.

Jenny fuhr Ned beinahe an, als sie sich daran erinnerte, wie leicht sie und der Graf von einer Unterhaltung wie unter Freunden zu einem Kuss wie unter Liebenden übergegangen waren. Sofort stieg ihr die Schamesröte in die Wangen. Sie lehnte sich von Ned weg und wandte ihr Gesicht dem Kutschenfenster zu.

„Wahrlich, Ned, ich verstehe nicht, warum mein Aufenthaltsort oder meine Begleiter für dich dein Anliegen sein sollten.“

„Das liegt nur daran, dass wir noch nicht das Gespräch geführt haben, um das ich heute Morgen bat. Ich glaube, dass der glückliche Ausgang unserer Unterredung deine Aktivitäten zu meinem Anliegen machen wird.“

Jenny schnalzte mit der Zunge. Zum Glück waren sie bald zu Hause.

„Dies ist wohl kaum der Zeitpunkt dafür, wo George verletzt und mein Pferd verschwunden ist. Wohl kaum“, wiederholte sie, in der Hoffnung, er würde den Wink beherzigen und erkennen, dass es niemals einen guten Zeitpunkt dafür geben würde. „Ich danke dir, dass du mich abgeholt hast.“

Ned ließ nicht von ihr ab. „Ich werde noch mehr helfen, wenn unsere Haushalte verbunden sind.“

Sie konnte sehen, wie ihr schönes Haus in Sicht kam, doch aus der fahrenden Kutsche zu springen, wäre sicherlich nicht ihre beste Entscheidung.

„Unsere Haushalte sind in gewisser Weise bereits verbunden“, sagte sie ihm, während sie weiter aus dem Fenster sah. „Schließlich bist du mein Cousin zweiten Grades.“

„Nur durch Heirat“, erinnerte er sie. „Wenn die Umstände so verlaufen wie gewünscht, kannst du aufhören, die Gehilfin deiner Mutter zu sein, die ihr immer zur Verfügung steht.“

„Es gefällt mir, meiner Mutter zu helfen“, beharrte Jenny. Und ihre derzeitigen Umstände waren um Längen wünschenswerter, als Ned immer zur Verfügung zu stehen.

Fast da. Sie umklammerte den kleinen Messing-Türgriff.

„Deine Mutter sollte erneut heiraten. Es ist der natürliche Gang der Dinge. Eine Frau ehelicht einen Mann. Meinst du nicht auch?“

Jenny stimmte ihm nicht zu. Tatsächlich hielt sie ihn für unglaublich ungehobelt. „Was meine Mutter angeht, wo glaube ich, liegt der Tod meines Vaters noch nicht lange genug zurück.“

„Und was dich angeht?“, beharrte Ned. „Guinevere, willst du—“

Sie fing fast an zu lachen, als sie herausfand, dass Ned ihren echten Namen nicht kannte. Doch dies war nicht der Moment zum Lachen.

Die Kutsche hatte angehalten, schaukelte aber immer noch, als sie den Griff drehte und die Tür aufstieß, ehe sie auf den Boden sprang und Neds Diener erschreckte, der gerade vom Fahrersitz kletterte.

„Ich muss nach George sehen. Vielen Dank noch mal.“ Damit eilte Jenny nach drinnen und ließ Ned in seiner Kutsche zurück.

ZUM GLÜCK HATTE GEORGE höchstens eine angeknackste Rippe, die ihm der Hinterlauf des Pferdes verpasst hatte. Mit Blutergüssen übersät, entschuldigte er sich überschwänglich.

Jenny versuchte nicht an die Arztkosten zu denken. Es war eine notwendige Ausgabe gewesen. Sie erlaubte dem Jungen, seine Geschichte zu erzählen.

„Im einen Moment war Thunder mir zugewandt und sah ganz ruhig aus, und im nächsten muss er ein Geräusch gehört haben. Er drehte sich um und trat mich."

„Du hattest Glück, dass es nicht dein Gesicht getroffen hat", sagte die Köchin. Sie saß neben ihrem Sohn auf der Bettkante. „Du könntest ein Auge verloren haben, mein armer Georgie."

„Mir geht es gut, Mum. Ich werde bald wieder auf den Beinen sein. Du hast den Doktor gehört."

„Er kommt wieder in Ordnung", sagte Jenny zu niemand bestimmten, weil die Worte beruhigend klangen. „Doch wir müssen Thunder finden, bevor er sich noch weitere Verletzungen zuzieht."

Als Jenny sich zu ihrer Mutter umdrehte, die sie erwartungsvoll anstarrte, wurde ihr klar, dass es ihre Aufgabe sein würde, genau das zu tun: das verflixte Pferd zu finden. Henry konnte nicht reiten, und George war nicht zu mehr in der Lage, als sich auszuruhen und sich zu erholen. Und dann war da noch Ned, der nicht einmal angeboten hatte, mitzukommen, und sich lauthals darüber beschwerte, dass es ein törichtes Unterfangen sei und dass das verfluchte Pferd wahrscheinlich in einen Graben gefallen war.

„Gut, dass wir ihn los sind", fügte er hinzu und verschwand.

Sie brachte es nicht übers Herz, sich zu ärgern. Wie sich herausstellte, hatte er eine Heidenangst vor Pferden, genau wie Maisie es Tage zuvor behauptet hatte, da er als Junge abgeworfen worden war. Jenny mochte schließlich auch keine Spinnen, doch eine solche Ausrede hatte sie nicht.

Nachdem sie sich eine alte Reitkutte angezogen hatte, sattelte Jenny Lucy, packte ein Seil und Zaumzeug in eine Satteltasche und ein paar Karotten in die andere. In der Gewissheit, dass ihr Stallbursche in guten Händen war, machte sie sich allein auf den Weg und durchstreifte die Umgebung auf der Suche nach Thunder.

Maggie, Eleanor und Maisie erwogen, sie zu begleiten, doch sie wies sie an, zu Hause zu bleiben. Erstere war in Jennys Augen zu feminin, und wenn sie nicht gerade jemanden brauchte, der mit Thunder flirtete oder mit ihm Französisch sprach, war Maggie nutzlos. Was die jüngeren Mädchen anging, so waren sie zu laut, redeten und lachten ständig. Sie würden Thunder erschrecken, bevor sie sich ihm auf fünfzig Meter nähern konnte.

Glücklicherweise konnte George sehen, in welche Richtung das Pferd gerannt war, und sie und Lucy folgten diesem Weg pflichtbewusst. Es war nicht sehr schwer, die Spur des Tieres aufzunehmen. Aufgrund seiner Größe und seines mürrischen Charakters hatte er so manches Gebüsch umgerissen und viele Pflanzen auf seinem Weg zertreten. Trotzdem dauerte es so lange, bis sie das Tier gefunden hatte, dass Jenny der Schweiß auf der Stirn stand und sie verärgert war, als sie Thunder endlich entdeckte.

Die Erleichterung, ihr Pferd aufrecht und scheinbar unverletzt zu sehen, wich schnell der Angst, als sie seine missliche Lage erkannte. Thunder hatte einen schmalen Bach überquert, wahrscheinlich im Affentempo, und war dann auf einen Felsvorsprung und einen tief hängenden Baum gestoßen, die ein Weiterkommen verhinderten. Leider war das Pferd offensichtlich nicht gewillt, den Bach erneut zu überqueren, da es nun Zeit hatte, darüber nachzudenken.

Es machte keinen Sinn, die sanftmütige Lucy zu zwingen, den Bach zu überqueren, nur um sich zu dem reizbaren und unberechenbaren Thunder auf einem winzigen Stück Gras zu gesellen.

Jenny stieg ab und band Lucy an einer tief hängenden Ulme fest. Dann zog sie eine Karotte aus der Satteltasche und hielt sie Thunder entgegen. Das Pferd legte tatsächlich den Kopf schief und starrte sie und das Angebot an, als ob sie viel von ihm für wenig verlangen würde.

Ein paar Minuten lang pfiff und rief sie ihm zu, bis sie schließlich aufgab, ihre Füße trocken zu halten. Sie musste sich ihrer eigenen Angst stellen, den Bach zu überqueren und einem Pferd gegenüberzustehen, das sie überragte. Sie fühlte sich der Aufgabe nicht gewachsen und wusste, dass die einzige Person, die sie um Hilfe bitten wollte, nicht in der Lage war, sie zu leisten.

So fand sich Jenny am Rande des Baches wieder und stand einem aufgeregten Pferd gegenüber. Sie hielt die Karotte wie ein Schutzschild vor sich, hob mit der anderen Hand ihre Röcke an und trat in den Bach. Das Wasser spritzte in ihre Reitstiefel.

„Thunder!", rief sie aus, anstatt die wenig damenhaften Flüche zu äußern, die sie gerne ausgestoßen hätte. Es war ihr furchtbar unangenehm, und sie bewegte sich schnell auf die andere Seite.

Als sie sich näherte, wich das Pferd einen Schritt zurück und stieß gegen einen stacheligen Ast, der es veranlasste, seine Hufe in die feuchte Erde zu stemmen und den Kopf zu schütteln.

Sie zögerte und kam sich dumm vor, als sie mit einer Karotte in der Hand dastand, doch sie streckte die Hand nach dem Tier aus. Natürlich hätte sie stattdessen nach Zaumzeug und Seil greifen sollen, aber sie hatte nur daran gedacht, Thunder mit einer Leckerei zu beruhigen.

Als sie näher kam, bäumte sich das Pferd tatsächlich auf. Von ihrem Platz am abschüssigen Ufer aus stellte Jenny fest, dass Thunder größer aussah. Erschreckend groß. Sie hatte sich verkalkuliert, fürchtete sie. Vielleicht würde es sie teuer zu stehen kommen.

Hastig wich sie ins Wasser zurück und überlegte, wie sie sich verhalten sollte. Steckten sie in einer Pattsituation?

„Jenny!" Auf unerklärliche Weise erklang die unverwechselbare Stimme von Simon Devere. Sie konnte sich jedoch in keiner Weise vorstellen, wie der Graf von Lindsey dort sein konnte.

„Raus aus dem Bach", befahl er, „und weg von dem Pferd."

Wäre Ned herangeritten und hätte so etwas gesagt, hätte sie einen Wutanfall bekommen, weil sie wie ein Kind herumkommandiert wurde, und dann hätte sie wahrscheinlich das Gegenteil von dem getan, was er sagte. Doch bei Simon gehorchte sie folgsam.

Im Nu war sie wieder auf seiner Seite des Baches und sah zu, wie Lord Lindsey von einem schönen gescheckten Schimmelwallach abstieg.

SIMON BEGUTACHTETE DIE JUNGE Frau von oben bis unten. Jenny schien unverletzt, wenn auch offensichtlich nass und in Gefahr. Wenn sie diesem verängstigten Tier nähergekommen wäre, hätte sie getroffen werden können. Direkt auf ihren schönen Kopf.

„Ich kann nicht glauben, dass Sie allein hierhergekommen sind, um ein möglicherweise verletztes und mit Sicherheit verstörtes Pferd einzufangen.“

„Wenn nicht ich, wer soll es sonst tun?“, fragte sie und starrte ihn an, als wäre er ein Geist aus dem Jenseits.

„Ihr Freund“, sagte der Graf. „Der, der Ihren Arm gepackt und sie fortgezerrt hat.“

„Oh, Ned“, sagte sie abweisend. „Mein Cousin.“

Die Nachricht, dass der Mann, der Jenny ihm entrissen hatte, ihr Cousin war, trug nicht dazu bei, Simons Verärgerung zu lindern. Der Mann war Jenny gegenüber im Belton Manor gnadenlos forsch gewesen und hatte dann die Unverfrorenheit besessen, sie allein einen gefährlichen Rettungsversuch unternehmen zu lassen.

Offensichtlich fehlte diesem Ned jede geschätzte Tugend, auch die der Ritterlichkeit.

„Cousin oder Verehrer“, sagte Simon, „er sollte hier sein, nicht Sie.“

Sie zuckte die Achseln. „Die Frage ist, Mylord, wie um alles in der Welt seid *Ihr* hierhergekommen?“

„Ehrlich gesagt weiß ich es selbst kaum.“ Er band sein Pferd in der Nähe von Lucy fest. „Um ganz offen zu sein, und ich glaube, das kann ich bei Ihnen, als Sie weggingen, um sich um Ihren verletzten Stallburschen und Ihr Pferd zu kümmern, war ich nicht auf den Zorn vorbereitet, der mich überkam.“

„Zorn?“

Er nickte. „Ja, ich war zornig auf mich selbst. Alles in mir wollte Ihnen helfen, und doch erschien mir der Gedanke, mich hinauszuwagen, wie eine unmögliche Aufgabe. Wie lächerlich!“

„Nein, Mylord. Nicht lächerlich. Nicht nach dem, was Ihr durchgemacht habt.“

„Dennoch hat mich die gegenwärtige Intensität meiner eigenen Angst in der Tat zunächst verärgert und dann schockiert. Als Sie mich mit den Kindern zurückließen, wurde mir klar, wie leid ich es bin, Angst zu haben, vor allem, wenn ich nicht genau bestimmen kann, wovor ich Angst habe. Ich habe wertvolle Zeit damit vergeudet, in meinem Zimmer herumzustehen und mich dazu durchzuringen, Ihnen zu folgen.“

„Nun seid Ihr hier“, sagte sie sanft. „Und ich bin überaus dankbar.“

Er wies ihre beschwichtigenden Worte zurück. „Ich bin kein feiger Taugenichts, kein Nörgler, der andere tun lässt, was ich gut kann. Ich kann gut mit Pferden umgehen, zumindest konnte ich das einst.“

Simon hatte immer eine Vorliebe für Pferde gehabt. Das Reiten war ihm in die Wiege gelegt worden, und er hatte eine ganze Reihe von Pferden für die Ställe seines Vaters zugeritten. Er hoffte, dass er es immer noch beherrschte. Er musste Jenny nicht erzählen, wie er eimerweise geschwitzt und die Zähne zusammengebissen hatte, bis er sie fast zerbrochen hatte, während er darauf wartete, dass sein eigenes Pferd gesattelt wurde. Ein halbes Dutzend Mal wäre er beinahe in sein Zimmer geflüchtet.

Sobald er auf Luster saß, seinem Lieblingspferd, das ihn auch nach drei Jahren noch auf den ersten Blick zu erkennen schien, hatte Simon erleichtert festgestellt, dass er sich vollkommen wohlfühlte. Dann war er wie der Teufel zum Landhaus ihrer Familie geritten, nur um festzustellen, dass sie sich allein auf den Weg gemacht hatte.

„Ich bin wahrlich dankbar, Mylord. Thunder erschient mir auf unerklärliche Weise hier draußen größer." Sie wedelte mit den Armen, wobei sie noch immer eine traurige, schlappe Karotte in ihrer Hand hielt.

Simon ignorierte ihre plausible Erklärung und ihr liebenswertes Lächeln, ging zu der Stute, die Jenny sicher angebunden hatte, und begann, in der Satteltasche zu kramen.

Noch mehr verfluchte Karotten! Was in aller Welt hatte sie sich nur dabei gedacht?

„Ich weiß, dass Sie irgendwo Zaumzeug und ein Seil verstecken."

„In der anderen Tasche, Mylord. Ich kann noch immer nicht glauben, dass Ihr hier seid! Wie um alles in der Welt habt Ihr mich gefunden?"

Er warf ihr einen Blick zu. In der Nachmittagssonne sah sie besonders reizvoll aus, mit ein wenig Schmutz auf der Nase und einem Kleid, das an ihren Knöcheln festklebte und die Umrisse ihrer Beine offenbarte. In der Tat sah sie unendlich küssenswert aus, und er rechnete damit, dass sich in naher Zukunft eine weitere Gelegenheit ergeben würde, ihre süßen Lippen zu kosten.

„Bitte, nennen Sie mich Simon. Dafür sind wir nun wohl gut genug befreundet, meinen Sie nicht?"

Ihre Wangen färbten sich rosa. Er hatte sie nicht in Verlegenheit bringen wollen. Wenn jemandem etwas peinlich sein sollte, dann ihm, besonders nach seinem jüngsten Gefühlsausbruch im Garten.

„Woher wusstet Ihr, dass ich Zaumzeug und ein Seil bei mir habe?", fragte sie.

„Weil Sie ein praktisch veranlagtes Mädchen sind."

„Ja, natürlich."

Sie klang fast so, als hätte er sie beleidigt.

„Wie habt Ihr mich gefunden?"

Aus ihrer anderen Satteltasche zog Simon ein recht altes, kurzes Seil, bei dessen Anblick er mit den Augen rollte, und dann ein abgenutztes, jedoch brauchbares Zaumzeug.

„Ich bin kein militärischer Fährtenleser, aber dies war eine recht einfache Expedition, und Ihre Mutter wies mir die richtige Richtung. Nun bleiben Sie hier und lassen Sie mich einen Blick auf das Tier werfen."

Er vergewisserte sich, dass sie zustimmend nickte, denn er durfte nicht riskieren, dass sie plötzlich an seinem Arm hing und wieder in Gefahr geriet, und stieg in das kühle Wasser. In wenigen Augenblicken hatte er den Bach durchquert und stand nun dem unglückseligen Thunder gegenüber.

„Du siehst nicht glücklich aus", murmelte Simon in einem sanften Tonfall. „Sieh nur, das Weiß deiner Augen. Und solch geblähte Nüstern. Komm schon, alter Junge. Niemand will dir wehtun. Ich möchte dich nur auf die andere Seite des beängstigenden Wassers zurückbringen."

Je mehr er sprach, desto ruhiger wurde das Pferd. Irgendwann senkte es den Kopf und wandte sich dem grünen Gras zu, riss es aus der Erde und fraß.

Simon hatte Thunder noch immer nicht berührt, doch nun hob er ganz langsam seine Hand vor die Nüstern des Pferdes und stellte sicher, dass es ihn sah, bevor er es von der Stirn bis zum Maul streichelte. Dann beugte er sich vor, um seinen Hals zu streicheln.

So weit, so gut.

Er hob seine andere Hand, sodass das Pferd sie deutlich sehen konnte, führte das Zaumzeug heran und streifte es dem Pferd über den Kopf. Kinderspiel. Doch sobald er auf die linke Seite des Pferdes trat und versuchte, die Schnalle zu schließen, scheute es zurück. Als er es erneut versuchte, zuckte es mit dem Kopf zur Seite und scharrte mit den Füßen auf dem Boden.

Es war eine ausweglose Situation.

KAPITEL ZWÖLF

„Wie geht es voran, mein … *ähm*, Simon?", fragte sie. Jenny konnte sehr gut sehen, wie es voranging. Er antwortete nicht. Stattdessen stelle er ihr eine Frage.

„Erzählen Sie mir noch einmal, was mit diesem Pferd geschehen ist."

„Etwas hat ihn aufgeschreckt und er trat unseren Stallburschen."

Simon schüttelte ungeduldig den Kopf.

„Nein, davor. Was war der Anlass dafür, dass er sich anders zu verhalten begann als üblich?"

Sie legte ihren Kopf schief. Ihr kastanienfarbenes Haar, das sich während des Ritts gelöst hatte, fiel ihr über eine ihrer schlanken Schultern. Jetzt, wo die letzten Sonnenstrahlen auf sie fielen, sah sie warm und einladend aus, mit diesen großen braunen Augen und leicht geöffneten Lippen. Lippen, die sich sinnlich und weich unter seinen angefühlt hatten. Ihm wurde klar, dass sie sprach.

„Zuerst verletzte er sich am Bein; vorne rechts, wenn ich mich recht entsinne."

Simon sah nach unten. Unter dem Gelenk sah Thunders Bein verheilt aus und trug das Gewicht des Pferdes gut, dennoch konnte er die Stelle der Verletzung an dem lädierten Fell ausmachen.

„Dann steckte er seinen Kopf tief in einen Himbeerbusch. Danach war er nicht derselbe. George und ich schlossen aus Thunders Verhalten, dass er sich das linke Auge angekratzt haben könnte."

Simon begutachtete das Pferd. Wahrlich, sein Auge tränte stark, doch er konnte nichts feststellen, das einer Infektion gleichkam. Er hob eine Hand und das Tier bewegte sich nicht. Als Simon seine Handfläche allerdings näher an sein Auge bewegte, scheute Thunder davor zurück, als überrasche sie ihn."

„Was könnte dich beruhigen, du Biest?"

„Was habt Ihr gesagt?", rief Jenny.

Simon überlegte. „Sie haben wohl kein Tuch oder einen leichten Stoff bei sich?"

„Lucy hat eine Decke unter meinem Sattel. Sie hat knochige Hüften und—"

„Zu schwer."

Sie starrten einander über den Bach hinweg an.

„Dann habe ich wohl keine andere Wahl." Damit entledigte Simon sich seines Jacketts, das er über einen nahegelegenen Ast hing, dann entfernte er seinen Kragen und seine Manschetten, die er in die Taschen des Jacketts schob.

„Mylord?", fragte Jenny verwundert.

„Sie sollen mich Simon nennen", erinnerte er sie, während er sein Hemd aufknöpfte."

„Und Ihr solltet Euch nicht ausziehen", bemerkte sie.

„Mein Hemd hat das perfekte Stoffgewicht, um Thunders Augen damit zu bedecken. Das einzig andere Kleidungsstück, das dafür geeignet wäre, könnte ein Baumwoll-Unterkleid sein, falls Sie eines tragen. Ich gehe davon aus, dass Sie nicht den Wunsch hegen, sich bis auf dieses Gewand zu entkleiden."

„Auf keinen Fall", sagte sie mit erstickter Stimme, als er sein Hemd auszog und mit bloßem Oberkörper vor ihr stand.

Simon konnte nicht anders, als sie anzusehen. Da war diese hinreißende Röte ihrer Wangen, die immer dann aufblühte, wenn bestimmte Emotionen durch sie hindurchströmten. Vor seinem geistigen Auge konnte er sich ausmalen, wie sie vor ihm stand, nur mit einem Baumwollunterhemd bekleidet, das ihre Kurven umspielte.

Wie sehr würde sie erröten, wenn sie wüsste, woran er dachte?

„Wie auch immer", sagte er und lenkte seine Gedanken zurück zu seiner eigentlichen Aufgabe. „Was Thunder nicht sehen kann, wird ihn nicht ängstigen."

Wenn Simon nur dasselbe von sich sagen könnte. Doch in Wahrheit ging es um etwas Ähnliches. Wenn seine Augen geöffnet waren, musste er genau sehen, wo er war, und sich mit jeder Faser seines Seins an diese Realität klammern. Wenn er die Augen schloss, war er in Sicherheit, weder in dem höllischen Gefängnis in Birma noch in der paradiesischen englischen Natur, die unwirklich sein könnte. Mit geschlossenen Augen existierte er an einem Ort, an dem nichts existierte und ihm nichts genommen werden konnte.

Sicherlich brauchte auch Thunder diese Begnadigung.

„Ruhig, Thunder, Junge", murmelte er. „Dies wird dir gefallen, das ist ein Versprechen. Genau wie die, die diese reizende junge Dame dort drüben mir machte, und sie hielt sie ein. Sie sagte, sie würde zurückkehren, und sie tat es. Sie sagte, sie sei real, und sie ist es."

Indem er ein beruhigendes, einseitiges und recht albernes Gespräch mit dem Pferd führte, gelang es Simon, sein Hemd um den Kopf des Pferdes zu binden, seine Augen zu bedecken und es mit den Ärmeln zu fixieren. Thunder protestierte nicht und versuchte ebenso wenig, das Kleidungsstück abzuschütteln.

Und als Simon fertig war, schnallte er die baumelnden Enden des Zaumzeugs fest, die noch immer in der Luft baumelten, befestigte das Seil und trat in den Bach.

„Euer Gehrock", rief Jenny.

Ah, ja. Er war noch immer von der Taille aufwärts unbekleidet. Als er sie ansah, bemerkte er, dass sie ihn anstarrte. Gefiel ihr, was sie sah? Er wünschte, er hätte noch die Statur, die er vor drei Jahren gehabt hatte. Damals war er viel muskulöser gewesen, dank des Reitens, des Boxens mit Toby und den Übungen mit dem Rapier.

Nun war er zu dünn, obwohl Simon dank der Fürsorge seiner Köchin und des Drängens seines Butlers, etwas zu essen, nicht mehr der hagere Mann war, der er bei seiner Rückkehr nach England gewesen war. Zumindest waren seine Rippen nicht mehr allzu deutlich zu erkennen.

Trotzdem war er keine Errungenschaft, die Jenny anhimmeln konnte. Er könnte das ändern. Er *würde* das ändern.

Simon drehte um und nahm den Gehrock mit seiner freien Hand von dem Ast. Erneut stieg er in den Bach und zog am Seil, um Thunder zu signalisieren, ihm zu folgen. Das Pferd tat es und zögerte kaum, als es mit den Vorderhufen das Wasser berührte. In wenigen Augenblicken hatten sie den Bach überquert und standen sicher auf der anderen Seite.

Jenny klatschte sanft in die Hände, als hätte sie Angst, Thunder zu erschrecken, war aber offensichtlich zu erfreut, um stillzuhalten.

„Wie habt ihr das nur gemacht?", fragte sie und sah ihn an, als sei er Gott.

Zugegeben, ihre Bewunderung, so vorübergehend sie auch sein mochte, fühlte sich verdammt gut an. Nachdem er eine Schlacht verloren hatte, gefangen genommen worden war und bei Tobys Verteidigung kläglich versagt hatte, schien es ein Schritt in die richtige Richtung zu sein, Jenny zu helfen, ungeachtet der Geringfügigkeit seines

Erfolgs. Und außerdem hatte er das Gelände von Belton verlassen. Er war frei!

„Pferde sind im Grunde vertrauensvolle Rudeltiere", erklärte er ihr, während er Thunder ein paar Meter von den anderen Pferden entfernt zu einem Baum führte. Er band ihn sicher an und streichelte den glatten Hals des Tieres.

Simon drehte sich um und stellte fest, dass Jennys anerkennender Blick noch immer auf ihn gerichtet war. Natürlich wollte er sie an sich ziehen und ihre üppigen Kurven an seiner nackten Brust spüren, anstatt ihre prächtigen Brüste heimlich wie ein Schuljunge zu betrachten. Außerdem wollte er ihren Mund erneut beanspruchen. Diesmal jedoch mit offenen Augen.

Guter Gott, wenn sie wüsste, woran er dachte! Diese herrliche Röte würde ihre Wangen nie wieder verlassen.

Simon zog sich seine Jacke über, wobei er seine unanständigen Gedanken abschüttelte, und fügte hinzu: „Die meisten Pferde würden einem Anführer überallhin folgen. Ich glaube, Sie haben recht damit, dass Thunders Auge verletzt ist. Er scheut jedes Mal, wenn sich ihm etwas nähert, das er nicht erwartet, und es tränkt stark und beeinträchtigt so seine Sicht. Wir sollten die Binde auf seinen Augen lassen, bis er zu Hause ist. Dann kann er sich in der Dunkelheit erholen.

Jenny sah ihn neugierig an, und er wusste, was sie dachte: Sie verglich ihn mit dem beklagenswerten Pferd und hatte damit völlig recht.

Verdammt!

„MEINE KUTSCHE STEHT NOCH am Anwesen", bemerkte Jenny, nachdem Simon Thunder den ganzen Weg bis zum Landhaus ihrer Mutter erfolgreich hinter seinem Pferd hergeführt hatte.

Jenny wiederum war an der Spitze der Truppe auf der süßen Lucy geritten. Sie war sich des hemdlosen Mannes hinter ihr sehr bewusst, versuchte jedoch, ein normales Gespräch zu führen.

Während sie sich allerdings unterhielten, wanderten ihre Gedanken immer wieder zu der lebhaften Erinnerung an seine nackte Brust ab, etwas, das sie noch nie zuvor erblickt hatte. Bei keinem Mann.

Der Graf war dünner, als er sein sollte, bemerkte Jenny, doch er hatte eine sehr stattliche Figur. Außerdem war sie fasziniert von seinen flachen, bräunlich-rosa Brustwarzen und den braunen Haaren, die sich auf seiner Brust kräuselten und nach unten zum Hosenbund hin verliefen und sie ins Grübeln darüber brachten, was darunter lag!

Als sie an ihrem Zuhause ankamen, freute sich ihre Familie, besonders Eleanor, außerordentlich, Thunder zu sehen. Alle, außer ihres Cousins.

„Man sollte ihn erschießen“, sagte Ned, als er aus dem Haus trat und das Pferd erblickte. Dann warf er einen prüfenden zweiten Blick auf Simons Hemd, das um die Augen des Tieres gebunden war.

Als er den Grafen ansah und feststellte, dass seine Lordschaft nichts unter dem Jackett trug, runzelte ihr Cousin die Stirn.

„Das ist recht ungewöhnlich“, sagte Ned und sein Tonfall klang fast wie eine Beanstandung.

„Seine Lordschaft hat uns sehr geholfen“, sagte Jenny zu ihrer Mutter und ignorierte Ned völlig. *Von wegen erschießen!*

Doch Eleanor sorgte sich offensichtlich. „Oh, bitte sagt mir nicht, dass Thunder erschossen werden muss.“

Bevor Jenny mehr tun konnte, als Ned einen strengen Blick zuzuwerfen, antwortete Simon für sie.

„Natürlich nicht.“ Der Graf ging auf ihre Mutter zu. „Wenn ich Ihnen einen Rat geben darf, Lady Blackwood, dieses Tier braucht einen Tierarzt, der sich sein Auge ansieht. Es könnte etwas darin stecken, doch hoffentlich ist es bloß ein Kratzer und wird verheilen. Falls Sie keine richtigen Scheuklappen besitzen, sollte ein leichter Futtersack ihn in der Zwischenzeit beruhigen. Viel besser als mein Hemd es kann. Sie sollten seinen Kopf immerzu bedeckt halten."

„Ich verstehe nicht, wie das helfen soll", sagte Ned.

Jenny war nicht in der Stimmung, zu streiten. Simon hatte recht gehabt. Ned hätte ihr helfen sollen, statt in seinem Zimmer zu schmollen. In *ihrem* Salon!

Doch wenn man genauer darüber nachdachte, hätte sie ihren Cousin ganz sicher nicht ohne *sein* Hemd sehen wollen!

Dieses Mal antwortete Simon Ned direkt. „Die schlechte Sicht auf Thunders linkem Auge führt dazu, dass das Tier immer unruhiger wird." Dann bedachte der Graf ihren Cousin mit einem harten Blick. „Offen gesagt war es gefährlich für Miss Blackwood, dort draußen zu sein, um das Tier zurückzuholen. Es überrascht mich, dass es ihr erlaubt wurde, ja, dass sie sich sogar dazu gezwungen sah."

Jenny sah Ned schwer schlucken. Nachdem er so gebührend zurechtgewiesen worden war, hatte er nichts mehr hinzuzufügen.

Simon wandte sich wieder an ihre Mutter. „Da Sie nun keinen Stallburschen mehr und eindeutig zu wenig Hilfe haben", er warf Ned einen weiteren abschätzigen Blick zu, „werde ich mich um das Tier kümmern und es in die Stallung bringen. Danach kann ich einen Diener aus Belton schicken, der aushilft, bis George – der Name war George, nicht wahr? – wieder bei Kräften ist. In der Zwischenzeit werde ich nach einem Tierarzt schicken lassen, den meine Familie seit vielen Jahren beschäftigt. Er ist ein großartiger Doktor."

So kam es, dass Lord Lindsey als Stallbursche agierte. Nachdem Thunder mit einem Futtersack auf dem Kopf wieder in seinem Stall stand und Lucy mit frischem Hafer und Wasser versorgt worden war, erinnerte Jenny Simon an die Kutsche ihrer Familie, die immer noch auf seinem Gut stand.

„Ich werde Ihre Kutsche am frühen Morgen herbringen", sagte er.

„Oh, nein, Mylord", protestierte sie. „Ich kann zum Anwesen laufen und sie selbst holen."

Das Lächeln, das er ihr schenkte, fühlte sich an wie ein warmes Bad. Mehr noch, es brachte sie zum Schweigen, während sie sein schönes Gesicht betrachtete.

„Miss Blackwood, Sie müssen sich nicht sorgen. Sie haben schon genug getan. Erlauben Sie mir, ihnen diese kleine Aufgabe abzunehmen." Er hielt für einen langen Moment ihren Blick, bis sie, hocherfreut über sein Angebot, nickte.

Simon wandte sich an ihre Mutter, als er sagte: „Sie haben eine bemerkenswerte Tochter und ich freue mich sehr, ihre Bekanntschaft gemacht zu haben. Und natürlich all Ihre."

„Vielen Dank, Mylord. Bleiben Sie, um mit uns zu Abend zu essen?"

„Das ist höchst liebenswürdig, doch ich möchte mich nicht unangekündigt aufdrängen." Dann verbeugte er sich vor Jenny Mutter, nickte dem Rest ihrer Familie zu, und machte sich auf den Weg. Nur sein Blick verriet Jenny, dass er sich wünschte, sie würde ihm folgen, während er seinen Schimmel zur Straße führte.

„Ich werde unverzüglich nach einem Tierarzt schicken lassen. Ich ertrage den Gedanken nicht, dass Ihr Pferd unnötig Schmerzen erleidet. Wenn sich etwas unter dem Augenlid oder sogar, Gott bewahre, in seinem Auge befindet, wird dieser Mann es herausspülen. Selbst wenn es zu einem Sehverlust kommt, sollte Thunders Wesen danach wieder zur Normalität zurückkehren."

Der einzige Wermutstropfen, der ihr Glück trübte, war die Höhe der Kosten für den Tierarzt, und so fühlte sie sich in der Tat gesegnet.

„Ich muss gestehen, Mylord, obgleich ich weder Thunder noch George etwas Böses wünsche, sehe ich in dem, was heute passiert ist, durchaus etwas Gutes."

Er legte liebenswürdig den Kopf schief.

„Das bedeutet?", fragte er.

„Es bedeutet, dass Ihr hier seid, wo ich noch vor ein paar Stunden meine Seele verwettet hätte, dass dies unmöglich passieren könnte. Mit Verlaub, Mylord, ich bin sehr stolz auf Euch."

Zu ihrer Freude errötete der Graf von Lindsey stark, bevor er ihr einen guten Abend wünschte und davonritt.

WENN ER EINE UNMÖGLICHE Aufgabe hinter sich gebracht hatte, konnte er es wieder tun, sagte er sich. Er hatte das Anwesen verlassen, sogar die Belton-Ländereien selbst, und hatte Jenny stolz gemacht. Nun stand er neben seinem Bett und starrte es an.

Er blickte zu seinem Lieblingssessel hinüber, der in gewisser Weise auch zu seinem meist gehassten Sessel geworden war, und stieß ein schweres Seufzen aus.

Genevieve Blackwood hatte es geschafft! Sie hatte ihn dazu gebracht, nach draußen zu gehen, nicht nur in seinen eigenen Garten, sondern über seine Grenzen hinweg, um ein verdammtes, bedauerliches Pferd zu retten. Der Gedanke daran, dass sie ihn brauchte, hatte ihn dazu gebracht, die Lähmung durch seine eigene Angst zu besiegen und ihr nachzureiten. Er konnte noch immer nicht glauben, dass er Luster geritten hatte.

Gott sei Dank hatte er sie und das Pferd gefunden! Selbst jetzt spürte er noch die Angst in seinem Rücken, wenn er daran dachte, was er getan hatte, doch er *hatte* es getan. Außerdem war er fest entschlossen, sich nie wieder in seinem Zimmer einzuschließen, denn im Freien zu verweilen, war viel angenehmer als drinnen zu bleiben. Er wusste, dass er nicht unter einem Bogen hindurchgehen und sich in seiner Zelle eingesperrt wiederfinden würde. Er hatte keine Angst, dass er beim Reiten einschlafen und sich von

Ratten übersät wiederfinden könnte. Es war ein Wunder! All das hatte er Jenny zu verdanken.

Aber das verfluchte Bett! Und der Schlaf. Das waren völlig andere Dinge. Sie garantierten praktisch eine schnelle Rückkehr in seine Zelle, und er war sich ehrlich gesagt nicht sicher, ob er stark genug war, um zu überleben, wenn er dorthin zurückkehren würde. Nicht, nachdem er wieder die Freuden seines Zuhauses verlebt hatte und bei den Empfindungen, die eine bestimmte Frau in ihm auslöste.

Er fühlte sich wie ein Feigling, als er schließlich dasselbe Gedichtband von Burns zur Hand nahm, drei Lampen entzündete und sich in seinen Sessel setzte, um dort die Nacht abzuwarten. Stunden später, als er auf dem schmutzigen Boden seiner Zelle erwachte, begann er beinahe zu weinen. Seine Rückkehr nach Hause war ein grausamer Traum gewesen. Er war nicht wirklich auf seinem Pferd geritten.

Verbittert wartete er darauf, dass der Lärm der Ratten seine Ohren überfiel und auf ihre Klauen und Zähne, die seine Haut verletzen würden, wenn er nicht achtgab. Doch er hörte nichts. Es war seltsam still. Wo war Toby? Als er den Kopf hob, um sich in der schwach beleuchteten Zelle umzusehen, sah er seinen Cousin unbeweglich an die Wand gelehnt. Der Verdacht wuchs, dass mit Toby etwas nicht stimmte, etwas, von dem Simon bereits wusste und das er nicht wahrhaben wollte.

„Sag etwas", versuchte er seinem Cousin, doch er brachte keinen Ton heraus. Da er sich nicht dem stellen wollte, was aus den Tiefen seiner Erinnerungen an die Oberfläche sprudelte, drückte Simon seine Wange wieder gegen den Boden.

Dann hörte er die Wache kommen und alle seine Sinne schärften sich. Wenn er es schaffte, den Wachmann zu töten, könnte er verhindern, dass etwas Schlimmes passierte. Er könnte Toby retten. Oder war es bereits zu spät?

JENNY WAR DEN GANZEN Morgen sehr aufgeregt. Wann würde ihr kleiner gelber Einspänner zurückgebracht werden? Würde Simon selbst kommen? Höchstwahrscheinlich nicht. Er würde einen Diener schicken, der die Kutsche zurückbringen und zum Herrenhaus zurücklaufen würde.

Nachdem sie zum hundertsten Mal aus dem Fenster im Obergeschoss geschaut hatte, setzte sie sich wieder auf ihr Bett.

„Verflixt!" Sie war ihrer eigenen Ungeduld und ihrer sinnlosen Gedanken überdrüssig und nahm das Buch zur Hand, das sie seit einer Stunde vergeblich versucht hatte zu lesen. Wenn sie doch nur einen Spaziergang machen könnte. Doch sie war praktisch in ihrem Zimmer eingesperrt. Wenn sie sich nach unten wagte, würde Ned sie sicher mit einer Einladung zu einem Gespräch unter vier Augen überfallen. Selbst wenn sie sich aus dem Haus schlich, wusste sie mit Sicherheit, dass er ihr folgen würde.

Ein Glück, dass Maggie ihr einen Scone und eine Kanne Tee gebracht hatte, bevor sie zu Fuß zu ihrem Unterricht im Herrenhaus aufbrach. Jenny wusste, dass es falsch war, konnte aber einen Anflug von Neid auf die Stellung ihrer Schwester nicht leugnen. Sie versuchte, sich nicht vorzustellen, wie der Graf, den sie fast schon als *ihren* Grafen betrachtete, Maggie in seinem Haus begegnete. Mit Simons neugewonnener Kraft und Willensstärke könnte er beschließen, nach den Kindern zu sehen, von denen er am Vortag noch verzaubert schien.

Wie einfach es für ihn wäre, sich in die schönste der Blackwood-Schwestern zu verlieben!

Jenny schwor, dass es das Warten wert war, als statt eines Dieners, der den Einspänner der Familie brachte, Simon sie mit der Ankunft in seiner eigenen Kutsche überraschte.

„Ich dachte, wir könnten Ihre Kutsche zusammen zurückholen“, sagte er, als er mit seinem Hut in der Hand vor der Tür des Landhauses stand.

Sie grinste ihn an, während sie ihre Haube und ihre Handschuhe holte und kam vor Freude kaum zu Atem. Der Graf von Lindsey war gekommen, um sie abzuholen, und bemühte sich eindeutig um sie. Immerhin hätte er einen Diener schicken können.

Im Handumdrehen hatte Simon ihr auf den gepolsterten und polierten Ledersitz seines sportlichen Tilbury geholfen. Sie warteten nur so lange, bis die Köchin einen mit einem Tuch bedeckten Korb aus der Tür trug. Nachdem sie ihr diesen in die Arme gedrückt hatte, wurde Jenny von zu Hause fortgerissen, während ihre Haubenbänder im Wind wehten.

Die Fahrt mit dem Grafen zurück nach Belton war weitaus angenehmer als die Fahrt mit ihrem Cousin am Tag zuvor. Obwohl Jenny nichts dagegen gehabt hätte, Simons Schenkel oder Schulter an ihrer eigenen zu spüren, blieb er wie ein Gentleman auf seiner Seite des Kutschensitzes.

Sie stellte sich immer wieder vor, wie sie ihm ihr Gesicht zuwandte, weil sie ihre Nähe so sehr beschäftigte. Er bräuchte sich nur leicht nach unten zu beugen, um sie wieder küssen zu können.

Sie seufzte laut, denn wenn sie ehrlich war, wünschte sie sich in diesem Moment nichts mehr als einen Kuss, und überhörte fast seine besorgten Worte.

„Verzagen Sie nicht“, sagte Simon, der ihr Seufzen offenbar missgedeutet hatte. „Ich bin sicher, Ihr Pferd wird sich erholen und zu seinem normalen Gemüt zurückkehren. Es braucht nur eine sanfte Hand und eine freundliche, verständnisvolle Seele, um seine Genesung zu betreuen.“

Bei seinen Worten wandte Jenny dem Mann neben sich ihr Gesicht zu. Der eindringliche Blick des Grafen ließ sie über seine Worte nachdenken. Sie hatte keinen Zweifel daran, dass er sowohl über sich selbst als auch über Thunder sprach.

„Ich bin sicher, er wird wieder gesund", sagte sie. „Er hat bereits unglaubliche Fortschritte gemacht."

Simon legte seine Unterarme auf seinen Schenkeln ab und hielt die Zügel locker. Ein Lächeln umspielte seine Lippen.

Er wusste ganz klar, dass sie ihn meinte, und genauso klar war, dass es ihn nicht störte.

„Wie ich schon sagte, eine verständnisvolle Seele."

Jenny akzeptierte sein Kompliment. Anderen zu helfen lag in ihrer Natur, und irgendetwas an diesem Mann rührte ihr weibliches Herz und entlockte ihr Mitgefühl ohne Mitleid.

Nein, er war ein zu eindrucksvoller Mann, um ihn zu bemitleiden.

„Ich weiß nicht, wie gut der Kratzer im Auge Ihres Pferdes verheilen wird", unterbrach Simon ihre Überlegungen, „doch falls er nie seine volle Sehkraft zurückerlangt, wird er viel zufriedener sein, wenn Sie ihn an Scheuklappen gewöhnen."

„Ich fürchte, dass ich noch immer in diesem Bach feststecken würde, wärt Ihr mir nicht zur Hilfe gekommen."

Gute Güte, nun poussierte sie ihn schamlos. Natürlich würde sie nicht mehr im Wasser stehen, wenn sie nicht eine absolute Idiotin wäre.

„Ich bin mir sicher, Sie hätten eine Lösung gefunden, mit Ihren verlockenden Karotten und dem abgenutzten Seil."

Sie lachten beide und das Unbehagen des Morgens verflüchtigte sich.

„Ich habe mir die Freiheit genommen, heute nach dem Tierarzt zu schicken, und es wäre mir eine Ehre, wenn Sie mich für ihn bezahlen lassen würden."

Jenny schüttelte ihren Kopf. „Ihr habt bereits so viel für mich getan. Und ich danke euch inständig für alles, was Ihr gestern getan habt. Wir werden für die Pflege unseres Pferdes selbst aufkommen."

Sie hörte Simon seufzen. „Sie sind stur. Und es ist nicht nötig, mir zu danken. Ich bin weit davon entfernt, Ihre guten Taten auszugleichen."

Er hob eine Hand und strich sanft mit seinen Knöcheln an ihrer Wange und dann an ihrem Kiefer entlang.

„Du meine Güte", murmelte Jenny, als Hitze in ihre Wangen stieg und ihr ganzer Körper warm zu werden schien.

Seine Augen weiteten sich. „Ist etwas nicht in Ordnung?"

„Ich bin sicher, dass mein Gesicht so rot wie eine Rübe und höchst unansehnlich ist."

Sie wandte sich ab, wobei sie den irritierenden Körperkontakt abbrach und starrte auf die Senke neben der ruppigen Landstraße.

„Jenny", sagte er sanft.

Sie sah ihn nicht an, und tatsächlich, sie führte sich ebenso stur auf, wie er es ihr unterstellt hatte. Während Maggie reizvollen Farbtupfer auf ihre hohen Wangenknochen zauberte, fürchtete Jenny, dass ihre Wangen wie zwei große rote Äpfel aussahen.

„Genevieve", flehte er mit tiefer, heiserer Stimme direkt an ihrem Ohr

Beinahe hätte sie gelächelt, als sie merkte, dass er sie necken wollte. Doch als Simon sanft ihr Kinn fasste und ihren Kopf zu sich drehte, ernüchterte sie mit einem Mal. Sein intensiver, forschender Blick raubte ihr den Atem.

Das Pferd hatte auf sein Kommando angehalten. Sie saß in einem offenen Wagen mitten auf der Straße, konnte kaum atmen und sich überhaupt nicht bewegen.

„Nein", sagte er und schüttelte seinen Kopf, wobei er keinen Moment lang den Augenkontakt abbrach.

„Nein?", wiederholte sie und fühlte sich, als befände sich zwischen ihren Ohren statt eines Hirns bloß Watte. Sie konnte nichts anderes tun, als in seine stechenden graublauen Augen zu schauen und sich von seinem Blick fesseln zu lassen.

„Sie sind alles andere als unansehnlich und Ihr Gesicht gleicht einer Rübe in keinster Weise. Ihre Wangen erröten so herrlich, dass sie mit dem süßen Rosa der schönsten Rosen Englands vergleichbar sind."

Sein Daumen und seine Finger hörten auf, sich zu bewegen.

Sie sah das Aufflackern in seinen blauen Augen und spürte, wie Verlangen in ihr aufstieg. Es war nicht zu leugnen, dass sie ziemlich bereit, ja sogar begierig war, als er sich zu ihr beugte und sie küsste.

KAPITEL DREIZEHN

Als sie die Stärke seines Mundes auf ihrem eigenen genoss, fing Jenny fast an, vor Vergnügen zu summen. Dieser Kuss war zwar nicht so verzweifelt wie der Kuss bei ihrer Begegnung im Garten, doch trotz seiner Sanftheit war er absolut berauschend.

„*Mm*", machte sie an seinem Mund, bevor sie spürte, wie die Spitze seiner Zunge die Verbindung ihrer Lippen nachzeichnete. Simon war wie ein sinnlicher Angreifer und sie, die Burg, deren Torwächter verzweifelt die Tore öffnen wollte.

Ohne zu zögern, öffnete sie ihre Lippen. Er ließ seine Zunge in ihren Mund gleiten und schmeckte sie.

Ihre Hände glitten von ihrem Schoß und dem Korb, den sie immer noch hielt, hoch. Sie umklammerte seinen Nacken und gab sich allem hin, was er ihr bot. Was für ein Vergnügen!

Unerträgliche Gefühle der Begierde – denn sie hatte genügend Romane gelesen, um zu wissen, was das war – durchströmten sie wie goldener Honig auf warmem Brot.

Er ließ ihr Kinn los und versuchte, ihren Körper für sich zu beanspruchen, doch der Korb lag zwischen ihnen.

„Was befindet sich in diesem verdammten Korb?", fragte er, hob ihn auf und stellte ihn vor ihren Füßen ab. Doch als er seine große, warme Handfläche gegen ihre Rippen drückte, direkt unter der Wölbung ihres Busens, konnte sie weder einen Gedanken fassen noch ein Wort sagen. Während er mit dem Daumen nach oben zu ihrer linken Brust strich, gruben sich seine Finger sanft in die vielen Schichten aus Baumwolle und Seide.

Jenny wünschte sich ihrerseits, dass der Graf unter seinem Gehrock nichts trüge, wie am Tag zuvor. Wie leicht könnte sie ihre behandschuhte Hand hinter seinem Nacken über sein Schlüsselbein und über die nackte Brust gleiten lassen, die sie gestern noch gesehen hatte. In ihrer Fantasie trug sie jedoch keine Handschuhe und streichelte ihn mit ihren bloßen Händen. Wenn sie doch nur spüren könnte, ob die Locken, die sie auf seiner Brust gesehen hatte, weich oder rau waren. Wenn sie doch nur …

Als ihr Kuss endete, legte Simon seine Stirn für einen kurzen Moment an ihre, und sie konnte spüren, dass er ebenso schwer atmete wie sie. Als er sich zurücklehnte und sie losließ, unterbrach er jeden Kontakt, mit Ausnahme des intimen Blickes, den sie noch immer teilten.

„Sind Sie zutiefst beleidigt?", fragte er.

Im ersten Moment konnte sie an nichts anderes denken als das Rauschen ihres Blutes und war sich sicher, er könne das laute Hämmern ihres Herzens hören. Trotzdem wartete er auf eine Antwort.

„Ich glaube nicht." Es war die Wahrheit. Jenny wusste, dass sie ihm in sein schönes Gesicht schlagen sollte, weil er sich diese Freiheit genommen hatte. Außerdem gebot es der Anstand, dass sie aus der Kutsche sprang und zum nächsten Haus rannte, um dort Zuflucht zu suchen.

Stattdessen lächelte sie leicht. „Sollte ich es sein?"

Er legte den Kopf zurück und lachte. Dann nahm er die Zügel von seinen starken, schlanken Schenkeln und mit einer schnellen Bewegung brachte er die Pferde wieder in Gang.

„Nein, das sollten Sie nicht. Ich wollte keineswegs respektlos sein. Ganz im Gegenteil. Ich schätze Sie sehr und wollte Ihnen lediglich meinen Respekt zollen. Nur Ihretwegen und wegen Thunder konnte ich heute Morgen aufbrechen. Vergessen Sie das nicht."

Ihr leichtes Lächeln wurde zu einem breiten Grinsen, als sie wieder nach vorne sah.

„Das war ein wahrlich angenehmer Tribut", gab Jenny zu.

Danach herrschte geselliges Schweigen.

Auf dem Landgut stand ihre Kutsche genau dort, wo sie sie zurückgelassen hatte, allerdings ohne Pferd.

Als Simon ihr die Hand gab und ihr herunterhalf, waren sofort Stallburschen zur Stelle, um die Fuchsstute abzuschirren. Zwei weitere brachten den leichten Tilbury in Richtung Kutschenhaus. Erst gestern hatten dieselben Jungen ihren Herrn in seinem sonderbaren Zustand angeglotzt, doch sie waren zu gut erzogen, um etwas zu sagen.

Simon zog einen der Burschen beiseite und wies ihn an: „Nachdem du mein Pferd abgerieben hast, begibst du dich zu Miss Blackwoods Haus. Du sollst bei ihren Pferden helfen, bis sie dich entlassen. Du darfst auf Luster reiten."

Sie konnte an den leuchtenden Augen des Stallburschen sehen, dass Luster zu reiten für ihn ein besonderes Vergnügen war.

„Es ist das kleine Steinhaus gleich hinter Norman's Corner", sagte Jenny ihm.

„Ja, Miss. Ich kenne es. George ist Ihr Stallbursche."

Sie nickte. „Ja. Er hat sich verletzt, wird aber bald wieder gesund sein."

„Ja, Miss", sagte er wieder und beeilte sich, seine Aufgaben zu erledigen, damit er aufbrechen konnte.

„Das war sehr nett von Euch."

„Würden Sie mir die Ehre erweisen, eine Erfrischung mit mir auf der Terrasse zu nehmen?" Als er über seine eigenen Worte lachte, legte sie ihren Kopf schief.

„Worüber lacht Ihr, Mylord?"

„Nur über die extreme Höflichkeit und Anständigkeit einer solchen Einladung, nachdem Sie Stunden in meinem Zimmer verbracht haben. Es kommt es mir fast absurd vor."

Sie zuckte die Achseln und hakte ihren Arm unter seinen. „Wir sind Freunde, wie Ihr bereits sagtet."

Statt das Haus zu betreten, gingen sie den langen Weg durch den Nebengarten gegenüber der Stallungen.

„Ihr Cousin ist eine nutzlose Kröte", sagte Simon unvermittelt und mit so viel Zorn, dass es sie überraschte, obgleich sie ihm nicht widersprechen konnte.

Da ihr beigebracht wurde, nicht schlecht über ihre Mitmenschen zu sprechen, besonders nicht über ihre Familie, schwieg sie.

„Einen solchen Mann kann ich nicht ertragen", fuhr der Graf fort. „Sie hätten sich verletzen können."

„Ned besucht uns nur und dachte wahrscheinlich, es stünde ihm nicht zu, einzugreifen."

Trotzdem machte der Graf ein überaus langes Gesicht. „*Eingreifen?* Meinen Sie damit das, was ich tat?"

Jenny beeilte sich zu antworten. „Oh nein, Mylord. Eure Hilfe war von unschätzbarem Wert. Und ich bin Euch sehr dankbar."

War das ein Funkeln, das in seinen blauen Augen erschien?

„Wie dankbar? Und unterlassen Sie es, mich ‚Mylord' zu nennen. Ich gab ihnen die Freiheit, mich bei meinem Vornamen zu nennen, also tun Sie dies bitte."

„*Überaus* dankbar. Danke, Simon." Dieses eine Wort, sein Name, wirkte auf sie sehr intim.

Er lächelte sie breit an. „Ihre Wangen haben wieder eine gewisse Röte angenommen. Woran denken Sie?"

Verflucht sei ihr heller Teint und ihre Neigung zu erröten! Dennoch musste sie ihm ihre Gedanken nicht verraten. Glücklicherweise drängte er sie nicht zu einer Antwort. Stattdessen zog er auf der Terrasse einen schmiedeeisernen Stuhl mit einem weichen Kissen heraus und bedeutete ihr, sich zu setzen. Als er Platz genommen hatte, erschien Binkley.

„Limonade", forderte Simon. „Und Plätzchen, falls es welche gibt."

„Natürlich, Mylord." Allerdings eilte der Butler nicht davon, um den Wunsch seines Herrn auszuführen. Stattdessen blieb er einen Moment lang stehen, bis Jenny zu ihm aufsah und ihre Augen mit der Hand vor der Sonne abschirmte, um sein Gesicht erkennen zu können.

Weiteten sich seine Augen? Und verzog er dann das Gesicht? Was um alles in der Welt?

Simon bemerkte, dass der Mann trödelte. „Das wäre dann alles, Binkley."

„Ja, Mylord."

Diesmal war der flehende Blick, den der Butler Jenny zuwarf, nicht zu übersehen und er deutete sogar mit dem Kopf in Richtung Simon, bevor er sich zurückzog.

Sie würde nicht so einfach vom Haken gelassen werden, nicht von den Mitarbeitern. Doch war dies wirklich der richtige Zeitpunkt?

Angsthase!, ermahnte sie sich selbst. Würde der richtige Zeitpunkt je kommen?

„Ich glaube, er mag dich", unterbrach Simon ihren inneren Kampf.

„Er ist ein sehr ergebener Diener, nicht wahr?", bemerkte Jenny. Wie sollte sie nur beginnen?

„Er ist bei uns, solange ich denken kann. Mein Vater stellte Binkley an, nachdem er aus den Diensten des Königs entlassen wurde." Nachdenklich hielt er inne und schaute auf die Gärten hinaus. „Mein Vater war schon immer sehr gut bei der Auswahl seines Personals."

Und schon hatte sie den Einstieg, den sie brauchte.

„Euer Vater ... ist ... war ... ich meine, steht Ihr ihm nahe?"

Er warf ihr einen verwirrten Blick zu. Einen Moment später sah er weg. „Ja. Wie viele Väter und Söhne, nehme ich an. Standen Sie Ihrem Vater nahe?"

Nein, sie wollte über keinen Vater außer seinem sprechen.

„Nun, wir liebten ihn. Und er schien ein guter Vater zu sein, bis zum bitteren Ende. Wie ich bereits erwähnte, es stellte sich heraus, dass er einige Geldsorgen hatte." Das war nicht hilfreich. Sie entfernten sich immer weiter vom Thema.

Simon nickte. „Und doch ist der Wert der Bankkonten eines Mannes nicht das, was einen Mann ausmacht." Er streckte seine Hand aus und tätschelte ihre, als wolle er sie trösten. „Baron Blackwood hatte drei Töchter, die intelligent und liebenswürdig zu sein scheinen, und dies ist seine Vermächtnis."

Jenny war mit ihrem eher nachlässigen Vater völlig im Reinen. Das war nicht das Problem.

„Ja, aber Simon, zurück zu *Eurem* Vater. Dem Grafen. Dem alten Grafen. Das heißt, Lord Lindsey. Oder vielmehr dem früheren—"

„Sie versuchen mir zu sagen, dass mein Vater tot ist." Sein Ton war flach, emotionslos und unerwartet. Resigniert.

Sie legte eilig ihre Hand auf seine. Er sah auf ihre Hände hinunter, die auf dem Tisch lagen, dann sah er ihr in die Augen.

„Ihr wusstet es?", fragte sie mit leiser uns sanfter Stimme.

Er nickte. „Er wäre zu mir gekommen, sobald ich das Grundstück betreten hätte, egal in welchem Zustand ich war. Ich vermutete es. Aber ich wollte nicht nachfragen. Ich konnte fast glauben, dass er einfach auf Reisen war. Eines Abends, es war schon sehr spät, ging ich in seine Gemächer und fand alles in Laken gehüllt vor."

„Es tut mir leid."

In diesem Moment kam Mr. Binkley mit einem Hausmädchen auf sie zu, die ein Silbertablett mit

Erfrischungen trug. Besorgnis zeichnete die Züge des älteren Mannes, doch in seinen Händen hielt er ihren Korb.

„Ein weiterer Grund für meine Isolation", fügte Simon hinzu. „Ich wollte nicht hören, dass mich ein Außenstehender Lord Lindsey nennt."

Der Butler zuckte zusammen, sagte aber nichts, bis Simon ihn direkt ansprach. „Binkley, alter Mann, ich danke Ihnen, dass Sie neben allem anderen auch meine Gefühle berücksichtigt haben."

„Ja, Mylord", sagte der Butler, als hätte Simon das Wetter kommentiert. Jenny bemerkte jedoch, wie sich sein Kiefer anspannte, und sie wusste, dass es ihn nicht kaltließ.

„Hat er Ihnen aufgetragen, es mir beizubringen?"

„Ja."

„Das ist nett von ihm", murmelte er. Dann bemerkte er den Korb. „Nicht das schon wieder. Was um Himmels willen befindet sich da drin?"

Lachend nahm Jenny ihre Hand von seiner und schob ihm das Geschenk entgegen. Einer der Stallburschen musste den Korb im Fußraum der Kutsche gefunden haben.

„Es ist für Euch."

Er musterte sie ein wenig misstrauisch. Dann hob er die Stoffhaube an und spähte hinein. Er griff in den Korb, zog einen Porzellanteller heraus und stellte ihn vor sich auf den Tisch. Er warf noch einen Blick hinein und entdeckte einen einzelnen Silberlöffel. Jenny fühlte sich plötzlich wie ein Kind am Weihnachtsabend und platzte fast mit der Überraschung heraus.

Er hob die Glocke an und pure Verwunderung überkam seine Züge. Langsam, ohne seinen Blick von der Speise abzuwenden, legte er die Glocke beiseite.

„Ist das …?"

„In der Tat."

Ohne ein weiteres Wort nahm er den Löffel. Dann, in Windeseile, stach er ihn mitten in die Portion Apple Charlotte und schob sich ein großes Stück in den Mund.

Und dann ein weiteres. Simon schloss seine Augen und Jenny befürchtete einen Moment lang, dass er erneut einem Zustand des Grauens erliegen würde. Er kaute, genoss und schluckte. Dann öffnete er seine Augen und sah sie an.

„Es schmeckt einfach wunderbar. Möchten Sie kosten?"

Sie schüttelte den Kopf. Sie konnte sich nicht vorstellen, ihm auch nur einen einzigen Bissen vorzuenthalten.

Doch er bestand darauf, belud einen weiteren Löffel und hielt ihn ihr entgegen.

„Kosten Sie", beharrte er.

Sie konnte sehen, dass es ihm gefiel, mit ihr zu teilen, also beugte sie sich zu ihm herüber und ließ sich von ihm füttern. Es war eines der himmlischsten Desserts ihrer Köchin. Als sie schluckte, seufzte sie.

„Vielen Dank, aber ich bestehe darauf, dass Ihr den Rest esst."

Er starrte sie an und sein Blick fiel auf ihren Mund. Er hob seine Hand und wischte ihr mit dem Daumen über den Mundwinkel, bis er einen Tropfen dicke Creme auf seinem Daumen hatte. Diesen hob er zu seinem eigenen Mund und leckte ihn ab.

Jennys Mund wurde trocken. *Großer Gott, er war ein attraktiver Mann.* Sie wollte dieser Tropfen Pudding sein, der auf seine Zunge traf. Gleichzeitig war sie fasziniert von der Vorstellung, selbst seinen Daumen abzulecken.

Offensichtlich kannte er seine Wirkung auf sie, denn er schenkte ihr ein schelmisches Grinsen, bevor er sich darauf konzentrierte, den Rest des Desserts zu verspeisen.

Gott segne seinen Magen, dachte sie, nachdem er etwa vier Portionen vertilgt hatte. Hoffentlich besaß jemand im Haus die Weisheit, ihm später Pfefferminztee zu geben, wenn er Schmerzen hatte. Als er fertig war, lehnte er sich in seinem Stuhl zurück.

„Sie hörten mir zu und erinnerten sich an meine Worte. Danke sehr."

Seine Worte erwärmten sie von den Fußspitzen bis zu ihrem Herzen. Es war recht einfach, ihn glücklich zu machen, und es stimmte sie freudig, es zu tun.

„Sehr gern. Ich werde der Köchin mitteilen, dass es Euch geschmeckt hat."

Einige Minuten lang schwiegen sie und sahen auf den blühenden Garten hinaus.

„Ich habe mich gestern Abend in mein Bett gelegt." Simons Stimme drang leise zu ihr durch. „Um zu schlafen."

Die Bedeutung seiner Worte entging ihr nicht. Könnte sie ihm eine persönliche Frage stellen? Hätte er etwas dagegen? Sie glaubte nicht.

„Wie ist es Euch ergangen? Habt Ihr gut geschlafen?"

Simon zögerte nicht mit seiner Antwort. „Nein, ganz und gar nicht gut. Um ehrlich zu sein, endete ich zusammengekauert auf dem Boden."

Keuchend hob sie eine Hand an ihren Mund. „Wurdet ihr verletzt?"

„Nur meine Würde. Ich war dankbar, dass der Boden mich erweckte."

Sie musste ein Lachen zurückhalten, da er sich offensichtlich so wohl dabei fühlte, es ihr zu erzählen, und sogar einen Witz darüber machte.

„Werdet Ihr es noch einmal versuchen?", fragte sie und nahm einen Schluck der längst vergessenen Limonade.

Er warf ihr einen Blick durch seine langen Wimpern zu.

„Stellen Sie sich mich im Bett vor, Genevieve?"

Sie hustete, als sie sich an der kühlen, säuerlichen Erfrischung verschluckte.

„Nein, Mylord", sagte sie, als sie wieder Worte fand.

„Was für eine Schande."

„ALS ZWEI STUNDEN VERGANGEN waren, in denen sie über alles und nichts gesprochen hatten, stand sie auf. „Ich muss nach Hause, bevor die nächste Krise über meine Familie hereinbricht. Außerdem werde ich Maggie mitnehmen, denn sie hasst den langen Weg."

„Langer Weg? Von hier bis zu Ihrem Landhaus? Ich könnte in fünf Minuten dorthin sprinten. Zumindest hätte ich das gekonnt. Vorher."

Vorher! Zweifellos würde ein Teil von ihm sein Leben immer in die Jahre vor und nach seiner Gefangenschaft einteilen. Er war, wie sie bemerkt hatte, ein wenig dünn. Doch wenn man erwog, wie er den Nachtisch verschlungen hatte, hegte Jenny keine Zweifel daran, dass er seine Kleidung in kürzester Zeit wieder ausfüllen würde.

Nicht, dass seine Statur von Belang für sie wäre.

Worüber hatten sie gesprochen? Maggie …

„Es ist jedoch etwas anderes, wenn man unpraktisches Schuhwerk trägt, wie unsere Maggie. Sie hat eine Vorliebe für weiche Schuhe, die eher zu einem Ballsaal mit Parkett passen als zu einer Landstraße."

„Dann sollten wir sie suchen gehen. Ich bin mir sicher, dass sie darüber freuen wird, in Ihrer Kutsche nach Hause gefahren zu werden."

Tatsächlich freute sich Jennys mittlere Schwester, dass sie von der letzten halben Stunde Nachhilfe befreit wurde, und es machte ihr nicht einmal etwas aus, dass der Lord der Verzweiflung selbst in der Tür stand.

Nachdem sie sich tief vor dem Grafen verbeugt hatte, sah ihm Maggie direkt in die Augen: „Wie ich höre, habt Ihr unser Pferd gerettet, und noch dazu mit freiem Oberkörper, Mylord. Bravo!"

Jenny wollte gegen ihre eigene Stirn schlagen, und dann gegen Maggies. Man sagte nicht „Bravo" zu einem Adligen des Landes.

Doch Simon lachte nur. „Das war eine unbeabsichtigte Fügung, das versichere ich Ihnen."

Jenny versuchte, den Blick ihrer Schwester zu erhaschen und sie zur Kutsche zu treiben, bevor sie noch etwas

Verlegenheitvolles sagte. Doch Maggie überraschte sie mit einem ernsten Gesichtsausdruck.

„Ich möchte mich bei Euch aufrichtig bedanken, Mylord, dass Ihr meine Schwester Eleanor und mich so großzügig unterstützt. Das bedeutet uns und auch unserer Mutter sehr viel."

Er verneigte sich so tief, dass sein Geschenk nicht mehr den Anschein von Nächstenliebe erweckte, sondern ein Zeichen des Respekts darstellte. Jenny beobachtete, wie der Graf und ihre Schwester sich gegenseitig anlächelten.

Oh je. Das grünäugige Monster zischte wieder durch Jennys Röcke hindurch. Maggie sah selbst in einem gewöhnlichen hellblauen Tageskleid mit ihrem dichten, karamellfarbenen Haar, das mühelos über eine Schulter geflochten war, perfekt aus. Und natürlich war Simon ihr ebenbürtig in seiner grauen Hose und Weste, seinem gestärkten weißen Hemd und der perfekt gebundenen Krawatte.

Plötzlich fühlte sich Jenny wie die unscheinbare Schwester, die von einem Vicomte einfach abserviert worden war. Ihre Gefühle, ja, ihre starken Reaktionen auf Simons Berührung sollten sie warnen, dass sie sich in Gefilde begab, in denen sie nichts zu suchen hatte. Immerhin war er der Graf von Lindsey.

„Ihre Schwester ist meine neue und sehr geschätzte Freundin", berichtete Simon Maggie.

Seine Worte drangen in ihr Bewusstsein, in dem Zweifel getobt hatten. Als Simon sie ansah, teilten sie ein Lächeln und sie ließ ihre Bedenken verstreichen. Ihre Freundschaft war ein Geschenk, das sie nie erwartet hätte, als sie aufs Land gezogen waren.

Es kümmerte Jenny nicht, dass sie vor ihrer Schwester errötete, denn sie fühlte sich sofort unbeschwert. Umso mehr, als er zu ihr sagte: „Ich hoffe, Sie kommen bald wieder. Wir müssen noch die Bücher durchgehen."

„Ja, Mylord", stimmte sie zu. „Natürlich."

Sobald die drei auf dem Hof erschienen, brachte einer der Stallburschen auf Simons Geste hin den alten Cleveland Bay der Blackwoods heraus und schirrte ihn schnell und effizient vor ihre Kutsche. Es war kaum zu übersehen, wie das Fell des Pferdes glänzte. Jemand hatte sogar seine Hufe gewachst.

Der Bay wurde ausgiebig verwöhnt", bemerkte Maggie. „Seine Mähne ist fast so glänzend wie meine."

Jenny verdrehte die Augen über ihre unverbesserliche Schwester.

Während das alte Pferd brav wartete, half Simon erst Maggie und dann Jenny in den Wagen. Sie bemerkte, dass er bei seinen Bemühungen auch ihren Arm und dann ihre Taille berührte. Sie war sich jeder Stelle, an der die Hände des Grafen sie berührten, sehr bewusst. Tatsächlich schien ihr Körper unter ihrer Kleidung zu glühen.

Was stimmte nicht mit ihr?

„Jenny." *Ihr* Name aus *seinem* Munde klang ebenso intim.

„Ja?"

„In einer Krise sind Sie unglaublich hilfsbereit. Ich würde mich freuen, Sie an meiner Seite zu haben, falls und wann immer eine Katastrophe eintritt."

Du liebe Güte! Was könnte er damit meinen? In London, während der Saison, wäre das praktisch ein Antrag.

„Danke sehr", brachte sie heraus und schwang die Zügel, um loszufahren, als ihre Schwester ihr aufgeregt in die Rippen stieß.

Auf halber Strecke der langen Fahrt konnte Jenny, wie die biblische Ehefrau Lots, nicht widerstehen, sich zurückzublicken. Simon Devere beobachtete sie immer noch, ließ die Arme an den Seiten hängen und hatte den Kopf leicht schief gelegt. Sie konnte es nicht mit Sicherheit sagen, doch sie hatte das Gefühl, dass er eines seiner charmanten jungenhaften Lächeln trug.

ALS ER BEOBACHTETE, WIE sie sich entfernte, überkam ihn ein flaues Gefühl. Nervöse Energie durchströmte seinen Körper, als sie völlig aus seinem Blickfeld verschwand. Diese junge Frau war ihm sehr wichtig geworden. Er konnte es nicht leugnen.

Die kluge, fähige Jenny gab ihm ein sicheres Gefühl. Wie ungeheuerlich! Eine Ungereimtheit. Und doch war es unverhohlen wahr. Ihre schönen Augen hielten ihn besser in dieser Welt fest als jedes Bambusgitter es je könnte. Seine Angst verflog beim Klang ihrer Stimme und bei der Berührung ihrer Hand. Ja, er genoss die Berührung ihrer Hand sehr.

„Mylord!"

Simon drehte sich um und sah, dass sein Butler auf ihn zueilte.

„Gott sei Dank habe ich Euch gefunden."

„Ich hatte mich nicht verirrt, Binkley. Das versichere ich Ihnen."

Der Butler hielt inne, dann erkannte er, dass es ein Scherz war. „Natürlich, Mylord, es ist nur so …"

„Dass ich normalerweise genau dort bin, wo Sie mich zu finden wissen."

Binkley blieb stumm.

Simon sollte eigentlich dankbar sein, dass sein Diener sich so um ihn sorgte. Binkley hatte über seine Pflichten hinaus alles zusammengehalten.

„Sie wollten etwas Wichtiges mit mir besprechen, ist es nicht so? Und ich vertröstete Sie vor einigen Tagen."

„Ja, Mylord."

„Dann tun wir es jetzt."

„Ja, Mylord. Ich treffe Euch in Eurer Kammer."

Simon ging nur ungern ins Haus, doch er konnte kaum draußen sein Lager aufschlagen. Zweifellos würde sein Butler es für nötig halten, ihn in eine Anstalt einzuweisen, wenn er das täte. Trotzdem konnte er sein Zimmer bis zur Schlafenszeit meiden.

„Nein, in der Bibliothek, in der Miss Blackwood für gewöhnlich arbeitet."

Binkley hob eine Augenbraue. „Wenn das so ist, Mylord, ist alles, was ich Euch zu zeigen gedenke, bereits dort."

Eine halbe Stunde später wünschte Simon, er hätte Binkley gesagt, dass sie mit der Erläuterung der Buchhaltung warten würden, bis Jenny zurückkehrte. Natürlich erkannte er das übergeordnete Problem – eine deutliche Unterschlagung ihres Kapitals – doch er würde mehr Zeit brauchen, um die Einzelheiten zu verstehen, die Jenny entdeckt hatte. Und obwohl er jetzt das Wesentliche wusste, freute er sich darauf, dass sie ihm ihre Vermutungen zu der Bedeutung des Ganzen erläutern würde.

Mittlerweile fühlte sich seine Magengrube an, als würde ein Rabe an seinen Eingeweiden kratzen.

Alles deutete darauf hin, dass Toby Geld veruntreut und es … wohin geschickt hatte? Natürlich konnte er nicht seinen toten Cousin fragen, den Mann, den er einen guten Freund nannte. Doch er konnte seine Witwe fragen.

Maude Devere war in seinem Haus zu Gast. Uneingeladen. Vielleicht würde sie für ihren Aufenthalt bezahlen, indem sie ihm ein paar Dinge erklärte. Außerdem war es an der Zeit, dass er mit ihr über den nicht genehmigten Verkauf der Jonling Hall sprach.

KAPITEL VIERZEHN

„Da bist du ja, Cousine." Neds Stimme war zu nahe an ihrem Ohr. „Ich begann zu denken, du würdest dich vor mir verstecken."

„Mach dich nicht lächerlich", sagte Jenny von ihrem Versteck zwischen den Ästen des Zierapfelbaums aus. „Ich komme oft hier hoch, um … zu lesen."

Leider hatte sie kein Buch bei sich und selbst Ned würde dies bemerken.

„Und manchmal, um ein Auge auf Thunder zu werfen. Ich kann von hier aus sehen, ob er Lucy oder den alten Bay belästigt."

„Darf ich dir herunterhelfen?", fragte er, als wäre es völlig normal, dass sie auf einem Baum saß.

Als sie nach dem Frühstück erkannte, dass Ned nach ihr suchte, und befürchtete, dass er ihr folgen würde, wenn sie irgendwo hinging, war Jenny stattdessen auf den Baum geklettert. Sie brauchte dringend eine Pause von den Büchern, die Henry ihr mitgebracht hatte und die sie mindestens einen Tag lang beschäftigen würden. Eine halbe Stunde war vergangen und ihr Gesäß begann zu schmerzen.

„Ja, ich bitte darum", sagte sie.

Er hob seine Hände, um ihre zu packen, und ihr entging, wie ihr dies helfen sollte. Wollte er sie auffangen?

Halb rutschend, halb springend, landete Jenny an Ned gepresst, dessen Arme sich augenblicklich wie ein Schraubstock um sie schlossen. Sie drückte mit beiden Händen gegen seine schmale Brust und wagte nicht, ihm ins Gesicht zu sehen, damit er nicht die Gelegenheit nutzte, sie zu küssen. Die Aussicht darauf löste in ihr einen Schauer der Abscheu aus.

„Danke", murmelte sie und sah auf die Stelle hinunter, an der sich ihre Körper berührten und hoffte, dass er sich mit ihrer Dankbarkeit zufriedengab. Tatsächlich verspürte sie diese gar nicht. Sie wollte nur, dass er sie alleinließ.

Stattdessen hielt er sie fest.

„Jenny, ich ersuche nach einem privaten Gespräch mit dir über eine Angelegenheit, die für uns beide bedeutungsvoll ist."

Oh Gott! Er war sicherlich ein sehr entschlossener Mensch. Sie sträubte sich einen weiteren Moment. Er war noch dazu stärker, als er aussah!

„Ich werde nichts mit dir besprechen", teilte sie ihm mit und weigerte sich weiterhin, ihren Kopf zu heben. „Nicht, während du mich auf diese Weise gefangen hältst."

Sie wollte gerade auf seinen gestiefelten Fuß treten, als er sie losließ. Sie versuchte, einen Schritt zurückzutreten, stieß aber gegen den Baumstamm. Wenn es Simon gewesen wäre, der sie zwischen seinem Körper und einem Baum gefangen gehalten hätte, hätte sie kein Problem damit gehabt. Tatsächlich hätte sie gar nicht erst verlangt, losgelassen zu werden.

Dieser unerwartete, abwegige Gedanke brachte die vertraute Hitze auf ihre Wangen.

„Liebe Cousine, ich halte dein Erröten für ein hübsches Zeichen deines weiblichen Gemüts, doch du musst dich keineswegs schämen. Ich habe zwar deinen Knöchel gesehen, als du auf dem Baum gesessen hast, doch ich hoffe, dass ich in Zukunft noch viel mehr von dir sehen werde."

Nicht, wenn sie dabei noch ein Wörtchen mitzureden hatte. Ein Glück, dass es so war!

„Du hast mich *nicht* gerade nach Art eines Gentlemans festgehalten", ermahnte sie ihn. Wenn sie noch unangenehmer wurde, würde er seine Aufmerksamkeit vielleicht auf etwas anderes richten. Vielleicht auf Maggie, obgleich sie ihn ihrer Schwester kaum wünschen konnte. „Ich möchte keine Diskussion führen oder über wichtige Dinge nachdenken. Ich habe zu arbeiten. Henry hat gestern Abend die Geschäftsbücher des Apothekers gebracht."

Sie versuchte, sich an ihm vorbeizudrängen, doch Ned blieb standhaft und zwang sie, an Ort und Stelle zu bleiben.

„Das ist auch der Grund, warum ich sicher bin, dass du dich über das freuen wirst, was ich zu sagen habe. Sobald wir uns einig sind, brauchst du nie wieder einen Blick auf Zahlen zu werfen, es sei denn, es handelt sich um unsere Haushaltsbücher."

Sie schluckte. „Was meinst du mit ‚unsere' Bücher?"

Selbstverständlich wusste sie, was er meinte, und sie wusste auch, dass Unhöflichkeit nicht der richtige Weg war, um in diesen trüben Gewässern zu navigieren. Weder nach ihrer Natur noch nach ihrem gesunden Menschenverstand. Wenn Ned gedemütigt würde, könnte er ihren Schwestern das Leben schwer machen, wenn sie in London ankämen. Die feine Gesellschaft würde herumschnüffeln wie Hunde auf der Jagd, sobald eine der beschmutzten Blackwoods für eine Saison zurückkehrte.

Vielleicht könnte man Ned dazu bringen, sich zu verabschieden, ohne die Freundschaft aufzugeben.

„Unsere *eheliche* Buchhaltung", sagte Ned und ein kleines Lächeln umspielte seine Lippen. „In unserem Haus in Falkirk. Guinevere, ich bitte dich um deine Hand." Er nutzte die Gelegenheit, um ihre rechte Hand mit seinen beiden zu ergreifen.

Sofort versuchte sie, sich loszureißen, doch er hielt sie fest, so fest wie die Schlinge eines Fallenstellers.

„Da du keinen Vater mehr hast", fuhr er fort, „kann ich ihn nicht um deine Hand bitten. Ich kann mit deiner Mutter sprechen, wenn du darauf bestehst, aber ich bezweifle, dass ihre Erlaubnis nötig und dass ihre Meinung in dieser Angelegenheit von Bedeutung ist."

Was für ein Tunichtgut! Seufzend schloss Jenny ihre Augen, dann sah sie in den Himmel. Es war zu spät für ein Gebet, fürchtete sie. Und tatsächlich, als sie die Augen öffnete, stand er noch immer da und hielt ihre Hand fest. Was sollte sie tun?"

„Du weißt, dass ich keine Aussteuer habe."

„Überhaupt keine?", fragte Ned und sein Eifer verblasste ein wenig. Zumindest hoffte sie das.

„Absolut keine. Keinen Cent." Sie lächelte beinahe.

Er zögerte, dann sagte er zu ihrem Erstaunen: „Das hatte ich nicht angenommen, doch ich hatte auf einen kleinen Obolus gehofft. Das ist völlig in Ordnung."

Ihr Mund öffnete sich leicht. Vielleicht war Ned doch nicht ganz so geldgierig und rüpelhaft, wie sie gedacht hatte. Wenn er sie trotz ihrer Mittellosigkeit haben wollte, dann musste er sie wirklich gernhaben. Zu schade, dass sie seine Zuneigung nicht erwiderte.

Dann fügte er hinzu: „Ich kann mir vorstellen, dass du mit deiner Buchhaltung ein hübsches Sümmchen verdient hast, ganz zu schweigen von dem, was der Graf dir gezahlt hat. Als euer neuer Wohltäter wird dir Lord Lindsey wahrscheinlich noch etwas mehr als Aussteuer überlassen. Was auch immer du hast, es wird genug sein, um es in unsere Ehe zu tragen und es mir zu übergeben, wenn ich dein Ehemann bin, *Lord* Darrow."

Ein Anflug von Wut schoss Jenny über den Rücken, was zu einem Wortschwall führte, den sie nicht hätte stoppen können, selbst wenn sie es gewollt hätte.

„Ich habe das Geld, das *hübsche Sümmchen*, wie du sagst, für meine Familie verdient. Mehr noch: Wir leben von diesem Geld. Die Mahlzeiten, die du hier verzehrst, wurden mit diesem Geld bezahlt. Unsere Bediensteten werden mit diesem Geld bezahlt. Der Arzt und der Tierarzt wurden und werden damit bezahlt. Ich spare es nicht in einer Aussteuertruhe wie all diese blauäugigen Mädchen.“

Als er sich von ihrer Vehemenz überrascht zeigte, gelang es ihr schließlich, ihre Hand loszureißen.

„Und wenn ich es wäre, würde ich sicher nicht darauf *hoffen*, dass ein Mann wie du mein Ehemann wird. Du wirst einen anderen Weg finden müssen, ein Baron zu werden. Den Titel meines Vaters wirst du nicht durch mich an dich reißen! Im Übrigen, mein Name ist Genevieve!“

Mit diesen Worten schob sie sich an ihm vorbei und rannte ins Haus, bis sie oben in ihrem Zimmer in Sicherheit war.

Fast augenblicklich gab es allerlei Aufruhr, gefolgt von Neds lauter Stimme und dem Geschrei von Maisie und Eleanor. Nach lautem Gepolter im Zimmer nebenan, bei dem es sich zweifellos um Neds Schwester – oder eher um das Dienstmädchen der Blackwoods – handelte, die Maisies Sachen zusammenpackte, gab es noch mehr Getöse, als jemand den Koffer die Treppe hinunterschleppte. Jenny hörte zwar nicht, wie die Haustür geöffnet wurde, doch das Zuschlagen der Tür war nicht zu überhören.

Ein paar Augenblicke später stürmten Maggie und Eleanor ins Zimmer.

„Was hast du unserem lieben Cousin Neddy gesagt?“ In Maggies frechem Tonfall schwang Freude mit, als sie die Arme verschränkte und sich gegen den Eichenschrank lehnte.

Eleanor weinte laut und dramatisch, wie es nur eine Vierzehnjährige tun konnte, und sank auf das Ende des Bettes, als würde sie zerschmelzen.

Jenny hob ihren Kopf nicht vom Kissen. Leichtere Schritte kündigten ihre Mutter an, die sich in dem überfüllten Zimmer neben ihr auf dem Bett niederließ.

„Die Darrows sind abgereist“, sagte Anne ohne einen Hauch von Sarkasmus, obgleich sie wissen musste, dass absolut jeder im Haus, einschließlich der Köchin und sogar dem Stallburschen ihre Abreise gehört hatten. „Ned schien recht verärgert über dich zu sein, wie es aussah."

Jenny wollte sich bei ihnen allen für die unangenehme Szene entschuldigen, die ihretwegen losgebrochen war. Doch sie brachte es nicht über sich. Sie hatte immer ihr Bestes für alle Familienmitglieder getan, und es tat ihr leid, dass Eleanor ihre Freundin verlor. Es tat ihr leid, dass dieser abrupte und hässliche Abgang ihrer Mutter Kummer bereitet hatte, doch sie würde nicht behaupten, dass es ihr leidtat, dass Ned abgereist war.

„Er hielt um meine Hand an", begann sie. Sie hielt inne, als Maggie anfing zu lachen, Eleanor keuchte und ihre Mutter nur nickte.

„Ich hatte es bereits befürchtet", gab Jenny zu, „und versuchte ihm fernzubleiben, sodass er diese Worte nicht aussprechen konnte. Doch er beschloss, mich wie ein Tier in die Enge zu treiben. Er war ungehobelt und unerträglich."

Anne tätschelte ihre Hand und Eleanor trocknete ihre Tränen an ihrem Rock.

„Es klang nicht so, als hättest du dich bemüht, ihm deine Absage schonend beizubringen", sagte Maggie und ihre Augen funkelten vor Vergnügen.

„Nein", sagte Jenny ihnen allen. „Am Ende verlor ich die Beherrschung, und es war viel einfacher als gedacht, abzulehnen. Er wollte ohnehin nur von seinem schlichten schottischen ‚Mister' zu Vaters Baronat aufsteigen und hoffte, sich ‚Lord Darrow' nennen zu können."

„Während du im Garten warst und Ned in die Mangel nahmst, erhielt ich das hier von Belton Manor", sagte meine Mutter. Sie zog ein Stück schickes cremefarbenes Papier aus ihrem Taillenbund.

„Morgen Abend dinieren wir mit dem Grafen."

Eleanor wurde schlagartig munter. „Wie aufregend! Ich werde sogleich mein Kleid auswählen, falls es geflickt werden muss." Mit diesen Worten verließ sie das Zimmer und schien bereits über Maisies Verlust hinweg zu sein.

Maggie hob eine sorgsam geformte Augenbraue. „Wir vier dinieren mit dem Lord der Verzweiflung?"

Ihre Mutter korrigierte ihre mittlere Tochter nicht. „Die Einladung war für uns sechs, also wären zwei Junggesellen auf zwei Jungfern gekommen", nickte sie Jenny und Maggie abwechselnd zu. „Und die beiden jüngeren Mädchen und ich, als Matrone. Es wäre eine recht vergnügliche Runde geworden."

„Matrone?", murmelte Jenny und rümpfte die Nase, als sie hörte, wie ihre Mutter dieses Wort gebrauchte.

„Nun, das bin ich", sagte Anne und wirkte völlig unbeeindruckt von ihrem Status.

„Du bist eine *junge* Witwe", sagte Maggie. „Eine Matrone muss mindestens sechzig sein, mit Haaren an ihrem Kinn."

Anne lachte. „Wie auch immer, nun sind es zwei Jungfern und ein Junggeselle. Das dürfte ein recht merkwürdiges Abendessen werden."

„Sollen wir ihn darüber informieren?", fragte sich Maggie.

Jenny dachte darüber nach. „Ich glaube nicht, dass Lord Lindsey einen weiteren Junggesellen aus dem Nichts herbeizaubern kann. Er sagte, dass seine Freunde nicht in der Nähe wohnen." Sie runzelte die Stirn. „Denkt ihr, wir sollten absagen?"

„Auf keinen Fall", sagte ihre Mutter. „Eleanor wird diese Ablenkung guttun und ich bin sicher, dass ihr die Aufmerksamkeit seiner Lordschaft teilen könnt." Sie nickte ihren beiden Töchtern noch einmal zu, bevor sie aufstand.

„Ich sollte ihn über die Änderung informieren, damit sein Personal die Sitzordnung ändern kann. Ich werde sofort ein Antwortschreiben verfassen. Maggie kann es mitnehmen, wenn sie hingeht."

Maggie ließ sich auf dem Platz nieder, den ihre Mutter verlassen hatte.

„Ich sehe den Grafen normalerweise nicht", sagte sie leise, beinahe ängstlich.

Anne tätschelte die Hand ihrer Tochter. „Du wirst meinen Brief diesem Mr. Binkley geben, nicht dem Grafen selbst."

Nachdem sie gegangen war, starrten die beiden ältesten Blackwood-Schwestern einander an. Es war eine Sache, die Kinder von Lady Devere zu unterrichten oder in der Bibliothek über den Büchern zu brüten. Eine andere Sache war es, die ganze Familie als Gäste des Grafen im Speisesaal zu empfangen.

„Er macht dir praktisch den Hof", sagte ihre Schwester und sah amüsiert aus.

„Mach dich nicht lächerlich!" Doch Jennys Herz raste. Sich mit Simon Devere zu unterhalten, war einfach und sie schätzte ihn sehr dafür, wie er sich aus der Dunkelheit seiner eigenen geistigen Notlage befreite.

„Warum mache ich mich lächerlich? Der Graf ist überaus attraktiv, wenn man große, dunkelhaarige Männer mag." Maggie grinste. „Sicherlich attraktiver als dein wankelmütiger Vicomte mit seinen dünnen Lippen und seinem noch dünneren Haar."

Jenny konnte nicht anders, als zu kichern. „Es stimmt, ich habe nie viel über das Aussehen von Lord Alder nachgedacht, außer dass er mich nicht anwiderte. Allerdings bin ich mir sicher, dass er perfekt passende Lippen und dichtes braunes Haar hatte. Ich glaube sogar, dass viele ihn für gutaussehend halten."

Dann zuckte sie mit den Schultern. „Ich wusste einfach nicht, wie anders ich empfinden würde, wenn ich das Aussehen und natürlich auch den Charakter eines Mannes wirklich bewundere."

„Und das tust du? Beim Lord der … ich meine, bei Lord Devere?"

„Er ist überaus reizvoll", gab Jenny zu, dann spürte sie die gefürchtete Hitze auf ihren Wangen. Sie legte eine kühlende Handfläche an beide Seiten.

Plötzlich quietschte Maggie. „Hat er dich geküsst?"

„Pst", ermahnte Jenny sie. „Meine Güte, warum in aller Welt fragst du mich das?"

Maggie lachte amüsiert. „Wieso solltest du mich hinhalten und fragen, warum ich danach frage, wenn ich es nicht richtig erraten habe? Erzähl mir alles." Sie hüpfte auf dem Bett herum und klatschte praktisch in die Hände.

„Wie hat es sich angefühlt? Hat er dich mehr als einmal geküsst? Hat er dich außerdem irgendwo berührt?"

„Genug!" Jenny bemühte sich, einschüchternd zu klingen, doch es gelang ihr nicht. Stattdessen konnte sie sich ein Lächeln nicht verkneifen. Als sie sich daran erinnerte, wie Simons Lippen ihre berührt hatten, fühlte sie sich tatsächlich wie das blauäugige Mädchen, das sie Ned gegenüber erwähnt hatte.

„Ich hatte die Ehre, von ihm geküsst zu werden, ja. Lediglich aus Dankbarkeit dafür, dass ich ihm half, sich wohler zu fühlen."

„Dankbarkeit?" Maggie klang entsetzt und stieß dann ein wenig damenhaftes Lachen aus. „Du Dummerchen! Männer küssen nicht aus Dankbarkeit. Sie küssen, weil sie dich bewundern. Sie küssen, weil sie dich beschlafen möchten."

„Was!" Sie warf Maggie einen besorgten Blick zu. „Woher willst du das wissen? Wie oft genau wurdest du bereits geküsst?"

Maggie lächelte leicht, was ihrem herzförmigen Gesicht einen katzenhaften Ausdruck verlieh.

„Vielleicht wurde mir während meiner kurzen Zeit in London *une petite bise* zuteil."

Jennys Mund öffnete sich ungläubig. „Ich ahnte nichts davon. Willst du mit deiner großen Erfahrung sagen, dass ein Mann, ein Mitglied der feinen Gesellschaft, wie ich annehme, dich beschlafen wollte?"

Maggie errötete auf eine Art und Weise, die Jenny noch nie zuvor auf den Wangen ihrer sonst so selbstsicheren Schwester gesehen hatte. Wie interessant!

Maggie zupfte unsichtbare Fussel von ihrem Ärmel. „Letztendlich spielt es keine Rolle, denn meine Saison dauerte nicht lange an, damit sich etwas Ernstes entwickeln konnte."

„Ich verstehe." Jenny runzelte die Stirn und hoffte, dass ihrer Schwester keine perfekte Partie entrissen worden war.

Maggie stand auf. „Nun, du warst erfolgreich damit, das Thema von deinem eigenen Kuss auf meinen zu lenken, lass uns also unseren Tag fortsetzen, ja? Du hast zweifellos an Büchern zu arbeiten und ich muss mich auf den Unterricht vorbereiten."

Sie hielt im Türrahmen inne. „Falls ich den Lord der Verzweiflung sehe, soll ich ihm berichten, wie sehr er dich mit seiner Dankbarkeit geehrt hat?"

Maggie verschwand gerade noch rechtzeitig, um dem Kissen auszuweichen, das Jenny nach dem Kopf ihrer Schwester warf.

DIE FAMILIE BLACKWOOD HATTE die letzten vierundzwanzig Stunden in großer Aufregung verbracht, bis es Zeit war, zum Belton Manor aufzubrechen. Glücklicherweise hatte Jenny mehr als ein gutes Kleid aus ihrer ersten Saison, und niemand auf dem Land würde wissen, ob ihr Kleid nicht mehr zeitgemäß oder mehr als einmal getragen worden war. Auch Maggie hatte noch Kleider aus ihrer Saison, darunter einige, die sie noch nicht getragen hatte. Sie waren weggepackt worden, als traurige Erinnerung an das, was ihrer Familie widerfahren war. Jetzt aber wurden sie für ein fröhliches Abendessen mit dem Grafen hervorgeholt.

Endlich waren alle Blackwood-Frauen passend gekleidet, um sich vor dem Grafen von Lindsey nicht zu blamieren. Sogar Eleanor, die in einem Jahr nicht viel gewachsen war, passte noch in ihr liebstes Festkleid aus Satin.

Henry fuhr sie, damit sie nicht wie Landeier ohne Diener aussahen, doch sie mussten ihre Reisekutsche aus dem Lager holen und sowohl Lucy als auch den Cleveland Bay anspannen, die ein ungleiches Gespann abgaben.

„Wir hätten zu Fuß gehen sollen, oder ich wäre gefahren", beschwerte sich Jenny, als die Kutsche ruckelte, weil der alte Bay schneller zog als Lucy, sodass Maggie auf ihrem Sitz nach vorne rutschte und ihrer Schwester zum x-ten Mal während der kurzen Fahrt auf die Füße trat. Henry war nicht der geschickteste Fahrer. Doch als einer von Lord Lindseys Dienern sie begrüßte, sobald sie vor dem Herrenhaus anhielten, war Jenny froh, nicht mit vom Wind zerzausten Haaren auf der Kutsche zu sitzen.

Außerdem erschien Simon ganz unerwartet auf der obersten Stufe der Steintreppe, als hätte er sie erwartet und vielleicht aus dem Fenster gesehen. Dieser Gedanke zauberte ein Lächeln auf ihre Lippen, das noch breiter wurde, als er jeden Anstand in den Wind schlug und zügig die Treppe hinunterstieg.

Er begann mit einer respektvollen Verbeugung vor ihrer Mutter und grüßte jede der Schwestern der Reihe nach, wobei er Jenny ein Augenzwinkern widmete, von dem sie hoffte, dass die anderen es nicht sahen. Als er Maggies Hand ergriff und sie an seine Lippen führte, wurde er wieder zum adretten Grafen, förmlich und höflich, als hätte er Jenny nicht schon davon erzählt, wie ihre Schwester ihre Hüfte schwang.

Dann war Eleanor an der Reihe.

„Wie ist das Befinden Ihres Pferdes, Miss Eleanor?"

„Sehr gut, Mylord. Dank Euch. Es ist schön, Euch mit einem Hemd bekleidet zu sehen."

Die drei älteren Damen keuchten, bis Simon nach einer verblüfften Pause zu lachen begann.

„Ich werde mich bemühen, es den ganzen Abend dabei zu belassen."

Dann nahm er Lady Lucien Blackwoods Arm durch seinen und führte die kleine Gruppe die Treppe hinauf.

Bald schon saßen sie beim Abendessen. Da sie eine so kleine Gruppe waren, hielten sie sich nicht mit Getränken und belanglosen Gesprächen im Vorzimmer auf. Sie nahmen die ihnen zugewiesenen Plätze an einem Ende des langen Tisches ein. Simon saß am Kopfende, die Baronin zu seiner Rechten und Eleanor rechts von ihr. Jenny und Maggie saßen gegenüber, zu Simons Linken.

Jennys drittes Mal im Speisesaal war definitiv das angenehmste, beschloss sie. Endlich war der Raum voller flackernder, langer, spitzer Kerzen, köstlicher Düfte und fröhlicher Menschen.

„Ich bedaure die überstürzte Abreise Ihrer Besucher." Simon kam auf die Abreise von Ned und Maisie zu sprechen, als ihnen der Wein eingeschenkt wurde. „Sie hatten wohl etwas Dringendes zu erledigen."

Obwohl Simon unmöglich wissen konnte, was zwischen ihr und Ned vorgefallen war, spürte Jenny dennoch einen Unterton der Genugtuung, dass ihre Cousins Sheffield verlassen hatten.

Ihre Mutter sprach zuerst. „Hätten sie von Eurer Einladung gewusst, Mylord, hätten sie ihre Abreise sicher verschoben."

„Was für ein Glück für uns, dass sie nicht davon wussten", sagte er.

Einen Moment lang waren sie alle still und verdauten seine Worte, dann kicherte Eleanor.

Simon sah unschuldig und verblüfft aus. „Ich meinte nur, dass ich ihnen keine Unannehmlichkeiten bereiten oder bewirken wollte, dass sie ihre Pläne meinetwegen ändern."

Jenny unterdrückte ein Lächeln, indem sie auf ihren Schoß schaute und ihre Serviette zurechtrückte. Sie wusste genau, wie Simon über Ned dachte und war sich sicher, dass es ihm nichts ausmachte, ihm Unannehmlichkeiten zu bereiten.

„Solange man Euch nicht beleidigt hat", fügte Anne hinzu, „macht uns ihre Abreise keine Umstände."

„Dann seid versichert, dass Sie völlig unbesorgt sein sollten.“

Maggie meldete sich zu Wort. „Mylord, ich möchte diese Gelegenheit nutzen, um mich noch einmal von ganzem Herzen für die Saison für mich und für Eleanor zu bedanken.“

Er nickte und zuckte die Schultern gleichzeitig.

„Bitte zerbrechen Sie sich darüber nicht den Kopf, Miss Margaret. Das taten Sie bereits. Ich tue das sehr gerne. Ich würde es auch Miss Blackwood anbieten“, sagte er und sah Jenny an, „doch sie hat bereits ihr Desinteresse an einem solchen Unterfangen zum Ausdruck gebracht.“

Seit Beginn ihrer erblühenden Freundschaft mit ihm war ihr Desinteresse sogar noch gestiegen! Wenn Simon wirklich wollte, dass sie im Januar fortging, um nach einem Ehemann zu suchen, würde es ihr das Herz brechen.

Anne zog mit Blick auf ihre älteste Tochter eine Augenbraue in die Höhe, vielleicht, weil sie sich fragte, warum Jenny und der Graf ein solches Thema besprochen hatten, und sagte: „Wie auch immer, Lord Lindsey, wir als Familie sind Euch unglaublich dankbar. Nicht wahr, Eleanor?“

Als sie dabei erwischt wurde, wie sie am Wein nippte und zu einem der riesigen Kronleuchter hinauf starrte, verschluckte sich Eleanor und hustete heftig, während ihre Familie verärgert zusah.

„Etwas Wasser für unseren jüngsten Gast“, befahl Simon einer Dienerin, die an der Anrichte stand. Sofort trat die Frau vor und füllte Eleanors zweites Glas mit Wasser.

Während sie ihre Fassung wiedergewann, füllte Jenny die Stille.

„Wenn Margaret an der kommenden Saison teilnehmen soll, müssen wir bald mit den Vorbereitungen beginnen. Wir müssen einen fähigen Schneider aus dem Ort finden oder nach Manchester oder Nottingham reisen.“

Simon bedachte sie mit einem nachdenklichen Blick. „Praktische Planung, Miss Blackwood. Leider kann ich

Ihnen keine Auskunft darüber geben, wo die ortsansässigen Damen ihre Kleider kaufen. Ich muss zugeben, dass ich mich noch nie mit diesem Thema befasst habe."

„Vielleicht könnte Lady Devere uns dabei assistieren. Ich traf sie nur einmal, doch sie war prächtig gekleidet."

„Ich habe sie einige Male getroffen", fügte Maggie hinzu, „und ihre Kleider waren immer höchst modisch."

Simon setzte eine finstere Miene auf. „Ich lud sie zu unserem heutigen Abendessen ein, doch sie weigerte sich, teilzunehmen. Es liegt wohl an Kopfschmerzen. Vielleicht kann Miss Margaret sie direkt darauf ansprechen, wenn sie ihr das nächste Mal bei einer Unterrichtsstunde begegnet."

Ihre Mutter ergriff das Wort. „Bitte richtet Lady Devere aus, dass wir auf ihre baldige Erholung hoffen. Es ist eine Schande, diesen schönen Abend zu verpassen."

Simon nickte. „Um ehrlich zu sein, haben sie und ich noch nie zusammen zu Abend gegessen, wenn sie nicht in Begleitung ihres verstorbenen Mannes war. Ich habe sie seit meiner Rückkehr nicht gesehen."

Alle Damen murmelten eine flüchtige Beileidsbekundung über den Tod seines Cousins. Doch keine von ihnen empfand es als eigenartig, dass Maude Devere nicht allein mit Lord Lindsey speiste. Jenny wusste sogar, dass jedem ihrer Familienmitglieder derselbe Gedanke durch den Kopf ging – wie skandalös so etwas wäre.

Sie erkannte außerdem, wie schrecklich einsam Maude sein musste. Kein Wunder, dass sie zu ihrer Familie in Frankreich zurückzukehren gedachte.

„Hatten Sir Tobias und seine Frau kein Haus in London?", fragte Jenny. „Ich frage mich das nur, da ich sicher bin, dass sie sich in der Stadt mit ihren gesellschaftlichen Verpflichtungen wohler fühlen würde als in der Isolation, die sie hier auf dem Land verlebt."

Sie warf einen Blick auf ihre Mutter. „Ohne meine liebe Mutter geringschätzen zu wollen, versteht sich."

Lady Lucien Blackwood richtete sich auf. „Das ist keineswegs keine Geringschätzung, meine Liebe. Wenn ich euch drei Mädchen nicht bei mir hätte, wüsste ich nicht, wie ich das letzte Jahr überstanden hätte."

Die Blackwood-Frauen teilten einen Moment der gegenseitigen Bewunderung, bis sich Simon räusperte und sprach.

„Ich bin sicher, dass es trotzdem schmerzlich gewesen sein muss, Ihr Haus in London zu verlassen."

Anne nickte. „Ja, Mylord, das war es. Ich hege viele glückliche Erinnerungen an das Haus, doch ich bin auch unglaublich dankbar, dass wir hier ein Haus hatten, in das wir einkehren konnten. Und ich bin sogar noch dankbarer, dass wir durch Eure Großzügigkeit nach London zurückkehren werden. Ich hoffe, Ihr habt nichts dagegen, wenn ich meine Töchter begleite."

„Natürlich nicht. Mein Haus in London bietet genügend Platz für Sie alle, einschließlich Miss Eleanor und Miss Blackwood, sollte sie beschließen, Sie zu begleiten."

Jenny erinnerte sich an ihr Gespräch mit ihm über dieses Thema. Versuchte er, sie für die vielen Monate einer Saison loszuwerden? Wie sollte sie das Geld für ihre Familie verdienen, wenn sie in London war? Außerdem, wenn sie nicht an der Saison teilnahm, was sollte sie dann mit ihrer Zeit anfangen? Nein, die Vorstellung, nach London zu gehen, gefiel ihr überhaupt nicht. Sie würde mit Sicherheit als abgehalftert gelten und obendrein wäre sie für die gesamte Gesellschaft völlig irrelevant.

Sie erschauderte.

„Spüren Sie einen Luftzug, Miss Blackwood?"

Seine Frage ließ darauf schließen, dass Simon sie genau studiert hatte.

„Nein, Mylord."

Bevor sie ihr Gespräch fortführen konnten, wurde der erste Gang serviert.

Stunden später waren sie satt von Fisch und Geflügel und süßem, warmem Melassepudding. Es war kein Mann anwesend, der sich mit Simon für Portwein und Zigarren in sein Raucherzimmer zurückzog, und die Damen kämen sich dumm vor, wenn sie Tee trinken und darauf warten würden, dass er allein zurückkehrte. Stattdessen wurde der Abend zu einem großen Erfolg erklärt, und die Blackwoods legten ihre Umhänge in der Eingangshalle um.

Nachdem er seine Freude über ihre Gesellschaft zum Ausdruck gebracht hatte, wandte sich Simon an Jenny. „Miss Blackwood, was die Probleme in der Buchhaltung angeht, die Sie kürzlich aufgedeckt haben, würden Sie morgen kommen, damit wir sie eingehend besprechen können?"

Jenny wurde von seiner Bitte um ihre schnelle Rückkehr überrascht.

Als sie zögerte, fügte er hinzu: „Binkley hat mich im Allgemeinen über einige Unstimmigkeiten aufgeklärt, die Sie entdeckt haben, und ich habe sehr viel Zeit damit verbracht, Ihre Zusammenfassung durchzugehen. Ich weiß sie sehr zu schätzen. Dennoch benötige ich Ihre mathematischen Fähigkeiten bei der persönlichen Erläuterung dessen, was ich in den Büchern lese."

Sie holte tief Luft und versuchte zu verhindern, dass ihr die Röte in die Wangen stieg. Je eher sie und ihre Familie aufbrachen, desto besser. Andernfalls befürchtete sie, ihre Mutter könnte irgendwie erahnen, dass das letzte Mal, als Lord Lindsey sie auf sein Landgut bestellt hatte, in einer recht kompromittierenden Situation in seinem Garten geendet hatte.

„Natürlich, Mylord. Ich werde hier sein, wann immer es Euch beliebt."

Simon winkte gleichmütig mit der Hand. „Wann immer Sie wollen, Miss Blackwood. Ich werde hier sein und Ihre Ankunft mit Vorfreude erwarten."

Mit keiner größeren Vorfreude als der, die sie empfinden würde, dessen war sich Jenny sicher.

KAPITEL FÜNFZEHN

Simon war sich bewusst, dass es recht ungehobelt war, Jenny vor ihrer Familie um ihre Rückkehr zu bitten, wo sie doch kaum einen Aufstand machen oder wegen einer möglichen Unangemessenheit protestieren konnte, ohne ihn zu beleidigen. Die praktische Miss Blackwood konnte oder wollte ihn nicht beleidigen, nachdem er sie alle zum Essen eingeladen hatte.

Einerseits wusste er, dass er eine ihrer Schwestern dazu hätte einladen sollen, sie zu begleiten. Wenn Jenny allerdings in der Berufswelt erfolgreich sein wollte, musste sie ihre Scheu vor Treffen mit Gentlemen in ihren Häusern herunterschlucken. Schließlich waren die meisten von ihnen zu sehr damit beschäftigt, sich um ihre Finanzen zu kümmern, als dass sie unpassende Gedanken hegten.

Andererseits wusste Simon, dass es ein absurder und höchst gefährlicher Einfall war. Das einzige Herrenhaus, in dem er die betörende Jenny ohne Begleitung dulden konnte, war sein eigenes. Und sicherlich gingen ihm einige äußerst unpassende Gedanken durch den Kopf, die zu noch schockierenderen Empfindungen in seinem Körper führten.

Seufzend schenkte er sich eine tüchtige Portion Portwein ein und zog sich in den Salon zurück. Allmählich fühlte er sich wie zu Hause … er war zu Hause angekommen. Es war ein Leichtes, die in jeder Hinsicht reizende Familie Blackwood bei sich zu empfangen. Zu keiner Zeit hatte er den Drang verspürt, zu schreien, die Augen zu schließen oder wegzulaufen.

Vielleicht war er schon fast wieder ganz der Alte.

Dank Genevieve Blackwood!

„DA SIND SIE JA. Endlich." Er kam auf die Füße und verbeugte sich leicht zur Begrüßung.

Jenny runzelte bei seinen Worten die Stirn. Simon hatte ihr ausdrücklich gesagt, dass es ihm gleich war, wann sie ihn besuchte. Deshalb war sie fest entschlossen gewesen, nicht so ungeduldig zu erscheinen, dass sie vor ihrer Mittagsmahlzeit vor seiner Haustür stand.

„Ja", sagte sie, „hier bin ich. Ich hatte nicht erwartet, dass Ihr in der Bibliothek auf mich warten würdet."

„Das macht nichts", sagte er. „Mir gefällt es hier. Ich war immer ein begeisterter Leser. Ich hatte fast vergessen, wie sehr ich den Luxus vermisst habe, ein Buch aufzuschlagen und durch die Seiten zu blättern."

Er starrte auf das Buch in seiner Hand und schien in die Vergangenheit abzuschweifen.

„Während meiner Gefangenschaft habe ich viel Zeit damit verbracht, Geschichten durchzugehen und mich an Details zu erinnern. Manchmal musste ich ein Buch mehrmals durchgehen, bevor ich mich an den Namen einer Figur erinnern konnte. Letztendlich gab mir das eine Beschäftigung und bewahrte mich davor, völlig dem Wahnsinn zu verfallen."

„Ihr seid nicht im Geringsten wahnsinnig", versicherte sie ihm. Sie wollte ihn fragen, ob er in dieser Nacht besser geschlafen hatte. An den zerzausten Haaren und den dunklen Ringen unter seinen Augen erkannte sie jedoch, dass dem nicht so war. Stattdessen nickte sie in Richtung seines Buches. „Was lest Ihr gerade?"

Leicht verlegen zuckte Simon mit den Schultern. „Kein großes literarisches Werk, um meinen Geist zu bereichern, fürchte ich." Er hielt das Buch hoch und zeigte ihr den Einband mit dem Titel *Captain Singleton*. „Nur eine Abenteuergeschichte."

„Und eine gute noch dazu", sagte sie.

„Sie haben Defoe gelesen?" Er schien überrascht. „Ich dachte, Archimedes wäre mehr nach Ihrem Geschmack."

Jenny machte ein säuerliches Gesicht. „Haltet Ihr mich für so langweilig, Mylord, dass ich keine Abenteuergeschichte mag?"

Er antwortete nicht, sondern hob nur tadelnd eine Augenbraue.

„Haltet Ihr mich für so langweilig, *Simon*?", wiederholte sie. „Und Ihr wisst, dass es völlig unpassend ist, wenn ich Euch so nenne. Ich habe schon Ehemänner und Ehefrauen gekannt, die nie den Vornamen ihres Ehepartners benutzten."

Er lachte. „Ich kannte sie auch, doch kann ich nicht behaupten, dass ich sie mochte."

Sie lächelte. „Wahrlich." Wie gut, dass er sich auf leichte Scherze einließ.

Sie wollte eine Beziehung, in der sie den Vornamen ihres Mannes nicht nur privat, sondern auch vor anderen aussprechen konnte. Das war das Recht einer Ehefrau auf Intimität.

Allerdings führten sie und Lord Lindsey keine solche Beziehung, also besaß sie keine solchen Rechte.

Als Jenny sich umsah, bemerkte sie, dass die Bücher bereits geöffnet und auf dem großen ovalen Tisch ausgebreitet waren. „Vermutlich sollten wir beginnen."

Er balancierte das offene Buch auf der dick gepolsterten Armlehne des Stuhls neben sich.

„Vermutlich, ja."

Eine Stunde später hatte sie das Gefühl, dass er die Zusammenhänge gut verstanden hatte. Sie musste sich anstrengen, um sich auf die Zahlen zu konzentrieren, was ihr vorher nie schwergefallen war. Simons Nähe, die Art, wie er ihren Arm streifte, als er über sie hinweggriff, um eine Seite umzublättern. Die Art, wie er sich nah zu ihr hinunterbeugte, um eine Rechnung zu studieren. Sein köstlicher, unverwechselbarer Geruch nach Pears-Seife. Er roch herrlich frisch, nicht süß, nicht moschusartig, sondern einfach sauber.

„Jenny." Er wiederholte ihren Namen und sie merkte, dass sie sich dicht an ihn gelehnt hatte und an ihm schnupperte. *Oh je.*

„Ja, Mylord … Simon."

Er grinste. „Mylady Jenny", scherzte er. „Ich habe Sie gefragt, ob Sie glauben, dass es sich dabei um unglückliche Fehler handelt, die vielleicht auf unqualifizierte Personen zurückzuführen sind, die Einträge vornahmen."

Sie sagte es nur ungern, vor allem, weil ein toter Mann sich nicht verteidigen konnte.

„Nein, das glaube ich nicht. Ich hörte, dass Euer Cousin ein begabter Buchhalter war, wie Ihr wisst. Zumindest glaubte das Euer Vater, und so begann die Verminderung der aufgezeichneten Einnahmen."

Jenny blickte in seine blauen Augen, um ein Missverständnis auszuschließen. „Seit Euer Cousin in die Schlacht gezogen ist, gab es sicherlich nachlässige, ja sogar schlampige Eintragungen, doch das anhaltende Schwinden der Gelder begann, als er die Bücher führte. Es tut mir leid."

Er schüttelte den Kopf. „Es gibt nichts, was Ihnen leidtun müsste. Ich weiß es zu schätzen, dass Sie versuchen, diesen Missstand aufzuklären, egal, wie es dazu kam. Ich versuchte neulich, mit Maude zu sprechen. Ich fürchte, sie geht mir aus dem Weg. Das ist allerdings eigenartig."

„Was meint Ihr?"

Simon lehnte sich zurück und verschränkte die Arme. „Sie hat von nichts profitiert, was Tobias tat, sofern er tatsächlich das Familieneinkommen unterschlagen hat. Wo sind die fehlenden Einnahmen? Warum musste sie ihr Haus verkaufen, einen Devere-Besitz, den sie nicht ohne meine oder die Zustimmung meines Vaters hätte aufgeben dürfen?"

„Ihr wart nicht hier", merkte Jenny an. „An wen hätte sie sich nach dem Tod Eures Vaters wenden sollen, wenn sie sich in einer Notlage befand?"

„Ich vermute an meinen Onkel, ihren Schwiegervater."

„Vielleicht gab er ihr nicht die Erlaubnis, Jonling Hall zu veräußern."

„Ich habe ihm einen Brief geschickt und mich danach erkundigt. Außerdem weiß ich noch immer nicht, wer mein Nachbar sein wird."

Jenny spürte, wie ihr angesichts der schändlichen Szene, die sich auf der Türschwelle des Landguts abgespielt hatte, Hitze ins Gesicht stieg.

„Was ist los?" Simon verengte seine Augen. „Wisst Ihr etwas über den neuen Besitzer, das ich nicht weiß?"

„Nein." Sie blieb stehen. Was sollte sie sagen? „Ich kam daran vorbei, mit meinem Cousin."

Simons Mienen verfinsterte sich.

„Wir fanden nichts heraus", beeilte sie sich zu sagen. „Allerdings muss ich bemerken, dass die Bediensteten recht unhöflich sind und das Haus bewachen."

„Ist das wahr?" Er stand auf und streckte seine Arme über den Kopf.

Sie staunte über die lässige Zurschaustellung seines Körpers, die sie wieder daran erinnerte, welches Benehmen sie von Eheleuten untereinander erwartete. Er drehte seinen Oberkörper weiter in die eine, dann in die andere Richtung, ohne ihre Beobachtung zu bemerken.

Bis er sich plötzlich umdrehte und sie ansah.

„Ich glaube, ich sollte Jonling Hall einen Besuch abstatten", sagte er. „Würden Sie mich begleiten?"

Als sie sich an ihren letzten Besuch erinnerte und daran dachte, was die Dienerin sagen könnte, schreckte sie zurück.

„Ich sollte jetzt nach Hause gehen."

„Unsinn. Ein kurzer Ausflug in der Kutsche?" Er wackelte mit den Augenbrauen und erinnerte sie an ihre letzte Fahrt in seinem Tilbury.

„Vielleicht ein Spaziergang", schlug Jenny vor.

Simon stand wieder neben ihr und reichte ihr seine Hand. Sie ergriff sie und ließ sich von ihm auf die Beine ziehen. Er hielt sie weiterhin fest und starrte in ihr Gesicht.

„Um die Frage zu beantworten, die ich vorhin unbeantwortet ließ: Nein, ich halte Sie keineswegs für langweilig. Ganz im Gegenteil. Ich halte Sie für abenteuerlustig, mutig und sogar unkonventionell. Und trotzdem bleiben Sie pragmatisch. Wie gelingt Ihnen das?"

Sprachlos schüttelte Jenny ihren Kopf. *Was sollte sie sagen?*

Simon sah aus, als würde er noch mehr hinzufügen. Allerdings glaubte sie, er könne sich genauso gut im nächsten Moment zu ihr herunterbeugen und sie küssen.

Stattdessen ließ der Graf nach einem langen Moment ihre Hand los, trat zurück und bedeutete ihr, ihm aus dem Raum zu folgen.

Die sehr ehrliche und überaus feminine Jenny gestand sich ihre Enttäuschung ein. Die praktische Jenny wusste, dass sie nur knapp entkommen war. Wo würden all diese intimen Begegnungen enden?

SIMON GLAUBTE DIE SITUATION gut eingefädelt zu haben, um mit Genevieve Blackwood einen langen Spaziergang ohne Begleitung zu machen, obgleich eine überdachte Kutsche die nötige Privatsphäre geboten hätte, die sie beide hätten genießen können.

Er war fest entschlossen, eine Gelegenheit für einen weiteren ihrer erstaunlich knisternden Küsse zu finden. In der Bibliothek hätte er das fast getan, aber er dachte, dass sie dadurch vielleicht abgeschreckt würde, mit ihm zu gehen, und er war noch nicht bereit, sich von ihr zu trennen. Doch jetzt, als er seinen Gehrock anzog und sie ihren Pompadour nahm, wollte er sie unbedingt noch einmal küssen. Jedes Mal, wenn er sie geküsst hatte, war er schockiert gewesen, wie aufregend es sich angefühlt hatte.

Ehrlich gesagt überraschte ihn das. Schließlich hatte er schon öfter Frauen beschlafen, und nicht immer ging es langsam vom Küssen über das Streicheln bis hin zur fleischlichen Begattung. Natürlich hing es von der jeweiligen Frau ab, was sie von der Begegnung erwartete und wie weit sie bereit war, ihn gehen zu lassen. Trotz des Rufs der Mädchen vom Lande hatte er festgestellt, dass die Londonerinnen viel eher bereit waren, ihre Röcke in einem leeren Raum zu heben, der nur eine geschlossene Tür von einem Ballsaal voller Tanzender entfernt war.

Während mehr als einer Saison in der Stadt hatte er viele heimliche Begegnungen mit rehäugigen Frauen erlebt, die das Tanzen satthatten, die es leid waren, sich zu ärgern und geärgert zu werden. Sie wollten geküsst und berührt werden. Ein paar von ihnen wünschten sich, einen Mann in sich zu spüren, und Simon war mehr als bereit, ihre Wünsche zu erfüllen.

Rückblickend betrachtet, war sein Handeln verdammt riskant gewesen. Jede von ihnen hätte ihn in die Falle der Ehe locken können.

Er nahm Jennys Arm in den seinen. Diese Frau hatte seine Aufmerksamkeit und Zuneigung auf eine viel erhabenere Art und Weise erlangt, indem sie sich beides verdient hatte.

Mehrere Minuten lang war das einzige Geräusch das Knirschen ihrer Schritte auf dem Kies, das dann auf dem Feldweg hinter seinem Anwesen fast unhörbar wurde. Sie ließ zu, dass er ihren Arm nahm und ihn an seine Seite hielt. Es fühlte sich völlig richtig an, dies zu tun. Er konnte sich vorstellen, mit ihr auf diese Weise überall hinzugehen, vielleicht in Bath von seinem Stadthaus zum Mineralbad zu schlendern, gemeinsam die Sehenswürdigkeiten von Paris und Prag zu genießen oder Blessingtons prächtiges Haus in London zu betreten, um seine neue Gemahlin vorzuführen.

Seine Gemahlin? Ja, auch das fühlte sich richtig an.

„Wie kommt es, dass ein Kaufvertrag nicht erkennen lässt, wer das Landgut gekauft hat?"

Simon lachte beinahe. Während seine Gedanken immer romantischer dem Eheglück entgegenschwebten, konzentrierte sie sich auf die praktische Frage, die sie zu beantworten ersuchten.

„Ich bin sicher, wenn jemand gründlich nachforschen würde, käme der Name ans Licht. Doch Binkley konnte Lady Devere nicht befragen."

Das kurze Schweigen zeigte Jennys Missbilligung über einen solch nachlässigen Umgang mit wichtigen Belangen.

„Ich muss gestehen, dass ich mich nicht allzu sehr dafür interessierte, was jenseits der vier Wände meiner Kammer geschah, wie Sie wissen. Bis vor Kurzem."

Er sah zu ihr hinunter und wurde mit einem süßen Lächeln ihres nach oben gewandten Gesichts belohnt. Sie verstand. Außerdem schien Jenny ihn trotz seiner Fehler nicht weniger zu schätzen. Ihre Freundlichkeit und ihr Vertrauen in ihn bestärkten ihn in seinem Entschluss, sich rückhaltlos zu erholen und zu steigern. Jeden Tag. Wenn er nur schlafen könnte, ohne die verfluchten Albträume.

Innerhalb weniger Minuten erreichten sie Jonling Hall.

Als er ihr Zögern bezüglich der Art, wie er ihren Arm hielt, spürte, neckte er sie: „Kommen Sie, Miss Blackwood. Sie begleiten einen Grafen auf seinem Spaziergang. Sie dürfen nicht zurückstehen."

Sie blinzelte. „Ich bin mir der gesellschaftlichen Anstandsregeln durchaus bewusst. Leider habe ich das Gefühl, dass weder mein Cousin noch die Bewohner der Hall bei meinem letzten Besuch Anstand bewiesen haben. Da Ned es hätte besser wissen müssen, kann ich den Bediensteten des mysteriösen Besitzers keinen Vorwurf machen. Dennoch schien es, dass die Erwähnung Eures Namens ihre Aufregung und ihren Widerwillen, mit uns zu sprechen, noch verstärkte."

„Mit dem gefürchteten Grafen selbst zurückzukehren, scheint Ihnen also kein allzu guter Einfall zu sein?"

„Ganz genau."

Er zuckte mit den Schultern. „Ich habe mich hier noch nie bedroht gefühlt. Falls doch, können Sie versichert sein, dass ich hervorragend mit meinen Fäusten umgehen kann." Er drückte sie fester an seine Seite und sie näherten sich der Tür. Im letzten Moment, als er gerade den Türklopfer anhob, beugte er sich zu ihr hinunter und flüsterte: „Außerdem habe ich ein Messer in meinem Stiefel."

Sie zuckte zusammen, als die Tür aufschwang. Ein hübsches Dienstmädchen in einer gestreiften Schürze vollführte einen tiefen Knicks und stand dann stramm. „Kann ich Euch helfen?"

Simon warf Jenny einen Blick zu, die verwirrt dreinblickte. Offensichtlich hatte sie diese Dienerin noch nie gesehen und es war auch nicht derselbe Empfang.

„Ich bin Simon Devere, Lord Lindsey. Ist Ihr Herr zugegen?"

„Nein, Mylord."

„Gibt es eine Hausherrin?"

Sie zögerte. „Nein, Mylord."

„Ist ein Butler oder ein Hausverwalter anwesend?"

„Nein, Mylord."

Das Ganze wurde langsam lästig. Er musste eine Frage stellen, auf die sie eine andere Antwort geben müsste. „Wohnt hier nur niederrangiges Personal?"

Ohne zu zögern, antwortete das Dienstmädchen: „Ja, Mylord."

Anscheinend konnte auch Jenny es nicht mehr ertragen, denn sie unterbrach ihn mit einer eigenen Frage. „Wann kommt Ihr Herr hierher und wo ist er jetzt?"

Gutes Mädchen! Zwei auf einen Streich, und sie hatte *Ja-* oder *Nein*-Antworten unmöglich gemacht.

Diesmal runzelte das Dienstmädchen die Stirn. „Das kann ich nicht sagen."

„Was können Sie nicht sagen?"

„Ich weiß weder, wann mein Herr wiederkommt, noch, wo er sich aufhält." Er glaubte ihr in beiden Belangen.

„Nun gut. Dies müssen Sie wissen. Wie lautet sein Name?"

Das Gesicht der Magd erblasste. „Ich ... ich kann es nicht sagen, Mylord."

„Dieses Mal denke ich, dass Sie mich anlügen. Sie *können* es sagen. Doch Sie wollen es nicht. Weshalb?"

Sie trat einen Schritt zurück. „Wir haben alle die strikte Anweisung erhalten, mit niemandem über unseren Herrn zu sprechen."

„Warum?"

„Das kann ich nicht sagen, Mylord."

„Arbeiten Sie schon lange für ihn?"

„Nein, mein Lord."

„Möchten Sie stattdessen für mich arbeiten?"

Er sah, wie Jenny ihn anstarrte. Wie weit würde er gehen, um die Geheimnisse von Jonling Hall zu erfahren? Es war verpönt, die Diener eines anderen Mannes zu stehlen.

Das Gesicht des Dienstmädchens wurde noch blasser. Es sah aus, als hätte sie Tränen in den Augen. Er hatte sie in eine schreckliche Lage gebracht. Sollte sie ihrem Herrn gegenüber treulos sein oder riskieren, einen Adeligen zu beleidigen, der vor ihr stand? Zugegeben, er war neugierig, was sie sagen würde.

Das Mädchen sah so unglücklich aus, wie man nur aussehen konnte, ohne zu schluchzen, und sagte: „Nein, Mylord." Ihre Stimme war kaum mehr als ein Flüstern. Dann, als ob sie sich an etwas erinnern würde, fügte sie mit lauter, unnatürlicher Stimme hinzu: „Nein, Mylord. Ich habe nicht den Wunsch, den Dienst meines Herrn zu verlassen."

Das Dienstmädchen hatte Mumm. Das musste er ihr lassen.

„Nun gut. Wir überlassen Sie dem Staubwischen.“ Simon zog eine Karte aus seiner Tasche und reichte sie ihr. „Bitte richten Sie Ihrem Herrn aus, dass ich ihn zu treffen ersuche.“

Das Mädchen starrte auf die geprägte, cremefarbene Visitenkarte hinunter.

„Ja, Mylord.“ Sie machte einen weiteren tiefen Knicks und begann, die Tür zu schließen.

„Einen Moment“, forderte Jenny in schnellem und knappem Ton. „Wer hat Ihnen verboten, von Ihrem Herrn zu sprechen?“

„Lady Devere“, sagte das Mädchen, dann verstummte sie und fragte sich offenkundig, ob sie diesen Namen genannt haben sollte. Scheinbar wurde ihr klar, dass sie es nicht hätte tun sollen, denn es traten erneut Tränen in ihre Augen. Einen weiteren Augenblick später hatte das Mädchen die Tür fest geschlossen.

Simon ergriff wieder Jennys Arm und sie schlenderten den Weg zurück, den sie gekommen waren.

Als sie auf der Straße ankamen, fragte Simon: „Woher wussten Sie, dass es nicht ihr Herr war, der ihr befohlen hatte, nicht über ihn zu sprechen?“

Jenny zuckte leicht mit den Schultern. „Sie schien ein recht gewissenhaftes Mädchen zu sein. Sie sagte, man habe ihr gesagt, sie solle es nicht tun, jedoch nicht, dass *er* es ihr gesagt hätte. Ich nahm an, dass jemand anderes involviert war.“

„Ihre Annahme war richtig. Gut gemacht. Doch es ist wahrlich eine eigentümliche Entwicklung.“

„Ja, Lady Devere! Ich nahm an, sie wüsste nicht, wer das Haus erwarb.“

„Das sagte sie.“ Simon lenkte sie vom Weg auf die angrenzende Wiese zu der großen Eiche, die er als Junge erklommen hatte.

„Was werdet Ihr tun? Ich fürchte, es wird recht unangenehm sein, die Lady unter Eurem eigenen Dach zu konfrontieren. Ich rate Euch, nichts zu sagen oder zu tun, während die Kinder in der Nähe sind. Es könnte sie nicht nur ängstigen, wenn ihre Mutter sich aufregt, sondern sie wird auch eher defensiv werden, wie eine Glucke, und wer weiß, wohin die Unterredung dann führen wird."

Jenny hielt inne und blickte zuerst um sich, dann zu ihm. „Was um alles in der Welt tun wir hier?"

Simon lachte in sich hinein, da er es genoss, ihrem Geplauder zuzuhören, während sie nicht zu wissen schien, wohin er sie brachte.

„Ich dachte, ich zeige Ihnen meinen liebsten Kletterbaum aus meiner Kindheit."

Sie umkreisten die Eiche, deren Stamm gut einen Meter breit war.

„Ich mochte nichts lieber, als so hoch zu klettern, wie ich konnte, und oben in der Baumkrone im grünlichen Licht zu verschwinden, wo mich niemand finden konnte."

Jenny lächelte. „Wir nannten ihn den ‚Vierhundertbaum', weil mein Vater sagte, er sei sicher vierhundert Jahre alt."

Simon blieb stehen und starrte sie an. „Sie waren schon einmal hier, an meinem Baum?"

„*Euer* Baum?" Sie zog ihre Augenbrauen hoch und betrachtete ihn. „Nun, ich wüsste natürlich nicht, dass er Euch gehörte. Ich vergaß, dass wir nicht immer in London lebten. Wir verbrachten viele Sommer hier, besonders, bevor Eleanor geboren wurde. Tatsächlich muss ich Euch etwas gestehen."

„So?" Er lehnte sich an den Baum und verschränkte die Arme. „Raus damit."

Als er sah, wie sie mit einer schlanken Hand den tief eingekerbten Stamm des Baumes entlangfuhr, stellte er sich vor, wie sie seine Brust oder seinen Oberschenkel – oder etwas dazwischen – streichelte, was ihn sofort erregte.

„Ich erinnere mich an Euch", sagte sie und drehte sich um, um ihm in die Augen zu sehen. „Von den Weihnachtsfeiern, die Euer Vater veranstaltete. Ihr seid älter als ich und erinnern sich sicher nicht an ein Mädchen, das beinahe zu schüchtern zum Sprechen war. Jedes Jahr habt Ihr mich herzlich begrüßt."

Simon betrachtete sie, musterte ihr nun vertrautes Gesicht und fragte sich, ob er sich an sie als Kind erinnern konnte. Zu den Partys seines Vaters und den informelleren Zusammenkünften während der Weihnachts- und Neujahrsfeiern waren Hunderte von Menschen erschienen. Er hatte den Trubel immer genossen. Es war ein lebhafter Kontrast zu der Nüchternheit, in der nur sein Vater und er selbst beim Stir It Up Sunday saßen, als alle Bediensteten Weihnachtspudding zubereiteten und jeder in großen Schüsseln auf allen Oberflächen rührte.

Am Nikolaustag fand die erste große Party statt. Danach schienen jedes Wochenende Gäste in seinem Haus zu weilen, bis zum Dreikönigsabend und dem abschließenden Ball mit Hunderten von Gästen.

„Es waren viele Gäste anwesend", entschuldige er sich.

„Meist hielt ich einen Rechenschieber in den Händen."

Er begann zu lachen. „Das taten Sie nicht, oder?"

„Nein." Jenny lächelte ihn breit an und ihr Gesicht war umwerfend schön. „Ich scherze nur. Ich wüsste nicht, warum Ihr Euch an ein einfaches, braunhaariges Mädchen erinnern solltet, in einem—"

„Einem blau-grünen Schottenkleid!"

Ihre Augen weiteten sich. „Guter Gott! Ihr erinnert Euch doch."

„Wahrlich! Es ist mir gerade in den Sinn gekommen. Das können nur Sie gewesen sein. Sie haben es mehrere Jahre getragen. Deshalb fielen Sie auf."

Sie errötete. „Das tat ich. Zuerst war es mir zu groß, dann wuchs ich hinein und später aus ihm heraus. Ich liebte dieses Kleid. Angenehm warm zur kältesten Zeit des Jahres."

„Im zweiten Jahr, als ich Sie darin sah, dachte ich mir: Ich erinnere mich an das kleine Mädchen in dem auffälligen Schottenkleid vom letzten Jahr. Und im darauffolgenden Jahr hielt ich nach Ihnen Ausschau. Und tatsächlich, da kamen Sie mit Ihrem karierten Kleid und einer kleinen Schwester im Schlepptau."

Sie bedeckte ihr Gesicht mit beiden Händen. „Ich hätte nie gedacht, dass es jemandem auffallen würde."

„Warum auch? Sie, Miss Praktisch, hielten sich warm und waren glücklich." Er ergriff ihre Handgelenke und zog ihre Arme nach unten. „Nicht wahr?"

„Das war ich. Ich hatte eine sehr glückliche Kindheit. Ihr auch?"

Seine Gedanken wanderten zu seiner Mutter, und er konnte den Moment beobachten, in dem Jenny das bemerkte. Seine Mutter kam nicht einmal in seinen frühesten Erinnerungen vor, da sie noch vor seinem dritten Geburtstag gestorben war.

„Verzeihung. Ich hätte Euch das nicht fragen sollen. Ich weiß, dass Ihr Lady Devere verloren habt, als Ihr noch sehr jung wart. Ich habe sie nie getroffen, als ich Ihr Haus besuchte."

„Ich war drei. Und Sie können mich alles fragen. Ich hege keine tiefe Traurigkeit über meine Mutter. Außer dem vergeblichen Wunsch, ich hätte sie gekannt. Ich bin trauriger um meines Vaters willen, der sie über alles liebte."

Diese Diskussion ging nicht in die Richtung, die er sich wünschte. Plötzlich drückte er Jenny gegen den Baum und fixierte sie mit einer Hand auf beiden Seiten.

„Und nein, bevor Sie fragen, ich bin auch durch den Tod meines Vaters nicht übermäßig traumatisiert. Ja, ich wünschte bei Gott, ich wäre hier gewesen, aber ich weiß, dass es nicht meine Schuld war, dass ich nicht an seiner Seite war. Außerdem habe ich mit Binkley darüber gesprochen, nachdem wir beide uns unterhielten. Er sagte, mein Vater sei so schnell gegangen, dass er nicht leiden musste. Mehr kann keiner von uns verlangen."

„Wahrlich", murmelte sie und wirkte herrlich abgelenkt von der Position, in der er sie hielt.

„Sie und ich sind nun hier. Das ist alles, was wir im Moment beeinflussen können."

„Ich kann nicht sagen, dass ich das Gefühl habe, irgendetwas kontrollieren zu können, da Ihr mich am Vierhundertbaum festhaltet. Warum tut Ihr das?“

„Können Sie es erraten?“

KAPITEL SECHZEHN

Jenny spürte, wie ihre Wangen augenblicklich erröteten, und sah dann sein teuflisches Grinsen.

Simon senkte seinen Kopf und hielt den Augenkontakt bis zum letzten Moment, als sich ihre Augenlider schlossen und seine Lippen die ihren eroberten.

„*Mm*", murmelte sie an seinen Lippen. Wie sehr sie es liebte, diesen Mann zu küssen! Die herrlichen Empfindungen, die durch ihren ganzen Körper pulsierten, wenn sein Mund den ihren berührte, waren ein wundervolles Gefühl. Sie könnte stundenlang einfach nur in seiner Umarmung verharren und ihn küssen. Solange keine Spinnen oder andere Krabbeltiere den Baum herunterkamen, um sie zu erkunden.

Sie erschauderte, woraufhin er den Kopf hob.

„Frieren Sie?"

„Nein." Sie leckte sich über die Lippen und beobachtete, wie sein Blick zu ihrem Mund wanderte und ihren Bewegungen folgte. „Ich habe an Käfer gedacht."

Seine schönen blauen Augen wurden groß. „Wie bitte?"

Sie kicherte über seinen enttäuschten Blick. „Oh nein, Mylord, der Kuss war mehr als entzückend. Es ist nur so, dass ich mir gut vorstellen kann, was in diesem Baum lebt."

Er fluchte leise vor sich hin. „Dann ist dies der falsche Ort. Denn ich hätte gerne Ihre volle Aufmerksamkeit."

Bevor sie protestieren konnte, hatte er ihre Hand ergriffen und ging in schnellem Tempo zurück zum Tor des Belton Manor.

„Simon, seid Ihr böse mit mir?"

Er blickte zu ihr hinunter, verlangsamte jedoch sein Tempo nicht. „Nein, ganz im Gegenteil. Ich möchte nur, dass Sie sich wohlfühlen. Gehen wir zurück in den Garten, wo wir zuvor unterbrochen wurden. Wie man so schön sagt, schlägt der Blitz selten zweimal ein, und ich bin sicher, dass wir ihn für uns allein haben werden."

Kaum waren sie durch einen der Bögen gegangen und unter den überhängenden Zweigen einer Weide angekommen, zog er sie in eine Umarmung, senkte seinen Mund auf den ihren und küsste sie noch einmal innig.

Bei seinen warmen Lippen und seiner festen, eindringlichen Zunge, ganz zu schweigen von seinen geschickten Händen, die über ihren Körper wanderten und nur innehielten, um ihre Taille zu umfassen oder – meine Güte! – ihr Gesäß zu packen, erschauderte sie wie zuvor schon.

„Kälte oder Insekten?", neckte er.

„Nichts dergleichen."

„Komfortabel?", fragte er.

„Ausgesprochen."

Nur schien jeder Nerv in ihrem Körper zu kribbeln. Sie musste ihren Geist beruhigen und ihren Herzschlag drosseln. Das ging am besten mit Fakten. „Und sie sind keine Insekten. Ich habe nichts gegen Insekten. Ihr wisst schon, Heuschrecken und Schmetterlinge und dergleichen. Ich mag bloß keine Spinnen und andere Arachniden."

Simon starrte auf ihren Mund, doch sie glaubte nicht, dass er ihr zuhörte. „Darf ich Sie wieder küssen?"

„Ich glaube, das ist das erste Mal, dass Ihr um meine Erlaubnis bittet."

„Dann war ich ein Schurke sondergleichen." Sein Tonfall zeigte, dass es ihm gleichgültig war, ob er sich wie ein Schurke verhielt.

„Sie dürfen."

Nach einem weiteren langen Kuss, bei dem Jenny glaubte, die ganze Welt sei entschwunden und habe sie auf einer Insel der Gefühle ausgesetzt, hob er seinen Kopf wieder. Sie schwankte ihm entgegen, bevor sie sich fing, die Augen öffnete und sein Gesicht betrachtete.

Ein Ausdruck, den sie nicht deuten konnte, kreuzte Simons Züge.

„Jenny?"

Sein Ton klang ernst und sie antwortete ebenso. „Ja?"

„Ich wünsche, dass Sie mich zu meinen verschiedenen Besitztümern begleiten und den Einkommenseinbußen mit mir auf den Grund gehen."

Sie konnte nicht anders, als einen Schritt zurückzutreten und sich aus seiner Umarmung zu lösen. Seine unerwarteten Worte brachten ihre Füße sogar dazu, weiterzulaufen, als ob sie diesem Wahnsinn entkommen wollten. Er trat neben sie und sie liefen den Gartenweg entlang.

„Erstens ist das unmöglich", sagte sie ihm, als sie ihre Worte wiederfand. „Zweitens, warum fragt Ihr ausgerechnet mich?"

Er seufzte, dann ignorierte er ihren ersten Punkt und fragte: „Wer wäre besser geeignet als Sie?"

„Selbstverständlich ein ausgebildeter Buchhalter, ein männlicher, oder vielleicht ein Detektiv der Londoner Polizei."

Er lachte leise. „Ich glaube kaum, dass ein Detektiv vonnöten ist, und warum sollte ich einen weiteren Buchhalter brauchen? Ich habe Sie, und Sie sind durchaus in der Lage, herauszufinden, was los ist. Wir wären eine Woche unterwegs. Höchstens zehn Tage."

Jenny blieb wie erstarrt stehen. Nun war der Graf zu weit gegangen! Kümmerte er sich denn überhaupt nicht um ihren Ruf? Oder hielt er sie für so unbedarft, weil sie sich von ihm küssen ließ, dass er glaubte, sie würde ihn noch weitergehen lassen, wenn sie nicht mehr in der Zivilisation ihres vornehmsten Landlebens verweilten?

„So etwas könnte ich unmöglich tun, und Ihr habt die Grenzen des Anstands gänzlich überschritten, indem ihr es von mir verlangt. Sie müssen mit Mr. Binkley Vorlieb nehmen."

Simon stieß ein kurzes Lachen aus. „Sodass er mir meinen Tee und Portwein bringen kann? Binkley mitzunehmen ist sinnlos. Er kann nicht das tun, was Sie tun. Niemand kann das. Auch ich nicht. Ich hätte diese Fehler nicht bemerkt oder verstanden, wenn Sie sie mir nicht erklärt hätten."

Jenny war fassungslos und versuchte, ihn davon abzubringen. „Da ich sie Euch erläutert habe, könnt Ihr zu Euren Gütern reisen und selbst entscheiden."

„Ich stimme zu, dass ich in Begleitung meines Verwalters gehen sollte."

Sie atmete wieder auf. Er war zur Vernunft gekommen. „Ja, genau."

„Dann ist es beschlossen." Simon klang erfreut. „*Sie* werden meine Verwalterin sein."

„Was? Nein! Man wird mich als Sonderling betrachten — als eine vermännlichte Frau. Bestenfalls eine abscheuliche Kreatur."

Der Graf musterte sie kurz von oben bis unten, ließ seinen Blick auf ihrem Busen verweilen und schließlich auf ihren Lippen ruhen. „Ich kann bestätigen, dass Sie eine sehr feminine Frau sind."

Sie merkte, dass er sie necken wollte. Vielleicht war sein gesamter Einfall nur ein Scherz.

„Ihr wisst, dass das nicht möglich ist. Nicht ohne einen Begleiter." Das hätte sie nicht sagen sollen. Es war trotzdem eine ungeheuerliche Idee. „Selbst dann ..."

„Wäre Binkley ein geeigneter Begleiter für Sie?", fragte Simon.

Jenny wollte schreien. „Natürlich nicht. Das wäre ja noch schlimmer, mit zwei Herren auf Reisen zu gehen! Selbst mit einer weiblichen Begleiterin wäre es absurd, als Eure Verwalterin durch die Lande zu ziehen. Das müsst Ihr einsehen."

„Warum?", fragte er, und doch bewies das Lächeln auf seinem attraktiven Mund, dass er genau wusste, warum. Offenbar wollte er sie zum Erröten bringen. Und sie errötete tatsächlich.

„Unvorstellbar unangemessen", murmelte sie und ging weiter, bis sie den Feengarten betraten. Dort wuchsen Rittersporn in den verschiedensten Blau- und Violetttönen und reichlich duftende Geranien in großen Büscheln, und überall blühten Beete mit leuchtend buntem rosa Phlox wie üppige Blumenteppiche. Der Duft von Glyzinien, die an Spalieren hochrankten, erfüllte die Luft mit ihrem Wohlgeruch. Der gesamte Anblick war in der Tat so zauberhaft wie eine Fee.

Simon stand dicht neben ihr. Einen Moment lang schwiegen sie beide. Sie spürte, dass er nachdachte, überlegte und hoffentlich zur Vernunft kam.

„Ich möchte keine Schande über Sie bringen oder Ihre Familie in Verlegenheit stürzen", sagte er schließlich.

„Gut." Jenny entspannte sich. Vielleicht war es ja nur ein Streich seinerseits gewesen.

Wider Erwarten sank der Graf von Lindsey jedoch plötzlich vor ihr auf die Knie.

Augenblicklich schien alle Luft aus Jennys Lungen zu entweichen, sodass sie nicht mehr in der Lage war zu atmen. Wenn Simon nicht genau in diesem Moment anfangen würde, nach einem verlorenen Gegenstand zu suchen, vielleicht nach seiner Taschenuhr, dann wüsste sie, was er vorhatte.

Sie konnte nicht recht behalten!

Er nahm ihre beiden Hände in seine. Jenny schnappte nach Luft.

„Ich entscheide rasch und handle schnell. Ich weiß, was im Leben wichtig ist, jetzt mehr denn je. Ich lernte die härteste Lektion der Welt – dass es nur sehr wenig gibt, was ich kontrollieren kann. Ich verlor meine Freiheit und, was noch wichtiger ist, ich verlor Menschen, die ich liebte.“

Er hielt inne. Seine Stimme war voller Emotion, als er weitersprach. „Ich konnte nichts tun. Weder für Tobias, noch für meinen Vater. Ich weiß nun, dass geliebte Menschen das Einzige sind, was im Leben zählt. Wahrlich.“ Er drückte sanft ihre Hände. „Wir sollten uns mit Menschen umgeben, die uns glücklich machen, und auch ihnen im Gegenzug Glück bereiten. Sie machen mich ausgesprochen glücklich.“

„Simon“, flüsterte sie, doch mehr konnte sie nicht sagen, denn sie spürte den Kloß der Emotionen wie einen Pflaumenkern in ihrer Kehle.

„Genevieve“, fuhr er fort. „Ich halte um Ihre Hand an.“

Guter Gott! Der unerwartetste Satz war dem Mund des Grafen entwichen, und er war das genaue Abbild von Cousin Ned. Nur, dass sich ihr Name auf den Lippen des Grafen richtig anfühlte.

„Zwei Heiratsanträge in einer Woche!“, rief sie aus, ehe sie ihre unbedachten Worte sofort bereute, obgleich sie sie nicht mehr zurücknehmen konnte. Im nächsten Moment wurden ihre Beine ganz wackelig. „Ich muss mich setzen.“

Sie stolperte halb zu einer schmiedeeisernen Bank mit fantasievoller Verzierung und setzte sich, während die Wucht des Erstaunens und der Unsicherheit schwer auf ihr lastete.

Simon erhob sich mit einem ärgerlichen Fluchen vom Boden.

Statt sich wie ein zivilisierter Gentleman neben sie zu setzen, umkreiste er die Bank wie ein Tiger, der sich auf sie stürzen wollte.

„Zwei Anträge! Wovon in aller Welt sprechen Sie nur?“

„Verzeiht“, sagte sie sogleich. „Ich setze den vorherigen Antrag in keiner Weise mit dem Euren gleich. Ich bin lediglich verblüfft. In dem Moment, in dem ein Mädchen ihre eigene Person fest im Griff hat, werden die Männer immer hartnäckiger. Ich muss mich fragen, ob das nicht eine weitere kokette Taktik der feinen Gesellschaft sein könnte. Man könnte bei jedem Ball einen Raum einrichten, indem sich die Jungfern versammeln und sehen, ob die Junggesellen nicht hineinströmen, um die noch uneroberten Damen zu erobern.“

„Die meisten Jungfern, die unerobert bleiben, hegen die Vorstellung, sie seien unattraktiv“, protestierte er, „ob nun zu Recht oder zu Unrecht. Aber bei Ihnen ist das ganz und gar nicht der Fall. Sie wurden lediglich aufgrund finanzieller Umstände, auf die Sie keinen Einfluss hatten, noch nicht erobert.“

Erneut fluchte er laut, bevor er vor ihr zum Stehen kam.

„Warum diskutieren wir die verdammte feine Gesellschaft und Mauerblümchen? Ich fordere eine Erklärung.“

Hm. Simon Devere forderte es, was?

Ihre Gedanken schwirrten noch immer in alle möglichen Richtungen und weigerten sich, sich auf das eine wichtige Thema zu konzentrieren. Er hatte sie gebeten, ihn zu ehelichen. Jenny verlangsamte den Gedanken, um zu prüfen, ob er noch einen Sinn ergab. Er. Hatte. Sie! Gebeten. Ihn! Zu. Ehelichen.

„Also?“

„Der Grund, warum mein Cousin so plötzlich abreiste, war, dass ich seinen Antrag ablehnte. Ich wusste, dass er etwas für mich empfand und hatte tagelang versucht, ihn zu vertrösten. Als er sich erklärte und ich ablehnte, wusste ich, dass er überstürzt aufbrechen würde. Und das tat er.“

„Ha!“, rief Simon aus. „Ich wusste es!“ Dann lachte er; ein lautes, ehrliches Lachen. „Was für ein Holzkopf! Wie konnte diese schwabbelige, willensschwache Made darauf hoffen, Ihre Zuneigung zu gewinnen, wenn er Ihnen nicht einmal bei der Rettung von Thunder behilflich war?"

Jenny zuckte leicht mit den Schultern. „Es hätte auch keinen Unterschied gemacht, wenn er mir ein ganzes Gespann von prämierten Hengsten geschenkt hätte."

Der Graf wurde still und setzte sich schließlich neben sie auf die Bank.

„Ich hegte keine Gefühle für ihn", erklärte sie.

Er sagte einen Moment lang nichts. Dann hörte sie ihn mit leiser Stimme ergänzen: „Das ist verständlich."

Sie konnte ein kurzes Kichern nicht unterdrücken. Jenny war nicht nur nervös, sondern wollte auch unbedingt die Gefühle ergründen, die in ihr aufstiegen. Sie war geschmeichelt, entsetzt, ein wenig beleidigt und fasziniert – alles auf einmal.

Und sie war neugierig.

„Ihr würdet mich heiraten, um eine Buchhalterin an Eurer Seite zu haben?" Es klang so absurd, wie sie es sich vorgestellt hatte.

Simon lächelte. „Nun, ich würde keine beliebige Buchhalterin heiraten."

„Es ist nicht der richtige Moment, um mit mir zu scherzen, Mylord."

„Nein, gewiss nicht. Doch ich muss gestehen, dass ich der Ansicht bin, dass wir gut zusammenpassen, wenn ich das sagen darf. Gespräche fallen uns leicht, wir lachen viel und …" Er verstummte.

„Und?", forderte sie.

„Und wir haben bereits entdeckt, dass wir eine gewisse leidenschaftliche Reaktion aufeinander genießen. Meinen Sie nicht auch?"

Sie stimmte definitiv zu, doch das würde sie nicht aussprechen. Außerdem war da noch die heikle Angelegenheit seiner boshaften und recht eindeutigen Aussage gegenüber seinem Butler.

„Ich muss Euch gestehen, dass ich von Eurem Antrag völlig verwirrt bin."

Simon runzelte die Stirn. „Wirklich? Habe ich Sie nicht jedes Mal, wenn wir allein waren, liebkost?“

Ihr Gesicht wurde heiß. Wahrlich, das hatte er. Und sie hatte es zugelassen. Obendrein hatten sich ihre Gefühle für ihn schnell von der Sorge, die man für ein leidendes Wesen empfindet, zu dem echten Wunsch entwickelt, ihm bei seiner Genesung zu helfen.

Mehr noch: Sein Wohlergehen war ihr jetzt wichtig. Sie genoss jeden Moment mit ihm, es sei denn, er litt, und dann litt auch sie.

Doch sie konnte seine Verkündung nicht vergessen.

„Ihr habt ganz eindeutig gesagt, dass Ihr mich nicht ehelichen würdet, selbst wenn ich die letzte Frau auf Erden wäre. Was hat sich in zwei Wochen verändert?“

Nun war der Graf an der Reihe, verwirrt auszusehen. „Eine solche Aussage habe ich nicht getroffen. Wie kommen Sie nur auf eine solche Idee?“

„Ich hörte es mit eigenen Ohren. Ihr spracht mit Mr. Binkley, am selben Tag, an dem Ihr mir so großzügig das Angebot unterbreitet habt, die Saisons für meine Schwestern zu finanzieren.“

Simon runzelte einen Moment lang die Stirn, dann sah er zum Himmel hinauf, hinunter auf seinen Schoß, und dann wieder in ihre Augen. In diesem Moment machte sich Erkenntnis auf seinem Gesicht breit und glättete seine Züge.

„Ich erinnere mich wieder. Allerdings sprachen wir dabei nicht über Sie. Wir sprachen über Maude Devere. Es trug sich zu, nachdem Sie mir sagten, dass sie eingezogen war. Ich stellte Binkley einige Fragen. Mein Butler ist der Meinung, dass Tobias’ Witwe nicht in Belton verweilen sollte.“

Simon hielt inne, wie er es immer tat, wenn er über seinen Cousin sprach, und sein Blick wurde distanziert und zerstreut. Jenny verstand, dass sein scharfer Verstand ihn in den Moment von Tobias’ Tod zurückversetzte. Der Graf erschauderte leicht, bevor er sich wieder auf sie konzentrierte.

„Binkley, ganz der Bürgerliche, ist überzeugt, dass man mir vorschlagen wird, sie zu heiraten, jetzt, wo Maude und die Kinder hier leben und sie alle praktisch meine Familie sind.“

Er seufzte. „Ein wenig unschicklich ist das Arrangement schon, nehme ich an. Zumindest könnte man das annehmen, wenn man bedenkt, dass wir beide gleichen Alters sind und keine Partner haben.“

Jenny nickte. Das ergab Sinn. Eine Last wurde von ihren Schultern und ihrem Herzen genommen. Seine Worte waren verletzend gewesen, und sie hatte versucht, sich nicht davon beirren zu lassen, doch sie war gescheitert.

„Ich hatte nicht vor, zu lauschen. Ich ging gerade vorbei, um meinen Mantel zu holen. Ich bitte um Verzeihung.“

„Nicht der Rede wert.“ Er hob ihre behandschuhte Hand von ihrem Schoß und legte sie auf sein Bein, wobei er sie mit seiner großen Hand fest umschloss.

Sie starrte auf ihre Hände. Ihre war völlig verdeckt und drückte gegen sein Hosenbein, wobei sie spürte, wie sich seine Wärme auf sie übertrug. Saß sie wirklich mit einem Grafen zusammen und erörterte Beziehungen? Und die Ehe? Sie schluckte.

„Darf ich fragen, warum Maude Devere die letzte Person auf Erden wäre, die Ihr ehelichen würdet?“

„Ist das eine Fangfrage?“, fragte Simon. „Ein Spiel unter Frauen, das Sie nutzen, um mich dazu zu bringen, Ihre Eigenschaften mit ihren zu vergleichen? Denn ich werde Ihnen gerne verraten, warum ich Sie mehr bewundere als alle anderen.“

Die bloße Vorstellung davon! Jenny war bloß neugierig gewesen. Es war kein Tratsch, der sie anspornte, sondern der aufrichtige Wunsch, Simons Meinung zu erfahren. Und natürlich wollte sie wissen, warum er sie der hübschen Witwe vorzog.

„Lady Devere hat ein reizendes Gesicht. Sie mag nicht wohlhabend sein, doch das bin ich auch nicht. Außerdem ist sie bereits ein Mitglied der Familie Devere, was für viele einen nahtlosen Übergang bedeuten würde."

Simon machte ein ausgesprochen abfälliges Geräusch. „Maude ist nicht unscheinbar, das gebe ich zu. Und doch ist sie auch keine umwerfende Schönheit. Trotzdem übt sie keine Anziehungskraft auf mich aus. Ich werde es Ihnen erklären. Vor etwa sieben Jahren setzte ich in London ein paar Mal meinen Namen auf ihre Tanzkarte. Doch es war nur eine Liebäugelei. Ich glaube, wir haben nicht mehr als zwanzig Worte miteinander gesprochen. Wir unterhielten uns nie so, wie Sie und ich es jetzt tun. Tobias war natürlich auch zugegen und war ganz vernarrt in die Dame. Da sie meinen Cousin dem Erben einer Grafschaft vorzog, muss ich davon ausgehen, dass sie ihn wirklich und wahrhaftig liebte."

Er streckte die Hand aus und strich ihr eine lose Haarsträhne hinter das Ohr, was ihr einen wohligen Schauer über den Rücken jagte.

„Ich konnte mich nie dazu durchringen, all die Jahre später die zweite Geige zu spielen", schloss Simon. „Wenn diese Frau etwas für mich übrig hätte, hätte sie es bereits beim ersten Mal bekundet. Und hätte mir etwas an ihr gelegen, hätte ich mit Toby um ihre Hand gekämpft. Doch um ihre Hand zu bitten, war das Letzte, das mir in den Sinn kam, damals wie heute."

Jenny verarbeitete das schweigend.

Simon fuhr mit seinem Daumen über ihre Unterlippe und raubte ihr den Atem mit seiner Berührung. „Haben wir nun genug über Ihren Cousin, meinen Cousin und seine Witwe gesprochen?"

Sprachlos, da sein Daumen noch immer auf ihren Lippen ruhte, nickte sie.

Der Graf lächelte, doch seine Miene wurde ernst.

„Meinen Sie nicht, Miss Blackwood, dass wir in allen Punkten, die ich erwähnt habe, gut zusammenpassen?"

Sie nickte wieder.

„Sie sind ein praktischer Mensch. Deshalb müssen Sie mir zustimmen, dass wir diesen glücklichen Umstand nicht verschwenden sollten, denn wir haben beide jemanden gefunden, der zu uns passt. Sie kennen die Zahlen, Miss Blackwood. Es gibt sehr viele Menschen in England. Wissen Sie, wie viele?"

„Oh, meine Güte, nein. Millionen, glaube ich."

„Etwa dreizehn Millionen. Zumindest war das die Summe bei der letzten Volkszählung, bevor ich wegging. Außerdem haben Sie fast zwei ganze Saisons hinter sich und haben viele von denen getroffen, die als heiratsfähig gelten. Nicht wahr?"

Ihr drittes Nicken und Jenny hatte das Gefühl, dass ihr jemand die Stimme geraubt hatte, doch sie war absolut fasziniert von seinem Mund, wenn er so eindringlich sprach.

„Und von all den Menschen, die wir kennengelernt haben, würde ich wetten, dass es nicht mehr als eine Handvoll gibt, die für jeden von uns ein geeigneter Partner wäre. Stimmen Sie mir zu?"

Sie bewegte ihren Kopf leicht, um seinen Daumen abzuschütteln, und räusperte sich.

„Gewiss, ich stimme zu. Wenn es überhaupt so viele sind."

Sie selbst hatte nie auch nur den kleinsten Teil der Gefühle empfunden, die der Graf in ihrem Herzen und in ihrer Person auslöste. Tatsächlich war es das erste Mal, dass sie darüber nachdachte, ihr lange verstecktes Exemplar des *Weiberbüchleins* auszugraben, das sie zu Beginn ihrer ersten Saison in einem Londoner Gebrauchtwarengeschäft erworben hatte. Das Buch war unscheinbar in braunes Papier eingeschlagen und galt unter ihresgleichen als die beste Einführung in das, was zwischen Männern und Frauen im Privaten passierte. Im Schlafzimmer.

Sie hatte es ganz unten in ihrem Koffer vergraben und nie hervorgeholt.

Seltsamerweise hatte sie, während ihrer kurzen Verlobung mit dem Vicomte, nicht das geringste Bedürfnis verspürt, nachzulesen, worüber viele in ihrem Alter flüsterten. Selbst angesichts ihrer bevorstehenden Ehe hatte sie kein Bedürfnis empfunden, es zu erfahren. Vielleicht, weil sie kein Verlangen verspürt hatte.

Jetzt aber, da ihre Gefühle – und andere Dinge – von dem potenten Mann neben ihr aufgewühlt wurden, fand Jenny, dass es höchste Zeit war, das Buch zu verschlingen, das angeblich viele sinnliche Geheimnisse enthüllte.

„Genevieve?"

Er riss sie aus ihren aufregenden Gedanken und brachte sie zurück in die Gegenwart, als er ihren Namen flüsterte.

„Ja?", fragte sie.

„Willst du mich heiraten?"

KAPITEL SIEBZEHN

Wenn man bedachte, was sie für diesen beeindruckenden Mann empfand, fiel Jenny die Antwort leicht.

„Ja, ich will!"

Sein Gesicht drückte das gleiche Glück aus, das sie innerlich empfand. Was für eine seltsame und wundersame Wendung ihres sonst so gewöhnlichen Tages.

„Ich werde heute Abend deine Mutter aufsuchen. Natürlich hätte ich sie zuerst fragen sollen. Doch aufgrund deines Alters und deiner unabhängigen Art ließ ich mich dazu hinreißen, diese Regel zu missachten. Ich hoffe, sie sieht es mir nach."

„Ich bin sicher, sie wird sich für uns freuen."

Ihr Herz klopfte ihr bis zum Hals. Als seine Verlobte erlaubte die Etikette ihm nun, sie anders anzusprechen, und auch sie würde sich nun daran gewöhnen müssen, tatsächlich seinen Vornamen zu nutzen.

Ihre behandschuhten Hände legten sich um seinen Hals und zogen seinen Kopf zu einem Kuss herunter. Wahrlich, sie mochte die Gärten und Bänke in Belton!

SIMON FAND, DASS ES ein toller Tag gewesen war. Die Vorstellung, dass Jenny seine Frau werden würde, bereitete ihm pure Freude. Intelligent, sanftmütig, schön, leidenschaftlich und in seinen Armen sogar nachgiebig – sie war alles, was er sich je erhofft hatte. Ja, er hatte eine gute Wahl getroffen. Und nun, nachdem er sie noch einmal geküsst und mit dem Versprechen, ihre Mutter noch am selben Abend zu besuchen, verabschiedet hatte, hatte er die weitaus weniger angenehme Aufgabe, Maude Devere ausfindig zu machen.

Als er sie in keinem der Gemeinschaftsräume finden konnte, wies er Binkley an, ihn in ihren Privatgemächern anzumelden. Simon fühlte sich wie David, der den Löwen in seiner Höhle die Stirn bot, und trat hinter Binkley ein, während Maude noch entschied, ob sie den Grafen empfangen wollte oder nicht, oder, was wahrscheinlicher war, sich eine weitere Ausrede ausdachte, um ihn fernzuhalten. Solch hartnäckige Kopfschmerzen konnte niemand haben!

Er hatte ein Recht darauf, sie zu sehen. Schließlich lebte sie nun, da er zurückgekehrt war, auf sein Betreiben hin in seinem Haus. Ihm eine Audienz zu gewähren, oder besser gesagt, sie nicht zu gewähren, war keine Entscheidung, die Simon ihr zugestehen wollte. Er brauchte ein paar Antworten.

Sie saß auf einer kleinen lachsfarbenen Polsterbank und hatte eine Zeitung auf dem Schoß. Ihre Kinder, so stellte er fest, als er daran dachte, was Jenny gesagt hatte, waren nirgends zu sehen. Es schien ein guter Zeitpunkt für eine Unterredung zu sein.

„Danke, Binkley. Das wäre dann alles." Simon schickte den Butler weg. Wenn es Maude unangenehm war, mit ihm allein zu sein, konnte sie nach ihrem Dienstmädchen klingeln.

„Was hat das zu bedeuten?", fragte Maude. Sie stand nicht auf, machte aber trotzdem den Eindruck, als sei sie hochgradig empört. Ihr französischer Akzent verstärkte sich mit ihrem Unbehagen.

„Es war nicht meine Absicht, Sie zu beunruhigen, Lady Devere. Ich wünsche nur, einige Angelegenheiten meiner Besitztümer mit Ihnen zu besprechen. Es geht um Jonling Hall."

Sie erblasste und Simon wusste, dass es keine einfache Unterredung werden würde.

„Ich wusste nicht, dass ich es nicht verkaufen durfte, das schwöre ich. Ich dachte, es gehöre mir, und ich könne damit tun, was ich wolle."

„Und doch war es das nicht."

Sie wich zurück, als hätte er sie geohrfeigt. „Es gibt nichts, was jetzt noch getan werden kann. Tobias hätte mir sagen sollen, dass wir die Hall nur mit dem Einverständnis Ihres Vaters innehatten und nun mit Ihrem."

„Ja, ich vermute, das hätte er tun sollen. Ich habe nur Ihr Wort, dass er es nicht getan hat."

Nun hatte er ihren Zorn geweckt, denn ihre Haut errötete. Das war weitaus besser als blasse Haut und zusammengekniffene Augen, denn er mochte den Gedanken nicht, dass er eine Frau belästigte.

„Warum sollte mein Schwiegervater vorschlagen, dass ich es verkaufe, wenn ich nicht das Recht dazu hatte?"

Simon war verblüfft. Hatte sein Onkel ihr wirklich geraten, so etwas zu tun? Er hatte noch keine Antwort auf sein Schreiben an den jüngeren Bruder seines Vaters erhalten, doch er begann zu glauben, dass er eine Reise nach South Wingfield unternehmen und direkt mit ihm sprechen müsste. Bis dahin brauchte er jedoch Antworten.

„Wo ist der Gewinn aus dem Verkauf?"

„Gewinn?" Sie blinzelte ihn an, und er spürte, dass sie Zeit schindete.

„Ja, der Gewinn, der Erlös, die Einnahmen. Sie haben ein Haus verkauft, für das Sie weder bezahlt noch jemals

Zahlungen geleistet haben, also wäre der Verkaufserlös von Jonling Hall ein reiner Gewinn. Wo ist das Geld?"

Sie blickte auf ihren Schoß hinunter.

„Weg", sagte sie mit leiser Stimme. „Größtenteils."

„Weg?"

„Ja, Mylord. Ich hatte Schulden zu begleichen."

„Schulden? Wessen? Ihre, oder beabsichtigen Sie sie bequemerweise Ihrem Mann zuschreiben, obwohl er nicht mehr hier ist, um Ihre Worte zu leugnen oder zu bestätigen?"

„Das ist nicht meine Schuld. Ich wünschte mehr als alles andere auf der Welt, er wäre noch hier. Ich wünschte inständig, er wäre zurückgekehrt, statt ..." Sie schlug sich eine Hand vor den Mund.

Glücklicherweise vollendete Maude diese abscheuliche Aussage nicht. Simon hatte mehr als einmal darüber nachgedacht, wie viel besser es für alle gewesen wäre, wenn Toby tatsächlich derjenige gewesen wäre, der zurückkehrte. Er hatte eine Familie, einen Erben, einen lebenden Vater. Die Übertragung der Grafschaft von der einen Seite der Familie zur anderen wäre ganz einfach gewesen.

Stattdessen war Simon zurückgekehrt, um festzustellen, dass er keinen Vater hatte, den er um Rat bitten konnte, sondern nur die Witwe und die Kinder eines anderen Mannes. Und er war monatelang psychisch labil gewesen. Er konnte Maude ihre Worte nicht übel nehmen. Wären die Umstände umgekehrt, würde er genauso empfinden.

Doch sie waren nicht umgekehrt. Außerdem hatte er sich aufgerafft und tat alles in seiner Macht Stehende, um wieder zu der Person zu werden, die er gewesen war, jetzt, wo Genevieve Blackwood seinen Lebenswillen wieder erweckt hatte. Dank ihr war das Leben wieder extrem wertvoll für ihn.

Fast hätte er gelächelt, als er an seine Jenny dachte, doch das wäre Maude gegenüber unhöflich gewesen.

„Sie wissen, dass ich über den Tod meines Cousins sehr betrübt bin und dass mir Ihre jetzige Situation sehr leid tut."

Er ging ein paar Schritte weiter in den Raum hinein. Dann setzte er sich, obwohl sie ihn nicht dazu aufgefordert hatte, auf einen sehr femininen Ohrensessel ihr gegenüber. Er mochte aus Jonling Hall stammen oder seiner Mutter gehören. Er konnte sich nicht erinnern.

„Sie haben kein Geld, kein Einkommen. Hat Tobias Sie ohne jegliche Ersparnisse zurückgelassen?"

Sie nickte.

„Warum sollte er so etwas Ungewöhnliches tun? Er schien immer verantwortungsbewusst zu sein und sich aufrichtig um seine Familie zu kümmern. Er hütete die Geschäftsbücher meines Vaters." Während er das sagte, behielt Simon sie im Auge, und tatsächlich presste sie die Lippen aufeinander und wandte ihren Blick wieder von ihm ab.

Hatte Toby wirklich aus der Kasse des Anwesens gestohlen? Und wenn ja, wo war das Geld?

„Ich kann keine Informationen von Ihnen verlangen, die Sie nicht kennen. Doch hier ist eine einfache Frage."

Sie richtete ihren Blick wieder auf ihn.

„Wer hat Jonling Hall gekauft?"

„Ich weiß es nicht, Mylord. Der Verkauf wurde von meinem Anwalt durchgeführt."

„Dennoch befahlen Sie den Bediensteten des neuen Herrn in Jonling Hall, mit niemandem über ihren neuen Herrn zu sprechen, nicht einmal mit mir. Warum sollten Sie das tun, wenn Sie nicht wüssten, wer er ist?"

Sie öffnete und schloss ihren Mund wie ein Karpfen. Nun hatte er sie, dank Jenny.

„Ich weiß nicht, wie Sie auf so etwas kommen", sagte Maude schließlich.

„Weil es die Wahrheit ist. Ich weiß es."

Stille. Lang und ununterbrochen. Bis die Lady zu weinen begann.

Simon verdrehte die Augen. Darin war sie eindeutig Expertin: leugnen, täuschen und ablenken.

Wie lange konnte sie das durchhalten? Er wartete ab. Sie weinte, dann schluchzte sie, dann schniefte sie. Er vermutete, dass sie von dieser Darbietung erhebliche Kopfschmerzen bekommen würde.

Als sie sich endlich beruhigt hatte, sagte er nur: „Geben Sie mir den Namen Ihres Anwalts."

Ihre weit aufgerissenen Augen und ihr inzwischen gerötetes Gesicht verrieten ihm, dass sie nun wieder da waren, wo sie angefangen hatten.

„Lady Devere, ich werde Sie Peter und Alice zu Liebe und aus Pflichtgefühl meinem Cousin gegenüber nicht aus meinem Haus werfen. Allerdings ist meine Geduld nicht endlos. Ich werde mich nicht zum Narren halten lassen. Sie werden mir den Namen Ihres Anwalts nennen, und wie ich ihn erreichen kann, oder ich werde Sie nach Jonling Hall hinüberbringen und wir werden gemeinsam mit den Bediensteten sprechen."

Nach einem Moment des Zögerns schlug sie die Zeitung von ihrem Schoß und stand auf. „Nun gut."

Seltsamerweise schien sie nicht mehr tränenselig zu sein. Sie stürmte zu einem Schreibtisch an der gegenüberliegenden Wand, riss die oberste Schublade auf und zog ein Blatt Papier heraus. Ein Federkiel steckte in einem Tintenfass auf dem Schreibtisch. Maude schnappte ihn sich und Tinte tropfte auf das Papier, während sie einen Namen aufschrieb, bevor sie die Worte löschte und die Notiz faltete.

Sie kehrte zu Simon zurück und hielt ihm das Papier wenig würdevoll entgegen. „Mylord."

Er nahm die Notiz und kämpfte gegen die Versuchung an, sie in ihrer Gegenwart zu lesen. Dieser Ausdruck von Misstrauen wäre für sie beide zu beleidigend.

„Und Sie beteuern, dass Sie den Besitzer von Jonling Hall nicht kennen und nichts davon wissen, dass Tobias irgendetwas Unerwünschtes in Bezug auf die Buchhaltung der Deveres getan hat."

„Ich weiß nichts", erklärte sie und er wusste, dass sie log.

„Nun gut. Ich wünsche Ihnen einen angenehmen Tag."
Damit verbeugte sich Simon leicht vor ihr und ging.

„Verdammt!"

Fast unleserlich hatte sie *Sir Agravain* geschrieben.

„ER IST HIER!", RIEF Eleanor von oben, wo sie sich als Wachposten auf Jennys Bett positioniert hatte.

Aus irgendeinem Grund schienen alle um sie herum nervös zu sein, während Jenny ausgesprochen entspannt war. Alles hatte sich gefügt und schien genau so zu sein, wie es sein sollte. Ihre Zukunft und die ihrer Schwestern waren gesichert, und das alles nur, weil sie nicht aus Angst vor dem Unbekannten davongelaufen war. Der Lord der Verzweiflung hatte sich weder als Verrückter noch als einer von Perraults Ogern entpuppt, sondern als ein ganz wunderbarer Mann.

Als sie ihn an der Tür begrüßte, überkam sie eine überwältigende Welle der Zuneigung. Bisher hatte sie ihre Gefühle für Simon Devere immer gezügelt, doch jetzt ließ sie ihnen freien Lauf und stellte fest, dass sie intensiv und innig waren.

Sie hoffte, dass er ebenso empfand, als sie lächelte und ihm bedeutete, einzutreten.

„Es ist schön, dich wiederzusehen", sagte sie und erhielt als Antwort ein breites Lächeln.

„Ja", stimmte er zu. „Ich bin mir bewusst, dass es bloß einige Stunden waren, doch ich verspürte den Drang, mein Pferd zu einem schnelleren Galopp anzutreiben."

„Man erwartet dich auf der Terrasse. Ich hoffe, es stört dich nicht, draußen zu sitzen. Außerdem haben wir nur Wein oder Sherry. Nichts Stärkeres."

Als sie mit ihrer kurzen Begrüßungsrede fertig war, waren sie schon durch das ganze Haus gegangen und traten gemeinsam nach draußen. Ihre Mutter und Maggie saßen noch genau so da, wie Jenny sie zurückgelassen hatte, als sie auf Eleanors Ausruf hin ins Haus gerannt war.

Als die Damen aufstehen wollten, eilte Simon herbei und nahm Lady Blackwoods Hand. „Bitte, stehen Sie nicht meinetwegen auf."

Er verbeugte sich kurz über Annes Hand und ging dann zu Maggie, die ihm sofort die Hand entgegenstreckte und mit den Fingern wackelte.

„Wie schön, Euch wiederzusehen, Lord Lindsey."

Jenny musste sich ein Lachen verkneifen, weil ihre Schwester die Dame spielte, als sei es normal, dass Männer zu ihr kamen und ihr die Hand küssten.

Trotzdem fand sie es nett von Simon, dass er es tat.

„Und wo ist die dritte Blackwood-Schwester?", fragte er. „Denn ich kann erst beginnen, wenn die ganze Familie versammelt ist."

„Hier bin ich", rief Eleanor, die auf die Terrasse eilte und gewissermaßen in ihre tiefe Verbeugung vor dem Grafen schlitterte.

„Wie geht es Thunder heute, Miss Eleanor?", fragte der Graf sie.

„Wir bedecken seine Augen, Mylord, wie Ihr es angeordnet habt. Und er scheint ruhiger zu sein, finde ich. Ihr Stallbursche ist auch sehr nett."

Jenny erschrak. Das war das erste Mal, dass sie hörte, dass Eleanor die Hilfskraft bemerkt hatte. Sie tauschte einen Blick mit ihrer Mutter und überlegte, ob sie ihn zurückschicken und um einen mürrischen Jungen bitten sollte.

Doch ihre jüngste Schwester fügte hinzu: „Und Euer Pferd, Mylord, ist wirklich prächtig. Ich habe noch nie so ein schönes Tier gesehen." Und da Eleanors Tonfall über Luster weitaus enthusiastischer war als über den Jungen, entspannte sich Jenny augenblicklich.

Simon lachte sanft. „Ich bin froh, dass es Ihnen zusagt. Setzen Sie sich zu uns?"

Als alle Damen am Tisch saßen, nahm Simon seine Position zwischen Lady Blackwood und Jenny ein.

„Sie wissen sicher schon, aus welchem Grund ich hier bin."

Tatsächlich, Eleanors Kichern verriet, dass sie es alle wussten.

Simon fuhr fort: „Ich hielt um Miss Blackwoods Hand an und sie stimmte gnädigerweise zu, meine Frau zu werden. Der einzige Wermutstropfen ist, dass ich nicht das Privileg hatte, mit dieser Bitte an Baron Blackwood heranzutreten, geschweige denn den Mann kennenzulernen, der eine solch liebreizende Familie geschaffen hat."

Jennys Herz schlug vor Zuneigung für den Grafen höher. Wie außerordentlich nett von ihm, ihren Vater in diesen Antrag einzubeziehen und Lucien Blackwood wieder zu seinem Status als geschätzter Patriarch und nicht als entehrter Schuldner zu verhelfen.

Ihre Schwestern waren verstummt und ihre Mutter tupfte sich mit einem Taschentuch, das sie geschickt im Ärmel ihres Kleides versteckt hatte, die Augen ab.

Der Graf wandte sich an Anne. „Angesichts der Abwesenheit Ihres Mannes, Lady Blackwood, hoffe ich, dass Sie mir die Ehre erweisen werden, mir zu erlauben, Ihre Tochter zu ehelichen. Ich gelobe, für den Rest meines Lebens für sie zu sorgen."

Jenny spürte, wie ihr die Tränen in die Augen stiegen. Obwohl sie nie der Meinung gewesen war, dass man für sie sorgen müsse, wusste sie Simons Aussage zu schätzen. Außerdem war es die perfekte Erklärung für ihre Mutter, die sich um die Zukunft ihrer Töchter gesorgt hatte. Anne konnte beruhigt sein, zumindest was ihre Älteste betraf.

„Wann und wo?", fragte Maggie, durchbrach den ernsten Ton und kehrte zu ihrer weniger damenhaften, direkteren Art zurück.

Ohne zu zögern, antwortete Simon: „In der Belton Chapel, sobald das Aufgebot bestellt wurde."

„Wozu eine solche Eile?" Maggie war mal wieder typisch Maggie! Jenny versuchte, ihren Blick zu erhaschen, um sie mahnend anzusehen, doch ihre Schwester schaffte es, dem zu entgehen.

Simon stand aus seiner gebeugten Position neben Lady Blackwood auf. Er drehte sich um, ergriff Jennys Hand und zog sie zu sich heran.

„Erstens, weil alle wichtigen Personen hier versammelt sind." Er gestikulierte um den Tisch herum. „Es sei denn, du gedenkst, Verwandte aus Baron Blackwoods Familie aus dem Norden einzuladen. Cousin Ned, vielleicht?"

Jenny lachte. „Ich glaube nicht."

Simon nickte und fuhr fort: „Wir brauchen keinen großen Empfang, der von Horden neugieriger Schaulustiger überlaufen ist, die sich als Gratulanten ausgeben und deren einziges Motiv darin besteht, mein Haus zu durchstöbern und den Lord der Verzweiflung zu begutachten."

Alle schwiegen, als er diesen grausamen Spitznamen gebrauchte.

„Das macht nichts, meine Damen. Ja, ich bin mir bewusst, wie man mich genannt hat. Aber ich bin nicht mehr derselbe Mann, der ich war, als Miss Blackwood mich in meinem Zimmer jammern hörte. Nicht wahr?" Er lächelte sie an, und sie lächelte zurück, wobei ihre Lippen das Wort „Nein" formten.

„Wo war ich? Ja, die Eile. Ich habe nur einen Onkel, der sicher nicht beleidigt sein wird, wenn er einige Momente in der Kapelle und ein Hochzeitsessen verpasst, zumal ich beschlossen habe, dass wir ihn während unserer Hochzeitsreise besuchen werden. Das führt mich zum zweiten Grund, warum ich lieber früher als später heiraten möchte, denn diese reizende Frau hat einen ausgezeichneten Verstand. Anstelle einer frivolen Flitterwochenreise, die zu nichts führt, werden Miss Blackwood – zu diesem Zeitpunkt Lady Lindsey – und ich die Devere-Besitztümer besuchen. Jenny wird einen Blick auf alle Geschäftsbücher werfen."

„Wie romantisch", murmelte Maggie und Eleanor kicherte wieder, während Anne versuchte, sie beide zum Schweigen zu bringen.

Zum ersten Mal sah Simon unsicher aus. „Es sei denn, das missfällt dir", sagte er zu Jenny, „dann werden wir zuerst eine Hochzeitsreise nach Paris antreten."

„Nein", protestierte sie. „Wir wollen doch nicht auf dem Festland herumreisen, während dein Besitz im Chaos versinkt, oder?"

Sie warf Maggie einen bösen Blick zu, weil sie bei diesem völlig akzeptablen Heiratsantrag und den Hochzeitsplänen Romantik angesprochen hatte, doch sie drückte Simons Hand zustimmend. Schließlich würde es später noch genug Raum für Romantik und, wie sie hoffte, Liebe geben. Leidenschaft gab es auf jeden Fall schon. Warum sollte nicht auch die Liebe folgen?

Da sie praktisch veranlagt war, sah sie keinen Grund, warum sie die Besitztümer der Deveres nicht in Ordnung bringen sollten. „Wir werden die Bücher mitnehmen und sehen, ob wir nicht ein paar Dinge klarstellen können."

In der Zwischenzeit genoss sie das Gefühl von Simons Fingern, die mit ihrer eigenen, nicht behandschuhten Hand verschränkt waren. Seine warme Haut an ihrer weckte in ihr nur die Vorfreude auf das, was ihnen bevorstand. Wenn sie ihm ihre innersten Gefühle gestehen würde, was sie nicht tun würde, müsste sie sagen, dass sie bereits in Simon Devere verliebt war.

Doch so unerfahren sie auch in Sachen Lust war, sie fragte sich, ob sie ihn wegen der Gefühle, die er in ihrem Körper auslöste, liebte. Oder eher, ob sie sich so herrlich kribbelig fühlte, weil sie ihn bereits liebte.

Solange sie seine Frau wurde und all diese neuen, verlockenden Gefühle erkunden konnte, war ihr das völlig gleichgültig.

„Ein Toast", sagte Lady Blackwood.

Sie alle griffen nach einem Glas Wein, auch Eleanor.

Anne stand auf und hob ihr Glas. „Auf das neueste Mitglied unserer Familie." Sie nickte dem Grafen zu und lächelte dann ihre Tochter an. „Und auf eine lange und glückliche Ehe für den Grafen und die baldige Gräfin von Belton."

Jennys Herz setzte einen Schlag aus. Wie seltsam, dass man sie Gräfin nannte. Was für ein Tag es doch gewesen war! Wenn sie ihre geliebte Familie ansah, konnte sie nur hoffen, dass ihre Schwestern ebensolches Glück erfahren würden.

JENNY HATTE NOCH KEINE einzige Nacht in ihrem neuen Zuhause verbracht und doch blickte sie voller Sehnsucht durch das Heckfenster ihrer Kutsche auf das Belton Manor, als es aus dem Blickfeld verschwand. Sie hatte Simon an diesem Morgen geheiratet, auf den Tag genau zwei Wochen nach der Verkündung ihrer Verlobung, und nur ihre Familie, die Kinder von Maude Devere und die Bediensteten beider Haushalte hatten die Kirchenbänke besetzt.

Nun, da sie ihr neues Kleid aus pfirsichfarbener Seide, das eigens für ihre Hochzeit in Nottingham gekauft und geändert worden war, gegen ein schönes, blaues Reisekleid aus Wolle getauscht hatte, schaute Jenny ihren Ehemann an. *Ihren Ehemann!*

Simon sah in seiner Reisekleidung genauso schneidig aus wie in der Kapelle, in schiefergrau mit weißem Halstuch.

Ein frühes Festmahl mit einem der riesigen Mandel- und Obstkuchen der Köchin der Blackwoods, die in Brandy getränkt waren, hatte Jenny satt und schläfrig gemacht. Die luxuriöse Kutsche des Grafen würde erst Halt machen, wenn sie die Marktstadt Wirksworth erreicht hätten. Ihre erste Nacht als Mann und Frau würden sie auf einem kleinen Landgut verbringen, das sich seit Generationen im Besitz der Familie Devere befand.

Simon versprach, dass zumindest der Beginn ihrer Reise wie eine traditionelle Hochzeitsreise verlaufen würde. Außerdem würde jede Nacht wie Flitterwochen sein, fügte er leise und nur für sie hörbar hinzu, als sie ihre Gratulanten hinter sich ließen.

„Warum lächelst du so vergnügt?“, fragte er sie, als die Pferde das Tempo anzogen.

Jenny blinzelte ihn an. Sie konnte kaum zugeben, dass es die Vorstellung war, in dieser Nacht das Bett mit ihm zu teilen. Doch je mehr sie in den Tagen zwischen ihrer Verlobung und der Trauung im *Weiberbüchlein* gelesen hatte, desto neugieriger und aufgeregter war sie geworden. Wenn sie es richtig anstellte, so las sie, konnte der Akt des Koitus sehr angenehm sein. Und so wie Simon sie geküsst hatte, hatte sie das Gefühl, dass ihr Gatte es so geschickt anstellen würde, dass sie es beide genießen würden.

„Wieso halten wir?“

Ihre Augen weiteten sich, und sie wusste sofort, dass er bemerkt hatte, woi sie ihre Gedanken hingeführt hatten. Im nächsten Moment verzog sich sein attraktiver Mund langsam zu einem schiefen Grinsen.

Er kam auf ihre Seite der Kutsche, setzte sich dicht neben sie und legte seinen Arm um sie.

Simon umhüllte sie mit Wärme und Zuneigung, und als seine freie Hand ihre Wange berührte und ihr Gesicht zu ihm drehte, begann ihr ganzer Körper zu kribbeln.

„Vielleicht müssen wir nicht warten, bis wir für die Nacht einkehren, um unsere Flitterwochen zu beginnen.“

Hitze stieg ihr ins Gesicht. „Hier?“, fragte sie und sah sich nervös im Innenraum um.

Wahrlich, die Kutsche war luxuriös und groß. Das Buch hatte jedoch darauf hingewiesen, dass sie ein paar Dinge für ein erfolgreiches Liebesspiel brauchten. Hühnereier, Mandeln und Pastinaken würden Simons „Hof“ in Wallung bringen. Und natürlich brauchte sie Platz, um sich in die richtige Position zu begeben, um ihn zu empfangen.

Andererseits hieß es in der Anleitung, dass sie und Simon sich in jeder Hinsicht besser fühlen würden, wenn sie den Akt vollzogen, der ihre Gedanken beschäftigte, sowohl geistig als auch körperlich. Es klang wie ein Allheilmittel.

Doch hier, in seiner Kutsche?

KAPITEL ACHTZEHN

„Ich glaube, ich würde es vorziehen, wäre unser erstes Mal etwas bequemer", bestand Simon, bevor Jenny ihre eigenen Bedenken ausdrücken konnte. „Besonders um deinetwillen. Allerdings hindert uns nichts daran, uns in den nächsten Stunden zu amüsieren."

Mit diesen Worten beugte er sich zu ihr herunter und küsste sie. Sofort wanderte seine Hand von ihrer Wange zur Unterseite ihrer Brüste und umfasste eine davon mit seiner großen Hand.

Bei seiner kühnen Berührung quietschte sie fast an seinem Mund.

Auf das Drängen seiner Zunge hin öffnete sie ihre Lippen und ließ ihn eindringen. Es vergingen lange Momente – wie viel Zeit, wusste sie nicht – in denen er sie küsste und sanft streichelte, während sie versuchte, ihn durch seine Reisekleidung hindurch überall zu berühren, wo sie konnte. In ihren unteren Regionen stieg die Hitze ins Unerträgliche.

Als sie merkte, dass sie sich vor Ungeduld wand, unterbrach Jenny den Kuss, atmete tief durch und fragte:

„Was meinst du, wie lange es dauert, bis wir in Wirksworth ankommen?"

Simon gluckste. „Auch ich denke über Bequemlichkeit nach, Mylady. Vielleicht, wenn du deine Röcke anhebst und dich auf meinen Schoß setzt."

Ihr Gesicht erhitzte sich noch mehr.

„Du errötest immer noch, süße Genevieve, sogar als meine Gemahlin. Das gefällt mir."

„Das Tageslicht", murmelte sie.

Er seufzte, griff an ihr vorbei und befestigte geschickt die Jalousie, dann tat er dasselbe auf seiner Seite und auf der Vorderseite. Sie wurden in fast völlige Dunkelheit getaucht.

„Was denkst du?"

Sie fand diese Situation höchst seltsam. Ja, sie wollte ihn und sie wollte alles erleben, wovon sie gelesen hatte. Dennoch hatte sie ein wenig Angst. Ganz zu schweigen von ihrer Schüchternheit. Und sein Kutscher befand sich nur einen knappen Meter entfernt vorne und ein Diener hinten. Zweifellos konnten sie jedes Wort und auch alles andere hören, etwa ein Stöhnen oder einen Schrei. Und was, wenn ein Pferd genau im falschen Moment sein Hufeisen abwarf, sodass die Kutsche wild schlingerte und einer von ihnen verletzt wurde?

Sie zog ihren Rock wieder herunter und ließ den schönen Brokatstoff fast bis zum Boden flattern.

„Ich glaube, ich bin zu praktisch für mein eigenes Wohl."

Er legte fragend den Kopf schief.

„Es tut mir leid, Mylord. Meine Gedanken kreisen um die Situation, um die Männer in unserer Nähe und sogar um die Gefahr, dass du oder ich verletzt werden könnten."

Auf seinen Gesichtsausdruck hin fügte sie hinzu: „Lach nicht über mich."

„Niemals", sagte er, doch er schien sich genau das zu verkneifen. „Liebste Jenny, ich wage zu behaupten, dass deine Zurückhaltung nichts Ungewöhnliches ist. Ich glaube auch, dass es dir nach einiger Erfahrung gefallen wird, unsere ehelichen Rechte auch hier in der Kutsche auszuüben, genauso wie anderswo. Lass uns jetzt einfach dem Abend entgegenfiebern, der vor uns liegt."

Damit zog er sie an seine Seite und legte sein Kinn auf ihren Kopf.

„Ich für meinen Teil werde genau das tun, bis ich mit dir allein sein kann."

Dankbar für sein Verständnis, lehnte sich Jenny an ihn. Einen Moment später stellte sie ihm eine Frage über seine Kindheit und sie unterhielten sich noch einige Stunden, bevor sie einschlief.

Als die Kutsche zum Stehen kam, wurde sie wach. Sie hatte ihren Kopf auf seine Schulter gelegt, ihre Hände umklammerten sein Revers und seine Arme lagen um sie.

Sie fühlte sich benommen und setzte sich auf. „Ich muss eingenickt sein."

„Das bist du. Genau wie ich, bis ein freundlicher Biber ganz in der Nähe anfing, Holz zu nagen."

Sie blickte zu ihm auf, dann wurde es ihr klar. Keuchend schlug sie sich die Hand vor den Mund. „Ich schnarche?"

„Das tust du. Und zwar auf bezaubernde Weise."

Wie konnte er eine so wenig damenhafte Angewohnheit bezaubernd finden?

„Jedenfalls", fügte er hinzu, „sind wir angekommen."

In diesem Moment öffnete der Diener die Tür und half ihr die lederbezogene Klappstiege hinunter in das schummrige Licht eines warmen Abends.

Es war herrlich, zu stehen und sich zu strecken, auch wenn sie dies auf der Kiesauffahrt von Hopton House tat. Das einst schlichte Feldsteinhaus hatte sich zu einem eleganten, dreistöckigen Wohnhaus gewandelt, doch im Moment war es Jenny egal, wie das Haus aussah, solange sie auf festem Boden stand und aufrecht ging.

Als sie sah, wie Simon aus der Kutsche stieg und seine langen Arme über den Kopf hob, hoffte sie, dass er einen erfrischenden Spaziergang unternehmen wollen würde, nachdem sie sein Personal begrüßt hatten.

AN DIESEM ABEND SPEISTEN sie eine Mahlzeit aus Rinderhackfleisch mit Eibeilage, glasierten Karotten und püriertem Blumenkohl. Jenny wusste, dass der Koch mit den Eiern ihre Fruchtbarkeit fördern wollte.

Als sie ihren Ehegatten ansah und einen köstlichen Bissen hinunterschluckte, blieb ihr Blick an dem seinen hängen und offenbarte all das unterdrückte Verlangen, das in seinen Augen glühte.

„Du raubst mir den Atem", sagte Simon zu ihr.

„Genau wie du", gestand sie.

In wenigen Augenblicken waren sie die Treppe zu ihrem Schlafzimmer hinaufgestiegen. Sobald er die Tür hinter ihnen geschlossen hatte, nahm er sie in seine Arme.

„Du hattest in der Kutsche recht. Ich möchte, dass wir uns so genießen, dass ich dich komplett ausziehen und auf diese dekadent weiche Matratze legen kann."

Ihr Herzschlag raste bei seinen Worten und sie blickte in Richtung des Bettes, das bereits hergerichtet war und etwa sechsmal so dick schien wie normal. Ein kleines Feuer knisterte im Kamin und wärmte den Raum, obwohl es Spätsommer war. Zweifellos hatte das Personal bedacht, dass sie schnell entkleidet sein würden. Auf dem Nachttisch standen eine Karaffe mit Rotwein und zwei Gläser. Alles war perfekt.

„Darf ich dir beim Ausziehen helfen?", fragte Simon, während seine Hände bereits über ihren Rücken und ihre Seiten strichen.

„Ja, bitte." Wieso war ihre Stimme so heiser? Sie hüstelte leicht, um sie zu lockern. „Wenn ich das Gleiche für dich tun darf."

Wie beim Auspacken von Weihnachtsgeschenken wechselten sie sich ab. Ihr Spenzer, sein Halstuch, ihr Reisekleid, seine Weste und Hosenträger. Beide hielten inne, um ihre Schuhe auszuziehen, sie ihre Satinpumps, er seine Stiefel.

Als sie in ihrer Unterwäsche vor ihm stand, hatte Jenny das Gefühl, einer großen Veränderung entgegenzusehen. Gleich würde ein Mann sie zum ersten Mal nackt sehen, und sie würde ihrerseits ihren ersten nackten Mann sehen.

Sie würde danach nicht mehr dieselbe sein, oder?

Simon knöpfte seine Hose auf und ließ sie fallen. Er war nicht nackt darunter, wie sie erwartet hatte, sondern stand ihr in einer kurzen Unterhose gegenüber. Er beugte sich hinunter und streifte sich die Kniestrümpfe über die Waden.

Jenny stellte zufrieden fest, dass er in den letzten Wochen so viel zugenommen hatte, dass er nicht mehr wie ein unterernährter Gefangener aussah.

„Du bist dran", forderte er sie auf, als sie wie erstarrt stehen blieb. „Vielleicht hilft dir dies", fügte er hinzu und blies die Hälfte der vielen Kerzen aus, die in ihrem Schlafzimmer verteilt waren. „Ich glaube, das Personal hat es mit der Romantik übertrieben."

Ein nervöses Lachen entwich ihr, als sie mit geübten Händen ihr Korsett öffnete und das Kleidungsstück fallen ließ, gefolgt von ihrem Unterrock, der bis zu den Knöcheln reichte. Dann griff sie unter ihr Hemd und löste die Bänder ihrer Strümpfe, bevor sie ihr Strumpfband öffnete.

„Darf ich?", fragte er.

Mit einem Nicken streckte sie ihm die Zehen ihres rechten Fußes entgegen, sodass er unter ihren Rock greifen konnte. Als er den Strumpf über ihr Bein schob, streichelte er sie sanft und sinnlich vom Oberschenkel bis zum Knöchel. Ihre Knie wurden weich und sie griff nach einem der Bettpfosten, bevor sie ihm ihren linken Fuß hinhielt und ihn einlud, dasselbe noch einmal zu tun.

„Fast fertig", murmelte Jenny und nahm den Saum ihres Shirts in die Hand.

„Lass mich", sagte er, kam auf sie zu und zog sie in seine starken Arme. Doch anstatt das letzte Hindernis an ihrem

Körper zu beseitigen, küsste Simon sie innig, bis sie spürte, wie sich ihre Zehen in den dick gewebten Teppich bohrten.

Die pulsierende Hitze kehrte zurück, ließ Teile ihres Körpers pochen und vertrieb alle Ängste, bis sie mehr als bereit war, dass er sie als sein eigen beanspruchte. Als er begann, am Saum ihres Unterhemdes zu zerren, hob sie ihre Arme, um es ihm zu erleichtern.

Im Nu hatte Simon ihr das weiße Baumwollkleid über den Kopf gezogen und warf es zusammen mit dem Rest ihrer Kleidung auf den niedrigen Diwan.

Er nahm ihre Hände, hielt sie von sich weg und schaute auf sie herab, als würde er sie mit den Augen verschlingen.

„Du bist umwerfend, ein Diamant von Güte."

Seine Worte vertrieben die Röte, die drohte, ihren Wangen zu steigen, und zum ersten Mal in ihrem Leben nahm Jenny die Aufmerksamkeit ohne Scham an. Denn wie könnte sie sich unter seinem anbetenden Blick schämen? Sie fühlte sich wie eine Königin.

Offenbar gefiel ihm, was er sah. Und genau wie das *Weiberbüchlein* es vorausgesagt hatte, erhob sich Simons Hof zu seiner Pflicht und spannte die Vorderseite seiner Unterhose.

Beherzt trat sie vor und zerrte an der kleinen Satinschleife, um sein letztes Kleidungsstück fallen zu lassen, das an seinen muskulösen Beinen herunterrutschte.

Beherzt trat sie vor und zerrte an der kleinen Satinschleife, um sein letztes Unterkleid zu lösen, das an seinen muskulösen Beinen herunterrutschte.

„Oh", war alles, was sie sagte. „Du bist derjenige, der umwerfend ist. Wahrhaftig."

Und das waren die letzten Worte, die sie sprach, als er lächelte, sie aufs Bett zog und begann, sie zu lieben.

Auch ohne Pastinaken schien er der Aufgabe gewachsen zu sein. Sogar mehr als einmal.

Nach dem zweiten Höhepunkt, als sie mit ihrem Gatten umschlungen dalag, immer noch schwer atmete und eine befriedigende Schwere in ihren Gliedern spürte, wusste

Jenny, dass sie kaum noch einen Moment länger wach bleiben konnte. Sie musste ihm sagen, was sie entdeckt hatte, als er sie entjungfert hatte und sie beide sich verausgabten – zuerst sie mit einem erstaunten Schrei, gefolgt von seinem gutturalen Stöhnen, als er in ihre enge Scheide pumpte.

„Simon."

Er fuhr mit seiner Fingerspitze zwischen ihren Brüsten entlang. „Ja, Genevieve."

Sie kicherte beim Klang ihres eigenen Namens, schwindlig vor Glück, immer noch erstaunt über das ungeahnte Vergnügen.

„Ich liebe dich."

Sie hörte, wie ihm der Atem stockte.

Einen Moment lang sagte er nichts.

Und dann hörte sie ihn mit vor Rührung erstickter Stimme die süßeste Antwort sprechen.

„Ich liebe dich auch, meine Gemahlin."

IN IHREM TRAUM LIEF Jenny durch ein Feld voller Wildblumen, die Sonne schien hell und ihr war es warm und sie war glücklich. Simon stand auf der anderen Seite der Weide und winkte ihr zu. Als sie unter einem Hain von herabhängenden Weiden hindurchging, schienen sich zu Jennys Entsetzen die schlangenartigen Äste um ihren schlanken Hals zu wickeln und festzuziehen. Je mehr sie sich bemühte zu entkommen, desto fester zogen die Äste.

„Simon", schrie sie um Hilfe. „Simon!"

Als sie seinen Antwortschrei hörte, erwachte sie sofort. Doch der Schmerz an ihrer Kehle ließ nicht nach. Sie rang nach Luft und griff nach oben, wo sie die Hände ihres Ehemannes an ihrer Kehle spürte. Sein Griff war zu stark, als dass sie ihn hätte lösen können, und sie hatte nicht die Kraft, noch einmal zu schreien.

Sie krallte sich an seine Handrücken, als ihr schwarz vor Augen wurde, und schlug mit den Fäusten auf ihn ein, bis sie es schließlich mit letzter Kraft schaffte, ihm auf die Wangen zu schlagen.

Mit einem Mal ließ die Spannung in seinen Händen nach, obgleich Simon sie noch immer nicht losließ.

„Jenny", sagte er mit müder, verwirrter Stimme. „Was ist los?"

Als Antwort konnte sie nur aufstöhnen. Als er ihre Situation erkannte, zog er seine Hände von ihr weg, als hätte er sich verbrüht.

„Was zum Teufel?", fluchte er, setzte sich auf und griff nach einem Feuerstein, um eine Kerze am Bett zu entzünden.

Sie bewegte sich nicht, sondern blieb einfach auf dem Rücken liegen, die eigenen Hände gegen den schmerzenden Hals gepresst. Fassungsloses Entsetzen durchfuhr sie noch immer.

Als Simon begriff, was er getan hatte, entkam ihm ein gequältes Stöhnen. Er wollte sie berühren, doch sie wich zurück, ohne es zu wollen, und er fluchte erneut. Während er sich langsam wieder auf sie zubewegte, ließ sie sich von ihm in den Arm nehmen. Er strich ihr das Haar über die Schultern und legte die Kissen so hin, dass sie sich anlehnen konnte.

„Lieber Gott, ich verstehe das nicht", brachte er heraus.

Sie schluckte schmerzhaft und räusperte sich. Er schnappte sich ein Glas und schenkte ihr etwas Wein ein. Dankbar nippte sie daran, wobei sie eine Hand auf ihren empfindlichen Hals legte.

„Du hast es nicht mit Absicht getan", flüsterte sie schließlich. „Ich konnte es spüren. Du befandest dich im Tiefschlaf."

Behutsam legte er seine Hand auf die Decke, die ihren Schoß bedeckte.

„Bist du verletzt?"

Ja. „Nein", versicherte sie ihm. „Du hast beinahe sofort aufgehört, nachdem ich erwachte."

Stille. Dann stand er vom Bett auf, ungeachtet seiner Nacktheit. „Das ist nicht gut."

„Ich bin sicher, du hattest einen Albtraum. Es ist nicht deine Schuld."

„Zum Teufel mit der Schuld. Was spielt es für eine Rolle, wem die Schuld gebührt, wenn du verletzt wirst?"

„Ich werde mich erholen. Es geht mir gut." Sie hoffte, dass die Schmerzen bald verfliegen würden.

Simon wurde kaum ruhiger, während er vor dem Bett auf und ab ging.

„Ich hatte wieder den gleichen Traum von Birma. Schon oft fand ich nach dem Aufwachen das gesamte Bettzeug nicht nur zerwühlt, sondern auch auf dem Boden, als wäre ich gewalttätig geworden. Ich habe *mich selbst* sogar auf dem Boden wiedergefunden, wie ich dir einmal erzählt habe, ohne mich zu erinnern, dass ich aus dem Bett gefallen bin. Dennoch hätte ich nie gedacht, dass ich etwas so Brutales tun könnte, wie zu versuchen, dich zu erdrosseln. Das ist Wahnsinn. Es widerspricht der natürlichen Ordnung, nach der ich dich beschützen sollte."

Sie stellte ihr Weinglas auf den Nachttisch und kroch zum Ende des Bettes.

„Simon, bitte. Mach dir keine Vorwürfe. Du bist weder wahnsinnig noch unnatürlich. Du bist nur beunruhigt. Ich bin mir sicher, dass es nicht wieder vorkommen wird."

Sie streckte ihre Arme nach ihm aus und hoffte, dass er sich beruhigen und ins Bett zurückkehren würde, ohne Rücksicht auf ihren eigenen unbekleideten Zustand. Er zog sie in seine Arme und hielt sie fest, während sie sich an seinen warmen Körper drückte.

„Es ist alles gut", beruhigte sie ihn. „Komm zurück ins Bett."

Er erstarrte. „Nein. Nicht heute Abend, Jenny. Ich kann nicht."

„Bitte."

„Ich werde mich in dem Sessel am Feuer niederlassen. Ich kann dort ohne Probleme schlafen und gleichzeitig sichergehen, dich nicht zu verletzen."

„Papperlapapp, du wirst mich nicht—"

„Ich tat es bereits!" Er ließ sie los. „Lass mich tun, was ich tun muss. Ich werde über dich wachen, bis du eingeschlafen bist. Komm jetzt", er ging um das Bett herum und tätschelte ihr Kissen. „Versuch wieder einzuschlafen."

Diese undenkbare Wendung der Ereignisse machte sie unglücklich und sie wünschte sich, dass die Bettseite ihres Mannes nicht leer und bereits kalt wäre.

„Nimm eine Decke vom Bett", beharrte sie, als Simon sie zudeckte.

„Ja, meine Gemahlin." Er strich ihr die Haare aus dem Gesicht und beugte sich hinunter, um sie zu küssen. „Es tut mir so leid", flüsterte er.

„Ich weiß."

Im nächsten Moment blies er die Kerze aus und tauchte den Raum erneut in die Dunkelheit vor der nahenden Morgendämmerung.

KAPITEL NEUNZEHN

Als Jenny am nächsten Morgen erwachte, dauerte es einen Moment, bis sie sich erinnerte. Simon war nicht im Bett, doch er saß auch nicht im Sessel. Sie war allein. Sie beeilte sich mit ihrer Körperpflege, wusch sich nur das Gesicht, benutzte ihr Zahnputzmittel und bürstete ihr Haar, bevor sie es zu einem lockeren Dutt zwirbelte, und zog sich dann die Reisekleidung an, die sie am einfachsten selbst anziehen konnte.

Nach einem kurzen Halt am Wasserklosett stieg sie ins Erdgeschoss hinunter und begab sich ins Speisezimmer, um nach ihrem Gatten zu suchen. Es war leer. Ebenso wie der Salon, der Wintergarten und jeder andere Raum, den sie durchsuchte. Wo war dieser Mann?

Da sie ihre Umgebung nicht gut genug kannte, um es zu riskieren, sich allein nach draußen zu wagen, folgte sie stattdessen ihrer Nase und fand die Küche, wo es nach Kaffee und Würstchen roch.

Simon war nicht dort, doch eine rundliche Frau mit gerötetem Gesicht saß auf einem Hocker und trank Kaffee.

Sie sprang auf, als Jenny eintrat.

„Du liebe Güte, die Gräfin", stieß die Köchin aus, bevor sie sich tief verbeugte, was Jenny befürchten ließ, dass die Frau es nicht schaffen könnte, sich wieder aufzurichten. „Ihr hättet die Glocke läuten sollen, Mylady."

„Entschuldigen Sie die Störung", sagte Jenny und die Augen der Köchin fielen ihr dabei fast aus dem Kopf. „Ich roch Kaffee und ich suche außerdem nach Lord Lindsey."

„Ich schenke Ihnen eine Tasse ein, meine Liebe." Die Frau starrte sie nun mit unverhohlener Neugierde an. „Ich sah seine Lordschaft vor einigen Stunden. Er nahm seinen Kaffee im Salon und ich glaube, er ging zum Reiten hinaus, Mylady."

Die Köchin stellte die Tasse und die Untertasse auf ein Tablett, den Blick immer noch auf ihre neue Herrin gerichtet. „Wir haben hier nicht viel Personal, Mylady, es sei denn, jemand aus der Familie bleibt für längere Zeit, wenn Ihr versteht, was ich meine. Ich entschuldige mich dafür, dass ich kein Dienstmädchen auf Euer Zimmer schicken konnte."

Jenny fragte sich, ob sie die Kaffeetasse von dem Tablett nehmen sollte, doch hatte das Gefühl, das würde dieser Frau nicht gefallen.

„Keine Sorge. Ich habe mich über die Gelegenheit gefreut, auszuschlafen." Wie sollte sie zu dem Heißgetränk kommen, bevor es eiskalt wurde?

Sie starrten einander an. Schließlich sagte die Köchin: „Nehmt Ihr den Kaffee im Speisezimmer oder im Salon, Mylady?"

Jenny seufzte. „Ich schätze, im Speisezimmer, bitte." Als sie bemerkte, dass sie nach der Nacht, in der sie von der Jungfrau zur Ehefrau verwandelt worden war, großen Hunger verspürte, sagte sie: „Und ich hätte gerne Eier und Würstchen."

An der Tür drehte sie sich um. „Vielleicht außerdem ein paar Scheiben Toast. Mit Marmelade, falls es welche gibt, oder auch mit Honig."

In diesem Moment kam das Hausmädchen herein und erstarrte, als sie Jenny in der Küche sah.

„Du meine Güte", sagte sie und verbeugte sich sogar noch tiefer und viel agiler als die rundliche Köchin. „Mylady." Auch sie starrte Jenny an, als hätte sie ein Eichhörnchen auf dem Kopf.

„Tilda, bring den Kaffee ihrer Ladyschaft ins Speisezimmer und komm dann zurück, um ihr Frühstück zu holen."

So wurde Jenny von einem Dienstmädchen verfolgt, das ein großes silbernes Tablett trug, auf dem nur eine Untertasse und ihre Tasse Kaffee standen. Im Speisezimmer angekommen, nahm sie an einem langen, goldverzierten Tisch aus Rotholz Platz und wartete darauf, dass das Mädchen ihr Getränk vor ihr abstellte.

„Zucker, Mylady?"

„Ja, bitte", sagte Jenny und das Hausmädchen nahm eine Glasschüssel von der Anrichte und stellte sie mit einem Löffel vor ihr ab. „Ich hole Euer Frühstück, Mylady." Das Mädchen ging rückwärts aus dem Raum und wandte ihren Blick nicht von Jenny ab, bis sie sich umdrehte und den Korridor hinunterrannte.

Doch statt der leichten Schritte des Mädchens hörte sie feste Schritte auf dem Boden, und plötzlich stand ihr Gatte in der Tür.

Jenny konnte ein Lächeln nicht zurückhalten, stand auf und streckte ihm ihre Hände entgegen.

Zu ihrem Entsetzen änderte sich sein Gesichtsausdruck innerhalb nur eines Augenblicks von freundlich zu grimmig, und er schritt zu ihr hinüber.

„Verflucht noch mal", rief er aus und sah sich ihren Hals an. „Ich sollte nach einem Arzt schicken lassen."

Ihre Hände hoben sich an ihren Hals, als Jenny den Kopf schüttelte. „Aber wozu denn?"

„Weißt du es nicht? Kannst du deine eigenen Verletzungen denn gar nicht spüren?"

„Meine *Verletzungen*?" Als sie sich im Raum umsah, entdeckte sie einen Spiegel, der kunstvoll hinter Kristallkaraffen in einer Ecke platziert war, wodurch das Licht wild glitzerte und den Raum erhellte.

Sie eilte darauf zu und traute sich kaum, sich selbst anzusehen. Als sie es doch tat, keuchte sie.

Als sie den Kopf nach rechts und links neigte, war sie erstaunt, wie viele Blutergüsse ihren Hals zierten, mit roten Flecken und einigen bereits tief violetten Stellen. Jeder konnte sehen, dass sie fast zu Tode gewürgt worden war. Es waren sogar Fingerabdrücke sichtbar. Oh je! Was musste das Personal denken? Kein Wunder, dass sie sie angestarrt hatten.

„Ehrlich gesagt schmerzt es ein wenig", gestand sie und drehte sich zu Simon um, dessen Gesichtsausdruck ihr Herz brach. „Doch ich brauche ganz sicher keinen Arzt. Was soll er denn tun? Vielleicht hat deine Köchin eine Arnika-Infusion."

In diesem Moment kehrte das Hausmädchen zurück und blieb beim Anblick des Grafen abrupt stehen. Ein Ausdruck des Schreckens huschte über ihr Gesicht und Jenny wünschte, sie hätte die richtigen Worte, um ihn zu verteidigen. Was sollte sie sagen? Hatte sie sich in der Bettwäsche verheddert?

Es war besser, die blauen Flecken zu ignorieren und das Starren zu ignorieren.

„Mein Frühstück?", forderte sie das Mädchen auf, das einen großen Bogen um Simon machte und dann das Tablett mit dem Essen abstellte.

„Isst du mit mir, Mylord?"

„Ich habe keinen Appetit", sagte er knapp.

Jenny beschloss, dass sie auch ihn ignorieren würde. Sie würde einfach zur Normalität zurückkehren.

„Das ist dann alles", sagte sie zu dem Hausmädchen. Wie war ihr Name? „Tilda, nicht wahr?"

„Ja, Mylady." Das Mädchen verneigte sich erneut und verließ den Raum. Ihr Blick schweifte von dem bunt gefärbten Hals ihrer Herrin zu dem angsterfüllten Gesichtsausdruck ihres Herrn, bis sie um die Ecke bog.

Jenny setzte sich und nippte an ihrem Kaffee. Lauwarm, aber dennoch köstlich. Sie nahm ihr Besteck zur Hand und stürzte sich auf das reichhaltige Frühstück. Doch als sie den ersten Bissen der saftigen Wurst kaute und schluckte, hielt sie inne. Das Kauen war einfach, doch das Herunterschlucken war ein schmerzhafter Prozess, der noch dadurch verschlimmert wurde, dass sie versuchte, zu verbergen, wie schwer es ihr fiel.

Natürlich bemerkte Simon mit seinem prüfenden Blick alles. „Ich wusste es. Du bist verletzt. Du kannst nicht einmal essen.“

„Natürlich kann ich das“, sagte Jenny und bewies es, indem sie einen weiteren Bissen nahm. Sie kaute so lang sie konnte, doch schließlich musste sie schlucken. Hustend nahm sie einen weiteren Schluck Kaffee. Zumindest diesen bekam sie recht einfach herunter.

Simon zog so fest am Klingelzug, dass Jenny befürchtete, er würde ihn abreißen. In wenigen Augenblicken war Tilda zurück.

„Fragen Sie die Köchin, ob sie Arnika hat. Und wir werden den Rest des Tages ausschließlich Suppe zu uns nehmen.“ Er sah noch einmal zu Jenny, die die Eier auf ihrem Teller herumschob.

„Wahrscheinlich auch zum Frühstück morgen“, murmelte er, nachdem das Hausmädchen verschwunden war.

„Frühstück?“, rief sie. „Ich dachte, wir würden heute die ersten deiner Besitztümer besuchen.“

Simon setzte sich auf den Stuhl neben ihr. „Wir sollten warten, bis du genesen bist.“

„Unsinn“, beteuerte sie. „Vergessen wir diese Angelegenheit und setzen wir unsere Reise fort. Ich beabsichtige nicht, mich hier zu verstecken.“

Er seufzte und nahm sich ein Stück Brot von ihrem Teller.

„Na schön. Aber du musst etwas Hochgeschlossenes tragen oder einen Schal um die Spuren legen, die ich auf deiner schönen Haut hinterlassen habe."

„Wenn ich doch nur ein Halstuch tragen könnte." Sie lachte.

Er lächelte nicht einmal. „Daran ist nichts Komisches."

„Vielleicht nicht. Doch es ist auch nicht das Ende der Welt."

Jenny beschloss, dass sie sich lieber sputen sollte, bevor ihr Gemahl beschloss, sie zur Bettruhe zu zwingen, zwängte die weichen Eier ihre schmerzende Kehle hinunter, schluckte den Rest Kaffee hinunter und stand auf.

„Ich werde mich nach der Medizin erkundigen und mich dann so kleiden, dass es niemand bemerken wird, ich verspreche es."

Mit dem verstörten Gesichtsausdruck ihres Mannes im Hinterkopf machte sich Jenny auf den Weg, um sich auf ihre erste Prüfung als Verwalterin anzutreten.

SIMON WOLLTE ETWAS ZERSTÖREN. Etwas Wertvolles, als ob das Zerbrechen von etwas Teurem, das er bezahlen könnte, ihn von seinen Sünden freisprechen würde. Als er sich die bescheidene Einrichtung ansah, stellte er fest, dass es keine Vase gab, die teuer genug war, als dass es sich lohnte, sie durch den Raum zu schleudern. Doch den verdammten Spiegel, in dem Jenny ihren verletzten Hals betrachtet hatte, konnte er munter auf den Boden werfen und unter seinen Stiefeln zertrümmern.

Natürlich tat er nichts Derartiges. Er war nie ein gewalttätiger Mensch gewesen. Als er aufwachte und seine Hände seine Frau würgten – die liebenswürdigste und hilfsbereiteste Person, die er je gekannt hatte – hatte ihn das zutiefst erschüttert.

Und nur wenige Stunden nachdem er mit ihr geschlafen hatte; der intensivsten und erfüllendsten sexuellen Erfahrung, die er je erfahren hatte. Seine praktische Jenny war auch sehr leidenschaftlich. Er hatte sie entjungfert und ihr dann beinahe das Leben genommen.

Bei dem Gedanken daran wurde Simon übel, und er wusste, dass er sich übergeben musste. Eine verzögerte Reaktion, dachte er, als er durch die Hintertür in den Garten rannte und den Toast loswurde, den er gerade erst zu sich genommen hatte.

Das war die Folge davon, dass er den Schrecken über das, was er beinahe getan hätte, verdrängt hatte. Außerdem hatte er diese Angst im Zaum gehalten, seit seine neue Braut vertrauensvoll wieder eingeschlafen war, während er voller Entsetzen auf dem Stuhl gesessen und in die Dunkelheit gestarrt hatte.

Sich für genesen zu halten war zu einfach gewesen.

Simon wischte sich mit einem Taschentuch über den Mund und starrte zu ihrem Schlafzimmerfenster hinauf. Mit Jenny an seiner Seite hatte er die selbstgefällige Gewissheit verspürt, dass alles gut werden würde. Er hatte sogar geglaubt, er hätte die Dämonen in seinem Inneren besiegt. Endlich! Er würde wieder ganz *normal* sein. Und natürlich hatte er sich nach einer langen Zeit der Abstinenz besonders auf die Hochzeitsnacht gefreut.

Pah! Er war ein solcher Narr! Vielleicht lastete ein Fluch auf ihm.

Unerwartet tauchte Jenny am Fenster auf, blickte auf den Garten und raubte ihm den Atem. Er sah den Moment, als sie ihn entdeckte. Ein Lächeln erhellte ihr hübsches Gesicht und sie hob eine Hand zu einem leichten Winken.

Er winkte zurück. Er würde alles tun, um sie zu beschützen, sogar vor sich selbst.

DU LIEBE GÜTE, GRÜBELTE Simon schon wieder? Das war sicherlich nicht gut für ihn. Jenny hatte gesehen, wie er vor ihrer Abreise nachdenklich im Garten gestanden hatte. In der Kutsche lehnte er nun seinen Kopf zurück, doch er sah nicht friedlich aus.

Praktisch wie immer, wusste sie, dass es keine Lösung gab, die ihrem Ehemann selbst in den Kopf kommen könnte. Daher würde eine lange Besprechung der Ereignisse der letzten Nacht ihn nur weiter verärgern.

Sie tippte auf sein Knie, um seine Aufmerksamkeit zu erregen. „Erzähl mir mehr über diese Mühle."

Und sie riss ihn mit Fragen über Fragen aus seinen Gedanken; über den Leiter der Mühle, George Marley, wie gut Simon ihn kannte, wie lange die Deveres die Mühle schon besaßen und vieles mehr. Bis sie in Derbytown ankamen.

Es war ein beeindruckender Betrieb, der alle Arten von Getreide für die umliegenden Gemeinden und eine große Bäckerei mahlte, die in Wirksworth verkaufte.

Der Mühlenleiter wirkte weder nervös noch schuldbewusst, als Jenny und Simon in sein Büro geführt wurden.

„Lord Devere", sagte Mr. Marley, stand von seinem Schreibtisch auf und verbeugte sich. „Ich hatte keine Ahnung, dass Ihr uns besuchen würdet."

Tatsächlich hatten sie niemandem etwas gesagt, falls sie das Überraschungsmoment ausnutzen müssten.

„Ich bin nun Lord Lindsey. Darf ich Ihnen meine Ehefrau vorstellen, Lady Lindsey."

„Was Ihr nicht sagt. Wie wunderbar! Es ist mir eine Ehre, Mylady." Marley verbeugte sich erneut in ihre Richtung, dann ging er zum Geschäftlichen über. „Ich bezweifle, dass Ihr den langen Weg auf Euch genommen habt, nur um mir Eure liebreizende Gräfin vorzuführen, Mylord. Gibt es ein Problem?"

„Vielleicht", sagte Simon. „Allerdings ist meine Gattin eher dazu in der Lage, diese Angelegenheit zu erläutern."

„Was Ihr nicht sagt!", wiederholte Marley und warf einen weiteren prüfenden Blick auf Jenny, wobei er den Schal musterte, der um ihren Hals gewickelt war wie das Halstuch eines Mannes.

Simon winkte seinem Diener zu, der mit den betreffenden Büchern an der Tür wartete. Er brachte es herein und legte es auf Marleys Schreibtisch.

„Ich kann gut mit Zahlen umgehen", platzte Jenny heraus und war froh, dass Simon zustimmend nickte."

„Meine Gattin fand einige Unstimmigkeiten und Eigenheiten entdeckt. Ich bin sicher, dass Sie diese erklären können. In der Zwischenzeit werde ich mich umsehen, wenn Sie nichts dagegen haben. Ich bin sicher, einer Ihrer Männer kann mich herumführen."

Sie hatten im Voraus vereinbart, dass der Diener bei ihr bleiben und Simon sich wie immer umsehen würde, um den Betrieb zu begutachten. Marleys hochgezogene Augenbrauen hielten sie nicht von ihrem Plan ab, und im Nu saß Jenny dem Mühlenleiter gegenüber.

Sie kam sofort zur Sache, schlug eine markierte Seite eines Buches auf und wies auf die Zeit vor ein paar Jahren hin, als die Zahlungen nicht mehr in den Haushaltsbüchern erfasst worden waren.

Marley runzelte die Stirn. „Das ist schon Jahre her! Warum hat niemand vorher gefragt?"

„Sie wissen, dass seine Lordschaft verreist war", sagte sie sanft. „Und sein Cousin Sir Tobias ebenfalls."

Bei der Erwähnung von Tobias wurde Marleys Gesichtsausdruck ernst. „Schade um ihn. Eine schreckliche Sache, eine Witwe und Kinder zu hinterlassen."

„Ja", stimmte sie zu.

„Nun, Mylady, ich kann Euch genau zeigen, wie hoch die monatlichen Gewinne sind und wie viel wir vierteljährlich an das Anwesen geschickt haben, wenn Ihr versteht, was ich meine."

„Ja, ich versichere Ihnen, ich verstehe sehr gut." Erstaunlich, dachte Jenny, dass der Mann die Situation so einfach akzeptiert hatte.

Hinter Marley stand ein Regal voller Geschäftsbücher. Er schob sich die Brille auf die Nase, griff in das Regal, ohne aufzustehen, und zog das nächstgelegene ledergebundene Buch heraus.

„Der letzte ist diese Summe." Er tippte mit einem etwas schmutzigen Fingernagel auf einen stattlichen Geldbetrag.

Jenny nickte. „Das habe ich erwartet, angesichts des Betrags von vor etwa sechs Jahren."

„Je nach Jahreszeit ist das ungefähr das, was seine Lordschaft immer für die Monate erhält, in denen wir mahlen." Er blätterte zur ersten Seite des Hauptbuchs und fuhr mit dem Finger über einen handgeschriebenen Zettel, der darin steckte.

„Die Zahlung geht an einen H. Keeble in London, wie angeordnet."

„Wie bitte?"

„Gibt es ein Problem, Mylady?"

„Ich habe noch nie von dieser Person gehört."

Marley runzelte die Stirn, dann zuckte er mit den Schultern. „Er hat in den letzten sechs Jahren sämtliche Zahlungen erhalten."

„Ich nehme an, dies geschieht auf Anweisung von Sir Tobias Devere?"

„Ja, Mylady. Ganz recht."

Armer Simon. Wie sehr würde ihn die Nachricht über den Betrug seines Cousins erschüttern. Es ging nicht nur um den Verlust des Geldes, sondern auch um den Verrat durch jemanden, den Simon geliebt und dem er vertraut hatte.

NICHT EINMAL ZEHN MINUTEN später, nachdem Mr. Marley sie dorthin begleitet hatte, wo Simon mit einem Arbeiter über die Feinheit des gemahlenen Weizens diskutierte, machten sie sich auf den Weg.

„Du hast etwas entdeckt", sagte er plötzlich.

„Leider ja, eine Bestätigung der Hinterlist."

Als sie ihm sagte, wohin seine Einnahmen flossen, sah sie, wie sich Simons Gesicht verfinsterte. „Hast du dir die Adresse von diesem Keeble geben lassen?"

Sie nickte.

„Vielleicht ist er der mysteriöse Sir Agravain."

Jenny runzelte die Stirn. „Wie bitte? Warum sollte der schändliche Ritter von König Artus etwas mit demjenigen zu tun haben, der sich am Vermögen der Familie bedient?"

„Maude hat den Namen ihres Anwalts nur widerwillig preisgegeben. Dennoch wird es wohl einfach sein, herauszufinden, ob es sich bei diesem Mann um ein und denselben handelt."

„Wir reisen nicht nach London", betonte sie.

„Vorerst."

DER NÄCHSTE HALT, EINE Bleiche, war in weniger als einer Stunde zu erreichen. Die Dämpfe waren überwältigend, doch auch dort fand Jenny in kürzester Zeit die gleichen Informationen heraus. H. Keeble zog die Einnahmen ein. Nachdem sie den Leiter angewiesen hatte, dass die Zahlungen nicht mehr nach London, sondern direkt nach Belton Park geschickt werden sollten, fuhren sie schnell weiter.

„Noch eine Stunde bis zum Haus meines Onkels", sagte Simon zu ihr, nachdem sie sich in einem Gasthaus die Beine vertreten und ein spätes Mittagessen eingenommen hatten.

„Wirst du ihn fragen, ob er von der … *nun ja* … Abzweigung von Geldern durch seinen Sohn weiß?"

Er zuckte mit den Schultern. „Ich weiß es noch nicht. Toby schätzte seinen Vater sehr, und ich kann mir vorstellen, dass der Mann noch immer kummervoll ist. Wie wird er sich fühlen, wenn ich ihn über die buchhalterischen Fähigkeiten meines Cousins ausfrage?“

„Werden wir die Nacht dort verbringen?“

Simon sah sie nachdenklich an, wobei sein Blick erwartungsgemäß zu ihrem sorgfältig verhüllten Hals wanderte.

„Das hatte ich vor. Wir könnten stattdessen ein Zimmer in einem Gasthaus nehmen.“

Sie überlegte. In beiden Fällen hatte Jenny das Gefühl, dass sie eine unruhige Nacht erleben würden, wenn sie nicht extrem vorsichtig war.

„Im Haus deiner Familie in South Wingfield zu übernachten, ist für mich völlig angemessen. Ich bin mir sicher, dass dein Onkel gerne Zeit mit dir verbringen möchte“, sagte sie und hoffte, dass sie recht hatte.

Doch leider hatte sie das nicht. In der Eingangshalle erwartete sie statt Simons Onkel dessen zweite Gemahlin Lettie, die in einen schwarzen Bombasin gehüllt war, der ihre Trauer um den Sohn ihres Mannes ausdrückte.

Es schien, als sei es die Aufgabe dieser Dame, sie zu ermahnen, weil sie ihre Ankunft nicht rechtzeitig angekündigt hatten. Denn obwohl Simon sie zwei Wochen zuvor benachrichtigt hatte, galt das bei Letties Gatten offenbar als unhöflich.

„Mylord ist sehr betrübt, dass ihr uns in einem solchen Zustand antrefft.“

Wahrhaftig, Jenny glaubte, dass es viel länger als ein oder zwei Wochen dauern würde, das Haus herzurichten. Die Wandteppiche sahen schäbig aus, die Dielen im Foyer waren nicht gewachst, und das Haus machte insgesamt einen verwahrlosten und kargen Eindruck.

Sogar an der Uniform des Butlers fehlte ein Knopf, und sie konnte seinen Strumpf durch die abgenutzte Schuhspitze sehen. Wenn Jenny genau hinsah, hatte sie keinen Zweifel daran, dass sie auch seinen Zeh durch den zerrissenen Strumpf sehen konnte.

„Wir sind eine Familie", betonte Simon, als ob nichts, was sie antrafen, eine Rolle spielen könnte.

Trotzdem verbrachten sie fast eine Stunde damit, ein Glas verwässerten Sherry mit der mürrischen Hausherrin zu trinken, während sie in einem tristen Zimmer mit abblätternden Tapeten und einer vernagelten Fensterscheibe saßen. Außerdem war Jennys Trinkglas zerbrochen und etwas Unangenehmes stach aus einem Loch im Sofa in ihren Oberschenkel.

„Wir wollten Ihnen keine Umstände bereiten", fügte Jenny hinzu, als Lettie zum x-ten Mal darauf hinwies, wie unangenehm ihnen der unerwartete Besuch war. Simons Onkel war noch immer nicht aufgetaucht.

„Wenn du uns rechtzeitig informiert hättest", erklärte Lady Devere, „würden wir heute Abend vielleicht ein etwas besseres Fleisch essen, und dazu gäbe es einen tollen Pudding. Wir speisen eher einfach, wenn wir allein sind."

So dünn wie die Frau war, ganz zu schweigen von ihren eingefallenen Wangen, schienen sie viele Mahlzeiten allein zu sich zu nehmen. Und wenn zwei Wochen nicht ausreichten, um für ein angemessenes Abendessen zu sorgen, dann bezweifelte Jenny, dass diese Frau überhaupt einen Haushalt führen konnte.

„Jedenfalls haben die Dienstmädchen euer Zimmer hergerichtet", fuhr Lettie fort.

„Vielen Dank für den herzlichen Empfang", betonte Jenny, obwohl sie sich alles andere als wohl fühlte.

Simon war seltsam still, vielleicht abgelenkt durch den schwarzen Krepp, der über sämtliche Fenster, Türen und Spiegel drapiert war.

Jenny versuchte, über die Trauerdekoration hinwegzusehen. Obwohl das Haus weniger als ein Fünftel der Größe des Belton Manor aufwies, könnte man es mit ein wenig Spucke und Politur recht gastfreundlich gestalten.

„Sie haben ein wunderschönes Haus", log sie, in der Hoffnung, die Frau über die freudlose, heruntergekommene Behausung hinwegzutrösten.

„Verglichen mit Belton ist das hier eine Bruchbude", sagte Lord James Devere, der nur aus Höflichkeit als Lord bezeichnet wurde, schroff, als er sie endlich mit seiner Anwesenheit beehrte. „Deshalb verstehe ich auch nicht, warum ihr den langen Weg hierher auf euch genommen habt."

Simon stand sofort auf und schritt mit ausgestrecktem Arm zur Begrüßung zu ihm hinüber.

Jennys Herz setzte einen Schlag aus, als es für einen Moment so aussah, als würde der Onkel ihres Gatten die dargebotene Hand nicht ergreifen. Nach kurzem Zögern tat er es doch. Sie stellte sich vor, dass eine herzliche Umarmung unter den gegebenen Umständen angemessener gewesen wäre, doch sie wusste sofort, dass das nicht passieren würde. Dieser Mann wirkte so starr und kalt, wie ihr Gatte hingebungsvoll und freundlich war.

Er muss in tiefer Trauer um seinen Sohn sein, schloss sie.

„Ich bin gekommen, um euch meine Gräfin, Lady Genevieve, vorzustellen", sagte Simon, und die Verwendung des Titels und ihres offiziellen Namens ließ sie innehalten. Ihr Mann war beleidigt oder verletzt von der kalten Begrüßung und wollte seinen Onkel daran erinnern, wer sie waren – keine unbedeutenden Verwandten, die man schlecht behandeln konnte.

James Devere blickte in ihre Richtung und bedachte sie mit einem desinteressierten Blick, als sie aufstand und einen Knicks machte. Jenny schluckte ihr starkes Gefühl der Ablehnung hinunter. *Er leidet an Schwermut*, erinnerte sie sich.

„Du bist die junge Braut." Das letzte Wort sagte er durch zusammengebissene Zähne. „Die Dame, die meinen Neffen so schnell nach seiner Rückkehr in ihren Bann gezogen hat."

Jenny runzelte die Stirn und konnte nicht benennen, warum, doch seine Worte wirkten beleidigend. Außerdem ließ sein Tonfall darauf schließen, dass er beim besten Willen nicht verstehen konnte, warum Simon sie ausgewählt hatte. Allem zum Trotz beschloss sie, dem Mann den Respekt entgegenzubringen, den er als Patriarch der Familie ihres Mannes verdiente.

„Ich bin erfreut, Sie kennenzulernen, Mylord.“

Er spitzte die Lippen und machte leise „*Hmm*.“

Oh je. Es lief ganz und gar nicht so, wie sie gehofft hatte.

„Ich möchte Ihnen mein Beileid für den Verlust Ihres Sohnes aussprechen“, fügte sie hinzu.

Er hob ruckartig den Kopf und sein Ausdruck wurde steif, als sein Blick auf ihren traf.

Lettie keuchte hörbar, und Jenny musste sich zusammenreißen. Sicherlich wollte der Mann gleich eine Schimpftirade loslassen.

Simon, der es wohl auch spürte, trat an ihre Seite und hakte ihren Arm unter seinen.

„Es tut mir wirklich leid, Onkel, dass ich derjenige sein muss, der traurige Nachrichten überbringt. Toby war nicht nur mein Cousin, sondern auch mein geliebter Freund, wie du weißt.“

Wie gut, dass er die Aufmerksamkeit auf sich lenkte, wo sie doch offensichtlich einen Fauxpas begangen hatte, als sie den Toten erwähnte.

James’ Mund bewegte sich, als würde er sich anstrengen, Worte herauszubekommen. Schließlich nickte er seinem Neffen zu, bevor er sich an seine Frau wandte.

„Ist unser Essen fertig?“

Lettie trat an die Seite ihres Mannes. „Ich bin sicher, dass es so ist.“

Damit verließen sie das Wohnzimmer und begaben sich ins Speisezimmer, wo sie ein unzeitgemäß frühes, völlig freudloses Abendessen einnahmen. Die lange Stille wurde nur durch das Kratzen des Silberbestecks auf den Tellern und einer gelegentlichen Bemerkung von Lettie unterbrochen.

Simon versuchte seinerseits, ein Gespräch zu beginnen, indem er von den Betrieben erzählte, die sie kürzlich besucht hatten. Das entlockte seinem Onkel nur einen säuerlichen Gesichtsausdruck, und sein Blick blieb auf sein Weinglas gerichtet, sofern er nicht gerade daraus trank.

Jenny schwieg, da ihr nichts einfiel, was sie zu diesem unglücklichen Treffen beitragen konnte.

Als James Devere nach einer großen Menge Wein endlich das Wort ergriff, wünschte sie sich, er hätte geschwiegen.

„Da du das Glück hattest, aus diesem verfluchten, nutzlosen Krieg zurückzukehren, als mein Sohn es nicht tat, dachte ich, du hättest vielleicht den gesunden Menschenverstand, seine Witwe zu ehelichen."

KAPITEL ZWANZIG

Selbst als er diese Worte verlauten ließ, hob Simons Onkel seinen Blick nicht vom Tisch.

„Es erscheint mir verdammt praktisch, mit der bereits vorhandenen Familie und so weiter."

Lettie schloss kurz die Augen, genau in dem Moment, als Jenny spürte, wie sich ihre Augen angesichts der Unhöflichkeit der Aussage des Mannes weit öffneten.

Gegenüber von ihr sträubte sich Simon und schien sich zu vergrößern, als er tief einatmete.

„Wie sich herausstellte, Onkel, hatte ich das Glück, genau die richtige Frau für mich zu finden." Er schenkte ihr ein Lächeln, das den Worten von James Devere den Schrecken nahm und sie bis in die Zehenspitzen erwärmte.

„Nun ja", war alles, was ihr mürrischer Gastgeber sagte.

Simon hatte eindeutig genug. „Ich denke, es ist höchste Zeit, dass die Gräfin und ich uns in unsere Kammer zurückziehen."

Guter Gott, ja! Sie konnte es kaum erwarten, von dem wortkargen, abweisenden James Devere wegzukommen. Trauer konnte nur bis zu einem gewissen Punkt als Ausrede herhalten.

Armer Simon, dachte sie, *dass er nur diesen Mann als seinen letzten lebenden Verwandten hat!*

Auf das Nicken ihres Gatten hin, stand Jenny auf und erwartete, dass auch sein Onkel aufstehen würde. Er tat es nicht. Vielleicht hatte er bereits zu viel getrunken, um sich seine Manieren ins Gedächtnis zu rufen.

„Gute Nacht, Lady Devere", sagte Jenny zu Lettie, bevor sie sich an James Devere wandte. „Gute Nacht, Mylord."

„Hmm", sagte er.

Simon verbeugte sich daraufhin vor Lettie, wünschte ihr eine gute Nacht und ignorierte seinen Onkel.

Als sie oben auf der Treppe ankamen, murmelte ihr Gatte ihr ins Ohr: „Das lief ja hervorragend."

Jenny konnte das Kichern nicht unterdrücken, das ihr entwich. Ihre Nervosität hatte sich bis zum Zerreißen aufgestaut. Jetzt brach sie in schallendes Gelächter aus, das ihr die Tränen in die Augen trieb.

Zuerst schien Simon überrascht zu sein, doch als sie ihr Zimmer erreichten, lachte er mit ihr.

„Immerhin", sagte sie, als sie auf dem Bett saßen und sich aneinander klammerten, „wenn wir mit Ned in meiner Familie umgehen können, können wir auch mit James in deiner umgehen."

Er strich ihr über die Wange.

„Es missfiel mir, dass mein Onkel dich beleidigt hat."

„Ich fühlte mich nicht beleidigt. Er kennt mich ja gar nicht. Er wollte lediglich eine Verbindung zu seinem Sohn aufrechterhalten und hat es schlecht ausgedrückt."

Simons Daumen strich über ihre Lippen, was ein angenehmes Kribbeln auslöste.

„Wie kannst du nur so verständnisvoll sein, Lady Lindsey?"

Er bewegte seine Hand und legte sie an ihren Hinterkopf.

Sie schaute ihm in die Augen und antwortete, bevor der Kuss, von dem sie wusste, dass er kommen würde, ihre Gedanken zerstreute.

„Ich wurde wohl so geboren.“

Und dann senkte sich sein Mund auf den ihren.

Kurze Zeit später gab sie zu: „Ich bin froh, dass dein Onkel uns aus dem Speisezimmer vertrieben hat. Ich bin viel lieber mit dir allein.“

„Ich stimme zu, meine Gemahlin.“ Simon drückte sie zurück auf das Bett und vertiefte den Kuss. Sie vergrub ihre Finger in seinem Haar und öffnete ihren Mund für ihn.

Als er jedoch Küsse über ihren Kiefer bis zu ihrem Hals verteilen wollte, brummte er.

„Würdest du bitte den Schal abnehmen?“

Da sie wusste, dass dies die romantische Atmosphäre ruinieren würde, seufzte sie. „Er hält mich warm. Hast du bemerkt, dass unser Zimmer eiskalt ist? Ich glaube, im Kamin liegt noch ein winziges Stück Kohle.“

„Ich werde dich warm halten.“

Langsam tat sie, worum er sie gebeten hatte. Jenny brauchte keinen Spiegel, denn sie hatte ja das verzerrte Gesicht ihres Mannes, das ihr zeigte, wie sie aussah.

„Mein Gott! Man sollte mich auspeitschen.“

„Hör auf damit“, befahl sie. „Ich bin sicher, das Arnika hat geholfen. Aber mein Nacken wird sicher ein paar Tage lang blau sein.“

„Dein Fleisch ist gefärbt wie eine Gauklerkappe, lila, schwarz, sogar grün.“

„Dann lass uns zu Bett gehen und das Licht löschen, dann musst du es dir nicht ansehen.“

Doch Simon zögerte.

„Ich bitte dich, mit mir ins Bett zu kommen und mich in deinen Armen zu halten.“

Sein Mund verzog sich. „Das ist ungerecht, meine Gemahlin. Du weißt, dass ich dir eine solche Bitte nicht abschlagen kann, wenn ich dich schon den ganzen Tag zu berühren vermag.“

Langsamer als in der Nacht zuvor liebten sie sich. Seine Hände auf ihrer Haut, die sie streichelten und neckten, brachten Jenny rasch zu pochender Lust. Sein Mund hörte auf, sie zu küssen, um ihren erhitzten Körper auf verruchte Weise zu beglücken. Als er seine Hüften zwischen ihre Schenkel schob, flehte sie ihn beinahe an, sie auszufüllen.

Es war perfekt, und Jenny konnte sich nicht vorstellen, wie sie die ersten zwei Jahrzehnte ihres Lebens ohne solche Empfindungen ausgekommen war. Und sie konnte sich auch nicht vorstellen, wie sie jemals wieder ohne ihren starken, leidenschaftlichen Mann leben sollte.

SIMONS HERZSCHLAG BEGANN SICH zu verlangsamen, als er neben seiner üppigen, weichen Frau lag. Das Gefühl der Befriedigung verflog jedoch, als die Minuten vergingen. Ihr Liebesspiel war intensiv und süß zugleich gewesen. Ähnlich wie Jenny. Und mit jedem Mal, das er ihren nackten Körper berührte, mit jedem Mal, das er in sie eindrang, liebte er sie mehr.

Gewiss war es die Liebe, die ihn bei der Vorstellung, einzuschlafen und sie möglicherweise wieder zu verletzen, in Angst und Schrecken versetzte.

Er beschloss, dass es das Beste war, zu warten, bis sie eingeschlafen war, und sich dann vom Bett auf den Stuhl zu schleichen, um diese und jede weitere Nacht getrennt von ihr zu verbringen. Denn er wusste genau, was passieren würde, wenn ein bestimmter Traum begann. Und er würde beginnen, wie er es fast jede Nacht seit seiner Rückkehr getan hatte.

Das Wissen, dass er sie bei der nächsten Berührung verletzen könnte, quälte ihn und hielt ihn wach. Als ihre Atmung tief und gleichmäßig wurde und ihr Körper sich nicht mehr bewegte, überließ er sie ihrem Schlummer.

ALS JENNY BEI SONNENLICHT und Vogelgezwitscher erwachte, lächelte sie und fühlte sich wie eine Prinzessin. Nein, berichtigte sie sich, sie fühlte sich wie eine Gräfin.

Als sie zu ihrem Mann hinüberschaute, der neben ihr schlief, runzelte sie die Stirn. *Er war nicht da!* Für einen so großen Mann bewegte er sich sehr leise. Sie hatte nicht gehört oder gespürt, wie er sich vom Bett erhob.

Sie erinnerte sich an die vergangene Nacht und an ihre Absicht, wach zu bleiben und auf der Hut zu sein. Wenn Simon sich zu bewegen begann, vielleicht weil er einen beunruhigenden Traum hatte, wollte sie zu dem großen, abgenutzten Stuhl am Fenster gehen.

Doch nach der Reise und dem Essen – und dem herrlichen Liebesspiel – war sie rasch in den Schlaf gefallen. Und es war nichts Schlimmes passiert. Sie hatte also recht behalten. Die Ereignisse der letzten Nacht waren ein Irrtum gewesen. Sie hatten friedlich nebeneinander geschlafen.

Lächelnd zog sie sich schnell an und vergewisserte sich, dass sie noch mehr Arnika aus dem Topf auftrug, den Tilda ihr gegeben hatte, bevor sie sich einen hübschen, leichten Schal um den Hals wickelte.

Jenny fand ihren Mann im Speisezimmer, wo er mit Lady Devere sein Fasten brach. Sein Onkel war abwesend, vielleicht schlief er nur aus.

„Ich hoffe, du hast gut geschlafen", sagte Lettie, als Simon Jennys Stuhl für sie herauszog. „Ich bin sicher, wenn ihr uns vorher Bescheid gegeben hättet, hätten wir die Laken länger lüften und die Teppiche reinigen können. Vielleicht müssen die Fenster neu verfugt werden", sagte sie und biss in ein Stück trockenen Toast.

Jenny verdrehte fast die Augen. Sie sah ihren Gatten an, doch sein rätselhafter Gesichtsausdruck verriet ihr nicht, was er dachte. Möglicherweise dachte er an ihr Liebesspiel.

Denn das wäre die einzige Erinnerung, die sie an ihren Aufenthalt im Haus von James Devere behalten würde.

„Keine Sorge", sagte Jenny und hoffte, dass Simon erkannte, dass sie eine Nacht ohne Zwischenfälle verbracht hatten. „Das Bett war sehr bequem. Nicht wahr, Mylord?"

„Durchaus", stimmte er zu. „Tee?"

ALS SIE AM VORMITTAG zur Kohlenmine in Devere aufbrachen, war Simons Onkel noch immer nicht erschienen. In Anbetracht des Charakters des Mannes hätte Simon ihn ohnehin nicht über den möglichen Diebstahl seines Sohnes befragt. Jenny konnte sich vorstellen, dass es nichts genutzt hätte, Tobias und die Bücher anzusprechen, außer dass James Devere möglicherweise einen Tobsuchtsanfall bekommen hätte.

„Wenn er gekommen wäre, um sich zu verabschieden, hättest du ihn fragen können, ob er Maude erlaubt hat, das Haus zu verkaufen", sagte Jenny. „Jetzt wissen wir wohl, warum er ihr geraten hat, in das Belton Manor zu ziehen. Wenn du gestorben wärst, wäre Tobias der nächste in der Thronfolge gewesen und seine Familie hätte bereits den Sitz der Grafschaft inne."

Simon starrte aus dem Fenster. „Doch es war Toby, der starb, und sein Vater schien zu denken, dass ich die Scherben seiner Familie auflesen sollte."

„Es tut mir leid, wenn dieser Besuch eine Enttäuschung für dich war."

Simon zuckte mit den Schultern. „Ich wollte nur meinen Onkel nach all der Zeit wiedersehen. Es ist Jahre her, wie du weißt. Er ist verbittert, doch es sieht so aus, als wäre sein Haus schon lange vernachlässigt worden. Wenn Toby das Geld unterschlagen hat, warum ließ er dann seinen Vater im Elend leben? Ich schätze, ich sollte einfach froh darüber sein, dass mein Onkel mich nicht nach Einzelheiten von Tobys Tod gefragt hat."

Jenny tätschelte sein Knie, und er ergriff ihre Hand.

„Ich wünschte, ich könnte die verdammten Einzelheiten vergessen."

„Ich weiß." Sie strich ihm mit der anderen Hand über die Wange. „Mit der Zeit."

Die nächste Station, eine Bleimine, verlief wie die beiden vorherigen, und am späten Nachmittag nahmen sie sich ein Zimmer in einem Gasthaus, um am nächsten Tag eine Brauerei zu besuchen.

Als der Gastwirt sie in ein geräumiges Zimmer führte, teilte Simon ihm mit, dass sie das Abendessen allein in ihrem Zimmer einnehmen würden.

„Ich habe immer hier übernachtet, wenn ich die Betriebe besuchte. Ich hätte mir nie träumen lassen, dass ich einmal mit meiner schönen Frau in diesem Zimmer übernachten würde."

In Anbetracht seiner Worte war der Anflug von Eifersucht, der sie durchzuckte, für Jenny nicht weiter tragisch.

„Warst du jemals mit einer anderen Frau in diesem Zimmer?"

Ein Ausdruck der Überraschung huschte über sein Gesicht, und Jenny spürte, wie ihre Wangen warm wurden. In Wahrheit überraschte die direkte Frage sogar sie. Es ging sie nichts an und es wäre auch nicht hilfreich, die Antwort zu kennen, wenn es so wäre.

Anstatt jedoch verlegen oder schuldbewusst auszusehen, verzog sich Simons Gesicht zu einem Lächeln.

„Du kannst dir nicht vorstellen, wie sehr ich mich freue, zweifelsfrei sagen zu können: Nein, ich hatte nie eine Frau bei mir. Du bist die erste und einzige, die ich jemals in dieses Gasthaus oder auf meine Reisen mitnehmen werde. Denn du bist ein seltenes Juwel, Lady Genevieve Lindsey. Und ich kann immer noch nicht glauben, dass ich dich aus einem Garten so nahe an meinem eigenen Haus gepflückt habe.

Das beweist, dass die feine Gesellschaft mit ihren langweiligen Bällen in der Saison keine Ahnung haben, wie man die richtige Partnerin findet."

Strahlte sie? Wenn nicht, wäre das ein Verbrechen gegen die Natur, denn Jenny spürte das Glück in jeder Faser ihres Wesens.

Mit eifrigen Schritten durchquerte sie den Raum und schlang ihre Arme um ihren Gatten.

„Ich bin dankbar, dass ich mit einer Begabung für Mathematik gesegnet wurde."

Er lachte über ihre Aussage und hielt sie fest.

„Allerdings", fügte sie hinzu, lehnte sich zurück und sah ihm in die Augen, „können sich meine Schwestern nicht auf unser Glück verlassen. Ich kann nicht erwarten, dass das Glück wie der Blitz wieder in unser kleines Dorf einschlagen wird. Deshalb muss jede von ihnen eine Saison haben."

„Ich habe mein Versprechen nicht vergessen, Gemahlin."

Und dann sprachen sie lange Zeit kein Wort mehr. Simon musste sogar aufstehen und sich eilig seinen Morgenrock anziehen, sodass sich seine Gräfin völlig nackt unter der Bettdecke verstecken konnte, als es an der Tür klopfte und das Abendessen eingeläutet wurde.

Sie saßen unbekleidet auf dem Bett und aßen kaltes Hühnchen, Brot und eingelegte Zwiebeln. Sie unterhielten sich und lachten zusammen und Jenny konnte sich kein besseres Essen vorstellen, selbst wenn sie am Hof mit Königin Victoria selbst speisen dürfte.

Doch schon bald wurde der Graf zögerlich, als die Schlafenszeit nahte.

„Ich werde dich jeden Abend bitten, dich zu mir zu legen und mich in deinen Armen zu halten."

Er lächelte zaghaft. „Und an keinem Abend werde ich dich zurückweisen."

SIMON SAH DEN VERDRECKTEN Kerkermeister kommen. *Was wollte er?* Er war überrascht, dass er nach einem so langen Traum vom Glück wieder in seiner Zelle saß, einem Traum, in dem er nicht nur wieder in Belton gewesen war, sondern sich sogar verliebt hatte, und er wusste, wenn er den Bastard an der Kehle packen könnte, würde er ihm das Leben aushauchen und vielleicht entkommen.

Er hatte jemanden zu Hause, zu dem er unbedingt zurückkehren wollte.

Nein. Er schüttelte den Kopf und wusste, dass das eine idiotische Vorstellung war. Er hatte keine Geliebte. Doch er wusste, dass er den Wächter töten musste. Nur so konnte er Toby retten, der an der Zellenwand saß und ihn anstarrte.

Doch irgendetwas beunruhigte ihn. Es gab einen Grund für dieses neue Gefühl der Angst. Nicht die Ratten. Nicht die Kälte. Nicht der Hunger. Wenn er sich nur daran erinnern könnte, was ihn beunruhigte …

Ganz gleich. Seltsamerweise, als ob er die Gefahr, in der er sich befand, nicht begreifen konnte, trat der Kerkermeister dicht an die Zelle heran und stellte sich sogar so hin, dass Simon ihn erreichen konnte. Dummkopf. Ein toter Mann!

Simon griff nach ihm und spürte, wie seine Hand warmes Fleisch berührte, doch dann wich der Kerkermeister zurück. Einmal, zweimal, und dann war er zu weit weg, um ihn berühren zu können.

Enttäuscht legte sich Simon wieder auf den Boden der Zelle. Es fühlte sich viel bequemer an als vorher und er erkannte, dass er höchstwahrscheinlich problemlos schlafen könnte. Sogar die Ratten waren vorerst verschwunden.

JENNYS HERZ SCHLUG IHR bis zum Hals. So fühlte es sich jedenfalls an, seit Simon nach ihr gegriffen hatte, seit seine

Finger nach ihrem Hals getastet hatten. Schnell war sie an den Rand des Bettes gerutscht. Er hatte es noch zweimal versucht, bis sie so leise wie möglich unter der Bettdecke hervorschlüpfte und sich neben das Bett kauerte, um zu versuchen, ihn in der Dunkelheit auszumachen.

Seine Miene war angespannt, tosend, nicht so friedlich, wie sie sein sollte.

Gott sei Dank war sie wach geblieben oder wieder aufgewacht, sie war sich nicht sicher, was von beidem. Denn wenn Simon sie noch einmal verletzen würde, wäre er mit Sicherheit am Boden zerstört.

Sie schnappte sich den Morgenmantel, den ihr Mann weggeworfen hatte, kuschelte sich hinein und setzte sich in den Sessel vor der Glut des Feuers, wo sie die Füße hochzog. Sie würde bis zum Morgen durchhalten und dann zurück ins Bett schlüpfen, wenn er sich rührte, ohne dass Simon es merkte.

„WAS HAT DAS ZU bedeuten?"

Jenny schreckte auf, ihr Nacken kribbelte unangenehm und, oh je, sabberte sie etwa, während sie im Sitzen schlief?

Sie wischte sich die Wange an der eigenen Schulter ab und versuchte, das Gespinst des Schlafes aus ihrem Kopf zu vertreiben.

Simon stand vor ihr, splitternackt. Und offenkundig wütend.

Als sie sich daran erinnerte, was sie aus dem Bett getrieben hatte, verfluchte sie sich dafür, dass sie nicht rechtzeitig aufgewacht war, um ins Bett zurückzukehren.

Schlimmer noch, sie hatte es versäumt, einen glaubwürdigen Grund für das Schlafen auf dem Sessel zu nennen.

„Mach dir keine Mühe", sagte er, als hätte er ihre Gedanken gelesen. „Ich weiß bereits, dass jede Geschichte, die du erzählen wirst, eine Lüge ist. Ich weiß genau, was passiert ist, weil ich den verfluchten Traum hatte."

Jenny ließ den Kopf hängen und hoffte, dass er ihr erlauben würde, über die Ereignisse der vergangenen Nacht zu schweigen.

Doch leider ließ er sie nicht gewähren, nicht einmal in der kühlen Morgenluft und ohne einen Fetzen Kleidung.

Während sie versuchte, sich etwas auszudenken, das weniger schlimm war als das, was tatsächlich passiert war, wurde ihr Verstand von seinem Anblick im Tageslicht abgelenkt, seinem muskulösen Körper, seinen langen Gliedmaßen, seinem beeindruckenden …

„Sag es mir", stieß Simon hervor, drehte sich um und ging auf die andere Seite des Zimmers, um ihr einen hervorragenden Blick auf sein prächtiges Hinterteil zu gewähren.

Er drehte sich um und gab ihr erneut die andere Seite zu sehen. Ihr Mund wurde trocken, denn es schien, als würde er durch die leichte Erregung auch auf andere Weise erregt werden.

„Ich …", sie verstummte und starrte ihn an.

„Ja?", fragte er. Dann blickte er nach unten. „Mein Gott! Wo ist mein Morgenrock?"

Als er merkte, dass Jenny ihn trug, schnappte er sich seine weggeworfene Unterhose und zog sie an.

Leicht enttäuscht, als alles Interessante aus seinem Blickfeld verschwand, seufzte sie. Um ihn zu beruhigen, versuchte sie es mit einer Lüge.

„Ich dachte, du seist etwas unruhig, also beschloss ich, dir das Bett zu überlassen."

„Unruhig?", fragte Simon.

Ihr Blick glitt von ihm zu einem Punkt über seiner Schulter.

Er wartete.

Als sie nichts mehr sagte, verschränkte er die Arme.

„Habe ich dich angerührt?"

„Nicht wirklich."

„*Verdammt!* Du hast dich vor mir geängstigt, ist es nicht so?"

„Sei nicht albern", sagte sie schnell. „Aber ich würde mich nicht vor eine fahrende Kutsche stellen, auch wenn das Pferd mir nichts Böses will."

„Nicht schon wieder diese verdammte Metapher von Pferd und Kutsche!"

Sie sprang auf, lief auf seinen warmen Körper zu und schlang ihre Arme um seine Taille.

„Ich habe keine Angst vor dir und werde es auch nie haben. Es wird sich alles von selbst regeln. Vielleicht, wenn wir darüber reden—"

Anstatt sie zu umarmen, wandte er sich ab.

„Es gibt nichts zu bereden. Ich kann nicht kontrollieren, was in meinem Schlaf passiert."

„Vielleicht, wenn du über deine Träume sprichst. Ist es ein bestimmter, sagtest du?"

„Nein."

„Nein? Ist es mehr als einer?"

„Nein, ich möchte nicht darüber sprechen." Simons Gesicht verfinsterte sich. „Ich schlage vor, wir kleiden uns an, brechen unser Fasten und begeben uns zum letzten Betrieb."

„Wie du willst." Was sollte sie sagen? Jede Nacht, so schien es, und vielleicht auch jeden Morgen, würde einen neuen Kampf darstellen. Als Jenny ihren Mann ansah, schwor sie sich, mit ihm und für ihn zu kämpfen, um ihn nicht zu verlieren.

„ICH BIN FROH, DASS wir morgen Abend zu Hause verbringen", sagte Jenny, als Simon ihr nach ihrem letzten Besuch in die Kutsche half. „Auch wenn sich die tagelange Reise eindeutig gelohnt hat."

„Es war eine aufschlussreiche Reise, und zumindest haben wir einen Namen und eine Adresse."

Ihr Gemahl hätte eigentlich zufrieden sein müssen, weil er wusste, dass sie Mr. H. Keeble in London leicht ausfindig machen könnten, doch seine Stirn lag wie schon den ganzen Tag über in Falten.

Man musste kein intellektueller Blaublüter sein, um zu wissen, was ihn beunruhigte.

„Ich bin sicher, du freust dich darauf, deine Mutter und deine Schwestern wiederzusehen", fügte Simon hinzu.

„Um ehrlich zu sein, freue ich mich am meisten darauf, meine Rolle als Gräfin anzutreten und dir bei der Leitung des Belton Manor zu helfen. Ich möchte mir ein Leben mit dir aufbauen und, wenn du es erlaubst, unser Haus auch zu meinem Zuhause machen."

Endlich entlockte sie ihrem Grafen ein Lächeln.

„Selbstverständlich. Du kannst umdekorieren oder renovieren, wie du es für richtig hältst. Ich vertraue darauf, dass du das Haus Devere nicht in den Ruin treibst, da du besser als jeder andere weißt, was unsere Finanzen hergeben."

Sie grinste. „Nein, Mylord. Das wäre wohl kaum in unserem besten Interesse."

„Genau so ist es."

Danach schien er besserer Laune zu sein. Sie fuhren zurück, um eine weitere Nacht im Haus der Deveres in Wirksworth zu verbringen, zusammen mit der wachsamen Tilda und der rundlichen Köchin.

Wie erwartet, wachte Jenny allein auf und fand deutliche Anzeichen dafür, dass Simon im Sessel geschlafen hatte. Was würde geschehen, wenn sie nach Belton zurückkehrten?

In der komfortablen Kutsche konnten sie wenigstens den Triumph feiern, dass sie Simons rechtmäßiges Einkommen wieder in seine eigenen Kassen zurückgeführt hatten. Doch als die vertraute Steinmauer und die schwarzen Tore des Belton Manor in Sicht kamen, wurde die Miene ihres Gatten unsicher.

Jenny nahm ihre Handschuhe vom Schoß, zog sie an, schenkte ihm ein aufmunterndes Lächeln und schwor sich, Simon die Gewissheit zu geben, dass seine Entscheidung, sie zur Frau zu nehmen, richtig gewesen war

ES WAR JENNYS ERSTER Abend in ihrem neuen Zuhause, ihr erster Abend als Gräfin Lindsey, und die Bediensteten hatten sich alle Mühe gegeben, sie willkommen zu heißen. Beinahe hätte sie Simon darauf hingewiesen, dass der Empfang im Haus seines Onkels ganz anders war als in ihrem eigenen. Dann besann sie sich eines Besseren. Es bestand kein Grund, eine alte Wunde aufzureißen.

Der Admiral stand an vorderster Front, um sie zu begrüßen, während die anderen Mitarbeiter nach Rängen geordnet aufgereiht waren. Frische Blumen schmückten die Eingangshalle, ein leckeres Abendessen stand bevor, und wenn Jenny sich nicht irrte, waren alle Fenster geputzt worden. Sie war sich sicher, dass sie keinen Essig mehr hatten, so viele funkelnde Scheiben blinzelten in den letzten Strahlen der späten Nachmittagssonne.

Sie fühlte sich sofort mit den Menschen verbunden, mit denen sie den Rest ihres Lebens verbringen würde, und schickte ein stilles Gebet der Dankbarkeit in den Himmel. Es könnte alles ganz anders sein. Als die Bediensteten sich beeilten, das Gepäck hereinzubringen, dem Herrn und der Dame einen Platz in der Gaststube zuzuweisen und ihnen Erfrischungen zu bringen, schien es, als hätte die blinde Fortuna ihr Rad gedreht und Jenny mit dem größten Glück beschenkt.

Plötzlich waren sie nicht mehr die tüchtigen und glücklichen Mitarbeiter von jemand anderem, sondern ihre eigenen. Mit Freuden nahm sie die Last auf sich, die Hausherrin des Belton Manor zu sein.

Selbst Peter und Alice tauchten auf, als auch die gezuckerten Orangenscheiben und Löffelbiskuits serviert wurden. Als sie beobachtete, wie ihr Gatte angeregt mit seinen jungen Verwandten sprach, fiel es ihr nicht schwer, ihn sich mit ihren eigenen Kindern vorzustellen.

„Woran denkst du, Lady Lindsey?"

Sie spürte, wie ihre Wangen warm wurden.

„*Ah*", sagte er.

„Ich verstehe nicht", sagte Alice.

„Woran denkst du?", wiederholte Peter dieselbe Frage.

Jenny lächelte die beiden an und sagte: „Daran, was für reizende Kinder ihr seid und wie froh ich bin, dass ihr hier wohnt. Wo ist eure Mutter?"

Peter zuckte mit den Schultern und nahm sich einen zweiten Löffelbiskuit.

Alice nuckelte 'an einem Orangenstück und sprach um den saftigen Bissen herum: „In unserer Stube."

Lord Lindsey hob eine Augenbraue. Er vermutete, dass sich die Dame versteckt hatte, damit ihr niemand weitere Fragen stellen konnte. Zum Beispiel über Sir Agravain.

Mit dem Gedanken an ihren Mann und ihre Angestellten, die alle von der finanziellen Stabilität der Besitztümer abhingen, war Jenny fest entschlossen, allen unlauteren Machenschaften auf den Grund zu gehen, selbst wenn das bedeutete, die Privatgemächer der Witwe zu stürmen.

Zur Schlafenszeit begleitete Simon sie zur Tür ihrer eigenen Kammer, in der sich neben einem sehr großen Bett auch all ihre persönlichen Dinge aus dem Blackwood Landhaus befanden.

Als er an der Türschwelle innehielt, ballte Jenny ihre Fäuste. Würde sie ihren Mann jede Nacht aufs Neue überzeugen müssen? Sie wusste zwar, dass es in Mode war, ein eigenes Zimmer zu haben, doch sie verspürte nicht den Wunsch, ihr Eheleben allein in einem Himmelbett zu verbringen und nur gelegentlich Besuch von ihrem Gemahl zu bekommen.

Da sie ihm nicht die Möglichkeit geben wollte, sie abzuweisen, fragte sie: „Welches Zimmer sollen wir heute Abend nehmen, deines oder meines?“

„Gut gespielt, meine Gemahlin.“

„Was meinst du?“ Sie blinzelte ihn mit Rehaugen an.

„Beide Optionen sind letztlich gleich.“

Sie wollte mit dem Fuß aufstampfen. Wollte er sie nicht im Arm halten, sie streicheln, sie lieben? Sie waren erst seit einer Woche verheiratet.

„Willst du nicht bei mir schlafen?“, fragte sie.

„Ehrlich gesagt, nein.“

KAPITEL EINUNDZWANZIG

Jenny machte einen Schritt zurück in ihr Zimmer und fühlte sich, als hätte er sie geohrfeigt.

Simon folgte ihr und ergriff ihre beiden Hände.

„Versteh mich nicht falsch, Jenny. Ich möchte mit dir schlafen. Ich möchte dir gewiss Vergnügen bereiten und zusehen, wie du dich in meinen Armen verausgabst. Und ich möchte dich halten, jede Nacht und jeden Morgen, wenn es möglich wäre. Doch der Teil dazwischen, das Schlafen? Nein, ich sage dir, ohne zu lügen, ich möchte nicht bei dir schlafen. Die Vorstellung ängstigt mich sogar."

„Es ist nichts mehr passiert", sagte sie und hoffte, dass sie nicht so verzweifelt klang, wie sie sich bei dieser Wendung fühlte – ein Leben lang getrennte Betten.

„Doch, es ist passiert. In den Nächten, in denen du einen sicheren Schlaf genießen konntest, stand ich aus dem Bett auf und verbrachte die Nacht in dem verdammten Sessel."

„Genauso wie ich dich vorfand, als ich zum ersten Mal dein Zimmer betrat." Wie sich herausstellte, hatte sie ihm gar nicht wirklich geholfen.

Er ließ ihre Hände sinken. „Ich saß damals aus einem ganz anderen Grund in diesem Sessel. Um nicht einzuschlafen."

„Und als du auf dem Sessel einschliefst, hattest du da die gleichen schrecklichen Träume?"

„Ich möchte nicht darüber reden", beharrte er zu ihrer Bestürzung. „Wir werden einen Kompromiss schließen. Du machst dich hier bettfertig und ich tue das Gleiche da drüben", zeigte er auf die Tür, die ihre Schlafzimmer trennte. „Dann werde ich zurückkommen und …"

„Ja?"

„Bleibe bei dir, bis du einschläfst", schloss er und das Funkeln in seinen Augen verriet, wie sie ihre erste gemeinsame Nacht im Belton Manor verbringen würden.

Sie vermutete, dass dies das einzige Arrangement war, mit dem er sich wohlfühlen würde, und sie hatte keine andere Wahl, als zuzustimmen. Vorerst.

AM NÄCHSTEN TAG, ALS Lady Tobias Devere sich noch immer nicht gezeigt hatte, beschloss Jenny, die Sache selbst in die Hand zu nehmen. Sie wanderte durch ihr neues Zuhause zu den Gemächern im zweiten Stock des Ostflügels, die die Witwe irgendwie für sich und ihre Kinder requiriert hatte, als sie uneingeladen eingezogen war.

Jenny klopfte an die Tür und wartete geduldig auf eine Antwort. Simon hatte ihr von seinem Unvermögen erzählt, der Witwe Informationen zu entlocken. Bei ihrem einzigen Zusammentreffen mit Maude in der Bibliothek hatte Jenny erlebt, wie leicht sich die Frau von einer freimütigen Person in eine verschlossene Geiztante verwandelte.

Es leuchtete jedoch ein, dass einige Antworten bei der Witwe liegen mussten. Sie klopfte erneut. Nichts.

Jenny wandte sich ab und ging zwei Schritte den Flur entlang, bevor sie stehen blieb. Sie straffte die Schultern, drehte sich um und ging wieder auf die Tür zu. Ihre Tür in ihrem Haus. Sie würde unaufgefordert eintreten, denn man hatte ihr versichert, dass dies nicht das Schlafzimmer der Frau war, sondern ein Aufenthaltsraum.

Mit einer raschen Drehung des Messingknaufs schwang sie die Tür auf. Der Raum war offensichtlich leer. Außerdem konnte Jenny sehen, dass dieses Zimmer nur das erste einer Reihe von Räumen war, die wie Simons Gemächer durch zwei Türen miteinander verbunden waren, sodass man in einem Kreis hindurchgehen konnte, wenn der Sinn danach stand.

Irgendwo in einem der Zimmer mussten die Kinder spielen, denn ihre Stimmen hallten von dem Parkett und den hohen Decken wider und drangen an Jennys Ohren.

Das Gerede und das gelegentliche Lachen waren überaus beruhigend und sie vermutete, dass die Unterkunft sehr einsam wirken würde, wenn sie still wäre. Als sie weiterging, kam sie in den nächsten Raum, der als charmantes Speisezimmer eingerichtet war, in dem zweifellos Tobias' Familie aß. Wie traurig, dass ihr Leben ohne den jungen Mann weiterging.

„Non, j'ai dit non!" Maudes Stimme drang durch die geschlossene Tür zum Nebenzimmer; sie sprach auf Französisch, vielleicht weil etwas – oder jemand – sie verärgert hatte. Dann sagte sie auf Englisch: „Du musst gehen und ihm sagen, dass es vorbei ist. Ende. Finis!"

Eine Männerstimme, die sie nicht erkannte, widersprach ihr: „Das wird ihm nicht gefallen, Mylady."

„Wenn der neue Graf dich sieht, könnte er dich erkennen, und dann wird es Fragen geben."

Der ganze rätselhafte Austausch hatte nur wenige Augenblicke lang angedauert, und plötzlich bemerkte Jenny, dass sich ihre Schritte der Tür zwischen den Zimmern näherten. Sie rannte auf zurück in die Mitte des Salons, als sie hörte, wie sie das Speisezimmer betraten. Sie konnte sich nur noch umdrehen und sich ihnen zuwenden, als wäre sie gerade erst in den Raum gekommen.

Lady Devere und Meister Käsegesicht standen bereits im Salon, als sie aufblickten und sie sahen. Maude keuchte, und beide blieben stehen.

Jenny blieb standhaft. Sie konnte nicht die Erste sein, die einen Knicks machte, ohne ihr Gesicht zu verlieren, doch sie konnte als Erste sprechen. Das verlangte sogar das Protokoll.

„Es ist schön, Sie gesund zu sehen, Lady Devere, nach Ihren vielen Kopfschmerzen."

Die Witwe errötete und erinnerte sich dann daran, wen sie jetzt ansprach. Sie knickste, tief genug, um respektvoll zu wirken, aber ohne wirkliche Ehrerbietung zu zeigen.

„Vielen Dank, Mylady. Ich war mir nicht bewusst, dass Ihr von Eurer Hochzeitsreise zurück seid", sagte Maude, obgleich Jenny wusste, dass es nicht wahr sein konnte. „Dies ist der Mathematiklehrer meiner Kinder, Meister Dolbert."

Der Mann verbeugte sich tief, und Jenny bezweifelte, dass er sich überhaupt an ihre kurze Begegnung am Seiteneingang erinnerte. War das wichtig? Sollte sie erwähnen, dass sie ihn schon einmal getroffen hatte? Er hatte den gleichen desinteressierten Gesichtsausdruck wie damals; ein Mann, der es vorzog, überallhin zu schauen, nur nicht direkt in die Augen.

„Herzliche Glückwünsche zu Eurer Vermählung", fügte Maude hinzu und wollte Jennys Aufmerksamkeit offensichtlich von dem Mann an ihrer Seite ablenken.

Jenny dankte und fragte sich nicht zum ersten Mal, warum die Witwe nicht zur Hochzeit in die Kapelle erschienen war oder am Frühstück teilgenommen hatte, obwohl sowohl Peter als auch Alice dort gewesen waren. Es wäre natürlich unhöflich, danach zu fragen.

„Ich wusste nicht einmal, dass der Graf Euch den Hof machte", sagte Maude ein wenig beiläufig.

„Ich kann gut verstehen, dass manch einer überrascht war", gab Jenny zu. Es wäre jedoch unangemessen, wenn Maude oder jemand anderes mehr darüber sagen würde.

Jede Andeutung von unangemessener Eile war mehr als unhöflich, es sei denn, ihre eigene liebe Maggie sagte es.

Maude zuckte auf ihre gallische Art mit den Schultern und es entstand eine peinliche Stille. Die Höflichkeit verlangte von der Frau, Jenny einen Tee anzubieten. Das tat sie nicht. Stattdessen wandte sie sich an den Lehrer.

„Sie können gehen. Danke, dass Sie mich über die Fortschritte der Kinder informiert haben."

Meister Dolbert nickte, verbeugte sich noch einmal tief vor Jenny, verbeugte sich etwas weniger vor Maude und verschwand dann durch die offene Tür zum Korridor, so schnell wie ein Kaninchen, das von einem Fuchs gejagt wurde.

Die beiden Damen starrten einander an.

„Wir besuchten den Onkel meines Mannes, während wir weg waren. Ihren Schwiegervater."

Ah, das brachte eine Reaktion hervor, stellte Jenny interessiert fest.

Maude wurde blass und setzte sich, dann sprang sie wieder auf, als hätte sie sich auf etwas Heißes gesetzt.

„Ich bitte um Verzeihung. Möchtet Ihr Euch setzen?", lud sie Jenny wenig enthusiastisch ein.

„Danke." Jenny würde höflich bleiben, doch sie wollte nicht gehen, ohne mehr zu erfahren. Als sie ein Buch auf dem Stuhl sah, fragte sie: „Was lesen Sie da?"

„Voltaire." Mehr sagte die Frau nicht.

„Ich habe seine Werke nur übersetzt gelesen."

„Das ist nicht dasselbe", sagte Maude und sah enttäuscht aus.

Angesichts der hervorragenden Englisch- und Französischkenntnisse der Frau fühlte sich Jenny etwas unsicher und erklärte: „Leider beherrsche ich Ihre Muttersprache nicht so gut wie meine Schwester, deshalb unterrichtet sie Peter und Alice und nicht ich."

Es wäre ungehörig defensiv gewesen, wenn sie erwähnt hätte, dass sie über andere Talente verfügte. Auf jeden Fall erinnerte das Gespräch über den Unterricht Jenny an eine

Frage, die sie wie ein Kieselstein in ihrem Schuh beschäftigte. Sie war die Gräfin von Lindsey. Sie nahm an, dass sie Maude alles fragen konnte, was sie wollte.

„Da wir gerade davon sprechen, wer bezahlt meine Schwester dafür, dass sie Ihre Kinder unterrichtet?"

Maude starrte sie an, als ob die Frage – oder die Fragende – nicht zu verstehen sei.

Jenny wartete ab. Wenn sie dieser Frau Worte in den Mund legte, würde sie nie die Wahrheit erfahren.

Schließlich richtete sich der Blick der Witwe auf den Boden.

„Warum fragt Ihr? Was bringt Euch auf den Gedanken, dass ich nicht diejenige bin, die zahlt?"

Hmm, zwei Gegenfragen. Nicht wirklich eine Antwort. Und ganz sicher keine ehrliche.

„Verzeihen Sie mir, Lady Devere, doch ich habe den Eindruck, vielleicht zu Unrecht, dass Sie kein eigenes Einkommen haben. Dennoch bezahlen Sie meine Schwester und Meister Dolbert?"

Auf Jennys fragende Worte folgten ein langes Zögern und die geschürzten Lippen der Witwe. Als Maude endlich einsah, dass Jenny die Stille nicht mit leerem Geschwätz füllen oder die Frage zurückziehen würde, seufzte die Dame.

„Ihr habt völlig recht. Allerdings verfüge ich über ein wenig Geld aus dem Verkauf meines Hauses." Sie hob ihr Kinn und sah ein wenig stolz aus. „Wenn es aufgebraucht ist, dann …"

Jenny verstand die Angst vor dem finanziellen Ruin und wollte die etwas kratzbürstige Frau trösten. „Ihre Lage tut mir leid. Ich bin sicher, dass mein Mann Sie und Ihre Kinder so lange versorgen wird, wie es nötig ist. Ich verstehe, warum Sie Jonling Hall verkauft haben, doch warum wollen Sie uns nicht sagen, an wen Sie es verkauft haben?"

Maude schüttelte ihren Kopf. „Ich weiß es nicht."

Jenny blieb hartnäckig. „Die Dienerin dort sagte, Sie wüssten es."

„Sie hat gelogen. Woher kennt sie mich überhaupt?"

„Das Dienstmädchen sagte, dass es Lady Devere war, die ihr auftrug, meinem Mann nicht zu sagen, wer ihr Herr ist."

Stirnrunzelnd ließ Maude ihren Blick auf ihre Hände gerichtet, die in ihrem Schoß ruhten. Plötzlich sah sie zu Jenny auf und ihre verwirrte Miene entspannte sich.

„Es gibt zurzeit mehr als eine Lady Devere."

Jetzt war es an Jenny, die Stirn zu runzeln. Dann wurde ihr klar, dass sie die andere, Letitia, James Deveres nervtötende Frau, bereits getroffen hatte.

„Gibt es noch etwas, das Sie mir sagen können?"

Maude schürzte nur die Lippen und murmelte: „Ich weiß nichts."

Sie wusste etwas, wie das Gespräch zeigte, das Jenny mitgehört hatte.

„Der Mathematiklehrer, ich habe ihn schon einmal getroffen."

Maude erbleichte und flüsterte: „Dolbert."

Eine seltsame Reaktion auf einen scheinbar belanglosen Mann.

„Stimmt etwas nicht?"

Die Witwe schüttelte ihren blonden Kopf.

„Ich … ich glaube, eine Migräne steht mir bevor."

Ah, der allzeit bereite Kopfschmerz, der die Witwe von Abendessen oder Hochzeitsfeiern abhielt, drohte nun, Jenny aus dem Raum zu verscheuchen.

„Meine Mutter benutzt immer Pfefferminzöl im Nacken und an den Schläfen. Sollen wir danach läuten? Oder vielleicht einfach eine starke Tasse Tee?"

Maudes Augen weiteten sich, dann stand sie auf und ging zum Klingelzug. „Ich werde nach Tee läuten", sagte sie.

„Sehr gut."

Sie saßen in angespannter Stille da, zuerst, als sie auf die Antwort von unten warteten, und dann, als sie auf den bestellten Tee warteten.

„Herrliches Wetter", bemerkte Jenny schließlich. „Überall, wo wir hinkamen, blühten Blumen."

Maude nickte.

Seufzend beschloss Jenny, zu warten, bis die andere Frau etwas sagte. Sie würde sich damit beschäftigen, das Einmaleins aufzusagen, was ihr oft beim Einschlafen half. Als sie die Fünferreihe erreicht hatte, war sie froh, dass der Tee kam, denn sie fühlte sich bereits ein wenig schläfrig.

Jenny freute sich noch mehr, als sie sah, dass man auch Mürbekekse gebracht hatte.

„Es geht nichts über einen Keks, um sich am Nachmittag zu stärken." Sie nahm einen Bissen davon, während das Hausmädchen ihnen den Tee einschenkte.

Maude nickte freudlos.

Meine Güte, dachte Jenny. Ich beginne, wie meine Mutter zu klingen.

„Wie auch immer, wo waren wir? Ich glaube, wir sprachen über Meister Dolbert."

Maude riss die Augen weit auf, doch Jenny ließ sich nicht beirren. Die Sache war zu wichtig für die Deveres, und jetzt war sie eine von ihnen. Sie nahm einen Schluck des erfrischenden Heißgetränks und wartete.

Maude trank ihren Tee, knabberte an dem Gebäck und legte sogar ihre Finger an ihre Schläfe, doch Jenny saß einfach nur da und sagte nichts mehr.

„Mein Schwiegervater schlug mir vor, ihn anzustellen."

Jenny hätte die leisen Worte der Frau fast überhört.

„Ich bitte um Verzeihung. Heißt das, James Devere hat Ihnen vorgeschlagen, einen Mathematiklehrer anzustellen, oder Meister Dolbert im Besonderen?"

„Dolbert."

Jenny versuchte, ein solches Interesse an der Erziehung seiner Enkelkinder mit dem schroffen, geizigen Mann in Einklang zu bringen, der sein Heim zu vernachlässigen schien und vielleicht sogar seine eigene Frau verhungern ließ.

„Ich bin …“, erstaunt, „… froh, dass Ihr Schwiegervater sich so liebevoll um Peter und Alice bemüht.“

Vielleicht war das abscheuliche Verhalten des Mannes während ihres Besuchs doch nur aus Kummer entstanden.

Sie hatte noch eine letzte Frage. Sie erinnerte sich an die Informationen, die sie von den Betreibern der Devere-Besitztümer erhalten hatte.

„Kennen Sie einen Mr. H. Keeble?“

Ihr Gesicht wurde noch blasser, sofern das überhaupt möglich war, und Maude öffnete ihren Mund einmal, zweimal, dreimal, sichtlich überrumpelt. Schließlich schüttelte sie steif und mit geweiteten Augen den Kopf.

„Nein? Sie haben noch nie von ihm gehört?“ Jenny musste über die offensichtliche Hinterhältigkeit der Frau beinahe lachen.

Maude schüttelte noch einmal den Kopf.

„Wer ist er?“ Ihre Stimme war kaum mehr als ein Flüstern.

„Es tut nichts zur Sache“, sagte Jenny und verwarf das Thema. Sie wollte sich nicht zum Narren halten lassen und dieser Frau, die eindeutig mehr wusste, erklären, wie wenig sie wusste.

Jenny stand auf und verabschiedete sich. Es war ein interessanter Besuch gewesen, doch tief in ihrem Herzen fühlte sie, dass es das Beste wäre, wenn die Witwe Belton Manor eher früher als später verlassen würde. Es war mehr als beunruhigend, eine Lügnerin und möglicherweise auch eine Diebin im Haus zu haben.

Entschlossen, Maude um des Nachlasses ihres Mannes willen genau im Auge zu behalten, drehte sich Jenny an der Tür um.

Die Frau war sitzen geblieben, starrte sie jedoch quer durch den großen Raum an.

„Mein Gatte bittet Sie und Ihre Kinder, in Zukunft mit uns zu Abend zu essen. Schließlich sind wir eine Familie.“

Ohne auf eine Antwort zu warten, ging Jenny. Wenn Maude es wagte, einer solchen Bitte nicht nachzukommen, würde sie gezwungen sein, den Admiral zu schicken!

„WENN DEIN COUSIN IM Auftrag deines Onkels gehandelt hat, warum hat James dann nicht ein prächtiges Anwesen, statt sein Haus so verkommen zu lassen?"

Sie sprachen schon fast eine Stunde lang über dieses Thema und kamen nicht weiter. Simon war bereit, das Problem für den Moment zu vergessen.

Er nahm einen Schluck Brandy und lehnte sich auf dem Sofa zurück. Seine intelligente Frau war wie ein Bow Street Runner, sie wollte die Veruntreuung der Gelder nicht auf sich beruhen lassen, bis sie den Schuldigen ausfindig gemacht hatte.

„Andererseits glaubst du fest daran, dass Tobias so etwas nicht tun würde, um deinen Vater und dich zu verraten, ohne dazu ermutigt oder sogar gezwungen zu werden. Richtig?"

Simon nickte, stellte sein Glas auf den Tisch neben sich und gähnte, bevor er Jenny in die Arme nahm und sie näher zu sich zog.

„So", sagte er, als sie sich an seine Seite geschmiegt hatte. „So ist es besser."

Ermutigt durch ihr leises Lachen, als sie zu ihm aufsah, stahl er sich einen Kuss.

„Mylord, wir müssen uns auf das eigentliche Thema konzentrieren."

„Mylady, wir können nichts mehr in Erfahrung bringen, bis wir entweder nach London fahren oder jemanden in unserem Namen schicken, um diesen Mr. Keeble unter die Lupe zu nehmen. In der Zwischenzeit haben wir zumindest das Rätsel um die schwindenden Einnahmen gelöst."

Jenny kaute auf ihrer Unterlippe herum. Er liebte es, neue Angewohnheiten zu sehen, die er vorher nicht bemerkt hatte.

„Was ist los?", fragte sie.

„Was soll los sein?"

„Du starrst. Habe ich Krümel in meinem Gesicht?"

„Nein, Gemahlin. Du siehst wie immer perfekt aus."

Diesmal war ihr Kichern eher ein weniger damenhaftes Schnauben, das auch ihn zum Lachen brachte.

„Ich bin alles andere als perfekt", protestierte sie.

„Du bist näher daran, als ich es bin", sagte er.

Seufzend warf sie ihm diesen geduldigen Blick zu, von dem er nicht wusste, ob er ihm gefiel. Sie tat seine nächtliche Gewalttätigkeit ab, als wäre sie belanglos. Alles, woran er denken konnte, war, wie es sich anfühlte, aufzuwachen und zu merken, dass seine Hände um ihren schlanken Hals lagen. Und sie trug immer noch hochgeschlossene Kleider, um die letzten blauen Flecken zu verbergen, die mittlerweile gelblich braun waren.

„Wann reisen wir nach London?", fragte Jenny.

Wie konnte er sie mitnehmen, ohne in jedem Gasthaus ein eigenes Zimmer zu nehmen und diesen Zustand auch in seinem Stadthaus aufrechtzuerhalten? Sie würde sich ihm widersetzen, wie sie es die meisten Nächte hier im Belton Manor getan hatte. Und auf Reisen konnten die Umstände noch unberechenbarer sein.

„Eigentlich gedenke ich, allein dort hinzureisen." Simon ignorierte ihren verwirrten Blick. „Ich werde reiten, anstatt die Kutsche zu nehmen. So komme ich schneller an, treffe mich mit Keeble, verbringe nur eine Nacht in London und komme am nächsten Tag zurück."

„Warum darf ich nicht mit dir fahren? Ich dachte, ich bin die Verwalterin deiner Besitztümer?"

„Das bist du. Doch es könnte gefährlich werden. Wir wissen nicht, mit was für einem Mann wir es zu tun haben. Ganove oder Gentleman."

„Genau aus diesem Grund solltest du nicht allein gehen."

Fast hätte er gelacht, doch er spürte, dass er sie damit beleidigen würde.

„Werte Gemahlin, ich kann auf mich selbst aufpassen und ich bin mir sicher, dass jeder Schurke sich vor deiner Statur ängstigen würde." Er hielt inne, als sie ihm auf die Schulter schlug. „Ich würde mich besser fühlen, wenn ich wüsste, dass du sicher zu Hause bist."

Sie murmelte etwas von Sicherheit und er wünschte, er könnte ihr klarmachen, dass ihr Wohlergehen jetzt für ihn von größter Bedeutung war. Es war seine Pflicht, sie zu beschützen. Und er würde sie nicht im Stich lassen, so wie er Toby im Stich gelassen hatte.

„Trotzdem würde ich das Stadthaus sehr gerne sehen, zumal meine Schwestern und meine Mutter in ein paar Monaten dort wohnen werden. Lass mich dich auf der Reise begleiten. Ich werde mich von Mr. Keeble fernhalten. Oder bin ich nur auf dem Papier deine Verwalterin? Ist es wahr oder eine Lüge?"

Jetzt war es an ihm, zu seufzen. Denn sie hatte sein Vorbringen wahrlich zu Kleinholz verarbeitet. Wie konnte er sie zu Hause lassen? Wenn sie sein Kind unter dem Herzen trüge, würde sie zu Hause bleiben, doch diese Hoffnung war etwas verfrüht.

„Simon, woran denkst du?"

„Dass wir sofort Kinder haben sollten!"

„Wie bitte?" Sie lehnte sich von ihm weg, vielleicht um sich von seiner Ernsthaftigkeit zu überzeugen.

„Wir sollten damit beginnen, Kinder zu produzieren, sodass du dich mit entsprechenden Sorgen und Interessen beschäftigen kannst. Keine muffigen Geschäftsbücher. Du solltest dich nicht mit langweiligen Dingen beschäftigen, wie zum Beispiel ..."

„Nach London zu reisen?", beendete sie seinen Satz, als er stockte. „In die aufregendste Stadt der Welt?"

„Außerdem dreckig, überfüllt und stinkend."

In Wahrheit wünschte er sich, mit ihr nach Vauxhall zu fahren und in die Oper zu gehen. Vielleicht sogar zu Astley's. Jenny müsste nur seinen Regeln für die Übernachtung zustimmen, sowohl während der Fahrt als auch in der Stadt.

So fand sich Simon ein paar Tage später mit seiner Frau in der Kutsche auf dem Weg nach London wieder.

„Bist du sehr verärgert darüber, dass ich bei dir bin?"

Simon konnte an ihrem Gesichtsausdruck erkennen, dass sie wusste, dass er es nicht war, und auch, dass es ihr gleichgültig war. Wenn ihre Augen die Wahrheit sagten, freute sie sich einfach darauf, mit ihm zu kommen.

„Ja", log er und ein leichtes Lächeln umspielte seine Lippen. „Ich bin furchtbar wütend, merkst du das nicht?"

Er streckte seine Hand aus und nahm ihr geliebtes Gesicht in seine Hände.

„Oh", murmelte sie und wartete sichtlich darauf, geküsst zu werden.

Er eroberte ihre weichen Lippen mit seinen und genoss es, ihre Finger in seinem Nacken zu spüren. Er neigte den Kopf und ließ seine Zunge sanft und doch entschlossen in ihre süße Wärme gleiten.

„Mm", stöhnte sie.

Als sie sich voneinander lösten, sah sie so zerzaust und verwirrt aus, dass er Lust bekam, es noch einmal zu tun, und noch viel mehr.

„Das gefällt mir am besten am Reisen", gestand Jenny, als sie ihre schweren Lider hob und ihn anlächelte.

„Mir auch."

Wie er befürchtet hatte, sträubte sie sich, als er verkündete, dass er für die erste von vier Nächten zwei Zimmer in einem Gasthaus mieten würde.

„Ich möchte nicht, dass die Leute denken, dass wir ein solches Paar sind."

„Was für ein Paar?"

Simon konnte die Verzweiflung in seiner Stimme nicht verbergen. Er wollte doch nur, dass sie sicher schlafen konnte.

„Die Art, die nicht genug Zuneigung füreinander hat, um miteinander zu schlafen. Als ob wir die Gesellschaft des anderen nicht ertragen könnten."

Er ließ seine Augen gen Himmel rollen, als sie vor dem Gasthaus standen und sich wie Fischerweiber stritten.

„Ich glaube nicht, dass jemand etwas Derartiges annimmt. Es ist völlig normal, zwei Kammern zu beziehen. Ganz im Gegenteil, man wird uns für brünstige Ziegen halten, wenn wir auf Reisen nur ein Zimmer nehmen."

Als er ihren schockierten und verletzten Gesichtsausdruck sah, wünschte er sich, er könnte seine Worte zurücknehmen.

„Das macht nichts. Wir übernachten in einem Zimmer, damit ich ein Auge auf dich haben kann."

Er sollte sich geschmeichelt fühlen, dass Jenny mit ihm zusammen sein wollte. In Wahrheit war er von ihrer tiefen Zuneigung gerührt und über alle Maßen dankbar. Außerdem fühlte er sich angesichts ihrer offensichtlichen Erleichterung und Freude darüber, dass er ihr Zimmer mit ihr teilen würde, tatsächlich wie ein geiler Bock.

Er sah einer Nacht auf dem Boden oder einem Sessel nicht mit Freuden entgegen, doch für Jenny würde er beides hinnehmen.

✧

KAPITEL ZWEIUNDZWANZIG

Als Jenny aufwachte, bot sich ihr der vertraute Anblick eines leeren Bettes. Wie ritterlich. Wenigstens hatten sie einander genossen, bevor er wartete, bis sie schlief und sie dann im Stich ließ.

Ihr Mund verzog sich. Das war ungerecht, er hatte sie nicht wirklich im Stich gelassen. Sie schaute zu dem gepolsterten Sessel und runzelte die Stirn. Kein Simon. Vielleicht hatte er das Zimmer ja doch verlassen. Sie stieg aus dem Bett, ging um das Ende herum und stolperte fast über die liegende Gestalt ihres Gemahls.

Dabei trat sie ihm gegen den Kopf.

„Autsch", rief er und setzte sich in seinem behelfsmäßigen Nachtlager auf – ein Kissen auf dem Teppich und zwei Decken darüber.

„Das ist lächerlich, mein Gemahl. Du bist kein Hund, der am Fußende des Bettes auf dem Boden liegt."

Er grinste. „Ich habe schon unter viel schlimmeren Bedingungen geschlafen, wie du weißt."

Sie hob die Hände und wollte an ihm vorbeigehen, um ihre Kleidung zu holen, die im Schrank hing, doch er ergriff ihre Hand und zog sie mit einem schnellen Ruck zu sich herunter.

Ehe sie sich versah, hing das Hemd um ihre Taille und sie vollführten das Beste aus dem *Weiberbüchlein*. Als sie danach mit dem Kopf an Simons Schulter und seinem Arm um sie dalag, konnte sie sich ein Kichern nicht verkneifen.

„Was ist los?“, fragte er und strich weiter zärtlich über ihren flachen Bauch.

„Ich bin mir sicher, dass es das erste Mal ist, dass sich ein Graf und seine Gräfin auf diesem Boden, direkt neben einer so bequemen Daunenmatratze, liebten. Wie die Irren!“

Er gab ihr einen Kuss auf die Stirn. „Wahrlich, ich bin ganz verrückt nach dir“, gab er zu, „aber du hast wahrscheinlich recht. Lass uns unser Fasten brechen und uns auf den Weg machen, umso eher wirst du unser Stadthaus sehen.“

Da ihr der Ausdruck „unser Stadthaus“ gefiel, zog sie sich schnell an und aß noch schneller.

Drei Tage später, als sie das Auspacken der Koffer überwachte, war Jenny nicht enttäuscht. Während Simon sie durch das Haus führte, versuchte sie, mehr über den Mann zu erfahren, den sie geheiratet hatte.

„Mylord, ich bin überrascht, dass deine Familie überhaupt aus der Stadt nach Belton gezogen ist.“

Denn statt eines gewöhnlichen Londoner Hauses mit kaum Land besaßen die Deveres ein Eckhaus mit Vorgarten und Garten am Portman Square.

„Wir hatten Angebote“, gab er zu, „von mehr als einem Herzog und einem Mitglied der königlichen Familie. Doch da wir das Geld nicht brauchten, haben wir unseren Sitz in der Stadt behalten. Ich weiß nicht, ob mein Vater hierherkam, als ich … fort war.“

Laut dem Dienstmädchen im Erdgeschoss hatten Lady Maude, Lord James und Lady Letitia in den letzten Jahren alle das Stadthaus der Deveres genutzt.

Bei dieser Nachricht hob Jenny eine Augenbraue. „Die Sache wird immer mysteriöser.“

„Was für ein Gespür für die Ergründung von Betrügereien", sagte er bewundernd.

„RICHTEN SIE MR. KEEBLE aus, dass Simon Devere, der Graf von Lindsey, hier ist, um ihn zu sehen."

Simon war kein Narr. Er hatte einen Mann angeheuert, der Keeble zwei Tage lang beschatten sollte, um herauszufinden, was für ein Mann er war und für wen er arbeitete. Die Ergebnisse waren nicht gerade erfreulich. Ein Anwalt der Unterwelt, soweit er es beurteilen konnte.

Deshalb hatte er einen seiner engsten Freunde, John Angsley, den Grafen von Cambrey, aufgesucht, der sich glücklicherweise in London aufhielt. Nach einer Menge „Lieber Gott im Himmel" und Schulterklopfen und „Verdammt schön, dich zu sehen" und noch mehr Schulterklopfen, gefolgt von ein paar Gläsern Brandy, machten sie sich gemeinsam auf den Weg.

„Nein, ich hatte auch noch nie von ihm gehört", sagte Cam, als sie zu Keebles Büro fuhren. „Doch das heißt noch gar nichts. Ich verkehre genauso wenig in seinen Kreisen wie du. Ich bezweifle, dass wir Keeble jemals bei White's begegnet sind."

„White's?", wiederholte Simon und starrte weiter aus dem Kutschenfenster. „Ich kann mir nicht vorstellen, dorthin zurückzukehren, als ob nie etwas passiert wäre."

„Du wirst überall willkommen sein, wo du hingehst. Außerdem kann niemand von uns nachempfinden, was du durchgemacht hast. Aber hör zu, jeder einzelne von uns hält dich für einen Helden."

Simon zuckte zusammen.

„Wenn ich das wäre, wäre Toby hier bei uns."

„Das ist Unsinn." Cambrey verschränkte seine Arme und lehnte sich zurück. Er hatte Simons Cousin gekannt, aber sie hatten am Eton College nicht dieselbe Klasse besucht. „Absoluter Unsinn. Ich schätze, du hättest auch Admiral Nelson retten sollen."

Simon zuckte mit den Schultern, ohne sich von jeglicher Schuld freisprechen zu wollen. Dennoch hatte er in letzter Zeit andere Triumphe gefeiert.

„Ich habe vor Kurzem geheiratet." Er wandte seinem Freund das Gesicht zu und konnte sich beim Gedanken an Jenny ein Lächeln nicht verkneifen. *Seine* Jenny, die jetzt in ihrem Stadthaus auf seine Rückkehr wartete.

„Du bist verheiratet? Warum habe ich davon nicht in der Zeitung gelesen?"

„Das war wohl ungeschickt von mir. Ich wollte es rasch erledigen und die Dame hatte nichts gegen eine ruhige Hochzeit auf dem Land."

„Du Glückspilz. Ihr Name?"

„Sie war Lady Genevieve Blackwood."

Cambrey nickte. „*Ah*, die älteste Tochter von Baron Blackwood."

„Du kennst sie?" Simon wurde klar, dass sein Freund vielleicht mit Jenny getanzt hatte, als er noch in Birma festsaß.

„Nicht wirklich. Ich habe sie gewiss bei einigen Veranstaltungen gesehen. Ich erinnere mich an ihr liebreizendes Gesicht." Er zwinkerte Simon zu. „Ich hörte, was mit ihrem Vater geschehen ist. Und mit dem Vicomte", fügte Cambrey spitz hinzu. „Es ist allgemein bekannt, dass Alder sie fallen ließ wie eine heiße Kartoffel und der Tochter eines Vicomtes aus Wembley den Hof machte."

„Gott sei es gedankt", murmelte Simon. „Alders Verlust ist mein Gewinn."

„Du bist verliebt!", schloss Cambrey aus dem Ausdruck auf dem Gesicht seines Freundes und seinem Tonfall.

„Ja. Wahrlich, ich weiß nicht, wie ich ohne sie überhaupt hier sein könnte. Als sie mich fand, war ich in einem grässlichen Zustand."

„Ich bin froh, dass du dein Glück gefunden hast. Du hast es verdient."

Simon winkte ab.

„Was? Nicht glücklich?"

Simon zögerte und war sich nicht sicher, was er Cam sagen sollte.

„Eine Geschichte für später. Aber was meine Gattin angeht, so macht sie mich überaus glücklich." Die Kutsche kam ruckartig zum Stehen. „Besuchst du mich zu Hause, wenn wir diese Angelegenheit erledigt haben, um sie kennenzulernen?"

„Es wäre mir eine Ehre. Jetzt lass uns dem Kerl mal die Leviten lesen, ja?"

So betraten sie Keebles Büro, das weder schäbig noch prunkvoll war; einfach zwei Räume über einem erfolgreichen Börsenmakler und unter einem Handelskaufmann in Bayswater, gleich nördlich des Hyde Parks. Im Vorraum saß ein hagerer Angestellter mittleren Alters am Schreibtisch und entgegen Simons Erwartungen waren keine Rüpel anwesend, die ihn einschüchtern oder verscheuchen wollten.

Die Augen des Büroangestellten weiteten sich bei ihrem Erscheinen und wurden noch größer, als er erfuhr, wer die beiden Grafen waren.

„Nun, ist er da?", fragte Simon.

„Das muss er sein", sagte Cambrey, „sonst wäre seine Bürotür doch offen, nicht wahr?"

„Aber ja", sagte der Angestellte, sprang auf und stolperte rückwärts. Ohne die beiden Männer aus den Augen zu lassen, klopfte er an die Tür seines Herrn.

„Herein", ertönte eine Stimme von drinnen.

„Perfekt", sagte Cambrey, „wir übernehmen von hier an." Er gab Simon ein Zeichen, ihm zu folgen.

Simon näherte sich dem Angestellten, bis dieser keine Wahl hatte, als einen Schritt zur Seite zu treten, stieß die Tür auf und trat ein. Ein gewöhnliches Büro, das einem scheinbar gewöhnlichen Mann gehörte. Und doch war dies der Mann, der seit Jahren die Einkünfte der Familie Devere aus fünf verschiedenen Unternehmen bezog.

„Sie sind Keeble?"

Der Mann stand auf und erkannte offensichtlich an ihrer Kleidung, dass zwei feine Herren in seinem Büro standen.

„Der bin ich."

Simon sah ihn von oben bis unten an. Er sah nicht wie ein Ganove aus, der Geld in die besten Spielclubs Londons schleuste, doch genau das war sein Metier: Geld von Schuldnern zu beschaffen und Gläubiger zu bezahlen.

„Ich bin Simon Devere, siebter Graf von Lindsey."

„Mylord." Der Mann verbeugte sich respektvoll.

Als Simon ihn ansah, war er verwirrt. Der Mann sah etwas überrascht, jedoch nicht alarmiert aus. Jedenfalls nicht so, wie Simon es von einem Veruntreuer erwartet hätte.

„Das ist der Graf von Cambrey." Er gestikulierte zu John neben sich, ohne sich umzudrehen.

„Mylord." Keeble verbeugte sich wiederum vor Simons Freund. Dann herrschte Schweigen.

„Wissen Sie, aus welchem Grund ich hier bin?"

Keeble holte tief Luft und blickte auf seinen Schreibtisch, der mit Papieren und Büchern übersät war, als ob die Antwort dort zu finden wäre. „Möchten die Herren sich setzen?"

„Nein." Simon wollte Antworten, keine Höflichkeiten.

„Lord Lindsey hat Ihnen eine Frage gestellt", erinnerte Cambrey den Mann.

„Ich nehme an, Ihr seid hier, um über Euer Konto zu sprechen."

„Mein Konto?"

Der Mann lächelte beinahe. „Na ja, natürlich nicht direkt das Eure, doch immerhin das der Deveres."

„Wovon sprechen Sie?"

Keeble runzelte die Stirn. „Nun, das ist etwas peinlich. Seid Ihr nicht deshalb hier?"

„Ich bin hier, weil Gelder von meinen Ländereien in Ihr Büro umgeleitet wurden. Und ich will wissen, warum."

„Ich verstehe. Das lässt sich leicht erklären. Ich habe allerdings Gicht in meinem rechten Bein und würde mich gerne setzen. Ich kann nur sitzen, wenn die Gentlemen sich ebenfalls setzen. Es ist eine schmerzhafte Situation, in der ich mich befinde. Solange mich die Gicht schmerzt, fällt es mir schwer, mich zu konzentrieren und Euch so schnell und genau zu antworten, wie Ihr es verdient."

Simon starrte den Mann an.

„Gut", sagte er schließlich und ließ sich auf einem der Stühle vor dem Schreibtisch nieder. Er warf einen Blick auf Cambrey, der mit den Augen rollte, und bedeutete ihm mit einem Nicken, den anderen Platz einzunehmen. Als beide Grafen Platz genommen hatten, setzte sich auch Keeble.

„*Ahh*", seufzte er. „Viel besser. Nun, Ihr möchtet über die Konten sprechen. Ich hole das Buch."

Der höflichste und organisierteste Dieb, den Simon sich vorstellen konnte. Der Mann zog eine seiner Schreibtischschubladen auf und blätterte durch eine Reihe von Unterlagen, bis er einen schmalen Band herauszog.

„Devere", sagte er und blickte von dem in Leder gebundenen Buch zu Simon.

Als der Mann das Buch aufschlug, das eindeutig Spalten und Zahlen enthielt, wünschte sich Simon zum ersten Mal, seit er sich auf den Weg zu diesem unbekannten Keeble gemacht hatte, Jenny an seiner Seite zu haben. Keeble würde ihm wohl kaum erlauben, das Buch zu seinem „Buchhalter" mit nach Hause zu nehmen.

„Es ist ganz einfach", begann der Mann und blätterte durch die Seiten, „in den letzten sechs Jahren haben fünf Eurer Betriebe ihr Geld an mich gesandt, damit ich es an die Schuldner verteile, die bis auf einen alle bezahlt worden sind. Das ist mein Beruf", fügte Keeble hinzu und blickte abwechselnd zu den beiden Männern auf. „Ihr glaubt doch nicht, dass Euresgleichen mit einer Tüte Münzen in der Hand zu Boodle's oder White's gehen, um Schulden zu begleichen."

„Sechs Jahre?" Das war eine Menge Geld. „Wie viel?"

Keeble überflog eine Seite im Buch. „Das kann ich nicht sagen, Mylord, denn ich hatte keine Zeit, die Konten zu überprüfen. Doch es ist eine beträchtliche Summe."

„Welche Schulden könnten denn so überaus hoch sein?", fragte Cambrey und brach zum ersten Mal sein Schweigen.

Simon konnte nicht antworten. Er hatte wirklich keine Ahnung, es sei denn … „Auf wessen Befehl?"

„Auf den Eures Vaters natürlich."

Simon und Cam sahen einander an.

„Sind Sie sicher? Es war nicht Sir *Tobias* Devere?" Simon konnte nicht glauben, dass sein Vater so etwas hinter seinem Rücken veranlasst hatte.

„Nein, Mylord. Ich bin mir sicher. Ich habe das Schreiben selbst erhalten, mit der Unterschrift des ehemaligen Lord Lindsey und der Unterschrift eines Zeugen. Und dann begannen die Zahlungen. Und ja, ich glaube, zu diesem Zeitpunkt war Sir Tobias dafür verantwortlich, dass sie sicher ankamen."

„Einfach ein endloser Fluss von Geld? Alle Erträge aus jedem dieser fünf Unternehmen. Ohne ein Enddatum?"

Keeble blätterte zurück und sah sich die erste Seite noch einmal an. Seine Augen weiteten sich einen Augenblick lang.

„Oh, es wird enden, wenn der Schuldner keine weiteren Schulden mehr anhäuft."

„Ein Rätsel?", fragte Cambrey. „Spielen Sie mit uns?"

„Nein, Mylord."

„Nun gut, ich lasse mich darauf ein", sagte Simon. „Wer ist der Schuldner?"

„James Devere."

„Mein Onkel!"

„Um welche Art von Schulden handelt es sich?", fragte Cambrey, als Simon nichts weitersagte.

Keeble zuckte mit den Schultern. „Die üblichen Dinge, könnte man sagen. Glücksspiel. Karten. Pferde. Und so weiter."

„Wie kann es sein, dass mein Onkel immer noch Glücksspiel betreibt? Er lebt Stunden von London entfernt."

Der Mann starrte Simon von der anderen Seite des Tisches fast mitleidig an. „Er hat einen Bevollmächtigten."

„Was?", fragte Cambrey verblüfft. „Ein anderer Mann macht schlechte Wetten oder verliert beim Kartenspiel und die Familie Devere muss dafür geradestehen?"

Keeble breitete seine Hände aus. „Das ist die Vereinbarung. James Devere hat viel Geld verloren, als er ein junger Mann war. Ich nehme an, er versucht noch immer, es an den Tischen zurückzugewinnen."

„Ich habe gesehen, wie es in seinem Haus aussieht. Er hat nichts zurückgewonnen." Simon setzte sich aufrechter hin. „Das ergibt keinen Sinn. Er hätte viel mehr Geld zum Leben, wenn er dieses lächerliche Glücksspiel aufgeben und sich das Geld aus unseren Beständen direkt zusenden ließe, anstatt es nach London zu schicken."

Wieder zuckte Keeble mit den Schultern. „Euer Vater hat wohl versucht, seinem Bruder zu helfen, nehme ich an. Vielleicht wollte Euer Onkel keine Almosen, sondern endlich gewinnen. So ist das bei einem Spieler."

„Und Sie sagen, dass diese Vereinbarung auf ewig gilt, bis mein Onkel stirbt?"

Keeble nickte. „Oder bis er das Glücksspiel aufgibt und alle Schulden bezahlt hat, einschließlich der Zinsen. Vergesst die Zinsen nicht."

„Nur, dass die Zahlungen nicht fortgesetzt werden", informierte Simon ihn. „Ich habe ihnen bereits ein Ende gesetzt."

Der Mann hinter dem Schreibtisch wurde blass. „Oh, das ist bedauerlich. Das wird Crocky nicht gefallen, Mylord. Nein, ganz und gar nicht."

„Crocky!", rief Cambrey aus.

Simon ignorierte ihn. „Wen kümmert es schon, ob die Schulden beim alten Crockford oder dem vornehmeren Besitzer von White's liegen?"

Cambrey schlug seine langen Beine übereinander. „Crocky kann seine Fassade erstaunlich schnell ablegen. Denk daran, wo er herkommt. Wie ich höre, ist ‚der Fischhändler' kein nachsichtiger Zeitgenosse."

„Und der Bevollmächtigte, der anstelle Eures Onkels spielt, wird sich in einer gefährlichen finanziellen Notlage wiederfinden."

Keebles Sorge schien aufrichtig zu sein.

Simon schüttelte den Kopf. „Es gibt oder gab tatsächlich eine Schuld, die bezahlt werden musste. Dennoch wurde sie in den letzten sechs Jahren nicht ausreichend beglichen, weil jeden Abend neue Schulden gemacht werden—"

„Genau so. Fast jeden Abend." Keeble faltete seine Hände auf dem Buch. „Und vergesst nicht …"

„Die Zinsen, ich weiß", sagte Simon, der langsam genug hatte.

„Und wer hat dafür gesorgt, dass die Zahlungen bei Ihnen ankommen, nachdem mein Cousin und ich abreisten?"

Keeble runzelte die Stirn und zögerte.

Simon stand der Sinn danach, dem Mann weh zu tun. „Jetzt ist es zu spät, etwas vor mir zu verbergen."

„Da habt Ihr natürlich recht, Mylord." Keeble blickte noch einmal auf das Buch auf seinem Schreibtisch hinunter. „Ein Mann namens Dolbert, der, wie ich glaube, für Euren Onkel gearbeitet hat."

Simon zuckte mit den Schultern. Der Name hatte keine Bedeutung für ihn, doch vermutlich würde Binkley wissen, wer sich in Belton herumtrieb und Konten verwaltete.

„Ihre Lage ist nicht schlecht, Lord Lindsey." Keeble schien ihn aufmuntern zu wollen. „Denkt nur daran, dass der Graf von Carlisle ein Sechstel seines eigenen Einkommens für die Schulden von Lord Fox zahlen musste, und dieser gehörte nicht einmal zur Familie."

„Das ist absurd", sagte Cambrey. „Lord Lindsey könnte genauso gut Sisyphus sein, der den verdammten Felsen hoch und wieder hinunterschiebt, während er versucht, eine Schuld zu begleichen, die stetig wächst."

Simon schlug mit der Faust auf die Armlehne des Stuhls. „Wie kann ich diesen sogenannten Bevollmächtigten treffen, der spielt und verliert wie die Herzogin von Devonshire?"

Keeble starrte ihn an. „So etwas wird gewöhnlich nicht unternommen."

„Dann kann er zur Hölle fahren, und das Geld, das er verspielt—"

„Und verliert", unterbrach ihn Cambrey.

„—wird sein eigenes sein, nicht das meiner Familie. Ich möchte mich heute Abend mit diesem Mann treffen, oder Sie können ihm selbst sagen, dass seine Quelle versiegt ist."

„Was ist mit James Devere?"

Simon hätte beinahe gesagt, sein Onkel könne auch zur Hölle fahren, doch er hielt sich zurück. Familie war Familie. Er würde mit seinem Onkel unter vier Augen sprechen. Offenbar hatte der Mann ein Problem, von dem Simons Vater dachte, er könne es in den Griff bekommen. Stattdessen hatte er das Problem finanziert. Und Toby wusste davon. So viel war klar. Wahrscheinlich hatte auch er seinem Vater Geld gegeben, was erklären würde, warum seine Witwe mittellos war.

Kein Wunder, dass Simons Vater Toby gebeten hatte, die Bücher zu führen und nicht seinen eigenen Sohn. Simon hätte einer solchen Vereinbarung niemals zugestimmt, nur damit sein Onkel sein Gesicht wahren konnte.

In der Zwischenzeit hatte Keeble einen Federkiel in die Hand genommen und kratzte damit über ein Stück Pergament. Als er fertig war, löschte und faltete er es, bevor er die Informationen an Simon reichte.

„Der Name des Bevollmächtigten. Ich muss dir doch nicht die Adresse des Crockford's aufschreiben, oder? Ich bin sicher, Ihr kennt es. Das tun die meisten jungen Männer."

Als Simon wieder in der Kutsche saß und zu seinem Stadthaus fuhr, faltete er das Papier auseinander.

„Jameson Carlyle", murmelte er. „Nie von dem Mann gehört."

„Ich auch nicht", murmelte Cambrey aus der anderen Ecke des Wagens. „Crocky's heute Abend?"

Simon knurrte. Seine erste Nacht in London nach drei Jahren und er musste sie in einer aufgehübschten Spielhölle verbringen. Und fern von Jenny.

Cambrey hob seine gestiefelten Füße an und legte sie auf den Sitz neben Simon. „Das leuchtet ein. Wo sonst sollte man Nacht für Nacht hingehen? Wenn man schon verliert, kann man auch gleich die feinste französische Küche genießen, während man es tut."

Simon blinzelte. „Ich pfeife auf die französische Küche."

„Wahrhaftig", beharrte Cambrey, „warte, bis du sie gekostet hast." Er küsste seine eigenen Finger als Zeichen des guten Geschmacks und gab einen Laut der Begeisterung von sich. „Crocky hat Eustache Ude engagiert, und sein Makrelenrogen ist …" Cambrey verstummte angesichts des Gesichtsausdrucks seines Freundes. „Egal, wir gehen rein, finden diesen Schurken Carlyle und legen ihn um."

Simon konnte nur mit den Augen rollen. Da würde er lieber den Makrelenrogen kosten!

„WAS SOLL ICH DEN ganzen Abend anfangen? Bist du sicher, dass ich nicht mitkommen kann?"

Als Simons Freund Lord Cambrey über ihre Frage lachte, wollte Jenny ihn am liebsten erdrosseln, und das, obwohl sie ihn erst kürzlich kennengelernt hatte. Er war fast so gut aussehend wie ihr Ehemann, hatte einen scharfen Verstand, eine humorvolle Ausstrahlung und sehr eindringliche Augen, die sie vermuten ließen, dass mehr in ihm steckte, als er zugeben wollte.

Simon nahm ihre Hand und riss ihre Aufmerksamkeit von seinem Freund los.

„In den Clubs sind keine Frauen willkommen, meine Liebste, wie du weißt. Zumindest keine Damen. Doch ich werde nicht lange bleiben. Ich habe vor, diesen Spieler zu finden und ihm zu sagen, dass die Sache gelaufen ist. Dann werde ich sehen, ob ich mit Crockford sprechen kann. Ich bin mir sicher, dass er einem Gespräch mit mir zustimmen wird, wenn er hört, dass in seinem Haus keine weiteren Devere-Schulden entstehen werden.“

„Und Lord Cambrey wird dich begleiten.“ Sie nickte in Richtung des Freundes ihres Mannes.

Simon grinste. „Er wird über mich wachen, als wäre ich sein eigenes Kind.“

Cambrey legte seine Hände über sein Herz. „Ich schwöre, das werde ich.“

Sie machten sich über sie lustig. Das war in Ordnung, solange ihr Gemahl unversehrt blieb. Ihr stand ein langer, langweiliger Abend bevor. Sie hatte jedoch das Glück gehabt, zwei wunderbare Tage mit Simon in London zu verbringen. Sie hatten alberne Dinge unternommen, wie zum Beispiel einen Zirkusbesuch im Astley's Royal Amphitheatre und einen Ausflug zum grellen und lauten Bartholomew Fair, wo sie Seiltänzer, Akrobaten und Feuerschlucker gesehen hatten. Es war sehr aufregend gewesen.

Heute Abend hatte sie das Vergnügen, als neue Braut ihren Gast bis zum Abendessen im Salon zu empfangen. Bei gebratenem Schneehuhn und Erbsen mit einer köstlichen Minz-Essig-Soße hatte Lord Cambrey sie alle mit Geschichten über seine und Simons Schulzeit zum Lachen gebracht.

Jetzt machten sich die Männer wieder auf den Weg und ließen sie mit einem Buch aus der Bibliothek zurück. Außer ihrem Mann hatte sie niemanden, mit dem sie irgendwohin gehen konnte.

Schlechte Planung! Sie hätte wenigstens Maggie als Begleitung mitnehmen sollen.

„Nun gut. Ich warte auf dich."

KAPITEL DREIUNDZWANZIG

Getreu seinem Wort war Simon innerhalb weniger Stunden zurück. Jenny hatte bereits beschlossen, die luxuriösen Einrichtungen des Stadthauses zu nutzen und genoss in seiner Abwesenheit ein ausgiebiges Bad. Warm und entspannt trank sie gerade Portwein und fühlte sich sehr erwachsen, als ihr Mann mit besserer Laune ins Haus kam, als er es verlassen hatte.

Er schenkte sich einen Drink ein und setzte sich zu ihr auf das Sofa.

„Ich mag diesen Morgenrock", sagte er ihr.

Sie lächelte. „Ich weiß." Der lilafarbene, fein gewebte Samt schmiegte sich sündhaft an ihre Kurven.

Er berührte mit seinen Fingern die Öffnung und begann, daran zu ziehen.

„Ich habe ihn am liebsten, wenn er auf dem Boden liegt oder über einen Stuhl drapiert ist und nicht deinen Körper bedeckt." Er beugte sich zu ihr herüber und küsste ihren Hals.

Sie kicherte. „Du kitzelst mich."

„Ich kitzle dich mit Vergnügen überall. Sollen wir nach oben gehen?"

„Gleich", beharrte Jenny. „Erzähl mir, was passiert ist. Hast du den Mann gefunden, den du gesucht hast?"

„Ja, habe ich." Er hielt inne und schwenkte den Schnaps in seinem Glas.

„Willst du, dass ich dir sämtliche Informationen einzeln entlocke?"

„Nein, aber ich bin mir nicht sicher, wie du es aufnimmst, was ich dir zu sagen habe, also warte ich lieber bis morgen früh."

Ein Schreck durchfuhr sie, sodass sie sich aufrichtete und ihm einen strengen Blick zuwarf. „Jetzt musst du es mir sagen. Denn ich könnte nicht schlafen, wenn ich darüber grüble."

Seufzend stellte er seinen Portwein ab, nahm ihr Glas und stellte es neben sein eigenes. Er hielt ihre beiden Hände in seinen und sah ihr in die Augen.

„Es ist kein Geheimnis, dass ich dich für wunderbar und brillant halte."

„Simon–"

„Mach dir keine Sorgen, ich wollte es dir nur zuallererst sagen."

„Na gut. Sprich weiter."

„Cam und ich haben den Mann, der anstelle meines Onkels spielt, schnell gefunden, an einem Tisch mit hohen Einsätzen. Er hat sehr hoch gepokert, wie man sagt."

Sie runzelte die Stirn.

„Mit hohen Einsätzen", stellte er klar. „Mit dem Geld von Devere."

„Unerhört!"

„Ja. Aber wie sollte ich dem ein Ende setzen? Er war überrascht, mich zu sehen, bestand aber darauf, dass er nichts falsch gemacht hatte. Es macht ihm Spaß, zu spielen, und er verdient gut damit."

„Was für ein Mensch ist er?"

„Ganz harmlos. Ungefähr in meinem Alter, schätze ich. Er kam mir seltsam bekannt vor, aber ich schwöre, ich habe ihn noch nie gesehen. Cam glaubt, dass er vielleicht mit uns zur Schule gegangen ist. Wer auch immer er ist, er hatte den richtigen Riecher."

„Und wie willst du dem ein Ende bereiten und seinen endlosen Vorrat an Glücksspielgeldern versiegen lassen?"

„Ich sagte ihm, damit sei Schluss und er lachte. Er sagte, es läge weder in meiner noch in seiner Hand."

„In wessen Hand dann?"

„Der Mann, bei dem sich mein Onkel damals furchtbar verschuldet hat."

„Und wer ist das?"

„*Der Fischhändler* selbst."

„Fischhändler?"

„Will Crockford wurde als Sohn eines Fischhändlers geboren und war dazu auserkoren, selbst einer zu werden, doch das wurde er nicht. Stattdessen ist er einer der mächtigsten Männer in London. Leider wird er auch ‚der Hai' genannt, und das aus gutem Grund. Anscheinend haben wir Deveres dabei geholfen, sein Glücksspiel-Etablissement aufzubauen, oder zumindest hat unser Geld dazu beigetragen. Und es ist wahrlich ein schickes Etablissement."

Simon ließ ihre Hände los und nahm seinen Drink wieder in die Hand.

„Crockford's ist der Traum eines jeden Glücksspielers. Luxuriös, respektabel, direkt am St. James Square, ein livrierter Diener ist zur Stelle, wann immer man sich umsieht. Und ein Raum voller gelangweilter, wohlhabender junger Männer, denen es nichts ausmacht, Tauben zu sein."

„Tauben?"

„*Mm*, leichte Beute für Crocky und seine Mitarbeiter."

„Nun, es ist mir egal, wie schick es ist. Was wirst du jetzt tun? Triffst du dich mit diesem Hai?"

„Oh, ich werde dort sein", sagte er und starrte sie mit einem intensiven Blick an, „an deiner Seite."

Sie nickte, und dann wurde ihr bewusst, was Simon gesagt hatte. „An meiner Seite?"

„Ja, meine Liebe, neben dem klügsten Verstand, den ich kenne, wenn es um Zahlen geht. Das ist wahrlich alles, was man braucht, um beim Kartenspiel zu gewinnen. Das und etwas Glück."

Jenny öffnete ihren Mund und schloss ihn dann wieder. Dann hob sie ihr Glas und nippte an ihrem Portwein, bevor sie es erneut versuchte. Nein, sie fand noch immer keine Worte, um zu beschreiben, wie versteinert sie sich fühlte, oder um ihm zu erklären, dass sie so etwas auf keinen Fall tun konnte. Nicht einmal, um das Vermögen seiner Familie zu retten. Erstens konnte sie keine Spielhölle betreten, zweitens hatte sie Angst vor jemandem, der sich Hai nannte, und drittens, was wäre, wenn sie verlieren und Simon enttäuschen würde?

„Ich weiß, dass dein Kopf wahrscheinlich voller Bedenken ist", sagte er. „Ich weiß auch, dass du es schaffen kannst. Und zwar genau hier, in unserem eigenen Haus. Ich habe Crocky hierher eingeladen und er hat zugesagt."

Plötzlich konnte sie nicht mehr tief einatmen. Das passierte normalerweise nur, wenn ihr Korsett zu eng geschnürt war. Sie war außerdem unfähig zu sprechen, weil sie ihren Gatten nicht enttäuschen wollte, der sein Vertrauen in sie setzte. Schließlich hatte sie verlangt, mit ihm nach London zu gehen, um sich dem Feind zu stellen, der die Kassen der Deveres plünderte. Offenbar würde sie sich ihm tatsächlich stellen.

„Bitte sag etwas, Jenny. Ich fürchte langsam, dass ich dich in einen schweren Stupor versetzt habe."

Sie schüttelte leicht den Kopf, um ihn freizubekommen.

„Ich weiß nichts über Glücksspiel, außer dass mein Vater grässlich darin war. Wenn ich seine Fähigkeiten geerbt habe, sind wir verloren."

„Du besitzt deine eigenen, einzigartigen Fähigkeiten. Du und Crocky werdet eine Runde Piquet spielen, alles oder nichts."

„Das klingt unheilvoll. Wenn ich Karten zählen soll, gibt es jedenfalls nicht viel zu zählen, wenn wir nur eine Hand spielen. Außerdem: Was ist das ‚Alles‘ und was ist das ‚Nichts‘?“

Simon lachte. „Du musst mindestens 100 Punkte erreichen, um zu gewinnen, und du hast sechs Hände Zeit dafür. Wenn du gewinnst, akzeptiert Crocky den Gewinn als bezahlte Schuld, die er im Namen meines Onkels beglichen hat. Wenn du verlierst, zahle ich ihm den Rest der Schulden, einschließlich der Zinsen, indem ich alles verkaufe, was dazu nötig ist. In jedem Fall wird es kein Glücksspiel mehr im Namen meines Onkels geben.“

„Du hast ihm das Geld gestrichen und Mr. Crockford hat es akzeptiert?“

„So ist es.“ Simon verschränkte die Arme und sah einen Moment lang recht abweisend aus. Jeder seiner muskulösen Pfunde entsprach dem gebieterischen Grafen, der sich um seinen Besitz und seine Pächter kümmern würde.

Sie dachte darüber nach. „In jedem Fall wird die Verunglimpfung deiner Gelder gestoppt?“

„Diese Farce endet in jedem Fall.“

Das gab ihr ein besseres Gefühl. Dennoch stand extrem viel auf dem Spiel. Die Kassen von Devere würden darunter leiden, wenn eine so große Summe auf einmal an den Hai ausgezahlt würde. Die Bediensteten könnten ihre Arbeit verlieren, wie Simon gesagt hatte, und möglicherweise müssten Betriebe verkauft werden. Sie schluckte.

„Wann kommt er?“

„Morgen Nachmittag.“

Panik überkam sie. „Ich muss bis dahin lernen, Karten zu spielen?“

„Nur eine Partie. Ich werde es dir beibringen.“ Er beugte sich vor, nahm ihr das Glas aus der Hand und stellte es ab. „Doch nicht heute Abend. Es gibt andere Dinge, die ich dir heute Abend viel lieber beibringen würde.“

Sie schüttelte den Kopf und glaubte, dass es unmöglich sei, sich auf etwas anderes als ihre Angst zu konzentrieren, als seine warme Hand auf ihrer Wange ruhte und ihr Gesicht zu seinem drehte. Blinzelnd wartete Jenny, als sein Mund den ihren eroberte. Als sie sich küssten, schmolz sie mit all ihren Sorgen dahin. Dieser Mann war durch die Hölle gegangen und zurückgekehrt. Erstaunlicherweise war er noch immer großzügig, warmherzig und liebevoll. Er schenkte ihren Schwestern eine Saison. Sie würde es ihm zurückzahlen, indem sie ihr Bestes gab, um den Hai zu besiegen. Doch daran würde sie jetzt nicht denken.

Als sie ihren Mund öffnete, um seine teuflische Zunge zwischen ihre Lippen gleiten zu lassen, schwor sie sich, dass sie sich heute Nacht nur darauf konzentrieren würde, seine willige Schülerin zu sein.

Wie üblich war ihr Gatte verschwunden, als sie in dem fremden Schlafzimmer ihres Stadthauses erwachte. Simon war aus dem Bett geschlüpft, um anderswo zu schlafen, genau wie er es zu Hause tat. Da sie sich hilflos fühlte, beschloss Jenny, sich stattdessen auf das Erlernen des Kartenspiels zu konzentrieren.

ALS DER DIENER WILL Crockford in den Salon führte, wünschte sich Jenny, sie hätten den Admiral mitgebracht, anstatt ihn der Betreuung des Anwesens zu beauftragen. Der Hai war beeindruckend gekleidet und konnte problemlos als respektabler Geschäftsmann durchgehen. Was sie beunruhigte, war, dass er einen großen, grobschlächtig aussehenden Mann bei sich hatte, der ihren spindeldürren jungen Diener in den Schatten stellte und eine Nase hatte, die aussah, als hätte er mehr als einmal die Faust eines Boxers zu spüren bekommen.

Statt die Gäste anzukündigen, lief ihr Diener hinter ihnen her und stammelte verspätet von ihrer Ankunft.

In weiser Voraussicht hatte Simon auch seinen Freund Lord Cambrey eingeladen, der dem Spiel beiwohnen sollte. Mit ihrem Mann und seinem Freund fühlte sich Jenny trotz der unliebsamen Gesellschaft, die sich nun in ihrem Salon befand, absolut sicher.

Der Graf von Lindsey stellte seine Frau und seinen Freund vor, woraufhin der Hai erwiderte: „Sehr erfreut, sehr erfreut."

Mit einem Blick auf seinen eigenen Mann sagte er nur: „Das ist Busby."

An dieser Stelle gab Simon bekannt, dass Jenny gegen Crocky spielen würde.

Die dünne Fassade der Höflichkeit bekam für einen Moment Risse, als Will Crockford seine Augen weit aufriss. Er warf einen zweiten Blick auf die junge Gemahlin des Grafen, legte den Kopf schief und betrachtete sie.

„Ist das ein Scherz?", fragte er.

„Nein", antwortete Simon sofort. „Meine Gattin wird gegen Sie spielen. Derjenige, der zuerst hundert und mehr erreicht."

Jenny schwieg, wie ihr Gatte es ihr geraten hatte, und hütete ihre Zunge, um eine geheimnisvolle Frau zu spielen, die sich mit Karten auskennen mochte oder auch nicht. Der Hai sollte sich fragen, worauf er sich eingelassen hatte.

Der Mann seufzte. „Ich warne Euch, Lindsey. Ich erkenne einen Betrüger auf eine Meile Entfernung und Lady Lindseys hübsches Gesicht wird mich nicht ablenken."

Jenny spürte, wie ihre Wangen durch das hinterhältige Kompliment erröteten, doch sie schwieg und gestattete Simon lediglich, ihren Stuhl herauszuziehen, als sie und Crocky am Tisch Platz nahmen. Die anderen blieben stehen. Weder die grobschlächtige Busby noch ihr Gatte oder Lord Cambrey würden sich zurücklehnen, aus Angst, auch nur eine einzige Bewegung einer Hand oder Karte zu verpassen.

Wenn sie nur die Schmetterlinge beruhigen könnte, die gegen ihren Brustkorb flatterten. Sie warf einen Blick auf Simon, der ihr ein ermutigendes Lächeln schenkte und dann eine Augenbraue hochzog. *In was für einer Situation wir uns doch befinden.* Als sie sein Lächeln erwiderte, fühlte sie sich bereits ruhiger.

Will Crockford holte ein Kartenspiel hervor, das er als Piquet-Spiel bezeichnete und das bereits so sortiert war, dass es nur zweiunddreißig Karten enthielt. Es dauerte ein paar Minuten, bis Simon und Cambrey das Deck zu ihrer Zufriedenheit untersucht hatten. Es schien unmarkiert zu sein.

Als Gentleman bot Crocky an, die erste Hand zu geben, um ihr zu zeigen, wie man es richtig machte.

Bevor sie annehmen konnte, hustete Simon und sie erinnerte sie an das, was er ihr gesagt hatte.

„Mr. Crockford, wie Sie wissen, ist der Geber der sechsten Hand im Nachteil, deshalb würde ich es vorziehen, zuerst zu geben. Sollen wir ziehen, um zu entscheiden? Die hohe Karte wählt."

Zu ihrer Freude zog Jenny die höchste Karte und teilte jedem von ihnen zwölf Karten aus. Als sie die Karten zum ersten Mal in der Hand hielt, ließ sie sie vor lauter Unglauben fast auf den polierten Holztisch vor ihr fallen.

Was in aller Welt tat sie da?

Doch als der Hai ein zuversichtliches Geräusch von sich gab, erstarrte sie. Es gehörte Glück dazu, aber auch Geschicklichkeit, und es handelte sich lediglich um Zahlen, die schon immer ihre treuen Freunde gewesen waren.

Nachdem sie ihre Blätter begutachtet hatten und keiner von ihnen *Carte Blanche* verkündete, ließen sie sich zum Spielen nieder. Jenny hatte als Geberin die jüngere Hand, und Crocky durfte zuerst tauschen. Er legte nur drei Karten verdeckt aus, zog die gleiche Anzahl aus dem Talon von acht Karten und hatte dann das Recht, sich zwei weitere anzusehen. Aufgeregt tauschte Jenny die fünf Karten im Talon, obwohl sie wusste, dass der Hai zwei von ihnen gesehen hatte.

In der ersten Runde konnte sie kaum blinzeln, weil sie fürchtete, etwas zu verpassen, doch dann übernahm ihr Verstand das Kommando, als sie zählte, was sie sah und erriet, was kommen würde, und die Chancen berechnete, und dann … gewann Crocky und verkündete mit einem triumphierenden Grinsen seine Punkte, seine Sequenz und seinen Satz.

Jenny musste jeweils „gut" sagen, was bedeutete, dass sie ihn in keiner der drei Kategorien schlagen konnte.

Wie schnell hatte sich ihr Glück von einem Sieg in eine Niederlage verwandelt. Als sie Simon ansah und befürchtete, Enttäuschung auf seinem Gesicht zu sehen, erblickte sie stattdessen ein ermutigendes Lächeln.

Sie würde sich bessern. Das musste sie. Denn bei diesem Tempo würde Crocky dreißig Punkte erreichen, bevor sie selbst punkten konnte. Wenn er sechzig Punkte erreichte, würden die Deveres mit Gewissheit verlieren.

Der Hai teilte die nächste Hand aus, und Jenny überlegte länger, was sie tauschen wollte. Als sie aufmerksamer wurde, stellte sie fest, dass sie fast jede Karte von Crocky kannte, weil sie wusste, was sie hatte und was sie im Talon gesehen hatte. Sie hatte ein besseres Set und eine bessere Sequenz, spielte geschickt und gewann die Karten in der nächsten Runde für zusätzliche zehn Punkte.

Crocky sah beeindruckt, aber nicht beunruhigt aus.

„Habt Ihr schon einmal gespielt?", fragte er sie, während sie den Kartenstapel mischte.

„Nein", antwortete sie ehrlich.

„Ich verstehe." Er wandte sich an Simon. „Wird es Erfrischungen geben? Ich bin nicht gerade begeistert von Eurer Gastfreundschaft."

Anstatt beleidigt zu sein, lachte ihr Gatte bloß. „Ich glaube nicht, dass Sie lange hierbleiben werden. Außerdem haben Sie mit dem Geld der Deveres bereits genug gegessen und getrunken, nicht wahr?"

Crockys Mund verzog sich an einer Seite zu einem leichten Grinsen. „Das habe ich wohl. Trotzdem wäre Schnaps oder sogar Bier sehr willkommen."

„Ich biete Ihnen zum letzten Mal etwas an", stimmte Simon zu und läutete die Glocke.

In wenigen Minuten hatten sie alle ein Glas vor sich stehen oder hielten es in der Hand. Jenny rührte ihr Getränk nicht an. Sie fand die Pause in ihrem Spiel schon beunruhigend genug, nicht auszudenken, dass sie ihre klaren Gedanken mit Brandy verderben würde.

Crocky nahm einen langen Zug aus seinem Glas, lächelte sie an und bedeutete ihr, fortzufahren. Wenn er gehofft hatte, sie würde alles vergessen, was sie gesehen und gezählt hatte, hatte er sich geirrt. Die nächste Runde gewann sie mit Leichtigkeit, wobei sie ihn erneut in zwei der drei Kategorien ausspielte und alle zwölf Stiche für vierzig weitere Punkte gewann. Ihr Punktestand ging rasch in Richtung hundert.

Es stand zwei zu eins, und sie war voller Hoffnung. Und dann legte er alle zwölf Karten verdeckt auf den Tisch und schenkte ihr ein Lächeln, das nicht bis zu seinen Augen reichte.

„Möchten Sie ansagen?“, fragte sie.

„Vielleicht.“

„Was wird hier gespielt?“, fragte Simon und machte einen Schritt auf den Tisch zu, was den schweigsamen Busby veranlasste, dasselbe zu tun.

„Immer mit der Ruhe, Gentlemen“, sagte der Hai. „Ich wollte die Sache nur etwas interessanter gestalten. Die Chancen stehen gut, dass mein Blatt gewinnt und wir nach Punkten praktisch gleichauf liegen.“

„Oder auch nicht“, schlug Simon vor, „und Sie verlieren.“

„Glaubt Ihr, ich habe gewonnen?“, fragte Crocky Jenny direkt.

Ein Schimmer des Zweifels schlich sich in ihr Bewusstsein. Es war möglich, dass er die Herz-Sechs und die Herz-Acht erhalten hatte. Doch es war ebenfalls möglich, dass er bluffte.

„Ich glaube, wenn Sie das beste Blatt hätten, würden Sie es spielen. Es nützt Ihnen nichts, die Bedingungen zu ändern, wenn Sie glauben, dass Sie die besten Karten haben.“

Will Crockford blinzelte, und sie nahm an, dass sie recht hatte. Doch dann veränderte sich sein Gesichtsausdruck.

„Ganz im Gegenteil, Lady Lindsey. Ich möchte einen Gleichstand vermeiden und nicht noch zwei weitere Runden durchstehen müssen, jetzt, wo ich sehe, dass Ihr etwas Geschick habt. Mir wäre es lieber, wenn der Einsatz von einer einzigen Karte abhängt. Wir können ignorieren, was ich auf der Hand habe“, bot er an und klopfte oben auf seinen Stapel, „und jeder von uns zieht eine Karte, die höchste gewinnt.“

„Sie haben den Bedingungen zugestimmt“, betonte Simon.

Außerdem konnte Jenny das bisschen Geschick, das sie hatte, nur anwenden, wenn sie Karten zählen und clever spielen konnte. Wenn sie sich auf das launische Glück verließen, konnte sie nichts tun.

„Ich bin mit einer Änderung der Bedingungen nicht einverstanden“, sagte sie. „Sagen Sie an, ob Sie gewinnen oder verlieren, und wir spielen bis zum Ende weiter.“

„Nun gut, ich habe versucht, Euch eine faire Chance zu geben.“

Er zeigte sein Blatt und verkündete zuerst *Carte Blanche* für zehn zusätzliche Punkte und dann seine Stiche. Zu Jennys Entsetzen hatte Crocky tatsächlich die Runde gewonnen, wenn auch nicht alle Stiche. Trotzdem vernahm sie ein Stöhnen von Lord Cambrey, was ihrer Stimmung nicht gerade zuträglich war.

Würde sie bei der Rettung der Besitztümer ihres Ehegatten versagen?

Ein Funke der Wut flammte tief in ihr auf. Das Glücksspiel hatte ihren Vater ruiniert und damit auch ihrer Mutter und ihren Schwestern erheblichen Kummer bereitet. Die Folgen des Geschehens konnten viele Menschen betreffen, die von den Devere-Besitztümern abhängig waren.

Als Jenny auf die unberechenbaren Karten starrte, wurde ihr plötzlich klar, dass Crocky betrogen hatte. Es lag eine Karte auf dem Tisch, die dort nicht liegen sollte, denn sie war bereits im Talon. Da war sie sich sicher.

Sie blickte Busby, den großen Mann mit einer keilförmigen Narbe unter dem rechten Auge, misstrauisch an und hatte keinen Zweifel, dass er eine Waffe bei sich trug. Den Hai des Betrugs zu beschuldigen, war höchstwahrscheinlich ein gefährliches Unterfangen, bei dem jemand verletzt werden könnte.

Sie erwog ihre Optionen. Crocky wusste, dass er das Blatt verloren hatte, und versuchte daher, das Aufdecken seiner Karten zu vermeiden, für den Fall, dass sie das Duplikat entdeckte. Im Grunde genommen stand es nun unentschieden zwischen ihnen. Sie konnte die nächste Runde auf faire Weise gewinnen, was er auch tun konnte, oder er konnte betrügen und gewinnen. In diesem Fall würde sie ihn zur Rede stellen müssen.

Dann sagte Lord Cambrey: „Wissen Sie, Crocky, Sie hätten Carte Blanche schon früher verkünden sollen. Das war wirklich schlechtes Benehmen. Man könnte sagen, dass die Runde dadurch hinfällig wird."

Der Hai wurde unruhig. „Hört zu", begann er, „ich spiele schon verdammt lange Piquet und noch nie hat jemand gesagt, ich wüsste nicht, wann ich etwas verkünden sollte."

Jenny wollte nicht, dass die Männer wegen dieser Formsache in einen Streit geraten.

„Da ich diejenige bin, die gegen ihn spielt ...", sagte sie. „Ich danke Ihnen, Lord Cambrey, aber ich beschließe, dass Mr. Crockford seine zusätzlichen zehn Punkte behalten darf."

Sie wischte sich eine verirrte Strähne von der Stirn und teilte sorgfältig die nächste Hand aus. Sie warf kaum einen Blick auf ihre eigenen Karten, sondern starrte stattdessen auf die Hände des Hais, wobei sie darauf achtete, dass sie nicht in seinen Schoß wanderten oder an seinen Ärmeln herumfummelten, denn er hatte gewiss irgendwo Karten versteckt.

Er begann, dann war sie an der Reihe. Die Runde war überraschend ereignislos, beide hatten sechs Stiche und nur wenige Punkte trennten sie. Es konnte immer noch in beide Richtungen gehen, da nur noch eine Hand übrig war.

Für Jenny war es totenstill im Raum, bis auf das Pochen ihres eigenen Herzschlags. Noch ein Spielzug, dann noch einer, und sie starrte auf etwas, von dem sie hoffte, dass es ein Siegerstich war. Sie hielt inne, betrachtete ihn und sah dann Will Crockford über die Karten hinweg an. Ihre Blicke trafen sich, und seine Augen weiteten sich, als er begriff, was geschah.

Laut hustend, hielt er sich mit einer Hand den Mund zu und hustete weiter, bis sein Begleiter vortrat und ihm auf den Rücken klopfte. Dann zog Crocky mit großer Geste ein Taschentuch heraus und hielt es sich vor das Gesicht.

„Ich bitte um Verzeihung", sagte er schließlich, nahm noch einen großen Schluck und trank sein Bier aus.

„Schon gut", sagte Simon, doch bevor noch etwas passierte, legte der Hai seine Hand nieder.

„Ich glaube, ich habe wieder gewonnen, nicht nur die letzte Hand, sondern auch die meisten Punkte."

Jenny schürzte ihre Lippen. Zwischen einer Dame und einer Zehn lag ein Bube, von dem sie sicher war, dass er sich vor der Unterbrechung durch den vermeintlichen Hustenanfall in der Tasche des Mannes befunden hatte.

Sie warf einen Blick auf ihren Mann, der mit grimmiger Miene auf die Karten starrte, die auf seinem Tisch verteilt waren. Lord Cambrey trat einen Schritt nach vorne und starrte ebenfalls auf den wertvollen Stich hinunter.

Crockys Gesicht verzog sich zu einem echten Lächeln und er begann, seinen Stuhl vom Tisch wegzuschieben.

„Eine gute Partie", sagte er.

„In der Tat", sagte Jenny. „Und wir werden uns ohne Widerrede an das Ergebnis halten, nicht wahr?"

„Ja, natürlich", sagte Crocky und strahlte jetzt.

„Dann muss ich Ihnen mitteilen, dass Sie verloren haben." Sie breitete ihre Karten auf dem Tisch aus, lauter Asse.

„Die Familie Devere hat ihre Schuld bei Ihnen beglichen, Mr. Crockford."

Mit diesen Worten schob Jenny ihren Stuhl zurück und stand auf, während der Hai mit großen Augen auf ihre Karten starrte.

Simon stieß einen für ihn untypischen Freudenschrei aus und zog sie in eine feste Umarmung.

„Verflucht noch mal", murmelte Lord Cambrey. „Gute Arbeit."

„Danke", sagte sie ihm aus der Umarmung ihres Ehemannes heraus.

Endlich stand Crocky langsam auf. Sein Gesicht war aschfahl, und sein Mann schien auf einen Befehl zu warten.

Als sich die Momente knisternder Spannung in die Länge zogen, ließ Simon sie los und bevor sie sich versah, hatte er seinen Körper zwischen ihr und Crocky platziert. Lord Cambrey war an seiner Seite. Sie hielt den Atem an.

Will Crockford stand ihnen gegenüber. Er lächelte nicht, sein Körper blieb angespannt, doch seine Hände glitten in seine Taschen.

„Nun gut", sagte er schließlich. „Es war ein interessantes Spiel. Ich würde gerne sagen, dass es Spaß gemacht hat, aber ich habe Verlieren noch nie als angenehm empfunden. Deshalb kommt es auch fast nie vor."

„Das hier müssen Sie unterschreiben, bevor Sie gehen." Simon zog ein einzelnes Blatt aus der Innentasche seines Mantels. „Hier ist ein Stift." Er nahm ihn von der Anrichte und legte beides vor den Spielhallenbetreiber.

Crocky sah eher noch verärgerter aus. Ohne einen Blick auf die Zeilen zu werfen, da er wusste, dass die Schulden damit beglichen waren, unterzeichnete er mit seinem Namen.

Nach einem kurzen Nicken zu Lord Lindsey und Lord Cambrey durchbohrte er Jenny mit seinem Blick. Ihr gegenüber nickte er noch einmal ausdrucksvoll, beinahe war es eine Verbeugung. Dann drehte er sich um und ging hinaus, gefolgt von dem noch immer schweigenden, vernarbten Mann.

Als sich die Eingangstür schloss, stießen alle drei einen kollektiven Seufzer aus.

„Ich glaube, das schreit nach Champagner", sagte Lord Cambrey und läutete die Glocke mit einem überschwänglichen Ruck am Gobelinzug. „Ich hoffe, du hast welchen im Haus."

Statt zu antworten, nahm Simon beide von Jennys Händen in seine. „Du warst wunderbar. Ich dachte, er hätte uns besiegt."

„Er hat geschummelt", erklärte Jenny. „Selbst wenn ich die letzte Runde nicht gewonnen hätte, hätte ich ihn bloßgestellt."

Simons Gesicht errötete. „Dieser Schuft. Ich sollte sofort zu seinem Club gehen und ihn zur Rede stellen."

„Nein", flehte Jenny. „Es ist vorbei. Wir haben gewonnen. Lassen wir es dabei bewenden."

Simon sah seinen Freund an, der mit den Schultern zuckte.

„Ich stimme deiner Gattin zu. Den Hai in seinem eigenen Meer zu konfrontieren, birgt nur Ärger. Und ich sehe darin keinen Vorteil, außer einen Mann zu verärgern, von dem wir bereits wissen, dass er keinerlei Skrupel hat."

Simon zögerte. „Ihr habt beide recht. Immerhin werden wir drei immer wissen, dass der mächtige Hai gegen Lady Genevieve Lindsey verloren hat." Der herbeigerufene Diener kam herein und wurde in die Küche geschickt, um Champagner zu holen.

„ICH MÖCHTE FÜR EINE sehr lange Zeit nicht mehr in einer Kutsche fahren", sagte Jenny, als sie Tage später nach Belton Park zurückkehrten.

„Es scheint, als hätten wir mehr Zeit weg von zu Hause verbracht als dort."

„Ich bin froh, dass es sich für dich wie ein Zuhause anfühlt." Simon nahm sie in seine Arme. „Ich bin dir unendlich dankbar. Ohne dich hätten wir einige drastische Veränderungen vornehmen müssen."

Nachdem sie ihre Mutter und ihre Schwestern vor dem Abendessen kurz besucht hatte, gestand sie sich ihre Erschöpfung ein.

„Dann lass uns früh zu Bett gehen", schlug Simon vor, während die Diener die Teller abräumten. „Ich reibe dir die Schultern und die Füße und deine ..." Er hob eine Augenbraue, wodurch sich Wärme in ihr ausbreitete.

„Plötzlich spüre ich, wie ein wenig Energie zurückkehrt." Sie ließ sich von ihm in ihr Zimmer führen.

Ihr Zimmer. Nicht ihr *gemeinsames* Zimmer. Der einzige Makel, der ihr Glück trübte, blieb. Doch Jenny war in London so erfolgreich gewesen, dass sie hoffte, auch in dieser Sache etwas bewirken zu können.

Simon verzichtete auf das Dienstmädchen und zog seine Ehefrau stattdessen selbst aus. Sie liebte es, wenn er das tat, wenn seine starken, geschickten Finger über ihre Haut strichen, während er ihr liebevoll in die Augen blickte. Als seine Lippen seine Finger ablösten und sich flüsterweich auf ihre Haut legten, küsste er sie überall, und sie erbebte. Dann schmeckte seine verruchte Zunge ihre Haut und versengte sie dabei.

Simon zog sie auf das Bett und knetete ihre Schultern, bevor er ihre Fußsohlen massierte. Sie fand das jedoch eher frustrierend als beruhigend. Es gab andere Teile von ihr, die seine Berührung mit großer Vorfreude erwarteten.

„Simon, bitte. Komm her zu mir", forderte sie.

Als sie sein Lächeln dort spürte, wo sein Mund auf der zarten Haut ihres Innenschenkels ruhte, fügte sie hinzu: „Sofort."

Im nächsten Moment bedeckte er ihren Körper mit seinem eigenen. Ihr Liebesspiel verlief langsam und süß und war äußerst erfüllend.

„Simon", stöhnte sie, als die Empfindungen ihren Höhepunkt erreichten und sich ihre Muskeln unwillkürlich anspannten. Ihr Mann war tief in ihr, als sie spürte, wie er sich selbst entlud. In wenigen Augenblicken war sie in seiner Umarmung nicht mehr in der Lage, gegen die Müdigkeit anzukämpfen, die sie überkam. Sobald sich ihr Körper von dem intensiven Höhepunkt beruhigt hatte, schlief sie ein.

„SIMON." IHRE EIGENE STIMME weckte sie aus einem bösen Traum, in dem sie mit Crocky allein war. Als sie merkte, dass sie tatsächlich allein war, überkam sie Traurigkeit und sie streckte ihre Hand aus, um die kalten Laken neben sich zu berühren.

Armer Mann! Welche Dämonen quälten ihren Gatten jede Nacht, und wie konnte sie ihm helfen, sie zu überwinden? Wenn ein dummer Traum über den Hai sie dazu brachte, ihre Lampe anzuzünden und sich Gesellschaft zu wünschen, was musste Simon dann erleben, vor allem, wenn er allein aufwachte?

Was wäre, wenn sie erneut versuchen würde, ihm Trost zu spenden? Ein Anker für sein Schiff auf seinen nächtlichen Reisen zu sein?

Jenny sprang aus dem Bett, schlüpfte in ihr Nachtgewand und öffnete vorsichtig und leise die Tür, die ihre Zimmer trennte.

Während sie ihre Augen an die Dunkelheit seiner Kammer gewöhnte, lauschte sie seinem gleichmäßigen und tiefen Atem. Im Augenblick schien er friedlich zu schlafen.

Vielleicht sollte sie sich zurückziehen. Andererseits, wenn er erwachte und sie neben sich vorfand und feststellte, dass sie eine sehr erfolgreiche Nacht miteinander verbracht hatten, wäre er vielleicht bereit, es in der nächsten Nacht wieder zu versuchen. Und in der nächsten.

Auf Zehenspitzen ging sie über den dicken Teppich zu seinem Bett und fand nur wenig Platz. Er lag weder auf der einen noch auf der anderen Seite, sondern ausgestreckt in der Mitte, die Decke um seine Taille geschlungen.

Sie schätzte ab, auf welcher Seite mehr Platz war, umrundete das Bett, schlüpfte unter die Bettdecke und ließ sich neben ihm nieder. Es dauerte viele Minuten, während derer sie sich schwor, ihn nicht zu wecken.

Der vertraute Geruch ihres Mannes, die Wärme seines Bettes, sein rhythmisches Atmen, all das beruhigte sie und sie schlief beinahe genauso schnell ein wie nach ihrem Schäferstündchen.

KAPITEL VIERUNDZWANZIG

Simon öffnete seine Augen und erblickte die Gitterstäbe seiner Zelle. Die Angst, die er dabei empfand, war größer als sonst. *Warum?* Er dachte darüber nach, als er sich aufsetzen wollte. Er erinnerte sich daran, dass er sich nur wenige Augenblicke zuvor glückselig gefühlt hatte. Dann erinnerte er sich an Jenny.

Jenny! Seine Frau. Er hatte eine wunderbare, süße Frau. Wie konnte er sie nur heiraten und sie zurücklassen?

Verwirrung trübte seinen Verstand, doch er wusste, dass er fliehen musste, um zu ihr zurückzugelangen. Vielleicht konnte er die Tür aufbrechen. Als er sie untersuchte, erschien ihm das Holz nicht allzu stabil. Dann dachte er an Toby. Er musste seinen Cousin befreien, bevor das Undenkbare geschah. Ja, er musste Toby beschützen.

Als er den Kopf drehte, um seinen Cousin zu suchen, ließ ihn der Anblick, der sich ihm bot, erschaudern. Toby lehnte an der Wand, lebendig und doch wieder nicht. Er war starr, seine Augen waren eindeutig aus dem Kopf gerissen worden, sein Körper befand sich in verschiedenen Stadien des Verfalls, doch er hob eine Hand zum Gruß.

Simon schloss seine Augen und schüttelte den Kopf. Als er sie öffnete, lebte Toby wieder und lächelte ihn sogar an. Simon atmete erleichtert auf und wusste, dass die einzige Möglichkeit, seinen Cousin am Leben zu erhalten, darin bestand, den Wachmann zu töten und die Schlüssel zu holen, die immer an einem großen Eisenring an der Hose des Mannes klirrten.

Als sich der Wachmann näherte, wandte er sich ab und wurde von einer mörderischen Wut erfasst. Wenn Simon doch nur seine Glieder besser bewegen könnte, doch sie fühlten sich bleiern an. Dennoch, um Tobys und Jennys willen würde er seinen Entführer zu Brei schlagen.

JENNY WUSSTE, DASS SIE einen schrecklichen Fehler begangen hatte und nun in der Falle saß. Die Decke und das Laken schnürten sie ein, als sie verzweifelt versuchte, sich wegzudrücken. Die blinden Augen ihres Mannes glühten und waren unbarmherzig, während seine tödlichen Hände nach ihr griffen.

Sie wimmerte vor Angst und schlug nach seinen Armen, um zu verhindern, dass er sie berührte.

Doch schnell fanden seine Finger ihr Ziel um ihren Hals.

Bevor sie die Fähigkeit dazu verlor, schrie sie so laut sie nur konnte. Zuerst ein Schreckensschrei, doch dann schrie sie seinen Namen.

Er stockte und sie dachte, dass er vielleicht aufwachen würde.

Doch mit neuer Kraft packte Simon sie.

Sie hasste es, ihn zu verletzen, doch sie sah keinen anderen Ausweg und hob ihr Knie unter der Bettdecke an, um ihn in den Bauch zu treffen.

„Uff", sagte er und löste seinen Griff um sie.

Sie drehte sich um und hätte es fast geschafft, vom Bett zu fliehen, aber seine Hand griff nach ihrer Schulter und er zog sie zu sich zurück. Als seine Hände erneut ihren Hals fanden, diesmal von hinten, trat sie mit ihren Fersen gegen seine Beine.

„Simon", schrie sie wieder.

Plötzlich hörte sie ein Klopfen an ihrer Schlafzimmertür.

„Mylord! Mylady!"

Es war der Admiral. Gott sei Dank waren sie nicht mehr in London, wo ihr gewiss niemand zu Hilfe gekommen wäre.

„Hilfe", schrie sie, als sie auf dem Rücken auf das Bett geschleudert wurde.

Im nächsten Moment flog die Tür auf, doch sie konnte Binkley von ihrem Standpunkt aus nicht sehen. Alles, was sie sehen konnte, war Simon, der sie mit einer Hand am vorderen Teil ihres Nachtgewandes festhielt und seine rechte Hand zu einer Faust geballt hatte.

„Oh Gott", stöhnte sie und hörte Binkleys Schritte auf dem Boden.

Zu spät. Jenny duckte sich, um dem Schlag auszuweichen – oder zumindest ihr Gesicht zu schützen –, doch sie bekam einen Schlag gegen das Ohr und den Schädel, bei dem ihr Kopf vor Schmerz zu explodieren begann, während ein lautes Klingeln in ihrem Gehirn ertönte.

Und dann endete sein Angriff gnädigerweise.

Denn während Jenny mit erhobenen Armen dalag und ihr Ohr klingelte, verstieß der Butler gegen alle Regeln der Knechtschaft und griff seinen Herrn an.

Während Binkley Simon von ihr wegzerrte, direkt von der Bettkante auf den Boden, hörte sie, wie ihr Gatte endlich erwachte.

„Was zum Teufel ist hier los?" Seine Stimme war schlaftrunken und verwirrt.

Binkley stand über ihm, doch er starrte die verletzte Gräfin an und sein scharfer Blick bohrte sich in den ihren.

„Er tat es nicht mit Absicht", sagte sie mit heiserer Stimme. „Wahrhaftig. Er hat geschlafen."

Fast unmerklich nickte der Admiral, bevor er begann, dem Grafen von Lindsey auf die Beine zu helfen.

Wenn sie gekonnt hätte, hätte sie sich zurück in ihr Zimmer geschlichen, um die unangenehme Szene zu vermeiden, von der sie wusste, dass sie folgen würde.

TAGE SPÄTER, ALS DIE Schwellung im Ohr seiner Ehefrau teilweise abgeklungen war, war ihre Beziehung nur noch ein dünner, angespannter Diskurs. Jede Begegnung begann damit, dass er sich selbst verfluchte, als er ihren Zustand sah, und dass sie ihn wie eine verdammte Heilige von jeder Schuld freisprach.

Simon hatte seine Belastungsgrenze erreicht.

„Ich kann es nicht mehr ertragen, dich anzuschauen."

Jenny zuckte bei seinen Worten zusammen und ihre schönen rosa Wangen wurden blass.

„Das ist eine schreckliche Aussage", erwiderte sie. „Du kannst das nicht ernst meinen."

„Doch, das tue ich. Ich habe dir gesagt, du sollst bei deiner Familie bleiben. Doch du bist immer noch hier, wie eine geschundene Erinnerung an meinen kranken Geist."

„Ich mache dich nicht dafür verantwortlich, was du im Schlaf tust."

„Dann bist du genauso dumm, wie du gegenwärtig hässlich bist."

Sie zuckte zurück und er hoffte, dass es nur noch ein paar ungehobelter Worte bedurfte, um sie zum Gehen zu bewegen. Denn bald würde er sie in die Arme nehmen, ihre süßen Lippen küssen und ihr gestehen müssen, dass er die Vorstellung, ohne sie zu leben, nicht ertragen konnte.

„Wie dem auch sei", sagte sie mit zitternder Stimme, „ich werde dich, unser Zuhause und unsere Ehe nicht aufgeben."

„Das ist nicht die Ehe, die wir beide wollten."

Sie stand auf und bewegte sich entgegen aller Vernunft auf ihn zu, anstatt sich von ihm zu entfernen. „Es wird vielleicht nicht für immer so sein."

Unwillkürlich wich er einen Schritt zurück.

„Das wird es sicher nicht", stimmte Simon zu. „Du wirst fortgehen. Heute noch."

Sie schüttelte den Kopf. „Du kannst mich nicht zwingen. Ich habe einen Fehler begangen. Ich gebe es zu. Es ist allein meine Schuld. Ich hätte nie in dein Schlafzimmer—"

„Du hast recht", schnauzte er. „Das hättest du nicht tun sollen. Wenn wir uns nicht so früh zurückgezogen hätten, wenn Binkley schon im Dienstbotenzimmer geschlafen hätte, anstatt seinen letzten Gang durch das Haus zu machen, dann wärst du vielleicht tot."

Er verschränkte die Arme und sah eindrucksvoll und absolut unnachgiebig aus.

„Ich verstehe, dass du nicht in euer Haus hier in Sheffield zurückkehren möchtest. Die Leute werden reden. Deine Familie wird enttäuscht sein."

Er blickte aus dem Fenster und überlegte, was er tun sollte. Als ihm eine Idee kam, drehte er sich zu ihr um.

„Du wirst deine Familie nach London begleiten. Ihr könnt alle frühzeitig zur Saison aufbrechen und Margarets Kleider bestellen."

Sie biss sich auf die Unterlippe und sah sehr unglücklich aus. „Für wie lange? Wann wirst du zu uns stoßen? Gewiss zu Weihnachten."

Sein Herz verkrampfte sich, als ihre Stimme bei dem Wort *Weihnachten* brach. Wie konnte er sie nur wegschicken? Jede Faser seines Seins brauchte ihre Nähe, wollte sie an seiner Seite haben. Sie war jetzt sein Ein und Alles, der einzige Grund, warum er nicht in seinem Zimmer eingesperrt war. Doch er musste irgendwie gesund werden, um diesen Wahnsinn zu beenden. Er wollte endlich wieder der Mann sein, der er vor seiner Gefangenschaft gewesen war. *War das überhaupt möglich?*

Er wusste nur, dass es zu schmerzhaft war, ihr wehzutun. Wenn er jemals aus Versehen in ihrem Bett einschlief, nachdem sie sich geliebt hatten … nein!

„Ich weiß nicht wie lange." Er versuchte, es ruhig und freundlich zu sagen. Schließlich war das alles nicht ihre Schuld.

„Bitte, Simon, ich möchte dich nicht verlassen." Sie klammerte sich an seinem Jackett fest und sah ihm in die Augen. „Wir lieben uns. Ich werde nicht gehen."

Er schluckte und versteifte sich. Einer von ihnen musste stark sein.

„Du wirst in unserem Stadthaus wohnen, oder ich bezahle nicht für Margarets Saison."

Jenny rang nach Luft, als sie ihn losließ. „Du würdest dich nicht zu einer solchen Erpressung herablassen."

Er warf ihr einen bösen Blick zu. Konnte sie denn nicht verstehen, dass er seine Worte ernst meinte?

„Doch, das würde ich. Wenn du dich mit mir anlegst, steht mehr auf dem Spiel, als dass du nur eine Saison in der feinen Gesellschaft überstehst."

„Was willst du damit sagen, Simon?"

„Eine geschiedene Gräfin ist allemal besser als eine tote Gräfin."

Jenny taumelte, ihr Gesicht war kreidebleich. Jetzt hatte er ihre Aufmerksamkeit.

„Du würdest mich gehen lassen?"

Er hasste es, wie schwach ihre Stimme klang. Wo war seine starke, praktische Frau?

Er ballte seine Hände zu Fäusten. Jede Schwäche in diesem Moment könnte ihr Leben gefährden.

„Ich würde dich vor mir retten. Entweder durch ein getrenntes Leben oder, wenn du nicht freiwillig gehst, durch die Scheidung von dir."

Sie hielt sich die Hände über die Ohren, offenbar außerstande, seine schrecklichen Worte anzuhören.

„Wir sollten einen Arzt rufen", sagte sie und sah ihn nicht mehr an, sondern richtete ihren Blick auf einen Punkt hinter seiner Schulter und vor dem Fenster. „Du solltest über deine Träume sprechen. Wir könnten dafür sorgen, dass keiner von uns beiden einschläft, wenn wir im selben Bett liegen …"

„Dieses Risiko können wir nicht eingehen! Zumindest werde ich es nicht tun."

Schließlich richtete sie ihren tränenerfüllten Blick auf ihn.

Das habe ich aus ihr gemacht, dachte Simon. Dieses Geschöpf mit den traurigen Augen.

„Du schickst mich weg, anstatt um mich zu kämpfen", warf sie ihm vor. „Dann kann ich dir nicht so viel bedeuten wie du mir."

Sie wandte sich von seiner plötzlich ausgestreckten Hand ab. Als sie aus dem Zimmer eilte, ließ Simon seinen Arm wieder sinken. Er hatte durchgehalten und gewonnen, und es war der schrecklichste Sieg, den er sich vorstellen konnte.

„JA", SAGTE LADY BLACKWOOD und griff nach einem anderen Stoff in der blassen Palette, die für ein heiratsfähiges Mädchen geeignet war, auch wenn es Margarets zweite Saison war. „Dieser Stoff ist perfekt. Wir haben vier gefunden, die zu dir passen", sagte sie zu ihrer mittleren Tochter, „aber noch nichts für deine Schwester."

„Wir haben genügend gefunden, die zu ihr passen würden", argumentierte Maggie. „Wenn sie sich nur etwas aussuchen würde."

Jenny hob den Kopf, als sie merkte, dass die beiden über sie sprachen. Sie saß auf einem Diwan in der Schneiderei und starrte in ihre Tasse Tee, während ihre Gedanken weit entfernt waren.

„Ich brauche keine Kleider, Mummy. Ich bin eine verheiratete Frau."

Zumindest dem Namen nach. Simon hatte ihr erlaubt, seine Gräfin zu bleiben, als er sie nach London verbannt hatte.

„Natürlich brauchst du Kleider, meine Liebe. Immerhin bist du die Gemahlin eines Grafen. Wenn die *kleine* Saison beginnt, wirst du sehr gefragt sein, und du musst deinen Gatten bis zu seinem Eintreffen im besten Licht darstellen."

„Ja, Mummy." Sie hatte nicht den Mut, zu widersprechen. Sie fürchtete die nächste Frage.

„Wann wird sich der Graf zu uns gesellen?"

„Es geht um Maggie", betonte Jenny. „Simon kommt vielleicht gar nicht, bis das Parlament eröffnet wird."

„Hm", murmelte ihre Mutter, behielt ihre Gedanken jedoch für sich. „Ihr werdet trotzdem Kleider brauchen. Er hat dir doch Geld gegeben, oder?"

„Das hat er." Jenny wusste ganz genau, was sie ausgeben konnte. „Gut. Ich mag das Tiefblau, das Maggie als zu dunkel für sich selbst ansieht. Und die rote Seide und der cremefarbene und goldene Brokat. Es ist beschlossen."

Sie stellte ihre Tasse ab und stand auf. „Wenn Sie meine Maße nehmen würden, Madame Curry", wandte sie sich an die Näherin, die gerade mit Margaret fertig war, „dann überlasse ich die Wahl der Verzierungen und Knöpfe Ihrem fachkundigen Geschmack."

Eleanor bekam lediglich ein paar Tageskleider, um die zu ersetzen, aus denen sie herausgewachsen war. Die meiste Zeit blieb sie im Devere-Stadthaus, wenn Maggie und Jenny die endlosen Verpflichtungen antraten. Jenny wusste, dass ihre jüngste Schwester gelangweilt und verärgert sein würde, und fragte sich, ob sie ihren neu gewonnenen Status als Gräfin nutzen könnte, um Eleanor mit anderen Mädchen ihres Alters bekannt zu machen, die ebenfalls in London festsaßen.

Nach einer weiteren halben Stunde hatten sie das Geschäft der Schneiderin verlassen und waren auf dem Weg zum oberen Ende der Knightsbridge Street, als sie Lord Cambrey begegneten.

„Eine Freude, Euch wiederzusehen, Lady Lindsey. Und das so schnell.“

Jenny verbeugte sich und lächelte, als sie sich an ihren kürzlichen Triumph und ihre Champagnerfeier erinnerte.

„Darf ich Ihnen meine Mutter, Lady Blackwood, und meine Schwestern, Miss Margaret und Eleanor, vorstellen.“

Es war ihr nicht entgangen, wie es Lord Cambrey gelang, ihrer Mutter respektvoll zuzuhören, während er seinen Blick auf Maggie gerichtet hielt und Eleanor gar nicht zu bemerken schien.

Maggie ihrerseits setzte ihren berüchtigten Charme ein und schenkte ihm ein umwerfendes Lächeln. Als Lord Cambrey es schaffte, sich der Anziehungskraft ihrer Schwester zu entziehen, wandte er sich wieder an Jenny.

„Ich dachte, Ihr wärt aufs Land zurückgekehrt.“

„Ja, das sind wir. Lord Lindsey ist immer noch dort.“ Was sollte sie sagen? „Ich helfe meiner Schwester, sich auf die Saison vorzubereiten.“

Er warf wieder einen Blick auf Maggie, und Jenny war sich mindestens eines Namens auf der Tanzkarte ihrer schönen Schwester sicher.

„Wann kommt Simon zurück?“

„Das kann ich leider nicht sagen.“ Hörte er die Anspannung in ihrer Stimme? Sie hoffte nicht.

Als er seine Lordschaft zum Abendessen am Ende der Woche einlud und sie diese Einladung annahm, zogen sie weiter.

„Er ist hinreißend“, sagte Maggie, sobald er außer Hörweite war.

Jenny verdrehte die Augen. „Er ist kein Kätzchen oder ein junger Welpe, um Himmels willen.“

Maggie kicherte, als ob sie schon halb verliebt wäre. „Nein, aber er ist dennoch hinreißend. Ich wünschte, ich hätte ein neues Kleid für Freitag.“

„Mrs. Landsdowne bietet Pret-a-porter an“, schlug ihre Mutter vor. „Sollen wir zumindest einen Blick darauf werfen?“

„Ja, das sollten wir“, sagte Maggie.

SIMON WAR GERADE EINMAL vier Tage ohne seine Frau und dachte, er würde den letzten Rest seines Verstandes verlieren. Er hatte genug zu tun, denn es gab immer irgendeine Aufgabe, die auf seinem Anwesen oder in einem seiner Produktionsbetriebe erledigt werden musste.

Doch er konnte sich nicht sehr lange auf eine Sache konzentrieren. Seit Jenny weg war, wurden seine Albträume nur noch schlimmer, was sich daran zeigte, dass er sein Bettzeug auf dem Boden wiederfand und manchmal auch sich selbst und nur erwachte, wenn er auf den Teppich krachte.

Morgens war er zunehmend erschöpft und nachts überlegte er, ob er sich wieder in den Sessel setzen sollte.

„Du Feigling!“, murmelte er vor sich hin, als er merkte, dass er mit leerem Blick auf die Bücherregale in der Bibliothek starrte, anstatt sich um den Brief an seinen Bierhändler zu kümmern.

„Mylord?“, fragte Mr. Binkley, der genau in diesem Moment den Raum betrat.

„Nichts“, sagte er mürrisch. „Was gibt es zu essen?“

Der Butler blinzelte. „Ich bin nicht sicher, Mylord. Ihr habt mich noch nie gefragt.“

„Es war mir früher egal, nehme ich an. Die Gräfin erzählte mir jeden Nachmittag, was sie den Koch gebeten hatte, zuzubereiten. Das weckt die Vorfreude auf ein gutes Essen.“

Mr. Binkley nickte. „Ich verstehe, Mylord. Soll ich den Koch fragen?“

Simon zögerte. Seit Jenny ausgezogen war, schmeckte alles wie die Späne aus dem Sägewerk. Was kümmerte es ihn, ob es Lamm oder Rind zum Abendessen gab?

„Nein, schon gut." Er musste sich auf wichtigere Dinge konzentrieren als darauf, was er essen würde, zumal es ihm egal war, ob er jemals wieder etwas aß. Das schöne Gesicht seiner Frau nicht bei Tisch zu sehen, machte jede Mahlzeit zu einer Qual.

„Wer ist Dolbert? Haben Sie schon einmal von einer solchen Person gehört?"

„Ja, Mylord. Er war der Hauslehrer, den Lady Devere für ihre Kinder eingestellt hat."

„Ich verstehe. Wo ist er jetzt?"

„Er ist fort, Mylord. Er ist seit Wochen nicht mehr zugegen gewesen."

„Wenn er jemals zurückkommt, bringen Sie ihn bitte sofort zu mir."

„Ja, Mylord. Wäre das dann alles?"

Sobald Simon Binkley weggeschickt hatte, kehrten seine Gedanken zu demselben Thema zurück: seiner Feigheit, nicht mit Jenny oder sonst jemandem über seine Träume sprechen zu wollen. Reichte es nicht, dass ihm die schrecklichen Visionen durch den Kopf gingen, während er wach war? Musste er auch noch die Träume, die ihn nachts heimsuchten, ausgraben und untersuchen? Und zu welchem Zweck? Er war nicht wie ein Kutschenrad mit gebrochenen Speichen, das sich mühelos reparieren ließ.

Er begann jedoch zu überlegen, was helfen könnte, wenn es überhaupt etwas gab. Simon durchquerte den Raum zu den Bücherregalen und ließ seinen Blick an den Buchrücken entlangwandern. *Was könnte ihm helfen?*

Jennys Worte wiederholten sich in seinem Kopf, dass sie ihm unmöglich so viel bedeuten könne wie er ihr. *Pah!* Das einzige Mal, seit er sie kannte, hatte sie sich gänzlich geirrt. Er liebte sie sehr. Hatte er ihr das nicht gesagt? Offensichtlich nicht genügend, und seine Worte konnten seine abscheulichen Taten niemals wieder gutmachen.

Dass sie sich überhaupt für ihn interessierte, erstaunte ihn, denn er war sich ziemlich sicher, dass sein Reiz verfliegen würde, wenn sie ihn jede Nacht schlüge.

Er wollte seine Frustration herausschreien. Stattdessen griff er nach dem ersten Buch, das seine Finger berührten. Shakespeares *Ein Sommernachtstraum*.

Mit einem säuerlichen Gesichtsausdruck schob er es zurück ins Regal. Dann erspähte er jedoch das unterste Regal mit fremdsprachigen Werken. Sein Vater hatte stets eine Sammlung von Texten auf Französisch, Deutsch und Italienisch besessen. Dort standen neben Perraults Märchenband auch zwei Bücher von Wolff, *Psychologia empirica* und *Psychologia rationalis*.

„Ein Mann kann sich nicht selbst heilen", murmelte Simon laut und drehte sich schnell um, weil er dachte, dass Binkley wieder dastehen würde, um das seltsame Geschwätz seines Herrn zu belauschen. Doch er war allein.

Diese Bücher waren ohnehin auf Latein, und Simon konnte nicht wissen, ob sie eine Antwort enthielten. Er bezweifelte es. Doch was, wenn es irgendwo jemanden gab, der wusste, was ihm widerfuhr? Es war ihm sogar gleichgültig, warum. Er wollte nur ein Heilmittel.

Eines war sicher: Der beste Ort, um Antworten zu finden, lag nicht im englischen Sheffield. Er konnte auch nicht durch London ziehen und dort nach Hilfe suchen. Nicht nur Jenny war dort, sondern auch viele Leute, die ihn kannten, und sie würden Fragen stellen.

Nein, er musste die Antwort irgendwo auf dem Festland suchen.

JENNY EMPFING JOHN ANGSLEY, Lord Cambrey, in ihrem Londoner Stadthaus und kam sich dabei wie eine Schwindlerin vor. Sie war genauso wenig Simons wahre Gräfin, wie sie die Hausherrin des Belton Manor war, aus dem sie kurzerhand hinausgeworfen und verbannt worden war.

Dennoch konnte sie die Rolle der Lady Lindsey spielen, bis … bis Simon tatsächlich beschloss, sich von ihr scheiden zu lassen. In jedem Fall war Lord Cambrey ein liebenswürdiger Gast, mit Geschichten über London, die allen Beteiligten am Tisch gefielen.

Außerdem brachte er zu ihrer Freude seine junge Cousine Beryl mit, die bei seinen Eltern in der Stadt wohnte. Und sofort stand fest, dass sie und Eleanor gute Kameradinnen sein würden, wenn sie die vielen Veranstaltungen der Saison aussitzen mussten.

„Danke", sagte Jenny zu Lord Cambrey, als sie das Speisezimmer verließen und in den Salon gingen. „Es war sehr aufmerksam von Ihnen, Eleanor zu bemerken und ihr Gesellschaft zu leisten. Das beruhigt mich ungemein. Ein junges Mädchen, das einsam ist, vor allem in London, kann ganz schön viel Unfug anstellen."

Außerhalb der Hörweite ihrer Familie fragte er: „Und wie sieht es mit einer neuen Ehefrau aus?"

Jenny warf ihm einen scharfen Blick zu. Es war unmöglich, dass er aus einer einzigen Begegnung auf der Straße und einer Dinnerparty irgendetwas hätte herauslesen können.

„Ich erhielt einen Brief von Simon", fuhr er fort.

Warum brachte das ihr Herz zum Klopfen? *Großer Gott, hatte er seinem Freund vor seiner Frau gesagt, dass er beabsichtigte, ihr Eheversprechen aufzulösen?*

„Sie sehen erschrocken aus. Verzeihen Sie. Er sagte nur, dass er im Moment nicht vorhat, nach London zu kommen, sondern dass er sich auf den Weg zum Festland gemacht hat."

Ihr wurde übel. Wäre sie nicht die Gastgeberin, würde sie sich sofort entschuldigen, damit sie sich in ihrem Zimmer ausweinen konnte.

Lord Cambrey berührte ihren Arm. „Ich habe es nur noch schlimmer gemacht. Nochmals, ich bitte um Verzeihung. Ich nahm natürlich an, dass Sie es wissen. Simon hat mich gebeten, an seiner Stelle nach Ihnen und

Ihrer Familie zu sehen. Und ich versichere Ihnen, es ist mir ein Vergnügen und keine Belastung."

Sie konnte ihm kaum zuhören. Warum war Simon auf der anderen Seite des Kanals? Und wie lange würde er dort bleiben?

„Ich weiß Ihre Aufmerksamkeit zu schätzen, Lord Cambrey, aber ich bin mir sicher, dass meine Mutter und ich meine Schwester durch die Saison führen können."

„Ich weiß genau, wie fähig Sie sind, und wenn die anderen Blackwood-Frauen auch nur annähernd so sind wie Sie, dann wird Miss Margarets Saison ein voller Erfolg werden. Trotzdem wäre es mir eine Ehre, Sie zu allen Veranstaltungen zu begleiten, wenn Sie es wünschen. Höchstwahrscheinlich würde ich ohnehin daran teilnehmen."

„Worüber diskutiert ihr zwei hier, die ihr die Köpfe zusammensteckt?", fragte Maggie. Es war eine gewagte Frage, die fast etwas Unschickliches andeutete. Doch Jenny wusste, dass ihre Schwester nur versuchte, sich in das Gespräch einzubringen. Sie wusste auch, dass sie sich zurückziehen und die beiden reden lassen sollte.

„Wir sprachen über die beste Strategie, die Angebote der feinen Gesellschaft zu nutzen. Warum erzählst du Lord Cambrey nicht, welche Veranstaltungen wir besuchen wollen, während ich nachsehe, ob wir noch mehr von dem köstlichen spanischen Wein in der Speisekammer haben."

Jenny entfernte sich von den beiden. In Wahrheit würde ein Glas Madeira den Schmerz lindern, den ihr die Nachricht der Reise ihres Gemahls in unbekannte Gefilde bereitet hatte. Immer mehr Familien kehrten aus ihren Landhäusern nach London zurück, und schon bald würde die Weihnachtszeit vor der Tür stehen. Schon bald würde sie ihre Einsamkeit kaum noch bemerken, wenn die Feierlichkeiten von Heiligabend bis zum Dreikönigstag begannen.

Ja, damit hatte Jenny gerechnet: ein durch und durch geschäftiges Jahresende und den Beginn des nächsten

Jahres, und dann die Saisoneröffnung, sobald das Parlament wieder tagte. *Welch Freude!* Und sie würde nicht darüber nachdenken, wann oder ob sie ihren Mann jemals wiedersehen würde.

KAPITEL FÜNFUNDZWANZIG

Simon hob den schweren Türklopfer an und ließ ihn geräuschvoll fallen. Als niemand antwortete, stieß er die Tür auf und stieg die Treppe hinauf, wie es ihm aufgetragen worden war. Der Mann, den er aufsuchen wollte, dieser gute Doktor der Philosophie, hatte angeblich alles über sein spezielles Leiden studiert, was es zu wissen gab. Als er das richtige Büro gefunden hatte, stand an der Tür des Gelehrten, unter dessen Namensschild tatsächlich die Aufschrift „*Praktiker der Psychologie*" zu finden war.

Simon verdrehte die Augen und konnte kaum ertragen, dass er selbst seit Wochen vergeblich nach einem Heilmittel suchte. Und jetzt hoffte er darauf, von einem gewissen Carl von Holtzenhelm untersucht, diagnostiziert und behandelt zu werden.

„Herein."

Mit einem kräftigen Atemzug stieß Simon die Tür auf und betrat das kleine Büro im oberen Stockwerk eines schmuddeligen grauen Gebäudes in Heidelberg.

An einem schlichten Holzschreibtisch saß ein Mann mit einem kurzen, gräulichen Bart. Er blickte auf, als Simon eintrat. Einen langen Moment lang musterte der Arzt ihn. Dann erhob er sich und lehnte sich über den Schreibtisch.

„Tretet näher, *Herr Devere*. Öffnet Eure Augen so weit es Euch möglich ist."

Simon tat es.

„Streckt Eure Zunge heraus", lautete der nächste Befehl.

Wieder gehorchte Simon.

„Ihr seht gesund und munter aus", sagte Holtzenhelm schließlich.

„Ich hoffe, ich bin beides, *Herr Doktor*."

„Setzt Euch, und wir werden beginnen."

Der Mann der Wissenschaft wartete, während Simon auf dem einzigen anderen Stuhl Platz nahm. Er war leicht unterdimensioniert und extrem hart, mit einer Sitzfläche, die zu kurz für seine Oberschenkel war, und einer einfachen Holzlehne, die sich in seine Wirbelsäule grub. Trotzdem versuchte Simon, ruhig zu bleiben und nicht wie ein Kind zu zappeln.

„Er ist absichtlich unbequem", sagte Holtzenhelm, während er Simon anstarrte.

„Warum nur?"

„Damit man sich nicht verstellen kann oder die Wahrheit durch erfundene Begebenheiten und Ausreden verschleiern kann."

Wirklich! Ein verdammt schmerzhafter Stuhl bewirkte all das? Oder vielleicht war der Mann nur ein Quacksalber.

„Ich habe Euren Brief hier irgendwo. Ich weiß, dass Ihr bei Reichenbach wart. Ein kluger Mann. Wir beide haben diese Bücher in unseren Regalen." Mit diesen Worten deutete er auf die Werke im Regal neben ihm, deren Titel Simon entweder nicht übersetzen konnte oder, sofern sie auf Englisch waren, nicht kannte. Trotzdem gab es ihm ein Gefühl der Zuversicht, solche Werke der Philosophie und Psychologie im Büro des Mannes zu sehen.

Der kleine Mediziner verschränkte seine Finger und dachte nach. „Warum seid Ihr zu mir gekommen?"

„Reichenbach schlug es vor. Er studierte mein Problem, das er Somnambulismus nannte, doch abgesehen davon, dass er mich als ‚sensibel‘ bezeichnete, vermochte er mit nicht zu helfen."

Simon zappelte herum und schlug seine Beine übereinander. „Er dachte, Sie könnten es vielleicht."

„*Hmm.*" Holtzenhelm brummte. „Vielleicht. Erzählt mir alles. Lasst nichts aus. Ich muss es ausführlicher hören als in Eurem Brief. Die Beschreibungen Eurer Handlungen waren zu vage."

Simon schluckte. Er hatte absichtlich keine Details darüber genannt, was geschehen war.

„Ich verstehe nicht, warum die Einzelheiten so wichtig sind. Ich schlafe tief und fest, wenn ich handgreiflich werde. Ich habe eine Ehefrau, und ich kann mir nicht zutrauen, das Bett mit ihr zu teilen."

„Ihr habt sie verletzt?", fragte Holtzenhelm.

Simon nickte.

„Natürlich träumt Ihr in diesem Moment, und Ihr handelt nach Eurem Traum", fügte der kleine Mann hinzu. „Ist es immer derselbe Traum?"

Simon überlegte. „Die Details variieren ein wenig, aber der Traum bleibt recht unverändert."

„Erzählt mir davon." Mit diesen Worten lehnte sich Holtzenhelm in einem Stuhl zurück, der deutlich bequemer schien als der, auf dem Simon steif aufrecht saß, denn die Schultern zu krümmen brachte nur noch mehr Unbehagen über seinen Rücken.

„Ich befinde mich in einer Zelle in Birma, an der man mich erkennt. Ich habe dort zwei Jahre zugebracht. Im Traum bin ich überzeugt, dass ich einen der Wächter überwältigen und meinen Cousin retten kann."

„Ist es immer derselbe Wächter?"

Simon blickte stirnrunzelnd auf seinen Schoß hinunter. „Ich glaube schon. Nein, vielleicht nicht. Doch ich würde ihn am liebsten mit meinen bloßen Händen umbringen."

„Weil Ihr dann entkommen könnt?"

Er schüttelte den Kopf und wollte beinahe mit Nein antworten. „Weil ich Toby so zu retten vermag.“

„Toby ist Euer Cousin?“

„Das war er. Er starb in der Zelle.“

„Fühlt Ihr Euch verantwortlich für seinen Tod?“

„Ich *bin* verantwortlich“, betonte Simon.

Holtzenhelms Stirn legte sich in Falten. „Warum sagt Ihr das? Ihr wart doch beide Gefangene, oder?“

„Ich war größer und stärker. Ich hätte ihn beschützen müssen. Das ist der einzige Grund, warum ich mit ihm ging. Er wollte nur Wasser.“

„Ich verstehe.“

„Nein, das tun Sie nicht“, beharrte Simon. „Er hatte eine Gattin und Kinder.“

„Es tut mir leid“, sagte Holtzenhelm.

„Und unser Wächter war so … mickrig. An jedem beliebigen Tag hätten Toby oder ich ihn mit nur einer Hand besiegen können. Doch dieser wertlose Halunke erstach ihn, weil er nach Wasser fragte!“

Sein Gegenüber nickte.

„In Eurem Traum wollt Ihr nicht fliehen, sondern nur Euren Cousin retten?“

„Ich verstehe Ihre Frage nicht. Wenn ich die Wache töte, wird beides passieren.“

„Lebt Toby in der Zelle in Eurem Traum?“

Simon dachte lange nach und ging alle Träume durch, an die er sich erinnern konnte, bis ihm die Antwort klar wurde.

„Ja, er ist am Leben.“

„In Eurem Traum rettet Ihr ihn, indem Ihr die Wache tötet. In Wirklichkeit könnt Ihr nur Euch selbst retten.“

„Ich sollte nicht leben, wenn Toby gestorben ist.“

„Das ist lächerlich. Ich hoffe, das ist Euch klar. Natürlich hätte Euer Cousin nicht sterben dürfen, doch Ihr ebenso wenig. Außerdem solltet Ihr Euch nicht selbst bestrafen oder die enormen Schuldgefühle hegen, die Ihr, wie ich höre, immer noch in Euch tragt.“

Simon sprang auf die Füße. „Ich trage nichts mit mir herum." Dann marschierte er mit zwei Schritten zum anderen Ende des Raumes und bemerkte, dass er begann, zu schwitzen.

Er drehte sich um und schlurfte zurück, um sich hinter den harten Stuhl zu stellen.

„Mein Gott, Mann, dieser Raum ist nicht viel größer als die Zelle, in der ich eingesperrt war. Wie halten Sie das nur aus?"

Holtzenhelm zuckte mit den Schultern. „Ich arbeite mit den grenzenlosen Weiten des menschlichen Geistes, der Psyche, wenn man so will, und kein Raum kann diese einschränken. Ich brauche nur einen Ort, an dem wir beide miteinander sprechen können. Könnt Ihr Euch jetzt, hier in diesem Raum, besser an den Traum erinnern?"

Simon spürte den Schweiß zwischen seinen Schulterblättern. „In der Tat."

„Wenn Ihr Euch im Traum befindet, wisst Ihr dann, dass es ein Traum ist?"

„Ich versichere Ihnen, wenn ich das wüsste, würde ich nicht versuchen, meine Frau zu erdrosseln."

Die Augen des Praktikers weiteten sich leicht, dann nickte er.

„Daran müssen wir also arbeiten. Wir müssen Eurem Gehirn klarmachen, dass Ihr Euch in einem Traum befindet. Sobald Ihr dazu in der Lage seid, werdet Ihr die Kontrolle haben."

Simon hörte sich die Worte des Mannes an und setzte sich schließlich wieder hin. Der Stuhl kam ihm nicht mehr ganz so unbequem vor.

„Wie soll ich das machen?"

„Ich werde Euch helfen. Wir werden die Hinweise finden, die auf einen Traum hindeuten, weil sie nicht mit dem übereinstimmen, was Ihr als Realität kennt. Es wird einige geben, das versichere ich Euch, und wenn Ihr sie seht, müsst Ihr sie erkennen. Auch wenn Ihr nicht sofort aufwachen könnt, dürft Ihr nicht versuchen, den Wächter zu töten.“

„Ich darf den Wächter nicht töten“, wiederholte Simon skeptisch.

Holtzenhelm nickte. „Ich werde Euch helfen.“

JENNY STÜRZTE SICH IN die Atmosphäre der Winterfeste und der ausgelassenen Partys, die überall um sie herum gefeiert wurden. Obwohl es unangebracht war, selbst ein Fest zu geben, da ihr Gemahl nicht zugegen war, wollte ihre Mutter sie nicht im Haus grübeln lassen

„Heute Abend findet die Weihnachtsfeier bei Lady Atwood statt“, erinnerte Lady Blackwood sie.

Jenny verzog das Gesicht. „Und dann werden ein paar Schlaumeier auf einer Lesung von Dickens’ Werk bestehen. Denn das ist sehr ungewöhnlich und unerwartet!“

Maggie lachte, wie sie es in letzter Zeit oft tat, und freute sich offensichtlich, wieder einmal in London zu sein. „Meine Güte, ich kann diese Geschichte diesen Monat nicht noch einmal ertragen!“

„Selbst ich bin Mr. Dickens’ Weihnachtsgeschichte überdrüssig“, meldete sich Eleanor zu Wort, „und ich finde sie wirklich sehr fantasievoll und gut erzählt. Wie auch immer, ich freue mich, dass ich dabei sein darf.“

„Und Lord Cambreys Cousine wird auch dort sein“, fügte Maggie hinzu und entlockte Jenny ein Lächeln. Sowohl der Graf als auch seine junge Cousine Beryl beschäftigten ihre beiden Schwestern und machten sie glücklich, wenn auch aus ganz unterschiedlichen Gründen.

Jenny wünschte sich, sie könnte Simon zu Lord Cambrey, sein Wesen und seine möglichen Absichten gegenüber Maggie befragen. Ging der Mann leichtfertig oder vorsichtig mit den Herzen von Frauen um? Hatte er in der Vergangenheit viele Bindungen gehabt? Wie sieht es in der Gegenwart aus? Und wie stand es um seine Finanzen und Besitztümer?

Seufzend sah sie sich in dem prächtigen Salon um, der nun ihr gehörte und von ihrer eigenen Familie bewohnt wurde. Wie weit waren sie gekommen, nachdem sie ihr eigenes Haus verkaufen und aufs Land ziehen mussten, wo ihnen eine dauerhafte Verbannung drohte. Und jetzt waren sie hier, bereiteten sich auf eine neue Saison vor, genossen ein ereignisreiches Weihnachtsfest und trafen alte Bekannte wieder. Trotzdem spürte sie die gähnende Lücke der Einsamkeit.

DIE MUSIK ENDETE MIT einer ganz entzückenden Interpretation von de Pearsalls „Lay a Garland", und dann trat die Gastgeberin, die noch immer für den Pianisten und den Sänger klatschte, vor die Menge.

„Ich habe eine besondere Überraschung", verkündete sie. „Lady Elizabeth Benchley, eine Freundin von Mr. Dickens, wird die erste und fünfte Strophe von *Eine Weihnachtsgeschichte* verlesen. Ist das nicht wunderbar?"

Dies wurde mit tosendem Applaus begrüßt, obgleich Jenny vermutete, dass er durch das Erscheinen von fast einem Dutzend Dienern, die Tabletts mit Gläsern voller sprudelnder Getränke und Süßigkeiten trugen, noch herzlicher wurde.

Sie stand auf. „Ich werde einen Spaziergang machen und mir die Bilder in der Galerie ansehen. Möchte mich jemand begleiten?"

Ihre Mutter schüttelte den Kopf. „Ich habe Lady Delia versprochen, dass ich mich um die Karnevalsunterhaltung im Argyll House kümmern werde. Macht es dir etwas aus, Liebes?"

„Ganz und gar nicht", sagte Jenny. Eleanor hatte den Kopf mit ihrer neuen Freundin Beryl zusammengesteckt und einen Moment lang fragte sie sich, ob Ned und Maisie auch an der Saison teilnehmen würden. Das könnte in der Tat unangenehm werden.

Maggie stand neben ihr. Endlich hatte sie Gesellschaft, doch ihre Schwester schaute mit diesem seligen Lächeln an ihr vorbei, das nur eines bedeuten konnte: Lord Cambrey war in der Nähe.

Ohne auf Jennys Einladung zu einem Spaziergang einzugehen, seufzte Maggie.

„Sieht er nicht toll aus?" Mit diesen Worten schob sie sich an Jenny vorbei, die sich umdrehte, und … *Welch Überraschung!* Nicht Lord Cambrey, sondern ein anderer junger Mann beugte sich über Maggies Hand und führte sie an seine Lippen.

Trotz des kurzzeitigen Schocks darüber, dass Maggie bereits einen anderen Verehrer hatte, erkannte Jenny, dass es für ihre Schwester vernünftig war, sich noch nicht zu sehr an einen Mann zu binden. Der junge Mann, der nicht allzu groß, allerdings gut gekleidet war, lud Maggie ein, ihn zum Erfrischungstisch zu begleiten und eine Limonade zu trinken.

Wie romantisch. Und das in aller Öffentlichkeit! Jenny hatte beinahe vergessen, dass jeder einzelne Moment, den man mit dem anderen Geschlecht verbrachte, für jedermann offenkundig war. Ganz im Gegensatz zu ihrem eigenen überstürzten und privaten Werben. Niemand außer Cambrey hatte sie und Simon zusammen gesehen, abgesehen von Crocky und den Fremden in Vauxhall.

Man konnte annehmen, dass sie gar nicht die Gräfin von Lindsey war, sondern eine Hausbesetzerin, die sich in dem Stadthaus von Devere niedergelassen hatte.

Sie wandte sich von der Szene ab, in der ihre Schwester mit leuchtenden Augen Limonade trank, und folgte dem Strom der Menschen von einem Raum zum nächsten. Hinter ihr hörte sie, wie Lady Benchley begann, die Geschichte so übertrieben zu präsentieren, dass es Jenny zusetzte.

„Marley war von Anfang an tot.“

Nach ein paar Minuten fand sie sich in einem langen Korridor wieder, in dem sie eine Sammlung riesiger Landschaftsbilder betrachtete, die wunderschön in passende vergoldete Rahmen gefasst waren. Eines sah aus, als könnte es in der Nähe von Belton Park gemalt worden sein. Sie ging ein paar Schritte zurück und starrte sehnsüchtig auf die Landschaft, während sie sich an die vielen Male erinnerte, bei denen Simon sie allein erwischt und sie geliebt hatte, entweder mit leidenschaftlichen Küssen oder etwas noch Gewagterem. Ob ihm ihre Gegenwart ebenso fehlte wie ihr seine?Ic

„Miss Blackwood, sind Sie es?“

Als sie sich umdrehte, begegnete sie Vicomte Alder, ihrem ehemaligen Verlobten. Für einen kurzen Moment tanzte ein Schauer der Nervosität durch sie hindurch. Wie sehr wünschte sie sich, Simon wäre an ihrer Seite, um diesem Mann zu zeigen, dass jemand anderes sie für würdig befunden hatte, ihr seinen Namen zu schenken.

Viele Frauen würden ihn sofort abservieren und verschwinden. Und das zu Recht. Doch sie war noch nie so unhöflich gewesen.

„Mylord“, grüßte sie, ohne einen Knicks zu machen. Sie wollte nicht einen Zentimeter ihrer Würde einbüßen. „Allerdings bin ich jetzt Lady Lindsey.“

Er nickte. „*Mylady.* Ich hörte das Gerücht, dass Ihr geheiratet habt.“

„Es ist mehr als ein Gerücht“, sagte Jenny und spürte, wie die Hitze auf ihren Wangen aufblühte.

„Gratulation“, sagte er. „Und offensichtlich steht Euch die Ehe gut. Ihr seht umwerfend aus.“

Tat sie das? Sie wunderte sich über seine sanfte Art und sein nettes Kompliment. Es stimmt, während ihrer kurzen Bekanntschaft hatte er sich ebenso verhalten. Doch angesichts der Art und Weise, wie er sie rücksichtslos abserviert hatte, dachte sie, dass sie einem anderen Michael Alder begegnen würde, sollten sie sich jemals wiedersehen.

„Ich hatte nicht gehört, dass Ihr nach London zurückgekehrt seid", fügte er hinzu.

Vicomte Alder blickte sich um, als würde er erwarten, dass Simon hinter den langen Vorhängen hervorkam.

„Werde ich heute Abend die Ehre haben, Lord Lindsey zu begrüßen?"

„Er hält sich nicht in London auf", gab Jenny zu, wobei sie ihren Tonfall neutral hielt. „Er hat anderweitig zu tun."

Die Augenbrauen des Vicomtes hoben sich fast bis in seinen Haaransatz. „Eine merkwürdige Zeit für Geschäfte", bemerkte er. „Wenn man bedenkt, dass er eine neue Gattin hat und es fast Weihnachten ist."

Sie zuckte mit den Schultern, gab ihm keine weiteren Informationen und ließ ihren Blick wieder auf das Gemälde schweifen.

„Wird er bald nachkommen?", fragte Lord Alder.

„*Mm*", murmelte Jenny unverbindlich. Warum in aller Welt war das für diesen verfluchten Mann so wichtig?

Alder trat einen Schritt näher. „Ich bin froh, dass wir uns über den Weg gelaufen sind, und sei es nur, damit ich mich aufrichtig bei Euch entschuldigen kann."

Das erregte ihre Aufmerksamkeit. Sie starrte ihn an. Ihr ehemaliger Verehrer wirkte nach nur einem Jahr ein wenig älter. Nach all dem, was passiert war, tat sie das zweifellos auch. Doch in seinen Augen lag eine Traurigkeit, die vorher nicht da gewesen war, ein angestrengter Blick, der leichte Falten auf seiner Stirn verursachte.

„Geht es Ihnen gut?", hörte sie sich selbst fragen, auch wenn sie sich nicht erklären konnte, wie sie Mitgefühl mit ihm verspüren konnte.

Bei ihren Worten entspannte sich sein Gesicht und er schenkte ihr sogar ein leichtes Lächeln. Maggie hatte sich geirrt. Seine Lippen erschienen ihr in Ordnung. Nicht annähernd so ansehnlich wie die von Simon, aber dennoch sehr ansprechend.

„Danke, dass Ihr fragt", antwortete Alder. „Ich habe Eure Freundlichkeit nicht verdient, das weiß ich. Es gab

Komplikationen in meinem Leben, mit denen ich Euch nicht langweilen möchte. Vielleicht können wir irgendwann einmal als alte Freunde durch den Park spazieren und uns unterhalten. Verheiratete Frauen haben mehr Freiheiten, fast wie Männer. Habt Ihr das bemerkt?"

Jenny konnte nichts Böses an seinen Worten erkennen.

„Was für eine sonderbare Aussage, aber ja, ich weiß, was Sie meinen."

„Ich habe Euch immer bewundert", platzte er heraus.

Oh je. Hatte er die Hoffnung auf eine Versöhnung? Sie lehnte sich von ihm weg und sagte: „Es ist unschicklich, so etwas zu sagen."

Er zuckte lässig mit den Schultern und erinnerte sie damit fast schmerzhaft an Simon.

„Die Umstände lagen außerhalb meiner Kontrolle und ich bedaure, wie schnell Ihr aus meinem Leben verschwunden seid."

Während er sprach, hob sie bestürzt eine behandschuhte Hand an ihre Lippen. Denn ohne Zweifel sah sie jetzt den Schmerz in seinem Blick. Konnte es sein, dass er wirklich Zuneigung zu ihr empfunden hatte?

Als sie weiter schwieg, fügte er hinzu: „Auch das war zweifellos unangemessen, besonders einer frisch vermählten Frau gegenüber."

Jenny schenkte ihm ein kleines Lächeln und sagte: „Ich werde darüber hinwegsehen, Mylord."

„Ihr habt Euch weiterentwickelt und seht gut aus. Das freut mich sehr für Euch."

Sie tätschelte seinen Arm, denn irgendetwas an ihm reizte sie dazu. Im selben Moment, als seine eigene ihre behandschuhte Hand auf seinem Unterarm bedeckte, hörte sie eine vertraute Stimme.

„Da sind Sie ja, Lady Lindsey."

Jenny zog ihre Hand zurück, als ob sie sich verbrannt hätte, und drehte sich um, um Lord Cambrey anzusehen, der fast bei ihnen war. Sie hoffte, dass sie nicht schuldbewusst aussah – ihre Wangen waren zweifellos scharlachrot – doch sie befürchtete, dass sie es tat.

Doch statt den Freund ihres Gemahls zu tadeln, sah sie nur einen misstrauischen Blick, der auf Alder gerichtet war.

Lord Alder ließ seinerseits den Arm sinken und verbeugte sich vor dem Grafen.

Cambrey behielt den Vicomte im Auge, während er Jenny ansprach.

„Ihre Schwester hat bemerkt, dass Sie länger weg waren, und man weiß nie, was für zwielichtige Gesellen sich in diesen Gängen herumtreiben.“

„Sie kennen Lord Alder?“, fragte sie und versuchte, ein allgemeineres Gespräch anzufangen.

„Nur flüchtig.“ Cambrey starrte Alder weiter an, der sich zu winden begann.

Offenbar hatte Simon sie in guten Händen belassen, denn sein Freund verteidigte sie, wo es absolut nicht nötig war.

Da die Männer nicht über die Fuchsjagd und die beste Tabakmarke diskutieren wollten, beschloss Jenny, dass sie die beiden besser trennen sollte.

„Sollen wir zurück zur Lesung gehen? Ich möchte weder das Ende verpassen, noch meine Familie weiter beunruhigen.“

Cambrey nickte nur und ergriff ihren Arm.

Lord Alder meldete sich wieder zu Wort.

„Lady Lindsey, es war mir eine große Freude, Euch heute Abend zu treffen.“

Sie wusste, dass sie nicht zugeben sollte, dass sie diese Freude teilte, denn das könnte Cambreys Geduld überstrapazieren. Sie schenkte Michael Alder ein leichtes Nicken.

„Guten Abend, Mylord.“ Mit diesen Worten ließ sie sich von Cambrey abführen.

Nach ein oder zwei Schritten blieb er jedoch stehen und blickte sich um.

„Nur damit das klar ist, Alder, die Gräfin steht unter meinem Schutz, solange ihr Gatte sich nicht in London aufhält. Ich betrachte es als meine Ehre, einem Kriegshelden wie unserem Lindsey einen kleinen Dienst zu erweisen. Wenn ich ihn das nächste Mal sehe, werde ich ihn in Kenntnis setzen, dass Sie seiner Frau Ihre Aufmerksamkeit schenken."

Jenny verdrehte die Augen angesichts dieses absurden männlichen Gehabes. Doch sie wollte Cambrey nicht widersprechen, denn sie würde riskieren, ihn zu demütigen. Es wäre eine direkte Beleidigung für ihren eigenen Gemahl. Sie hoffte jedoch, dass der Vicomte den Grafen von Lindsey nicht zu sehr beunruhigte, denn das war unnötig. Sie hatte nichts falsch gemacht.

Als sie um die Ecke bogen, spürte sie, wie sich Cambreys Steifheit löste.

„Danke, dass Sie gekommen sind, um mich zu holen. Der Vicomte hat mich aus heiterem Himmel überrascht, aber er war ganz harmlos, das versichere ich Ihnen."

„Eher wie eine jungfräuliche Tante bei einem Familientreffen, meinen Sie?"

Sie lachte. „Ganz genau."

„Mylady, Alder ist etwas gefährlicher als eine Jungfer mit Kinnhaar. Ich würde Ihnen raten, sich von ihm fernzuhalten."

Damit kamen sie wieder in den belebten, hell erleuchteten Hauptsaal zurück, wo ihre Familie und Cambreys Cousine Beryl lachten und sich unterhielten, nachdem die Dickens-Lesung offensichtlich beendet war.

„Darf ich die Damen zu ihrer Kutsche geleiten?", fragte Cambrey.

„Oh, bitte lasst uns noch ein paar Minuten bleiben", bat Beryl. „Ich möchte Maryliss suchen und Eleanor mit ihr bekannt machen."

„Also gut", sagte Cambrey, und die beiden Jüngsten huschten davon, wobei sie aufgeregt den Arm der jeweils anderen umklammerten, während sie versuchten, einen gewissen damenhaften Anstand zu wahren.

„Wir freuen uns, dass Ihre Cousine unsere Eleanor so gern hat", sagte Lady Blackwood. „Ich denke, in ein oder zwei Jahren werden sie an der Reihe sein, zu debütieren."

Cambrey sah verblüfft aus. Er warf einen Blick in die Richtung, in die die Mädchen verschwunden waren.

„Ich glaube nicht, dass meine Tante und mein Onkel daran denken, Beryl im nächsten Jahr debütieren zu lassen. Sie scheint noch so jung."

Anne Blackwood lachte leicht. „Sie erscheinen alle jung, Mylord, bis sie es plötzlich nicht mehr sind. Und Mädchen werden im Handumdrehen zu Frauen."

Cambreys Blick fiel auf Maggie und verweilte länger als vielleicht höflich, bevor er auf den Boden fiel.

Jenny lächelte. *In der Tat, es könnte Maggies zweite unvollständige Saison sein, wenn Lord Cambreys Gedanken sich um eine bestimmte erwachsene Frau drehten.*

Plötzlich wünschte sich Jenny mehr als alles andere, dass Simon an ihrer Seite wäre und sie so ansehen würde, als wäre sie die schönste Frau im Raum.

Simons Liebesspiel hatte sie in dem Glauben gelassen, dass er sie wirklich an seiner Seite haben wollte und brauchte. Hatte sie sich da vielleicht geirrt? Hatte er sie aus geschäftlichen Gründen geehelicht, um das Chaos seiner Buchhaltung in Ordnung zu bringen? War er jetzt vielleicht mit einer anderen Frau in Frankreich oder Italien?

Später an diesem Abend, als sie auf ihrem Bett saß – das eigentlich ihr *gemeinsames* Bett sein sollte – dachte Jenny über die Möglichkeit nach, dass Simon angesichts seines lästigen nächtlichen Zustands eine Geliebte für wünschenswerter halten könnte als eine Ehefrau. Man pflegte doch die Nacht nicht mit einem leichten Mädchen zu verbringen, nicht wahr? Er konnte sie jederzeit hinauswerfen oder von ihrer Seite weichen.

Vielleicht musste sie nur schwören, nie wieder mit ihm zu schlafen oder es auch nur zu versuchen. Für das

Vergnügen seiner Gesellschaft und dafür, dass sie in jeder anderen Hinsicht seine Frau war, konnte sie dieses Gelübde ablegen. Wenn er ihr nur die Chance dazu geben würde.

Am nächsten Morgen spürte sie zum ersten Mal die Übelkeit, die sie in den nächsten Wochen plagte, bis ihr Zustand bestätigt wurde. Sie trug ein Kind unter dem Herzen.

KAPITEL SECHSUNDZWANZIG

„Mummy, bitte, lass es gut sein.“

„Du musst deinen Ehemann benachrichtigen, sage ich.“ Ihre Mutter fing den dritten Tag in Folge mit der gleichen Diskussion an, seit sie von dem Zustand ihrer ältesten Tochter erfahren hatte.

Jenny hatte es Maggie erzählt, die es nicht für sich behielt, sondern freudig verkündete, dass sie Tante wurde. Tatsächlich war Maggie in diesen Tagen bei fast allem überschwänglich und freudig und trug ein ständiges Strahlen zur Schau, von dem Jenny glaubte, dass es ihres hätte sein sollen.

Jedenfalls wussten ihre Mutter und ihre jüngere Schwester Bescheid, noch bevor Jennys Tasse mit dem schwachen, milchigen Tee abgekühlt war.

„Schreibe ihm einfach. Er war schon zu lange nicht mehr bei dir. Er ist ein fürsorglicher Mann und würde sicher gern mit dir zusammen sein. Außerdem können seine Geschäfte im Ausland nicht so wichtig sein wie sein Erbe.“

Ihre Mutter hatte keine Ahnung, wie schwierig ihr Anliegen war. Jenny würde Cambrey fragen müssen, wo genau ihr Mann war und ob er ihn benachrichtigen könne.

Wie erniedrigend! Vielleicht konnte sie sich ganz beiläufig erkundigen, ob Cambrey etwas von Simon gehört hatte, und ihm nicht verraten, dass sie es nicht getan hatte. Doch Jenny bräuchte eine Adresse, wenn er im Ausland wäre, und wie sollte sie diese herausfinden, ohne John Angsley von ihrer Notlage zu erzählen?

Die verlassene Ehefrau und nun auch die verlassene werdende Mutter.

Wie sehr wünschte sie sich, dass sie und Simon die Zeit gehabt hätten, ihre Probleme zu klären, bevor ein Kind auf die Welt kam. Andererseits tröstete es sie, dass nun, da ein Sohn oder eine Tochter des Hauses Devere auf dem Weg war, keine Rede mehr davon sein würde, ihre Verbindung zu beenden.

In der Zwischenzeit konnte sie nichts anderes tun, als zu warten und weiterhin die Gastgeberin für ihre Familie zu spielen, jeden anzulächeln, der ihr zu ihrer Vermählung gratulierte, und denen, die nach ihrem abwesenden Mann fragten, auszuweichen. Sie würde weiterhin so tun, als wäre alles so, wie es sein sollte, bis es der Wahrheit entsprach.

SIMON ERWACHTE IN SEINER Zelle. Er stemmte sich auf den seltsam weichen Boden unter ihm, richtete sich auf und nahm seine Umgebung in Augenschein. Trotz des schummrigen Lichts gab es seltsamerweise keine Ratten. Er hatte das Gefühl, dass diese Tatsache wichtig war, denn in der Morgen- und Abenddämmerung gab es immer Ratten. Trotzdem starrte er unglücklich auf die Gitterstäbe, denn es war eine Zelle, wie sie immer war. Er hatte vom Belton Manor geträumt und … von einem bärtigen Mann, der mit einem Akzent gesprochen hatte. *Ein Arzt*, dachte er. Außerdem träumte er von einer schönen Frau mit großen, verständnisvollen Augen und einem üppigen, kussfreudigen Mund. Er konnte sich fast an ihren Namen erinnern.

Als er einen Blick zur Seite warf, sah er Toby. Sein Cousin saß auf dem Boden und starrte ihn nur stumm an. Toby brauchte ihn; er musste den Kerkermeister töten, sonst würde er sterben. Simon war fest entschlossen, den Mann mit den Schlüsseln zu erdrosseln.

EINE WEITERE FEIER, EIN weiterer fast unerträglicher Abend mit den Unwürdigen, den beiden Witwen, den Matronen und den Mauerblümchen. Sie konnte sich die Langeweile vertreiben, indem sie sich vorstellte, wer an wem interessiert war. Und dann waren da noch die kurzen Gespräche mit denen, die vor ihrer katastrophalen letzten Saison und der Flucht nach Sheffield ihre Freunde gewesen waren.

Natürlich erkundigte sich fast jeder nach Details über ihren verschwundenen Gatten, manche aus Bosheit, was sie ignorierte, manche aus Mitleid, was sie nicht ertragen konnte.

Tatsächlich wurde Jenny immer öfter mit tröstenden Blicken bedacht. Abgesehen von ein paar Tagen in London, als Simon mit Crocky zu tun hatte, hatte ihren Ehemann seit über drei Jahren niemand mehr gesehen. Doch sie hatten gewiss von ihm *gehört*.

Unmittelbar nach seiner Rückkehr auf englischen Boden hatten ihm die Gerüchte, die ursprünglich durch eine grausame Brise von Sheffield nach London geweht worden waren, den Beinamen „Lord der Verzweiflung" eingebracht. Jetzt, da sie im Stadthaus von Devere wohnte und kühn an den Veranstaltungen der kleinen Saison teilnahm, ohne dass der Graf an ihrer Seite war, wurde die Brise zu einem Sturm.

„Er ist wahnsinnig geworden", zwitscherte eine junge Frau, die ihren Mund kaum hinter ihrem Fächer verbarg, während sie Jenny anstarrte.

„Ich hörte, man habe ihm Arme und Beine gefesselt“, sagte eine andere.

„Und er muss wie ein Baby gefüttert werden“, rief eine dritte lautstark.

Bei den meisten Bemerkungen, die an ihre Ohren drangen, starrte Jenny den Sprecher abfällig an. Gelegentlich rollte sie mit den Augen, um zu zeigen, dass sie ihre lächerlichen Spekulationen nicht ernst nahm. In letzter Zeit fiel es ihr jedoch immer schwerer, standhaft und stolz zu bleiben, da ihr Wunsch, sich zu setzen oder ganz zu Hause zu bleiben, immer stärker wurde. Sie war müde. In der Regel war ihr von morgens bis fast zum Abendessen unwohl.

Irgendwann, vielleicht in zwei, vielleicht in drei Monaten, würde sie sich in die Niederkunft begeben müssen. Wie sehr würde dann der Ruf der beiden ruiniert sein?

Der verschwundene Graf und seine verschwundene Gräfin!

Und würde ihr Kind zur Welt kommen, während sein Vater noch immer vermisst wurde?

Der Sturm würde biblische Ausmaße annehmen.

„Jenny, hör auf, die Stirn zu runzeln“, sagte ihre Mutter, als sie an ihrer Seite erschien, nachdem sie mit ihrer Freundin Lady Delia eine Runde durch den Raum gedreht hatte.

Maggie erschien an ihrer anderen Seite. „Ich wünschte, du würdest tanzen.“

Die Vorstellung, sich zu drehen und zu wirbeln, gefiel ihr überhaupt nicht.

„Wo ist Lord Cambrey?“ Es war schon seltsam, Maggie ohne ihn zu sehen.

„Wir dürfen nicht mehr als zwei Tänze an einem Abend tanzen, ohne dass jemand das Aufgebot bestellt“, sagte Maggie und rollte mit den Augen, doch Jenny schien die Idee ihrer Schwester nicht zu missfallen. „Wir werden bald schon tanzen.“

„Wer ist der Nächste auf deiner Karte?", fragte ihre Mutter.

Maggie drehte das quadratische Papier, das an ihrem Handgelenk baumelte, und verzog dann das Gesicht.

„Oh", rief sie bestürzt aus und sah Jenny an. „Das hätte ich fast vergessen. Dein ehemaliger Verlobter hat seinen Namen aufgeschrieben, bevor ich überhaupt wusste, wer er ist, doch ich erweise ihm sicher nicht die Ehre."

Jenny fühlte sich aus mehr als einem Grund unwohl, aber sie schwieg. Hoffentlich war es nur ein Zufall.

„Aus welchem Grund sollte sich Lord Alder um einen Tanz mit dir bemühen?", fragte Lady Blackwood ihre mittlere Tochter. „Er kann versichert sein, dass ich niemals eine Verbindung zwischen ihm und dir zulassen würde, nicht nach seiner unwürdigen Behandlung unserer Jenny. Ich bin sicher, anderen Eltern geht es genauso. Ich kann mir nicht erklären, warum er hier ist", schloss sie mit einer gewissen Vehemenz und musterte die Menge, als ob sie ihn allein mit ihrem Blick aus dem Raum verscheuchen könnte.

Beinahe hätte Jenny gelächelt. Beinahe. Ihre Mutter war ganz schön aufgebracht. Trotzdem fragte sie sich, ob Michael Maggie benutzte, um Informationen über sie und vor allem über ihren Mann zu erlangen. Die feine Gesellschaft agierte auf so raffinierte Weise, dass es nicht verwunderlich wäre. Nur was den Vicomte betraf, überraschte es sie, denn er schien nie der Typ zu sein, der Klatsch und Tratsch verbreitete.

„Mummy, ich bin mehr als froh, dass ich die nächste Quadrille verpasse", sagte Maggie. „Ich bin sicher, Lord Alder wollte nur höflich sein." Es tat ihr leid, dass sie ihn überhaupt erwähnt hatte. „Ich bezweifle, dass er überhaupt auftauchen wird, um seinen Tanz einzufordern."

In diesem Moment tauchte ein anderer junger Mann, Lord Westing, derselbe, der Maggie bei Lady Atwood die Hand geküsst hatte, in ihrer Mitte auf. Der einzige Sohn des Herzogs von Westing sah nicht nur gut aus, sondern zog auch sämtliche Blicke der Mädchen auf sich.

Nachdem er sich vor jeder der Damen verbeugt hatte, beginnend mit der Ältesten, richtete er seine Aufmerksamkeit auf Maggie.

„Sie tanzen nicht, Miss Blackwood, was dem Raum viel Vergnügen raubt. Es ist zu spät, um diesen Tanz zu beginnen, doch vielleicht kann ich den nächsten übernehmen?"

Maggie musterte ihn von oben bis unten. Auch Jenny überprüfte diese neue Aussicht eingehend. Schließlich war Lord Cambrey zwar beeindruckend, doch weder war ihr seine Aufmerksamkeit sicher, noch waren seine Absichten klar. Außerdem hatte Maggie eine ganze Saison vor sich und viele junge Herren zu berücksichtigen.

Was würde ihre spitzfindige Schwester wohl von ihm halten? Westing machte in seinem Jackett und seiner Stiefelhose gewiss eine gute Figur. Sein Halstuch war perfekt gebunden. Überdies hatte er ein markantes Kinn und sehr blaue Augen in einem kräftigen Kopf mit dunkelbraunem Haar. Sowohl Jenny als auch ihre Mutter warteten mit angehaltenem Atem.

Maggies strahlendes Lächeln wirkte, als hätte sie es aus ihrem Handschuh gezogen und aufgeklebt, und sie klimperte mit ihren prachtvollen Wimpern.

Jenny biss sich auf die Unterlippe, um sich das Lachen zu verkneifen, aber sie musste ihrer Schwester recht geben. Männer fanden Maggies Koketterie mehr als charmant.

„Ich glaube, mein nächster Tanz ist frei", bot Maggie an, ohne auf ihre Karte zu schauen.

Jenny seufzte. Der Mann, dessen Name in der nächsten Zeile stand, würde leiden, denn wie sie Maggie kannte, gab es ganz sicher einen. Wer auch immer er war, er würde wie ein Schiff ohne Segel nutzlos stranden.

Westing sah sich in dem belebten Raum um. „Vielleicht dürfte ich vor unserem Tanz zum Erfrischungstisch führen. Dort ist es im Moment weniger überlaufen."

„Eine wunderbare Idee." Mit diesem anerkennenden Satz ließ sich Maggie von ihrem neuen Bewunderer am Arm fassen.

Nachdem er sich noch einmal vor Jenny und ihrer Mutter verbeugt hatte, führte Lord Westing sie davon.

Die übrigen Blackwood-Frauen sahen sich mit großen Augen an, bis Lady Blackwood das Wort ergriff. „Ich habe schon viel Gutes über den jungen Mann gehört. Er sieht nicht nur gut aus, wenn ich das in meinem fortgeschrittenen Alter bemerken darf, sondern er ist auch sehr wohlerzogen. Und er wird ein großes Erbe antreten. Jedes geeignete Fräulein hier beneidet unsere Margaret in diesem Moment." Sie starrte in die Richtung, in die sie gegangen waren. „Was hältst du von einer solchen Verbindung?"

„Mummy, nicht jeder Tanz mit einem Mann führt zu einer Partie. Doch ich stimme dir zu, dass er ein gutaussehender Mann ist. Solange er freundlich und loyal ist", fügte sie hinzu und dachte an Simons Qualitäten, „und Maggie so sehr liebt, dass er nie ohne sie sein möchte."

Guter Gott, ihr stiegen die Tränen in die Augen.

Ihre Mutter griff nach ihrer Hand und hielt sie fest, sicher umklammert.

„Geht es dir gut, Liebes? Soll ich dir etwas zu trinken holen? Das hat mir geholfen, als", sie senkte die Stimme, „als ich euch drei getragen habe."

„Etwas Kaltes wäre willkommen", gab Jenny zu, und ihre Mutter nickte und eilte davon.

Zweifellos hielt Lady Blackwood dies für eine gute Ausrede, um ihrer mittleren Tochter nachzuspionieren und zu sehen, wie es ihr mit Westing erging.

Jenny wippte leise mit dem Fuß im Takt der Musik und blieb allein, bis der Tanz zu Ende war. Lord Cambrey erschien, offensichtlich auf der Suche nach Maggie. Oh je, war sein Name der nächste auf der Karte ihrer Schwester?

„Sowohl Ihre Mutter als auch Ihre Schwester sind verschwunden", stellte er fest.

Als eine schwungvolle Polka angestimmt wurde, erkannte Jenny, dass Maggie gerade mit Lord Westing tanzen musste. Wäre Simons Freund verärgert?

Sie beschloss, sich in dieser Angelegenheit zurückzuhalten und nickte nur, lächelte und beobachtete die Vorbeigehenden. Maggie sollte ihre eigenen Entscheidungen treffen. Jenny hatte andere Sorgen, unter anderem eine Angelegenheit, die von niemandem belauscht werden durfte.

Da ihre Mutter immer noch nicht zurückkam, beschloss sie, die Gelegenheit beim Schopfe zu packen.

„Mylord, wären Sie geneigt, einen Spaziergang durch die Galerie zu machen?"

Cambrey schaute kurz überrascht, fing sich dann aber schnell.

„Gewiss, Mylady." Und er bot ihr seinen Arm an.

Sie hoffte, dass niemand ihren Rückzug durch die Doppeltüren hinter ihnen bemerkte. Andere taten das Gleiche, und als verheiratete Frau hatte sie jetzt eine gewisse Autonomie, die sie vorher nicht gehabt hatte. Allerdings war Lord Cambrey eindeutig nicht ihr Ehemann, und wenn jemand ein böses Gerücht in die Welt setzen wollte, konnte er das zweifellos tun. Sie würde ihre Frage so schnell wie möglich stellen und in den Ballsaal zurückkehren.

„Ich werde es kurz machen", sagte sie zu ihm, sobald sie allein an einem Ende der langen Promenade waren. Es musste schön sein, mitten im Winter eine so lange Halle zu haben, in der man munter hin- und herlaufen konnte, vor allem, wenn man mit einem beunruhigenden Thema wie der Abwesenheit des eigenen Ehemannes konfrontiert war.

„Ich möchte nur wissen, ob Sie von Simon gehört haben?"

ALS SIMON NACH DEM dreckigen Kerkermeister griff, bekam er eine Ohrfeige. Woher sie kam, konnte er nicht sagen. Er bemühte sich stärker, den Hals des Mannes zu erreichen, dann bekam er einen weiteren Schlag auf die Wange. Nach einem weiteren Schlag wachte er in einem fremden Bett in einem fremden Zimmer auf.

Der Graf seufzte und wusste genau, was passiert war.

Holtzenhelm war am späten Abend in Simons Wohnung gekommen und hatte ihm gesagt, er solle schlafen. Und offensichtlich hatte er ihn auf eine Weise geweckt, die funktionierte.

„Danke", murmelte Simon zu dem bebrillten Mann, der auf dem Stuhl neben ihm saß.

„Gern geschehen, aber ich schlage Euch nur ungern. Sollen wir beginnen?", fragte Holtzenhelm.

Simon nickte, obwohl er müde war.

„Von Anfang an. Jedes Detail."

Als Simon denselben Traum in quälender Kleinarbeit erklärt hatte, fühlte er sich ausgelaugt. Nachdem der Arzt gegangen war, machte er einen Spaziergang in der eisig kalten Stadt Heidelberg.

Viele der Läden waren weihnachtlich geschmückt, anders als in England, aber sie erinnerten dennoch an den Zauber der Jahreszeit. Der Nikolaustag war gekommen und gegangen, und selbst Herr Holtzenhelm schien sich zu freuen, als er von der Aufregung seiner beiden Söhne erzählte, die am nächsten Morgen Leckereien in ihren Stiefeln vorgefunden hatten.

Doch als der gute Doktor angeregt über das Schmücken des Tannenbaums sprach und Simon zu den Feierlichkeiten am Jahresende einlud, spürte er einen Schmerz in seiner Brust. Als Holtzenhelm über das Abendessen an Heiligabend sprach und das Spanferkel, die Weißwurst und den süßen Zimtmilchreis beschrieb und dann die Augen schloss, um Simon das bevorstehende Festmahl am ersten Weihnachtsfeiertag zu beschreiben, das aus einem saftigen

Gänsebraten, nussigem, fruchtigem Stollen und würzigem Lebkuchen bestand, verspürte Simon nur Traurigkeit. Er hatte die letzten drei Weihnachtsfeiertage fernab von England verbracht und dachte an die Feiern und das vertraute Essen.

Nun spürte er einen Kloß im Hals, weil er sein erstes Weihnachten mit seiner Gemahlin verpassen würde. Wie wäre es wohl, wenn sich die Kerzen in Jennys Augen spiegelten, wenn sie ihre Tür öffneten und am Weihnachtstag anstießen?

Er wollte nichts sehnlicher als nach Hause zurückzukehren.

„ES TUT MIR LEID." Lord Cambreys Augen glänzten tatsächlich entschuldigend. „Ich habe nichts von ihm gehört. Es ist, als ob Simon im Herzen der wilden Völker Europas verschwunden sei."

So sicher wie er in ihrem Herzen verschwunden war. Für immer, unwiderruflich. Hoffentlich würde er vom Festland viel leichter wieder herausfinden.

Sie seufzte nur und wollte weinen. Die Liebe zu ihrem Gatten war nun fest in ihrem Wesen verankert, und sie konnte kaum einen Tag ohne ihn ertragen. Wenn sie nur wüsste, wo er war und wann sie ihn wiedersehen würde, wäre sie beruhigt.

„Ich möchte Sie bitten, ihm zu vertrauen und sich keine Sorgen zu machen. Als er mir das erste Mal von Ihnen erzählte, hat er Ihnen zu Ehren praktisch eine Lobeshymne gesungen. Er wird gewiss bald zurückkehren", fügte Lord Cambrey hinzu.

Seine Worte weckten Hoffnung in Jennys Brust. „Warum sagen Sie das, Mylord?"

„Das Parlament wird in ein paar Wochen offiziell eröffnet, und er sollte besser dort erscheinen."

„Ich verstehe." Die Folgen eines abwesenden Vertreters im Oberhaus waren nicht gerade erfreulich, einschließlich des möglichen Verlusts von Simons Privilegien.

Allerdings bezweifelte sie nun, dass sie ihn an Weihnachten sehen würde. Natürlich verbrachte sie die Feiertage mit ihrer Mutter und ihren Schwestern und mit Lord Cambreys Familie, die den Blackwoods und der Gräfin von Lindsey mehr als nur eine festliche Einladung aussprach.

„WAS FÄLLT EUCH AUF, wenn Ihr Euch in der Zelle wiederfindet?"

Simon verkniff sich eine knappe Erwiderung und antwortete dem Arzt so unkompliziert, wie er konnte.

„Dass ich wieder dort bin oder dass ich nie wirklich weg war."

„Ist es so real für Euch?", fragte Holtzenhelm. „Ihr habt nicht das Gefühl, dass Ihr Euch in einem Traum befindet?"

Simon zögerte.

„Woran denkt Ihr?", fragte Holtzenhelm.

„Jedes Mal, wenn ich in der Zelle aufwache … das heißt, wenn ich träume, dass ich wieder in der Zelle bin, ist die Erde unter mir weich. Es muss das Bett sein, das ich spüre. Ich glaube, ich frage mich immer, warum der Dreck so bequem ist, nachdem ich so viele Nächte auf der harten Erde gelegen habe."

Holtzenhelm nickte. „Das ist ausgezeichnet. Wenn wir Euren Verstand davon überzeugen können, dass der weiche Dreck ein Traum ist, könnt Ihr vielleicht Eure Handlungen kontrollieren."

Simon nickte.

„Gibt es sonst noch etwas?", fragte Holtzenhelm. „Je mehr Zeichen wir Eurem schlafenden Ich geben können, desto besser."

Simon überlegte einen Moment und ging den Traum durch, der ihm vertrauter war als die Umgebung, in der er sich nun in der Praxis des Arztes befand.

„Es gibt keinen Gestank. Auch die Abwesenheit von Ratten ist sehr auffällig. Es gab immer Ungeziefer, und nachts sogar noch mehr. Sie machten Geräusche, schreckliche Geräusche.“ Simon spürte, wie ihm der Schweiß auf der Haut kribbelte, und schloss die Augen, als ihm das Bild einer großen, furchterregenden Ratte in den Sinn kam. Sofort riss er die Augen auf.

„Die Ratten scheinen starke Empfindungen in Euch auszulösen“, sagte der Arzt. „Gut.“

Simon starrte ihn an. Holtzenhelms Fähigkeit, Simons Probleme leidenschaftslos zu betrachten, ärgerte ihn, doch vielleicht war es ja das Beste und gab dem Mann mehr Klarheit. Doch gut war das letzte Wort, das er in Verbindung mit Ratten benutzen konnte.

Als er den Ausdruck des Grafen sah, zuckte *Herr Doktor* mit den Schultern.

„Ich bin mir sicher, dass Ihr die Abwesenheit von starkem Geruch und von Ratten zu Euren Gunsten nutzen könnt.“

Simon stieß ein Lachen aus. „Das wäre eine willkommene Abwechslung, wenn man bedenkt, dass sie mich nachts und manchmal auch tagsüber quälten.“

„Ich verstehe“, sagte der Arzt, obwohl Simon wusste, dass der Mann die Umstände unmöglich wirklich verstehen konnte. Auch die Emotionen, die die Zelle hervorrief, konnte er nicht verstehen. Die Angst, die Wut und die Traurigkeit. Und Schuldgefühle.

„Gibt es sonst noch etwas? Wir müssen den Traum noch einmal durchgehen“, sagte Holtzenhelm.

Simon erzählte den Traum noch einmal. Das Aufwachen in der Zelle, keine Ratten, der Wärter, seine Wut. Wieder und wieder. Da war noch etwas anderes. Etwas, das in seinem Kopf herumschwirrte, doch er wollte nicht darüber nachdenken.

Stattdessen beschloss er, an Jenny zu denken, an ihr süßes Lächeln und ihre strahlenden Augen, ihre sanfte, angenehme Stimme. *Seine* Jenny.

„Wir sehen uns morgen", sagte der Arzt. Als er die Tür erreichte, fügte der Mann hinzu: „Ich wünsche schöne Träume."

Hatte dieser kleine Deutsche einen Sinn für Humor oder machte er sich über ihn lustig?

Simon nickte bloß.

In dieser Nacht war es leider nicht anders. Die Träume, die in den kurzen Monaten mit Jenny immer seltener geworden waren, kamen nun wieder jede Nacht.

Und jedes Mal, wenn er erwachte, egal ob er sich in seinem Bettzeug verfangen hatte oder auf dem Teppich gelandet war, dankte Simon Gott, dass Jenny nicht neben ihm lag und verletzt wurde. Würde er jemals zu ihr zurückfinden?

KAPITEL SIEBENUNDZWANZIG

Dann geschah das Undenkbare. Bei einer anderen Dinnerparty saß Jenny zwischen zwei älteren Männern, mit denen die Gastgeberin meinte, eine verheiratete Frau könne sich den ganzen Abend mit ihnen unterhalten, ohne einen Skandal zu verursachen.

Jenny versteckte ihr Gähnen hinter ihrer Serviette und wandte sich von dem langweiligen Mann zu ihrer Linken ab, der nur mit seinem Landbesitz und seinen erwachsenen Kindern prahlen wollte, und blickte zu dem griesgrämigen Adligen zu ihrer Rechten, der seine Augen auf ihren Busen gerichtet hielt, während er sich unangemessen über seine Frau beschwerte. Die unglückliche Gattin saß so weit von ihrem Mann entfernt, wie es der Tisch zuließ. Zweifellos hatte sie ihre Gastgeberin, Lady Chantel-Weiss, angefleht, dies einzurichten.

Zur einzigen Verteidigung des alten Lords: Jennys Busen war in den letzten Wochen aufgeblüht und sie hatte noch keines ihrer Kleider anpassen lassen, um die vollere Figur ihres Zustandes zu verbergen. Sie bezweifelte, dass er ihr Gesicht auch nur einmal angesehen hatte, seit sie zusammensaßen.

Dann erschien ein verspäteter Gast, und Jenny fühlte sich sofort unwohl. Cousin Ned!

Sobald er sie erblickte, wusste sie, dass er ihr Ärger bereiten würde, weil sie ihn beleidigt hatte. Seine Augen verengten sich und sein Mund verzog sich zu einem Lächeln. Mit einem Nicken zur Begrüßung nahm er neben einer Dame auf der anderen Seite des Tisches Platz. Jenny atmete erleichtert auf.

Normalerweise hätten sie und Ned nicht einmal einen Grund, miteinander zu sprechen, denn über die Kerzen, die vielen Kristallgläser und die geblümten Tafelaufsätze hinweg war es schlichtweg nicht möglich. Da er jedoch zu spät gekommen war, erwartete die Gastgeberin, dass er sich sein Abendessen verdiente.

An ihrem Platz am Kopfende des Tisches, ein paar Stühle links von Jenny, klopfte Lady Chantel-Weiss mit den langen Zinken ihrer silbernen Essgabel an ihr Champagnerglas.

„Ruhe jetzt!" Schnell verstummten die Anwesenden am Tisch und drehten sich zu ihrer Gastgeberin um.

„Da Mr. Darrow es für nötig befunden hat, fast eine ganze halbe Stunde, nachdem wir alle Platz genommen haben, hereinzuschlendern, verlange ich von ihm eine Wiedergutmachung."

Da sie wussten, was auf sie zukam, fingen viele an zu lachen, und einige klatschten zur Ermutigung mit den Händen auf das Tischtuch.

„Ja, Mylady", sagte Ned sofort und brüstete sich damit, im Mittelpunkt der Aufmerksamkeit zu stehen, wo ein anderer wegen seines unhöflichen Verhaltens beschämt dreinschauen würde. „Was auch immer ihr an Wiedergutmachung wünscht, ich werde mich bemühen, es zu erfüllen, wie es sich für diese nette Versammlung gehört."

Jenny wollte die Augen verdrehen und war froh, dass sie nicht Mrs. Darrow war und auch nicht als Neds Cousine zweiten Grades galt. Seine affektierte Rede brachte sie dazu, die Krabbenpaste auf Toast erneut sehen zu wollen, mit der die Gäste auf kleinen Tellern begrüßt wurden, als sie sich zum Essen niederließen.

„Sie müssen uns eine unterhaltsame Geschichte erzählen", sagte Lady Chantel-Weiss. „Ist es nicht so, Mylord?"

Doch Lord Chantel-Weiss hörte sie entweder nicht oder es war ihm egal, denn am anderen Ende des Tisches, zu Jennys Rechten, schlürfte der gute Mann weiter seine Kartoffelsuppe.

„Hören Sie, Mr. Darrow", fuhr die Gastgeberin fort. „Ihre Geschichte muss neu und interessant sein, sonst wird man Ihnen die Tür weisen."

Viele lachten abermals, doch als Ned sie ansah, spürte Jenny einen Schauer des Entsetzens. Da war etwas in seinem Blick, ein bösartiges Glitzern.

„Also gut", sagte er. „Eine Geschichte?" Er verschränkte die Finger vor sich, als würde er nachdenken.

Währenddessen wurde Jennys Angstgefühl immer stärker und ihr Herz begann zu rasen. Ihre Haut fühlte sich feucht an und sie fing an zu schwitzen.

„Vor ein paar Monaten fuhr ich aufs Land, um Familienmitglieder zu besuchen, die in eine besonders schlimme Lage geraten waren." Ned hielt dramatisch inne. „Finanziell, wenn Sie verstehen, was ich meine."

Den Suppenlöffel noch immer in der Hand, starrte Jenny auf die Tischdecke vor ihrem Teller und biss sich auf die Unterlippe, um das körperliche Unbehagen zu bekämpfen, das sie verspürte.

„Während ich dort war, wurde ich Zeuge der seltsamsten Brautwerbung, die man sich nur vorstellen kann."

„Erzählen Sie", sagte eine Stimme von weiter hinten am Tisch.

„Reden Sie lauter", sagte eine andere.

„Das werde ich", sagte Ned. „Was sagen Sie zu einer jungen Frau ohne Titel und ohne Mitgift, die das Haus eines reichen Adligen besucht?"

Jenny hätte vor Bestürzung beinahe laut geschrien.

„Ist das ein Rätsel?", fragte ein anderer.

„Was wäre, wenn ich Ihnen sagte, dass sie Tag für Tag ohne Begleitung in seinem Schlafgemach verweilte?"

Ein paar andere Personen um sie herum schnappten tatsächlich nach Luft. Jenny nutzte die Gelegenheit, um ein paar Mal tief durchzuatmen, so gut es ihr in ihrem engen Korsett möglich war. Sie konnte jedoch nichts tun, um Neds Erzählung oder die immer stärker werdende Übelkeit zu bremsen.

Ned freute sich über die Aufmerksamkeit, die ihm zuteilwurde, stand auf und schritt um den Tisch herum.

„Außerdem", sagte er, „wusste der Adlige kaum von ihrer Existenz, obwohl diese junge Frau ein schönes Gesicht und eine gute Figur hat. Anfangs."

„Wie kann das sein, wenn sie in seinem Schlafzimmer war?", fragte die Gastgeberin.

„Dieser Graf – oh, Verzeihung", sagte Ned, als ob es ein Fehler gewesen wäre, dass er keinen Hinweis auf die Identität des Mannes gegeben hatte. „Dieser Adlige wurde ganz offensichtlich *hier oben berührt*." Er tippte sich an die Seite des Kopfes.

„Meine Güte", rief eine Frau.

Jenny konnte ihren Blick nicht heben. Sahen die Leute sie bereits an? Wussten sie es?

„Trotzdem ging diese Frau zu ihm, um ihm Hilfe und Trost zu spenden."

„Ich hätte nichts gegen diese Art von Hilfe und Trost", sagte der lüsterne Narr zu ihrer Rechten. Ein paar Männer kicherten.

„In der Tat", fuhr Ned fort, „waren ihre Dienste in der ganzen Gemeinde sehr gefragt."

Der ältere Lord Chantel-Weiss, der bis dahin geschwiegen und seiner Frau die Leitung der Party überlassen hatte, rief aus: „Also, Darrow, ich muss schon sagen. Ist das ein angemessenes Tischgespräch?"

„Verzeiht, Mylord", sagte Ned in einem beschwichtigenden Ton, während er hinter der Gastgeberin um den Tisch herumging, die grinste und sich sichtlich über die Geschichte amüsierte.

„Vielleicht haben mich einige hier missverstanden, aber diese junge Frau stand in den Diensten des Adligen ... ausgerechnet als Buchhalterin."

„Es wird immer seltsamer", murmelte jemand.

Jenny griff mit ihrer freien Hand nach ihrem Wasser und stieß dabei fast ihr Weinglas um.

„Diese Frau", fuhr Ned fort, der sie nun direkt ansah, „war fast mittellos, hatte jedoch ironischerweise ein Händchen für Zahlen und begann, die Bücher für das ganze Dorf zu bearbeiten. Sie nahm das gefürchtetste Geschlecht an, das männliche."

„Oh je, oh je", sagte Lady Chantel-Weiss.

„Ja! Es ist wahr. Doch am Ende war sie dem *verzweifelten* Grafen eine besondere Hilfe."

Noch ein Keuchen, und diesmal war Jenny sicher, dass sie ihre Blicke auf sich spürte. Sie krümmte ihre Finger und ließ ihren längst vergessenen Löffel fallen, der auf die Schüssel krachte und die cremige Biskuitcreme auf das weiße Tischtuch spritzte.

Ned ging weiter um den Tisch herum, während er sprach, und blieb schließlich nahezu direkt hinter Jennys Stuhl stehen.

„Als wäre die Frau in diesem Märchen der berühmte Märchenprinz und der Graf die schlafende Schönheit, weckte ihn dieses gewöhnliche Mädchen aus seinem tiefen Schlaf und, oh Wunder, liebe Freunde, er heiratete sie. Das behauptet sie zumindest."

Jenny schob ihren Stuhl zurück und stieß Ned dabei fast von den Füßen. Die Galle war ihr bis in die Kehle gestiegen, doch sie wollte sich nicht noch mehr erniedrigen, indem sie sich hier im Speisezimmer der Chantel-Weiss erbrechen musste, während ausgewählte Mitglieder der feinen Gesellschaft sie anglotzten.

Und sie würde Neds schreckliche Geschichte ganz sicher nicht bestätigen und auch nicht darauf eingehen, solange Simon nicht in der Lage war, sich gegen das erbärmliche Bild zu wehren, das ihr Cousin von dem Grafen als sabberndem Schwachkopf und von ihr als geldgieriger Zypriotin dargestellt hatte.

Warum sie überhaupt zugestimmt hatte, zu diesem Treffen zu gehen, wenn Maggie auf einem anderen verdammten Ball war und ihre Mutter mit Eleanor zu Hause war, wusste Jenny nicht.

Sie stolperte fast über die Türschwelle, als der Boden unter ihren Füßen schwankte, und floh aus dem Raum, ohne sich bei ihren Gastgebern zu entschuldigen. Ungläubiges Gemurmel und entsetztes Geflüster mischten sich mit amüsiertem Gekicher und folgten ihr in den Korridor.

Ned war ein Schurke und es würde ihm leidtun, wenn oder *falls* Simon zurückkam!

Als sie das Wasserklosett erreichte, erbrach sich Jenny in die Schüssel. Ein paar Minuten später, als der Inhalt ihres Magens durch heftiges Erbrechen vollständig entleert war, starrte Jenny ihr zerzaustes Abbild im Spiegel an. Dann tupfte sie sich mit einem Tuch den Mund ab.

Zum ersten Mal bedauerte sie es, als verheiratete Frau keinen Begleiter zu brauchen. In diesem Moment hätte sie sich die Gesellschaft eines Mannes wie Lord Cambrey gewünscht, der Ned Darrow zurechtgewiesen, und die Situation in Ordnung gebracht hätte. Wenn das möglich gewesen wäre.

Bei näherer Überlegung hätte es zu einem Duell bei Sonnenaufgang führen können.

Eines wusste sie. Sie würde keinen weiteren Veranstaltungen beiwohnen, egal, was die Leute dachten. Ob man ihren Zustand nun sah oder nicht, sie beschloss, dass es höchste Zeit für ihre Niederkunft war.

„SONST GIBT ES NICHTS.“ Simon konnte den rauen Tonfall nicht aus seiner Stimme fernhalten. Sie hatten den Traum bis zum Überdruss durchgesprochen. Er konnte es nicht länger ertragen, von der weichen Oberfläche, dem seltsamen Fehlen von Ungeziefer, dem scheußlichen Wächter, der sich näherte, und dann von seinen eigenen Händen, die verzweifelt versuchten, den Mann zu erwürgen, zu erzählen.

„Was passiert, wenn Ihr diesen Wächter nicht würgt?“, fragte *Herr Doktor*.

„Ich muss es tun“, sagte Simon, „bevor er—“ Er hielt inne und spürte, wie er zu schwitzen begann.

„Bevor er was?“, fragte Holtzenhelm schnell. „Nein, kein Zögern. Sagt es.“

„Bevor er Toby tötet.“

Simon runzelte die Stirn.

„Denkt schon nach“, ermutigte ihn der bebrillte Mann. „Ihr habt oft gesagt, dass Toby in der Zelle mit Euch am Leben ist. Im wirklichen Leben wisst Ihr, dass Euer Cousin tot ist. Warum müsst Ihr den Wächter erdrosseln?“

„Um ihn zu retten“, wiederholte Simon hartnäckig, als er die Worte fand. „Ich muss ihn retten.“

„Ich verstehe“, sagte Holtzenhelm. „Endlich verstehe ich es.“

Simon sprang auf und ging auf und ab. Er wusste, dass er tief im Inneren verstanden hatte, doch er fürchtete sich davor, die Schlussfolgerung auszusprechen. Wenn er es aussprach, wenn er es akzeptierte, dann würde es keine Rettung geben. Keine Möglichkeit zu helfen …

Der Arzt sprach es für ihn aus. „Ihr könnt Euren Cousin nicht zurückbringen, indem Ihr den Wächter tötet. Nicht im wirklichen Leben und auch nicht im Traum. Ihr werdet von Schuldgefühlen dazu getrieben.“

Simon starrte aus dem Fenster in den eisigen Januartag. Alles, was mit Schnee und Eis bedeckt war, glänzte hell wie Kristalle in der wässrigen Wintersonne. Wie Jennys Augen.

„Ich hätte ihn beschützen müssen."

„Hat er nicht dasselbe für Euch empfunden?"

Simon konnte nur mit den Schultern zucken.

„Wahrscheinlich hat er das." Holtzenhelm sprach ruhig, als ob sie nicht über Simons absolutes Versagen sprechen würden. „Wenn Ihr um Wasser gebeten hättet und man ein Exempel an Euch statuiert hätte, dann hätte er—"

Simon unterbrach ihn. „Er wäre nach Hause zu seiner Familie zurückgekehrt. So wie er es hätte tun sollen."

„Es gibt kein *Sollen* im Leben. Überhaupt nicht. Habt Ihr mich verstanden? Begreift Ihr das?"

Doch Simon schüttelte den Kopf.

Holtzenhelm seufzte. „Ihr habt jetzt auch eine Familie, nicht wahr? Eine Frau, die irgendwo auf Euch wartet. Warum wollt Ihr ein solches Leben nicht?"

„Ich hätte ihn retten können. Ich hätte es tun müssen."

Zu seinem Entsetzen schlug der kleine Mann seine Hand mit großer Wucht auf den Schreibtisch, sodass Simon sich sogleich umdrehte.

„Nein!", beharrte der Arzt. „Ihr habt mir erzählt, wie Euer Cousin gestorben ist. Ihr hättet ihn nicht retten können."

„Indem ich den Wachmann tötete", platzte Simon heraus.

„Das denkt Ihr. Und jetzt seid Ihr dazu verdammt, es immer und immer wieder zu tun, wenn Ihr nicht auf mich hört. Ihr könnt ihn nicht retten. Ihr könnt es nicht."

Die Worte hallten in Simons Kopf wider. *Wie konnte er das akzeptieren?*

„Ich bin ein bescheidener Mann, der viel liest. Hört mich an."

Simon nickte.

„Ich spreche jetzt für Euren Cousin, als ein Mann, der andere Männer kennt und versteht. Ich spreche Euch von Eurer Schuld frei."

Simon starrte den Arzt an, verarbeitete seine Worte und war sprachlos.

„Das können Sie nicht", flüsterte er schließlich.

„Doch, das kann ich. Warum nicht ich? Im Namen Eures Cousins erteile ich Euch die Absolution."

Simon spürte, wie ihm die Tränen in die Augen stiegen und in der Nase kribbelten. *Großer Gott!*

„Wollt Ihr ein Leben mit Eurer Gräfin haben?"

Er starrte *Herrn Doktor* an. „Natürlich. Deshalb bin ich hier."

„Dann habt Ihr jetzt drei Schlüssel, die Ihr benutzen müsst, um Euch aus diesem Albtraum der falschen Schuld zu befreien. Erstens, wenn Ihr spürt, dass der Dreck unter Euch nicht hart ist. Zweitens, wenn Ihr feststellt, dass es in der Zelle keine Ratten gibt, von denen es wimmeln würde, wenn Ihr wirklich in der Zelle wärt. Und drittens, wenn Ihr bemerkt, dass Tobias noch am Leben ist, wisst Ihr, dass Ihr träumt. Denn er ist tot, unwiderruflich, und Ihr müsst erkennen, dass es keinen Sinn hat, den Wächter zu töten."

„Was soll ich dann tun?" War das seine Stimme, die so gebrochen und zittrig klang?

„Ihr wacht auf. Ihr betrachtet die Tatsachen in Eurem Traum und wacht dann auf."

Simon spürte einen Hauch von Hoffnung. *Könnte das funktionieren?* Wenn er Tobys Tod akzeptierte, könnte er von dem Albtraum befreit werden, ihn retten zu wollen.

„Außerdem", fuhr Holtzenhelm fort. „Ich glaube, der Traum wird aus Eurem schlafenden Geist verschwinden, wenn Ihr im Wachzustand akzeptiert, dass Ihr Euren Cousin nicht retten konntet. Akzeptiert Ihr das?"

Simon runzelte die Stirn. Konnte er den schweren Mantel der Schuld und der Selbstvorwürfe ablegen? Der völlige Verlust, seinen Cousin endlich loszulassen – es erschien ihm gefühllos, gar unehrenhaft.

„Ich weiß es nicht", gestand er.

Zu seinem Erstaunen lächelte der Mann. „Keine Sorge. Wir können die Probleme, die Euch im Wachzustand plagen, sicher viel leichter besprechen als die, die im Schlaf verborgen liegen. Ich verspreche Euch, dass wir nun Fortschritte machen werden."

Simon fühlte sich durch Holtzenhelms offensichtliche Zuversicht ermutigt und nahm wieder Platz. Wenn er Toby freiließ, konnte er vielleicht auch Jenny zurückholen.

„LORD CAMBREY MÖCHTE EUCH sprechen, Mylady", sagte der Admiral, der in der Tür des Salons stand.

Binkley war nach Weihnachten gekommen, wie ein verspätetes Geschenk des heiligen Nikolaus, und hatte erklärt, dass seine Lordschaft ihn beauftragt hatte, die Gräfin im Stadthaus zu bedienen, wenn die geschäftige Saison begann.

Jenny dachte über die umsichtigen Vorkehrungen ihres Mannes nach. Offenbar hatte Simon gewusst, dass er nicht vor dem Jahreswechsel zurück sein würde. Sie fragte sich, welche anderen Vorbereitungen er für seine lange Abwesenheit getroffen hatte? Hatte er damit gerechnet, nur Monate oder gar Jahre weg zu sein?

Jenny war seit einer Woche nicht mehr ausgegangen und hatte auch keinen Besuch empfangen, vor allem, weil niemand zu ihr gekommen war. Doch Cambrey war jetzt ein enger Freund, ihre einzige Verbindung zu Simon und der Einzige, der wusste, dass er nicht nur geschäftlich unterwegs war.

„Bitte, Mr. Binkley, führen Sie ihn herein."

Als Cambrey einen Moment später den Raum betrat, sagte sein Lächeln alles und löste eine Welle der Aufregung in ihr aus. Und Hoffnung. Sie richtete sich auf und konnte ihre Tränen kaum zurückhalten.

„Du hast von Simon gehört!“

„Ja, das habe ich.“ Er zog ein einzelnes Blatt Papier aus seiner Tasche und reichte es ihr ohne Umschweife.

„Darf ich?“, fragte sie höflich und streckte die Hand danach aus, wohl wissend, dass ihre Hand zitterte. „Es ist nicht zu persönlich?“

War das ein Anflug von Mitleid in Cambreys Gesicht? Sie hoffte es nicht. Nicht auch noch von ihm.

„Er ist *dein* Gatte und da es nur um dich geht, nein, es ist nicht zu persönlich. Trotzdem könnte er mich in die Mangel nehmen, wenn er wüsste, dass ich es dir zeige, anstatt die Nachricht zusammenzufassen.“

Sie schenkte ihm ein dankbares Lächeln, bevor sie auf den Brief in ihrer Hand hinunterblickte. Simon hatte genau dieses Pergament berührt. Und da war seine vertraute Schrift. Nur weil Cambrey sie beobachtete, weigerte sie sich, das Papier an ihre Nase zu halten, um zu sehen, ob es noch nach ihm roch. Törichtes Weib!

„Sei gegrüßt, Cam, ich habe gute Nachrichten. Mir geht es deutlich besser. Der Arzt, den ich gefunden habe, lässt mich buchstäblich Tag und Nacht an meinen Problemen arbeiten, selbst im Schlaf, um die Störung meines Geistes zu beheben. Ich weiß, dass du dich um meine Jenny kümmerst. Ich vermisse sie mehr als Worte sagen können.

Aus diesem Grund und wegen meines unverzeihlichen Verhaltens ihr gegenüber habe ich meiner Dame nicht geschrieben. Ich habe noch immer keine endgültigen Worte, um ihr von einem positiven Ausgang zu berichten, doch zum ersten Mal bin ich hoffnungsvoll. Deshalb bitte ich dich, nach Erhalt dieses Briefes direkt zu ihr zu gehen und ihr mitzuteilen, dass ich, wenn nichts Unvorhergesehenes passiert, hoffe, bis Ende des Monats nach Großbritannien zurückzukehren. Ich werde auf direktem Wege nach London kommen.“

Jenny keuchte auf, als sie das Ende las.

„Er kommt zurück!“ Sie warf seinem Freund einen glücklichen Blick zu.

„Und er hat sich stark erholt“, fügte Cambrey hinzu.

Sie wies die Anmerkung mit einem Winken mit dem Brief zurück. „Er war völlig in Ordnung, so wie er war", stellte sie fest, ohne die Tränen zurückhalten zu können.

Als Lord Cambrey ihr ein Taschentuch reichte, tupfte sie sich die Augen ab.

„Ich brauchte keinen besseren Simon. Doch wenn er glücklicher ist, dann hat sich alles, was wir durchgemacht haben, gelohnt."

Cambrey schaute sie mit sanften Augen an. „Du bist wirklich ein seltenes Juwel, Lady Lindsey."

Als sie spürte, wie ihr die Hitze in die Wangen stieg, versuchte sie zu lächeln. „Genau wie meine Schwester", stichelte sie.

Seltsamerweise erlosch jedoch sein Lächeln und sein Gesichtsausdruck wurde finster.

„Wir können den abtrünnigen Simon innerhalb weniger Wochen erwarten", vermutete Cambrey. „Und die feine Gesellschaft, die ihn für verloren, verrückt oder sogar für flüchtig vor der Realität der Gegenwart erklärt hat, kann an ihrem Lachen ersticken."

Die vielen Dinge, die die feine Gesellschaft sagte, lenkten sie davon ab, wie er ihrer Bemerkung über Maggie ausgewichen war. Hatte die Gesellschaft wirklich beschlossen, dass der Graf von Lindsey ein hoffnungsloser Fall war?

Während sie ein stilles Gebet für seine baldige Rückkehr sprach, sorgte sie sich nur darum, dass es für sie zu spät sein würde, um mit ihrem Gemahl an ihrer Seite an den Veranstaltungen der Saison teilzunehmen. Da sich ihre Figur wöchentlich veränderte, würde sie sich aus Gründen des Anstands bald zurückziehen müssen.

„Warum schaust du plötzlich so verzweifelt?"

Er wusste nichts von ihrem Zustand, und es war gewiss nicht angebracht, ihn darüber zu informieren.

„Ich bin einfach nur ungeduldig, ihn zu sehen. Und ich möchte ihn schütteln, weil er gegangen ist, ohne mir etwas zu sagen."

„Verständlich."

„Wo sind meine Manieren geblieben? Ich hätte dir etwas anbieten sollen, als du kamst. Bleibst du? Maggie sollte jeden Moment nach Hause kommen. Sie unternimmt einen Ausritt mit Eleanor."

Anstatt sich von der Erwähnung ihrer Schwester verleiten zu lassen, sah Cambrey leicht beunruhigt aus.

„Entschuldige, aber ich muss gehen. Ich danke dir für dein Angebot. Richte deiner Mutter meine Grüße aus."

Und mit einem zügigen Tritt seiner Stiefel auf den Boden ging er.

Sobald sie ihre Schwester sah, würde sie sich nach dem Grund für Lord Cambreys seltsames Verhalten erkundigen.

Aber im Moment würde sie Simons Brief wieder und wieder lesen, wahrscheinlich hundertmal. Und als sie wieder auf dem Sofa saß, hielt Jenny ihn schließlich an ihre Nase und atmete tief ein. War da ein Hauch von Simons Rasierwasser zu riechen oder war es nur der Geruch von Cambreys Innentasche?

KAPITEL ACHTUNDZWANZIG

Als Simon nach einer tagelangen Reise von Deutschland bis zur französischen Küste auf englischem Boden ankam, gestand er eine Mischung aus Erleichterung und Beklemmung ein. Er war in Calais durch einen Sturm aufgehalten worden, der die Überfahrt einen Tag lang unmöglich gemacht hatte. Die unruhige See hatte dazu geführt, dass die normalerweise kurze Überfahrt fast doppelt so lange dauerte.

Nachdem er am späten Nachmittag in Dover angekommen war, verzichtete er auf die angebotene Unterkunft im Kings' Head Inn und brach sofort mit der Sechs-Uhr-Kutsche nach London auf. Er war sehr dankbar, dass seine Frau nicht in Sheffield war, sondern nur anderthalb Tage entfernt in London.

Jetzt, wo er so nah war, waren die Monate der Trennung auf ein paar Stunden und Meilen geschrumpft, die nicht zu ertragen waren.

Durch seinen späten Start erreichte die Reisekutsche nur die Hafenstadt Rochester, bevor sie für die Nacht Halt machte. Erschöpft von der tagelangen Reise und den stundenlangen Fahrten in der schwankenden Kutsche schlief Simon ein, bevor sein Kopf das Kissen berührte.

Wie schon in den letzten zwei Wochen begegnete er dem Traum mit Zuversicht, denn sein Verstand war darauf trainiert, die Täuschung darin zu erkennen. Tatsächlich kam der Traum nicht mehr jede Nacht. Wenn er kam, erkannte er, wie Holtzenhelm es ihm beigebracht hatte, die Zeichen für seine Unwahrheit, ließ seine Schuldgefühle gegenüber Toby los und wachte friedlich auf.

Am nächsten Morgen war er zum Aufbruch bereit, noch bevor der Gastwirt das Frühstück servierte. Er würde seine Jenny zurückgewinnen, sobald die Hufe der Pferde die Meilen zwischen ihnen zurückgelegt hatten.

JENNY WARTETE WIE AUF heißen Kohlen, wie ihre Mutter zu sagen pflegte. Jeder Tag verging wie im Flug. Immer noch kein Simon, und sie war es leid, jedes Mal zum Fenster zu eilen, wenn sie die Pferde und Räder einer Kutsche näherkommen hörte. Doch er hatte in seinem Brief an Cambrey versprochen, dass er kommen würde, und je näher das Monatsende rückte, desto größer wurde ihre Aufregung.

Sicherlich war heute der Tag, das sagte sie sich jeden Tag. Ihre Übelkeit war etwas abgeklungen und sie zeigte immer noch keine Anzeichen ihres Zustands, außer den volleren Brüsten und vielleicht etwas runderen Wangen. Sie konnte es kaum erwarten, Simon ihre guten Neuigkeiten mitzuteilen.

Doch als der Neumond die ersten Februartage einläutete und die frohe Botschaft der Feiertage und des Neujahrsfestes hinter ihr lag, trübte die erdrückende Enttäuschung ihre Laune.

Vielleicht hatte ihr Mann es sich anders überlegt, oder er war zuerst nach Belton gefahren und hatte London umgangen. Sie konnte es nicht wissen. Sie wusste nur, dass das Warten sie in den Wahnsinn trieb.

Als sie eine unerwartete Einladung von Vicomte Alder zu einem Spaziergang im Hyde Park und entlang der Serpentine erhielt, sagte Jenny beinahe augenblicklich zu. Alles, was sie von der Abwesenheit ihres eigensinnigen Mannes ablenken würde.

Als die Kutsche des Vicomtes vorfuhr, dachte sie einen Moment lang, es könnte Simon sein, und eilte zum Fenster, um hinauszuspähen. Dann fluchte sie lautstark über ihr eigenes Verhalten. Wie oft hatte sie schon die Vorhänge zurückgezogen, nur um ihre Hoffnungen zu zerstören?

Bekleidet mit einem smaragdgrünen Tageskleid und einem dazu passenden langen Mantel, dessen Umfang jede Veränderung an ihrem Körper verbarg, trat sie in den nassen Sonnenschein hinaus und es war ihr angenehm warm. Und um ehrlich zu sein, spürte Jenny eine aufgeregte Vorfreude auf den Spaziergang.

Lord Michael Alder kam ihr an der Haustür entgegen, begleitete sie die Treppe hinunter zu seiner Kutsche und half ihr hinein, bevor er selbst einstieg und ihr gegenüber Platz nahm.

Einen Moment schwiegen sie auf der kurzen Fahrt.

„Es ist ein wenig merkwürdig", gestand er.

Sie hob bei seiner Bemerkung die Augenbrauen, obwohl sie genau das Gleiche gedacht hatte. Eine verheiratete Frau allein mit einem Mann war zwar erlaubt, aber dennoch würde die Gerüchteküche brodeln. Doch jetzt, wo Simon weg war und ihr Leben auf Eis lag, waren ihr die Klatschtanten herzlich gleichgültig.

„Was ich damit sagen will", fügte der Vicomte hinzu, „ist, dass wir das nie hätten tun können, als ich Euch den Hof machte."

„Wahrlich. Manchmal erstaunt es mich, dass überhaupt jemand eine Bindung eingeht, wenn man bedenkt, wie eingeschränkt man ist, wenn man sich kennenlernen möchte. Ein längeres Gespräch ist schwierig, ganz zu schweigen von der Zeit zu zweit."

„Heute können wir unser Gespräch so lange fortsetzen, wie es uns beliebt", sagte Alder und lächelte. „Ihr habt einen scharfen Verstand, wenn ich mich recht erinnere."

Schon bald schlenderten sie am Serpentine-See entlang und bewunderten das schimmernde Wasser.

„Abgesehen von Kew Gardens ist dies einer meiner Lieblingsorte in der Stadt", sagte Jenny und hob ihr Gesicht in die frische Luft, ohne sich darum zu kümmern, dass ihre Wangen kühl wurden. Sie war zum ersten Mal seit Langem wieder draußen und fühlte sich lebendig.

Während sie gingen, diskutierten sie mühelos über aktuelle Ereignisse wie die bevorstehende Ernennung eines neuen Erzbischofs von Canterbury und die Eröffnung der Caledonian Railway, die das Reisen nach Schottland erheblich erleichtern würde. Sie machten Halt, um Jungen zu beobachten, die versuchten, ein Stück Eis mit großen Stöcken zu knacken.

„Gebt Acht, Jungs", sagte Alder. „Keinen Schritt in den Fluss, sonst bekommt ihr eins auf die Ohren."

Jenny lächelte und schätzte seine Sorge um die jungen Fremden. Zweifellos würde er eines Tages ein hervorragender Vater sein.

Wie eine scharfe Klinge durchbohrte sie der Gedanke an die Vaterschaft und daran, dass Simon nicht bei ihr war, mit einem Stich der Traurigkeit. Wie viel schöner wäre dieser Moment, wenn sie mit ihm unterwegs wäre.

„Geht es Euch gut?", fragte der Vicomte, als er ihren veränderten Gesichtsausdruck bemerkte. „Ihr seid so still geworden, was bei einer Frau nie ein gutes Zeichen ist."

„Mir geht es gut." Was sollte sie sagen? Dass sie sich wünschte, sie würde sich am Arm ihres Mannes festhalten und nicht an seinem?

„Vielleicht etwas Heißes zu trinken? Das Garden House hat doch geöffnet, oder?"

Bald saß sie in dem kleinen Café mit einer Tasse heißer Schokolade vor sich, während ihr Begleiter Kaffee trank.

„Ich möchte mich bei Euch dafür bedanken", begann er, „dass Ihr zustimmtet, Euch mit mir zu treffen."

„Warum sollte ich nicht?", fragte Jenny. Sie sollte ihm danken, dass er sie aus ihrer Niederkunft und ihrer langen Nachtwache für Simon gerettet hatte. Doch auch das konnte sie ihm kaum sagen.

„Wir sind auf recht schlimme Weise auseinandergegangen", sagte Alder. „Ihr habt jedes Recht, mich zu hassen und mich nicht mehr sehen zu wollen."

„Eigentlich, Mylord, haben wir uns im besten Einvernehmen getrennt. Das letzte Mal, als wir zusammen waren, bevor Sie unsere Verlobung auflösten, nahmen wir an dem Dinner und dem Ball der Huntingtons teil. Und zum ersten Mal tanzten wir alle Tänze zusammen. Das Essen war köstlich und die Musik göttlich. Es war ein wunderschöner Abend. Wir sind also wirklich im Guten auseinandergegangen."

Er wirkte eher noch beschämter.

„Ihr habt in fast allen Punkten recht, und das macht das, was passiert ist, noch schlimmer, glaube ich. Wir waren an einem Punkt, an dem es so aussah, als würde unsere Beziehung reibungslos verlaufen. Ich denke, wir hätten uns gegenseitig sehr gern gehabt. Zumindest gilt das für mich."

Sie blickte sich um, um sich zu vergewissern, dass niemand lauschte, denn dieses Gespräch ging in eine Richtung, von der sie befürchtete, dass sie den Rahmen des Schicklichen überschritt.

„Warum sollten wir das jetzt besprechen?"

„Weil Ihr Euch in einem wichtigen Punkt irrt. Denn nicht ich habe unsere Verlobung aufgelöst. Mein Vater tat es mit unerwarteter Hast, und das auch noch sehr geschickt. Er schickte mich nach Kent, um eine geringfügige Grundstücksangelegenheit zu klären, und ließ Euch gleichzeitig wissen, dass es keinen Heiratsantrag geben würde. Als ich zurückkam, wart Ihr bereits in Sheffield."

„Ich verstehe." Jenny dachte über seine Worte nach. Das linderte ihre Demütigung etwas. Wenn sie jedoch darüber nachdachte, wie Alder sich in diesem Moment fühlen mochte, war ihr Ausflug weniger platonisch, als ihr lieb war.

In der Hoffnung, dass er sich nicht nach ihr verzehrte, nippte Jenny an ihrer Schokolade. Als er ihr den Hof machte, war er ihr gegenüber eher kühl eingestellt gewesen. Nicht gleichgültig, doch auch nicht so leidenschaftlich, wie sie und Simon es waren. Oder gewesen waren, bevor er sie nach London verbannt hatte.

Sie musste den Vicomte daran erinnern, dass sie sich beide weiterentwickelt hatten.

„Ich habe gehört, dass Sie am Ende der Saison eine Beziehung mit jemand anderem eingegangen sind."

Er nickte. „Lady Delia Hampstead." Er hielt inne und kostete seinen Kaffee. „Sie war süß und hatte ein hübsches Gesicht." Dann blieb sein Blick an ihrem hängen. „Aber sie war nicht wie Ihr."

Jenny ließ ihre Tasse auf die Untertasse krachen. *Oh je.* Er hegte *tatsächlich* Gefühle für sie.

„Es ist schlimmer, als Ihr denkt", fuhr Alder fort. „Meine Eltern haben mir erzählt, dass *Ihr* es wart, die unsere Verbindung abgebrochen habt, obwohl anscheinend alle anderen glauben, dass ich es war. Ziemlich beschämend, um ehrlich zu sein. Ich dachte, Ihr wärt einfach weggezogen, und so ließ ich zu, dass meine Mutter mich auf Lady Delia aufmerksam machte. Als ich die Wahrheit erfuhr, sah ich keinen Grund, die Farce des Interesses an dieser Dame fortzusetzen, schon gar nicht, um meinen Eltern zu gefallen."

„Es tut mir sehr leid", sagte Jenny und meinte es auch so. Sie konnte sich sogar eingestehen, dass sie es bereute, kurzzeitig schlecht von ihm gedacht zu haben. „Aber welchen Sinn hat es, das alles jetzt zu besprechen? Wie Sie wissen, bin ich verheiratet."

„Ja, *Lady Lindsey*, ich weiß." Alder sah sie lange an. „Ich nehme an, ich wollte Euch wissen lassen, dass mir Eure finanzielle Situation völlig gleichgültig war und dass die unehrenhafte Handlung nicht von mir ausging. Nach dem, was meine Eltern getan haben, musste ich mich außerdem davon überzeugen, dass Ihr glücklich seid. Ich habe Euch aus der Ferne beobachtet. Ihr verbringt die Saison hier und seid ganz eindeutig allein. Eine Frischvermählte allein in London, das verheißt nichts Gutes. Verheiratet, ja, aber glücklich?"

Unzählige Gefühle durchströmten sie. Alles, was sie sagte, konnte als Respektlosigkeit gegenüber Simon und als Verrat an der Intimität zwischen Eheleuten gewertet werden. Doch Lord Alder war zuvorkommend gewesen, und seine traurige Ausstrahlung berührte ihr Herz.

Gewiss, sie konnte ihm etwas anvertrauen. Dass sie schnell über ihn hinweggekommen war, war wahrscheinlich nicht das Richtige, ebenso wenig wie die Offenlegung ihrer gegenwärtigen Lage.

„Gehen wir weiter", bot Jenny an, denn es gab ja noch andere, die sie belauschen könnten.

An der frischen Luft, neben ihm spazierend, anstatt ihn direkt anzusehen, konnte sie leichter zugeben, dass sie sich wünschte, ihr Gatte wäre in London.

„Was hält ihn davon ab?"

„Ich bin mir nicht sicher." Als Jenny merkte, wie vage das klang, fügte sie hinzu: „Ich glaube, er wird jeden Tag hier sein."

Zu ihrer Überraschung blieb er stehen, und da er ihren Arm festhielt, hielt sie neben ihm an. Dort, am Seeufer, drehte sich Alder zu ihr um und sah ihr mit einem Ausdruck in die Augen, den sie nicht ganz ergründen konnte.

Im Hinterkopf war ihr bewusst, dass ein solcher Moment nicht gut aussehen würde, wenn man sie erkannte. Außerdem konnte sie aus den Augenwinkeln erkennen, dass sich noch andere Personen auf dem Weg befanden.

Doch der Vicomte hielt ihren Blick noch immer. Er wanderte sogar kurz zu ihrem Mund, was sie zu einem leichten Keuchen veranlasste.

Als er sich an ihre Umgebung erinnerte, versteifte sich Alder, und sein Blick ruhte wieder fest auf ihren Augen.

„Ich akzeptiere, dass Ihr nicht mehr frei seid, aber ich gestehe, ich wünschte, es wäre anders." Er stieß ein leises, schmerzerfülltes Lachen aus, und sie legte ihm die Hand auf die Schulter.

Der arme Mann. Sie hegte nicht den Wunsch, ihm Kummer zu bereiten.

„Ihr seid die Frau, mit der ich mein Leben verbringen wollte. Und trotz Eures Ehestandes kann ich nicht anders, als Zuneigung zu Euch zu verspüren."

Jenny schüttelte den Kopf, doch er bedeckte ihre Hand mit seiner, und seine Wärme drang durch ihre Handschuhe.

„Oh, Michael", begann sie, ihre Stimme klang heiser vor Rührung, „es tut mir leid." Sie wünschte, er würde nichts für sie empfinden.

„Ich würde Euch niemals entehren, indem ich mehr tue oder sage. Ich möchte nur, dass Ihr wisst, dass ich für Euch da bin, in welcher Funktion auch immer Ihr mich brauchen mögt. Wenn Ihr jemals einsam seid und spazieren gehen wollt, wie wir es heute getan haben, stehe ich Euch zur Verfügung."

„Sie braucht Ihre Dienste nicht", ertönte eine schmerzlich vertraute Stimme, die wie eine eisige Klinge durch die kalte Luft schnitt.

Jenny keuchte erneut, als sie sich zu ihrem Ehemann umdrehte. Schockiert, ihn dort zu sehen, konnte sie nur ungläubig starren.

Endlich fand sie ihre Stimme, doch sie war nur ein ungläubiges Flüstern. „Simon."

Er stand mit verschränkten Armen und leicht gespreizten Beinen da und hatte offenbar ein paar Augenblicke ihres Gesprächs mit Alder mitbekommen. Seine Miene war grimmig, und sie erkannte mit einem Mal, dass er wütend auf sie war, weil sie mit dem Vicomte verkehrte.

Als hätte er das Recht dazu!

Ein leichter Druck auf ihre Finger ließ sie zu Michael zurückblicken. Er sah stirnrunzelnd auf sie herab, vielleicht in Sorge um ihre Sicherheit. Gewiss, Simon sah eindrucksvoll aus, doch sie fürchtete ihn nicht im Geringsten vor ihm.

Sie riss ihre Hände los und stellte fest, dass sie das sofort hätte tun sollen, woraufhin Jenny sich ihrem Gatten zuwandte. Sie wünschte sich sehnlichst, der Vicomte stünde nicht ganz so nah, seine Schulter drückte gegen ihre eigene. Zweifellos sahen sie schuldbewusst aus, wenn nicht einmal eine Haaresbreite zwischen ihnen war.

Simon verschränkte die Arme und streckte ihr die Hand entgegen.

Sie zögerte, woraufhin seine Augen vor Wut aufblitzten. Tatsächlich hatte ihr Ehemann noch nie so einschüchternd ausgesehen. Sein dunkles, vom Wind zerzaustes Haar, als wäre er durch den Park geeilt, streifte den hochgeschlagenen Kragen seines schwarzen Reisemantels, der bei der kleinsten Brise um seine Füße wirbelte. Oder lag es daran, dass er vor Wut zitterte?

Sie brauchte jedoch nur einen Moment, um den Mut aufzubringen, auf seine stumme Einladung zu antworten und den wenig einladenden Blick auf seinem schönen Gesicht zu ignorieren.

Sie streckte die Hand aus und ließ sich von ihm ergreifen. Sobald er sie sanft, aber bestimmt an sich zog, fühlte sie sich sicher. Er war zurück, er war gekommen, um sie zu holen, und ihr Herz würde wieder vollständig sein.

„Nun, Lindsey, die Dame und ich haben nur—"

„Die Dame ist meine Frau, und Sie täten gütlich daran, das nicht zu vergessen." Simon sprach, ohne seinen Blick von dem ihren zu lösen.

Ohne sich von Alder zu verabschieden, drehte Simon sich um und ging zu seiner wartenden Kutsche, wobei er Jenny aufgrund der Länge seiner Schritte praktisch mit sich zog. Sie wagte nicht, einen Blick auf den Vicomte zu werfen, um ihren Mann nicht noch mehr zu verärgern.

Ja, Simon war ausgesprochen kompromisslos, und ja, sie fühlte sich durch seine Art eingeschüchtert. Aber er war zurückgekehrt, und alles würde wieder in Ordnung kommen. Da war sie sich so sicher, wie sie wusste, dass eins und eins zwei ergab.

Als sie in der Kutsche saßen und die kurze Fahrt zurück zu ihrem Stadthaus antraten, blieb er stoisch still und beobachtete sie. Sie nahm an, dass eine Liebeserklärung, nachdem sie sie praktisch in den Armen eines anderen Mannes angetroffen hatte, zu viel erwartet wäre. Dennoch war ihre Freude grenzenlos.

Simons bloße Anwesenheit schien ein Wunder zu sein! Und in ganz London war es ein noch größeres Wunder, dass er sie am Serpentine entdeckt hatte.

„Wie hast du mich gefunden?"

„Zu meinem Glück hattest du deiner Mutter gesagt, wohin du gehst, jedoch nicht, mit wem."

Sie wünschte sich, seine Worte würden ihr nicht sofort die Röte ins Gesicht treiben, doch sie konnte es spüren. Zweifellos sah sie so schuldig aus, wie die mythologische Pandora, die in die verfluchte Büchse spähte.

„Ich dachte, du hast keine Gefühle für Alder", stieß er den Namen hervor. „Der Mann, der dir letztes Jahr die Treue gebrochen hat!"

„Das tue ich nicht", begann Jenny und konnte kaum glauben, dass sie ein so lächerliches Gespräch führten. Sein rauer Tonfall grenzte schon an Streitsucht.

„So sah es nicht aus. Du hast ihn mit einem schmachtenden Blick angestarrt und er hat deine beiden Hände gehalten, verdammt! In aller Öffentlichkeit!"

„Ein schmachtender Blick. Bist du verrückt?"

„Das bin ich ganz sicher nicht." Sein Ton war eiskalt.

Verärgert hob sie ihre Stimme ein wenig an. „Ich habe dich seit Monaten nicht gesehen. Du hättest mit jedem unterwegs sein können, und jetzt willst du dich mit mir darüber streiten, dass ich mit Lord Alder in der Öffentlichkeit spazieren ging?"

Er verschränkte wieder die Arme und sah finster drein. „Du sprichst ihn nun nicht mehr mit Vornamen an, wie ich höre."

Die Kutsche kam zum Stehen und ohne auf seine Hilfe oder die des Dieners zu warten, riss Jenny den Griff der Kutsche hoch und öffnete ruckartig die Tür. Ohne die Klapptrittstufe musste sie auf den Bürgersteig springen.

„Du bist unausstehlich!", sagte sie über ihre Schulter und stapfte die Stufen zu ihrem Stadthaus hinauf. Binkley hatte ihr die Tür geöffnet, bevor sie auch nur die Hand hob.

Ohne zu zögern, ging sie direkt an dem Butler vorbei und die Treppe hinauf zu dem Zimmer, das sie so lange für sich allein gehabt hatte. Sie brauchte einen Moment, um sich zu beruhigen, denn dies war nicht die Heimkehr, die sie sich vorgestellt hatte. Dass sie so anfingen, war absurd.

Doch Simon war sofort hinter ihr. Als sie ihr Zimmer betrat, war er schon bei ihr und trieb sie in den Raum, um die Tür hinter ihnen zu schließen. Und sie abzuschließen.

„Wenn du dachtest, du könntest mich aussperren, während du über dein nächstes Treffen mit *Michael* nachdenkst, solltest du es dir noch einmal überlegen."

Unwillkürlich warf sie einen Blick auf ihren Schreibtisch, auf dem sie eine Antwort auf Alders Einladung geschrieben hatte, die sie zu dem Spaziergang am Serpentine geführt hatte.

„Verdammt!", rief Simon, bevor er seine Faust in die offene Handfläche schlug und sie zusammenzucken ließ.

Wenn er gehofft hatte, sie zu erschrecken, hatte er jedoch versagt.

„Hör auf damit!" Jenny war halb den Tränen nahe und halb erzürnt.

Sie zog ihre Handschuhe aus und warf sie auf das Bett, bevor sie an ihrer Hutnadel zerrte und ihren Hut auf die Kommode warf. Schließlich knöpfte sie ihren Wollmantel auf, um den sich normalerweise Binkley oder ihr Dienstmädchen gekümmert hätten.

Simon tat es ihr gleich und zog seinen langen schwarzen Mantel aus. Dann, als wären sie edle Ritter, die sich auf die Schlacht vorbereiten, drapierten beide ihre Kleider über Stühle und standen sich wieder gegenüber.

„Warum warst du so lange weg und mit wem?", fragte Jenny und wünschte, sie könnte den Hauch von Eifersucht und Unsicherheit aus ihrer Stimme verbannen.

„Ich habe meine Zeit mit Doktor Holtzenhelm verbracht, einem untersetzten, kahlköpfigen Deutschen mit Nasenhaar, den ich nie auch nur ansatzweise anfassen wollte."

Das Bild zerstreute ihren Verdacht sofort und zauberte ihr sogar ein Lächeln auf die Lippen. Wenn es ihm um eine sexuelle Begegnung gegangen wäre, hätte er ja auch in England bleiben und sie haben können.

„Kannst du das Gleiche von dir behaupten?", fragte Simon.

Von der Frage überrumpelt, antwortete sie einen Moment lang nicht, dann stemmte sie die Hände in die Hüften und erwiderte: „Ich versichere dir, dass ich absolut keine Zeit mit einem kleinen deutschen Arzt verbracht habe, egal ob mit Glatze oder nicht."

„Ich meine, warst du mit jemandem zusammen, für den du etwas übrig hattest?"

Sie rollte mit den Augen und verschränkte die Arme. Seltsamerweise hatte sie Simon Devere nicht für eifersüchtig gehalten, seit er sie gezwungen hatte, nach London zu gehen, Kleider zu kaufen und allein an einer Saison teilzunehmen – und das alles, nachdem er sie zur Frau genommen und sie dann verlassen hatte.

„Ich war auf zahllosen Dinnerpartys und Männer haben mir unverhohlen in mein Dekolleté geschaut. Ich habe bei zu vielen Bällen am Rand gestanden und Paaren beim Tanzen zugesehen, und ich habe unzählige Aufforderungen zum Tanz abgelehnt. Und währenddessen habe ich kein einziges Mal den Wunsch verspürt, mit einem der vielen

Männer, denen ich begegnet bin, Zärtlichkeiten auszutauschen.“

Er machte einen Schritt nach vorne. „Wer hat dir ins Dekolleté geschaut? Ich bringe ihn um.“

Hatte er ihr überhaupt zugehört? Sie erinnerte sich an die Nacht, in der Ned sie gedemütigt hatte. Simon würde noch mehr zu tun haben, sobald die feine Gesellschaft wusste, dass er zurückgekehrt war. Gerüchte über seine geistigen Fähigkeiten tanzten immer noch auf den Zungen vieler Menschen.

„Ehrlich gesagt, ist das nicht wichtig. Sollen wir von vorne anfangen? Lass mich nur ein leichteres Gewand anziehen und dann trinken wir einen Tee. Ich komme dann runter in den Salon.“

Jenny musste unbedingt aus dem verdammt schweren Wollkleid heraus und sich dringend setzen.

„Ich will keinen verdammten Tee mit dir trinken, und ich lasse mich nicht wie ein Diener aus dieser Kammer entlassen.“

KAPITEL NEUNUNDZWANZIG

Jenny war sich sicher, dass ihr Mund ein perfektes O der Überraschung bildete. „Ich wollte nicht …“

Simons Handlungen unterbrachen ihre Worte, als er sie mit zwei schnellen Schritten erreichte. „Sag es mir einfach, Jenny. Bin ich zu spät?“

Geschockt von der Frage und noch mehr von dem gequälten Blick in seinen Augen, schüttelte sie den Kopf.

„Natürlich nicht. Was kannst du mit dieser Frage nur meinen?“

Er legte seine Hände auf ihre Schultern. „Ich musste weggehen, um mir Hilfe zu holen, doch ich fürchte, ich war zu lange weg. Du strahlst ja förmlich vor Glück nach deinem Ausflug mit Alder. Hast du ihm deine Zuneigung geschenkt?“

Heilige Mutter Maria!

„Dummkopf. Alder bedeutet mir nichts. Ich strahle vor Freude über deine Rückkehr und aus anderen Gründen. Ich habe dir viel zu erzählen.“

Er schien von ihrer Antwort besänftigt und nahm ihr Kinn zwischen seine Fingerspitzen.

„Und ich will alles hören." Er senkte seinen Mund auf den ihren und sprach gegen ihre Lippen. „Später."

Simon beanspruchte ihren Mund und küsste ihn zunächst zärtlich, doch ihre Leidenschaft entzündete sich wie eine Flamme an einem trockenen Docht. Als er seine Zunge zwischen ihre geöffneten Lippen schob, umschloss er sie mit seinen Armen und legte seine Hände tief auf ihre Hüften, um ihren Körper an seinen zu ziehen.

Jenny genoss das Gefühl, das er ihr gab, und konnte nicht widerstehen, ihren vollen Busen gegen seine Brust zu drücken und ihm ihre Hüften entgegenzuneigen. Sie packte ihn mit beiden Händen an den Haaren, hielt seinen Kopf fest und ließ ihn ihren Mund erkunden.

Schnell wurde es für beide zu wenig. Er zog sie zum Bett und brachte sie dazu, sich zu setzen, bevor er sich bückte, um ihre Wanderstiefel auszuziehen. Er griff ihr unter den Rock, hakte die Strümpfe aus und zog sie herunter.

Sie hob beide Füße an und ließ sich von ihm die Seidenstrümpfe von den Knöcheln ziehen, wobei sie eine Gänsehaut bekam, als seine Finger über ihre Oberschenkel fuhren. Als ihre Strümpfe auf dem Boden lagen, sah sie zu, wie Simon seine eigenen Strümpfe auszog. In einer weiteren Minute hatte er alles bis auf seine Hose ausgezogen.

Er stand nun vor ihr, öffnete die Knöpfe seines Hosenschlitzes und schlüpfte aus seiner Hose. Darunter trug er nichts und sie genoss den Anblick ihres Mannes in voller Pracht. Es machte sie schwindelig vor Erregung. Es war viel zu lange her.

Sie brauchte die Tipps des *Weiberbüchleins* nicht mehr, um zu wissen, was als Nächstes passieren würde und wie sie ihn am besten befriedigen konnte. Es gab jedoch eine kleine Information, die er noch nicht hatte.

„Bitte dreh dich um", sagte er mit lustvoller Stimme.

Sie gehorchte, kniete sich auf das Bett und gab ihm Zugang zu ihren Knöpfen, deren lange Reihe ihn fluchen ließ, bevor er die Hälfte aufgeknöpft hatte.

„Ich bin schwer versucht, dieses Kleid zu zerreißen“, murmelte Simon.

„Nein“, flehte sie. „Es gefällt mir und es war recht teuer.“

„Wegen Ersterem und nicht wegen Letzterem werde ich fortfahren“, brummte er. „Und auch, weil ich nicht vorhabe, unser Wiedersehen damit zu beginnen, dass ich einfach deine Röcke hochziehe, auch wenn ich dir verspreche, dass wir beide auch das sehr genießen würden.“

Sie errötete bei dem Gedanken, ihn zu bitten, genau das zu tun. Das nächste Mal. Es klang verrucht, sogar für ein verheiratetes Paar, und sie wollte alles mit ihm erleben.

Sobald Simon ihr Kleid weit genug öffnen konnte, schob er es von ihren Schultern und über ihren Oberkörper, bis es um ihre Hüften zusammensackte. Ohne sie umzudrehen, griff er um sie herum und streichelte mit seinen großen Handflächen ihre Brüste durch die verbliebenen Schichten hindurch und küsste dabei ihren Hals.

„Donnerwetter! Ich verstehe, warum jemand auf deine Brüste geschaut hat, Schatz. Ich kann mich nicht erinnern, dass sie so üppig waren. Ich bin wirklich zu lange weg gewesen.“

Jenny blieb still. Er würde ihr Geheimnis noch früh genug entdecken. Und sie konnte es kaum erwarten, splitternackt vor ihm ausgestreckt zu sein, denn ihre Erregung schien noch schneller und stärker als sonst zu sein und verursachte ein angenehmes, wenn auch hartnäckiges Pochen zwischen ihren Beinen. Ein Verlangen, das nur ihr Mann befriedigen konnte.

Simon öffnete ihr Korsett, zog es aus und streifte ihr das Hemd von den Schultern. Sie drehte sich auf den Rücken und hob ihr Gesäß an, sodass er die vielen Kleidungsstücke über ihre Hüften und ihre Beine streifen konnte.

Er warf sie hinter sich auf den Boden und betrachtete ihren nackten Körper, wobei er ihre Oberschenkel, ihren Bauch und ihre Brüste musterte. Er runzelte die Stirn über ihre etwas fülligere Figur und ihre üppigen Kurven.

Sie sah den Moment, in dem er ihren Zustand erkannte, denn seine Augen weiteten sich, bevor er ihr in die Augen sah.

„Du erwartest unser Kind?" Seine Stimme war ein ungläubiges und hoffnungsvolles Flüstern.

Jenny spürte, wie ihr die Tränen in die Augen stiegen, und konnte nur nicken, erstaunt darüber, dass sich auch die Augen ihres Mannes mit Rührung füllten.

„Schon mehr als drei Monate", sagte er erstaunt, streckte sich neben ihr aus und zeichnete leicht einen Kreis um die kleine Rundung ihres Bauches.

„Wie fühlst du dich?"

Jenny war versucht, ihm von ihrer Übelkeit zu erzählen, doch stattdessen sprach sie aus, was wahrhaftig in ihr vorging.

„Ich *fühle* mich, als müsse ich schreien, wenn du nicht sofort meine Brüste berührst und mich küsst, und dann in mich hineingleitest, um mein Verlangen zu befriedigen."

Das Grinsen, das sich auf seinem Gesicht ausbreitete, steigerte ihre Vorfreude.

„Sag bitte, Genevieve", forderte er und senkte seinen Kopf, sodass seine Lippen über einer ihrer rosigen Brustwarzen schwebten. Gleichzeitig wanderte seine Hand hinunter zu den weichen Haaren am Scheitelpunkt ihrer Oberschenkel, wo die Locken bereits von ihrem Verlangen benetzt waren.

„Bitte", murmelte sie.

Er saugte an ihrer Brust und dann an der anderen, während er seine Finger dort, wo ihr Verlangen am stärksten war, eine himmlische Saite anschlagen ließ. Ihr Körper reckte sich seiner Hand entgegen und verlangte nach mehr.

„Wir werden vorsichtig sein", sagte er und knabberte an ihrer Brust, bevor er über die pochende Stelle leckte und sie zum Stöhnen brachte.

„Wage es dich nicht, vorsichtig zu sein." Ihre Stimme war voller Lust.

„Liebe Gemahlin“, antwortete er in einem neckischen Ton.

„Lieber Gemahl.“ Sie zog ihn an sich.

Als er in sie eindrang, seufzte sie vor Glückseligkeit.

UNGLÜCKLICHERWEISE LAGEN SIE NUR wenige Augenblicke später in den Armen des anderen, bereits erschöpft, aber nur vorübergehend befriedigt. Simon wusste, dass es nicht lange dauern würde, bis sie den Akt erneut vollziehen würden, langsamer und zärtlicher. Sie hatte recht behalten, sie hatten sich wie wilde brünstige Tiere gepaart, und es war herrlich gewesen.

„Das war genau das, was ich gebraucht habe“, sagte Jenny, die ihre Augen geschlossen hatte und völlig erschöpft wirkte.

Simon lachte. „Zum Glück bin ich noch rechtzeitig gekommen.“ Dann wurde er ernst.

„Ich bin doch noch rechtzeitig gekommen, oder? Ich hätte dich verlieren können.“ Er streichelte ihre weiche Schulter und konnte kaum glauben, dass sie an seiner Seite war. Hatte sie eine Ahnung, wie sehr er sich davor gefürchtet hatte, sie mit einem anderen Mann zu sehen, wie sie Alder anschaute und ihn berührte?

Ohne die Augen zu öffnen, schüttelte Jenny den Kopf.

„Nein, ich war es, die dachte, ich hätte dich verloren.“

„Ich ging fort, um uns zu retten“, versprach er. „Um zu versuchen, uns eine normale Ehe zu ermöglichen.“

Ihre Augen öffneten sich, und sie rollte sich auf die Seite, um ihn anzusehen. „Warst du erfolgreich?“

Simon strich seiner Frau eine Haarsträhne hinter das Ohr und dachte über ihre Frage nach.

„Ich glaube ja. Natürlich ist nichts sicher, doch ich habe in vielen Nächten und Träumen Erfolge verzeichnet.“

Ihre prallen Brüste zogen seine Aufmerksamkeit auf sich und er ließ seine Hand sinken, um sie mit dem Handrücken zu streicheln und beobachtete, wie sich ihre Brustwarzen aufrichteten. Dann senkte er seine Handfläche auf ihren Bauch.

„Und nun müssen wir auch noch an das Baby denken.“

Ihre Augen funkelten. „Ja. Bist du glücklich?“

Das war noch viel zu milde ausgedrückt.

„Ich bin überglücklich, ja.“ *Abgesehen von der zusätzlichen Sorge.* Er würde nichts vor ihr verbergen. „Aber zu wissen, dass es zwei Leben neben mir im Bett geben wird, ist nicht gerade beruhigend für mich.“

Er sah, wie sich ihr Blick verfinsterte, dann setzte sie sich auf.

Sie schaute ihn an und ihr süßes Gesicht war ernst.

„Ich bitte dich, mich nicht mehr zu verlassen. Verlass uns nicht!“ Schützend bedeckte sie ihren nackten Bauch mit beiden Händen.

Simon packte sie und zog sie an seine Brust.

„Ich habe nicht die Absicht, das zu tun.“ Seine Hand strich über ihren Rücken und er genoss die Beschaffenheit ihrer seidigen Haut.

„Die feine Gesellschaft war nicht besonders gnädig“, gestand sie.

Das hatte er sich schon gedacht. „Es ist mir egal, was sie über mich sagen.“

Ihr Schweigen machte ihn darauf aufmerksam, dass da noch mehr war.

„Sag es mir.“ Dann dämmerte es ihm. „Haben sie von dir gesprochen?“

Er spürte ihr Nicken. Der Gedanke, dass sie sie in seiner Abwesenheit angegriffen haben könnten, erzeugte ein wütendes Kribbeln in ihm.

„Kann ich irgendetwas tun?“

Sie schüttelte den Kopf. „Das glaube ich nicht. Bevor du zurückkamst, hatte ich mir vorgenommen, vorzeitig in die Niederkunft zu gehen. Mein letztes gesellschaftliches

Ereignis endete damit, dass ich aus dem Speisezimmer der Chantel-Weiss geflohen bin und mich in ihrem Wasserklosett übergeben musste."

Er hätte gekichert, wenn sie nicht den Tränen nahe wäre. Es tat ihm nur leid, dass er nicht da gewesen war, um sie zu unterstützen.

„Es tut mir aufrichtig leid."

„Es war nicht nur das. Cousin Ned war dort und hat mich vor allen am Tisch gedemütigt."

Das Kribbeln, das er gespürt hatte, wurde zu Raserei. Wie konnte der Mann es wagen? Ned gehörte zu ihrer Familie!

„Er hat allen erzählt, wie gut ich in … in Mathematik bin." Ihre Stimme brach.

„Wie gut du in …" Als seine Wut nachließ, hatte Simon Mühe, nicht zu lachen. Er musste die Beleidigung überhören.

„Sind deine Fähigkeiten nicht etwas, auf das du sehr stolz sein solltest? Ich weiß, dass ich es bin."

„Es war die Art und Weise, wie er es sagte und wie er mich als eine solche Kuriosität darstellte. Und schlimmer noch, er erwähnte, dass ich dich und andere im Dorf ‚bediene' und ließ zunächst unklar, welche Dienste ich anbiete."

Jetzt erkannte er die Beleidigung. „Ich werde ihn bei lebendigem Leib häuten." In diesem Moment, als er seine weiche, üppige Frau in den Armen hielt, hätte er es wahrhaftig tun können. Er wollte jeden bestrafen, der ihr wehtat.

„Ich muss gestehen, liebster Ehemann, auch ich mache mir Sorgen um die Nacht, jetzt, wo ich in anderen Umständen bin."

Die Luft entwich aus seiner Lunge. Ihr plötzlicher Themenwechsel war völlig neu. Das brachte ihn schon genug aus dem Gleichgewicht. Doch ihre Sorge um ihr Baby seinetwegen kam so unerwartet und spiegelte seine eigenen Ängste wider, dass er nicht wusste, was er sagen sollte.

Würde sie ihn aus ihrem Zimmer verbannen? Bevor er überhaupt beweisen konnte, dass er geheilt war?

Vielleicht war es das Beste. Was, wenn er trotz allem, was Holtzenhelm ihn gelehrt hatte, die Kontrolle verlor?

JENNY SPÜRTE, WIE ER für einen Moment den Atem anhielt, dann entspannte er sich. Fast wünschte sie sich, sie hätte ihre Befürchtungen nicht geäußert. Doch sie musste es tun. Sie konnte sich nicht länger leichtfertig in Gefahr begeben, aus Angst, er könnte das Leben, das sie in sich trug, verletzen. Sie fragte sich, was später in dieser Nacht passieren würde.

Wie sich herausstellte, wäre Jenny die ausgefallene Lösung ihres Mannes nie in den Sinn gekommen, denn sie war in vielerlei Hinsicht unerhört. Simon beschloss, dass der Admiral die ganze Nacht auf einer Pritsche in ihrem Zimmer verbringen sollte.

„Wäre ein Hund am Ende des Bettes nicht besser, Mylord?“, sagte Binkley, der angesichts seiner wichtigen, aber auch peinlichen Position ein ernstes Gesicht machte.

Jenny hätte auch lieber einen Hund gehabt. Oder ihre Zofe, doch Simon erinnerte sie daran, wie er sie das letzte Mal angegriffen hatte, und eine Frau wäre vielleicht nicht stark genug, um ihn aufzuhalten.

Nachdem sie sich für den Abend zurückgezogen und abermals ein langes und köstliches Liebesspiel hinter sich gebracht hatten, das weitaus gemächlicher ablief als das vorherige, bat Simon Binkley in ihre Kammer.

Jenny lag in ihrem Nachthemd unter der Decke und hatte sich einen Bademantel über die Schultern geworfen, um das Geschehen zu beobachten. Simon watschelte in Unterhose und Morgenmantel zur Tür und ließ den Butler herein, von dem sie annahm, dass er im Flur gewartet hatte. *Wie beschämend!*

Vorhin, während sie gegessen hatten, war ein Feldbett hereingebracht und unter das Fenster gestellt worden, wo normalerweise zwei Stühle und ein kleiner Tisch standen.

Jenny musste beinahe über den säuerlichen Gesichtsausdruck des Admirals lachen. Simon hatte darauf bestanden, dass der Mann es sich bequem machte und sich zum Schlafen ankleidete, und so kam Binkley mit einer Nachtmütze auf seinem kahlen Kopf, einem bodenlangen Nachthemd und Hausschuhen, die darunter hervorlugten, herein.

„Schöne Mütze", sagte Simon, als der Butler sich niederließ.

„Danke, Mylord."

Simon stieg wieder ins Bett, während Binkley die Öllampen löschte, und dann im Schein des Mondes in sein Feldbett kroch.

Nach ein paar Minuten der Stille, in denen alle zu versuchen schienen, so leise wie möglich zu sein, sagte Jenny: „Das ist die seltsamste Nacht meines Lebens."

Simon lachte, rollte sich auf die Seite und schlug sein Kissen in Form.

„Für mich auch, Mylady." Binkley bewegte sich und sein Feldbett quietschte. „Gute Nacht."

„Das wollen wir hoffen", murmelte Simon. „Und dann kann dieses seltsame Arrangement so schnell wie möglich enden."

ALS JENNY AM NÄCHSTEN Morgen aufwachte, schliefen beide Männer noch tief und fest. Die Erkenntnis, dass nichts Ungewöhnliches passiert war, erfüllte sie mit purem Glück.

Simon lag auf dem Rücken und schnarchte leise, wirkte aber völlig friedlich.

Als sie ihren Butler ansah, unterdrückte sie ein hartnäckiges Kichern, das bei diesem Anblick auszubrechen drohte. Binkley hing seitlich von der Pritsche herunter, ein Arm und ein Bein schliffen über den Boden, und sein Kopf war zur Seite gelehnt. Eine knochige Schulter lag frei, wo sein Nachthemd heruntergerutscht war, und seine Nachtmütze war ganz abgefallen.

Könnte sie aus dem Bett aufstehen, um die Toilette und das Badezimmer zu benutzen? Sie würde sich auf Zehenspitzen am Admiral vorbei durch den Raum schleichen müssen. Zweifellos würde Binkley, der angewiesen worden war, nicht zu gehen, bevor einer von ihnen aufgestanden war, es begrüßen, wenn sie aufstünden, damit er seinen morgendlichen Pflichten nachkommen konnte.

Jenny schlüpfte aus dem Bett und schaffte es aus dem Zimmer, ohne die beiden Männer zu wecken. Vielleicht wäre ein Hund nützlicher.

KAPITEL DREISSIG

Simon fand seine liebe Ehefrau im Speisezimmer, wo sie Tee trank und eine Scheibe Toast verzehrte. Er hatte sich noch nie in seinem Leben so dankbar gefühlt.

Er grinste sie an, als sie von der Zeitung aufschaute, blieb stehen und breitete seine Arme nach ihr aus. Ihr Gesicht verzog sich zu einem strahlenden Lächeln, und sie stand auf und lief zu ihm.

Nachdem er sie fest an sich gedrückt hatte, lehnte er sich zurück und blickte in ihr schönes Gesicht.

„Du schienst ganz friedlich zu schlafen", sagte sie.

Er nickte und seine Kehle schnürte sich vor Rührung zu. Leicht hustend, sagte er: „Das habe ich."

„Hattest du einen schlechten Traum?" Ihre Augen waren groß vor Sorge.

„Den hatte ich." Trotzdem konnte er nicht verhindern, dass sein Lächeln wieder auftauchte.

Sie runzelte die Stirn. „Warum grinst du dann wie ein Dorftrottel?"

„Weil ich wusste, was es war, und mich nicht zu Gewalt provozieren ließ."

Verwundert schüttelte Jenny den Kopf und berührte seine Wange.

„Dafür hat sich die Trennung gelohnt, für den Rest unseres Lebens."

„Ich denke schon." Sollte er die Schuldgefühle erklären, die an ihm nagten und das gewalttätige Tier verursachten, das in seinen Träumen auftauchte? Er dachte nicht daran.

„Setz dich hin, meine Gemahlin. Lass mich dich bedienen. Möchtest du noch Tee?"

Ihr Lachen war wie die biblische Milch und der Honig, die seine Seele nährten. Sie setzte sich und klopfte auf den Stuhl neben sich.

„Bedienst du mich, weil der arme Binkley noch schläft?"

Simon nahm sich einen Teller mit warmem Frühstück von der Anrichte und setzte sich auf den angebotenen Platz neben ihr.

„Ich habe ihn mit einem schnellen Tritt in die Seite geweckt. Er ist ja eher wie ein Hund."

Sie kicherte leise. „Nein, er ist ein Schatz, wenn er uns erträgt. Aber deine Idee war ziemlich genial. Ich habe mich wohler gefühlt, als er dort war."

„Und dort soll er auch bleiben, zumindest für eine Weile."

Ihr zustimmendes Nicken ermutigte ihn. Sie würden es schaffen.

„Ist das alles, was du isst? Musst du nicht anfangen, für zwei zu essen?"

„Meine Güte, nein", sagte sie. „Wenn ich das täte, wäre ich so schwer wie ein Pferd, wenn unser Kind auf die Welt kommt."

„Also, ein Herbstbub." Er stellte sich einen Sohn mit Jennys kastanienbraunem Haar und sanften braunen Augen vor.

„Oder ein Mädchen", erinnerte sie ihn.

Ja, eine Tochter, die so klug und schön war wie seine Frau. Mein Gott, er würde die jungen Böcke mit einem Stock abwehren müssen.

Doch im Augenblick gab es nur sie beide, und er konnte sich nichts anderes wünschen.

„Sollen wir jetzt beginnen, über den Namen zu streiten?", neckte er sie.

Jenny lachte wieder und Simon freute sich darüber, wie ihre Augen funkelten, wenn sie ihn ansah.

„Warum tun wir nicht einfach so, als hätten wir uns bereits gestritten und ich hätte schon gewonnen?"

„Das klingt nach einer guten Idee." Sie war besonnen und praktisch veranlagt, und er konnte darauf vertrauen, dass Jenny ihrem Baby keinen abscheulichen Namen wie Napoleon oder Gertha geben würde.

Noch bevor Simon seine Eier und den Speck aufgegessen hatte, kam Binkley herein, der aussah, als hätte er sich nach den Demütigungen der Nacht eine zusätzliche Schicht Reserven angefuttert.

„Lord Cambrey ist hier, um Euch zu besuchen, Mylord", sagte er steif und blickte geradeaus. „Soll ich ihn bitten, in der Bibliothek zu warten?"

„Nein, führen Sie ihn herein."

Er wischte sich den Mund mit seiner Serviette ab und sah Jenny an.

„Es gibt keine Geheimnisse zwischen uns und nichts, was ich mit Cam bespreche, das ich nicht auch mit dir teilen könnte."

Sie schien vor Glück zu erröten.

Plötzlich fragte er: „Hast du ihm von unseren Neuigkeiten erzählt?"

Sie schüttelte den Kopf und machte große Augen. „Natürlich nicht, nicht bevor ich es dir gesagt habe."

„Ihm was gesagt?", fragte Cambrey, der schnell und mit viel Vertrautheit eintrat und sich zur Begrüßung auf den Oberschenkel klopfte, bevor er sich einen Stuhl heranzog und sich an ihren Tisch setzte.

„Setz dich doch", sagte Simon.

Mit dem gleichen Sarkasmus hob Cambrey seine Hände. „Egal, wie oft du es mir anbietest, ich sage nein. Ich brauche keine Nahrung. Zwing mir nicht dieses köstlich riechende Essen auf."

Jenny gluckste. „Es ist schön, dich zu sehen, Lord Cambrey. Bitte, bediene dich an unserer Anrichte. Heute ist Selbstbedienung. Aber ich werde dir einen Tee einschenken."

„Ich sage ja zum Tee und nein zum Rest. Ich habe schon gegessen, bevor ich kam. Ich bin hier, um über Politik zu reden."

„Vielleicht sollte ich die Herren allein lassen", sagte Jenny.

Simon schüttelte den Kopf. „Ich freue mich über deine Gesellschaft, meine Gemahlin. Ich glaube sogar, ich kann es nicht ertragen, wenn du den Raum verlässt."

Cambrey lachte über diese offene Aussage. „In der Tat, Lady Lindsey, geh nicht meinetwegen. Ich werde nicht lange bleiben und das Thema betrifft Frauen und Kinder genauso wie alle anderen."

Simon spürte, wie Jenny neben ihm aufschreckte. Sollte er seinem Freund jetzt von seinem Erben erzählen, oder würde sie das in Verlegenheit bringen? Er beschloss zu schweigen, bis sie bereit war zu sprechen. Doch er wusste genau, worauf Cam anspielte.

„Ah, ja", sagte Simon. „Lord Ashleys Gesetzentwurf."

„In der Tat. Ashley setzt sich immer noch für sein Fabrikgesetz ein, und ich unterstütze es. Ich hoffe, du wirst es auch tun." Cam lehnte sich in seinem Stuhl nach vorne.

„Natürlich", stimmte Simon zu. „Es wird verdammt noch mal Zeit."

Jenny stellte ihre Teetasse ab. „Ich hoffe, dass er diesmal angenommen wird. Es ist nur richtig, gerecht und menschlich. Wie kann man von jemandem erwarten, dass er länger als zehn Stunden am Tag arbeitet? Das sollte aber auch für die Männer gelten. Nach einem harten Arbeitstag brauchen die Frauen ihre Männer zu Hause, und die Kinder brauchen ihre Väter."

Cam lächelte. „Wir sollten deine Gräfin bitten, vor den Ministern zu sprechen."

Die beiden Männer lachten, doch Jenny war unnachgiebig. „Nein, danke. Ich glaube, ich bin schon genug über meine Rolle hinausgewachsen."

„Hast du die Buchhaltung also aufgegeben?"

Simons Ohren spitzten sich bei der Frage seines Freundes und er wartete auf ihre Antwort. Offensichtlich hatte sie es als Lady Lindsey nicht mehr nötig, für die Bürger von Belton zu arbeiten.

Ganz nach ihrer bescheidenen Art, warf sie ihm einen fragenden Blick zu.

Er griff nach ihrer Hand und nahm sie. „Ich hatte gehofft, dass du weiterhin die Bücher unserer Familie führen würdest."

Sie lächelte. „Das würde ich sehr gerne tun, Mylord."

„Nun, da das geklärt ist, werde ich mich auf den Weg machen." Cam erhob sich auf seine Füße. Ich wollte nur sichergehen, dass du morgen erscheinst, und ich dachte, ich müsste dich unter Druck setzen, damit du mit ‚Ja' stimmst."

Simon war schon oft im Parlament gewesen, allerdings nur auf der Besuchertribüne, und hatte seinem Vater oft dabei zugesehen, wie er die Angelegenheiten der Nation regelte. Dies wäre das erste Mal, dass er auf dem Lindsey-Sitz Platz nehmen würde.

„Wenn unsere Königin die Sitzung eröffnet, werde ich da sein", versprach er. „Ich bezweifle jedoch, dass sie sofort eine Abstimmung erzwingen werden. Ich bin sicher, die Mehrheit ist noch nicht in der Stadt."

„Das stimmt schon, doch Ashley wird versuchen, es zu seinem Vorteil zu nutzen. Er hat die Weihnachtszeit und den letzten Monat damit verbracht, jedes Mitglied des Parlaments zu besuchen. Er würde lieber morgen abstimmen, wenn ihm der Sieg so gut wie sicher ist.'"

Cam stand an der Tür, als sie sich plötzlich öffnete und Maggie den Raum betrat.

„Oh", sie hielt inne, als sie Lord Cambrey vor sich sah. Ihre Wangen erröteten in einem hübschen Rosaton.

„Miss Margaret", sagte Cam sofort mit einer flachen Verbeugung.

„Lord Cambrey", erwiderte sie mit einer tieferen Verbeugung. „Seid Ihr gerade angekommen? Gedenkt Ihr, mit uns zu frühstücken?"

„Nein, Mylady, ich war auf dem Weg zu gehen."

„Nun gut", sagte Maggie und ging an ihm vorbei zur Anrichte, um sich zu bedienen, wobei sie ihm den Rücken zuwandte.

„Ich begleite dich hinaus", bot Simon an. Er war froh, einen Moment für sich zu haben, um seinen Freund zu fragen, ob es noch etwas anderes gab, was er über Alder oder Darrows Handeln wissen sollte.

„Guten Tag, Lady Lindsey", sagte Cambrey, verbeugte sich vor Jenny und schenkte ihr sein übliches fröhliches Lächeln, das sie erwiderte. Mit einem Blick in Richtung Maggie fügte er hinzu: „Und Ihnen, Miss Margaret." Simon bemerkte, dass die Schwester seiner Frau nur ein flüchtiges Nicken von Cam erhielt, das sie vielleicht erwidert hätte, wenn sie es gesehen hätte, doch sie starrte auf die Auswahl an kaltem Fleisch.

Sie antwortete jedoch. „Guten Tag, Lord Cambrey."

JENNY SAH ZU, WIE ihr Gatte den Raum verließ. Sie bemerkte keinerlei unterschwellige Emotionen, da er nicht in der Stadt gewesen war, als sie glaubte, Zeugin einer aufkeimenden Romanze zu werden.

Wie sie ihre kokette Schwester kannte, war sie von dem ganzen Thema überrascht.

„Ich hätte erwartet, dass du Lord Cambrey zum Frühstück einlädst und kein Nein akzeptierst."

Sie erinnerte sich jedoch an Cambreys neutrale Stimme, als er mit Maggie sprach, die nicht mehr die Wärme ausstrahlte, die sie in den letzten, minutenlangen Gesprächen gehabt hatte.

Vielleicht hatte sie es falsch gedeutet, mutmaßte Jenny. Es war schon Wochen her, dass sie auf einer Veranstaltung der Saison gewesen war, und in dieser Zeit hatte sie ihre Schwester nicht von einem Tanz mit Cambrey sprechen hören.

Maggie nahm ihr gegenüber Platz, mit einem vollen Teller und einem leichten Ausdruck der Erleichterung. Jenny wäre nicht überrascht gewesen, wenn ihre Schwester gesagt hätte: „Gut, dass er weg ist."

Diese Botschaft steckte in jeder Faser ihres Wesens, als sie sich sichtlich entspannte.

„Was ist passiert?", fragte Jenny, setzte sich wieder auf ihren Platz und schenkte sich noch mehr Tee ein.

„Bezüglich was?", fragte Maggie unschuldig.

„Mit dir und Lord Cambrey, natürlich."

„Ich habe keine Ahnung, worauf du dich beziehst. Was ist mit mir und Lord Cambrey?" Jetzt starrte ihre Schwester sie ausdruckslos an und Jenny fühlte sich wie eine geschwätzige Närrin.

Jenny runzelte die Stirn. Hatte sie die Verbindung zwischen den beiden nur in ihrem eigenen Kopf hergestellt?

„Ich dachte … das heißt, genießt du seine Gesellschaft nicht?"

Maggie zuckte mit den Schultern und schmierte sich Marmelade auf ihren Toast. „Er ist durchaus nett, nehme ich an. Aber er ist sicher kein Lord Westing."

„Ich verstehe." Cambrey wurde von dem schneidigen Marquess verdrängt.

„Es gibt wirklich nichts zu verstehen, Jenn. Ich treffe diese Saison viele Männer, die ich mag. Es gibt keinen Grund, mich jetzt auf einen einzigen von ihnen festzulegen."

Ihre Schwester klang viel zu pragmatisch für ihr eigenes Wohl. Jenny lachte.

„Also?", fragte Maggie.

„Ich habe gerade gemerkt, dass ich mich darüber aufgeregt habe, dass du so praktisch klingst, während du genau das sagst, was ich mir wünsche."

Sie würde ihre Schwester in Ruhe nachdenken und sie ihren Weg finden lassen. Zweifellos würde Maggie sich vor dem Herbst für jemanden entscheiden, und wenn nicht, wäre das auch in Ordnung.

„ICH KANN NICHT GLAUBEN, dass du vor Ende der Saison abreist." Maggie hatte einen verwirrten Gesichtsausdruck aufgesetzt, als sie sprach. Vielleicht hatte sie nicht bemerkt, dass nur sie und ihre Mutter die Feierlichkeiten genossen. Simon war seit zwei Monaten zurück, und man sah Jenny ihren Zustand genug an, dass sie sich wahrlich in die Niederkunft begeben sollte.

„Ich möchte lange Spaziergänge machen und das kann ich hier nicht", erklärte Jenny.

„Die meisten Frauen wollen nur im Bett liegen", beschwerte sich Eleanor, die ebenfalls nicht wollte, dass ihre Schwester ging.

„Vielleicht haben sie aber auch keine andere Wahl", antwortete Jenny. „Außerdem, was macht es für einen Unterschied, ob ich hier oder in Belton Manor eingesperrt bin?"

Die Gesichter ihrer beiden Schwestern verzogen sich und wurden ganz traurig.

Maggie streckte die Hand aus und berührte ihren Arm. „Es *macht* einen Unterschied. Wir lieben dich, und deine Anwesenheit ist immer willkommen, auch wenn du hier zu Hause darauf wartest, zu erfahren, was bei Lady Pomley oder Lord Twiggins vor sich geht." Ihre Augen wurden feucht. „Aber ich verstehe vollkommen, dass es egoistisch von mir ist. Du solltest tun, was das Beste für dich ist. Wenn du das Bedürfnis nach Landluft und Spaziergängen in der Natur hast, dann sollst du das bekommen.“

„Danke.“ Jenny wusste ihre Unterstützung zu schätzen, denn es war äußerst schwierig, ihre Familie in London zu verlassen. Doch genau das wollte sie zusammen mit Simon tun.

Eleanor seufzte. „Wir müssen uns wohl ohnehin daran gewöhnen, ohne dich zu sein. Wenn wir wieder in Sheffield sind, werden wir in unserem Haus sein und du weit weg in deinem Anwesen.“

„Ihr wisst, dass ihr uns jederzeit besuchen könnt“, versicherte Jenny ihr. „Außerdem ist es nur eine Meile von Tür zu Tür.“ Sie alle lachten über Eleanors melodramatische Aussage.

Wenn Simon ihren Arm hielt, hatte Jenny nichts gegen eine weitere Veranstaltung in dieser Saison einzuwenden. Dieses Abendessen und der Ball waren eine intimere Angelegenheit als der Debütantenball, denn es kamen nur etwa sechzig Personen, lauter Freunde der Gastgeber. Einige, wie sie und Simon, waren verheiratet, andere wurden von der Gastgeberin zusammengeführt, die von den Eltern der Debütantinnen damit beauftragt worden war, Amor zu spielen. Maggie würde auch dort sein.

Da der Gastgeber und die Gastgeberin gute Freunde seines Vaters gewesen waren, wollte Simon teilnehmen und seinen Platz in der Gesellschaft als neuer Graf von Lindsey einnehmen. Außerdem wollte er, bevor er nach Sheffield zurückkehrte, alle Zweifel an seiner geistigen Befähigung ausräumen.

„Du bist mit Abstand die schönste Frau hier“, flüsterte Simon ihr ins Ohr, als sie den prächtigen Speisesaal betraten, in dem es bereits feierlich und laut zuging, da die Leute mithilfe von Mägden und Dienern nach ihren Tischkarten suchten.

„Ich bin mit Abstand die molligste Frau hier. Henrietta hat dieses Kleid bis zum Äußersten ausreizen müssen." Trotzdem lächelte sie ihren Mann an, der so elegant in Schwarz und Grau gekleidet war.

Als sie Platz genommen hatten, rief der Gastgeber zur Ruhe auf und stellte sich und seine Frau am anderen Ende des Tisches vor. Die Gäste wurden aufgefordert, sich zu amüsieren und „die anderen nicht zu langweilen".

Alle lachten. Jenny war erleichtert, dass sie bei dieser Veranstaltung neben Simon sitzen durfte und nicht wie bei den meisten anderen Veranstaltungen von ihm getrennt wurde. Die verheirateten Paare waren nur dazu da, um den Tisch zu besetzen und für Ordnung zu sorgen, während die unverheirateten Gäste nach einer Laune der Gastgeberin zusammengesetzt wurden. Maggie saß ihr gegenüber, neben einem jungen Mann, den Jenny noch nie zuvor gesehen hatte.

Sie nahm einen Schluck ihrer Limonade, die das Unwohlsein in Schach hielt, obgleich es nur noch selten auftrat, und ließ ihren Blick über den langen Tisch schweifen. Unter den mehr als dreißig Paaren fiel ihr Blick auf Lord Cambrey, der bereits in ein Gespräch mit einer blonden jungen Frau vertieft war.

Sie hatte sich in allen Punkten geirrt. Cambrey sah nicht so aus, als wäre er verärgert oder würde sich nach ihrer Schwester verzehren. Als sie zu Maggie hinüberschaute, schien sie von ihrem Partner an diesem Abend völlig hingerissen zu sein.

Ein Jammer, dachte Jenny. Sie schienen gut zueinanderzupassen.

Ihr Blick wanderte weiter und – Neddy! Er starrte sie unverhohlen an. Einen Moment lang schien ihr Herzschlag vor Angst zu rasen. Was für eine Bosheit würde ihr Cousin heute Abend wohl anstellen? Dann lachte Simon über etwas, das sein Nachbar sagte. Gleichzeitig spürte sie seine warme Hand, die in ihren Schoß kroch und auf ihrem

Innenschenkel ruhte. Ihr Puls beschleunigte sich auf eine angenehme Weise.

Ihre Angst verflog augenblicklich. Ned wagte es nicht, sie anzusprechen, nicht mit ihrem Gatten an ihrer Seite.

Wie sich herausstellte, war ihr Cousin nicht klug genug, um zu erkennen, dass er es nicht wagen sollte. Als das Abendessen beendet war und die Musiker sich aufwärmten, wich Simon kurz von ihrer Seite, um mit ihrem Gastgeber im Herrenzimmer zu sprechen. Ned muss auf seine Chance gewartet haben. Denn kaum war Simon zwischen einer Dame in einem prächtigen blauen Kleid und einem Mann in einem absurden grünen Anzug verschwunden, tauchte ihr Cousin vor ihr auf.

„Lady Lindsey", sagte er.

„Ned", erwiderte sie und machte sich nicht einmal die Mühe, höflich zu sein.

Er errötete über ihre Unverschämtheit, doch Jenny merkte, dass ihr das völlig egal war. Die Tatsache, dass sie ein Kind erwartete, führte dazu, dass sie sich weniger um Nebensächlichkeiten wie ihren Cousin scherte.

„Dein Ehemann ist zurück."

„Das hast du sehr gut beobachtet."

Neds Gesichtsausdruck war missmutig. „Ich wollte dir verspätet zu deiner Hochzeit gratulieren."

„Wirklich?" Sie hielt inne, denn zweifellos steckte noch mehr dahinter.

„Ja, ich kann es dir nicht verübeln, dass du dem Grafen auf jede erdenkliche Weise nachgestellt hast", sagte er mit einem Blick auf ihren Bauch, dessen blühende Größe nicht mehr von den Falten ihres Kleides verdeckt werden konnte.

Dass Ned ihren Zustand auch nur andeutungsweise erwähnte, war mehr als unangemessen, doch sie wollte sich nicht aufregen. Jenny beschloss, einfach wegzugehen, denn es war klar, dass er noch mehr Beleidigungen von sich geben würde, um seinen eigenen Stolz zu befriedigen.

Als sie versuchte, an ihm vorbeizugehen, spürte sie, wie sich seine Finger um ihren Oberarm schlangen.

„Die Manieren einer Gräfin gebieten es, nicht einfach wütend wegzugehen. Wir sind schließlich eine Familie."

Sie versuchte, sich aus seinem Griff zu befreien, doch er hielt sie fest.

„Du hast vergessen, dass wir eine Familie sind, als du versucht hast, mich zu erniedrigen und meinen Mann beim Chantel-Weiss-Essen zu beschämen."

„Ein gut gemeinter Rat", sagte Ned und ignorierte ihre Bemerkung, während er mit dem Daumen über ihren Arm strich, was sie vor Abscheu erschauern ließ. „Lass dich nicht von der Wut darüber, bei dem Lord der Verzweiflung gelandet zu sein, dazu verleiten, jedes Angebot für ein paar Minuten Glück anzunehmen. Man sagt zum Beispiel, dass Lady L. am Serpentine mit Lord A. gesehen wurde."

Um sich zu befreien, trat sie mit dem Absatz auf seinen Stiefel.

„Autsch!" Ned stieß einen Schmerzenslaut aus, doch er packte sie nur noch fester. „Du solltest etwas mehr Würde an den Tag legen."

„Das solltest du auch! Du hast eine Schwester, an die du denken musst. Dein Verhalten könnte ein schlechtes Licht auf sie werfen, wenn sie debütiert. Lass mich los."

„Die Dame hat dich aufgefordert, sie loszulassen", kam Simons Stimme. „Doch du hast ihr nicht sofort gehorcht. Wie gefährlich dumm von dir!"

KAPITEL EINUNDDREISSIG

Hastig ließ Ned seine Hand von ihrem Arm gleiten.

Simon trat dicht an ihren Cousin heran, Brust an Brust, obwohl ihr Gemahl gut zehn Zentimeter größer war. Sie beobachtete, wie Ned seinen Hals reckte, um Simon in die Augen zu sehen, und wie er nervös schluckte, als er dem Grafen gegenüberstand.

„Was ich nicht verstehe, Darrow", fuhr Simon mit leiser Stimme fort, „ist, warum du meine Ehefrau überhaupt angefasst hast. Ich sollte dich im Morgengrauen treffen, um das zu klären."

Jenny spürte einen Anflug von Angst. Sie hatte keinen Zweifel daran, dass Simon der bessere Schütze und Fechter war, doch Unfälle passierten jedes Jahr. Sie wollte nicht zur Witwe werden.

Neds Gesicht wurde weiß. „Das ist illegal, Lindsey, und das wisst Ihr."

Simon schnalzte mit der Zunge. „Du versteckst dich hinter einer Formalität? Ich könnte deine Feigheit verbreiten und bis Mitternacht würdest du in sämtlichen Clubs in London ausgelacht werden."

Ned sah sie hilfesuchend an, und sie konnte nicht anders, als über sein plötzlich kindisches Auftreten mit den Augen zu rollen. Dennoch wollte sie kein Blutvergießen, schon gar nicht wegen eines solch lächerlichen Verhaltens. Es war besser, die Gelegenheit zu nutzen, um dem Mann eine Lektion zu erteilen.

„Erscheint mein Ehemann geistig oder anderweitig beeinträchtigt zu sein?"

Ned schluckte erneut und sein nervöser Blick wanderte zwischen Simon und Jenny hin und her.

„Nein, nein, natürlich nicht."

Jenny legte ihre Hand auf Simons Arm, zog ihn leicht zurück und hielt sich an ihm fest. Sie spürte, wie sich sein muskulöser Körper entspannte.

„Dann schlage ich vor, dass du, anstatt Gerüchte zu verbreiten, überlegst, wie deine Verbindung zum Haus Devere dir und Maisie helfen könnte. Wie ich schon sagte, könnten deine Handlungen den Chancen deiner Schwester in ihrer ersten Saison schaden. Aber sie können auch helfen, genauso wie die neue Verbindung der Darrows mit den Lindseys. Denke darüber nach. Anstatt im Morgengrauen dem sicheren Tod ins Auge zu sehen, solltest du lieber die Geschichte von der Rückkehr deines tapferen, intelligenten, neuen Schwippschwagers verbreiten."

Simon schnaubte und bezweifelte, dass es zu einem solchen Waffenstillstand kommen könnte. Doch Ned sah nachdenklich aus. Schließlich hatte er durch seine Feindseligkeit nichts zu gewinnen und alles zu verlieren.

Es gab eine kurze Pause.

„Offensichtlich hat meine liebe Cousine völlig recht. Lord Lindsey, ich entschuldige mich für jede vermeintliche Unhöflichkeit meinerseits. Ich wünsche Euch und Eurer Gräfin nur das Beste."

Nach einer tiefen Verbeugung verschwand er.

Simon sah sie mit großen Augen, einem kleinen Stirnrunzeln und sogar mit leicht geöffnetem Mund an. „Wie zur Hölle hast du das gemacht?"

Jenny lächelte ihn an. „Ich habe lediglich an seine praktische Seite appelliert."

„Ich schwöre, Gemahlin, du solltest ins Parlament gehen, nicht ich, denn du bist eine geborene Diplomatin."

„Ehrlich gesagt, ich möchte nach Hause nach Belton gehen."

„Und dort werden wir auch hinfahren. Aber zuerst werde ich mit meiner Gräfin tanzen und sie allen vorführen."

SCHON IN DER ERSTEN Nacht zu Hause war klar, dass alles anders werden würde.

Das Personal informierte sie über die Abreise von Lady Devere und Peter und Alice nach Frankreich. Jenny verspürte einen Anflug von Traurigkeit. Auch wenn die Witwe keine gute Gesellschaft war, waren die Kinder lebhaft und lustig. Wenn sie mehr Zeit mit ihnen verbracht hätte, wäre aus ihrer Zuneigung zu ihnen Liebe geworden.

„Ich hoffe, sie kommt uns wieder besuchen und bringt die Kinder mit", erklärte Jenny und sah ziemlich missmutig aus.

„Ich hoffe, sie hat das Silber und den Familienschmuck nicht mitgenommen", murmelte Simon und bemühte sich dann, seine Frau von ihrer Abwesenheit abzulenken.

Zuerst wollte er heulen, weil sein Leben so ungerecht war. Er hatte die perfekte Frau getroffen und sich verliebt. Wie um Himmels willen hatte man ihn wieder eingefangen und zurück nach Birma gebracht?

Er drückte gegen den Boden, um sich aufzurichten, und spürte, wie der weiche Schmutz unter seinen Handflächen nachgab. Weicher Dreck. Das war nicht richtig. Er wusste, dass er hart wie Stein sein sollte. Er stand trotzdem auf, und zwar schnell, denn je länger er auf dem Boden lag, desto größer war die Wahrscheinlichkeit, dass die Ratten ihn beißen würden. Doch es waren keine da.

Simon lachte fast vor Erleichterung. Es gab kein Ungeziefer irgendeiner Art. Die Zelle war so sauber wie jedes beliebige Zimmer im Belton Manor. Das hier war nicht real. Er wusste, dass der imaginäre Toby auch irgendwo in dem Traum war, und das ernüchterte ihn. Aber er hatte den Albtraum schon so oft gehabt, dass er wusste, wann er die Augen abwenden musste, um ihn nicht zu sehen. Und dann kam der Wächter und klapperte mit seinen Schlüsseln.

Es ist nicht meine Schuld, dass Toby gestorben ist, und ich kann ihm auch jetzt nicht helfen. Es gibt keinen Grund, den Kerkermeister zu töten.

Mit dieser Erkenntnis wachte Simon auf und fand sich noch immer neben seiner leisen schnarchenden Frau liegend wieder, die ihren Rücken gegen seinen Arm drückte.

Glücklich schloss er die Augen und fiel wieder in einen friedlichen Schlaf.

ALS SIE SICH AM nächsten Abend auszogen, um ins Bett zu gehen, kraulte Simon ihren Nacken und erklärte: „Du kannst mit der Einrichtung der Kinderstube beginnen, sobald du willst.“

Jenny biss sich bei seinen Worten auf die Lippe. „Das bringt Unglück, nicht wahr? Außerdem haben wir noch kein Zimmer ausgesucht. Wo wird das Kinderzimmer sein?“

Er nahm ihre Hände in seine und zog sie an sich.

„Dein altes Schlafzimmer wird das Kinderzimmer sein, so ist unser Kind nicht weit von uns entfernt, und du wirst die Kammer nicht mehr brauchen.“

Sie konnte das Lächeln nicht zurückhalten, das auf ihrem Gesicht erschien, und seine nächsten Worte verstärkten es noch mehr.

„Ich hoffe, werte Gemahlin, dass wir auf Binkley zu unseren Füßen verzichten können. Sollen wir das heute Abend tun?" Er nahm ihr Gesicht in seine Hände.

Ohne einen Moment zu zögern, nickte Jenny. „Ja, wahrlich, ich denke, das sollten wir."

Sie besiegelten ihre neue Vereinbarung mit einem Kuss, woraufhin er zu den Fenstern deutete, wo das Feldbett des Butlers unübersehbar fehlte. Sie klatschte vor Freude in die Hände.

„Es wird besonders angenehm sein, wenn wir uns beim Liebesspiel nicht auf ein einziges Mal vor dem Schlafen beschränken müssen", sagte Simon, als er ihr Kleid aufknöpfte und von den Schultern streifte, dann drehte er sie in seinen Armen um.

„Manchmal wache ich nachts auf und sehne mich danach, in dir zu versinken, nur um festzustellen, dass Binkley in der Ecke des Zimmers schnarcht."

Jenny kicherte, woraufhin er nach unten griff, mit beiden Händen ihr Gesäß packte und es mit kräftigen Fingern drückte und knetete.

„Ich kann dich nicht mehr fest an mich ziehen", stellte er fest.

Jenny seufzte leise. „Mein Bauch wird zu einem Hindernis."

„Unsinn, das bedeutet nur, dass wir in unseren Bemühungen kreativer werden müssen. Zunächst einmal müssen wir uns unserer Kleidung entledigen, und zwar rasch. Ich muss einen besseren Zugang zu deinem üppigen Körper finden."

Sie spürte, wie sie von Kopf bis Fuß errötete, willigte jedoch ein und erlaubte ihm, ihre Unterwäsche so schnell wie möglich auszuziehen. In diesem Stadium ihrer Schwangerschaft war sie besonders erregt und es pochte an allen richtigen Stellen.

Simon brauchte sie ja kaum anzusehen und sie spürte Feuchtigkeit zwischen ihren Schenkeln. War das normal? Normal oder nicht, ihr Appetit auf ihren Gatten war fast unersättlich. Jenny dankte dem Himmel, dass Simon stark genug gewesen war, sie zu verlassen und sich behandeln zu lassen. Sie war sogar noch dankbarer, dass er zurückgekommen war.

„Warum grinst du so?", fragte er, zog sie aufs Bett und ließ seinen Mund sofort auf ihre reife, rosige Brustwarze sinken, ohne eine Antwort abzuwarten.

„Kein Binkley mehr", murmelte sie und beugte sich seiner verruchten Zunge und seinen Zähnen entgegen.

Er hob seinen Kopf und sah sie an.

„Deine Lippen sind schamlos geöffnet, dein Haar wallt um dich herum, du bist splitternackt, dein Körper ist prall und üppig, und in deinen Augen funkelt es vor Leidenschaft. Mit anderen Worten: Du bist eine Göttin, genau wie ich dich haben will. Doch du denkst an Binkley?"

Sie lachte, unfähig, ihren kehligen Tonfall zu unterdrücken, der von Verlangen geprägt war.

„Nein, mein Gemahl. Ich denke nicht an Binkley. Um Himmels willen, berühre mich noch einmal. Berühre mich überall. Doch besonders hier."

Sie strich über die feuchten Locken unter ihrem blühenden Bauch. „Bitte", ergänzte sie.

„Mit Vergnügen." Simon sog ihre Brustwarze wieder in seinen Mund, während seine Hand ihre ablöste und ihr bereits geschwollenes Fleisch streichelte.

Stöhnend schloss sie ihre Augen, unfähig zu denken. Sie verausgabte sich schnell und tat es dann wieder, nachdem er in sie eingedrungen war, manchmal sogar mehr als zweimal. Als er sanft über ihren empfindlichen Punkt strich, genau dort, wo sie am stärksten pulsierte, hatte Jenny das Gefühl, als würde ein Damm in ihr brechen.

„Ja", schrie sie und krallte sich an den Laken fest, während sich ihre Hüften vom Bett erhoben. „Jaaaa!"

Ihr Höhepunkt bewirkte, dass sich jeder Muskel in ihrem Körper anspannte und dann entspannte. Als ihr Körper wieder auf der Bettdecke zu zerschmelzen schien, stieß sie einen zufriedenen Laut aus.

„Das brauchte ich."

„Ich hoffe, du bist noch nicht fertig", sagte Simon in einem etwas schroffen Ton, „denn ich bin selbst recht bedürftig."

Sie rollte sich auf die Seite, so wie sie es gelernt hatte, und drückte sich gegen Simon, bis er sein Glied in ihre erhitzte Spalte schob.

„Hast du es bequem?", fragte er und bewegte sich weiterhin sanft.

„Ich beschwere mich nicht", sagte sie. „Ich will nicht zu pragmatisch klingen, doch mir ist jedes Mittel recht, um dies zu erreichen."

Das brachte ihn zum Lachen und er hätte sich fast von ihr gelöst.

„Du bist unbezahlbar." Er küsste ihren Hals und machte sich daran, sie beide zu erlösen.

„JEMAND IST IN JONLING Hall eingezogen", rief Jenny, als sie in die Bibliothek stürmte, in der ihr geliebter Ehemann saß und arbeitete.

Sie kam gerade von einem der seltenen Spaziergänge zurück, bei denen Simon sie nicht begleitete, denn Cam hatte Papiere aus London mit parlamentarischen Angelegenheiten geschickt. Simon würde in Kürze wieder aufbrechen, um sich Debatten anzuhören und abzustimmen. Sie war nicht begeistert von der Aussicht, akzeptierte jedoch, dass es die Pflicht ihres Gemahls war. Nächstes Jahr um diese Zeit würden beide für die Dauer der Parlamentssitzung in London bleiben, und sie war froh, dass er ihr und ihrem ungeborenen Kind zuliebe London verlassen hatte.

Als sie eintrat, stand Simon schnell auf und verteilte dabei die Papiere auf dem Tisch.

„Du sollst nicht so herumrennen", befahl er. „Bist du den ganzen Weg hierher gerannt und die Treppe hochgestürmt?"

„Vielleicht", gab sie zu und setzte sich sittsam auf das Sofa, auf dem sie einst Maudes Kindern Bücher vorgelesen hatte. Sie vermisste sie noch immer. Doch bald würde sie ihr eigenes Kind haben, dem sie vorlesen konnte.

„Warum lächelst du?", fragte Simon, als er sich neben sie setzte. „Ist es wegen des Bewohners der Hall?"

„Oh, die Hall! Das hatte ich schon vergessen."

„Werte Gemahlin", sagte Simon, fasste ihr Kinn und brachte sie dazu, ihn anzusehen. „Ich muss sagen, das passiert immer öfter. Je größer dein Bauch wird, desto kleiner wird dein Gehirn, fürchte ich." Dann lachte er, bis sie ihr Kinn losriss. Und noch immer lachte er, lehnte sich auf dem Sofa zurück und schloss dabei die Augen.

„Das ist nicht lustig", sagte sie und ärgerte sich ziemlich über ihn. Sie wusste, dass sie nicht mehr ganz so scharfsinnig war wie vor der Gründung ihrer Familie, doch er musste es ihr nicht unter die Nase reiben, als wäre sie nur ein hirnloses Schaf.

Er wischte sich über die Augen. „Das ist es. Es tut mir leid, dass ich so unverblümt war, aber du stürmtest hier herein und warst ganz aufgeregt wegen Jonling Hall und zwei Sekunden später saßt du mit einem leeren Blick in deinem süßen Gesicht da und hast jeden Gedanken daran vergessen."

„*Hmpf*!" Sie verschränkte ihre Arme und stützte sie auf ihren dicken Bauch. „Ich dachte nur daran, dass wir eines Tages in dieser Bibliothek sitzen und unseren eigenen Kindern vorlesen werden."

Das ernüchterte ihn.

„Ich kann es kaum erwarten. Du wirst eine wunderbare Mutter sein. Apropos, wir sollten den besten Geburtshelfer in ganz England finden und ihn sofort hierher bestellen."

„*Ihn*? Und wenn ich eine Hebamme finde? Ich kenne sogar schon eine. Sie ist die Frau des Bäckers, dessen Bücher ich früher abrechnete.“

„Eine Bäckersfrau, die mein Kind entbindet?“

Über den schockierten Gesichtsausdruck ihres Gatten musste sie fast lachen.

„Ich ziehe Emily einem fremden Mann vor. Denk nur daran, wie unangenehm es sein wird, wenn du ihm jedes Mal, wenn er mich auch nur ansieht, mit körperlichen Schäden drohen musst. Außerdem hat Emily sieben eigene Kinder geboren.“

Er wirkte beschwichtigt, fragte aber trotzdem: „Und wer hat ihre sieben entbunden, das würde ich gerne wissen?“

„Soweit ich weiß, hat sie es nur mit der Hilfe ihres Mannes getan. Vielleicht möchtest du mir helfen?“

Simon schaute weg. „Ich denke, Emily wird das schon schaffen. Jetzt sag mir, wer in Jonling Hall eingezogen ist.“

Sie konnte das Lachen über sich selbst nicht unterdrücken. „Nun, ich weiß es nicht. In der Einfahrt stand eine Kutsche und aus dem Hauptschornstein kam Rauch. Ich bin sofort nach Hause gekommen, um es dir zu sagen.“

Ein Stirnrunzeln erschien auf der hübschen Stirn ihres Gatten. „Ich denke, ich werde zuerst eine Nachricht schicken, um unseren neuen Nachbarn zu begrüßen und ihn einzuladen—“

„Oder sie“, erinnerte Jenny ihn.

„Nein, du hast natürlich recht.“ Sie fühlte sich noch immer gedemütigt von diesem Moment mit Ned. „Dennoch wäre es nicht völlig abwegig, eine Visitenkarte zu hinterlassen und eine sofortige Antwort zu erwarten, da es sich um den Wohnsitz deiner Familie handelt.“

„Wahrlich, doch mir ist es lieber, wenn der Fremde hierherkommt, als dass blindlings in das Haus einzudringen, ohne sich vorher zu informieren.“

„Du klingst wie ein Soldat.“

Er zuckte mit den Schultern.

„Also gut“, stimmte Jenny zu. „Schick Binkley sofort mit der Einladung los. Ich bin sehr neugierig.“

Er schenkte ihr ein so liebevolles Lächeln, dass es ihr den Atem raubte.

„Ja, meine Gemahlin. Das werde ich tun. Auf dein Geheiß hin sofort. Und darf ich sagen, dass du wie ein General klingst?“

Es dauerte nicht einmal einen Tag, bis sie eine Antwort erhielten, denn eine Stunde, nachdem Binkley die Nachricht auf dem Landgut abgeliefert hatte, kam eine Einladung zum Essen am nächsten Abend zurück.

„Lass mich mal sehen“, flehte Jenny und griff nach dem Brief, den Simon in der Hand hielt.

Er ließ zu, dass sie es ihm aufgeregt entriss.

„Das ist sicher die Handschrift eines Mannes“, vermutete sie. „Sie ist nicht sehr akribisch, eher willkürlich, um genau zu sein. Trotzdem ist sie gut lesbar. Und unterschrieben mit J. Turner.“

Simon schenkte sich einen Drink ein.

„Ein sehr ordentlicher Nachname“, sagte Jenny.

Ihr Mann zuckte mit den Schultern. „Er sagt mir nichts.“

„Ich denke, wir müssen bis morgen warten.“ Manchmal war es nicht leicht, geduldig zu sein, doch Jenny hatte das Schlimmste an Ungeduld überstanden, als sie in London auf Simon wartete. Ein paar Stunden bis zum Treffen mit dem geheimnisvollen Fremden konnte sie sicher verkraften.

„Sollten wir nicht lieber ablehnen?“

Simons Worte waren wie ein Eimer kaltes Wasser, der über ihren Kopf gegossen wurde. Wie ein Kind erlebte sie die Enttäuschung, dass ein möglicher Ausflug unerwartet vereitelt wurde.

„Ich weiß, dass es dir lieber wäre, wenn dieser Mr. Turner hierherkäme, aber ich bin mir sicher, dass er uns nichts Böses will, wenn er uns zum Essen eingeladen hat.“

„Trotzdem ist es etwas hochmütig von diesem Fremden, unsere Einladung abzulehnen und uns stattdessen seine eigene zu schicken.“

„Simon, bitte, können wir hingehen?"

Er lächelte sie an und sie wusste, dass sie gehen würden.

„Du musst mich nur um etwas bitten, liebe Gemahlin, und du weißt, dass ich es gewähren werde."

„Deshalb passen wir so gut zusammen." Und sie brach in Gelächter aus, als er seine Hingabe zum Ausdruck brachte.

KAPITEL ZWEIUNDDREIßIG

Simon wusste, dass Jenny sich darauf freute, endlich einen Fuß in Jonling Hall zu setzen. Bei ihm weckte es jedoch kristallklare Erinnerungen an Toby und an die vielen Male, die sie zusammen gelacht und gegessen hatten. Er war wie ein Bruder gewesen und Simon war ihm zuliebe nach Birma gegangen, weil er seinen Cousin nicht allein den Gefahren aussetzen wollte. *Wie sich nun alles geändert hatte!*

Simon schüttelte die Wehmut ab und half Jenny aus der Kutsche; sein Tilbury bot genügend Platz für sie beide. Mit der Hand an seinem Arm näherten sie sich der Haustür. Offensichtlich hatte man dem Diener gesagt, er solle nach ihnen Ausschau halten, denn sie öffnete sich, bevor sie sie erreichten.

Simon wünschte, er würde nicht das Kribbeln des Unbehagens dabei verspüren, seine schwangere Frau an diesen einst so fröhlichen Ort zu bringen und sich dem Unbekannten zu stellen.

Ein freundliches Dienstmädchen, kein ernstzunehmender Butler, begrüßte sie an der Tür. Ein Zeichen dafür, dass dieser Turner, wie Simon vermutete, nicht von Adel war.

„Guten Abend, Mylord", sagte sie und vollführte einen Knicks vor Simon, „und Euch, Mylady." Das Dienstmädchen senkte den Kopf für Jenny. „Mein Herr wünscht, dass Ihr Euch zu ihm in den Salon begebt."

Simon fiel es schwer, den Kloß in seinem Hals zu ignorieren. Es war furchtbar seltsam, dass diese fremde junge Dame ihn durch das Haus führte, das er so gut kannte wie sein eigenes. Außerdem erkannte er mit einem Mal, dass Maude das Mobiliar zurückgelassen hatte. Da war der Spiegel, in dem Toby seine Haare begutachtet hatte, als sie das letzte Mal mit Simons Vater zum Essen gegangen waren.

Und hier, als sie den Salon betraten, stand der Stuhl, auf dem Simon sich ausgestreckt hatte, während Toby ihm einen Witz über zwei Pferde erzählte, die um die Wette ritten. Er hatte gelacht, bis seine Augen tränten, so wie Jenny ihn jetzt zum Lachen brachte. Zum Glück hatte er Jenny.

Simon drückte ihre Hand, mehr um sich selbst zu beruhigen als sie, und blieb in der Mitte des Raumes stehen, als das Hausmädchen verschwand.

„Wir sollten uns setzen", sagte Jenny.

Simon bewegte sich nicht. Sein Blick war auf ein Landschaftsgemälde über dem Kamin gerichtet.

„Es ist alles noch genau so, wie es vor Tobys Tod war, sogar bevor Maude einzog."

Als er spürte, wie sie ihn sanft an der Schulter berührte, schaute er zu ihr hinunter, doch sie blickte zur Tür. Als Simon sich umdrehte, bemerkte er, dass ihr Gastgeber leise und unbemerkt eingetreten war.

„Sie!", rief Simon aus.

Der Mann trat vor, die Hände im Rücken verschränkt, und Simon schob Jenny fast hinter sich, um sie zu schützen.

„Ich freue mich, dass Ihr meiner Einladung gefolgt seid, Lord Lindsey", begrüßte ihn der Mann mit einer tiefen Verbeugung. „Und Ihre reizende Gräfin, nehme ich an." Er verbeugte sich auch vor ihr.

„Was hat das zu bedeuten?", fragte Simon.

„Ich verstehe nicht." Jenny drehte sich besorgt zu ihm um. „Simon, was ist los?"

„Das ist der Spieler, den ich bei Crocky's getroffen habe", sagte er ihr und betrachtete das Gesicht des Mannes. „Der, der für meinen Onkel gespielt hat."

„Wirklich!" Sie wandte sich dem Mann zu und musterte ihn offen. Er liebte sie umso mehr für ihre Reaktion. Weder Angst noch Hysterie.

„Es ist wahr, Mylady. Aber es steckt noch mehr dahinter, und deshalb habe ich dieses Haus gekauft."

„Was Sie nicht sagen." Simon war ganz und gar nicht zu Spielchen aufgelegt.

„Ich will Euch und Eurer Gattin nichts Böses. Und wir sind nun Nachbarn. Würdet Ihr mit mir zu Abend essen?"

Simon hätte den Gedanken beinahe sofort verworfen. Doch die Manieren des Mannes waren bisher tadellos, und trotz des etwas geschmacklosen Berufs und der geheimnisvollen Art und Weise, wie er sich Jonling Hall angeeignet hatte, ging keine offensichtliche Bedrohung von ihm aus.

Es war jedoch Jennys kurzer, zustimmender Blick, der ihn überzeugte.

„Also gut, Mr. Turner, ehemals Mr. Carlyle. Wir werden zusammen zu Abend essen."

Schon bald saßen sie an einem Ende des Esstisches, Jenny und Simon einander gegenüber und der Gastgeber am Kopfende.

Als jeder von ihnen ein Glas Wein serviert bekam und eine Hasensuppe vor sich stehen hatte, konnte Simon nicht länger warten.

„Ich möchte nicht unhöflich sein, aber warum die Heimlichtuerei, warum die verschiedenen Decknamen? Sind Sie Turner oder Carlyle? Denn ich mag es nicht, mit Fremden oder Lügnern zu essen."

Ihr Gastgeber nickte. „Ich bin ein Turner. Carlyle ist mein zweiter Vorname."

„Verraten Sie uns das Geheimnis, wie Sie hierhergekommen sind?" Jennys Stimme und ihre Frage waren weit weniger bestimmt als seine eigene, wie es sich für eine gut gesittete Gräfin gehörte.

In der Hoffnung, dass Turner es ihm gleichtun würde, wenn er ehrlich war, fügte Simon hinzu: „In Wahrheit kamen Sie mir in London gleich bekannt vor, obwohl ich nicht glaube, dass wir uns jemals begegnet sind. Täusche ich mich?"

„Ich glaube, Ihr seht eine familiäre Ähnlichkeit. Ich bin Euer Cousin, der älteste Sohn von James Devere."

Simon fühlte sich, als hätte er es schon immer gewusst. Doch die Vorstellung, dass dieser Mann Tobys Halbbruder war und nun in seinem Haus lebte, traf Simon wie ein Schlag. Er unterdrückte den Instinkt, die Worte des Mannes zu leugnen oder wütend auf ihn zu sein, weil er noch lebte, während Toby tot war, und stellte die einzige Frage, die er stellen konnte.

„Wusste Tobias von Ihnen?"

„Nein."

„J. Turner", sagte Jenny. „Dann heißen Sie auch James?"

„Jameson", sagte er leise. „Meine Mutter ist eine Turner und ihre einzige Möglichkeit, meine Herkunft zu würdigen, war, mir diesen Namen zu geben."

Simon dachte noch immer darüber nach, was Toby davon gehalten hätte, einen unehelichen Bruder zu haben.

„Ich glaube, Tobias hätte sich gefreut, Sie kennenzulernen, oder zumindest von Ihnen zu hören."

„Meint Ihr?", fragte ihr Gastgeber. „Das habe ich mich oft gefragt. Ich habe meinen Vater gebeten, mich meinen Halbbruder kennenlernen zu lassen, doch er verwehrte es mir."

„Vielleicht, um Tobias' Mutter eine Blamage zu ersparen?", überlegte Simon, denn sie erkannten die Unehelichkeit des Mannes an, ohne es auszusprechen.

„Vielleicht. Er benutzte mich gerne für sein Glücksspiel, und ich versuchte, ihm zu helfen, indem ich Crocky bei

Laune hielt. Ihr werdet es vielleicht nicht glauben, doch die Summe, die die Deveres gezahlt haben, zusammen mit dem Betrag, den ich an den Tischen gewonnen habe, entsprach ungefähr den Schulden meines Vaters.“

„Ich verstehe. Und *mein* Vater hat davon gewusst?“

„Ich weiß es nicht. Ich weiß, dass Tobias von Eurem Vater angewiesen wurde, diese Einnahmen zu schicken, um seinem Bruder zu helfen.“

„Es scheint, als hätte jeder außer mir von dieser Schuld gewusst“, sagte Simon und versuchte, nicht verbittert zu klingen.

„Ihr wart damals noch nicht der Graf von Lindsey, und Tobias wusste nur, dass er dem Grafen gehorchte und gleichzeitig seinem Vater half.“

„Was wird Ihr Vater jetzt tun?“, fragte Jenny, die still geblieben war.

Simon beobachtete, wie der Fremde sich Jenny zuwandte, und irgendetwas an seinem Profil sah Toby so ähnlich, dass er Jameson Turner gegenüber versöhnlich wurde.

„Mein Vater wird wohl weiterhin so mittellos bleiben, wie er ist, aber zumindest ist die Gefahr gebannt, dass einer von Crockys Männern ihn aufspürt und ihm die Beine bricht, oder Schlimmeres. Das verdanken wir Euch, Gräfin.“

Eine wunderschöne Röte stieg Jenny in die Wangen.

Simon lenkte das Gespräch wieder auf die Fragen, die er noch hatte. „Sie müssen meinen Onkel schon vor mir kontaktiert haben, denn er hat nicht einmal einen Antwortbrief geschickt, als ich ihn über die Einstellung seiner Spielgelder informierte.“

„Das habe ich. Es ist besser, ich trage die Hauptlast seines Ärgers statt Euch.“

Hmm. In Anbetracht dessen, wo er gerade saß und mit wem er dinierte, fragte sich Simon, ob er einen Spion in seiner Mitte hatte und wem Jameson wohl loyal war.

„Was ist mit diesem Haus? Ich hörte, Sie haben es gleich nach dem Tod meines Vaters gekauft. Damit es Tobias nicht bekam."

„Nein", Jameson schüttelte den Kopf. „Nicht, um es ihm wegzunehmen, sondern um es für ihn zu retten. Leider hatte mein Halbbruder sein gesamtes Vermögen in die Unterstützung unseres Vaters gesteckt, der bedauerlicherweise ein Fass ohne Boden ist. Das Geld rinnt ihm durch die Finger wie Wasser."

„Ja, ich sah seinen Wohnsitz in South Wingfield. Die Knappheit der Mittel ist offensichtlich."

Jameson nickte. „Ich hörte, dass mein Vater Lady Devere vorschlug, Jonling Hall zu verkaufen, während ihr Mann fort war. Zweifellos hoffte er, dass sie ihm das Geld aus dem Verkauf überlassen würde."

„Wie konnten Sie das erfahren, wenn Sie in London lebten?" Widerstrebend wurde Simon mit dem Burschen warm.

„Ich habe meinen jüngeren Bruder immer im Auge behalten, vor allem, nachdem unser Vater ihn in die Sache mit Mr. Keeble verwickelte. Der Graf hat es zwar gebilligt, doch wie ich meinen Vater kannte, hielt ich es für keine gute Idee. Entgegen Eurer Meinung habe ich versucht, die Situation so gut wie möglich einzudämmen. In jedem Fall hätte ich Tobias geholfen, wenn er zurückgekehrt wäre."

Er nahm einen Schluck Wein und fügte dann hinzu: „Es betrübt mich, dass er das nicht tat, denn ich hatte vor, gegen den Wunsch meines Vaters zu handeln und meinen Bruder zu kontaktieren. Jedenfalls konnte ich sein Haus für ihn retten, indem ich es kaufte. Wenigstens ist es noch im Besitz der Familie."

„Lady Devere hatte doch etwas Geld und stand mit Ihnen in Kontakt", mutmaßte Simon.

„Ja. Ich sorgte dafür, dass sie alles behielt, denn es war ihr sehnlichster Wunsch, nach Frankreich zurückzukehren. Ich riet ihr, den Rest für ihre Kinder zu verwahren."

„Das war sehr großzügig von Ihnen“, sagte Jenny. „Ich bin überzeugt, dass es nicht leicht war—“

Doch als sie mit einem Keuchen abbrach und ein seltsamer Ausdruck auf ihrem Gesicht erschien, würden sie nie erfahren, wovon sie überzeugt war.

Simon schob seinen Stuhl zurück und war im Handumdrehen auf den Beinen und auf der anderen Seite des Tisches. „Was ist los?“

„Ich … ich bin mir nicht sicher. Ich spürte – oh, da ist es wieder.“ Sie legte ihre Hände auf ihren Bauch.

Seine ganze Welt schien sich auf eine Frau zu beschränken, deren Gesicht blass und schmerzverzerrt war.

„Hast du Schmerzen? In diesem Moment?“

Sie sagte weder ja noch nein. „Ich glaube, ich möchte nach Hause.“ Ihre Worte waren ein Flüstern.

Mit einem Blick auf ihren Gastgeber, der jetzt stand und sich mit den Händen an der Stuhllehne festhielt, sagte Simon: „Wir sind in einem Tilbury gekommen.“

Der Mann zog die Augenbrauen hoch und ging zur Tür. „Ich lasse meine Kutsche sofort einspannen. Es ist eine Berline, sehr bequem.“

Er ist Toby so ähnlich, dachte Simon, als er den Stuhl seiner Frau herauszog. „Kannst du aufstehen?“

„Ja, es ist schon ein wenig abgeklungen. Aber, Simon“, begann sie und drückte die Hand, die er ihr entgegenhielt. „Es ist noch viel zu früh.“

„Ich weiß, mein Schatz. Ich werde trotzdem nach der Bäckersfrau schicken. Ängstige dich nicht.“

KAUM HATTE JENNY SICH in ihrem Bett niedergelassen, kam Emily herein. Simon, der sich auf die Bettkante gesetzt hatte, nachdem er sie aus Jamesons Kutsche die Treppe hinaufgetragen hatte, atmete noch immer schwer und sah recht grimmig aus, zweifellos vor lauter Sorge.

Beim Eintreffen der Hebamme sprang er auf.

Die Frau strahlte sofort eine beruhigende Präsenz aus, als sie an Jennys Seite trat und ihre Hand nahm.

„Was ist hier los, junge Dame? Macht Ihr einen Aufstand und beunruhigt den Grafen?" Ihr Ton war warm und fürsorglich. Dann warf sie einen Blick auf Simon und bemerkte seine Haltung. „Mylord, würdet Ihr Euch bitte auf den Stuhl dort drüben setzen?"

Auf den fragenden Blick ihres Mannes hin nickte Jenny und lächelte, als er ihr über die Stirn strich, bevor er den Platz am Fenster einnahm.

„Ich hatte ein seltsames Gefühl, das ich vorher noch nie gespürt hatte."

Die Frau nickte. „Darf ich Euch anfassen?"

„Ja, natürlich", sagte Jenny.

„War es hier?", fragte sie und legte eine Hand auf Jennys Kleid über ihrem runden Bauch. „Hat es sich angefühlt, als ob sich Ihr Bauch verkrampft und verhärtet?"

„Ja, genau." Sie war so erleichtert, dass Emily genau wusste, was passiert war, dass sie beinahe zu weinen begann.

„Geht es ihr gut?", fragte Simon, bevor Jenny mehr sagen konnte.

„Ich glaube schon", sagte die Hebamme. „Die Wehen haben noch nicht eingesetzt. Es sind nur Scheinwehen, die den Körper auf das eigentliche Ereignis vorbereiten. Am Anfang kann das natürlich beängstigend sein. Aber es war nicht schmerzhaft, oder?"

Jenny überlegte. „Nein, ich glaube nicht, dass es wirklich schmerzte. Es war unangenehm und beängstigend. Ich war gerade dabei, meine Suppe zu genießen", fügte sie hinzu, als sie merkte, dass sie hungrig war. „Und ich bin mir sicher, dass ich den Duft von gegrillten Waldschnepfen für das Abendessen gerochen habe."

Als sie Simons Lachen hörte, sah sie zu ihm hinüber.

„Es tut mir leid, dass ich unser Abendessen mit Mr. Turner verdorben habe. Er scheint ein netter Mann zu sein.

Vielleicht solltest du zurückgehen und die Mahlzeit fortsetzen."

„Ich werde dich nicht verlassen. Das ist mein letztes Wort." Dann befahl er dem Dienstmädchen, das geduldig in der Ecke wartete, eine Suppe für ihre Herrin zu holen.

„Und Brot", fügte Jenny hinzu. „Und wenn wir kaltes Hühnchen hätten, wäre das auch schön. Aber zuerst bitte die Suppe. Ich verhungere."

„ICH FÜR MEINEN TEIL bin froh, ihn als Nachbarn zu haben", sagte Jenny ihm später am Abend, als sie im Bett lagen. Sie gähnte breit und schloss die Augen.

„Ich halte mich mit meinem Urteil zurück", sagte Simon und drückte ihren Rücken an seine Brust.

„Hast du daran gedacht, ihm eine Nachricht zu schicken, damit er weiß, dass alles in Ordnung ist?"

Er kraulte ihr den Kopf. „Das habe ich. Hör auf, dich zu sorgen. Schlaf gut, mein Schatz."

Als er seine warme, entspannte Gemahlin in den Armen hielt, spürte Simon, wie ihn der Schlaf ereilte. Es schien, als ob Simon fast augenblicklich in seiner Zelle in Birma erwachte. Doch statt sich zu fürchten, schloss er erneut die Augen und sagte: „Genug."

Als er sie wieder öffnete, war er zu Hause.

EPILOG

„Du hattest recht", sagte Simon zu ihr.

„Sag das noch einmal, Mylord."

„Warum? Kannst du mich wegen des plärrenden Babys nicht hören?"

Jenny grinste. „Dein Sohn ist lebensfroh, er plärrt nicht. Und ich kann dich perfekt hören. Ich möchte nur, dass du es noch einmal sagst."

„Du. Hattest. Recht."

„Ich akzeptiere deine Feststellung, aber in Bezug auf was?"

„Emily. Sie ist besser als jeder Geburtshelfer, den ich hätte anheuern können."

In Wahrheit waren die recht beängstigende Entbindung und die Nachgeburt recht reibungslos, wenn auch schmerzhaft, verlaufen. Nachdem sie sich monatelang darüber gesorgt hatte und die vielen Geschichten von Freude und Tragödie kannte, hatte Jenny einen wunderschönen Jungen zur Welt gebracht.

„Und sie hat frische Nelkenbrötchen mitgebracht." Sie griff nach dem Korb mit Backwaren neben dem Bett und nahm sich ein weiteres, als Maggie wieder ins Zimmer kam.

„Ich bezweifle, dass einem halbwegs kompetenten Mann in den Sinn gekommen wäre, die besten Waren des Bäckers mitzubringen.“

Auch Maggie nahm sich ein Brötchen. „Ich bezweifle ohnehin, dass ein Geburtshelfer einen Bäcker heiraten würde“, sagte sie und verteilte ein paar Krümel auf der Tagesdecke. „Übrigens, der Admiral hat Emily nach Hause gebracht. Sie hat gesagt, dass sie morgen wieder vorbeikommt, um dir zu helfen, mit … ähm …“ Ihre Augen weiteten sich und sie sah Simon an.

„Womit?“, fragte er.

Sie schaute wieder zu Jenny und bewegte ihren Kopf von dem Baby zur Brust ihrer Schwester. „Mit dem Füttern des Kleinen dort. Emily sagte, du scheinst keine Amme haben zu wollen.“

„Natürlich nicht! Warum sollte ich meine eigene Milch vergeuden?“

„So praktisch eingestellt“, bemerkte Simon und sie grinsten sich an.

„Bitte setz dich, Mags. Wo ist Mummy?“

„Sie wird bald zurück sein“, versprach sie und ließ sich auf die Bettkante des Ehebetts sinken. „Sie und Eleanor müssen sich noch einfinden.“

„Ich bin froh, dass ihr es rechtzeitig geschafft habt, aber es tut mir leid, dass ihr eure Saison noch einmal verkürzen musstet.“

Maggie zuckte mit den Schultern und sah gelassen aus. „Kein Ball oder Herzog ist so wichtig wie du.“

„Ihr könnt jederzeit zurückkehren“, bot Simon an. „Das Stadthaus wartet auf euch.“

„Ich weiß es zu schätzen. Aber ich glaube, ich bin für dieses Jahr fertig.“

Jenny warf ihrem Ehemann einen Blick zu.

Maggie fuhr fort: „Die Saison ist in ein oder zwei Wochen zu Ende. Ich sehe keinen Grund, die Qualen hinauszuzögern. Vielleicht wäre ein Angebot gekommen, aber keines, das ich angenommen hätte.“

Jenny streckte die Hand aus und berührte die ihrer Schwester.

„Nein", sagte Maggie, „du musst kein Mitleid mit mir haben. Mir geht es gut. Was für ein lieber kleiner Junge. Wenn er nur nicht so laut schreien würde. Es ist schwer, sich selbst denken zu hören."

Lachend sah Jenny ihren Gemahl „Vielleicht sollten wir ihn Lionel nennen, denn er brüllt wie ein Löwe."

„Das gefällt mir", stimmte Simon zu.

„Lass mich ihn mal halten", sagte Maggie.

Jenny erlaubte ihrer Schwester, ihn von ihrem Schoß zu nehmen und mit ihm durch den Raum zu schlendern, wobei sie ihn hin und her wiegte. Er brüllte weiter.

„*Hmm*", überlegte Maggie. Dann schob sie ihren kleinsten Finger in den offenen Mund des jungen Erben. Er schloss ihn fest und es herrschte Stille.

„Lieber Gott im Himmel!", wunderte sich Simon.

„Woher wusstest du, was zu tun war?", fragte Jenny.

„Ich sah, wie Mummy es mit Eleanor tat. Damals warst du sicher damit beschäftigt, etwas Nützliches zu tun. Meine Güte, er hat einen ganz schönen Griff."

„Lass es mich versuchen", sagte Jenny, stopfte sich das letzte Stück des klebrigen Brötchens in den Mund und wischte sich die Finger an der Bettdecke ab.

Maggie brachte das Baby zurück zu seiner Mutter.

„Wenn das mit dem Finger so gut funktioniert", überlegte Jenny, „dann wird die Brust wohl noch besser funktionieren."

„Gute Güte", sagte Maggie angesichts der Anwesenheit des Grafen.

Jenny ließ sich nicht abschrecken. Sie war mit den drei Menschen zusammen, die sie am meisten auf der Welt liebte. Sie wiegte ihn in einem Arm und zog ihr Unterhemd herunter, um ihrem Sohn Zugang zu ihrer linken Brustwarze zu geben.

„Autsch", rief sie sofort aus.

Simon sprang besorgt von seinem Stuhl auf und hielt dann inne. Vielleicht war es ihm unangenehm, neben seiner Schwägerin zu stehen und seine halb entblößte Frau zu betrachten.

„Nun", sagte Maggie. „Ich werde sehen, ob ich dir einen Tee besorgen kann."

Damit überließ sie die frisch gebackenen Eltern dem Staunen über ihren Sohn.

„Ich könnte schwören, dass er Zähne hat", murmelte Jenny.

Simon setzte sich auf das Bett und schaute glücklich auf die Vignette von Mutter und Sohn hinunter. „Wenn ich daran denke, wo ich vor einem Jahr war, hätte ich mir dieses Leben mit dir nie erträumen können."

„Wenn ich daran denke, wo ich vor einem Jahr war, Mylord, könnte ich das Gleiche sagen."

„Es ist kein Traum?", fragte er, streckte die Hand aus und streichelte ihr Gesicht.

Sie strahlte ihn an. „Oh doch, Liebster, ich glaube, es ist ein herrlicher Traum, aus dem wir nie wieder erwachen werden."

ÜBER DIE AUTORIN

Die *USA Today* Bestsellerautorin Sydney Jane Baily schreibt historische Liebesromane, die im viktorianischen England, im Amerika des späten 19. Jahrhunderts, im Mittelalter, in der georgianischen Ära und in der Regency-Zeit spielen. Sie glaubt an Geschichten mit Happy End, fesselnden Charakteren und viel Liebe zum historischen Detail.

Geboren und aufgewachsen ist sie in Kalifornien, doch dann bereiste sie die Welt und sammelte eine Menge glücklicher Erinnerungen bei ihrer Verwandtschaft in Großbritannien, aß Fish and Chips, trank Shandies und naschte Maltesers und Cadbury-Riegel. Derzeit lebt Sydney in New England, mit ihrer Familie, die aus Menschen, Hunden und Katzen besteht.

Auf ihrer Website SydneyJaneBaily.com können Sie mehr über ihre Bücher erfahren, ihren Blog lesen, sich für ihren Newsletter anmelden (und ein kostenloses Buch erhalten) und Kontakt zu ihr aufnehmen. Sie liebt es, von ihren Lesern und Leserinnen zu hören.

www.ingramcontent.com/pod-product-compliance
Lightning Source LLC
Chambersburg PA
CBHW030657190726

48286CB00001B/71